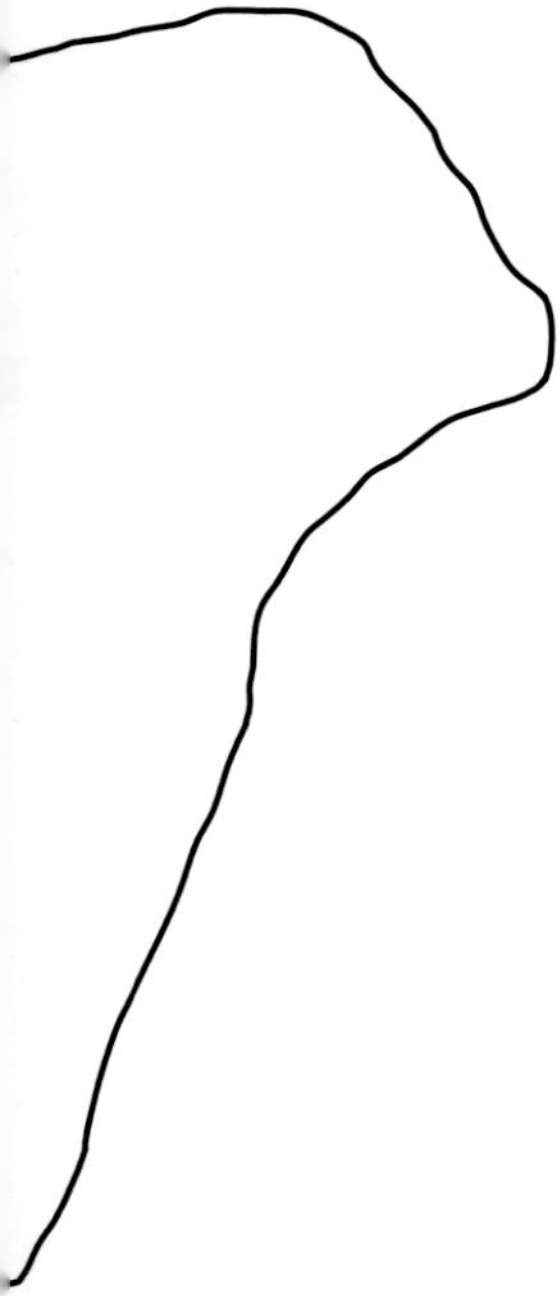

a　ウィンザー
b　ウィンザー・グレートパーク
c　ステーンズ
d　リックマンズワース
e　ヒースロー
f　ハロー
g　フラム
h　チェルシー
i　ハムステッド
j　リージェンツ・パーク
k　ホロウェイ
l　イズリントン
m　ペントンヴィル
n　フィンズベリー
o　コマーシャル・ロード
p　シティ
q　ウエストミンスター
r　クロイドン
s　メリルボン・ロード

ロンドン周辺の地名

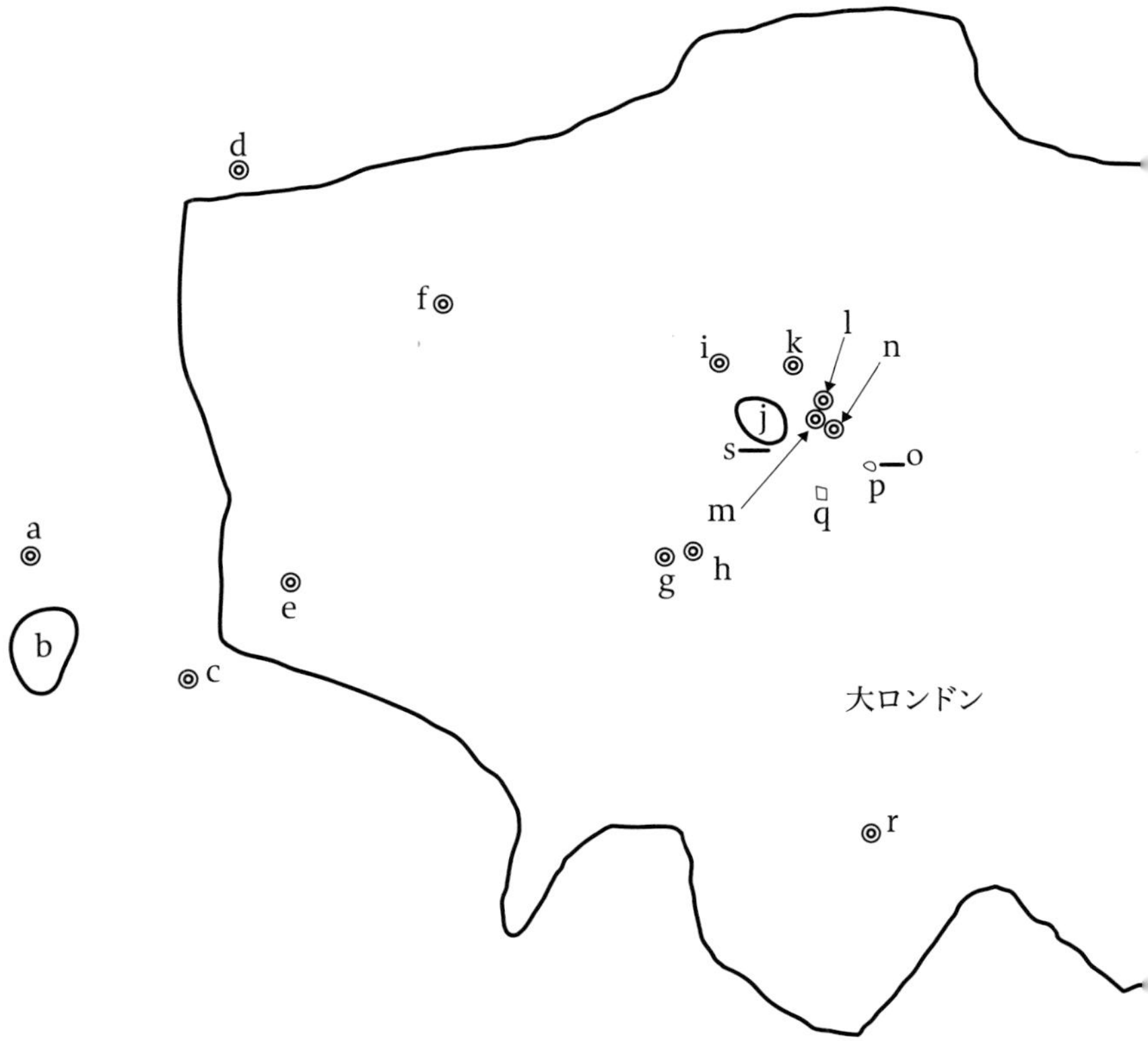

の地名

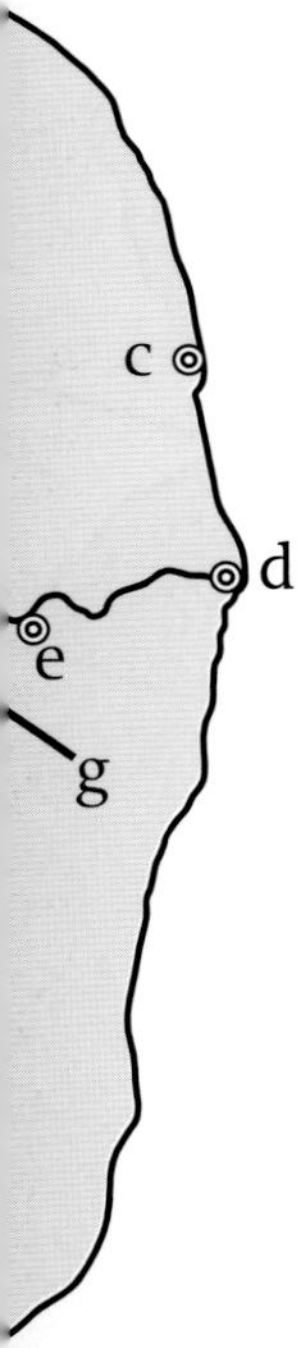

a　クローマー
b　ノリッジ
c　グレートヤーマス
d　ローストフト
e　ベックレス
f　メッティンガム
g　イルケッツホール
h　エルムハム
i　バンゲイ
j　セットフォード
k　ベリー・セント・エドマンズ
l　ハーリストーン
m　ストウマーケット
n　サックスマンダム
o　イプスウィッチ

作中に登場するサフォークとノーフォーク

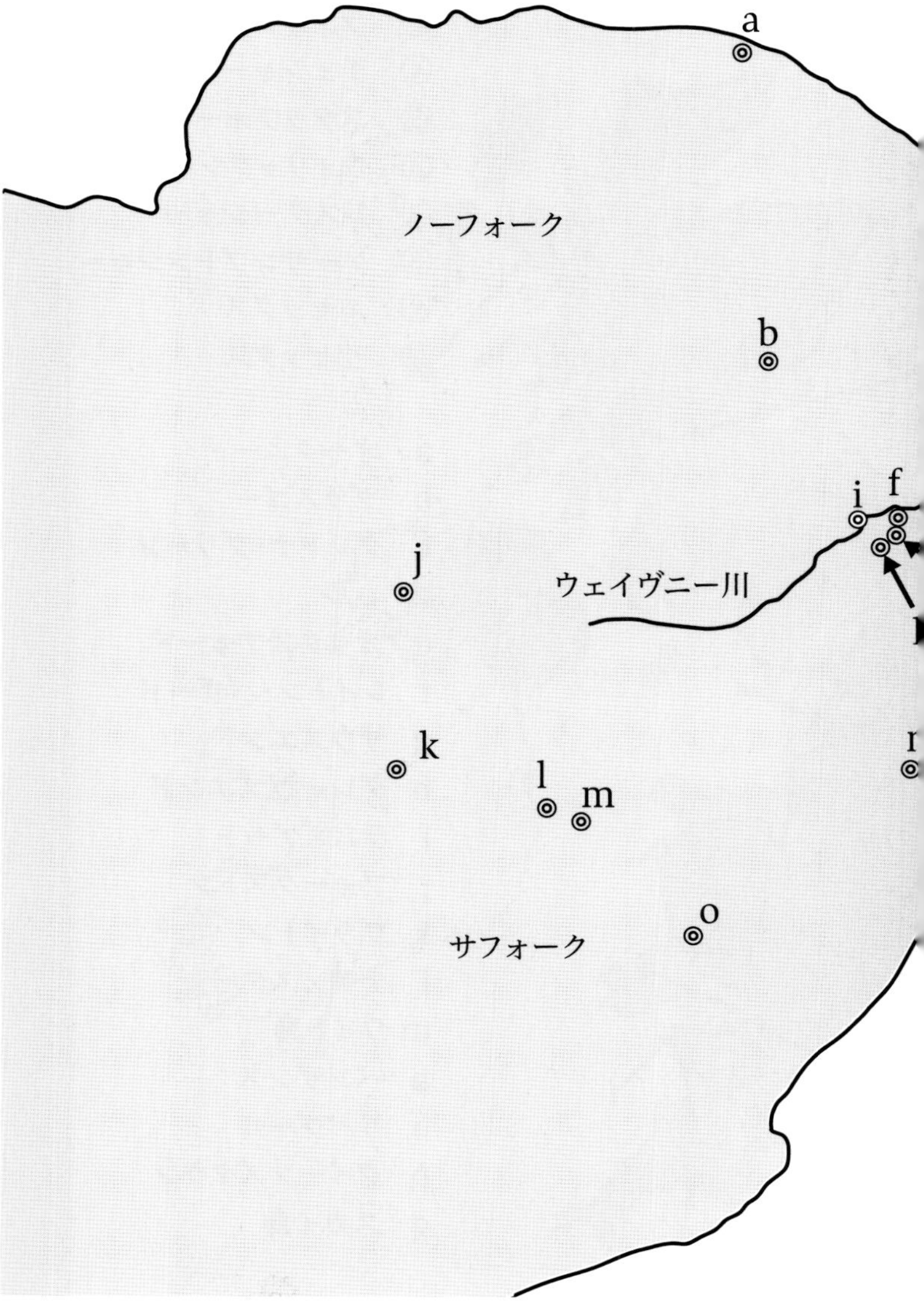

アンソニー・トロロープ

今の生き方（上）

木下善貞　訳

開文社出版

本書は一八七四年一月から一八七五年八月までChapman & Hallから連載され、一八七五年に二巻本で出版されたアンソニー・トロロープの『今の生き方』(*The Way We Live Now*)の全訳である。翻訳に当たっては、Francis O'Gorman編によるOxford World's Classics版とSir Frank Kermode編によるPenguin Books版を参照した。註の作成に当たっては、両書の註に負うところが大きいが、特にFrancis O'Gormanの註によった。

目次

主要な作中人物

オーガスタス・メルモット　経歴不明の大金融業者。ロンドンのグローヴナー・スクエアに住む。「南中央太平洋沿岸及びメキシコ大鉄道」という得体のしれない鉄道の建設のため、ロンドンに重役会を設置。株価を浮揚させて大衆から金をかき集める。

マダム・メルモット　オーガスタスの妻。ボヘミア出身のユダヤ人。

マリー・メルモット　オーガスタスの一人娘。庶子だが、父の資産の相続人。多数の貧乏貴族から結婚を迫られるなか、最悪の相手を選んでしまう。

エリース・ディドン　マダム・メルモットのフランス人侍女。

クロール　メルモットのドイツ人事務員。

ハミルトン・フィスカー　米国人の株式仲買人。フィスカー・モンタギュー&モンタギュー商会の共同経営者。「南中央太平洋沿岸及びメキシコ大鉄道」という鉄道建設の発案者。

ポール・モンタギュー　フィスカー・モンタギュー&モンタギュー商会のイギリス人共同経営者。メルモットの重役会の一員。ベアガーデンという社交クラブの会員。ロジャー・カーベリーの友人で、遠い親戚。サフォーク・ストリートに住む。

ウィニフレッド・ハートル夫人　山猫のように危険だと言われ、過去にいろいろな噂のある美しい米国女性。ポール・モンタギューと婚約。夫のカラドック・ハートルは亡くなったと言っている。ピップキン夫人の下宿に仮住まいする。

マチルダ・カーベリー令夫人　新聞の編集長に取り入って本を売ろうとする二流作家。サー・パトリック・カーベリーの未亡人。ウェルベック・ストリートに住む。不良の息子を溺愛し、娘にはロジャー・カーベリーとの結婚を勧める。

サー・フィーリックス・カーベリー　カーベリー令夫人の息子で、准男爵。ロジャー・カーベリーのはとこ。メルモットの重役会の一員。ベアガーデンの会員。

ヘンリエッタ（ヘッタ）・カーベリー　カーベリー令夫人の娘。はとこのロジャー・カーベリーから一途な愛を向けられる。

ロジャー・カーベリー　サフォークのカーベリーの郷士。カーベリー本家の長。ヘンリエッタを愛し続ける。

ニコラス・ブラウン　『朝食のテーブル』紙の編集長。

ファーディナンド・アルフ　『夕べの説教壇』紙の編集長。ウエストミンスター選挙区で自由党から立候補して、メルモットの対抗馬となる。

アルフレッド・ブッカー　『文学新聞』紙の編集長。

ニダーデイル卿　オールド・リーキー侯爵の長男。オムニアム公爵のいとこ。メルモットの重役会の一員。ベアガーデンの会員。

アドルファス・ロングスタッフ　カーベリーの近所のカヴァーシャムの郷士。ブルートン・ストリートにロンドン屋敷を持つ。新たにメルモットの重役会の一員となる。妻はレディー・ポモーナ。子はドリー、ソフィア、ジョージアナ。ピッカリングという土地をメルモットに売却する。

レディー・ポモーナ　ロングスタッフの妻。

アドルファス（ドリー）・ロングスタッフ　ロングスタッフの長男。ベアガーデンの会員。スカーカムという弁護士を雇う。
ソフィア・ロングスタッフ　ロングスタッフの長女。
ジョージアナ・ロングスタッフ　ロングスタッフの次女。結婚相手を見つけるためしばらくメルモットの屋敷に逗留する。
アルフレッド・グレンドール卿　スティーヴェネッジ公爵夫人の弟。メルモットの重役会の一員でイエスマン。
マイルズ・グレンドール　アルフレッド卿の次男。メルモットの秘書。ベアガーデンの会員。
ヴォスナー　ベアガーデンで備品を調達し、金を融通するドイツ人管理人。
グラスラウ卿　ベアガーデンの会員で、マリー・メルモットの求婚者の一人。
サミュエル・コーエンループ　ステーンズ選出の国会議員。メルモットの重役会の一員。メルモットの片腕として働くユダヤ人。
ダニエル・ラッグルズ　カーベリーの近所のシープス・エーカーの老農夫。
ルビー・ラッグルズ　ダニエル・ラッグルズの孫娘。粉屋のジョン・クラムと婚約。
ジョン・クラム　バンゲイに住む逞しい訥弁の粉屋。
ジョー・ミクセット　バンゲイのパン屋。クラムの雄弁な友人。
ピップキン夫人　イズリントンで下宿を営むルビーの伯母で、未亡人。ハートル夫人がここに身を寄せる。
ジョン・バラム神父　改宗者をえることに熱心なベックレスのカトリック神父。
イエルド師とイエルド夫人　ロジャー・カーベリーが親しくつき合うエルムハムの主教夫妻。
ヘップワース　ロジャー・カーベリーが親しくつき合うイアドリーの名士。

プリメアロー　カーベリーの近所のバンドルシャムに住む羽振りのいい国会議員。クイーンズ・ゲートにロンドン屋敷を持つ。娘のジュリアはジョージアナ・ロングスタッフの友人。
イジーキエル・ブレガート　トッド・ブレガート&ゴールドシェイナー商会の共同経営者で、五十をすぎた金持ちのユダヤ人。フラムに住み、五、六人の子がいる。
サー・ダマスク・モノグラム　金持ちの建設業者の息子で、狩猟やヨットに熱中している。
ジュリア・モノグラム令夫人　旧姓トリプレックスで、ジョージアナ・ロングスタッフの旧友。
スロー&バイダホワイル法律事務所　リンカンズ・イン・フィールズに事務所を構えるロングスタッフの顧問。
スカーカム　ドリー・ロングスタッフの弁護士。
バンビー　スカーカムが雇う法廷弁護士。
中国皇帝　清王朝第十代同治帝。メルモットから大晩餐会で歓迎される。
ビーチャム・ボークラーク　保守党員で、ウエストミンスター選挙区の選挙でメルモットを応援する。
ライオネル・ラプトン　保守党員で、ウエストミンスター選挙区の選挙でメルモットを応援する。
ラムズボトム　リバプールにいるポール・モンタギューの相談役。
スティーヴェネッジ公爵夫人　アルフレッド・グレンドール卿の姉。長男はバンティンフォード卿。
オールド・リーキー侯爵　ニダーデイル卿の父。
サー・グレゴリー・グライブ　銀行の頭取。
レッグ・ウイルソン　インド局の国務大臣。
ド・グリフィン伯爵　インド局の次官。
フラットフリース　借金の取り立て屋。

リーダム　リーダム&ロイター出版の共同経営者。
セプティマス・ブレイク師　サー・フィーリックスとプロシアを旅する聖職者。
ジョージ・ホイットステーブル　カヴァーシャムの近所のトゥードラムの郷士。
ベイザーボルト　カヴァーシャムの隣の教区の副牧師。

第一章　三人の編集者

ウェルベック・ストリート[1]の自室で書き物机に座っているカーベリー令夫人を読者に紹介したい。これから描かれることの多くが令夫人の性格と行動にかかっているからだ。カーベリー令夫人は長時間机に着いてすごし、たくさん手紙を書き、——手紙以外のものもいっぱい書いた。彼女はこのころ自分のことを文学——いつもこの語を大文字のLで書く文学——に献身する女として語った。彼女が文学にどういうふうに献身していたかは、本人がこの朝急いで書いた三通の手紙を精読すればわかるだろう。カーベリー令夫人は何をするにも手早かったが、手紙を書くときがいちばん手早かった。これが第一の手紙だ。

木曜［一八七二年二月二十五日］、ウェルベック・ストリートにて

親愛なる友へ

あなたが来週の新聞で私のような哀れな努力家を引き立ててくださる気になられたら、明日、あるいは遅くとも土曜には、新刊の二冊の見本稿をお届けするように手配します。哀れな努力家を引き立ててください。あなたとは共通点がたくさんありますから、ほんとうの友としてあなたを誇りに思っていると強く言いたいです！　あなたの支援がほかのどの援助より私を助けてくれ、あなたの褒め言葉がほかのどの賞賛より私の虚栄心を満たしてくれます。こう言うとき、私はあなたにおもねっているのではありません。私の『罪

2

深き女王たち』があなたの気に入ってくださるといいです。セミラミス[2]については、罪人にするために少し歪曲する必要がありました。それでも、少なくとも生気のある写生になっています。クレオパトラはもちろんシェイクスピアから採りました。彼女は何という娼婦でしょう！　ジュリア[3]の場合、女王として扱うことなど考えられませんが、そのピリッとした性格を無視することができませんでした。ローマ帝国の二、三の女性を見れば、私がいかにギボン[4]を忠実に学んだかわかるでしょう。哀れなベリサリウス[5]老将軍！　ジョアンナ[6]については最善を尽くしました。でも、私は好きになれませんでした。今の時代なら、彼女はブロードモア病院[7]に入っていたでしょう。ヘンリー八世と罪深い悲運のハワード[8]を描くとき、筆が強すぎたとあなたから思われないようにと願っています。アン・ブリン[9]は少しも好きではありません。イタリアのカトリーヌ[10]のところでは、だらだらと長く書く気になったことを心配しています。でも、ほんとうのことを言うと、彼女は私のお気に入りです。何という女性でしょう！　彼女って何という悪魔でしょう！　ダンテがもう一人現れて、彼女のために特別な地獄を創れなかったのが残念です。このカトリーヌの教育が、スコットランドのメアリーの生涯にどれだけ大きな影響を及ぼしたか、たどっていくことができます。スコットランドのメアリーについては、きっとあなたは私の見方に賛成してくださると思います。彼女は有罪！　どこまでも有罪！　姦通、殺人、反逆、その他ありとあらゆる罪を犯しました。しかし、彼女は王家の人だったので、神の慈悲にゆだねられました。女王として生まれ、育てられ、結婚して、あんな女王たちに取り囲まれていたとき、メアリーがどうして罪を逃れることができたでしょう？　マリー・アントワネット[11]には、必ずしも無罪を言い渡していません。そんなことをしてもおもしろくないし、——おそらく事実でもないからです。私は愛情を込めて彼女に折檻を加え、鞭打つときに口づけしました。キャロライン[12]を免責にしていないからといって、きっとイギリス大衆から怒られることはないと信じます。特に夫のジョージ四世を罵倒する大衆の側に、私は完全に同調しているからです。

でも、私は本のように長い手紙を送って、あなたの時間を奪ってはなりません。あなた以外に誰からも読まれない書状を書いているかと思うと、満足を感じますけれどね。あなたは優れた人にふさわしく振る舞ってください。人格者ですから、慈悲深くしてください。あるいはむしろ友人ですから、情愛深くしてください。

感謝しつつ誠実にあなたのものである
マチルダ・カーベリー

追伸。結局、女の数って何て少ないのでしょう。いわゆる愛情のぬかるみから抜け出し、男の遊び道具以外のものになれる女の数です。王室の贅沢な罪人のほとんどみなに当てはまることですが、おもなる罪は、生涯のある局面で女が妻になるのではなく、男の遊び道具になることに同意することによります。私は礼儀正しく執筆しようと一生懸命努力しました。しかし、娘たちがすべてを読むとき、どうして老女が思い通りに書いてはいけないでしょう?

この手紙は、高い質を誇る日刊紙『朝食のテーブル』の編集長、ニコラス・ブラウン氏に宛てて書かれた。この手紙がいちばん長かったので、それゆえ三通のなかでもっとも重要なものと見てよかった。ブラウンは編集の仕事において有力者であり、――女性を好んだ。カーベリー令夫人は手紙のなかで自分を老女と呼んだが、誰からも老女とは見られていないことを確信しつつ、自分をそう呼んで満足した。私は彼女の年齢を読者に秘密にしておくつもりはない。けれども、彼女はもっとも親密な友人にも、ブラウンにさえも、年齢を漏らしたことがなかった。四十三歳だった。とても上手に年をへて、天与の恵みをえていたので、まだ美しい女性であることを否定できなかった。彼女は——美貌に恵まれた女性としては当然のことだったが——、影響力を増す目的で美しさを利用した。それだけではなく、美貌という天の賜物を賢く目的に適合させて利用した。すなわち、パンとチーズ——彼女がたいそう必要とする糧——を獲得する目的に、実質的に役立つようによく練った計算をして美しさを利用した。彼女は恋に落ちることはなかった。男と本気でいちゃついたり、のっぴきならない羽目に陥ったりすることはなかった。もっとも、わけありの状況になれば、男とのあいだに何か謎めいた絆でもあるかのように、笑みを浮かべ、囁き、告白し、男の目を覗き込んだ。とはいえ、彼女がそんなことをするわけありの状況とは、男に何かをさせるときだった。二束三文の執筆に対して出版者にたっぷり支払をさせたり、主たる目的である支払に編集長が渋るとき、気前よくさせたりするときだ。ブラウンは文学上の友人のなかで彼女がいちばん信頼している人だった。そして、ブラウンは美しい女性を好んだ。今あげた手紙の執筆に至るおよそ一か月前、カーベリー令夫人とブラウンのあいだに起こった一場面を短く報告しておくほうがいいかもしれない。彼女は編集長に『朝食のテーブル』への投稿連載を受け入れさせ、いちばんいい等級で支払をさせたかった。一方で、彼女は編集長がその連載の価値をかなり疑っていること、特別なひいきでもない限り、二番目か三番目の等級さえ怪しい報酬しか望めないことを知っていた。それで、彼女は編集長の目を覗き込み、柔らかくふくよかな手を少しのあいだ彼の手のなかに置いた。男はそんな状況に置かれたら、しばしば非常にぎこちなくなり、いつあれをし、いつこれをしたらいいかわからなくなる！　ブラウンは一瞬情熱に駆られて、腕をカーベリー令夫人の腰に回し、彼女に口づけした。そんなふうに扱われたら、たいていの女性が腹を立てるだろうが、カーベリー令夫人が腹を立てたと言ったら、彼女の性格について誤った見方を読者に与えることになる。もしこれが貴重な盟友との決裂につながる害でなければ、実際には何の害にもならないささやかな事故にすぎなかった。たしなみは保たれていたし、たいした問題にはならなかった。こういうやり方では続けられないことを、感じやすい老いぼれ頓馬にすぐ理解させることさえできれば、許されない侮辱も、どんな害もなかった。

令夫人は動揺することも赤面することもなく、彼の腕を逃れると、短いみごとな発言をした。「ブラウンさん、あなたって何と愚かで、何と罪作りで、何と粗忽なのでしょう！　そうじゃありません？　私たちの友情を終わらせることなど、あなたはきっと望んでいないはずです！」

「友情を終わらせるなんて、カーベリー令夫人、いえ、まったくそんなことは望んでいません」

「それならどうしてこんなことをしてその危険を冒したのです？　私の息子や娘のことを考えてみてください。――二人とも大人です。私の人生の過去の難儀を考えてみてください。――ひどく苦しんできましたが、まったく苦しみに値しない難儀です。あなたくらいその難儀を知っている人はいません。私の名を考えてみてください。――しばしば中傷されてきましたが、決して汚されていません！　申し訳なかったと言ってください。そうしたら忘れます」

男が女に口づけしたとき、次の瞬間にその謝罪を言うのは不本意だろう。口づけが彼の期待に沿うものではなかったと言うのに等しいからだ。ブラウンは謝罪できなかった。おそらくカーベリー令夫人も謝罪を期待しているわけではなかった。「決してあなたを怒らせるつもりなどなかったことはわかってくださるでしょう」と、彼は言った。これで充分だった。カーベリー令夫人は再び彼の目を覗き込んだ。記事を――寛大な報酬で――印刷してもらう約束を彼からえた。

話し合いが終わったとき、カーベリー令夫人は成功裏に終わったと思った。何とかしようともがき、難しい仕事をこなさなければならないとき、もちろんささいな事故は起こるだろう。辻馬車に乗る女は泥やほこりにまみれる一方、私的な馬車を持つ金持ちはそういうことを免れる。令夫人はできれば口づけなどされないほうがよかった。――しかし、口づけされたからといってどうだというのか。ブラウンの場合、事情はもっと深刻だった。「何もかも忌々しい」と、彼はその家を出るとき吐き捨てるように心で言った。「どんなに経験を積んでも、男にはこんなことが理解できない」彼は歩いて帰るとき、カーベリー令夫人がもう一度彼に口づけさせようとしていたことを思い出して、もう一度口づけしなかったことで、自分に怒りを感じた。彼はそれから三度、四度と令夫人に会ったが、無礼を繰り返すことはなかった。

さて、私たちは続いて次の二通の手紙を見てみよう。両方とも別々の新聞の編集長に宛てて書かれている。第二の手紙は『文学新聞』のブッカー氏宛だ。ブッカー氏は懸命に働く文学教授であり、――才能も、影響力も、文学的良心もそれなりに具えていた。しかし、彼は格闘を続ける編集長としての仕事から見て、その仕事に特有の定めに陥っていた。一方では作家仲間による利益の食いつぶしによって、他方では利益のみを気にする雇用者の要求によって、さらに徐々に押しつけられる妥協によって、彼は几帳面にやっていくことが難しくなり、文学的良心を保つことがほとんどできなくなっていた。今や娘たちをたくさん抱える六十の禿げ老人だ。娘の一人は彼に頼り切った未亡人で、二人の小さな子供を抱えている。彼は『文学新聞』の編集長として年五百ポンドをもらっていた。努力の結果、この新聞を貴重な資産に作りあげていた。雑誌に文章を書き、ほとんど年に一冊本を出した。何とか持ちこたえていたから、彼を知ってはいるがじつは何も知らない人々から成功者と見られていた。彼はいつも士気を高く保つことで、文壇で地歩を占めることができることを示した。しかし、毅然と自立していることができず、まわりの圧力によって目の前の賄賂を受け取るようにうながされた。彼が長いあいだ文学的良心を見失っていたことは、否定できない。二番目の手紙は次のようなものだった。――

一八七――年二月二十五日、ウェルベック・ストリートにて

親愛なるブッカー氏へ

私の『罪深き女王たち』の見本稿をあなたに送るようにリーダム氏に伝えました。（リーダム氏はリーダム&ロイター出版として知られる先進出版社の上席共同経営者だ。）あなたの『新桶物語』の書評を『朝食のテーブル』紙で私が書くことを、すでに友人のブラウン氏と取り決めました。今実際にそれに取りかかって、たいへん苦労しています。当節の新教主義について特にあなたが伝えたいお考えがあったら、お教えくださるようお願いします。私の本については歴史的細部の正確さを、あなたから一言書評していただけたら幸いと存じます。あなたが滞りなくそれをやってくださることと存じあげています。本の売り上げが初期の広告に大いにかかっているので、掲載を先送りにしないでください。私には印税しか収入がありません。最初の四百部が売れるまで印税が始まらないのです。

誠実にあなたのものである
マチルダ・カーベリー

アルフレッド・ブッカー殿
ストランド(13)街、『文学新聞』事務所

ブッカーはこの手紙を読んでも少しも心を動かされなかった。カーベリー令夫人が新教主義に関する彼の考えを扱うかと思うと、抑え気味に快く含み笑いをした。あの賢い令夫人がまったく無知である――と彼は信じていた――新教の問題について書くとき、多くの歴史的事実について避けがたく陥る間違いを考えたか

らだ。とはいえ、『新桶物語』という考え抜かれた作品について『朝食のテーブル』に好意的な広告が載れば、たとえそれが食わせ者の女流作家によって書かれたものであっても、役に立つという事実には敏感にならずにいられなかった。『文学新聞』で彼女の本をべた褒めして、その好意にお返しをしてやっても、彼は何の後ろめたさも感じなかった。彼女の本が正確であるとはとても言えないだろうが、楽しい読み物であるとか、女王たちの女性的な特徴が熟練した手際で描かれているとか、きっとどの応接間にも置かれる作品であるとか、そんなことは言うことができるだろう。彼はこの種の本に精通していた。カーベリー令夫人の『罪深き女王たち』のような本なら苦労することもなく読んで、書評する仕方を心得ていた。売り払っても本の価値が落ちないように、前小口を切らずに読むことができた。しかしながら、ブッカーは誠実な人であり、多くの文学的不正行為に断固として反対してきた。引き延ばされた印字や、不必要な線引きや、ページ全体で数語を曲がりくねらせるフランス流のやり口を力強く、誠実に非難してきた。評論家たちのあいだでは、彼はどちらかというと廉直のアリステイデス(14)と思われていた。ただし、時代の風潮のなかで完全に慣行に反対することはできなかった。「悪いって。もちろん悪いです」と、定期刊行物で一緒に仕事をしている若い友人に彼は言った。「誰がそれを疑います? 私たちって何てたくさん悪いことをしているんでしょう? ところが、その悪いやり方をみなすぐ改善しようとすると、いいことを何も生み出しません。私は世界を正すほど強くないんです。君がそれほど強いとも思いません」ブッカーはそんな人だった。

それから、ファーディナンド・アルフ氏への第三の手紙があった。アルフは『夕べの説教壇』を経営していて、そのおもな所有者と見なされていた。関係者のいつもの言葉によると、この出版社はこの二年間に「大きな資産」になっていた。『夕べの説教壇』はその日の二時までにえた首都のおもな人々の言行を日々読者に伝え、それに続く十二時間になされる彼らの言行をすばらしい正確さで予言すると言われた。みごとな全知の姿勢と、しばしば無知と、無知といい勝負の傲慢さとで仕事はなされた。しかし、書かれている内容は賢かった。記事は真実ではないとしても、うまく作られていた。主張は論理的ではないとしても、魅力的だった。新聞を司る精神は、ひいきの読者が何を読みたがっているか知る能力や、楽しく読んでもらえるよう主題を扱う能力を少なくとも具えていた。ブッカー氏の『文学新聞』は、特殊な政治的意見を持とうとはしなかった。ブラウン氏の『朝食のテーブル』は、はっきりリベラルだった。アルフ氏の『夕べの説教壇』は、大いに政治にかかわっていたが、採用した座右の銘――

ドンナ特別ナ主人ニモ従ワナイヨウニ内々デ抑制サレテ(15)

――を厳格に堅持していた。結果として、ここは一方の陣営なり、他方の陣営なりがすることを罵倒する貴重な特権をつねに保っていた。資産を作りたいと願う新聞は、決してコラムを無駄に使ってはならないし、やたら称賛することによって読者を辟易させてはならない。賛辞はつねに退屈だ。――それはアルフが発見し、利用した事実だった。

アルフはもう一つ事実を発見した。賞賛をむねとする者が罵倒すると、個人に当てつけた攻撃と見なされる。個人攻撃をする者は、ときどきどこにもいられないほど世界を炎上させる。しかし、いつも欠点を捜している者が非難しても、当然のことをしていると見なされるので、人を不快にすることはない。戯画しか描かない風刺漫画家は、顔や姿を勝手に操作しても、正当と見なされる。それが彼の商売であり、かかわる人たちを貶めるのが彼の仕事だ。とはいえ、もし芸術家が一連の肖像画を出版することになって、十二枚のうち二枚を醜悪なものにしたら、少なくとも二人の敵を作ることになる。アルフは決して敵を作らなかった。

というのは、彼は誰も称賛しなかったし、新聞の表現に見られる限り、何事にも満足せずに欠点を探したからだ。

アルフは一人物として注目に値した。彼がどこから来たか、何をしていたか知る者はなかった。彼はドイツ系ユダヤ人と思われており、ある女性たちによると、彼の発話にはかすかに外国訛りが認められるという。それでも、イギリス人にしかわからないほどイギリスを知っていたのは確かだ。彼はこの一、二年で、俗に言う「出世」を遂げ、しかもとことん出世した。三つか四つの社交クラブから黒玉投票で追放されたものの、ほかの二つか三つのクラブに入会していた。彼は自分を追放した人々について、問題のクラブが古臭く、愚鈍で、壊滅寸前だとの確信を、聞き手に印象づけるように計算して話した。アルフを知らないとか、アルフと険悪な関係にあるとか、アルフがどんな生まれであろうと、つねに望ましい知人として受け入れられていることを理解しないとか、そんなことはまったく無知蒙昧に属することだと、彼は飽くことなくほのめかした。彼がつねに主張し、また暗示してきたことを、まわりの男女が信じ始めた。アルフは政治や文学や社交界といったさまざまな分野で認められるようになった。

彼はかなり若々しく振る舞っていたが、四十がらみ、りっぱな顔立ちを具えて、痩せた、中背にも満たない背の低い人だった。髪は焦げ茶色で、染髪の技術がなかったら灰色がかって見えただろう。くっきりした目鼻立ちをして、口もとに絶えず笑みを浮かべていた。しかし、そんな人当たりのよさは、鋭く厳しい目つきによっていつも裏切られた。服装には最大限の注意を払い、極端に地味にしていた。未婚であり、バークリー・スクエア(16)の近くに小さな自宅を持ち、そこですばらしいディナー・パーティーを開いた。ノーサンプトンシャーに四、五頭のハンター種の馬を飼っていた。『夕べの説教壇』で年六千ポンドを稼ぎ、そのほぼ半分を使うことで有名だった。彼はカーベリー令夫人とはそれなりに親しかった。彼女が有益な友情を築き育むことに飽くことがなかったからだ。彼女のアルフへの手紙は次のようなものだった。

親愛なるアルフさん

フィッツジェラルド・バーカーの最後の詩を誰が書評したか教えてください。ただし、あなたが教えてくれないことはわかっています。あんなにうまく書かれた書評は記憶にありません。あんなふうに書かれたら、哀れなあの人は秋まで二度と頭を高く掲げていられないと思います。でも、そうなって当然です。ごますりと袖の下を利用して本を買わせ、どの応接間の机の上にも置かせようとする詩人志望者の要求には我慢できません。フィッツジェラルド・バーカーに対するほど、世間が人のよさを見せた詩人を知りません。それでも、彼の詩を読むほど人のいい人なんかいるはずがありません。

ある人々が自国の文学に注目すべき一語もつけ加えていないのに、人気作家として評判をえ続けているというのは奇妙じゃありませんか？　本の売れ行きをよくするため、たゆみなく勤勉に空賛辞を膨らませることで、これがなし遂げられています。膨らましたり、膨らましてもらったりすることが、新しい文士職のそれぞれの部門になりました。ああ、何て悲しいことでしょう。私のような哀れな初心者が授業を受けられる教室が見つかればいいですが。私は心の底から空賛辞を嫌っています。『説教壇』が空賛辞に対する反対で一貫性を保っていることを称賛します。しかしながら、私自身が私のささやかな努力に対する支えをたいそう必要としており、またいい報酬の仕事をしようと懸命にもがいているので、もし機会が与えられるなら、名誉に目をつぶり、賛辞は金でも友情でも買えないと囁く高邁な感情を捨てて、低いところに降りて行きます。子供に必要なものを私自身の仕事で提供することができたといつか誇るためです。

でも、私はまだ低いところへの下降を始めていません。それで、私の『罪深き女王たち』について『説教壇』に出るかもしれない書評を、たんなる関心ではなく深い利害意識をもって注視していると、あなたに言えるほどまだ不遜になれます。この本は、――私が書いたものではありますが――、注目に値する重要性を持っていると見なしたいです。私の陥った不正確さが暴露され、私の提示した憶測が鞭打たれることを少しも疑いません。しかし、写生が真に迫っており、肖像がよく配慮されていることを、評者は証明することができると思います。あなたはあの運の悪い哀れなエフィントン・スタッブズ夫人に、うちに座って靴下でも繕っていたほうがいいと先日おっしゃいました。でも、少なくとも私にはそんなふうにおっしゃることはないでしょう。

私はこの三週間あなたにお会いしていません。毎週火曜の夜に数名の友人に会います。――どうか来週か再来週にお見えになってください。どんな編集上の、批評上の厳しさで対応されても、ほほ笑み以外で私があなたを迎えることはないとどうか信じてください。

じつに誠実にあなたのものである
マチルダ・カーベリー

カーベリー令夫人は三通目の手紙を書き終えたあと、椅子の背に深く身を預けて、休息するようにしばらく目を閉じた。しかし、生きていく活動がそんな休息を許さないことをすぐ思い起こした。それで、彼女はペンを取ると、さらに手紙を書き始めた。

註

（1）ウエストエンドの Marylebone にある New Cavendish Street と Wigmore Street を南北に結ぶ通り。
（2）アッシリアの伝説の女王。
（3）ローマ帝国の初代皇帝アウグストゥスの娘で、姦通を犯した。
（4）『ローマ帝国衰亡史』を書いた。
（5）東ローマ帝国の将軍フラウィウス・ベリサリウス（505-565）のこと。妻のアントニーナが姦通したとされる。
（6）ナポリのジョアンナ一世（1326-82）は公式には無罪とされているが、一三四五年に夫のアンドルーを残酷に殺害したと言われている。
（7）もともとは一八六三年に保養所として開設されたバークシャーの Crowthorne にある精神病院。
（8）キャサリン・ハワードはヘンリー八世によって姦通を犯したとされ、一五四二年に処刑された。
（9）エリザベス一世の母。
（10）カトリーヌ・ド・メディシス（1519-89）はフランス王アンリ二世の冷酷な妃。メアリー・スチュアートがフランソワ二世の妻となったときの皇太后。
（11）ルイ十六世の妻（1755-93）。革命政府による裁判で姦通を指弾された。
（12）ジョージ四世からさげすまれて、姦通を責められた妃ブラウンシュバイクのキャロライン（1768-1821）のこと。
（13）ロンドンのテムズ川北岸を Embankment と並行して走る通り。Trafalgar Square から Fleet Street に至る。
（14）「正義の人」とあだ名されたアテナイの政治家・将軍（530-468 B.C.）
（15）*Nullius addictus jurate in verba magistri* ホラティウス『書簡詩』第一章第一節第十四行。
（16）ロンドンの北は Oxford Street 南は Piccadilly に挟まれる Mayfair にある広場。

第二章　カーベリー家

前章の手紙で、カーベリー令夫人のことと事情の一部を読者に伝えたが、もっと多くのことをつけ加えなければならない。令夫人は残酷に中傷されてきたと断言する一方、彼女自身について言うことがあまり信頼をもって受け取れない人であることも露呈してしまった。もし読者が三人の編集長に宛てた手紙を充分理解してくれなかったら、手紙は無駄に書かれたことになる。彼女は仕事の目的が子供の要求を満たすことであると言い、その崇高な目的を掲げて、独力で文学界においてのしあがるため格闘していると、言わずにいられなかった。彼女が成功を収めようと努力している外部の既成体制全体が、まったくひどく不正にまみれており、彼女自身も編集長たちに出した手紙のなかでたくさん嘘をつき、最近落ちた汚いものに進んで染まることによって、名誉や正直といった美徳からはるかに遠く離れてしまった。それでも、彼女は自分についてだいたい真実を説明していた。彼女は冷遇されており、中傷されていた。子供に誠実に尽くしており、特にそのうちの一人を熱愛していた。子供の利益を増やすことができるなら、爪を失うほど執筆した。

彼女は、ずいぶん昔インドで軍人として功績をあげ、そのため准男爵に叙せられたサー・パトリック・カーベリーの未亡人だった。准男爵は遅くなって若い妻と結婚したあと、遅くなって間違いに気づいたから、妻をときにはおだてあげ、ときには虐待した。そのどちらでも埒を越えていた。妻の側にも罪があるとはいえ、夫に対する不貞の罪は、ほんの芽生え的なものさえ——あこがれ的なものさえ——なかった。彼女は愛らしい一文なしの十八歳で、大金を浪費する四十四の男との結婚に同意したとき、詩人が描き、娘がふつう経験したがる恋愛へのあこがれをみな捨てる決意をした。サー・パトリックは結婚当時赤ら顔で、太って、禿げて、ひどく怒りっぽく、金に気前がよく、疑い深く、知的だった。彼は男たちを統率する仕方に秀でていた。本を読んで、理解することができた。卑劣なところは少しもなく、むしろ魅力的な性質を具えていた。愛されていい人だったかもしれないが、――愛には向かない人だった。若いカーベリー令夫人は立場をわきまえて、義務をはたす決意をしていた。祭壇に向かう前に浮気はすまいと決心し、それから一度も浮気をしたことがなかった。まあまあ順調に十五年がすぎた。――つまり、彼女が我慢するかたちで十五年がすぎたと読者には理解してほしい。夫婦は三、四年イギリスにいた。それから、サー・パトリックは新たに昇進して隊に復帰した。十五年間、夫は怒りっぽく、横柄で、しばしば残酷だったが、嫉妬深くはなかった。夫婦に男の子と女の子が生まれた。夫婦は子供に甘すぎた。――令夫人は彼女なりの基準で子供への義務をはたそうとした。とは言うものの、彼女自身は人生の初期から欺瞞のなかで教育されてきた。結婚生活においてはその欺瞞の上手な実践が必要とされるように思えた。彼女の母は父から逃げていた。彼女はあちこちへ次々と保護者をたらい回しにされ、ときには世話をしてくれる保護者さえ欠く状況にさらされた。ついに彼女は苦難のなかで油断のない、疑い深い、信頼できない人になっていた。しかし、彼女は賢かったし、子供時代の苦境のなかで教育と行儀を身につけて、美しかった。結婚して金を自由に使うこと、正しく義務をはたすこと、大きな家に住んで尊敬されることを野心とした。そして、結婚生活の最初の十五年では、大きな困難にあいながらもうまくやってきた。激しい虐待を受けても五分以内にほほ笑んだ。夫から打擲されることさえあった。――世間から虐待の事実を隠そうととりあえず気を使った。最後の何年間か夫は深酒した。彼女は悪を食い止めようと最初激しくもがいた。それから、悪の邪悪な影響を食い止め、隠そうともがいた。

それでも、そうするとき、彼女はよくないことをたくらみ、嘘をつき、策を弄する生活を送った。それから、ついにもはや若くはないと感じたとき、友情を結んでみようとした。友人のなかに異性が一人いた。もし妻の貞節がそんな友情と両立するとするなら、もし結婚ということが夫以外の男との友情を断ち切ることを妻に強要しないとするなら、カーベリー令夫人は貞節だった。ところが、サー・パトリックは嫉妬し、妻にさえも耐えられない言葉を口にし、分別の働きさえ超えるさまざまな暴挙をした。――彼女は夫のもとを去った。もっとも、これさえもとても用心深くやったので、手続きを踏む一歩一歩で無実を証明することができた。彼女が中傷されてきたことを読者に知ってもらうことがだいじであって、その時期に彼女がどんな生活を送っていたかは、私たちの物語にほとんど重要性を持たない。一か月か二か月にわたって彼女は夫の友人たちやサー・パトリック自身から辛辣な言葉を浴びせられた。そういうなか、徐々に真実が知られて、一年の別居のあと夫婦はもとのさやに戻り、彼女は夫が死ぬまで家の女主人としてとどまった。彼女は夫をイギリスに連れ帰った。けれども、夫は戻った田舎生活の残された短期間、疲れ切った瀕死の病人だった。その間、彼女は大きな不幸のもととなった醜聞につきまとわれた。ある人たちはカーベリー令夫人が結婚生活の一部で夫から逃げ出したこと、親切な老紳士から再び連れ戻されたことを飽くことなく覚えていたからだ。

サー・パトリックは大きな富とは言えなかったものの、ほどほどの資産を遺した。今やサー・フィーリックス・カーベリーとなった息子に年千ポンド、未亡人にも同じく年千ポンドを遺した。未亡人の死後、彼女の分は息子と娘で分けられることになった。それゆえ、この息子は父が死んだときすでに陸軍に入り、実際にはほとんど母の家に住んでいたから、家を維持するどんな義務も課されることなく、母と妹が一軒の家を構えていかなければならない金と同じ収入をえることになった。カーベリー令夫人は四十歳で夫への隷属から解放されたとき、寡婦としてふつうの精進の生活を送ることなど頭から考えなかった。彼女は妻の立場を受け入れたとき、いいことも悪いことも受け入れなければならないことを悟って、義務をはたそうと努めた。なるほどひどい目にたくさんあってきた。癇癪持ちの老人から叱られ、監視され、打たれ、罵られたうえ、激しい虐待のためとうとう家から逃げ出してしまった。夫の好意として連れ戻されたあとも、逃げ出したことで絶えず面責され、名を不当に貶められる屈辱を甘受した。その後、最後の一、二年間死の床に就いた放蕩者を看護したとき、こういう奉仕がこれまでにえたよきものの代償としては高すぎると思った。今ついに彼女はくつろぎのとき——ご褒美と自由と幸せの機会——を手に入れた。そして、自分のことをずいぶん考えて、一、二の決意をした。恋愛のときはすぎてしまった。恋愛にかかわることはないだろう。ご都合主義で再婚するつもりもなかった。それでも、友人——真の友人、彼女を助けてくれ——ひょっとすると彼女が助けられる友人——を持つことはできるだろう。人生を興味深いものにするため、自分のために何か仕事をするつもりでいた。ロンドンに住んで、何かの集まりでとにかくひとかどの人になるつもりでいた。文学仲間に加わった。あらかじめ選んで入ったというよりも偶然だった。ところが、金を稼ぎたいという必要に迫られた——欲求のせいで、この二年間は文学とのかかわりを維持し、強めてきた。娘となら、年千ポンドあれば一緒に心地よく暮らしていけると思ったから、娘との関連ではなく、息子との関連で、彼女は倹約が必要になることを初めから覚悟していた。贅沢は望まなかったが、ロンドンのいいところに住んでいると人々から思われる場所に家を持っていた。娘に分別があることは、自分にそれがあることと同様疑わなかった。ヘンリエッタには全幅の信頼を置いていた。しかし、息子のサー・フィーリックスには信頼を置けなかった。それなのに、彼女はサー・フィーリックスのほうをかわいいと思っていた。

私たちの物語は三通の手紙で始まったが、その手紙を書くころ、令夫人は金に困っていた。サー・フィーリックスはこのとき二十五歳、一流の連隊に四年間所属していたのに、すでに将校職を売り払っていた。事実をすぐ話してしまうと、彼は父が遺した資産をみな使いはたしていた。母はそれを知り、それゆえ限られた収入で自分と娘だけでなく息子の暮らしまで支えていかなければならないことを知った。息子がどれだけ借金を抱えているかわからなかった。実際には彼自身も、ほかの誰も知らなかった。准男爵たる者は近衛連隊に将校職を持ち、父から資産を遺されていることを知られていたら、どこまでも借金ができるだろう。サー・フィーリックスはその特権を余すところなく利用し、生活を全面的に悪化させた。彼は母の――さらに妹の――大きな重荷になり、避けがたく一家を金銭上の困難に陥れた。そうなっても、母娘は一瞬たりとも長男と喧嘩をすることはなかった。ヘンリエッタは女や娘にはあらゆる美徳が求められる一方、男や息子にはあらゆる悪徳が許されることを両親の行いから学んでいた。人生のごく初期にその教訓を学んだので、不平を抱くことさえなかった。妹は兄の邪悪な行動が兄に影響を及ぼすときそれを嘆き、彼女自身に影響を及ぼすときそれをとことん許した。人生の関心がすべて兄に従属させられることを、妹は自然なこととして受け入れた。兄が彼の分を食い尽くし、今母の分もみな平らげているせいで、妹はささやかな楽しみを絶たれ、慎ましい出費を切り詰められた。それでも、不平は言わなかった。ヘンリエッタは彼女が生まれついた階級では、男たちがいつもすべてを食い尽くすのだと思うよう教え込まれていた。

母は娘ほど高貴とは言い難い思い――むしろもっと非難されてしかるべき思い――を息子に抱いていた。少年は星のように美しくて、これまで母の目にとっての北極星、母の心を釘づけにする一点だった。少年が愚行を重ねているとき、母は破滅の道をたどる彼を止める言葉をほとんどかけたことがなかった。少年時代にはあらゆることで息子を甘やかし、成人に達した今もあらゆることで甘やかした。母は息子の悪徳をむしろ誇りに思い、たとえ邪悪でなくても、無節操であるがゆえに破滅的な彼の行為を噂に聞いて喜んだ。母があまりに甘やかしたため、息子は母の前でさえわがままを恥じなかったし、他人に対して働いた不正にもどうやら気づいていないようだった。

こういうことがあって、令夫人は一つには仕事をする喜びから、一つには社会への通行証としたいとの思いから、首を突っ込んでいた文学をできれば金になる重労働に替えようとした。それゆえ、カーベリー令夫人が友人たち――編集長たち――に仕事上の格闘のことを手紙に書いたとき、真実を語っていた。彼女はいろいろな男性作家の成功の風説を聞いており、――数人の女性の文学による収入の噂も耳にしていた。適度の範囲内で彼女の欲求に広い活躍の場を与えてもよいように思えた。フィーリックスがもう一度紳士らしい生活を取り戻し、カーベリー令夫人の将来の見通しを正す運命を持つ女相続人と結婚できるように、どうして彼女が収入に年千ポンドを加えてはいけないだろうか！　息子よりハンサムな男がいるだろうか？　息子より人当たりのいい男がいるだろうか？　女相続人を勝ち取るため必要な大胆さを息子より具えた男がいるだろうか？　勝ち取ったら、息子は妻をカーベリー令夫人にすることができる。充分な金さえ稼げたら、現在の厄日を乗り切ってすべてがうまくいくかもしれない。

カーベリー令夫人はいい本を作ることによってではなく、本のよさをある人たちに宣伝してもらうことによって、金を稼ぐ目的を達成できると強く信じていた。この確信が、真の成功のもっとも重大な邪魔になっていることに気づかなかった。彼女は書くことに一生懸命――とにかくページをすばやく埋めることに一生懸命――取り組んだ。生来賢い女性だったから、口軽に、平凡に、威勢よく書くことができた。知っていることをとても薄く引き延ばして、広い表面を覆うコツをすでに身につけていた。彼女はいい本を書こうという野心を持たなかった。評論家がいいと言ってくれる本を書きたいとひどく願った。たとえブラウン氏が私室で彼女の本は完全にゴミだと言ったとしても、そのときその本を『朝食のテーブル』で彼が激賞することを引き受けてくれるなら、評論家の本心が実際に彼女の虚栄心を傷つけたかどうか疑わしい。彼女は頭から足の先まで間違っていた。間違っていたが、いいところもたくさん身につけていた。

息子のサー・フィーリックスは悪い教育のせいで今の状態になったのか、それとも悪人として生まれてきたのか、誰にもわからない。彼が幼児のときに連れ去られて、道徳教師による指導を受けられたら、よくなっていたということは言えるかもしれない。しかし、どんな指導も、どんな指導の欠如も、他者に対する思いやりを完全に欠く、彼のような心を生み出しはしないということも言えるかもしれない。彼は不幸によってそのときの彼の快適さが壊されない限り、不幸さえ感じることができなかった。考えなければならない未来が、たとえ現在から一か月しか、一週間しか、一夜しか離れていなくても、彼はその未来のみじめさを悟るに足る充分な想像力を持ち合わせていないように見えた。彼は親切にもてなされ、称賛され、かわいがられ、おいしい食べ物を提供され、ご機嫌を取られることを好んだ。そんなふうに扱ってくれる人々は、選ばれた友人だった。友人を選ぶとき、彼は犬の高度の共感から選ぶのではなく、馬の本能に頼った。それにしても、愛する人のため自分の満足を一瞬でも抑えるところまで、彼が人を愛したことがあると言うことはできない。彼は石の心を持っていた。とはいえ、容姿が美しく、機転が利き、頭がよかった。貴族的な育ちの印象をふつう外見に与えるあのほのかなオリーブ色の浅黒い肌をしていた。髪はうっかりしても長くなることはなく、黒くて、柔らかく、つややかだった。子供の絹のような髪にごくふつうのあの脂っぽさが、彼の髪にはなかった。目は切れ長で、茶色。完璧な眉が完璧な弧を描いて美しかった。しかし、顔の美しさはおそらくほかのどの特徴によるより、完成された造形と鼻や口のみごとな左右対称性によった。短い上唇には眉と同じようにかたちのいい口ひげがあったが、ほかにひげはなかった。顎のかたちも申し分なかった。もっとも、顎にあるへこみが優しい心を暗示するのに、顎には甘い、柔らかい表情が欠けていた。身長はおよそ五フィート九インチで、姿かたちも顔と同様にすばらしかった。フィーリックス・カーベリーほどハンサムな男はいないと、男たちから認められ、女たちからも喧伝された。美しいという自意識を外部に表さないことでも知られていた。彼は多くのことで見栄を張った。金が続くあいだは――哀れな馬鹿！――金のことで見栄を張り、准男爵という肩書のことで、軍の階級を失うまでは階級のことで、特に当世風の知的な優越性のことで見栄を張った。一方で、彼は外見を気にする人だと思われることを避け、いつも地味な身なりを心がけるほど賢かった。だから、彼がどれほど冷淡な愛情の持ち主であるか、むしろどれほど愛情そのものを欠いているか、つき合う小さな集団のなかでこれまでほとんど察知されなかった。彼は賢さと結合した態度と外見のおかげで、抱える悪徳さえも隠しおおせてきた。ところが、一つの事件で名を落とした。三年間の愚行によってより一瞬の弱さによって、友人たちのあいだで評判を損なった。彼は同僚の将校と喧嘩した。仕掛けたのは彼のほうだった。男が男らしい行動を決意する瞬間が訪れたとき、彼は初めすごんで見せたものの、それから臆病のしるしの白い羽を見せた。それが今から一年前のことだった。彼はこの恥辱的な一件を世間に部分的に忘れさせることができた。――それでも、ある人々はフィーリックス・カーベリーがおびえてすくんだことをまだ覚えていた。

彼は今女相続人との結婚を仕事にした。そのことをよく承知して、定めに直面する用意をしていた。ところが、女に言い寄る技術の点で何かを欠いていた。彼は美しくて、紳士の行儀を具えており、話も上手で、大胆さに欠けるところもなく、感じてもいない情熱を表明することにかけては何の違和感も覚えていなかった。しかし、情熱というものをまったく知らなかったので、若い娘にさえも彼の情熱を信じさせることができなかった。愛について口にするとき、無意味なことを話していると思っていただけでなく、そう思っていることを表に出してしまった。この欠点のゆえに四万ポンドを持っているという噂の若い娘をすでに釣り損ねていた。その娘は「ほんとうのところあなたに愛はないとわかりました」とそう率直に言って、彼を受け入れなかった。「あなたを妻にしたいと願う以上に、どうやってあなたを愛していることを表したらいいでしょう?」と、彼は聞いた。「どういうふうに表現したらいいかわかりませんが、それでもあなたに愛はありません」と、娘は答えた。こうしてその若い娘は落とし穴を逃れた。今は、もう一人若い娘がいた。読者にやがて紹介しようと思う、サー・フィーリックスが飽くことなく勤勉に追いかける気になった娘だ。この娘は、前の娘の四万ポンドのように明示することはできなかったが、それをはるかに凌ぐ富を持つことが知られていた。実際、その資産は計り知れず、底なしで、はてしがないと一般に思われていた。普通の出費、つまり家や使用人や馬や宝石などへの出費については、この若い娘の父にとっては金額がどう変わろうとたいして違いがないと言われた。娘の父は大きな会社――非常に大きな会社――を持っていたので、恵まれた環境にある人々が羊肉片に六ペンス払おうが九ペンス払おうがたいして問題にしないように、つまらないものに一万ポンド払おうが二万ポンド払おうがたいして問題にしなかった。こんな人はいつ破産してもおかしくなかった。けれども、途方もない繁栄を遂げている現在の好調期に、娘と結婚する相手にこの父が莫大な資産を与えられることに疑いの余地はなかった。カーベリー令夫人は息子が一度座礁したことを知っていたから、サー・フィーリックスがこの高くそびえる当代のクロイソス(1)に見出した親密さをすぐにうまく利用することを切望した。

さて、ヘンリエッタ・カーベリーについて数語述べておかなければならない。兄が准男爵であり、カーベリーの分家の長であり、母の寵児でもある一方、彼女は当然はるかに重要性に欠ける人だったから、数語でこと足りるだろう。彼女も兄に似てとても美しく、それでいて兄ほど浅黒くなく、兄ほど均整の取れた容貌を具えていなかった。それでも、彼女は自分より他人を思いやるあの優しい表情を顔つきにたたえていた。兄にはまったく欠けている優しさだった。顔は彼女の性格の正確な指標だった。もっと言うと、兄妹がなぜこんなに正反対の性格を持つようになったか、誰にもわからない。兄妹が子供時代に両親の訓育から引き離されて育っても、これだけ性格的に違ったものになるかどうかもわからない。娘の美徳がまるまる両親の心のなかで占めていた彼女の位置の低さによるものかどうかもわからない。彼女は爵位にも、金の力にも、早く世間とふれ合ったことによる誘惑にも、損なわれなかった。今はかろうじて二十一になったが、ロンドン社交界のこともあまり知らなかった。母があまり舞踏会に出入りしていなかったからだ。母娘はこの二年間、たくさんの手袋や高価なドレスとは相容れない節約の必要に迫られていた。サー・フィーリックスはもちろん外出するけれど、ヘッタ・カーベリーはほとんどの時間を母とともにウェルベック・ストリートのうちですごした。世間はときどき彼女を目に留めて、目にしたとき、魅力的な娘だと断言した。世間はこれまでのところ正しかった。

しかし、ヘンリエッタ・カーベリーの場合、人生のロマンスがすでに本格的に始まっていた。カーベリー家にはもう一つ本家があり、そこは今カーベリー・ホールのロジャー・カーベリーによって代表されていた。ロジャー・カーベリーはこれからたくさん言及されなければならない紳士であるが、ここではただ彼がはとこのヘンリエッタを情熱的に愛していたとだけ言っておこう。とはいえ、彼はもう四十近くになっていた。一方、ヘンリエッタはポール・モンタギューという若者に会ったことがあった。

註

（1）大金持ちとして知られたリディアの王（c.595-c.547 BC）。

24

第三章　ベアガーデン

カーベリー令夫人はウェルベック・ストリートのかなり慎ましやかな家に住んでいた。そこは大邸宅と見せかけることも、住居として見栄を張ることもできない家だった。それでも、彼女は最初にその家を手に入れたとき、手持ちの金をいくらか持っていたので、きれいに心地よくなるようにそれを手直しした。火曜の夜に文壇の友人たちが訪ねて来るとき、経済的に苦しい状態にあるにもかかわらず、身のまわりに見栄えのする家財を持っていると感じられたので、今でもそれが誇らしかった。彼女は今息子と娘と一緒にここで暮らしていた。奥の客間がいつも閉じられたドアで表から切り離されていたから、彼女はここでおもに仕事をした。ここで本を書き、編集者や批評家を篭絡するやり方を工夫した。ここには編集者や批評家以外に客を入れなかった。ここならめったに娘から邪魔されなかった。ところが、息子は家のなかのどんな決まりにも縛られなかったので、悪気なしに母の私生活に割り込んできた。彼女がファーディナンド・アルフ氏に宛てた手紙を完成させ、大急ぎで二つの手紙を書き終えるとすぐ、葉巻を口にくわえたフィーリックスが部屋に入って来て、ソファーに身を投げた。

「ねえ、あなた」と、令夫人は言った。「ここに入って来るときは、お願いですから煙草を置いてからにしてちょうだい」

「とても品よくするんですね、母さん」と彼は言うと、それでも吸いかけの葉巻を暖炉に投げ込んだ。「ある女は煙草が好きだとはっきり言い、ほかの女は煙草がめちゃくちゃに嫌いだと言います。それはまったく女が男を喜ばせたいか、すげなくはねつけたいか、どちらかによります」

「私がすげなくあなたをはねつけたがっているとは思わないでしょう?」

「どうかわかりませんね。二十ポンド工面してもらえないかと思って来ました」

「まあフィーリックス!」

「そういうことです、母さん。――で、二十ポンドはどうでしょう?」

「何に使うのです、フィーリックス?」

「ええと。――じつを言いますとね、あることがはっきりするまで当面勝負を続けるためです。ポケットにお金を持たずに生きていけませんからね。ぼくはたいていの人並みに少ないお金でやりくりしています。節約できるものは節約しています。髪を切ってもらうのも掛けです。辻馬車を節約するため、できるだけ四輪箱馬車に乗っています」

「そのお金の目的は何ですか、フィーリックス?」

「目的まで見通すことはできません、母さん。猟犬が獲物を仕留めるためうまくやっているとき、馬がどうなるかなんて考えません。次に来る料理を心待ちにして、好きな料理を見送るなんてできません。そんなことをして何の役に立ちます?」その若者は「今を楽しめ」とは言わなかったが、そんな哲学を言いたかった。

「今日メルモットさんのうちを訪問しましたか?」今は冬の午後五時。女たちはお茶を飲み、暇な男たちは社交クラブでホイストをしている時間だった。――暇な若い男は女と戯れることが許される時間であり、カーベリー令夫人が思うに、息子なら大女相続人のマリー・メルモットに言い寄っていてもいい時間だった。

「たった今そこから帰って来たところです」

「彼女をどう思っています?」

「じつを言いますとね、母さん、マリーのことは何とも思っていません。彼女はきれいでもなければ、醜くもありません。賢くもなければ、愚かでもありません。聖人でも、罪人でもありません」

「その分いっそういい妻になります」

「おそらくそうでしょう。『ぼくにはもったいない』妻になってくれるととにかく信じたいです」

「お母さんは何と言っていますか?」

「その母が要注意なんです。娘と結婚したら、母がどこの出身かいずれわかると思わずにいられません。ドリー・ロングスタッフによると、その母はボヘミア系のユダヤ人だと誰かが言ったということです。それにしては太りすぎていると思いますね」

「たいした問題じゃありませんよ、フィーリックス」

「少しもね」

「お母さんは優しくしてくれますか?」

「うん、充分にね」

「お父さんのほうは?」

「うん、親父はぼくを追い出すとか、邪険にするとか、そういうことはしません。もちろん半ダースの男たちが娘に求婚しています。親父はそいつらに取り巻かれて当惑しているようです。親父は娘の恋人のことより、むしろ食事を共にしてくれる公爵を手に入れることにご執心です。たまたま娘の好みに合う男が彼女をものにするでしょう」

「それがあなたでもいいわけですね？」

「ぼくでもね、母さん。ぼくは最善を尽くしています。でも、働き者に鞭打っても無駄です。お金を工面してもらえませんかね？」

「まあ、フィーリックス、私たちがどれくらい貧乏かわかっているはずです。まだハンター種の馬をあそこに持っているでしょう！」

「それなら、二頭持っています。狩猟シーズンが始まってから、維持費を一銭もそこに払っていません。いいですか、母さん。これがきわどい勝負であることは認めますが、あなたの助言に沿って勝負をしています。もしミス・メルモットと結婚できたら、すべてがうまくいくと思います。ですが、彼女を手に入れることが、すべてを打ち捨てることであり、ぼくが一銭も持っていないことを世間に知らせることだとは思いません。こういうことをなし遂げるには、申し分のない生活をしていなければなりません。ぼくは狩猟を最小限まで削りました。ですが、狩猟を完全にあきらめたら、なぜぼくがそうしたか、グローヴナー・スクエア[1]の住人に告げ口をする人がたくさんいます」

哀れな母が反論できない明白な真実がこの主張にはあった。話し合いが終わる前に、そのときは余裕がなくて現金で出してもらえなかったが、彼は要求した金を出してもらえることになった。マリー・メルモットの件をできればすみやかに決着させるようにという母の懇願に、若者はほとんど耳を傾けることなく、明らかに心も軽く出て行った。

フィーリックスは母のところを出ると、今所属するただ一つの社交クラブへと足を向けた。クラブというのは一つを除くと、あらゆる点で愉快な場所だ。そこは現金か、あるいはそれより悪くて年会費の先払いかを要求した。若い准男爵は全面的な自粛を強いられていた。それで、彼は当然のことながら入会の資格を持つクラブのなかから最悪のクラブを選択した。そこはベアガーデンと呼ばれており、倹約と放蕩を結びつける明確な意図をもって最近開設されたクラブだった。ある若いけちな放蕩者によると、出資金以外にほとんどかまったく払わずに、たんに姿を現わすだけで出した金の三倍を受け取る時代遅れのじじいに安楽を提供するため、クラブはみな荒廃してしまったという。このベアガーデンは午後三時まで開かなかった。この時間より前にクラブが必要とされることはないと発起人たちは考えたのだ。朝刊を取ることも、図書室も、居間もなかった。食堂とビリヤード用の部屋とカード用の娯楽室があれば、ベアガーデンとしては充分のようだった。一人の調達係がすべてを提供することになったから、クラブはだまされるとしても、一人からしかだまされないことになる。すべてが贅沢になるうえ、その贅沢が原価で実現されることになった。これは妙案で、クラブは繁盛していると言われた。調達係のヴォスナー氏は価値ある人材で、何も問題が生じないようにそこを取り仕切った。彼はカード賭博の勘定処理のような小さな問題の解決にさえ助け舟を出した。銀行員から「預金皆無」と厳しく言いわたされた小切手の振り出し人にも、じつに優しく振る舞った。ヴォスナー氏は貴重な適任者で、ベアガーデンは成功だった。サー・フィーリックス・カーベリーくらい、ベアガーデンをとことん楽しんだ若者は、おそらくロンドンにいなかっただろう。クラブは他のクラブにほど近いセント・ジェームズ・ストリート[2]からそれた小さな路地にあって、外観の閑静さと実直さを誇った。他人が見る石細工に金を使う必要がどうしてあるだろうか？――食べることも、飲むことも、賭けることもできない大理石の支柱や天井蛇腹にどうして金を使う必要があるだろうか？　しかし、ベアガーデンには最高のワインがある――あるいはあると思われていた。もっともくつろげる椅子があり、二台のビリヤード台――脚で立つものでこれほど完璧なものが作られたことがない台――があった。サー・フィーリックスは母の二十ポンドの小切手をポケットに入れ、その二月の午後、ここへ向かった。

彼は、特別な友人、ドリー・ロングスタッフが葉巻を口にくわえて階段に立ち、向かいのくすんだレンガ造りの家をぼんやり見ているのを目にした。「ここでディナーを取るつもりですか、ドリー?」とサー・フィーリックス。

「そうするつもりさ。よそへ行くのはずいぶん面倒だからね。ほかのところで約束があったんだ。けれど、うちに帰って着替えることなんかとてもできない。まったくね！　どうして夕食会などするかぼくにはわからんよ。理解できん」

「明日は狩りに行きますか?」

「うん、そうだね。けれど、行けないと思う。先週は毎日狩りに行く予定だったが、使用人[3]が一度も間に合うようにぼくを起こしてくれなかった。どうしてあんなひどいやり方で狩りがなされるかぼくにはわからん。人が真夜中に起きる必要がないように、二時か三時に狩りを始めるべきじゃないかね?」

「月明りでは馬に乗ることができないからですよ、ドリー」

「三時に月明りはないだろ。いずれにしろ九時までにユーストン・スクエア[4]へ行くことは無理だな。ぼくの使用人は起きるのが嫌いだと思う。あいつは来て起こしたと言うけど、ぼくは覚えていない」

「レイトン[5]に何頭馬を持っていますか、ドリー?」

「何頭かって?　五頭いたが、あそこで雇っているやつが一頭売ったと思うね。けれど、それから別のを買ったと思う。あいつが何かしたのはわかっている」

「誰がそれに乗りますか?」

「そいつが乗ると思うね。もちろんぼくも乗る。ただぼくはめったにあっちへ行かないからね。グラスラウが先週あそこで二頭に乗ったと、誰かが言っていた。乗っていいと言った覚えはないけどね。あいつはぼくの雇い人に袖の下を使ったんだ。卑劣なやり方だと言いたいね。問いただしても、ぼくから馬を借りたとあいつが言うのがわかるだけだな。たぶん酔ってぼくがそう言ったんだろう」

「グラスラウと君は不仲でしたね」

「あいつはあまり好きじゃないね。貴族であることを鼻にかけて、ひどく意地悪だから。あいつがぼくの馬に乗りたがる理由がわからんな」

「節約するためですよ」

「あいつは金に困っているわけじゃないだろ。どうして自分で馬を持たないいんだろう？　いいかい、カーベリー、ぼくは決心した。誓って決心を守り抜くよ。誰にももう二度と馬を貸さない。馬を使いたかったら、やつらに馬を買わせよう」

「ですが、ある人たちは金を持っていませんからね、ドリー」

「それなら信用貸しでもやってもらわないとね。ぼくは、思うに、今季買ったものにまったく支払をしていない。昨日ここに借金取りが来て——」

「何です！　クラブにまでですか？」

「うん。何かの代金を払ってくれと言うために、ここまで追いかけて来たんだ！　そいつのズボンから見ると、馬のことだと思うね」

「君は何て言いました？」

「ぼくかい！　うん、何も言わなかった」

「その件はどう決着しました？」

「そいつが話し終えたとき、ぼくは葉巻を差し出したね。やつが端っこを噛み切っているあいだに、ぼくは上の階にあがった。やつは待ちくたびれて立ち去ったと思うね」

「ねえ、ドリー。君の馬を二頭二日間ぼくに使わせてくれたらいいと思います。――もちろん君がその馬を使わなかったらの話ですが。少なくとも今君はお金に困っているわけではないでしょう」

「うん、困ってはいないね」と、ドリーは不機嫌に認めた。

「了解なしに君の馬を借りるつもりはありません。ぼくがどんなに干あがっているか、君くらいよく知っている人はいません。ぼくは最終的に切り抜けますが、それまではひどい金欠状態が続きます。君以外にこんなことを頼める人はいません」

「そうだね、馬を使っていいよ。――つまり、二日間ならね。ぼくの馬丁が君を信じるかどうかわからん。馬丁はグラスラウを信じなかったので、そうはっきり言ったんだ。けれど、グラスラウは馬屋から馬を持ち出してしまった。誰かからそう教えてもらったよ」

「馬丁に君が一筆書いてくれたらいいです」

「おやおや、それはずいぶん面倒だなあ。それはできないと思うね。ぼくの馬丁は君を信じるさ。なぜなら、ぼくと君はずっと仲よしだからね。ディナーの前に少しキュラソーを飲もう。一緒に来てやらないか。食欲も出るだろ」

そのとき七時に近かった。九時間後、その二人とほかの二人――ドリー・ロングスタッフが特別嫌う若いグラスラウ卿がそのうちの一人だった――が、社交クラブ階上の娯楽室にあるトランプ台からちょうど立ちあがるところだった。ベアガーデンは午後三時前には開いておらず、日中は食事を提供しないのに対して、夜食は自由に給することができた。つまり、ベアガーデンは朝食は出すことができなかったが、朝の三時に夜食を出すことができた。この夜はそんな夜食、あるいはむしろ正確に言えば夜食の連続があった。さまざまな肉の辛味焼きや照り焼きや温かいトーストがまず一人、次にまた一人と、ときどき運ばれて来た。しかし、最初にカード勝負が始まった十時ごろから、勝負の中断はまったくなかった。朝の四時にドリー・ロングスタッフは確かに馬は貸せるけれど、それについて何も覚えていない状態になった。ドリーはほかの仲間にと同じようにグラスラウ卿にもたいそう優しかった。――こういうとき、彼は優しさに満たされた。泥酔しているのでもなく、しらふのときほど愚かでもなかった。勝負がどんなものか知らなくても、どんな勝負でも、どんな賭けでも、喜んでしようとした。サー・フィーリックスが立ちあがって、もうやめると言ったとき、ドリーも明らかに満足して立ちあがった。グラスラウ卿が暗い顔をしかめて、これだけたくさん金をすったとき、こんなふうにお開きにするのは男らしいやり方じゃないという意見を述べたとき、ドリーは快くまた座った。しかし、ドリーが座るだけでは充分ではなかった。「ぼくは明日狩りをするつもりです」とサー・フィーリックス。――明日というのは今日のことだ――。「もう勝負はしません。適当なときに寝床に就かなければなりませんから」

「まったくわからないな」と、グラスラウ卿は言った。「君が勝ったくらいたくさん勝ったとき、その場にとどまっているのが暗黙の了解だろ」

「どれくらいいればいいです？」と、サー・フィーリックスは怒った表情で言った。「そんなの馬鹿げています。あらゆることに終わりがなければなりません。今夜ぼくはこれで終わりです」

「君がそうしたければね」と卿。

「ぼくはそうします。さようなら、ドリー。次に会うときこれに決着をつけましょう。全部記帳させました」

その夜はサー・フィーリックスにとって結果という観点から見るとじつに重要な夜だった。彼は哀れな母から手に入れた二十ポンドの小切手を元手にトランプ台に座った。今はどれだけポケットに入っているかわからないほど金を持っていた。酒に酔っていたものの、頭が朦朧とするほど飲んではいなかった。ロングスタッフに三百ポンド以上の貸しを作ったことと、グラスラウ卿やもう一人から現金と小切手でそれ以上の金を受け取ったことを覚えていた。ドリーは商人たちのしつこさについて不平を言ったけれど、きっと貸しは払ってくれるだろう。彼は辻馬車を捜しながらセント・ジェームズ・ストリートを歩くとき、七百ポンド以上勝ったと思った。カーベリー令夫人から小金をせびるとき、いくらか現金を持っていないと、勝負を続けられないと言って、巻きあげたのは幸運だったと思った。彼は今大金――少なくとも当面やりたいことの実質的な助けになる充分な金――を手に入れた。請求書に支払をしようとは一瞬も思わなかった。予期せず持つことになった大金でさえ、そんなドンキホーテ的な目的を前にしたら、長くもたないだろう。ただ、明るい顔つきで今贈り物を買うとき、手に現金があった。財布のなかにどっさりなければ、今日日恋をすることさえ難しいのだ。

彼は辻馬車を見つけることができなかった。それでも、今の精神状態なら、家に歩いて帰ることも面倒とは思わなかった。これだけの金を持つ感覚には、じつに喜ばしい満足があったので、夜の空気さえ心地よく感じられた。それから、無心したとき、貧乏のことを言い出した母の低い嘆きの声を突然思い出した。今なら母に二十ポンドを返すことができた。しかし、返すのは愚かだと、じつに珍しい慎重さで思い当たった。すぐまた金が必要になるじゃないか？　それに、どうやって金を手に入れたか説明しないで母に金を返すことはできない。金については何も言わないほうがいいだろう。家に入って階段をのぼるとき、金については何も言うまいと決心した。

その日の朝九時に、彼は駅に着いて、バッキンガムシャーでドリー・ロングスタッフの二頭の馬に乗って狩りをした。――その馬を使うためドリー・ロングスタッフが雇っている男に三十シリングの袖の下を使った。

註

（1）ロンドンの Mayfair にある広場で、北は Brook Street 南は Grosvenor Street に挟まれている。メルモットの屋敷がある。
（2）Piccadilly と Pall Mall を結ぶ通りで、St. James's Square と Green Park のあいだを走る。
（3）キツネ狩りは七月には午前四時に始まる。
（4）Regent's Park の東側 Euston 駅のすぐ南に位置する広場。
（5）ベッドフォードシャーの Leighton Buzzard のこと。Dunstable の北西十キロに位置する。

第四章　マダム・メルモットの舞踏会

ベアガーデンで賭博があった夜の翌々夜［二月二十七日］、グローヴナー・スクエアで大舞踏会が催された。壮大な規模の舞踏会だったので、国会開会以来ほぼ二週間これがずっと話題になっていた。こんな意欲的な舞踏会が二月に成功するはずがないと、ある人々は意見を述べた。つぎ込まれる金――舞踏会開催年報のなかでも記録的なものになるほどの金――が、今回の開催を特徴づけていたので、きっと成功するだろうと、ほかの人々は断言した。金以上のものも費やされた。貴顕名士たちの協力をえるためにほとんど信じがたい努力がなされて、これらの努力がついに大きな成功をもたらした。スティーヴェネッジ公爵夫人はいつもの習慣なら、寒さが厳しいこの季節にロンドンにいることはなかったのに、舞踏会に出るため娘たちを連れてオールベリー城から出て来た。疑いなくとても強い説得を受けたからだ。弟のアルフレッド・グレンドール卿が金銭的苦境に置かれていることが知られていた。卿は時宜をえた金銭的支援によってかなり苦境を緩和されたという噂が巷間に流れた。それから、若いグレンドールの一人、アルフレッド卿の次男が、ある会社の役職に指名されたことがわかった。彼はそれで給与――親しい友人たちによると、もらう資格がないと思われる給与――を受け取った。彼が週に四、五日シティのアブチャーチ・レーン(1)に詰めていたこと、そんな変則的な仕方で彼の時間をただで使えなかったことは間違いない事実だった。スティーヴェネッジ公爵夫人が出かけるところへはどこへでも、世間の人々がこぞって出かけた。王室の王子が出席することが、ぎりぎり最後に、つまりパーティーの前日になって明らかにされた。どうしてこれが実現したか誰にもわからなかった。それについては、ある奥方の宝石が質屋から救い出されたという噂があった。すべてが同じように大規模になされた。首相は名が出席者名簿に載ることをきっぱり断った。それでも、ある閣僚と二、三の次官は出席に同意した。なぜなら、舞踏会の主催者がやがて議会でかなり関心のまとになると感じられたからだ。彼が政界入りをもくろんでいることも信じられていた。巨額の富を味方につけておくことはいつでも賢明だった。舞踏会についてはいちじ多くの懸念や憂慮があった。大きな試みが失敗するとき、その失敗は悲惨であり、また破滅的だろう。しかし、この舞踏会は今失敗の危機を免れた。

舞踏会の主催者はオーガスタス・メルモット氏、サー・フィーリックス・カーベリーが結婚を望んだ娘の父、ボヘミア系ユダヤ人と言われた奥方の夫だった。この紳士は二年前にパリからロンドンに到来し、最初はムッシュ・メルモットとして知られて、この名を選んで自称していた。それでも、本人は自分がイギリス生まれで、イギリス人だと断言した。妻が外国人であることは認めた。彼女がほとんど英語を話せなかったから、認めて当然だった。メルモットは「母国語」を流暢に話したけれど、少なくとも長い外国生活を示すなまりを見せた。ミス・メルモット——以前は短期間マドモワゼル・マリーとして知られていた——は、外国人にしては英語を上手に話した。この娘については、イギリス国外で生まれたことがわかっており、——ある者はニューヨークで生まれたと言った。しかし、事情を知っているに違いないマダム・メルモットは、マリーがパリで生まれたとはっきり言った。

メルモット氏がフランスで富を築いたというのは、とにかく疑いのない事実だった。彼はそれ以外の国々でも確かに莫大な取引をしていた。それについては、誇張されているに違いない逸話が語られていた。彼はロシア横断鉄道を敷設したと、南北戦争中に南軍に食料を供給したと、オーストリアに武器を提供し、イギリスの鉄をしばらく買い占めたと言われた。株の売買を通じて会社を興したり、つぶしたり、通貨を望み通りに高くしたり、低くしたりすることができた。こんなことが彼を賞賛して噂された。――一方、彼はパリで稀代の詐欺師と見られていたこと、パリをあまりに騒乱に陥れたので、そこに居座ることができなくなったこと、ウィーンで起業しようと努力したものの警察の警告を受けたこと、イギリスの自由だけが迫害されることなく勤勉の成果を享受できることをついに知ったこと、そんなことも噂された。彼は今私邸をグローヴナー・スクエアに、事務所をアブチャーチ・レーンに構えていた。王子や閣僚やまさに華とも言える公爵夫人が、彼の妻の舞踏会に出ようとしていることが世間に知られていた。これがみなこの十二か月で起こったことだった。

子は娘一人で、この富のすべての相続人だった。メルモット自身はふさふさの頬ひげ、もじゃもじゃの濃い髪、重苦しい眉、逞しい力を感じさせる口や顎を具えた大男だった。風貌にはこういう力強さがあったため、俗悪さが目立たなくなっていた。ところが、この男の容貌や外見には、全体的に不快な、信頼できない印象、金を鼻にかける乱暴者の表情があった。妻のほうは太っており、昔ふうのユダヤ女性とは違って色白だったが、ユダヤ人の鼻とユダヤ人の縮んだ目を特徴としていた。マダム・メルモットは知人たちから勧められたものに喜んで金を使う以外、長所をあまり持っていなかった。彼女は贈り物を受け取ってくれる人に贈り物を贈ることを夫から委託されているように見えた。夫のほうは世間からオーガスタス・メルモット氏として受け入れられ、届いてくるたくさんの手紙でもそう呼ばれた。所属する三ダースもの会社の重役名簿にもそう載っていた。しかし、妻のほうは相変わらずマダム・メルモットだった。娘はイギリス貴族と肩を並べることが許されて、今はどんなときもミス・メルモットだった。

マリー・メルモットはフィーリックス・カーベリーが母に描いて見せた通りの娘だった。彼女は美しくもなく、賢くもなく、聖人でもなかった。とはいえ、醜くも、愚かでも、特別罪人でもなかった。二十歳手前の小柄な娘で、父母にまったく似ておらず、ユダヤ女性の容貌の特徴も欠いていた。彼女は置かれた立場から来る感覚に圧倒されているように見えた。メルモット家では、物事が急速に進んでおり、ミス・メルモットがすでにほぼ受け入れた恋人を持っていることはよく知られていた。ところが、この縁談がうまくいかなかった。うまくいかなかったことで誰も若い娘に非難を加えたり、悲運の責任を負わせたりしなかった。娘が捨てたとも、捨てられたとも言われなかった。王室の結婚の場合、国家の利害が結婚のもくろみを規定しており、当事者が個人的な好き嫌いを言い出すことはできないし、好き嫌いなどは存在しないと一般に認められている。同じように、マリーの縁談では金がそれと同じ重みを持つものと了解されていた。そんな結婚では大きな金銭的取り決めに沿って賛成か、反対かがなされる。オールド・リーキー侯爵の長男、若いニダーデイル卿は、五十万ポンドの現金と引き換えに、この娘を妻にし、やがては侯爵夫人にすると申し出た。メルモットは金額に反対することなく――そう巷間では噂されている――、縁談をまとめるよう申し出た。ニダーデイル卿はこの縁談を彼の自由な裁量のもとに置きたかったから、これ以下の条件では動こうとしなかった。メルモットは侯爵を味方につけようとし、侯爵夫人をじつに熱心に味方につけようとした。というのは、そのころはまだ公爵夫人とのつながりができていなかったからだ。しかし、ついにメルモットは癇癪を起して、こんな多額の金をこんな男にゆだねることが適切なのかと卿の弁護士に聞いた。「あなたは一人娘を快く卿にゆだねようとしているところです」と弁護士。メルモットはもじゃもじゃの眉の下から数秒間弁護士をにらみつけ、それからおまえの回答には何の意味もないと言うと、部屋からすたすたと出て行った。それで、この縁談は終わった。ニダーデイル卿がマリー・メルモットに愛の言葉を言うことはなかったし、哀れな娘がそれを期待することもなかった――と私は思う。彼女は定められた運命の説明をちゃんと受けた。

ほかの求婚者たちも同じような試みをして、だいたい同じように打ち砕かれた。求婚者たちはそれぞれこの娘を——非常に高い金と引き換えに引き取る——厄介者として扱った。そのうえ、メルモットの事業が繁栄し、王族や公爵夫人がほかの方法で——なるほど金はかかるが破滅的なほど高くはない方法で——手に入ったので、マリー本人の意向はよけいにどうでもよくなった。メルモットは提示額を引きさげた。マリーも自分の意見を持ち始めた。彼女はグラスラウ卿をきっぱり拒んだと言われている。この卿の父は事実上破産しており、卿自身は何の収入もなく、醜く、意地が悪く、短気で、娘に気に入られる何の魅力も持たなかった。ニダーデイル卿が半分笑いながらマリーを妻にしてもいいと言って以来、彼女は経験を積んできたから、今はときどき自分の幸福や身のまわりについてじっくり考えたいと思った。サー・フィーリックス・カーベリーがうまく立ちまわったら、幸せ者になるかもしれないと、まわりの人々は噂し始めていた。

マリーがあのユダヤふうの奥方の娘であることにはかなり疑いがあった。メルモットの結婚の日付について調査がなされたが、成功したとは言えない。メルモットは妻と結婚して初めて金を手に入れたという、それも遠い昔の話ではないという考えが広まった。それから、マリーはまったくこの男の娘ではないという人々もいた。金が確実であるとき、謎は総じて快かった。日常的に金が使われることに疑いはなかった。屋敷があり、家具があり、馬車があり、馬がおり、お仕着せの上着を着て、頭に髪粉をつけた使用人がおり、黒い上着を着て、頭に髪粉をつけていない使用人がいた。宝石があり、贈り物があり、金で買えるありとあらゆる贅沢品があった。毎日二度ディナー・パーティーがあった。二時の昼食会と八時の正式のものだ。出入りの商人はまったく支払に疑いを持たなくなった。シティではメルモットの名は大金に値した。——人柄にはほんのわずかの価値しかなくてもだ。

グローヴナー・スクエアの南側にある大きな屋敷は、十時までには赤々と燃えあがるように見えた。広いベランダは格子造りふうの板で覆われて、熱い空気で暖められ、温室に変えられて、とほうもなく金をかけた外来植物で満たされた。ドアからずっと道路まで、私道に屋根が取りつけられた。道路を迂回するよう通行人を脅すため、警察が買収されていたのではないかと思う。屋敷はいったん入ったらどこにいるかわからないような状態だった。大広間は楽園だった。階段はお伽の国だった。会見室はシダで豊かに満たされた洞窟だった。壁が撤去され、アーチが造られていた。芯の鉛は支柱で支えられ、囲われ、覆いがされ、カーペットで巻かれた。舞踏会場は一階と二階にあって、屋敷内ははてしがないように見えた。「六万ポンドはかかったでしょう」と、オールド・リーキー侯爵夫人が旧友のミドロージアン伯爵夫人に言った。侯爵夫人はスティーヴェネッジ公爵夫人がこの会に出ると聞いて、息子の不幸にもかかわらずやって来た。「上手に使われなかった金でも、金は無駄使いにはなりません」と、伯爵夫人は言った。「誰に聞いても、上手にえられた金ではありませんからね」と侯爵夫人。それから、二人の老貴婦人は疲れ切ったボヘミア系のユダヤ女性に代わる代わるお愛想を言った。その女主人はこの場の重圧にほとんど失神しそうになりながら、客を迎えるためお伽の国に立っていた。

二階あるいは客間階にある三つの大広間が舞踏会場用に用意され、ここにマリーが待機した。一方、公爵夫人はダンスの進行役を指名されて、甥のマイルズ・グレンドール——今はシティに通っている若い紳士——に楽団への指示を与えたり、みなの世話をしたりする役を託した。そのため、グレンドール家——グレンドールのアルフレッド卿側分家——とメルモット家のあいだにかなり親密な関係が生じた。それぞれが多くを与え、多くを受け取るので、なるようにしてなった関係だと言っていい。アルフレッド卿が一文なしであることは知られていた。それでも、卿の兄は公爵、姉は公爵夫人だった。この三十年、哀れなアルフレッドは絶えず不安を抱えていた。一文なしの不幸な結婚をして、三人の息子と三人の娘を持ったから、とぼしい世襲財産を使い尽くし、親戚の貴族からしぶしぶ与えられる助成に長く依存して生活してきた。メルモットなら、負担に感じることなくこの一家全体を豊かに支援することができる。――それくらいは苦もなくできるだろう。マイルズが女相続人と結婚するのはどうかとの考えが一度は生じたけれど、そんな考えは捨てたほうがいいことがすぐわかった。マイルズは爵位を持たなかったし、何の地位にも恵まれなかったし、地位にふさわしい器でもなかった。噴水の水がグレンドール家全体を穏やかに潤すようにするのが、あらゆる点から見て望ましかった。――それで、マイルズはシティへ通うことになった。

舞踏会は、公爵夫人の長男バンティンフォード卿がマリーと一緒にカドリールを踊って始まった。さまざまな取り決めがなされており、これもその一つだった。取引の一部だったと言っていいかもしれない。バンティンフォード卿はやんわりとそれを拒否した。卿は仕事に専念する、自分の階級を愛する、かなり内気な若者で、踊りを好まなかった。それでも、卿は母の言うことを聞いた。「もちろんあの人たちは俗悪です」と、公爵夫人は言った。――「愚かしい事情のせいで、俗悪さを通り越してあきれてしまうほどです。たぶんあの男は正直者じゃありません。たくさん金をもうけるとき、正直者であるはずがないのはわかっています。もちろん舞踏会だって目的があって開いています。そんなことは間違いだなんて言うのは簡単ですが、アルフレッドの子をどうしたらいいでしょう？　マイルズは年に五百ポンドもらうことになっています。それで、いつもあの家に出入りしています。ここだけの話ですが、あの人たちはアルフレッドの手形を何枚か手に入れて、あなたの叔父から支払ってもらうまで、それを金庫に入れておくと言っています」

「手形は長いあいだそこに置かれるでしょうね」とバンティンフォード卿。

「もちろんあの人たちはお返しを求めています。一度あの娘と踊りなさい」バンティンフォード卿は――やんわりと――拒否したものの、母から言われる通りにした。

舞踏会はとても順調に進んだ。下の部屋の一つに三つか四つトランプ台があって、その一つにアルフレッド・グレンドール卿とメルモット氏が座っていた。ほかの二、三人が三回勝負が終わるたびにそこに加わったり、外れたりしていた。ホイストはアルフレッド卿のたった一つの特技であり、人生でほとんど唯一の仕事だった。彼は毎日三時にクラブでそれを始め、ディナーのための二時間の休憩を挟んで、午前二時まで遊び続けた。年に十か月これをして、残り二か月はホイストが行われるある海水浴場へ出かけた。博打はしないで、クラブの所定の賭け金以上では遊ばなかった。ホイストに心底のめり込んでいたから、たいていの相手には勝っていたに違いない。けれども、アルフレッド卿はひどく無慈悲な悲運につきまとわれていたので、ホイストからさえ金を稼ぐことができなかった。メルモットはアルフレッド卿のクラブ――「旅行者クラブ」――に入ることを切望していた。メルモットが負けて優雅に金を支払うところや、彼が卿をアルフレッドと親密に呼ぶようすを見るのは快かった。アルフレッド卿は貴族としての誇りをまだ保っていたから、そう呼ばれたとき、できれば相手を蹴ってやりたかった。たとえメルモットが群を抜いた大男で、もっと若かったとしても、アルフレッド卿は蹴りを入れる勇気に欠けることはなかった。アルフレッド卿は習慣になった怠惰と気の抜けた無能にもかかわらず、まだ一握りの根性を具えており、ときどきメルモットに蹴りを入れて関係を終わらせることを考えた。しかし、哀れな息子たちがおり、メルモットの金庫にあの手形があった。そのあと、メルモットは規則的に失点して、賭け金をじつに上機嫌に支払った!「来いよ、シャンパンを一杯飲もう、アルフレッド」とメルモットが言い、二人は一緒にトランプ台をあとにした。アルフレッド卿はシャンパンが好きで、舞踏会の主人のあとを追った。けれど、一緒に行くとき、彼はいつかこの男に蹴りを入れようと決意していた。

夜も深まるころ、マリー・メルモットはフィーリックス・カーベリーとワルツを踊った。ヘンリエッタ・

カーベリーはそのときただ近くに立って、ポール・モンタギューという若者に話しかけていた。カーベリー令夫人もその場にいた。令夫人はメルモット家の人々や舞踏会に近づくことに乗り気ではなかった。ヘンリエッタも同じだった。ところが、フィーリックスは女相続人への下心があったから、送るように仕向けた招待状に応じるように母と妹に提案した。母と妹は招待を受け入れた。ポール・モンタギューも招待状を受け取っており、カーベリー令夫人はそれを少し遺憾に思った。令夫人は二分間マダム・メルモットと愛想よく言葉を交わしたあと、みじめさ以外にその夜は何も期待しないで椅子に座った。彼女は義務をはたし、不平を言わずにそれに耐えることができた。

「私がロンドンで出る最初の大きな舞踏会です」と、ヘッタ・カーベリーはポール・モンタギューに言った。

「気に入りましたか？」

「いいえ。どうして好きになれますか？　ここにいる人を誰も知りません。こういうパーティーで人がどういうふうに相手と知り合うか、相手を知らないで踊るか、わかりません」

「その通りです。思うに、夜会に慣れてくると、あちこちで紹介されて、望み通りすばやく知り合いになることができます。もしあなたが踊りたいなら、ぼくと踊るというのはどうです？」

「あなたと――もう二度――踊りました」

「三度踊るのを禁じる法なんかありませんよ？」

「でも、特別踊りたいとは思いません」と、ヘンリエッタは言った。「話しかけてくれる人がいないかわいそうなママを、これから慰めに行こうと思います」しかし、このときカーベリー令夫人は思いがけない友人から救い出されて、そんなかわいそうな状態にはなかった。

サー・フィーリックスとマリー・メルモットは長いワルツのあいだずっとぐるぐる旋回して、音楽と動きの興奮をどこまでも楽しんだ。フィーリックス・カーベリーにほめられるところがあるとすれば、彼が身体的活動面では完璧だったということは言っておく必要がある。彼は踊ったり、乗馬したり、射撃したり、体を動かすことに熱中するとき、その瞬間だけ生気に突き動かされて幸せになれた。思考とか計算ではなく、身体組織の動きの問題だった。マリー・メルモットはとことん幸せだった。心から踊りが好きだったから、楽しく踊ることさえできればよかった。彼女はある種の男たちとは踊ってはいけないと特別警告されていた。ニダーデイル卿の腕にほとんど投げ込まれており、父の指示で卿を受け入れる用意をしているところだったからだ。ところが、卿とつき合っても、みじめではないというだけで、少しも楽しくなかった。彼女は自分の性格に独自の個性があり、それに声を与えなければならないことにまだ気づいていなかった。はっきり言葉にすると、ニダーデイル卿とは踊りたくなかった。最初はほとんど口に出して言う勇気がなかったが、グラスラウ卿がほんとうに嫌いだった。ほかの一、二の男もそれぞれ違ったかたちで不快だった。しかし、彼らは邪魔にならないかたちで通りすぎたか、通りすぎつつあった。結婚の申し出がなされたら、受け入れるように父から命じられた男は今のところいなかった。そんななか、彼女はサー・フィーリックス・カーベリーと踊るのが好きだった。

彼が真の性質を隠しおおせることができたのは、美男子だからというだけでなく、顔の表情を変える能力、顔の演技力もあったからだ。実際に心をさらけ出す――あるいはさらけ出す努力をしなければならない――瞬間が来るまで、彼はその心が温かくて誠実であるかのように見せかけることができた。しかし、心については何も知らなかったから失敗した。それでも、娘と親しくなる取っ掛かりでは成功した。彼はマリー・メルモットとすでに取っ掛かりより先まで進んでいた。一方、マリーは彼の欠陥をすばやく見抜くことができなかった。彼が神のように見えていたからだ。もしサー・フィーリックス・カーベリーから求婚され、身をゆだねることが許されたら、満足できると彼女は思っていた。

「何て、あなた、踊りが上手なんでしょう!」と、サー・フィーリックスは息を継いで話せるようになるとすぐ言った。

「そうかしら」と、マリーは発話に少しかわいさを見せる外国なまりで言った。「そんなふうに言われたことはありません。私のことについて誰かから何か言われたことはありません」

「始めから終わりまでずっとあなたのことを話していたいです」

「でも、――私のことはご存知ないでしょ」

「ぼくなら見つけ出します。ぼくならちゃんと推測できると思います。あなたがこの世でいちばん望むものを当ててみせます」

「何です?」

「あなたをこの世でいちばん愛する人でしょう」

「ええ、――そう。それが誰かわかるかしら?」

「信じることによって以外に、ミス・メルモット、どうやってそれを知ることができるでしょう?」

「それは知る方法になりません。もしある娘がほかの人より私を愛すると言っても、その娘がそう言うからといって、私にそれがわかるわけがないでしょう。事実を見つけ出さなければなりません」

「もしある紳士がそう言ったらどうです?」

「私ならその方を信じません。事実を見つけ出したいとも思いません。でも、私が愛することのできる、そう、私より十倍もいい娘を友人に持ちたいです」

「ぼくもです」

「あなたに特別な友人はいないんですか?」

「ぼくはね、愛することのできる娘、――そう、ぼくより十倍もいい娘がほしいです」

「あなたはね、サー・フィーリックス、今私をもの笑いにしているのね」とミス・メルモット。

「あれがどういう結果になるか知りたいです」と、ポール・モンタギューはミス・カーベリーに言った。

二人は応接間に戻って、准男爵が始めた娘の口説き方を見つめていた。

「フィーリックスとミス・メルモットの二人でしょう。そんなことは考えたくありませんね、モンタギューさん」

「お兄さんにとってこれは願ってもないチャンスです」

「娘がただ将来莫大なお金を持つからといって、娘と、つまり俗悪な家の娘と、結婚するチャンスですか? 兄は彼女をじつのところ愛していません――金持ちだからといってね」

「ですが、ひどく金を必要としています! フィーリックスには女相続人の夫になる以外に、世間に顔向けできる生き方はないように見えます」

「何てひどいことをおっしゃるの!」

「ですが、ほんとうのことじゃありませんか? 彼は一文なしです」

「まあ、モンタギューさん」

「そのうえ、彼はあなたも、あなたのお母さんも一文なしにしてしまいます」

「私のことはかまいません」

「ですが、ほかの人たちは心配します」彼はこう言うとき、ヘッタのほうを見ることもなく、自分と彼女の両方に腹を立てているように、歯のあいだから声を出した。

「フィーリックスのことをあなたからそんなふうに辛辣に言われるとは思いませんでした」

「辛辣に言ってはいません、ミス・カーベリー。彼だけの過ちとして言っているわけじゃありません。彼は金を使うために生まれてきた人のように見えます。この娘が使える金をたくさん持っているので、彼がこの娘と結婚したら、それで結構だろうと思います。もしフィーリックスが年に二万ポンド持っていたら、みんなが彼をこの世でいちばんすばらしい人だと思うでしょう」しかし、ポール・モンタギューはこう言うとき、彼が世間の意見を適切に測ることができないことを露呈した。サー・フィーリックスが金持ちであろうと貧乏であろうと、世間は邪心に満ちているので、彼をすばらしい人だとは思わないだろう。

カーベリー令夫人は半身像の下でほぼ半時間我慢強く孤独を守って座っていた。そのとき、ファーディナンド・アルフ氏に会えて喜んだ。「あなたもここに？」と令夫人。

「もちろんです。メルモットと私は冒険者仲間ですから」

「あなたが喜ぶようなものはここにはないと思いましたのに」

「あなたを見つけました。それに、たくさんの公爵夫人やその娘たちも見つけました。みんなジョージ王子[2]に会いたがっています」

「そうですか？」

「インド局[3]のレッグ・ウィルソンもすでにここにいます。ここに来る途中、宝石の装飾があるあずまやで彼と話をしました。それから五分もたっていません。すごい成功です。とてもすばらしいと思いませんか、カーベリー令夫人？」

「真面目になのか冗談でおっしゃっているのかわかりません」

「冗談は言いません。ええ、とてもすばらしいです。ここの人たちはあなたや私やほかの人たちを喜ばせるため、数千ポンドを出しています。お返しに彼らが求めているのは、ささやかな精神的な支援です」

「それじゃあその支援をなさるおつもりですね?」

「私は支援します」

「ああ、でも、『夕べの説教壇』からの支援になりますね。新聞がその支援をなさいますか?」

「ええと。列席者名の目録を掲載したり、女性のドレスを記録したりすることは、私たちの路線じゃありません。今夜の私たちの主人役には、新聞から距離を置いてもらうほうがいいでしょう」

「あなた方は哀れな私にはとても厳しくなさいます、アルフさん?」と、彼女は間を置いたあと聞いた。

「誰にも厳しくしませんよ、カーベリー令夫人。ほら、王子が来ました。みんなが王子を捕まえました。どうするつもりでしょう！　おや、王子を女相続人と踊らせるつもりです。かわいそうな女相続人！」

「かわいそうな王子さま！」とカーベリー令夫人。

「そんなことはありません。すばらしい娘ですから、王子が困ることなんかありません。しかし、王族と話をするなんて、かわいそうな娘、彼女はどんな気持ちでしょう?」

　確かにかわいそうな娘！　王子が大広間に招き入れられたとき、マリーはフィーリックス・カーベリーからまだ言い寄られているところだったが、王子と踊らなければならないことをすぐ納得させられて、立ちあがった。紹介はかなり事務的になされた。マイルズ・グレンドールがまず動いて、犠牲となったマリーを連れ出した。侯爵夫人は犠牲となった王子を連れてそれに続いた。マダム・メルモットは崩れ落ちそうになるまで立っていたあと、よたよたと彼らのあとについて行ったけれど、踊りに加わることは許されなかった。楽団はガロップ[4]を演奏していたにもかかわらず、すぐ止められたから、踊り手たちに大混乱をもたらした。

二分もすると、マイルズ・グレンドールが一組を作った。彼は伯母の公爵夫人と組んで、マリーと王子のペアと差し向いに立った。カドリールの中盤ごろまでにレッグ・ウィルソンが見つけ出されて、持ち場に着かされた。バンティンフォード卿は逃げてしまった。それでも、公爵夫人の娘が二人まだそこにいて、すぐ捕まってしまった。サー・フィーリックス・カーベリーはハンサムで名も通っていたので、二人のうちの一人と踊らされた。グラスラウ卿がもう一人と踊った。すべて爵位のある人たちで構成された四組がほかにいた。この特別な踊りは『夕べの説教壇』では掲載されなくても、もう少し不真面目な日刊紙で記録されることになった。屋敷のなかに雇われた記者が待機していて、この踊りが実現して事実となったらすぐ、名簿を持って急いで駆け出す用意ができていた。王子自身はなぜこの場に来たかぜんぜん理解できていなかった。しかし、王子の動静を整えてきた人々は、現在の瞬間のためにそれを整えてきたのだ。王子は質屋から救い出されたある奥方のダイヤモンドのことなんか知らなかったし、埋め合わせとしてメルモットから引き出された聖ジョージ病院(5)への多額の寄付金のことも知らなかった。哀れなマリーはこの時間の重みを耐えられないくらい重く感じて、逃げ出せるものなら、逃げ出したいという表情をしていた。しかし、難儀はすぐに終わり、実際にはそれほど難しい難儀でもなかった。王子はそれぞれの人に一言二言口を利いたが、返事を期待しているようには見えなかった。王子は数語に大きな効果を持たせることで、臨席の負担を瞬時に強いられるまわりの人々にその負担を和らげるようよく訓練されていた。踊りが終わって、女主人の前でシャンパンを一杯飲む儀式のあと、王子は会場を抜け出すことができた。王子が去るまで、王室から客が来ていることを主人に秘密にしておくため、かなりの力量が示された。それを知ったら、メルモットは殿下のそばでみずからグラスにワインをつぎ、舌を慰めたかっただろうし、おそらくうるさく、不快に振る舞っただろう。マイルズ・グレンドールはこういうことを充分理解していたから、とても上手にことを処理した。「おやおやしまった。――殿下が来られていたのに帰られてしまった！」と、メルモットは叫んだ。「あなたと父がホイストにとても熱中していたので、来ていただくに忍びなかったんです」とマイルズ。メルモットは馬鹿ではなかったから、事情をすべて理解した。――彼が王子に話しかけないほうがいいと思われたことだけでなく、このように処理されるほうがいいことも理解した。いくら大人物でも一度にすべてを扱うことはできない。彼はマイルズ・グレンドールをとても重宝していた。少なくとも今のところマイルズと喧嘩するつもりはなかった。

「もう三回勝負しよう、アルフレッド？」馬車が客を送り出しているとき、彼はマイルズの父に言った。アルフレッド卿はシャンパンを何杯も飲んでいたから、金庫のなかの手形や息子たちが受けている恩恵のことを一瞬忘れた。「ちぇっ、そんな忌々しい呼び方があるか。人の名をちゃんと呼べ」と、彼は言った。それから、家の主人にそれ以上何も言わずに屋敷を出て行った。メルモットはその夜寝床に就く前に、舞踏会についての、特にマリーの振る舞いについての説明を疲れ切った妻に求めた。「マリーは行儀よく振舞っていました」と、マダム・メルモットは言った。「でも、どの若者よりはっきり『サー・カーベリー』が好きなようでした」メルモットは「サー・カーベリー」について准男爵だということ以外、ほとんど知っていなかった。彼は目を見開き耳を澄まして、あらゆることに気を配る鋭い知性の持ち主だったけれど、イギリスの爵位の意味と序列についてはまだよく理解していなかった。しかし、娘には長男か、現在無条件に爵位を保持している男を手に入れなければならないことくらいは承知していた。彼はサー・フィーリックスがただの准男爵であるとはいえ、無条件に爵位を保持していることを知った。サー・フィーリックスの息子がやがてはサー・フィーリックスとなることもつかんだ。それで、彼は現時点で若い准男爵に対する娘の振る舞いに、はっきりと指示を出す気になれなかった。当然のことながら、フィーリックスが別れ際に実際にマリーに使ったような言葉で娘に話しかけているとはまだ思ってもいなかった。「ほかの誰よりもあなたを愛しているのが誰か、あなたにはもうおわかりでしょう」と、フィーリックスは囁いた。

「愛されていません。——誰からもね、サー・フィーリックス」

「ぼくが愛しています」と、彼は言って、娘の手をしばらく握った。彼が顔を覗き込んだとき、マリーはそれをとてもすてきだと思った。彼はその言葉を研究し、繰り返し稽古していたから、実地ではかなりうまくやった。ついに愛せる男から話しかけられたという甘い確信を哀れな娘に抱かせて、とにかく寝床に送り込むほどうまくやった。

註

（1）Cannon Street 駅の東、Monument の西に位置する。Cannon Street から King William Street へ抜ける通り。
（2）ヴィクトリア女王にジョージという名の子はいない。
（3）一八五七年のセポイの乱後にロンドンに設置されたインド統治機関。
（4）十九世紀に流行した四分の二拍子の軽快な舞踊。
（5）Hyde Park Corner にあった。

第五章　舞踏会のあと

「退屈なお勤めでした」サー・フィーリックスはそう言うと、母と妹と一緒に箱馬車に乗り込んだ。

「何もすることのなかった私には、じゃあ舞踏会って何だったでしょう?」と母。

「ぼくが退屈なお勤めっていうのは、何かしなければならないことがそこにあるっていうことです。それはそうと、今思いつきましたが、家に帰る前に社交クラブに寄りたいです」彼はそう言うと、箱型馬車から頭を突き出して、馬車を止めた。

「もう二時ですよ、フィーリックス」と母。

「残念ながらそんな時間ですが、お腹が空いています。たぶん母さんは夜食をすませているでしょう。ぼくは何も食べていません」

「午前のこんな時間に、夜食を取りにクラブに寄るつもりですか?」

「行かなかったら、お腹を空かしたまま寝床に就かなきゃなりません。おやすみ」それから、彼は箱型馬車から飛び降り、辻馬車を呼んで、ベアガーデンへ向けて御してもらった。彼はそこの連中に雪辱の機会を与えてやらなかったら、彼らから卑怯と思われるだろうと心で断言した。前夜もう一度勝負をして、また勝った。ドリー・ロングスタッフに今かなりの金を貸していた。グラスラウ卿にも貸していた。彼はグラスラウが舞踏会のあとクラブへ行くことを確信していた。彼が母妹によって家に連れて帰られるとは、連中が考えていないことを信じて疑わなかった。そう自分で納得していた。しかし、ほんとうのところは博打の悪魔が心のなかで熱くうずくのを感じていた。負けたら手持ちの金をなくすかもしれないことや、勝っても長く金を払ってもらえないことを恐れたけれど、それでもトランプ台に近づかずにいられなかった。

うちに着いて二階にあがるまで、母娘とも口を開かなかった。それから、母はそのときいちばん気になっている問題を口にした。「あの子は博打をしているのではないかしら?」

「お金を持っていませんよ、ママ」

「それが博打の邪魔にはならないのではないかと心配です。それにあの子はお金を持っています。あの子やあの悪友たちにとって、たいしたお金じゃありませんがね。博打をしたら、全部なくしてしまいます」

「あの人たちはみんな――多少とも――勝負事をすると思いますね」

「あの子が博打をするなんて思ってもいませんでした。私に見せる思いやりのなさにも、心がなえて、うんざりします。従順じゃないからというのじゃありません。母なら、おそらく成人した息子に従順さなんか期待しません。でも、あの子は私の言うことに馬耳東風です。私を少しも尊敬していません。あの子は見知らぬ人の前でより、私の前で悪いことをしたいようです」

「兄は長いあいだお山の大将でしたからね、ママ」

「そうね、――お山の大将ね!　でも、まるであの子が小さな子供のように、養ってやらなければなりません。あなたはポール・モンタギューと一晩中話をしていましたね、ヘッタ」

「いえ、ママ。――言いすぎです」

「彼はずっとあなたと一緒でした」

「彼しか知っている人がいませんでした。それに、私に話しかけないように彼に言うことなどできませんでした。彼とは二度踊りました」母は座ったまま、両手を額にあげて、首を横に振った。「ポールと話をするのを望まないなら、私をあそこへ連れて行かなければよかったです」

「あなたの話の邪魔なんかしたくありません。私の願いはわかるでしょう」ヘンリエッタは母に近づいて、口づけすると、おやすみを言った。「私はロンドンでもっとも不幸な女だと思います」と、母は神経質にすすり泣いて言った。

「私のせいですか、ママ?」

「あなたはその気になれば多くのことから私を救うことができます。私は馬のように働いていても、使わなくていいお金は一銭も使いません。自分のためには何もほしがりません。——自分のためには何もね。私くらい苦しんだ人はいません。でも、フィーリックスは一瞬も私のことを考えてくれません」

「私は考えていますよ、ママ」

「私のことを考えてくれるなら、あなたははとこの求婚を受け入れてくれているはずです。ロジャーを拒むどんな権利があなたにあります? みんなあの若い男のせいでしょう」

「違いますよ、ママ。あの若い人のせいではありません。私ははとこがとても好きです。——でも、それだけです。おやすみなさい、ママ」カーベリー令夫人は口づけを受けると、独り取り残された。

翌朝［二月二十八日］八時、ベアガーデンのトランプ台から四人の男がちょうど立ちあがるところだった。ベアガーデンはとても愉快なクラブなので、閉鎖時間についてまったく規則を持たなかった。——唯一の規則がクラブを午後三時前には開けないというものだ。とはいえ、朝六時以降に夜食か酒かを作ることに対して、使用人が異議を唱えることはある程度許されていた。それで、朝八時になると、ますます立ち込める煙草が、若い体にさえきつくなり始めた。四人はドリー・ロングスタッフ、グラスラウ卿、マイルズ・

グレンドール、フィーリックス・カーベリーだ。四人はさまざまな無邪気な勝負でこの六時間を楽しんだ。四人はホイストから始めて、最後の半時間はついにブラインド・フーキーという運だけの勝負をした。一晩中フィーリックスは勝った。マイルズ・グレンドールは彼を嫌った。マイルズと若い貴族グラスラフは、サー・フィーリックスをこの二晩続きの勝ちの重みから解放して楽にしてやることが、有益でかつ適切だという明白な意図に突き動かされていた。この二人は同じ目的を持って勝負をした。若かったから、それを態度に表して、結果、はっきり敵対的な雰囲気を醸し出していた。この二人がいかさまをしたとか、准男爵がインチキの疑いを抱いたとか、そんなふうに読者は理解してはならない。それでも、フィーリックスはグレンドールとグラスラフを敵と感じたから、共感と友情をドリーに頼った。しかし、ドリーは泥酔していた。

午前八時、現金を動かすことはなかったが、いちおう清算がなされた。現金のやり取りは夜の始めだけで長く続かなかった。グラスラフ卿がいちばん負けて、カーベリーに渡った紙幣と紙片は数えると二千ポンド近くに達した。卿は激しく異議を唱えたものの、何もえられなかった。卿が書いた頭文字と数字がそこにあったから、抜け目のない人と思われたマイルズ・グレンドールでさえ、その負けを減らすことができなかった。グレンドールは今回カーベリーに四百ポンド以上の負けだった。――マイルズは今その気になれば簡単に四万ポンドを拠出できるから、負けをたいしたものと思っていないのか、気軽に借用証書を敵に渡した。グラスラフも一文なしだった。彼には――同じくまたほんとうに一文なしの――父がいた。しかし、彼ら父子にとって状況は絶望的というわけではなかった。ドリー・ロングスタッフはあまりにも酔っぱらっていたので、自分の勘定にさえ口を添えることができなかった。勘定は彼とカーベリーのあいだで将来の機会にゆだねられることになった。

「君は明日の夜――つまり今夜です――ここに来ると思いますが」とマイルズ。

「もちろんです。――一つよろしいでしょうか」とフィーリックス。

「何でしょう？」

「この先勝負をする前にこういうことはちゃんと正しておくべきだとぼくは思います！」

「それはどういう意味だね？」と、グラスラフは怒って言った。「何かほのめかしたいことでもあるのかね？」

「何もほのめかすつもりはありません、グラッシー」と、フィーリックスは言った。「人がカード勝負をするとき、現金でやるものだとぼくは信じています。それだけです。ですが、ぼくは君に行儀のことを言うつもりはありません。今夜復讐のチャンスをあげます」

「結構ですね」とマイルズ。

「ぼくはグラスラウ卿と話しています」と、フィーリックスは言った。「卿は古い友人でね、気心がわかっています。今夜、あなたはかなり乱暴でしたね、グレンドールさん」

「乱暴って。――いったいどういう意味です？」

「ぼくらは次の勝負を始める前に勘定を清算したほうがいいと思います」

「週に一度の清算というのがこれまでの慣例ですから」とグレンドール。

若者たちはそれ以上何も言わなかった。しかし、仲のいい別れ方をしなかった。フィーリックスは家に帰り着いたとき、今夜の勝利分を金に換えることができたら、前のように馬や使用人や贅沢品を使って、もう一度闘いを初めてよいと計算した。すべてを清算したら、三千ポンド以上を手に入れているだろう！

第六章　ロジャー・カーベリーとポール・モンタギュー

カーベリー・ホールのロジャー・カーベリーは、サフォーク州の小さな土地の所有者であり、カーベリー一族の長だった。カーベリー家は確かにバラ戦争時代(1)から長くサフォークに住んでおり、つねに頭を高く掲げてきた。とはいえ、彼らは一度も実際に頭を高く掲げたことがなかった。サー・パトリックが高い地位にのぼり、准男爵に叙せられる前は、これまで一族の誰も騎士の栄誉にあずかった者はいないことが知られていた。しかしながら、内乱、宗教改革、共和国、革命の危機の時代を通して彼らは土地に忠実に仕え、土地も彼らに忠実に仕えた。歴代のカーベリー一族の長はつねにカーベリー・ホールを所有し、そこで暮らしてきた。今世紀初めにカーベリーの郷士は、州全体ではないにしろ、少なくとも州のその地方では、かなり重きをなすようになっていた。地所からの充分な収入のおかげで、豊かな生活をし、客を温かくもてなし、ポートワインを飲み、ハンター種の丈夫な馬に乗り、妻の他家の訪問用に動きの遅い古い馬車を所有することができた。よそに住んだことがない老執事と、執事になる修行中の村出身の少年を雇っていた。自分の皿を洗うほど謙虚な女コックと二人の若い女中がいた。一方、家はカーベリー夫人自身によって保たれた。夫人はしるしをつけてリネンを配り、保存食を作り、ハムの保存に気をつけた。一八〇〇年にカーベリー家が持つ資産は、カーベリー屋敷にとって充分だった。その時代からカーベリーの資産はかなり価値を増し、地代もあがった。土地そのものさえ共有地の囲い込みで拡大した。それでも、収入はイギリス紳士の家族の必要を満たすにはもはや充分ではなかった。もし今紳士がそれなりの土地を遺されたら、その土地を維持する収入も一緒に遺されなければ、損害を受けるという問題がある。土地は贅沢品であり、あらゆる贅沢品のなかでいちばん高くつく。今カーベリー家は土地以外に何も持たなかった。サフォークは石炭も鉄鉱石も産出しなかったので、豊かにならなかった。カーベリーの土地のなかに大きな町が生じることはなかった。長男が実業界に入ったり、出世したりして、カーベリーに富をもたらすことはなかった。大女相続人と結婚する者も出なかった。破産にも、悲運にも、見舞われなかった。けれども、私たちが今扱っている時代にカーベリー・ホールの郷士は、ほかの家が豊かになるなかで貧しくなっていた。郷士は年に二千ポンドの収入を土地でえた。もし彼がマナーハウスを貸し、よそに住み、借地人を管理する代理人をそこに置くことで満足したら、きっと贅沢に生活できるだけのものをもらっただろう。しかし、彼は歴代のカーベリーの家長がしてきたように、彼の小作人たちに交じって彼の土地に住んで貧しかった。金持ちの隣人たちがまわりを取り巻いていた。カヴァーシャムのロングスタッフ家――ドリー・ロングスタッフが長男で、一家の希望となっていた――は、一家の祖がロンドン市長で、金持ちだとの名声をえていたとしても、少し前のアン女王時代にはろうそく製造業者だった。ヘップワース家は、父方のいい血統を自慢したとはいえ、成金と結婚していた。プリメアロー家は、気立てのいい住民から家長に郷士プリメアローという称号を与えられていたが、五十年前には交易に従事するスペイン人で、大公爵ウェリントンからバンドルシャムの土地を購入していた。これら三人の紳士の土地は、エルムハム主教の管轄下にあり、すべてカーベリーの土地のまわりに位置した。富についてだけ言えば、これら三家は私たちの郷士の影を薄くした。郷士は主教が抜きん出て富を持つことを当然と見なした。彼は主教には裕福であってほしいと願っており、高位聖職者の土地が国会制定法によって聖職給に替えられたとき、国が痛手を負うと思った人々の一人だった。じつを言うと、郷士はロングスタッフ家の壮麗さやプリメアロー家のあからさまな富の力に圧倒された。もちろんいちばん親しい友人の耳にさえ、圧倒されたなどと口にしはしなかった。彼が声を大にして主張しようとしないものの、親しく生活している人々から彼のものだと理解されている意見は、――この世の人の評価は財産で左右されてはならない――という意見だった。若いプリメアローは馬を三頭所有して、一羽およそ十シリングで毎年多数の雉を殺すけれど、この一家は社会的地位の点では疑問の余地なく郷士より低かった。イアドリーのヘップワースはとてもいい人で、気取りがなく、田舎紳士としての義務を理解していた。ヘップワースは年七千ポンドを稼ぐと見られていたが、カーベリーのカーベリーと同等以上では決してなかった。ロングスタッフ家はじつに権柄尽くだった。従僕は田舎にいてさえ髪粉をかけた。彼らは――持ち家として――ロンドン屋敷を手に入れ、あたかも大立者の生活をしていた。女主人はレディー・ポモーナ・ロングスタッフという。娘たちは確かに見目麗しくて、貴族と結婚するよう定められていた。一人息子のドリーは自己資産を持っているか、あるいは昔持っていた。彼らは田舎でも権柄尽くだった。事態をもっと悪くしたのは、金持ちなのに、借りたものに支払ができなかったことだ。彼らは富に付随するものであふれる生活をした。娘たちはロンドンでも、田舎でも、乗る馬を持っていた。ドリーはすでに[2]読者におなじみだろう。ドリーは確かに気立てのいい愚か者で、一つのこと――土地に生涯不動産権を持つ父と根気強く喧嘩を続けること――に精力を注いでいた[3]。カヴァーシャム・パークの家は年に六、七か月、客がなくても使用人でいっぱいになった。バンゲイやベックレス[4]やハーリストーン[5]といった周辺の小さな町の商人たちは、ロングスタッフ家がこの地方の大立者だと気づいた。商人たちはときどき金の取り立てができなくてずいぶん困ったけれど、ロングスタッフの資産が根底において健全なものだと考えたから、いつもロングスタッフの注文に従順に応じた。それに、そんなずさんな資産の管理者は、念入りに請求書を調べることなどできなかったからだ。

カーベリーのカーベリーは支払えない借金をしたことがなかった。今の当主の父も同じだった。届けられる商品が高すぎないよう、必需品であるよう配慮したから、ベックレスの商人にあまりたくさん注文しなかった。結果として、ベックレスの商人は、――そのうちの一、二の年長者はカーベリー一族に古くから尊敬を抱いていたが――カーベリーのカーベリーをいい商売相手とは思わなかった。ロジャー・カーベリーがカーベリーの今の当主だった。その立場そのものが栄誉であり、それゆえロングスタッフ家やプリメアロー家とは一線を画しており、イアドリーのヘップワース家からさえ一目置かれていた。カーベリー・ホール――もっと適切には、カーベリー・マナーハウスと呼ばれた――のある教区が、カーベリー教区だった。カーベリー教区の一部とバンドルシャム教区の一部にカーベリー・チェイスがあったが、それは不幸なことに全体がバンドルシャムの土地になっていた。

ロジャー・カーベリーは独りぼっちだった。同じ姓のいちばん近い親戚がサー・フィーリックスとヘンリエッタで、この二人ははとこにすぎなかった。姉が二人いたが、ずっと前に結婚して、夫とともに別世界へ――一人はインドへ、もう一人は米国の遠い西部へ――行ってしまった。今四十に近づく歳で、未婚。整った四角い顔、彫りの深い目鼻立ち、小さな口、いい歯並び、かたちのいい顎を具えるかっぷくのいい美男子だった。髪は赤くて、カールしており、頭のてっぺんが今は一部禿げていた。ほとんど気づかれない小さな頰ひげしかたくわえていなかった。目は小さいけれど、輝いており、上機嫌のときはじつに楽しげだった。身長はおよそ五フィート九インチ。見たところ力強く、すこぶる健康そうだった。これくらい男らしい男にはお目にかかったことがないだろう。彼は一目見ただけで本能的に仲よくなりたいと思うたぐいの人だった。――なぜなら、彼を見るとき、一部には敵に対して持ち場を守るとき、彼がじつに逞しいに違いないという確信が無意識に生じているからだ。また一部には味方に対して、彼がたいそう優しくしてくれるという等しく強い確信が生じているからだ。

サー・パトリックがインドから病人になって帰って来たとき、ロジャー・カーベリーは彼に会うため急いでロンドンにのぼり、あらゆる親切を申し出た。サー・パトリックと妻と子供は懐かしい田舎に帰りたいのではないか？　サー・パトリックは懐かしい田舎になど帰りたくなかったから、ロジャーにそういう趣旨のことを答えた。それゆえ、サー・パトリックの存命中はあまり友情を交わす機会がなかった。その後、体調を壊した凶暴なこの老人が亡くなったとき、ロジャーは二度目の訪問をして、未亡人と娘と若い准男爵を田舎で歓待したいと申し出た。若い准男爵は連隊に入ったばかりで、サフォークのはとこを訪ねる気がなかった。しかし、カーベリー令夫人とヘンリエッタは田舎で一か月をすごして、あらゆる歓待を受けた。ヘンリエッタに払われた努力は、文句なく成功した。未亡人のほうはカーベリー・ホールを必ずしも好みに合うところとは思わなかった。それは仕方のないこととして受け入れられなければならない。令夫人はすでに文学的経歴の栄光にあこがれを抱き始めていたからだ。前半生の苦悩を埋め合わせるある種の成功をはっきり求めていた。彼女が「愛する身内のロジャー」と呼ぶ人は、こういう方面で支援してくれる力を持つようには見えなかった。それに、彼女は田舎の魅力をあまり好むほうではなかった。彼女は主教を軽く蠱惑しようとしたが、主教はあまりに誠実で、率直な物言いをした。プリメアロー家は不快、ヘップワース家は愚かで、ロングスタッフ家は――レディー・ポモーナとちょっとした友情を築こうとしたものの――たまらなく横柄だった。彼女はヘンリエッタに「カーベリー・ホールはとても退屈よ」と言い切った。

それから、カーベリー・ホールとその当主に対する令夫人の意見をまったく変えてしまう事態が起こった。館の当主が数週間後二人をロンドンまで追って来て、じつに事務的なやり方で娘をいただけないかと母に申し出た。ロジャーは当時三十六歳で、ヘンリエッタはまだ二十歳だった。彼はじつに冷静だった。――求愛というような場面でさえ――「粘液質」だとある人々からは思われたかもしれない。ヘンリエッタはまったくこういうことを予想していなかったと母に断言した。そのとき、彼はとても急いでおり、非常に執拗だった。カーベリー令夫人は熱心に郷士の味方をした。カーベリー・マナーハウスは必ずしも令夫人の肌に合わなかったとしても、ヘンリエッタにはすばらしくしっくり合うだろう。令夫人はそのとき四十を越していたが、年齢について考えてみても、三十六の男ならどの娘にとってもまだ充分若かった。ところが、ヘンリエッタはちゃんと自分の意見を持っていた。彼女ははとこが好きだったが、愛してはいなかった。申し出に驚いて、当惑さえしていた。彼女は――無邪気で、こんな申し出があろうとは夢にも思っていなかったから――、当主と屋敷を母に声高に賞賛した。それで、今拒絶する適切な理由を見つけるのが難しいことがわかった。そうだ。はとこが魅力的だと確かに言ったけれど、そんな意味で魅力的だと言ったわけではなかった。彼女はじつに率直に申し出を拒絶しながらも、明らかに一貫性を欠く拒絶の仕方をした。ロジャーがこの件について数か月考える時間を彼女に与えようと提案して、母がロジャーの提案を支持したとき、彼女は残念ながら考えても何の役にも立たないと言う以外に、強いことを言うことができなかった。母娘が初めてカーベリーを訪れたのは［一八七〇年］九月のことだった。ヘンリエッタはまったく不本意にも次の二月に再びそこを訪れた。そのとき、彼女ははとこの前で冷たく、ぎこちなく振る舞い、ほとんど口を利かなかった。母娘がそこを発つ前、改めて結婚の申し出がなされた。そのときも、ヘンリエッタは彼らから望まれるようにはできないとはっきり言った。そんなふうに郷士を愛していないという理由以外に理由をあげなかった。それでも、ロジャーは求婚を断念するつもりはないと誓って言った。事実、彼はほんとうにその娘を愛していたし、愛という問題を真剣に考えていた。こういうことは私たちの今の話が始まるまるまる一年前に起こったことだ。

ところが、ほかにも起こったことがあった。母娘がカーベリーに二度目の訪問をしているあいだ、ロジャー・カーベリーが話のなかでいろいろふれていたポール・モンタギューという若者（――ポールについてはこの章で短い説明がなされるはずだ――）が館にいた。郷士は――この土地ではロジャー・カーベリーはいつもこう呼ばれていた――、この二度目の訪問で母娘が必然的にポール・モンタギューに会うように時機を合わせたとき、悪いことが起こるなどと予想していなかった。しかし、大きな害悪がそこから生じた。ポール・モンタギューは郷士の客に恋に落ちて、それで大きな不幸が生まれた。

カーベリー令夫人とヘンリエッタはカーベリーにほぼ一か月いた。ポール・モンタギューがかろうじて一週間もいるかいないかのころだった。ロジャーはあとから来た客にこう言った。「君に言わなければならないことがあります、ポール」

「深刻なことですか？」

「私にとってはとても深刻なことです。とても深刻なので、重要さの点で、私の人生でこれに匹敵するものはないと言っても過言ではありません」郷士はそう言うとき、持ち場と信じるものにしがみつき、もし戦うことが必要なら、戦う決意を示すあの表情を無意識に作っていた。友人はその表情の意味を完全に理解した。モンタギューは郷士をよく知っていたから、友人にこの深刻な決意をさせる何かを彼が仕出かしてしまったことに、半分気づいたものの、何を仕出かしたかははっきりわからなかった。若者は顔をあげたが、何も言わなかった。「私ははとこのヘンリエッタに結婚の申し込みをしました」と、ロジャーはとても重々しく言った。

「ミス・カーベリーに？」

「そうです。ヘンリエッタ・カーベリーにです。彼女は受け入れてくれませんでした。私は二度拒絶されました。しかし、受け入れられるという希望をまだ持っています。おそらく私にそれを希望する権利はないでしょうが、希望しています。事情をありのまま君に伝えています。私にとって人生のすべてがこれにかかっています。君の憐憫の情を当てにしてもいいと思います」

「どうしてそれを先に言ってくれなかったんです?」と、ポール・モンタギューはしわがれ声で言った。

それからふいに早口のやり取りが二人の男のあいだで行われた。それぞれが正確に事実を話し、それぞれが自分が正しく、相手から虐待されたと主張し、それぞれが等しく熱く、等しく寛大に、等しく理不尽になった。モンタギューは自分もヘンリエッタ・カーベリーを愛しているとすぐ主張した。もっともむき出しの不完全なかたちで、しかも疑いを残さない言葉で心のうちをうっかり口走ってしまった。いや。彼は当のヘッタにまだそれを伝えていなかった。まさしくロジャー・カーベリーに――一日、二日したら――それを相談するつもりでいた。もしロジャーから話しかけられなかったら、おそらくその日に相談していただろう。「君たちは二人とも一文なしです」と、ロジャーは言った。「今私の気持ちがどこにあるか知ったからには、君は希望を捨てなければなりません」すると、モンタギューは自分にはミス・カーベリーに話しかける権利があると主張した。彼はミス・カーベリーから愛されるとは思っていなかった。愛されると思う根拠はまったくなかった。まったくありえないことだった。それでも、彼はチャンスに賭ける権利を主張した。そのチャンスがすべてだと思った。金がないとは――自分を貧乏人とは――認めたくなかった。それに、彼はほかの男たちと同じように収入をえることができるだろう。この娘がカーベリーの求婚を受け入れる気配をわずかにでも示していると、もしカーベリーから言われたら、ポールはただちにこの場から姿を消すつもりでいた。ところが、そうではなかったから、希望を捨てると言うつもりはなかった。

この口論は一時間以上続いた。口論が終わったとき、ポール・モンタギューは衣類をまとめると、母娘のどちらに会うこともなく、ロジャーに鉄道の駅まで送ってもらった。二人の男は激した言葉を交わしたけれど、ロジャーが駅のホームで言った最後の言葉は、喧嘩腰のものではなかった。「あなたに神の祝福がありますように」と、彼は言って、ポールの手を強く握った。ポールは目を涙でいっぱいにして、ただ手を握り返して応えた。

ポール・モンタギューの両親はかなり前に亡くなった。父はロンドンで法廷弁護士をして、ちょっとした資産を作っていた。父は少なくともこの息子に――数人の子供のうち一人にだけ――世に出る充分な金を遺した。ポールは成人に達したとき、およそ六千ポンドを所有していることを知った。そのとき、彼はオックスフォードにいて、法曹界に入ろうとしていた。ポールの叔父、父の弟はカーベリー姉妹の妹、ロジャーのすぐ上の姉と結婚した。この叔父は何年も昔妻をカリフォルニアに連れて行き、そこで米国籍をえた。叔父は広大な土地を所有し、羊毛や小麦や果物を生産した。しかし、叔父の羽振りのよしあしなど、母国にいるモンタギュー家やカーベリー家には必ずしもはっきりしなかった。ポールの幼少期における二家族の盛んな交流のおかげで、彼はロジャーとのあいだに親密な愛情を築いた。この二家族の歴史を丹念にたどった人には理解できるだろうが、二人には何の血縁関係もなかった。ロジャーは若いころ、ポール少年の教育を担当して、彼をオックスフォードへ送り込んだ。しかし、オックスフォードから法曹界に入って、最終的には国の司法法廷のベンチのどれかに収まるという計画はうまくいかなかった。ポールはベイリオル学寮で「喧嘩」をして、停学処分を受けた。それから別の喧嘩をして、放校処分になった。ロジャー・カーベリーがいつも断言したように、どの揉め事でもポールにほんとうに悪いところはなかった。それでも、確かに揉め事を生む才能に恵まれていた。ポールはそのとき二十一歳で、金を持ってカリフォルニアへ向かい、叔父のところに行った。揉め事はカリフォルニアではふつうのことだという考え、非常に不充分な根拠に基づく考え、があったからだ。三年後、彼はカリフォルニアの農園生活が性に合わないことに気づいた。叔父についても好きになれないことに気づいた。それで、イギリスに帰国したけれど、帰るに際してカリフォルニアの農場から六千ポンドを回収することができなかった。六千ポンドどころか帰国にさえこと欠く金で帰らざるをえなかった。時計仕掛けの規則正しさで資金の十％の利子を送金するという、叔父の保証をたいそう不満に感じながらも受け入れた。このとき例としてあげられた時計は、サム・スリック(6)の時計だったに違いない。まったく狂っていたからだ。最初の四半期の終わりにはちゃんと送金がなされた。――それから、半額の送金――それから、何も送ってこない長い間隔。――それから、ときどきの断続的な送金。――それから、十二か月のなしのつぶて。その十二か月が終わるころ、彼はロジャーから旅費を借りてカリフォルニアへ二度目の渡航をした。今度はある程度手もとに現金を持って帰国した。ハミルトン・K・フィスカーという――叔父の共同経営者となって、叔父の会社に大きな製粉工場をつけ加えた――人物から、彼に有利に作成された証文という追加的保証をもらった。この証文によると、彼は資金に対して十二％の利子をえることになり、名を会社名に冠してもらう栄誉をえた。それで、今それはフィスカー・モンタギュー＆モンタギュー商会と呼ばれた。二人の上席共同経営者が非常に有望だと明言した事業が、サンフランシスコから約二百五十マイル離れたフィスカーヴィルに開設された。フィスカーと年上のモンタギューの士気はすこぶる高かった。ポールはフィスカーをひどく嫌ったし、叔父もあまり好きになれなかったから、できれば、六千ポンドを取り戻したかった。しかし、それはできなかった。それで、フィスカー・モンタギュー＆モンタギュー商会の一員として帰国した。ロジャーに借りていた金を返し、数か月暮らすのに充分な利子収入をえることに成功したので、必ずしも不幸とは思わなかった。彼はこの件について毎日ロジャーと相談し、どう振る舞ったらいいか熱心に考えた。そんなとき、ロジャーは愛するあの娘にこの若者が愛情を抱き始めていることにふと気づいた。それから起こったことはすでに述べた通りだ。

カーベリー令夫人も娘も、ポールが突然姿を消した真の理由をぜんぜん知らされなかった。彼はどうしてもロンドンへのぼらなければならない用事ができたのだ。母娘はそれぞれで事実の一部を推測した。とはいえ、どちらもこの件については他方に一言も話さなかった。母娘が館を去るとき、郷士はもう一度ヘンリエッタに結婚してくれるよう訴えたものの、功を奏さなかった。ヘンリエッタはかつてないほど彼に冷たく対応したにもかかわらず、冷たくした効果を台なしにする不運な言葉を使ってしまった。若すぎるので、まだ結婚を考えることができないと言った。年の差がありすぎると言いたかったのに、どう言っていいかわからなかった。十二か月たつと一つ年を取るというのは簡単にわかることだ。しかし、十二か月が何度たとうと、はとことのあいだの年齢差を変えることができないことと、年を取ることとは違うことをそのとき区別して言うことができなかった。それにしても、彼女は今ロジャー・カーベリーとは結婚できないことを確信しており、年齢差さえもそのいちばん大きな理由とは思っていなかった。

カーベリー令夫人がマナーハウスを発ってから一週間もしないうちに、ポール・モンタギューは今もなお親しい友人として館に帰って来た。彼は出かける前に三か月はヘンリエッタに会わないと約束したが、その期間を超えた約束はしようとしなかった。「もし彼女があなたを選ばないなら、ぼくが試していけない理由はありません」彼はそう主張した。ロジャーはこういう道理さえ受け入れようとしないで、ポールが完全に身を引く義務があると思っていた。一部にはポールに収入がなかったから、一部にはロジャーのほうが先に求婚していたから、――一部にはロジャーが疑いなくポールに恩を施していたからだ。しかし、この最後の理由について、ロジャーは一言も口に出さなかった。もしポールがこれを自分で理解しないなら、友人が思っていたような男ではなかったということだ。

ポールはこういうことをちゃんと理解しながらも、多くの疑念にとらわれた。友人はなぜ飼い葉桶の犬(7)のような意地悪をするのだろう？　もしロジャーの求婚に少しでも芽があるなら、彼はロジャーの前からの要求にすぐ身を引くつもりでいた。実際のところ、もし娘がロジャーを夫に迎える気になったら、つけ入る隙なんかあるはずがなかった。ロジャーがカーベリー・マナーという強い味方をえているのに、彼はサンフランシスコよりさらに二百五十マイル離れたみじめな小さな町にある、フィスカー・モンタギュー&モンタギュー商会の怪しげな商売の株しか持っていなかった！　けれど、こういうことがあっても、もしロジャーがうまくいかなかったら、彼が試してみてもいいだろう。金がないことについてロジャーが言うことはたんなるたわごとだった。友人が利害を気にしなかったら、こんな難癖はつけなかっただろうと、ポールは信じて疑わなかった。疑わしい金ではあっても、金は持っており、そういう理由でヘンリエッタをあきらめるつもりはないと心で断言した。

ポールは用事を見つけては何度かロンドンにやって来た。約束の三か月がすぎたあと、絶えずカーベリー令夫人と娘に会った。とはいえ、彼は熱い思いを娘に伝えないという約束をときどき――今回は二か月、次に六週間、それから一か月と――ロジャー・カーベリーに対して更新した。この間に二人の男はしっかり結ばれた友人になって、モンタギューはたくさんの時間を友人の客としてすごした。こういうことはみな二重の了解のもとでなされた。もしポールがヘンリエッタ・カーベリーのお気に入りの恋人と自称する特権をえたら、ロジャー・カーベリーは激怒で燃えあがるに違いないとの了解、もしヘンリエッタがカーベリー・ホールの女主人になると納得したら、すべてが円滑に進むとの了解だ。マダム・メルモットの舞踏会でモンタギューがヘンリエッタに会った夜まで、こんな調子で事態が進んだ。ポール・モンタギューの短い半生のなかですでに恋愛問題があったことも、読者は別の機会に知らされなければならない。カリフォルニアに二度目の旅をする前に、彼がどうしても結婚したいと思っていたハートル夫人という未亡人がおり――実際今でもまだいた――、その結婚はロジャー・カーベリーの介入で阻止されていた。

註

（1）一四五五年から一四八七年にかけた戦い。
（2）土地の利用と土地が生む収入の権利を生涯にわたって持つけれど、死んだあとはその権利を他者に譲れない所有形態（life interest）。死んだあとにも譲れる完全な所有権（fee simple）とは異なる。
（3）サフォークの Waveney 川沿いの市場町。湖沼地帯 the Broads のはし、Beccles の西九キロに位置する。
（4）サフォークの州都 Norwich の南東二十六キロ、Waveney 川沿いの市場町。九キロ東に北海に臨む保養地 Lowestoft がある。
（5）サフォークの Waveney 川沿いの村。Bungay の南西十キロ。
（6）ハリバートン（T.C.Haliburton）『時計造り』（*The Clockmaker*, 1836）の主人公。
（7）イソップ童話に出る牛の飼い葉桶に入って、自分では食べもしないまぐさを牛に食べさせなかった犬の話から。

第七章　助言者

　カーベリー令夫人は息子にかかわる心労のせいで、娘とロジャーの結婚をことさら願うようになった。ロジャーが初めて結婚の申し込みをしてからも、フィーリックスはますます悪くなり、金銭的に絶望的な状態に家計を陥れた。もし娘が結婚して落ち着くことさえできたら、そのときは息子独りに献身できると、カーベリー令夫人は心でつぶやいた。その献身がどんなものになるかはっきり考えていなかった。それでも、息子にとてもたくさん金を使ってきて、これからももっとたくさんつぎ込むことになるので、娘のために家庭を守ってやることができなくなることもあるかもしれないと思った。こういう問題を抱えていたので、彼女はロジャー・カーベリーに絶えず助言を求めた。もっとも、その助言には一度も従わなかった。ロジャーは彼女にロンドンの家をあきらめて、娘のために――もしフィーリックスが母について来ることに同意するなら、彼のためにも――どこかよそにうちを見つけるように勧めた。もし若者が同意しないなら、そのときは彼に身から出た錆である悪事の矛先に耐えさせよう。ロンドンで食べていくことができなくなったら、彼は疑いなく母を探し出すだろう。ロジャーは准男爵のことを話すとき、いつも厳しかった。――カーベリー令夫人は厳しいと思った。

　令夫人は郷士に助言を求めたものの、じつのところそれに従うつもりはなかった。ロジャーにはとても共感できそうもない計画を胸中で育んでいたからだ。サー・フィーリックスが大女相続人の夫として花開き、権勢と富と上流社会のまっただなかに登場することになると母はまだ信じていた。息子の悪行が見て取れたのに、そんな期待をして彼を自慢に思っていた。息子があの二十ポンドの場合のように母の金をせびることに成功したとき、また母の諫めを厚かましく無視して、午前二時にクラブに出かけたとき、また借金が避けられないことをずうずうしくおどけて自慢したとき、母は鬱々とした思いに襲われ、ヒステリックにすすり泣き、一晩中眠れずに横たわった。とはいえ、もし彼がミス・メルモットと結婚し、かくして美しい顔という彼の道具で、あらゆる難儀を克服することができたら、そのとき母は過去のすべてを誇らしいものに変えることができる。が、そんな心構えに対して、ロジャー・カーベリーはどんな共感も示すことができないだろう。返済できない金を商人から借りるような紳士は面汚しだと、ロジャーは考えていたからだ。それに、カーベリー令夫人は――ヒステリーや不安にもかかわらず――心を高揚させる別の希望を抱いていた。『罪深き女王たち』が大きな文学的成功となるだろう。おおかた成功すると思っていた。出版者のリーダム&ロイター社は彼女に好意的だった。ブラウン氏は書評を約束してくれた。ブッカー氏は何ができるか見てみようと言った。アルフ氏の用心深い辛辣な言葉から、彼女はこの本が『夕べの説教壇』で注目されることになると推測した。いや。――ロンドンを去れというロジャーの助言を彼女は受け入れるつもりがなかった。それでも、ロジャーの助言を求め続けよう。男は助言を求められることを好むものだ。できれば、娘と彼の結婚を取りまとめよう。カーベリー令夫人がしばらく隠居したいと思ったとき、娘の屋敷となったカーベリー・マナーくらい、ぴったりの田舎がどこにあるだろうか？　それから、彼女は至福の境地へと飛翔した。ヘンリエッタがこの社交シーズン中にはとこと婚約することができ、フィーリックスがヨーロッパ一の金持ちの花婿となることができ、彼女自身が一年でいちばんできのいい本の広く認知された著者となることができたら、さまざまな難儀にもかかわらず、まだ何という勝利の楽園が開かれていることだろう！　それから、令夫人は楽天的な性格のゆえにほとんど歓喜の頂点にまで到達して、いろいろなことがあったとしても一時間幸せな気持ちでいられた。

大舞踏会の数日後、ロジャー・カーベリーはロンドンにのぼって、奥の応接間で令夫人と二人だけになった。彼は准男爵の行状を見たとき、現在の出費をとにかくどうしても止める必要があるという――そうロジャーは思った――明確な目的を持って上京したのだ。一シリングも持っておらず一シリングも手に入れる見込みのない男、何も稼いでおらず金を稼ぐことを考えたこともない男が、ハンター種の馬を所有するなど、彼にはぞっとすることだった！　彼はこれを非常に真剣にとらえており、――若者を捕まえることができれば――直接気持ちを話すつもりでいた。「彼はどこにいますか、カーベリー令夫人、――今このとき？」「男爵と出かけていると思います」「男爵と出かけている」というのは、若者がロンドンから四十マイル離れたところで、大型猟犬を使って狩りをしていることを意味した。

「どうしたら彼にそんなことができるのです？　誰の馬に乗り、誰が馬の金を出していますか？」

「私に怒らないでください、ロジャー。私に止めようがないじゃありませんか？」

「こんなことを彼が続けているなら、あなたは彼との関係を絶つべきだと思います」

「じつの子と！」

「ええ。――そうです。それに、こういうことの結末はどうなります？　あなたとヘッタが彼のせいで破滅してもいいのですか？　こんなことが長く続くはずがありません」

「あなたなら、あの子を私に捨てさせるようなことはなさらないでしょう」

「彼のほうがあなたを捨てています。それはたいへん不誠実で、――紳士としてふさわしくないことです！　どうしてこんなことが毎日続いているか、私には理解できません。現金を与えてはいないでしょそんな暮らしをすることができないことを知っていますから」

暮らすにはたくさんの収入が必要です。事情はわかります。私がこの世に持っているすべてをもってしても、

悪徳にこびるのは承服できません」カーベリー令夫人はこのじつに率直な言葉にたじろいだ。「彼のように

ロジャーは怒って眉をひそめた。「あなたが彼に寝食を提供するのはわかります。しかし、現金を与えて

「少し与えました」

う?」

「あなたは違います」

「もちろん私は彼より年上です、――はるかに年上です。しかし、彼もそういうことが理解できないほど若くありません。あなたが与える以外にも金を持っていますか?」

それから、カーベリー令夫人はこの一、二日に抱き始めたある疑惑を明らかにした。「博打をしているかもしれません」

「それは金をなくす方法であり、える方法ではありませんね」とロジャー。

「誰かが――ときどき――勝っていると思います」

「勝つのはいかさま師で、負けるのは間抜けです。彼には悪党より間抜けでいてほしいです」

「まあ、ロジャー、あなたってとても手厳しいですね!」

「博打をすると言いましたね。負けたら、どうやって金を払います?」

「そういうことはわかりません。博打についてもよくわかりません。でも、あの子は先週自由にできるお金を持っていたと思います。実際に目撃しました。あの子は不規則な時間に帰宅して、遅くに寝床に就きます。昨日の朝十時に部屋に入りましたが、あの子を起こしませんでした。テーブルの上に紙幣やお金が置か

れていました。——とてもたくさんね」

「どうしてそれを取らなかったのです?」

「まあ? 我が子から盗めと言うのですか?」

「あなたは請求書に支払う金にもほとほと困っていると言い、彼はあなたのものを取るのをためらわないと言っているじゃありませんか! 貸しているものを返してもらってもおかしくないでしょう」

「確かにそうです。——おかしくありませんね。彼が持っていたら、払うべきです。紙片がそこにありました。——ほかの男たちの署名のある借用証書がね」

「それを見たのですね」

「見ました。好奇心からではなく、我が子に対する関心からです。彼はもう一頭馬を買い入れたと思います。馬丁がここに来て、使用人たちに何かそのことを言っていました」

「何とまあ。——何とまあ!」

「博打をやめるようあなたからあの子に説得してもらえたらいいのにねえ! 勝っても負けても博打はもちろんいけません。——フィーリックスが不正をしていないのは確かです。誰からもそんな話を聞きません。もし彼が勝ってお金を手に入れたのなら、いくらか私に回してもらえたら、大きな助けになります。——ほんとうのことを言いますと、現状を変える方法を私はほとんど知りません。私が自分のためにお金を使ったなんて、きっと誰からも言われることはありませんが」

それから、ロジャーはもう一度助言を繰り返した。ウェルベック・ストリートで現在の生活をこのまま維持しようとしても無駄だろう。サー・フィーリックスのような一文なしの浪費家がいなければ、うまくいくかもしれない。しかし、現状では破滅的であるに違いない。もしカーベリー令夫人が零落した息子に——その子の邪悪さと愚かさにもかかわらず——住まいを提供しなければならないと感じたら、——きっとそう感じるに違いないが——その家はロンドンから遠いところに見つけ出されなければならない。もしその子がロンドンに居続けたければ、自分の金でそうするほかない。若者は自力で何かをする決意をしなければならないからだ。インドでなら職業に就く道が彼にも開けるかもしれない。「もし彼が男なら、あなたに頼って生きるより落ちぶれた生活のほうを選ぶでしょう」とロジャー。そう、はとこに明日会って話をしよう。——もし彼を見つけることができたらだ。「一晩中博打をし、一日中狩りをする若者は、簡単には見つかりませんね」とはいえ、フィーリックスがふつう十二時に朝食を取るというので、彼はそのときにまた来ることにした。そのあと、彼がカーベリー令夫人にある確約をしたとき、彼女はこの話し合いのなかでそれをいちばん負い目に感じた。彼女に今すぐ必要な金が息子から回収できないとき、彼女の半年分の収入が支払日になるまで、彼、ロジャーが百ポンドを貸すという確約だった。そのあと、別の話題で令夫人に問いかけたとき、彼は声の調子を完全に変えていた。「明日ヘンリエッタに会えますか?」

「もちろん——会えますとも。今うちにいると思います」

「明日まで待ちます、——フィーリックスに会いに来ますから。私が来ることを彼女に知っておいてほしいです。ポール・モンタギューが先日ロンドンに上京しました。ここに来たと思いますが?」

「はい。——来ました」

「彼に会ったのはそのときだけですか?」

「メルモットの舞踏会に来ていました。フィーリックスが彼の招待状を手に入れたのです。——私たちも行きました。カーベリーに彼は立ち寄りましたか?」

「いいえ。——カーベリーには来ていません。彼はリバプールにいる同僚と仕事があったと思います。何もすることがない若者のもう一つの典型例ですね。ポールがサー・フィーリックスにそっくりだというわけではありませんが」ロジャーは誠実でなければならないという、強く根づいた気持ちからこれを言う気になった。

「かわいそうなフィーリックスに厳しく当たらないでくださいね」とカーベリー令夫人。ロジャーはいとま乞いをするとき、サー・フィーリックス・カーベリーに厳しく当たることなんか不可能だろうと思った。

翌朝、カーベリー令夫人は息子が起きる前に寝室に入って、はとこのロジャーが説教しに来ることを信じがたいほど弱々しげに告げた。「そんなこと、くそっ、いったい何の役に立つんです?」と、フィーリックスは布団の下から言った。

「そんな口の利き方をするなら、フィーリックス、私は部屋から出なければなりません」

「ですが、彼が来ても何の役にも立ちません。彼が言わなければならないことが、もう言われたかのようにわかります。よい人に説教するのはとても役に立ちますが、よくない人に説教しても、何の役にも立ちません」

「あなたがよい人になってくれればいいでしょう?」

「あの人が放っておいてくれたら、母さん、ぼくはちゃんとやれます。彼がぼくの代わりにやるより、ぼくは自分で最善の勝負をすることができます。あなたが部屋から出て行ってくれたら、ぼくは起きますが」

母は息子がまだ持っていると思われる金について聞くつもりでいたが、その勇気をなくしてしまった。もし金を要求して受け取ったら、ある意味で息子の博打を認め、暗黙の承諾を与えることになっただろう。まだ十一時になっていなかった。寝床を出るにはまだ早い時間だった。けれども、あのぞっとする厄介者が説教で襲って来る前に、彼は家から出る決心をした。そうするためには、活動的でなければならなかった。事実十一時半には朝食をすませた。通りへ出たらすぐ反対方向へ曲がろうと、——ロジャーがそっちから来るはずがないメリルボン・ロード(1)のほうへ曲がろうと——、すでに考えていた。彼は十二時十分前に家を出て、ずる賢く最初の角で反対方向へ曲がった。——そしてちょうど曲がったとき、はとこと鉢合わせした。ロジャーは用向きに不安があり、自由な時間があったから、約束のときより前に来て、フィーリックスではなくその妹のことを考えながらぶらぶら歩いていた。准男爵は捕まったと、——不当に捕まったと感じながらも——逃げる希望を決して捨てなかった。「あなたに会うためお母さんのうちに向かっていたところです」とロジャー。

「そうですか？　残念ながら、守らなければならないある人との約束がこっちのほうであります。また別の機会にお会いしましょう」

「十分くださったら、放してあげます」と、ロジャーは相手の腕をつかんで言った。

「ええと。——今は都合が悪いです」

「何とか都合をつけてくれなければいけません。お母さんの依頼でここに来ています。毎日あなたを捜してロンドンにとどまっている余裕はありません。今日の午後私はカーベリーに帰ります。あなたの友人のほうは待てるでしょう。一緒に来てください」フィーリックスはロジャーの強い態度に押し切られてしまった。はとこを乱暴に振り払う勇気、我が道を行く勇気はなかった。しかし、彼は家に帰って来たとき、ポケットのなかの金のことを想起して防御を固めた。——というのは、彼はまだ賭けで勝った金を持っていたからだ。——それに、舞踏会でマリー・メルモットと交わした甘い言葉も思い出していた。それで、ロジャー・カーベリーの尻なんかに敷かれまいと決意した。ロジャー・カーベリーに公然と反抗するときがすぐそこまで来ていた。——ときは来たと言っても過言ではなかった。一方で、彼はこれから話されようとしている言葉を臆病な恐怖で恐れた。

「お母さんから聞きましたが、まだハンター種の馬を数頭持っているそうですね」とロジャー。

「母がハンター種と呼ぶものが何だかわかりませんが、ほかを手放したときに手放さなかった一頭を持っています」

「一頭しか持っていませんか?」

「ええと。――正確に知りたいなら、私が乗る馬のほかに老いぼれ馬を一頭持っています」

「ここロンドンにももう一頭いませんか?」

「誰がそんなことを言いました。いいえ、いません。見に来るようにぼくを呼び出す馬屋に少なくとも一頭いますがね」

「誰がそれらの馬の金を払うのです?」

「あなたに支払をお願いする気はありません」

「そうですね。――そこまで人にさせるのは気兼ねでしょう。しかし、お母さんに無心することに、あなたは何のためらいも感じていません。お母さんが私やほかの友人たちに支援を求めているという状況があるのにです。あなたは自分の金を浪費したあげく、今はお母さんを破滅させています」

「それはほんとうじゃありません。ぼくは自分のお金を持っています」

「どこでそれを手に入れました?」

「みなちゃんとしたお金です、ロジャー。ですが、そんな質問をする権利があなたにあるとは思いませんね。お金は持っています。馬を一頭買おうと思ったら、支払をすることができます。一、二頭飼おうと思ったら、支払をすることができます。ぼくにはもちろんたくさん借金がありますが、ほかの人たちもぼくに借金があります。ぼくは大丈夫です。あなたが怖がる必要はありません」

「それなら、なぜお母さんから最後の一シリングまでせびるのです？　金を持っているなら、なぜ返さないのです？」

「本気で言うなら、母に二十ポンド返します」

「本気で言っているし、もっと言いたいことがあります。ここのところあなたは博打をしているのではありませんか」

「それに答える義務があるとは思いませんね。答えるつもりもありません。それ以外に言うことがないなら、仕事に戻ります」

「ほかにも言うことがあります。それを言わないとね」フィーリックスはドアに向かって歩いたが、ロジャーは遮るように前に立って、ドアに背を持たせかけた。

「意思に反してここに引き留められるつもりはありませんよ」とフィーリックス。

「私の言うことに耳を傾けなければなりません。まあ、じっと座っていたほうがいいです。世間からごろつきと思われたいですか？」

「いえ、――まさか」

「今のままならそうなります。あなたは自分の金を一文も残さず使ってしまいました。そして、――情の深い、弱いお母さんですから――今はお母さんと妹の金も使いはたして、二人を極貧に陥れようとしています」

「ぼくに代わって支払うよう、二人に頼んでなんかいません」

「お母さんから金を借りるとき、そうしているじゃありませんか？」

「ここに二十ポンドあります。持って行って母に返してください」とフィーリックスは言うと、財布から紙幣を数えた。「これを借りたとき、母がこんなつまらないことで大騒ぎをするとは思ってもいませんでした」ロジャーは紙幣を受け取ると、ポケットに突っ込んだ。「じゃあ、話は終わりましたね?」とフィーリックス。

「まだまだ。あなたは残りの人生をお母さんに養ってもらい、お母さんに服を着せてもらうつもりですか?」

「ぼくはまもなく母を養えるよう、これまでよりはるかにりっぱに養えるよう願っています。ほんとうのことを言いますとね、ロジャー、あなたは何も知りません。放っておいてもらえたら、ぼくがとてもうまくやることがわかるでしょう」

「あなたくらい絶えず悪いことをして、善悪の観念に欠ける若者を私は知りませんよ」

「いいでしょう。それはあなたの考えです。ぼくはあなたとは違います。人はみな同じように考えることはできません、そうでしょう。さて、よろしければ、ぼくは行きます」

ロジャーは言わなければならないことの半分も言っていないと感じた。しかし、それをどう言えばいいかよくわからなかった。感情のないまったく無感覚な若者と話をしても、それが何の役に立つというのか?悪を正す治療は息子の行動により、母の行動になされなければならない。愚かな弱い母でなければ、しばらく完全な子離れを決意して、息子にとことん窮乏を味わわせるだろう。そうしたら息子を改心させられるだろう。息子は欠乏の苦痛によって従順になったら、そのときパンと肉を母の手から満足して受け取って、謙虚になるだろう。今のところ息子はポケットに金を持ち、最上のものを飲み食いし、何の不自由もなく暮らしている。こんな順境にあったら、何を言っても無駄だろう。「妹をだいなしにし、母の心を引き裂いてしまいますよ」と、ロジャーは最後に無害の弾丸を若い無頼漢に放った。

息子が玄関のドアを後ろ手に閉めて出て行くとすぐ、カーベリー令夫人が部屋に入って来た。彼女は二十ポンドを回収できたから、話し合いは大成功と考えているようだった。「お金を持っていたら、あの子は返してくれると思っていました」と令夫人。

「どうして率先して金を返しに来なかったのでしょう?」

「お金について話すのがいやだったのだと思います。あの子は――博打で――それを手に入れたと言いました か?」

「いいえ、――ここにいるあいだほんとうのことは一言も言いませんでした。博打で金を手に入れたと考えるのが理の自然でしょう。手に入れたものをみななくすことも、自然のなり行きと見ていいです。彼はあなたとヘッタのためにまもなく家を手に入れるというような――途方もないことを言っていました」

「あの子が?――いい子ね!」

「何か心に含むところがありましたか?」

「ええ、そう。そういうこともあろうかと思いました。ミス・メルモットのことを耳にしたことがおありでしょう」

「こちらへ渡って来て金でのしあがっている、フランス人大物詐欺師の噂は聞いたことがあります」

「今はみんなが日参していますよ、ロジャー」

「みんなもっと恥を知らなければね。その男について誰が何を知っているというのです?――特別羽振りのいい悪党だという評判を取って、パリを出たことを除いてね。しかし、その男がどう関係していますか?」

「フィーリックスがその人の一人娘と結婚することになるとある人たちは思っています。フィーリックスは美男子ですからね?　あの子ほどハンサムな若者がどこにいます?　娘は五十万ポンドを持つことになるという噂です」

「それが彼の計画ですか?」

「正しくないと思います?」

「はい、間違っていると思います。しかし、それについてはいろいろな意見があるでしょうね。数分間ヘンリエッタと会ってもいいですか?」

註

(1) Regent's Park の南側を東西に走り、Baker Street と交差する大通り。

第八章　恋に悩む

結婚による資産漁りというご都合主義について、身内の未亡人と意見が一致することはありえないと、ロジャー・カーベリーはいみじくも言った。お互いに相手を理解することは不可能だった。カーベリー令夫人は息子とミス・メルモットの結婚の見込みを純粋な喜び、勝利としてとらえた。マリー・メルモットが大金持ちなら、たとえその父が身から出た錆で流刑地送りの運命にあるとしても、おそらく父の恥辱にはいくらでも言い訳をする余地があるだろう。こういう場合、富は恥辱に対してきっと勝利をえるはずだ。カーベリー令夫人なら、罪が生み出した金を享受しながら、「かわいそうなマリー」が父の罪のゆえに罰されることのない理由を見つけ出すだろう。とはいえ、現実はそれとは何と違っているのだろう？　メルモットはガレー船につながれているのではなく、グローヴナー・スクエアで公爵夫人をもてなしている。メルモットは噂によると大物詐欺師として――富を抜け目なく首尾よく追求するとき何でもやりかねない人として――ヨーロッパ中で有名だった。彼は前もって工夫した深い仕掛けのある計画を実行し、信頼した人たちを破滅させたと、接触して来た人たちみなの資産を呑み込んでしまったと、未亡人や子供の生き血を吸って生きていると人々は言った。――しかし、カーベリー令夫人にとってそれが何だと言うのか？　もし公爵夫人たちがそれをみな大目に見るなら、彼女が上品ぶってとがめてみても、ふさわしいことだろうか？　メルモットはそのうち転落すると、そんなふうにのしあがって来たなりあがり者は、長く頭を高く掲げてはいられないと人々は言った。とはいうものの、メルモットは長く頭を掲げてマリーに資産を残すことができるかもしれない。それに、フィーリックスは金をひどく必要としており、——資産と結婚しなければならない——切羽詰まった状態にあった！　カーベリー令夫人にとって、そういうふうに見る以外にこの問題についての見方はなかった。

ロジャー・カーベリーにとっても、この問題について別の見方はなかった。急速に進展する世界のなかで前歴を大目に見ることがしばしば成功者に許されることや、世間一般の判断に追随してもよいとする徐々に大きくなる思潮や、世間が手を握る人とは誰とでも手を握ってよいとする迎合、ロジャーはそういうことに無縁だった。そういうことが汚くて、汚いタールにさわれば汚れるという昔ながらの考えにまだ支配されていた。彼は紳士であるから、オーガスタス・メルモットのような男の家に入ったら、不名誉なことだと思った。貴族階級の公爵夫人みなを動かしても、シティの金みなを使っても、ロジャーに考えを変え、行動を修正するよううながすことはできなかった。しかしながら、彼はカーベリー令夫人にこういうことを説明しても無駄だと承知していた。ただし、家族のなかの一人には名誉と不名誉の違いを正しく理解するよう教えることができると信じていた。ヘンリエッタ・カーベリーは母より優れた性質を持っており、まだ泥にまみれていないと思った。フィーリックスについては、汚物だらけになってどぶを這っていたから、半生続く苦悩以外に彼を清潔にしてくれるものはないだろう。

彼はヘンリエッタが応接間に独りでいるのを見つけた。「フィーリックスに会いましたか？」と、彼女は互いに挨拶を交わすとすぐ聞いた。

「はい。通りで捕まえました」

「兄のことでとても悲しんでいます」

「理由ははっきりしています。お母さんが愚かにも甘やかしたせいです」

「かわいそうなママ！　兄が踏む地面さえ賛美していますのに」

「お母さんなら、そんな崇拝をいつまでも続けてほしいですね。問題なのは、こういうことがあると、お兄さんがあなた方二人を破滅させてしまうという点です」

「ママはどうすればいいでしょう?」

「ロンドンを離れなさい。そしてお兄さんのために一シリングも出さないようにしたらいいです」

「フィーリックスは田舎へ行って何をすればいいのです?」

「ロンドンで何かしているより、田舎で何もしないほうがどんなにいいかわかりません。お兄さんにプロの博打打ちなんかになってほしくないでしょう」

「まあ、カーベリーさん、兄がそんなことをしているとおっしゃるの！」

「あなたにこんなことを言うのはむごいようですが、――こんなだいじな問題では、ほんとうのことを言う義務があります。私はお母さんに何の影響力も持ちませんが、あなたは多少とも持っているようです。お母さんは私に助言を求めてきます。でも、その助言に耳を傾ける気はぜんぜんありません。だからといって私はお母さんを非難しません。しかし、あな――ために、ご一家のために心配しています」

「きっとご心配でしょうね」

「特にあなたのためにね。あなたはお兄さんを捨てないでしょうから」

「兄を捨てろとはおっしゃらないでしょう」

「しかし、お兄さんはあなたを泥のなかに引きずり込みます。彼のせいで、あなたはすでにあの男、メルモットのうちに連れて行かれましたからね」

「そんなことで害を受けたとは思いません」と、ヘンリエッタは居ずまいを正して言った。

「私が干渉するように見えたら、許してください」

「まあ、いえ。——あなたから干渉されることなどありません」

「私が乱暴なことを言うように見えたら、許してください。メルモットのうちに行くように強いられたら、害があなたに及んでいるように私には思えます。なぜお母さんはあの男との交際を求めるのでしょう？　メルモットが気に入っているからでも、メルモットか、メルモットの家族かに共感しているからでもなく、ただたんにそこに金持ちの娘がいるから交際を求めています」

「みんな日参していますよ、カーベリーさん」

「ええ。——それがみんなの言い訳です。それが人のうちに行く充分な理由になると言えますか？　たんに道路が込み合って当世風だというだけなら、多くの人が日参する——と言われる——ほかの場所があるでしょう？　あなた自身の明確な理由で、友人を選ぶ必要があるとは思いませんか？　一つだけ理由があるのは認めます。メルモット家には非常にたくさん金があります。娘に愛していると偽って誓うことで、お兄さんはその金の一部をえられるかもしれないと思っています。いろいろ噂を耳にするとき、メルモット家はあなたが姻戚関係に入りたいと思う人たちですか？」

「わかりません」

「私にはわかります。よくわかります。彼らはまったく恥ずべき連中です。最初に交差点で出会う掃除夫[1]との交際のほうがまだましです」ロジャーは自分でも気づかないうちに力を込めて話した。眉を寄せ、目を輝かせ、鼻孔を広げていた。もちろんヘッタは彼の求婚のことを考えた。彼の申し出を受け入れることはないと確信していたから、たとえ兄がメルモット家と姻戚関係を結んでも、彼に悪影響を及ぼすことはないと思い、彼がそんな悪影響を受けることを懸念しているのだとすぐ推測した。そして、こんなふうにとらえられたロジャーの懸念に当然気分を害した。しかし、彼は実際にはそんな複雑な考え方なんかしない、ずっと単純な心の持ち主だった。「フィーリックスは」と、彼は続けた。「どの家に足を向けようと、もう心配しなくていいほど、すでに堕落しています。しかし、あなたの姿がメルモットの家でしばしば見受けられるかと思うと、残念でなりません」

「行ってはいけない場所へ私が連れて行かれないように、カーベリーさん、ママが注意してくれると思います」

「適切な振る舞いについては、自分の意見を持っていていてほしいです」

「持っていたいです。持っていないとあなたから思われるのは残念です」

「私は旧式の人間ですよ、ヘッタ」

「私たちはもっと新しい悪い世界に住んでいます。たぶんそうです。あなたはいつもとても親切でしたが、私たちをもう変えることができないのではないかと思います。あなたと母はしっくり合っていないとときどき思いました」

「あなたと私はしっくり合っている――あるいは合うかもしれないと思いました」

「あら、――私はいつもママの味方です。もしママがメルモットのうちへ行きたければ、きっとママと一緒に行きます。もしそれが汚れになるなら、汚れるに違いないと思います。私がほかの誰よりも優れていると、考えていいなどとは思いません」

「あなたはほかの誰よりも優れていると、私はいつも思っています」

「私がメルモット家へ行く前のことでしょう。きっとあなたは考えをもう変えてしまっています。実際、私にそうおっしゃいました。残念ながら、カーベリーさん、あなたはあなたの、私たちは私たちの道を歩まなければなりません」

彼女がそう話すとき、ロジャーはその顔を覗き込んで、徐々に彼女の心の動きをとらえ始めた。ロジャーは本領を発揮して、女性が付加的魅力として用いるあの紫色のごまかしさえ彼女にはないことを察知した。それゆえ、メルモットのような新しい知人を作ることについてロジャーが彼女に警告したとき、彼が彼自身の将来の汚れを懸念したなどと、そんなふうに考えることなど彼女にできるはずがなかった。

「たった一つ願いがあります」と、ロジャーは言いながら片手を差し出して、彼女の手を握ろうとしたが、うまくいかなかった。「あなたと同じ道を旅したいという願いです。あなたにもそれを願ってほしいとは言いません。しかし、私が本気でそう言っていることは知っておいてほしいです。メルモット家のことを話したとき、私が自分のことを考えていると思いましたか?」

「さあ、いえ。――どうしてそう思います?」

「そのとき私は、私を兄と思っているはとこに話すように、あなたに話しました。あなたはたとえどれだけメルモットという悪霊の軍団[2]にふれても、私が心を定めた女性以外のものになることはありません。たとえ汚れても、――たとえあなたのように純粋な人に汚れがつくようなことがあっても――[3]、私の心は変わりません。あなたをたいへん深く愛しているので、もうあなたをよきときも悪しきときも受け入れています。私は変われません。あまりにも頑固なので、変化を受け入れることができません。私に慰めを与えてくれる言葉[4]をかけてくれませんか?」彼女は顔の向きを変えたが、すぐ答えなかった。「私がどれだけ慰めを必要としているかわかりますか?」

「私から慰めてもらわなくても、あなたはちゃんとやっていけます」

「いや、なるほど。生きていくことはできます。しかし、ちゃんとやってはいけません。実際、ちゃんとやれていません。私は不機嫌になり、ふさぎ込み、友人とくつろげません。あなたを愛していると言うとき、少なくともあなたに私を信じさせたいです」

「何か含みがあるように思いますが」

「たくさんありますよ、あなた。男が込めたい意味をすべて込めています。まさしくそう。一方なら大歓喜になり、他方なら世界に対する完全な無関心になるところまで、私が真剣であることをあなたは理解していません。あなたが私以外の人と結婚することになったと知るまで、私はこの追求をあきらめません」

「何と言ったらいいでしょう、カーベリーさん」

「私を愛していると」

「でも、そうではなかったら?」

「愛そうとしてみると言ってください」

「いいえ、それは言えません。愛というのはジタバタすることなくやって来るものです。そんなふうにほかの人を愛そうとするあなたのやり方が私にはわかりません。私はあなたがとても好きです。でも、結婚するのはとても怖いです」

「私には怖くありませんよ、あなた」

「ええ、――あなたの好みには、私が若すぎることに気づいてもらえれば」

「いいですか、私は辛抱強く待ちます。もしあなたがほかの男と結婚を約束したら、すぐ私にそれを教えてくれると、――それを確約してくれませんか?」

「それは約束していいと思います」と、ヘッタは間を一瞬置いたあと言った。

「まだ誰もいませんか？」

「誰もいません。でも、カーベリーさん、あなたにそんな質問をする権利はありません。寛大ではないと思います。ほかの人が言えないことをあなたには言うことが許されています。あなたがはとこで、ママがあなたをとても信頼しているからです。私が誰を愛しているか聞く権利は、ママ以外に誰にもありません」

「怒らせてしまいましたか？」

「いえ」

「怒らせたとしたら、私があなたをとても愛しているからです」

「怒ってなんかいません。でも、紳士から問いただされるのは好きではありません。どんな娘も好きではないと思います。身に起こっていることを言いふらすつもりはありません」

「私の幸せのあらかたがそこにかかっていることを考慮してくれたら、おそらくあなたは私を許してくださるでしょう。さあ、さようなら」ヘッタは片手を差し出すと、しばらく彼の手のなかに置いていた。「私たちが昔一緒によく行ったカーベリーの古い灌木林を歩くとき、あなたが女主人としてそこを歩くチャンスがどれくらいあるかいつも心で問いかけます」

「そんなチャンスはありません」

「あなたからそう言われるのを聞く心の準備はもちろんできています。では、さようなら。神の恵みがあなたにありますように」

ロジャーという男はどんな詩的なものにも無縁だった。ロマンスを愛することさえしなかった。多くの男がたいそう快いと思い、多くの女が人生に真の甘美な味わいをもたらしてくれると思う、恋愛の外的付属物のすべてに彼は無縁だった。恋愛における遅延や挫折さえ——それが希望を損なう場合でさえ——魅力だと思う男女がいる。そんな男女にとって憂鬱であることが甘美であり、思い焦がれることが甘美なのだ。詩のなかで読んだ苦悩する主人公や女主人公がロマンティックにみじめだったように、ロマンティックに今みじめだと感じることが甘美なのだ。ところが、ロジャー・カーベリーはこういうことに無縁だった。彼は心から望む女、愛を注ぐにふさわしい女を見つけた。――そう信じた。この女をと心に定めたあと、今は驚くべき焦がれ方で恋焦がれた。彼女がいなくなれば人生がどうなろうとかまわないと言うとき、たんに真実を話していた。彼くらい大火記念塔(5)から飛び降りたり、拳銃で頭を吹き飛ばしたりしそうにないイギリス人はいない。とはいえ、この悲しみによって心の関節のすべてにしびれを感じた。何らかのかたちで心を慰めるため、一つのことを別のことに転嫁することはできなかった。一つのことしかなかった。――彼女をえるまで、あるいは最終的に失うまで、耐え忍ぶことだった。後者が彼の運命――そうなりそうだと恐れ始めた定め――なら、そのときは不具の男のように生きよう。それでも、そのようにしか生きられないだろう。

ロジャーはこの娘がほかの若者を愛していることを心の奥でほとんど確信した。娘がそんな愛を一度も自認したことがないのもはっきり知った。これについては若者からも、ヘンリエッタからも保証された。彼はそう言われると安易に満足して、そう信じたくなった。とはいえ、ポール・モンタギューがこの娘を愛しており、どこまでもそれに執着する意志を持っていることを承知していた。未来の歳月を悲しみながら展望するとき、ヘンリエッタがポールの妻になるところが見えるような気がした。もしそうなら、どうすればいいだろうか？　この世の個人的な幸せについては自己を消滅させ、二人の幸福、二人の繁栄、二人の喜びにのみ気を配ってやるのはどうか？　失恋の苦悩からは逃れられないにせよ、二人に対しては慈悲深い老妖精のように振る舞ってやるのはどうか？　こういうふうにして、二人から祝福されるほうがいいのではないか？――それとも、忘恩の行為がどんなに深い怒りを生み出すか、ポール・モンタギューに思い知らせてやるほうがいいのか？　というのは、父が息子に、兄が弟に親切にするより、彼はポールに親切にしてきたからだ。彼は家を若者の家とし、財布を若者の財布としてきた。それなのに、彼がまさしく至福を完成させているさなか、彼を襲い、この世に持っているすべてを彼から奪うどんな権利がこの若者にあるというのか？　しかし、彼はこの主張にどこか間違いがあること――ポールが娘を愛し始めたとき、ロジャーがその娘を愛していることをぜんぜん知らなかったこと、ポールが一度も邪魔しなくても、娘は今ロジャーの懇願に強情であるように、同じく強情だっただろうこと――をずっと意識していた。彼は澄んだ心を具えていたから、こういうことをすべて理解していた。しかし、不正がとても大きかった――みじめさがとても大きかった――ので、それを許し、それに報いたら、軟弱で、女々しく、馬鹿げていると思った。ロジャー・カーベリーは害を与えられても、与えた者を許すことが正しいとは必ずしも信じていなかった。もしあなたになされた悪をみな許したら、あなたに悪をなすよう他人をうながすことになる。あなたの上着を盗む者に上着を与えたら、まもなくシャツもズボンも盗まれることになる。ロジャー・カーベリーはその午後サフォークに帰った。旅のあいだこれらのことを考えるとき、もしポール・モンタギューがはとこの夫になったら、ポール・モンタギューを決して許すまいと決意した。

註

（1）ディケンズの『荒涼館』の作中人物。
（2）「ルカによる福音書」第八章第三十節。
（3）『祈祷書』にある結婚式の文言。

（4）『祈祷書』にある聖餐式の文言。
（5）London Bridge の北岸、Cannon Street や King William Street の東端に位置する。

第九章　ヴェラクルス(1)への大鉄道

「君は彼の家の招待客でした。それなら、思うに、やりたいことぁ実現したも同然です」あでやかにめかし込んだ米国紳士が、リバプールにある鉄道大ホテルのいちばん洗練された個室のなかで、ひどい鼻声でこう言った。米国人は向いに座っている若いイギリス人にそれを言った。二人のあいだには地図や、予定表や、パンフレットなどがいっぱい載ったテーブルがあった。米国人はとても大きな葉巻を吸っており、その半分を歯の内側に入れて、口のなかでそれを絶えず回し続けた。イギリス人は短いパイプを吸っていた。米国人はフィスカー・モンタギュー&モンタギュー商会のハミルトン・K・フィスカー氏で、イギリス人は私たちの友人、商会の末席共同経営者ポールだった。

「ですが、彼とは話さえしていません」とポール。

「営業じゃそんなことぁたいして問題じゃありません。君にゃそれで充分私を紹介する資格があります。友人に頼みごとを聞いてもらおうとしているんじゃありません。金を借りようとしているんでもありません」

「金を借りようとしていると思いました」

「事業に参加してくれたら、彼は私たちの仲間になります。そうすりゃあ、貸し借りなんかありません。もし彼が噂に聞くように賢い男なら、私たちの事業に参加します。なぜなら、そこに二百万ドルの金をもうける方法を見るからです。もし彼が労を惜しまず急いでサンフランシスコを訪問できりゃあ、その倍も作ってくれるでしょう。金持ちたちの協力をすぐ手に入れてくれるでしょう。なぜなら、彼が勝負を理解し、胆力を持つことを金持ちたちは知っているからです。ヨーロッパでの資金調達で、やるだけのことをやった男、——とんでもない男です！　私たちに加わったら、彼のできることにゃ際限がないでしょう。私たちは大国の国民であり、余裕があります。私たちはずっと大きなことを追求しており、瀬戸際で躊躇なんかしません。が、メルモットなら私たちの優等生にもおそらく負けません。とにかく私たちの事業に彼が参加して運を試してもらわにゃあなりません。これくらい大きな、安全な事業は手に入りませんから。もし半時間私と話をすることができりゃあ、彼はすぐそれを見抜きます」

「フィスカーさん」と、ポールは訳ありげに言った。「ぼくは共同経営者ですから、あなたに知らせておく必要があると思います。メルモット氏には誠実さについて悪い噂がたくさんあります」

　フィスカーは優しくほほ笑んで、葉巻を口のなかで二回回すと、それから片目を閉じた。「人が成功するとき、慈悲心にゃ欠けるところがあるもんです」

　話題になっているのは、南中央太平洋沿岸及びメキシコ大鉄道[2]という壮大な計画の話だった。この鉄道はサンフランシスコとシカゴを結ぶ本線からソールトレーク・シティで別れて始発し、ニューメキシコとアリゾナの肥沃な土地を通り、メキシコ共和国領土に入り、メキシコシティのそばを走り、ヴェラクルスの港湾に出る予定だった。フィスカーはこれが大きな請負事業であることをすぐ認めた。距離はおそらく二千マイルを超えることも、建設費用は見積もりとして計算していないか、おそらく計算できないことも認めた。しかし、そういう計算は的外れで、子供っぽい試みと考えているように見えた。メルモットは仮にもこの事業に参加するつもりなら、そんな質問をしないだろう。

さて、私たちは時間を少し遡らなければならない。ポール・モンタギューは共同経営者であるハミルトン・K・フィスカーから電報を受取った。電報はニューヨーク往復定期船からクイーンズタウン[3]の岸辺で打たれて、リバプールにすぐフィスカーに会いに来るよう要請していた。ポールはこの要請に従う義務があると感じた。個人的にはフィスカーが嫌いだった。――それでもやはり従わなければならなかった。なぜなら、カリフォルニアにいるとき、上機嫌と大胆さと賢さが一体となったこの男に抵抗することができないことを知っていたからだ。フィスカーが手がけるどんな計画にも、ポールは同意するよう説得されていることに気づいた。製粉所をフィスカーヴィルに開設することなんかまったく意に染まないと思っていたが、いつの間にかそれに同意していた。ポールは自分の金がどうなるか心配で、フィスカーに二度と会いたくなかった。それなのに、フィスカーがイギリスにやって来たとき、彼が共同経営者であることを思い起こして誇りを感じた。ポールは指示に従って、リバプールにくだった。

ポールは製粉所の件ではただ気をもんだだけだったが、今度の計画ではどれほどおびえたことだろう！フィスカーは二つの目的を持ってやって来たと説明した。――一つは業務内容の変更提案についてイギリスの共同経営者の同意を求めること、一つはイギリスの資本家たちの協力をえることだった。業務内容の変更提案とは、フィスカーヴィルの施設全部を売却することと、鉄道を立ちあげる事業に全資本を投入することだった。「たとえ施設を全部現金に換えても、鉄道は一マイルも敷けませんよ」と、ポールは言った。フィスカーは笑った。フィスカー・モンタギュー&モンタギュー商会の目的は、ヴェラクルスまで鉄道を敷設することではなく、会社を立ちあげることだった。フィスカーは鉄道が建設されようとされまいと、それには関心がないようだとポールは思った。鋤一杯の土が動かされるより前に、富が会社から生み出されることをフィスカーはねらっていた。列車が雪山の下のトンネルに入り、日に照らされた湖の縁でトンネルから出て来る美しい小さな写真と、豪華な地図と、みごとに印刷された計画書が、もし何かの役に立つとしたら、フィスカーは疑いなく多くの仕事をしていた。しかし、ポールはそのきれいな書類を見たとき、それに使った金がどこから来たか考えずにはいられなかった。フィスカーは共同経営者の承諾をえるために来たと明言したけれど、共同経営者はたくさんのことがまったく彼の承諾なしになされてきていると思った。ポールはこれらのきれいな書類みなに彼の名が会社の代理人、総支配人の一人としてあげられているのを見て、この件にかかわるおびえを鎮めることができなかった。書類にはみなフィスカー・モンタギュー&モンタギューの署名があり、あらゆる問い合わせがフィスカー・モンタギュー&モンタギューになされるようになっていた。——書類の一つでは、会社の一員がこの件でイギリスの関係者に対応するため、ロンドンに進出したと述べられていた。若い共同経営者がこんな大きな役割をゆだねられて、限りない満足を表すものとフィスカーは思っているように見えた。モンタギューは重要人物になったような心地よい高揚感にとらわれた。しかし同時に、同意なしに金が使われてしまったという、いつの間にかそんな同意をしないよう用心しなければならないという、そんな必ずしも快くない別の思いも抱かずにはいられなかった。

「製粉所はどうなりました?」と彼は聞いた。

「代理人を置きました」

「危なっかしいんじゃありませんか?　どんな査察をしました?」

「代理人から一定額を受け取っています。が、おやおや!　目の前にこんな大きな問題を抱えているときに、つまらない製粉所のことなど口にする価値もありません」

「売ってはいませんか?」

「ええと、売っちゃいません。が、売るための価格は設定しました」

「金を受け取ってはいませんか？」

「ええと、――はい、受け取りました。それで金を工面したんです、おわかりでしょう。君がそこにいなかったので、現地の二人の共同経営者が会社を代表しました。が、モンタギューさん、君は私たちと行動をともにしたほうがいいですよ。ほんとうにいいです」

「ぼくの取り分はどうなりました？」

「それはたいした問題じゃありません。この件が少し前進すりゃあ、君が年に二万ドル使おうと、四万ドル使おうと、ね、問題じゃなくなります。私たちは合衆国政府から国有地について利権をえました。メキシコ共和国大統領とも連絡を取っています。私たちがすでにメキシコに一つ事務所、ヴェラクルスにもう一つ事務所を開いたのぁ確かです」

「その金はどこから出ました？」

「金の出どころですか、君？　こんな事業でどこから金が出て来ると思いますか？　株を浮きあがらせることができりゃあ、金はあっという間に入って来ます。私たちは現在三百万ドル分の株を持っています」

「六十万ポンド！」とモンタギュー。

「もちろん額面通りに株を引き取ります。――売るときは、もうけが出ます。もちろん額面以上でしか売りません。百十まであげることができりゃあ、三十万ドルのもうけです。が、それよりうまくやります。私はすぐメルモットに会わなきゃあいけません。今から手紙を書いてくれるといいです」

「その人を知りません」

「気にしなくてもいいです。いいですか――私が手紙を書きますから、君は署名さえすりゃあいいです」

そこでフィスカーは次のような手紙を書いた。

ロンドン、ランガム・ホテルにて(4)　一八——年、三月四日

拝啓

私の共同経営者である——サンフランシスコのフィスカー・モンタギュー&モンタギュー商会の——フィスカー氏が、当代最大の事業——すなわちサンフランシスコとメキシコ湾を直接結ぶ南中央太平洋及びメキシコ鉄道——を実現するため、イギリスの資本家から支援をいただく目的で、今ロンドンに参っていることをあなたにお知らせできることをたいへん喜ばしく思います。彼はあなたの協力が望ましいことに気づいて、到着するなりあなたにお会いすることを切望しています。あなたはこういう問題で成熟したご判断をお持ちなので、事業の壮大さをすぐご理解していただけると私たちは確信しています。ご都合のよい日時をお知らせいただけたら、フィスカー氏がお伺いします。

先週あなたのうちでとても楽しい夕べをすごさせていただいたことを、あなたと奥様に感謝いたします。フィスカー氏はニューヨークに帰りますが、私はここに残って、かかわりのあるイギリスの関係者の監督をします。

私はじつに誠実に、
あなたのものであることを
栄誉としています
署名□□□□□□

「ですが、ぼくは一度も関係者の監督をするなんて言ったことがありません」とモンタギュー。

「今はそう言ってもいいでしょう。言ってもそれに縛られることぁありません。君のような正真正銘のジョン・ブルは、あまりにも疑りっぽいので、資産を築くのに必要な生命力を失っています」

ポール・モンタギューは話し合いを続けたあと手紙を書き直して、――疑念を抱き、ほとんど当惑しながらも――それに署名した。そして、拒絶しても何の役にも立たないと心でつぶやいた。帽子を横向きにかぶり、指にたくさん指輪をつけたこの不快な米国人が、共同経営者の資金を好きなように処理することができるほど、これまでポールの叔父を手玉に取ってきたのなら、ポールはそれを止めることができなかった。二人は翌朝一緒にロンドンに上京した。フィスカーはその日の午後にアブチャーチ・レーンに姿を現した。リバプールのランガム・ホテルで書かれ、その日の日付がある手紙は、到着と同時にユーストン・スクエア鉄道駅で投函された。フィスカーが名刺を差し出すと、待つように言われた。二十分もすると、彼は誰あろうマイルズ・グレンドールによって大人物の前に案内された。

メルモットが大きな頬ひげと、乱れた髪と、精力を宿す荒削りな、下品な顔の大男であることはすでに述べた。こちらが何か忖度でもして魅惑されてでもいない限り、姿を見るだけで間違いなく嫌悪を感じる男だった。しかし、彼は莫大な金を使い、力強く行動し、事業で成功していたから、まわりの世界からつまはじきにあっていなかった。かたや、フィスカーのほうは四十がらみの――輝くばかりにあでやかな――小男だった。しっかりよじれた口ひげと、てっぺんが禿げてきている脂っぽい茶色の髪と、よく分析すれば端整だが、一見取るに足りない顔立ちをしていた。絹チョッキを着て、鎖で飾った豪華な身なりで、小さな杖を持っていた。誰もが初めはフィスカーをたいした人ではないと言いたい気になるが、少し会話を交わせば、彼がただ者でないことをだいたい認めるだろう。彼は何ものにも尻込みしたり、ためらったり、恐れたりしなかった。広くはないけれど、それなりに独自の知性を具えて、その用い方を知っていた。

アブチャーチ・レーンは、豪商の事務所が置かれる場所としてはあまりりっぱなところではなかった。この街角にある小さな家の自在ドアに「メルモット商会」と書かれた真鍮板が張ってあった。この商会にどんな人が詰めているか知る者はいなかった。メルモットはある意味、実業界全体と連携していたと言っていいだろう。というのは、条件をつけて他事業との協力を拒むようなことをしなかったからだ。しかし、共同経営者を受け入れて苦しんだことはなかった。フィスカーはここで三、四人の事務員が机に着いているのを見たあと、上階にあがるように求められた。狭くて曲がった階段を登り、小さくて不揃いな部屋をいくつか見た。それから、『デイリー・テレグラフ』が時間つぶし用に置かれた小さな暗い部屋でしばらく待たされた。そのあと、メルモット氏が会うとマイルズ・グレンドールから告げられた。百万長者はほんのちょっと客を見ると、フィスカーが差し出した手にただ偉そうに指で触れた。

「あなたのことを手紙で知らせてくれた紳士のことを」と、彼は言った。「どうしても思い出せないがね」

「おそらくそうでしょうね、メルモットさん。私もサンフランシスコにいるとき、じつにたくさんの紳士たちに会いますが、ぜんぜんそのあと彼らを覚えていません。私の共同経営者は友人であるサー・フィーリックス・カーベリーと一緒に、あなたのお宅にお伺いしたと思います」

「サー・フィーリックス・カーベリーという若い人は知っている」

「その人です。その人とのつながりでは不充分と思われるなら、いくらでも紹介状は用意することができます」メルモットは頭をさげた。「こちらのロンドンの私たちの口座は、シティ&ウエストエンド・ジョイント・ストックで管理されています。が、たった今私は到着したばかりです。ロンドンに来たおもな目的があなたに会うことですから、共同経営者のモンタギューにリバプールで会って、知らせを受け取ったあと、まっすぐここにやって来ました」

「それで、私にどんな御用かな、フィスカーさん？」

そこで、フィスカーは南中央太平洋沿岸及びメキシコ大鉄道について説明を始めた。比較的少ない言葉で全貌を説明するとき、かなりの能力を見せた。彼は華やかで、派手だった。二分でメルモットの前に計画と地図と写真を見せ、フィスカー・モンタギュー＆モンタギュー商会の名がいかに頻繁に文書に現れるか、メルモットの目に留まるよう配慮した。メルモットが文書を読むとき、フィスカーはときどき言葉を差し挟んだ。しかし、鉄道の将来の利益、あるいは鉄道という交通手段が世間一般に与える利益にはまったくふれず、事業の適切な操作によって投機的な世界で間違いなく生み出される資本、彼ら二人に共通するそんな資本への欲望にぴったり当てはまる言葉しか差し挟まなかった。

「お国ではこの事業を大きく取りあげてもらえないと思っているようだな」とメルモット。

「あちらじゃこれを取りあげることに何の疑いもありません。米国の人々はですね、勝負にゃ機敏です。が、競争くらいこの種の動きを前進させるものはないことを、メルモットさん、私から教えられなくてもおわかりでしょう。事業がロンドンで活発であると、セントルイスやシカゴで人々が聞くとき、あちらでも活発になります。こちらでも同じですよ、あなた。資本が米国で野火のように走っているのを知るとき、こちらの人々も資本を走らせるでしょう」

「どのくらいまで進展したのかな？」

「線路を造るための土地を米国議会から与えてもらうことに取り組んできました。私たちはもちろんただで土地をもらうことになっています。二十五マイル間隔でできる各駅のまわりの千エーカーの交付です」

「土地は譲渡されるだろ、――いつなのかね？」

「私たちが駅まで線路を造ったときです」メルモットがそんな土地の所有にどれほど価値が付与されるか

という観点からではなく、外部の投機家の目にそんな趣意書がどれほど魅力を持つかという観点から、その質問をしたということをフィスカーは完全に了解した。

「それで、私にどうしてほしいのかね、フィスカーさん？」

「ここにあなたの名を入れてほしいんです」彼はそう言うと、イギリスの重役会会長の名が入る、あるいは入ることになっている、空欄の箇所に指を置いた。

「誰がその重役になるのかね、フィスカーさん？」

「あなたに重役を選んでいただきたいです。たとえば、ポール・モンタギュー氏がその一人になるでしょう。もう一人は彼の友人であるサー・フィーリックス・カーベリーなんかいかがでしょう。シティやウエストエンドの重役の一人を入れることもできます。が、ご自分で引き受けたい株の量も含めて、すべてあなたにお任せします。もしあなたが身も心もこの事業にささげる気になりゃあ、メルモットさん、これはもっともすばらしい事業になるでしょう。大量の株が生まれるでしょう！」

「あなたは一定の資本金を出してそれを支援しなくてはならないのでは？」

「私たち西部の人間は、旧式の縛りで商売を拘束しないように、あなた、気をつけています。手足を自由にすることで、私たちがすでにやり遂げたことを見てください、あなた。サンフランシスコからニューヨークまでまさしく大陸を横断する私たちの路線を見てください。見てください――」

「資本金のことは気にしなくていいよ、フィスカーさん。人々はニューヨークからサンフランシスコへは行きたがるかもしれんが、ヴェラクルスまで行きたがるかどうかはわからんな。だが、検討するから、回答は待ってくれ」話し合いが終わって、フィスカーは満足した。もしメルモットにこの件を考えてみる気がなかったら、十分も時間を割いてくれなかっただろう。結局、フィスカーはたんに名を借りることをメルモットに求めただけだった。その名を使って、投機的な大衆から二、三十万ポンドを受け取るようメルモットに提案しただけだった。

フィスカーがロンドンに到着した日から二週間後、ロンドンにメルモット氏を会長とする重役会が設置され、会社がイギリスで船出した。重役としてはアルフレッド・グレンドール卿、サー・フィーリックス・カーベリー、ステーンズ(5)選出国会議員のユダヤ紳士サミュエル・コーエンループ氏、同じく国会議員のニダーデイル卿、それにポール・モンタギュー氏がいた。重役会の顔ぶれは、あまり強力ではないと見られ、アルフレッド卿やサー・フィーリックスの支援は、事業にほとんど貢献しないだろうと思われる。――それでも、メルモットがあまりにも大きな力の塔なので、会社の命運が――会社全体として――彼独りにゆだねられていると感じられた。

註

（1）メキシコ東部カンペチェ湾に臨む港湾都市。

（2）トロロープは一八六七年に米国で起きたクレディ・モビリエ・スキャンダルを念頭に置いている。クレディ・モビリエ・オブ・アメリカ（一八六三年にユニオン・パシフィック鉄道建設のため設立された金融会社）は幹部による着服と議員汚職を含む金融スキャンダルのため倒産した。

（3）アイルランドのコーク湾の Cobh のこと。

（4）一八六五年に完成した当時ロンドンでもっとも大きい豪華な近代的ホテル。Marylebone の Portland Place にあった。

（5）テムズ川沿い Windsor の十キロ下流、Chertsey の北西、Ashford の西に位置する。

第十章　フィスカー氏の成功

フィスカーは実現された前進に充分満足した。しかし、この措置の全体をポール・モンタギューに納得させることには必ずしも成功しなかった。メルモットがロンドンの実業界で非常に大きな存在であり、大立者だったので、モンタギューのような小者が鉄道計画など信じないと言い張ることはできなかった。メルモットは電報を自由に使えたから、サンフランシスコとソールトレーク・シティに、それらがロンドン郊外ででもあるかのように、綿密に問い合わせることができた。彼は会社ではイギリス支部の会長であり、自分に――本人は支社にと言った――二百万ドルまで株を割り当てた。しかし、メルモットが頼れる力の塔であるとしても、砂上の塔とも見られるという疑念か、意識か、がまだ多くの人々にあった。

ポールは旧友であるロジャー・カーベリーの助言に大いに背いて、今や不本意ながらもこの仕事に信頼を置き、大鉄道事業に個人的に専念するため、ロンドンで生活するようになった。証券取引所(1)のすぐ裏に事務所があって、そこに数人の事務員と一人の秘書がいた。秘書にはマイルズ・グレンドール氏が就いていた。ポールは重役であるだけでなく、事業の全体を統括するフィスカー・モンタギュー&モンタギュー商会の一員でもあるとの事実をはっきり意識し、かつそれに責任を感じた。彼は実際に仕事をしていたいと切に願ったので、じつにあいにくなことに会社の事務所によく出かけて行った。フィスカーはまだロンドンに居残っていたから、この愚行をやめさせせようと最善を尽くして、一度ならず共同経営者をやや厳しく叱った。「ねえ、君、君が慌てふためいて何の役に立つんです? こういう仕事はいったん動かしてしまやあ、ほかにすることはありません。君なら事業を動かす前に、指を離して失敗するかもしれません。が、そういうお膳立てはみな君のためにすでになされています。木曜ごとに事務所に行きゃあ、それで充分です。メルモットのような男が口出しされて我慢ができるとぁ思いません」ポールは言いたいことを言わなければと思って、重役の一人として経営に参画するつもりであると、彼の資産が――たいしたものではないにしろ――事業に投資されており、メルモットの資産がメルモットにとって重要であるように、それは彼にとっても重要であると、はっきり言った。しかし、フィスカーは彼を抑え込んで、黙らせた。「資産って! 私たちがお互いにどれだけ資産を持っていたと言えるんです? 会社をかろうじてほかの人に見てもらえる程度の金、口に出す価値もない数千ドルにすぎません。それで君は今どうなっています? ねえ、いいですか。――こんな会社は壊せるもんなら壊すほうが、たくさんの金になります。君や私が持つ資産でちゃんとした商売をして、何年も重労働の末にえられるよりたくさんの金にね」

ポール・モンタギューはフィスカーを個人的に好ましいと思わなかったし、彼の事業理念もまた好ましいと思わなかった。それなのに、ポールは意に反してその事業理念に押し流されてしまった。「ぼくはいつ、どうしたら、こういうことに巻き込まれずにいられたでしょう?」と、彼はロジャー・カーベリーに宛てた手紙で書いた。「フィスカーはこちらに来る前に金を調達して、使っていました。彼にそんなことをする権利なんかなかったと言うのは簡単ですが、彼はそんなことをしていました。カリフォルニアへ行かなければ、彼をそれで告発できません。それに、法に訴えても、補償なんかえられそうにありません」ポールはこういうことがあったから、フィスカーを嫌った。しかし、フィスカーはポールから評価される一つの大きな長所を確かに具えていた。彼はポールが事業に干渉することを妥当とは見なかったが、現在の猛烈な繁栄を分かち合う権利をポールに認めた。彼は社内の実際の金のやりくりについてはポールに漏らそうとしなかった。しかし一方、充分な金を用意して、ポールを共同経営者として彼と同じ立場に置くように配慮した。彼は約束した収入の未払分を現在に至るまでみな払ってくれた。また、株が額面より十%以上あがるまで売ることができないという了解と、こうして生まれた利益以外の元金にはどんな取引でも手をつけることができないという了解を取りつけたうえ、ポールを多量の鉄道株の名義上の所有者にしてくれた。メルモットがその彼の株をどうしたか、ポールにはまったく知らされなかった。ポール・モンタギューの理解するところ、メルモットはあらゆることに強大な力を保持していた。若いポールはこのせいで憂鬱になり、落ち着きをなくし、浪費するようになった。彼はロンドンに住んで自由に使える金を持ちながらも、すべてが足もとでバラバラに崩壊するのではないか、ペテン師の一味として汚名を受けるのではないか、そんな恐怖にさいなまれた。

男がこんな境遇に置かれるとき、生活の主要な部分を享楽に当てて、心配と犠牲と悲しみにほんの少しの部分しか当てないことを私たちは知っている。もしこの若い重役が心境を親しい友人に説明したら、人生が重荷になるほどの疑念と、うさん臭さと、恐怖にさいなまれていると言い切っただろう。ところが、彼はこのころ彼とつき合った人々から、遊びを好み、おもしろおかしさを最大限に活かそうとする、とても愉快な仲間だと思われていた。サー・フィーリックス・カーベリーの助けを借りて、ポールはベアガーデンの一員になった。入れる社交クラブのなかでいちばんいいそのクラブでは、入会の様式が他の手続きと同じくらい破格なものだった。生活振りから見て入会が不適切と思われる若者が入会を希望してきたとき、クラブの管理委員会は会員に空きが出るふつうの速度から見て、順番が来るまでに三年かかると言った。ところが、委員会は望ましい仲間については名簿のいちばん上に置いて、すぐ入会させる力を持っていた。ポール・モンタギューは商売柄かなりの富を所有し、もっと大きな影響力も持つと突然評価された。メルモットとその部下とともに同じ重役会に列席していたからだ。彼はこのため不運な志願者がこうむるあの悩ましい遅延なしに、ベアガーデンの会員に選ばれた。

　ポール・モンタギューは心根が正直で、健全だったから、――それゆえ遺憾の意を込めて言うしかないが――、ベアガーデンで長い時間をすごすようになった。男はどこかで食事をしなければならないし、どこより安くクラブで食事ができることを知っている。ポールは内心そう納得していた。しかし、ベアガーデンでする彼のディナーは高くついた。サー・フィーリックス・カーベリーやニダーデイル卿のような仲間の重役にしばしば会い、アルフレッド卿を一度ならずクラブでもてなした。グローヴナー・スクエアでは豪商の歓待らしい豪勢な接待を受け、偉大な会長と二度ディナーをともにした。マリー・メルモットという豪華なご馳走の奪い合いに、ポールも参加すべきだと、フィスカーから実際ほのめかされた。ニダーデイル卿は利害がらみの商人たちから相当な圧力をかけられたから、マリーの奪い合いに再び参入する意向を明らかにし、この意向に沿ってメキシコ鉄道会社の重役の一人になっていた。しかし、私たちが今話しているこのころ、社交界の仲間うちではサー・フィーリックスがマリーの奪い合いのいちばん人気となっていた。

　四月中旬になっても、フィスカーはまだロンドンにいた。何百万ドルという金――フィスカーの言葉によると未亡人や孤児の金――が懸かっているとき、負わされる不便は棚あげにしなければならなかった。しかし、こういう献身に報いがないわけではなかった。というのは、フィスカーはロンドンで「いい思い」をしていたからだ。彼も名誉会員としてベアガーデンに自由に出入りを許されて、たくさん金を使った。こういう大事業に参画していると、気が大きくなって、自分に使うものは何にしろ、ささやかなものにすぎないと思うようになり、むしろ慰めさええられた。何千ポンドを勝ったり、負けたりするのに耐えていると、シャンパンだろうが安いジンジャービヤ[2]だろうがどちらでもよくなる。――違いがあるとすれば、罪のない飲み物に体を悪くする影響がない一方、シャンパンにはあるというだけだ。事業の大きさのせいで、小さな出費を気にしなくてもいいという気持ちがあったため、フィスカーもモンタギューもシャンパンを選んだ。結果は有害だった。ベアガーデンはなるほどカーベリー・マナーより活気にあふれていた。しかし、モンタギューは古いマナーハウスの枕で目覚めるときほど満足のできる思いで、ロンドンの朝を迎えることができないことを知った。

フィスカーは四月十九日土曜(3)にロンドンを発ち、ニューヨークへ帰る予定だった。それで、十八日に送別会が開かれることになった。メルモットが送別会に招かれ、クラブで貯めていた金がその会のためにみな引き出された。アルフレッド・グレンドール卿も来賓として呼ばれ、メルモットと行動をともにするコーエンループも招待された。ニダーデイルとカーベリーとモンタギューとマイルズ・グレンドールはクラブの会員だったから、ディナーを催す側だった。惜しまず金を出した。ヴォスナー氏が食べ物やワインをまかない、――その代金を払った。ニダーデイル卿が司会役を務め、フィスカーがその右、メルモットがその左に座った。放埓な若い卿としてはりっぱに司会を進めたと思われる。乾杯はメルモットとフィスカーの健康を祈って二度だけなされ、もちろん挨拶も二人からなされた。メルモットはこのときの発話で見せたぎこちなさと力量不足のせいで、本人が主張するイギリス生まれが嘘であることを証明したとおそらくみなから思われた。彼は立ちあがると、両手をテーブルにつき、下に置かれた皿に顔を向けたまま、この鉄道会社の発足が、大西洋の両側でこれまでに興されたもっとも成功した大事業になるとの確信を出し抜けに述べた。大事業、――まさしく大事業。これまでに最大の事業だと主張することに何のためらいもない。これ以上の大事業があったためしがないと信じている。こんな大事業を推進することに及ばずながら支援できるのは幸せだ、――などなど。彼は内容的にほとんど変わらないこれらの主張を、別々の感嘆文のようにとぎれとぎれに話した。友人たちの顔を一人ずつ見ようとして、それから次の発話の霊感を求めるように顔を下の皿に戻した。雄弁ではなかった。それでも、話を聞いた紳士たちはこれが偉大なオーガスタス・メルモットだと、みんなをおそらく金持ちにしてくれる人だと思って、大喝采した。アルフレッド卿は彼から洗礼名で呼ばれることを我慢して受け入れた。なぜなら、この貴族は割り当てられることになった——しかし現物はまだ見ていない——株券を担保に、二、三百ポンドを手に入れる機会を彼から与えられたからだ。商売のやり方がすばらしかった！　人はしかるべきパイに小指の先を突っ込むことさえできたら、小指を引き抜くとき、そこに何とみごとな美味、何と豊かな滋養を手に入れることができるのだろう！

メルモットが座ったあと、フィスカーが挨拶をした。彼は流暢で、早口で、華麗な挨拶をした。もし私がその一言一句をそのまま伝えたら、読者を退屈させるだろうが、伝えなかったら、発話者が描き出すところの、ソールトレーク・シティからヴェラクルスまで延びる鉄道という、世界規模の事業が生み出す愛と調和の喜ばしい映像を、読者の眼前に適切に提示することはできないだろう。伝えなかったら、ロンドンのメルモット社とサンフランシスコのフィスカー・モンタギュー&モンタギュー商会が当然のこととして求め、最終的に受け取る、世界からの感謝の大きさを説明することもできないだろう。フィスカーは腕をあちこち優雅に振った。頭を今はこちら、次はあちらと向けたけれど、一度も下の皿に向けることはなかった。まったく申し分のない挨拶だった。しかし、米国人の雄弁のすべてにより、メルモットの口から出る重々しい一言のほうに信念があった。

資産が鉄道の敷設によってではなく、鉄道株の浮揚によって作り出されるということを、何らかのかたちで理解しない出席者は、そこには一人もいなかった。一同みなこの点に関するそれぞれの確信を囁き合った。モンタギューでさえ自分が鉄道を敷設し、鉄道の仕事をするために雇われた重役だと、思い込むような欺瞞に陥っていなかった。外部の人は株を買うように宣伝を受ける対象になり、言わば内部にいる人はそんなかたちで売れるように株券を製造する特権を持つことになった。内部の人はそれを仕事にしており、みんなそれを知っていた。それなのに今、八人はそこに集まって、人間性一般について、また国々の来るべき調和について話した。

メルモットは葉巻を一本吸ったあと退去した。アルフレッド卿も大人物と行動をともにした。アルフレッド卿は煙草と炭酸割のブランデーが好きだったから、できれば残りたかったが、重大な日々の到来に当たり、メルモットに食らいついているのが得策だと思った。サミュエル・コーエンループもあまり派手に遊びに加わらないで帰って行った。それから、若者だけが取り残されて、カード用娯楽室へ移動しようという提案がすぐなされた。一同はフィスカーが年上の連中と一緒に帰ってくれたらいいとかなり期待した。ニダーデイルは人種に関する深い理解を欠いていたから、この米国紳士が詩のなかに出てくるいかさまで有名な「異教徒の中国人」(4)に違いないと思った。しかし、フィスカーはほかの連中と同様に遊びが好きで、娯楽室には腹を固めて入った。ここでグラスラウ卿が一同に加わり、ルー(5)を選んで、すばやく勝負に取りかかった。フィスカーは遊ぶにはポーカーがいいとそれとなく言ったが、ニダーデイル卿は詩の内容を思い起こして、首を横に振った。「それは!　いけませんね!」と、卿は言った。「キリスト教徒らしい遊びをしましょう」フィスカーは——宗教的な偏見とは関係なく——どんな勝負でもいいとはっきり言った。

ベアガーデンの賭博はほとんど中断なく続いて、全体的にサー・フィーリックス・カーベリーが勝ち運を保っていたことは言っておく必要があるだろう。彼はもちろん浮き沈みもしたとはいえ、勢いのある上昇の星に恵まれていた。こういうことが数夜にわたって続いたので、マイルズ・グレンドールは友人のグラスラウ卿にいかさまがあるに違いないとほのめかした。グラスラウ卿はあまりたくさん才能に恵まれていなかったが、少なくとも人を疑うような人ではなかったから、そんな考えを否定した。「あいつから目を離さないようにしましょう」と、マイルズ・グレンドールは言った。「君は好きなようにすればいい。しかし、私は誰も監視するつもりはないよ」と、グラスラウは答えた。マイルズはじっと監視を続けたものの、骨折り損だった。サー・フィーリックスはたくさん欠点を抱えていたけれど、まだいかさま師にはなっていなかったとすぐ言ってもいいだろう。グレンドールもグラスラウも、今サー・フィーリックスにかなり借金をしていた。今回この場にいないドリー・ロングスタッフも借金をしていた。最近仲間うちでは――借用証書に書かれた金額に比較すると――あまり現金をやり取りしなくなっていた。そういうなか、サー・フィーリックスは母からの警告など拒否して当然と思われるほど、まだたっぷり現金を持っていた。

今集まっている仲間はかなり長いあいだ借用証書を大っぴらに取り交わしていたから、突然その場によそ者が闖入して来たことを――特にそのよそ者が翌朝サンフランシスコへ向けて旅立とうとしているとき――ずいぶん煙たがった。そのよそ者が勝負で負けるように確実に塩梅できるなら、思いがけない天の恵みと見なすことができるだろう。ポケットに現金を持ち合わせているそんなよそ者から、一部でも巻きあげることができたら、旱魃のときに降る快い驟雨のように感じられるだろう。紙の上だけで保証のないこんな証書のやり取りをかなり長いあいだ続けていたら、ほんものの銀行券には前に感じたことがないような魅力を感じるようになる。しかし、もしよそ者が勝ったら、快く解決できない複雑な問題が生じることになる。そんなことにでもなれば、ヴォスナー氏が呼び出される。ところが、ヴォスナーは破滅的な条件を出しそうだ。今回の場合、事態は快く収まりそうになかった。勝負の始めからフィスカーが勝ち続けて、小さな紙片の束を手に入れることになった。その紙片の多くがサー・フィーリックスから渡されたものだった。その紙片にはグラスラウを意味する「G」とか、ニダーデイルを意味する「N」とか、ドリー・ロングスタッフを意味するとベアガーデンで知られているみごとな象形文字——これを書いた人はその場にいなかった——とか、が書き込まれていた。さらに、マイルズ・グレンドールを意味するM・Gと書かれた――とりわけたくさんあって換金という観点からあまり魅力のない――紙片もあった。ポール・モンタギューはこれまでベアガーデンで借用証書を出したことがなかった。私たちの友人サー・フィーリックスも最近それを出したことがなかった。今回の勝負では、モンタギューが大勝ちしたとは言えなかったけれど勝った。サー・フィーリックスはずっと負け続けて、ほとんどただ独りの敗者となった。一方、フィスカーは負けた人の分をみな懐に入れた。彼は午前八時半の汽車でリバプールへ向かう予定だった。午前六時に紙片を計算すると、およそ六百ポンド勝っていることがわかった。「大部分はあなたからもらったものだと思いますね、サー・フィーリックス」と彼は言うと、テーブル越しに紙片の束を手渡した。

「そのようです。ですが、紙片はみなここにいる人たちに対して有効です」フィスカーはそのときじつに上機嫌に紙片の束のなかから、ドリー・ロングスタッフの五十ポンドの負債を示す一枚を抜き出して見せた。「それはロングスタッフのものです」と、フィーリックスは言った。「彼はここにいませんからもちろん交換してあげます」それから、彼は財布のなかからM・Gの頭文字のある紙片――みなのあいだでほとんど価値がないものとされている借用書――を抜き出して、ドリーの借用書と交換した。「あなたは結局グラスラウの百五十ポンド、ニダーデイルの百四十五ポンド、グレンドールの三百二十二ポンド十シリングの借用書を持っているようです」と准男爵。それから、サー・フィーリックスはあたかも勝ち負けの清算を終えたかのように立ちあがった。フィスカーは上機嫌にほほ笑んで、目の前の紙片の束を整理し、一同を見回した。

「これでは駄目でしょう」と、ニダーデイルは言った。「フィスカーさんは発つ前に金を受け取らなければなりません。金は持っているでしょう、カーベリー」

「もちろん彼は持っているさ」とグラスラウ。

「あいにくぼくは持っていません」と、フィーリックスは言った。「ですが、たとえ持っていたとしても、どうなります?」

「フィスカーさんはすぐニューヨークへ向かって発ちます」と、ニダーデイル卿は言った。「六百ポンドは何とか工面できると思います。ベルを鳴らしてヴォスナーを呼んでください。カーベリーは負けた金を払うべきだと思います。こんなふうに借用書を持ち出されるとは思ってもいませんでした」

「ニダーデイル卿」と、フィーリックスは言った。「ぼくはお金を持っていないとすでに言いました。ぼくが勝負の席に着くとき、負けたときに対応できる充分な借用書を持つことを特に知っているとき、どうしてあなたが持つより多く現金を持つ必要がありますか?」

「とにかくフィスカーさんは金を受け取らなければなりません」と、ニダーデイル卿は言うと再びベルを鳴らした。

「今すぐ用意する必要なんかありませんよ、閣下」と、米国人は言った。「金は小切手でフリスコの私宛てに送ってください、閣下」それから、彼は立ちあがると帽子を手に取ったので、マイルズ・グレンドールは大いに喜んだ。

しかし、二人の若い貴族はこれに賛成しなかった。「もしあなたが今発たなければならないなら、汽車に乗るとき、金を工面してあなたを捕まえましょう」とニダーデイル。フィスカーはそんな面倒なことはしないでくれと懇願した。「もしみなが望むなら、もちろん十分待ちます。が、こんなこと、たいして重要なことじゃありません。郵便は毎日動いているじゃありませんか?」それから、ヴォスナーが寝床から出て来ると、すぐ化粧着を着て、二人の貴族とグレンドールと隅で話し合いをした。数分もすると、ヴォスナーは二人の貴族の借用分の小切手を書いた。しかし、彼は残念ながらそれ以上の要求に応じる金が銀行にないと言った。ほかの誰かの保証がなければ、ヴォスナーがグレンドールに金を工面する気がないことはよく理解できた。

「ぼくは小切手を米国のあなた宛てに送ったほうがいいと思います」と、マイルズ・グレンドール。彼は二人の貴族と同じ舟に乗っているあいだ傍観を決め込んでいた。

「そうしてください。共同経営者のモンタギューが住所を教えてくれます」フィスカーはそれからせわしなく動き回ると、ポールに愛情のこもった別れを言い、金のことは何も気にしていないかのような表情で一同みなと握手をし、「南中央太平洋とメキシコ鉄道に万歳」と言って部屋を出て行った。

その場にいた人は誰もフィスカーが好きになれなかった。彼の振る舞い方がみなの振る舞い方とは違っていた。チョッキがみなのチョッキとは違っていた。葉巻の吸い方がみなの吸い方とは違っており、絨毯の上につばを吐いた。彼はかなり頻繁に「おお神よ」と言った。みんなになれなれしくしていても、敬意を表していても、みんなの偏見を同じように逆なでした。それでも、彼が金についてりっぱに振る舞ったので、みんな自分たちが悪い振る舞いをしたと感じた。サー・フィーリックスが直接の違反者だった。仲間うちでだけ黙契によって有効と見られている紙片で、見知らぬ人に支払う資格などないことを当然わきまえていなければならなかった。しかし、今はその問題に立ち返っても何の役にも立たなかった。どうにかしなければならなかった。

「ヴォスナーが金を工面してくれないとどうにもなりませんね」と、ニダーデイルは言った。「彼をもう一度呼び出しましょう」

「ぼくに落ち度があるとは思いませんよ」と、マイルズは言った。「こんなかたちでヴォスナーに金の工面を求めるなんて、もちろん誰も考えていませんでした」

「いったいどうして君にそれが求められないんでしょうね？」と、カーベリーは言った。「君が借金を認めているわけですから」

「負けたカーベリーが払うべきだと私は思うがね」とグラスラウ。

「おいおい、グラッシー」と、准男爵は言った。「君がいろいろ考えても、休むに似たりと言いますよ。見知らぬ人がぼくたちと勝負をすることになるなんて、どうしてぼくに想像することができたでしょう？　負けたときの支払に備えて、多額の現金を、君、持ち歩いていましたか？　ぼくは六百ポンドをいつもポケットに入れて歩いているわけじゃありません。——君だってそうでしょう！」

「くどくど言ってみても役に立ちませんよ」と、ニダーデイルは言った「金を手に入れましょう」そのとき、モンタギューは共同経営者とは金銭的なやり取りをしているから、負債を引き受けようと申し出た。しかし、これは許されるはずがなかった。モンタギューはつい最近仲間になったばかりで、まだ借用証書を出したこともなかったから、一同のなかでいちばんマイルズ・グレンドールの一文なしの責任を取らされてはならない人だった。一文なしのマイルズ——一文なしであることが信用の欠如にまで及んでいる人——は、豊かな口ひげをしごきながら黙って座っていた。

　ヴォスナーと二人の貴族は別室で二度目の話し合いをした。マイルズ・グレンドールが三か月後にヴォスナーに四百五十ポンドの支払を請け合うとの文書を用意することで、話し合いは決着した。二人の貴族とサー・フィーリックスとポール・モンタギューがこの保証人となった。これと引き換えに、ドイツ人はマイルズの借金三百二十二ポンド十シリングを紙幣と金貨で出した。これにはかなりの時間を要した。それから、一同に紅茶が用意されて飲まれた。そのあと、ニダーデイルは鉄道駅でフィスカーを捕まえるため、モンタギューとともに出発した。「それぞれが百ポンド余りの分担ですむでしょう」と、ニダーデイルは辻馬車のなかで言った。

「グレンドールさんは払いませんね？」

「うん、払いませんね。どうして払えるでしょう？」

「じゃ、彼に勝負をさせちゃいけませんね」

「そんなふうにしたら、彼にはつらいでしょう、かわいそうなやつ。伯父の公爵のところへ行ったら、金を取り戻せると思います。あるいは、長男のバンティンフォード卿が清算してくれます。あるいはいつか彼が勝つかもしれません。そうしたら、自分で清算できます。金があれば、彼はかなり公正です。かわいそうなマイルズ！」

二人はフィスカーが鮮やかな色のひざ掛けを持ち、絹の裏地のある厚手の大外套を着て、すばらしくあでやかにしているのを見つけた。「あなたに現金を持って来ました」と、ニダーデイルはプラットホームで話しかけた。

「何と、こんなささいなことで、おお神よ、あなた方をずいぶんわずらわせてしまって申し訳ありません」

「勝ったら金を手に入れなければいけません」

「フリスコじゃこんなささいなことにゃ煩わされませんよ、閣下」

「あなたはフリスコではたぶん大立者なんでしょう。ここでは――払えるときに――全部払います。ときどき払えませんが、それではいい気持でいられません」再度別れの挨拶が二人の共同経営者のあいだで、また米国人と貴族のあいだでなされた。それから、フィスカーはフリスコへ向かって出発した。「彼はそれほど悪いやつじゃありませんが、イギリス人らしいところがぜんぜんありませんね」と、ニダーデイル卿は駅から出るとき言った。

註

（1）Bank of England の東側、Threadneedle Street に面する。

（2）ジンジャーエールよりもジンジャーの味が強い清涼飲料。

（3）舞台となった一八七二年四月十九日は実際には金曜。

（4）Bret Harte（1836-1902）の詩 "Heathen Chinee" を指す。

（5）三枚ルーと五枚ルーがある。三枚ルーの場合、各プレーヤーに三枚カードが配られ、トリックテイキングゲームのルールに従って、強いカードを出したプレーヤーが勝ちになるトリックを三回行う。親が最初に出した三本のチップや、負けたプレーヤーが出した三の倍数のチップを三回勝ったプレーヤーがすべてを、二回勝ったプレーヤーが三分の二を、一回勝ったプレーヤーが三分の一を取る。手が悪いプレーヤーは降りることもできるし、プレーヤーのうち一人だけ中央の三枚のカードと交換もできる。

第十一章　自宅のカーベリー令夫人

カーベリー令夫人はこの六週間憂鬱と高揚を取り混ぜたような生活を送ってきた。彼女のすばらしい作品『罪深き女王たち』が世に出て、広く批評された。彼女はこの出版によって必ずしも喜びだけを味わったわけではなかった。なぜなら、多くのとても辛辣な言葉を浴びせられたからだ。彼女とアルフ氏との親しい友情にもかかわらず、もっとも鋭い爪を持つアルフの配下の記者が、彼女の本を攻撃して、凶猛な悪意で引き裂いてしまった。記者はこんなつまらないものが長く注目に値するはずがないと誰でも思うだろうと言い、くどくどと無慈悲に彼女の誤りを暴き出した。この記者は歴史にとことん精通していたに違いない。というのは、歴史的事実に関する引用の誤り、日付の誤り、不正確な記述などさまざまな誤りを指摘するとき、そういうものが十二才の男子生徒におなじみの誤りであるかのようにつねに話したからだ。この書評の記者は参照文献を手もとに充分備えて持ち、一目でそのなかに探すものを見つけ出す技術を身につけていた。それで、石炭貯蔵庫に入れる石炭袋を数えるとき、石炭についての知識を家政婦が持つほども、記者はその記事を書くとき、歴史についての知識を持つこともなく失策を調べあげることができた。だが、そんなことはおくびにも出さなかった。この記者は昔のある邪悪な女性の血統について、あるいは、別の女性の誘惑に堕ちた日付について確信をもって話して、細部の正確な知識をつねに備えていることを示した。記者は博識に違いなく、名をジョーンズと言った。この記者は世間的に有名ではなかったが、博識と残酷さをアルフの指示に従っていつも使える状態に置いていた。アルフは仕事をしてくれるジョーンズ氏のような人を日ごろたくさん抱えている点で大物だった。これがアルフの大きな事業だった。というのは、彼は歴史だけでなく、言語学にも、科学にも、詩にも、政治にもそれぞれジョーンズを抱えていたからだ。そのうえ、エリザベス朝の演劇に献身し、文献参照に異様なほど正確に精通している一人特別なジョーンズも抱えていた。

書評には本を売るための書評がある。それは本が出版された直後、あるいは出版前に掲載される。書評には売り上げとは無関係に少し遅れて出て、本に評価を与えるものがある。書評には静かに本を抹殺するものがあり、場合に応じて作家を一等級、あるいは二等級あげたり、さげたりするものがある。また、作家をたちまち売り出す書評があり、作家をつぶす書評がある。元気のいいジョーンズがかつて作家をつぶしてやると大声で言い、自信満々のジョーンズがそんな偉業をなしとげたと断言したことがある。あらゆる書評のなかでも、作者をつぶす酷評がいちばん読まれ、いちばん読み甲斐がある。ある著名人がほんとうにつぶされたという噂が出たり、文学を志した人がただのかたちのない塊になるまでジャガノート[1]の車に決定的に轢かれたという噂が広まったりする。――そんなとき書評によって真の成功が達成されるのであり、当代のアルフが偉大なことをなし遂げるのだ。哀れなカーベリー令夫人をつぶすことも、もしそれが断固としてなされるなら、効果がないわけではない。そんな書評は世間の人々みなにこぞって『夕べの説教壇』を買わせることはないが、金を払ってこの新聞を手に取る人々を満足させる。新聞の売れ行きに鈍りが出始めると、新聞社のオーナーたちはいつも当然のように、作家をつぶす部門に少し力を入れるように彼らのアルフ氏に勧告するのだ。

カーベリー令夫人は『夕べの説教壇』によってつぶされた。つぶすのは簡単な仕事だったと考えていい。アルフの歴史部門担当のジョーンズは、参照文献の処理で疲れることはなかったと考えていい。誤りが表面近くにあったからだ。途方もない犯罪を暴露するよう見せかけて、悪趣味に迎合するという作品の全体的構図をジョーンズは最善のやり方で非難した。その結果、哀れな女流作家は完全に押しつぶされ、一、二時間ただのどろどろの文学的果肉に貶められたけれど、破壊されはしなかった。翌朝、彼女は出版社へ赴いて、上席共同経営者のリーダム氏と一時間半部屋に閉じこもった。「はっきり白か黒かわかりました」と、彼女は受けた虐待のことで頭をいっぱいにして言った。「記者が間違っていることを証明できます。あの男がパリに最初に現れたのは一五二二年のことで、それ以前にあの男が愛人であったはずがありません。私は『世界伝記集』[2]でみな調べあげました。アルフさんに手紙を書きます。——出版してもらう手紙です、わかるでしょう」

「どうかそんなことはしないでください、カーベリー令夫人」

「私が正しいことを証明できます」

「あなたが間違っていることを彼らは証明できます」

「私は事実を——それから数字をみな調べあげました」

リーダム氏は事実とか数字とかをてんから気にしなかった。——令夫人が正しいか、評論家が正しいかについても意見を持ち合わせなかった。しかし、こんな論争では『夕べの説教壇』がどんなありふれた作家より強いに決まっていることをよく知っていた。「決して新聞と闘ってはいけません、カーベリー令夫人。そんなことをしてこれまで満足をえた人がいるでしょうか？　こういうことをするのが連中の仕事です。そして、あなたはそれに慣れていません」

「アルフさんは私の特別な友人です！　こんな記事を出すなんてひどいと思います」とカーベリー令夫人は言うと、頬から熱い涙を拭った。

「こんな記事で害を受けることはありませんよ、カーベリー令夫人」

「売れ行きが止まるでしょう?」

「あまり止まりませんね。この種の本が長く売れることは望めません、わかるでしょう。『朝食のテーブル』がこの本をすばらしく持ちあげてくれて、しかも時宜をえたときに書評を出してくれました。私としては『説教壇』で注目されたことにむしろ好感を抱いています」

「好感って!」とカーベリー令夫人。彼女は自己愛のあらゆる繊維組織にジャガノートの車輪で轢かれた疼きをまだ感じていた。

「無関心よりまだましですよ、カーベリー令夫人。多くの人はこの本が注目されていることだけ記憶して、書評の趣旨については何もわかりません。とてもいい広告になります」

「あれだけ勉強してきたのに、歴史の基礎を学ぶ必要があると言われるなんて!」

「たんなる決まり文句ですよ、カーベリー令夫人」

「本はかなりうまくいっていると思いますか?」

「とてもいいです。――私たちがまさに期待した通りです」

「何か見返りがありそうですか、リーダムさん?」

リーダムは台帳を持って来させて、数ページめくると、二、三数字を書き加え、それから頭を掻いた。カーベリー令夫人は金をいくらか受け取れそうだったが、あまり多くはなかろうと想像することができた。最初の本で大金が稼げることなどめったになかった。それでも、カーベリー令夫人は出版社を出るとき、小切手を持っていた。彼女はこぎれいにドレスを身に着けて、とてもすてきに見えた。そんな姿でリーダムにほほ笑みかけた。リーダムもただの男だったから、――少額の――小切手を書いたわけだ。

アルフ氏は令夫人に確かに無礼な振る舞いをした。一方、『朝食のテーブル』のブラウン氏と『文学新聞』のブッカー氏は、令夫人の役に立ってくれた。彼女は『朝食のテーブル』紙上で約束通りブッカーの『新桶物語』を絶賛した。つまり、彼女はブラウンの目を覗き込み、ブラウンの袖の上に柔らかい手を置き、ブラウンほど彼女を理解してくれる人はいないとほのめかした。そうすることで、思索に満ちたブッカーの本をじつに無分別に塗りたくることを許され、――報酬として――支払をえることができた。哀れなブッカーは『朝食のテーブル』紙に載った彼の本に関する令夫人の書評を非常に不快に感じた。彼は瞑想的な知性を具えていたので、彼の作品にこんな屑書評を浴びせられて、胸中深く嘆いた。しかし、人生経験のおかげで、屑書評にさえ価値があることを知り、不幸にも身についた手慣れたやり方でそれに報いなければならないことを知っていた。それで、ブッカーは彼の書評も屑だと知りつつ『罪深き女王たち』についてみずから『文学新聞』に書いた。「注目すべき活気」「作中人物を描く筆力」「主題のすばらしい選択」「さまざまな時代の歴史的細部にかなり精通」「文壇はきっと再びカーベリー令夫人の名を耳にするだろう」ブッカーは本を読んで書評を書きあげるのに一時間を要しなかった。彼はページの小口をナイフで切って開くことさえせず、開かれているところだけを拾い読みした。こういうことをじつにしばしばやっていたので、やっていることについて熟知していた。ほとんど眠っていても、こんな本の書評を書くことができただろう。彼は仕事を終えたとき、ペンを放り投げて、深いため息をついた。緊急事態とはいえ文学においてこんな卑屈なことをするよう強いられるのは、とてもつらいと感じた。しかし、彼は実際には誰からもそうするよう強いられていないことに思い至らなかった。もしこの職業を誠実に続けるやり方がほかになければ、肉体労働をすることも、正直に暮らして飢えることも、自由に選べることにも思い至らなかった。「もし私がやらなかったら、ほかの誰かがやるはずだ」と、彼は心でつぶやいた。

カーベリー令夫人の本が成功したとすれば、『朝食のテーブル』の評論がその原因だった。ブラウンは令夫人から手紙を受け取ったあと、彼女に会ってだいじな約束をさせられ、それを完全にはたした。彼は二つのコラム記事をこのために用いて、令夫人の『罪深き女王たち』くらい、おもしろさと教訓を楽しく混ぜ合わせる作品がこれまでに作られたことがないことを世間に保証した。何年も待望されていたのはまさしくこの本だ。おびただしい調査と才気あふれる想像力が結びついた労作だ。そんなふうに塗りたくることに何のためらいもなかった。あの最後の話し合いで、カーベリー令夫人はとても柔和で、とても美しく、とても愛嬌があった。ブラウンは好意的な指示を社員に出し、みなが同じ思いでその指示に従った。

それゆえ、カーベリー令夫人は踏みつぶされたという思いを実際に味わう一方、一定の高揚感も感じた。最終的な結果として、彼女の文学の試みがやがて成功すると思い込んでしまった。リーダム氏の小切手が少額だったとしても、おそらくもっといい報酬の先駆けだったかもしれない。令夫人はとにかく人々の噂のまとになっており、彼女の火曜の夕べはおおかた人でいっぱいだった。しかし、作家生活も、文学による成功も、ブラウンとのいちゃつきも、ブッカーへの工作も、アルフのジョーンズによる踏みつぶしも、結局彼女の真の内面生活のたんなる周辺付属物にしかすぎなかった。息子こそ彼女の内面のすべてを占める関心事だった。彼女は息子についても一方で落胆し、一方で高揚するという状態で、そんななか希望が不安に勝るように心がけていた。息子については、ぞっとする問題がたくさんあった。彼は必要に迫られて取り組んでいた穏やかな出費の改善さえ、最近投げ出していた。本人は何も言わなかったが、狩猟シーズンの最後の月にはほぼ毎日狩りに出ていることがわかった。ロンドンに馬を一頭持っていることも、母は知っていた。一日に一度、正午ごろ寝床を訪れるときしか息子に会わなかった。いつも一晩中社交クラブにいること、博打をしていることも知っていた。母はあらゆる遊びのなかで博打をもっとも危険な遊びとして嫌った。とはいえ、息子が現在の生活に直接必要な現金を持っていること、債務者を悩ませる特別な力を持つ二、三の商人が、ウェルベック・ストリートの彼女を困らせるのをやめたことに気づいた。それゆえ、今のところ博打はうまくいっているものと思って心を慰めた。一方、彼女は今これとは別の高い源泉から湧きあがる高揚感に包まれていた。小耳に挟んだところによると、フィーリックスがすばらしい獲物を手に入れることもありそうに思えたからだ。それができたら、――もしこの子がそんなことをなし遂げたら――、この子は何と喜ばしい恵みとなることだろう！　母は勝利感にひたることで、彼の悪習や、博打や、夜ふかしや、残酷な扱いをどれほど忘れていられるだろう！　それを考えるとき、実現するとは思えないくらい大きな至福があるように思えた。手始めとして最低でも年一万ポンドになると、最終的な富としてはサー・フィーリックス・カーベリーをおそらくイギリス随一の金持ちの平民にすると教えられた。母は心の奥底では富を崇拝していたけれど、自分のためというより息子のためにそれを望んだ。それから、息子の男爵や伯爵への昇叙に思いを馳せて、――すでに息子の悪行によってほとんど破滅のなかに呑み込まれていたのに――、彼の来るべき栄光に夢中になった。

さらに、令夫人が高揚感に包まれていてもおかしくないもう一つの理由があった。そんな理由による高揚感がまったく馬鹿げたものだったのに、彼女は大いに慰められた。息子が南中央太平洋とメキシコ鉄道の重役になったことを知ったのだ。フィーリックスがああいう遊び人だったので、世間一般の会社か企業かに仕事で力を貸すことなんかできないことを、母は知っていたに違いない、――いやはっきり知っていた。息子が重役に選ばれたことには、何か世間に隠された理由、何か欺瞞にかかわる理由があることに気づいていた。独り立ちして以来生活の時間をことごとく悪癖と愚行で詰め込んできた二十五歳の破産した准男爵だった。彼がひどく不行跡を犯してきたので、原則とは何かをわきまえぬ男だと友人たちから見られても、当然と思われる若造だった。重役になったからといって、いったい彼に何ができるだろう？　カーベリー令夫人は彼が何の役にも立たないことを知っていたが、そんなことではひるまなかった。今は息子について少し弁護することができたから、ロジャー・カーベリーにこれを郵便で知らせることを忘れなかった。息子はメルモットと同じ重役会に列席している！　これは来るべき勝利のすばらしい兆しだった！

読者はおそらく覚えておられるだろう。フィスカーは四月十九日土曜の朝七時ごろ、サー・フィーリックスを社交クラブに残して米国へ発った。母はその日ずっと息子に会えずにいた。正午と午後二時に彼が眠っているのを見た。次に見たとき、彼は逃げ出していた。しかし、母は日曜になって彼を捕まえた。「火曜の夜はうちにいてくれるといいですが」と、母は言った。夕べの集いに息子を出席させ、光彩を添えさせることにこれまで成功したことがなかった。

「知人が集まりますね！　それがどんなに退屈か知っています、母さん」

「マダム・メルモットと娘さんがいらっしゃいます」

「そんな集まりを自宅で続けるなんて、とても愚かであるように思えます。みんなが不自然と思うでしょう。あんな豚箱みたいな、息が詰まるような狭いところですから！」

このとき、カーベリー令夫人は胸につかえていた思いをはっきり口に出した。「フィーリックス、あなたって馬鹿だと思いますね。私の喜びのために、あなたに何かしてもらうことを期待するのはもうやめました。私はあなたのためにすべてを犠牲にして、見返りを期待していません。でも、私があなたの利益になるようにいろいろ工夫しているとき、あなたを破滅から救うため日夜働いているとき、少なくともあなたが――もちろん私のためではなく、あなた自身のために――、もう少し役に立ってくれてもいいと思います」

「日夜働いているなんて、母さんが何を言いたいかわかりませんね。あなたに日夜働いてほしくなんかありません」

「あの娘のことを考えない若者は、ロンドンにほとんどいません。そういう若者が誰も持たない好機をあなたは手に入れています。あのうちの人たちは聖霊降臨節[3]にロンドンを離れるようで、娘は田舎でニダーデイル卿に会うと聞いています」

「彼女はニダーデイルに我慢なんかできませんよ。本人がそう言っています」

「彼女は――あなたみたいな人と即座に恋に落ちるというようなことでもない限り――、親から言われた通りにします。彼女の気持ちをどうしてこの火曜に聞いてみないのです？」

「ぼくがやるとするなら、ぼく流にやらなければいけません。急き立てられてやりたくありませんね」

「彼女がわざわざあなたのうちを訪ねて来るとき、うちにとどまって出迎える手間さえあなたから惜しまれるようなら、ほんとうに愛されていると彼女が思うとはとうてい考えられません」

「愛されている！　愛って何て面倒なんでしょう！　うん。――火曜に覗いてみます。動物たちは何時に餌を食べに来ますか？」

「食べ物は出しません。フィーリックス、あなたがとても薄情で、残酷なので、私はあなたに好きなようにやらせて、二度と口出ししないようにしたいとときどき思います。友人たちは十時ごろここに来ます。――十時から十二時まででしょう。あなたは彼女を迎えるため、十時より前にはここにいなければなりません」

「そのときまでにディナーを喉に通すことができたら、来ます」

火曜になったとき、急き立てられた若者はディナーを取り、ブランデーを一杯すすり、葉巻を吸い、ビリヤードをしたあと、何とか十時半をあまりすぎないうちに母の応接間に姿を現わした。マダム・メルモットと娘はすでにそこにいた。――ほかの多くの人々もそこにいて、その大部分は文学に傾倒する人々だった。アルフ氏はそんな人たちとともに部屋にいて、まさしくこのときカーベリー令夫人の本についてブッカー氏と議論していた。アルフはまるで配下の記者に酷評なんかさせなかったかのように、じつに愛想よくうちに迎え入れられた。令夫人は文壇の友人を迎えるときの習慣で、強い愛情を込めて手を差し出した。彼の顔を覗き込むとき、――こんなに優しく、無防備な、無邪気な女を相手にどうしてこんな残酷な振る舞いを思いついたか問いかけるように――、ただ訴えるような視線を投げかけただけだった。「私はこういったやり方に耐えられません」と、アルフはブッカーに言った。「大げさな宣伝をする型通りのやり方がはびこっています。私はそれを踏みつぶすつもりです」

「あなたが強かったらね」とブッカー。

「まあまあ強いと思います。少なくとも恐れずに筋道をつけられるくらいには強いです。ここの友人には大きな尊敬を払っています。――ですが、彼女の本はひどい本、完全に腐った本です。名声が確立した半ダースの作品の厚かましい寄せ集めです。そこからくすねるとき、彼女はなぜかほとんどいつも事実を曲解し、日付を混同しています。そうしておいて手紙を寄越して、彼女のために最善を尽くしてくれと求めて来るんです。私は最善を尽くしました」

アルフはブッカーがしたことをよく知っていた。ブッカーはアルフがどこまで知っているか知っていた。

「あなたのおっしゃることはまったく当をえています」と、ブッカーは言った。「ただし、あなたはこの世とは違う世界に住みたいと願っていますね」

「まったくそう。――ですから、私たちは世界を違うものにしなくてはなりません。『罪深き女王たち』が現代のもっとも偉大な歴史作品だと、お抱え批評家が断言したことを我らの友人ブラウンが知ったとき、どう感じたか知りたいです」

「私はその書評を読んでいません。私の知る限り、あの本には確かに見るべきものはありません。あの本には酷評にしろ、絶賛にしろ、等しく無駄だと私なら言うところです。蝶を一匹打ち砕くのに車輪を必要とはしません。——特に親しい蝶の場合にはね」

「友情は分けて考えるべきですね。それが私の考えです」アルフはそう言うと、離れて行った。

「私のためにしてくださったことを絶対に忘れません——絶対に！」と、カーベリー令夫人はブラウン氏に囁くと、一瞬彼の手を取った。

「たんに義務にほかなりません」と、彼は言い、ほほ笑んだ。

「心から感謝していることをあなたに知っていただけるといいですが」と、令夫人は答えた。それから、彼の手を離すと、ほかの客のところへ向かった。彼女はその言葉に真の誠実さを込めた。その気持ちを長く保ち続けられるかどうかには疑いがあるかもしれない。それでも、彼女はこの時点でブラウンから多くのことをしてもらったと、進んで友情のお返しをしたいと感じていた。何か別種の感情を抱くとか、この機会に恋愛遊戯に向かうとか、恋人のようにかつて振る舞った紳士に新たな励ましを与えるとか、そういった志向を彼女は欠いていた。二人の人生に起こったあのささやかな挿話さえ忘れていた。彼女はその挿話を忘れてしまうほど、とにかく今の瞬間に真剣に向き合っていた。ところが、ブラウンのほうは違っていた。令夫人が彼に恋しているか、いないか、——もし彼に恋していたら、令夫人を喜ばせる義務があるか、ないか——、義務があるとしたら、どんな仕方で喜ばせたらいいか、彼はちょっと心を決めかねていた。気をつけて見ると、令夫人が確かにとても美しく、際立った容姿を具え、かなりの収入を持ち、地位も相当なものだと、彼は心でつぶやいた。とはいえ、ブラウンは自身が結婚するタイプの男ではないことにも気づいていた。結婚と彼の仕事とは両立しないと決め込んでいた。カーベリー令夫人のような女性が、彼のこの決意を変えることがいかに不可能か考えると、彼は独りほほ笑んだ。

「今夜来てくださってとてもうれしいです、アルフさん」と、カーベリー令夫人は『夕べの説教壇』の高潔な編集長に言った。

「私が来ても必ずしもうれしくないんじゃありませんか、カーベリー令夫人？」

「とてもうれしいです。でも、心配でした――」

「何が心配でしたか、カーベリー令夫人？」

「あのあと――そう、この前の木曜に出たお褒めの記事のあと、あなたの歓迎に私が気後れしているのではないかと思われるのを心配していました」

「別個のものを混同するようなことはしません。いいですか、カーベリー令夫人、私はこういう記事を自分の手で書いてはいません」

「そうでしょうね。もし書いていたら、何と冷徹な方でしょう」

「ほんとうのことを言いますとね、私は自分ではこういうものをまったく書きません。もちろん信頼できる判断力を持つ評論家を手に入れるよう努めています。今回の場合のように、もし評論家の判断と、私の個人的な友人の文学的主張とが、不幸にも相容れないようなことが起こったら、私はそんな偶然をただただ嘆き悲しみながら、新聞を編集する不運なアルフ氏と、私個人とを峻別するくらいの精神を友人が持ってくれることを信じます」

「私をとても信頼してくださるから、あなたに感謝します」と、カーベリー令夫人は言い、いちばん甘い笑みを浮かべた。彼女はアルフの言葉を一言も信じなかった。『罪深き女王たち』の扱いについては、編集長のアルフからジョーンズに直接指示が出ていたと、彼女は——正しく理解し——信じていた。しかし、彼女は次の本を念頭に置いていたから、現在の苦境においても活力と勇気を奮えば、アルフさえ攻略できると思っていた。

カーベリー令夫人はこの集いでみんなに気の利いたことを言わなければならなかった。彼女はその義務をはたした。しかし、義務をはたしながら、つねに息子とマリー・メルモットのことを考えていた。とうとう彼女は思い切って、マリーをマダム・メルモットから引き離した。マリーは喜んでサー・フィーリックスと話し込んだ。彼女がこの若者から虐待されることはなかったし、侮蔑されることもなかった。何よりも彼はとても美しかった！　じつは、哀れな娘は誰かにどこかへ連れ去ってもらいたいと願っていた。彼女は投げ込まれた新しい生活に当惑させられ、さまざまな求婚者たちのあいだで振り回され、父からの気まぐれな訓戒攻撃に悩まされ、そうかと思うと気まぐれに一度に一週間も放置された。養母にはまったく信頼を置くことができなかった。——というのは、哀れなマリーはじつは父の結婚前に生まれた子で、実母の運命をまったく知らなかったからだ。——そういうことで、彼女は今の生活にぜんぜん喜びを見出すことができず、誰かにどこかへ連れ去ってほしいと独り結論づけていた。彼女はさまざまな人生の局面にすでに遭遇していた。生まれて最初の四年間をすごしたニューヨーク、そのドイツ人地区の汚い通りを何とか記憶にとどめていた。むごい扱いを受けた哀れな女——母——も思い出すことができた。航海と船酔いも覚えていた。——ただし、その女が一緒にいたかどうかちょっと思い出せなかった。それから、彼女はハンブルグの通りを走り回り、ときどきとても腹をすかし、ときどきぼろを着た。父に何か難儀があって、しばらく父から引き離されたことをおぼろげに覚えていた。すばらしい現在の瞬間にも、そのときの父の不在の理由を知っていたが、それを誰にも話さなかった。それから、父はフランクフルトで今の母と結婚した。彼女は連れて行かれて住むようになった部屋と、これからはユダヤ女になると言われた事実をはっきり記憶していた。ところが、すぐ別の変化が起こった。一家はフランクフルトからパリへ移って、そこでみなキリスト教徒になった。そのころから一家はフランスの首都でいろいろなアパートに住み、いつもいい生活を送った。馬車がときにはあり、ときにはなかった。それから、大人の女になるときが訪れて、父がずいぶん噂されるようになっていることを知った。父は娘に対して不機嫌とか残酷とかよりむしろ、いつも気まぐれと無関心を交互に示した。しかし、父はちょうどこの時期、娘と妻の両方に残酷だった。マダム・メルモットはときどきすすり泣いて、みんな破滅だとはっきり言った。それから、突然、一家はパリの壮麗さのなかに躍り出た。数え切れないほどの馬車と馬が居並んだホテルがあった。――それから、一家の部屋に謎めいた、浅黒い、脂ぎった大勢の男たちがやって来て豪勢にもてなされた。来訪者に女はほとんどいなかった。このころ、マリーはかろうじて十九歳で、外見と振る舞いから十七と見られるほど若かった。そして、突然ロンドンに連れて行かれるとまた告げられた。引っ越しは壮大になされた。彼女はまずブライトン(4)に連れて行かれた。そこのホテルの半分が借りあげられた。それから、グローヴナー・スクエアに連れて来られて、すぐ結婚市場に投げ込まれた。ニダーデイル家やグラスラウ家と取引がなされた最初の数か月くらい、生まれてこの方不愉快で、ぞっとする日々はなかった。彼女はたいそうおびえ、はなはだ臆病になっていたので、申し出られることに異を唱えることができなかった。それでも、自分の運命にみずからかかわりたいと願った。それゆえ、ニダーデイル家やグラスラウ家と交わされた最初の取引が無に帰したとき、それを幸運と感じた。それから、彼女は残されたささやかな勇気をようやく拾い集めて、好みに合わない身の処し方を食い止めることもできるのではないかと、好みにぴったり合う身の処し方もあるのではないかと考え始めた。

フィーリックス・カーベリーは壁にもたれて立ち、マリーは近くの椅子に腰かけていた。「ぼくはこの世の誰よりあなたを愛しています」と、彼はマリーに聞こえるようにはっきり、おそらくほかの人々に聞かれるのも頓着しないで言った。

「ねえ、サー・フィーリックス、どうかそんなふうに言わないでください」

「もう前からそんなことはご存知でしょう。今はぼくの妻になるかどうかあなたに言ってほしいです」

「どうして私にそれが答えられるでしょう？　パパがすべてを決めます」

「ぼくがパパのところへ行っていいですか？」

「行きたいなら、どうぞ」と、彼女はすこぶる小さな囁き声で答えた。当代最大の女相続人が、人々の噂がほんとうだとするなら、どの時代を見ても最大の女相続人が、一文なしの男に身をゆだねたのは、こんな具合だった。

註

（1）轢き殺されると極楽往生ができると信じられたクリシュナ神の像を載せた車（Juggernaut）。
（2）ルイ・ガブリエル・ミショー（Louis-Gabriel Michaud）が編纂し、パリで出版された *Biographie Universelle* 全五十二巻。
（3）イースター後の第七日曜から始まる一週間。一八七二年の精霊降臨日は五月十九日に当たる。
（4）イギリス海峡に面するイーストサセックスの海浜保養都市。ロンドンの南約八十キロに位置する。

第十二章　母の家のサー・フィーリックス

友人たちがみな帰ったあと、カーベリー令夫人は息子を捜した。――もっとも、彼がいかに几帳面にベアガーデンに通い詰めているか知っていたから、うちのなかに見つけ出せるとは期待していなかった。それでも、彼がこの特別な場面にとどまって、なり行きを教えてくれてもいいのにと、まだかすかな望みをつないでいた。令夫人は囁き合う二人をじっと見ていた。フィーリックスが話しかける冷静な厚かましさに気づいたし、――というのは、言葉を聞かなくても、息子が求婚しているその瞬間をほとんど見ていたから――、娘のおどおどした顔や、床に向けられた目や、答えるときの手の引きつりを目撃した。令夫人は自分でも求婚された経験のある女として、少なくとも恋愛を夢見たことのある女として、またこういう問題を理解する女として、息子のやり方がまったく間違っていると思った。とはいえ、もしそんな息子のやり方がうまくいったら、もし娘がそんなぞんざいな求愛に我慢できたら、もし大モルモットが息子の爵位のような控えめなものを大金と引き換えに受け入れてくれたら、息子はその冷淡さにもかかわらず、母にとってどれほど栄光に満ちた存在となり変わることだろう！

母が息子の寝室にあがってみようと言ったとき、「兄はメルモット母娘が帰る前にうちを出たと聞きました」とヘンリエッタ。

「今夜はうちにいてくれてもよかったのにね。あなた、あの娘に求婚したと思います？」

「どうして私にわかりますか、ママ？」

「兄のことが心配なのだとてっきり思いました。あの子は間違いなく求婚したと、――娘から受け入れられたと――思います」

「もしそうなら、兄が彼女に優しくしてくれたらいいです。彼女を愛してくれたらいいです」

「当然誰よりも彼女を愛します。彼女にお金があるからといって、憎らしい人とは限りませんから。不快なところはありません」

「ええ。――不快なところはありません。特別魅力的とも思いませんが」

「誰が特別魅力的ですって？　そんな人はいませんよ。あなたって、フィーリックスにとても無関心のように見えますね」

「そんなことは言わないでください、ママ」

「そう、あなたって無関心です。この娘の資産を手に入れたら、あの子がどうなるか、また、結婚してお金が手に入らなかったら、どうなるか、ぜんぜん考えていません。あの子は今私たちのものを食いつぶしています」

「私なら、兄にそんなことはさせませんね、ママ」

「とても結構な言い方ね。でも、私には思い入れがあります。あの子を愛しているから。あの子が飢え死にするのを見ることができません。年二万ポンドあったら、あの子がどうなるか考えてみてください！」

「それだけのために兄が結婚するつもりなら、幸せになるとは思えません」

「寝床へ行ってちょうだい、ヘンリエッタ。私が難儀にあっているとき、慰めの言葉一つかけてくれないのならね」

それからヘンリエッタは寝床に就いた。カーベリー令夫人は知らせを聞くため息子を待って、一晩中起きていた。彼女は自室にあがると、盛装を解き、白い化粧着をまとった。鏡に向かって座り、頭からつけ毛を取るとき、年齢が現れていることに気づいた。ありがたくない年齢の訪れを技術で——同年配のたいがいの女性より完璧に——隠すことができた。それでも、鏡には年齢が出ていた。耳の上やこめかみのまわりの短い灰色の髪として、不快な化粧品で容易に隠せる目のまわりの小皺として、口のまわりの疲労の影として忍び寄っていた。人前にいるときは、強く気を張ること——習慣でそれができるようになっていた——によってのみ、そんな疲労の影を取り除くことができた。なるほど独りでいるときは、気を張ることがしばしばできなくなっていた。

とはいえ、令夫人は老けつつあるからといって、悲しむ女ではなかった。彼女は私たちと同じように、いつも未来に——決して到達しないがいつもやって来る未来に——幸せを期待した。もっとも、彼女自身の愛情と美しさに由来する幸せは期待しなかった。それゆえ、そういう期待によって失望しなくてすんだ。彼女は社会的な傑出や文学上の名声に——これにはいつも金の心配が絡んでいた——漠然とあこがれたが、何が彼女を幸せにしてくれるか、実際にはまだ一度もはっきりとらえたことがなかった。それで、今のところ大きな心配と大きな希望を息子に集中させた。もしフィーリックスがこの女相続人と結婚することになったら、髪がどんなに灰色になろうと、アルフ氏からどんなに残酷に当たられようと、気にしないだろう。他方、息子が今囲繞されている破滅から救い出されなかったら、肌を明るくする真珠の粉ができることも、『朝食のテーブル』ができることも、何の役にも立たないだろう。そのあと、令夫人は眠っていてもドアの鍵の音が聞こえるように食堂に降りると、フランス語の回顧録を手に取り息子の帰りを待った。

何と不幸な女だろう！　ふつうに寝床に就いて、いつもの時間に起こされていても、何の問題もなかった。

というのは、フィーリックスが馬車で戸口に到着したのは、八時をすぎており、陽光がたっぷり彼女の部屋に射し込むころだったからだ。その夜はとてもみじめだった。彼女は眠り込んだ。暖炉の火はほとんど燃え尽きて、再度快くしてくれそうになかった。本に心を集中させることができず、起きているあいだは永遠に時間が流れるように感じた。息子がこんな時間に博打をしていることがとてもみじめだった！　この娘の資産が今にも掌に転がり込もうとしているとき、どうして博打なんかしようと思うのだろう？　馬鹿よ。健康と、品格と、美しさと、今このとき大きな計画に欠かせない乏しい金を危険にさらすなんて！　博打でえられる金ときたら、マリー・メルモットの金に比べたら、唾棄すべきほどのものだ。しかし、彼はついに帰って来た！　彼が帽子と上着をわきへ投げるまで、母は辛抱強く待ってから、食堂の戸口に現れた。この場の役割については前もって考えておいた。辛辣な言葉は使わないで、笑顔を保とうと努めた。「母さん」と、彼は言った。「こんな時間に起きていたんですか！」彼の顔が赤らみ、足取りがふらついていると、彼女は見て取った。息子が酔っているのを見たことがなかった。息子がそんな状態なら、博打と合わせて二重にみじめだった。

「あなたに会うまで寝床へ行けませんでした」

「どうして？　なぜ今会う必要があるんです？　ぼくはもう寝ます。時間はそのあとたっぷりありますから」

「フィーリックス、――何か問題でもありましたか？」

「問題って。――何も問題なんかありません。クラブの仲間うちでささいな喧嘩がありました。――それだけです。グラスラウに思いの一端を打ち明けなければなりませんでした。あいつはそれが気に入らなかったんです。怒らせるつもりはありませんでした」

「喧嘩になるのじゃありません、フィーリックス?」

「えっ、決闘ですか。まさか、——そんな刺激的な話じゃありません。誰かに蹴りを入れる必要があるかどうか、今のところ言えません。もう寝床に行かせてください。疲れ切っています」

「マリー・メルモットから何と言われました?」

「特別何も」彼はドアに片手をかけて、母に答えた。

「彼女に何と言いました?」

「特別何も。頼むから、母さん、一晩中起きていたあと、朝の八時にそんなことを話す状態だと思いますか?」

「私があなたのためにどれだけ苦しんだかわかったら、ほんとうのことを一言明かしてくれてもいいでしょう」母はそう懇願して、息子の腕をつかみ、紫色の顔と充血した目を覗き込んだ。息子が酒を飲んでいるのを確信した。吐息に酒の臭いを嗅ぐことができたから。

「もちろん彼女の親父のところに行かなければなりません」

「彼女は父のところへ行くように言ったわけですね?」

「記憶する限り、そういうことでした。もちろん親父が好きなように決めます。まあ十中八、九ぼくに反対すると思います」彼は母の手から少し乱暴に身を振りほどくと、ときどき階段でつまずきながら、寝室にあがって行った。

それなら、女相続人本人は息子を受け入れたのだ! もしそうなら、ことは実現するかもしれない。結婚をめぐる争いでは、娘が真剣なら、冷酷な親をいつも打ち負かすという、古い格言をカーベリー令夫人は思い出した。その場合、娘は間違いなく真剣でなければならない。その真剣さは恋人の真剣さにかかっている。

もっとも、今回の場合、大人物が反対すると考える根拠はまだなかった。外的な兆候が示す限り、大人物は息子をひいきしてくれている。米国の大会社の重役にフィーリックスを据えてくれたのが、メルモットであることに間違いはなかった。そのうえフィーリックスはグローヴナー・スクエアで親切にもてなされた。さらに、サー・フィーリックスはサー・フィーリックス、――ちゃんとした准男爵だった。メルモットは確かにこの貴族や、あの貴族を手に入れようと試みた。しかし、貴族に失敗したあと、どうして准男爵で満足できないだろうか？　息子が求婚者としてメルモットのような義父に受け入れられるには、金だけが欠けていると令夫人は思った。コンソル債[1]とか、不動産とか、取り決められた年何千ポンドとか、そんな金の話ではない。――義父の莫大な資産がそんなものを不必要にするからだ。メルモットのような人は、貧乏が直接わかる外的な表れを嫌うだろうと彼女は思った。息子には、今のこぎれいさと今の贅沢を保つため充分な金が必要だった。乗馬用の馬、身につける指輪や上着、携帯する輝く杖、とりわけ贈り物を贈る金が必要だった。貧乏と見られてはならない。幸運なことに、じつに幸運なことに、運命の女神が最近親しく息子にほほ笑みかけて、現金を持たせてくれた。しかし、もし彼が博打を続けていたら、運命の女神はきっとまた彼からすべてを奪うだろう。哀れな母は何も知らなかったが、運命の女神はもうそれをしていたかもしれない。それもあって、成功の見込みがメルモットの好意的な意見にかかっているあいだ、息子が博打の習慣を――少なくとも当座は――捨てることが不可欠だった。メルモットのような人は、シティで繰り広げられる博打はどれほど肯定しようと、社交クラブでなされる博打は嫌うだろう。息子を支援してくれるメルモットのような師がいるなら、どうしてフィーリックスが証券取引所で、株式仲買人のあいだで、イングランド銀行の周辺で、博打をするようになってはいけないだろうか？　カーベリー令夫人はメキシコ大鉄道の重役の役割をとにかく勤勉に勤めるよう息子に言うつもりでいた。――これが、息子が自力で開く幸運の始まりとならなければならなかった。しかし、もし彼が博打だけでなく深酒もするようになったら、いったいどんな希望があるだろうか？　娘の恋人が朝八時と九時のあいだにうちに帰り着いて、上階の寝床に転がり込むことを、もしメルモットから知られたら、あらゆる希望がついえてしまうのではないだろうか？

令夫人はその日息子が現れるのを待って、すぐこの件を切り出した。

「いいかしら、フィーリックス、私は聖霊降臨節に身内のロジャーのところへ出かけようと思います」

「カーベリー・マナーですか！」彼は料理番に彼の朝食用として特別命じられた香辛料入りの腎臓を食べていた。「あそこは非常に退屈で、二度と行きたくないと痛感したと思いますがね」

「そんなことを言った覚えはありませんよ、フィーリックス。今回は大きな目的があります」

「ヘッタはどうしますか？」

「一緒に行きますよ――行きますとも」

「へえ、知りませんでした。たぶんいやがると思いました」

「いやがる理由がわかりません。それに、すべてが彼女の思い通りにはなりません」

「ロジャーから求められたんですか？」

「いいえ。でも、私たちがみんなで行くと提案したら、彼はきっと喜んで受け入れてくれると思います」

「ぼくは行きませんよ、母さん！」

「いいえ。行くのです、特にあなたはね」

「それを知ったからには、なおさら行きませんよ、母さん。カーベリー・マナーくんだりでいったいぼくが何をすればいいいんです？」

「マダム・メルモットから昨夜聞いた話によると、一家はロングスタッフ家に三、四日滞在するため、カヴァーシャムへ行く予定のようです。奥方はレディー・ポモーナを特別な友人として話していました」

「ふうん！　それで得心が行きました」

「何が得心できたのです、フィーリックス？」とカーベリー令夫人。彼女はドリー・ロングスタッフの噂を耳にしていたので、このカヴァーシャム訪問計画が、あの魅力的な若い相続人とドリーとの結婚に関係するのではないかと恐れていた。

「メルモットが老ロングスタッフの抱える金銭問題を取りあげて、それを正すつもりでいると、社交クラブで噂になっています。ロングスタッフはカヴァーシャムのほかにサセックスにも古い資産を持っていて、メルモットがそれを手に入れようとしているという噂です。何か面倒なことがあるんです。なぜなら、ドリーは人のすることにふつう無関心なのに、彼の父がその資産を売ることについては特別反対しているからです。そういうことで、メルモット家はカヴァーシャムへ行こうとしています！」

「マダム・メルモットからそう聞きました」

「ロングスタッフ家はイギリスでいちばん誇り高い人たちでしょうね」

「メルモット家がカヴァーシャムにいるあいだ、私たちはもちろんカーベリー・マナーへ行くべきです。これくらい自然なことはありません。聖霊降臨節にはみんなロンドンから出て行きます。私たちが一族の郷里に戻っていけない理由はありません」

「うまくやってのけることができたら、じつに自然なことですね、母さん」

「あなたも行きます？」

「もしマリー・メルモットが行くなら、まる一日と一夜はとにかくそこへ行きます」とフィーリックス。

母は息子とうまく約束ができたと思った。

註

（1）イギリス政府によって発行される永久に一定額の利子が支払われる債券公債で、一七五一年には三分利付き、一八八二年には二・七五分利付きだった。

第十三章　ロングスタッフ家

サフォーク州カヴァーシャムとサセックス州ピッカリング・パークの郷士、アドルファス・ロングスタッフ氏は、ある朝ほぼ一時間にわたってアブチャーチ・レーンで、メルモットと二人だけで部屋に閉じこもり、私的な問題を議論したあと、非常に不満なようすで部屋を出ようとしていた。人は大鍋で煮炊きするまともな魔女メーデイア(1)を見出すことができたら、破産した資産をそんなふうに大鍋で煮てもらって、抵当に入っていないできたての土地を取り出せるだろう。そんなふうに考える人が――世間を知っているはずの老人のなかにも――いる。そんな偉大な魔術師が、シティでは引く手あまただ。こんなやり方ではめったに完全な若返りはできないのに、大鍋は実際に煮続けられている。金銭の問題で、メルモットほど凄腕の魔女メーデイアはいなかった。ロングスタッフは抱えている金銭問題をこの魔術師に扱わせることができたら、すべてが正されると信じた。ところが、魔術師のほうは魔法の杖を振っても、大鍋で煮ても、資産は作り出せないことをこの郷士に説明した。彼、メルモットは問題の資産の実際の市場価値を探り出すことができた。また、資産を遅滞なく現金化したり、資産をあるかたちから別のかたちに移し替えたりする機会をロングスタッフに与えることができた。しかし、彼は何も生み出すことができなかった。「あなたは土地の生涯不動産権しか持っていないね、ロングスタッフさん」

「うん、生涯不動産権だけじゃ。この国ではそれが家の資産の慣例じゃよ、メルモットさん」

「その通り。それで、あなたは土地以外に処分できるものを何も持っていない。息子さんはもちろんあなたと一緒に行動するしかないな。どちらか一方の土地を売ることはできるだろ」

「カヴァーシャムを売ることは問題外じゃよ、あなた。レディー・ポモーナとわしがそこに住んでいるからね」

「息子さんはもう一方の土地を売ることに賛成していないかね？」

「わしはまだ直接あいつに聞いておらん。じゃが、あいつはわしがあいつにしてほしいと思うことを絶対しようとせん。あんたはピッカリング・パークをわしが生きているあいだ借りる気はなかろうね」

「ないねえ、ロングスタッフさん。私の妻が不確実なことを嫌うからね」

それで、ロングスタッフ氏は貴族的な誇りを傷つけられたと感じながらいとま乞いをした。お抱え弁護士でも、これくらいの仕事なら代わりにやってくれただろう。郷士はカヴァーシャムの客としてお抱え弁護士を——さらに妻と娘まで——招待する必要なんかなかった。郷士は実際のところメルモットの番頭が設定した利息で、数千ポンドを大人物から借りることに成功した。これはロンドン屋敷をメルモットに貸し出すことを担保にして実現した。金が必要だと言い出してからそれを手に入れるまで、その間に通常生じるあの遅れがなかったから、——これには手軽さがあって——、郷士はそれを喜んだ。しかし、その喜びに対して高い代価を払いすぎたとすでに思い始めていた。彼は今また別の理由でメルモットを不快に思った。腰を低くしてメルモットに南中央太平洋とメキシコ鉄道の重役にしてくれと頼み込んだ。結果、彼——カヴァーシャムのアドルファス・ロングスタッフ——はその頼みを断られた。ロングスタッフはすこぶる腰を低くして、「アルフレッド・グレンドール卿を重役にしているじゃないか！」と不満げに言った。アルフレッド卿はその地位にふさわしい特別な資質を持っているとメルモットは説明した。「卿にできることは私にもできる」

とロングスタッフ。メルモットはこれを聞いて、眉をひそめ、少し乱暴な声で、必要な重役の数は埋まっていると答えた。メルモットは屋敷に二人の公爵夫人を迎え入れたあと、たんなる平民、特に重役会に入りたがる平民をいじめる資格をえたと思い始めていた。

ロングスタッフ氏は背の高い、どっしりした、五十がらみの男で、髪と頬ひげを注意深く染めていた。非常に注意深く仕立てた服を着ていたので、いつもたいそう窮屈そうに見えた。彼は外見をとてもたいせつにした。自分を美男子と思ったからではなく、貴族的な振る舞いを特に誇りとしたからだ。正しい理解者からは、一目で最良の紳士、上流社会の人と見て取ってもらえると思っていた。彼はみずからの地位に強い誇りを持っており、生計の資を稼ぐために働く人たちをはるかに凌ぐ立場にあると思っていた。なるほど紳士にはいろいろな紳士があるけれど、彼は土地と、伝来の権利証書と、古い一族の屋敷と、一族の肖像画を所有し、かつ一族の借金を抱えて、家中に誰も職に就いたものがいない典型的なイギリス紳士だった。彼より器の小さい連中が貴族に取り立てられていたから、彼は貴族さえもあなどり始めていた。三、四度州から立候補して落選したので、国会の議席などむしろ育ちの悪さのしるしだと考えるようになっていた。愚か者だったから、他人の役に立つことが肝要だという確固とした信念を身につけていなかった。それでも、気位だけは高かった。地位のゆえに何かするよう求められることはほとんどなかった一方、地位のゆえに禁じられることは多かった。金のことでけちな振る舞いをすることは許されなかった。商人たちが騒ぎ立てるまで、請求書を放置することはできても、勘定書にある商品にいちゃもんをつけることはできなかった。使用人たちに暴君として振る舞うことはできても、使用人たちの大広間で飲まれるワインの量をけちることはできなかった。猟獣類について小作人を無慈悲に扱うことはできても、地代をあげることについてはずいぶんためらった。彼はそれなりの人生哲学を持っており、それにふさわしく生きる努力をした。しかし、彼も家族もその努力による満足をほとんどえていなかった。

彼は今所有する二つの土地のうち小さいほうを売却して、大きいほうを金銭的不安から解放したいと強く願った。借金は彼が作ったものではなかった。売却の件をうまく処理できたら、彼のためだけでなく家族みなのために役立つと信じた。売却を実現できたら、息子にも役立つだろう。息子は自分の第三の土地に恵まれていたが、すでに借金のためそれを抵当に入れていたからだ。父は土地の売却について息子から反対されることを恐れ、それに耐えられなかった。「でも、アドルファスは誰よりお金をほしがっています」と、レディー・ポモーナは言った。夫は頭を横に振って、へへんと言った。女は金のことなんか何も知らない。今ロングスタッフはメルモットの事務所から悲しそうに出て来て、箱馬車でリンカンズ・イン(2)の彼の弁護士事務所へ向かった。数千ポンドを用立てるため、ロンドン屋敷の権利をしばらくあきらめる必要があることを、弁護士に頭を低くして言わなければならなかった。彼は世間から非常につらく当たられていると感じた。

「私たち、メルモット家といったい何の関係があるんです?」と、ロングスタッフ家の長女ソフィアは母に言った。

「彼らをもてなすなんて、パパの恥だと思います」と、次女のジョージアナが言った。「そんなことで煩わしい思いをしたくありません」

「もちろんそんなふうに反対して、あなたたち、あの人たちを全部私に背負わせるんでしょう」と、レディー・ポモーナはうんざりしたように言った。

「でも、彼らを招待していったい何の役に立ちます?」と、ソフィアは強く言った。「みんながどっと押しかけているとき、雑踏する彼らのロンドン屋敷に出かけて行くのは理解できます。でも、人はふつう彼らを相手にしませんし、あとあとまで覚えている必要もありません。あの娘についても、たとえ会っても、私はきっと覚えていません」

「アドルファスがあの娘と結婚したら、すばらしいことになります」とレディー・ポモーナ。「ドリーは誰とも結婚しませんよ」と、ジョージアナは言った。「兄が受け入れてくれと娘を口説くなんて考えられません！　それに兄はカヴァーシャムへ行きません。縛りつけても行きません。もしそういう結婚をねらっているなら、ママ、それってまったく絶望的です」

「ドリーはどうしてあんな娘と結婚しなければいけないんです？」と、ソフィアが聞いた。

「お金がほしいからよ」と、レディー・ポモーナが答えた。「パパが何をしようとしているか、お金がないのはどうしてか、私にはわかりません。私は使っていないのにね」

「私たちは変な浪費をしていないと思います」と、ソフィアは言った。「パパの収入がどうなっているかぜんぜんわかりません。これからの暮らしのため、生活をどう変えたらいいかわかりません」

「物心がついてからずっと事情はこんなふうでした」と、ジョージアナは言った。「それについて今さら悩むつもりはありません。ただ知らないだけでほかの人も事情は同じだと思います」

「でも、あなたたち、メルモット家のような人たちを迎え入れなければならないとき！——」

「私たちが迎え入れなくても、ほかに迎え入れてくれる人がいるでしょう。でも、私はあの人たちを気にしません。たった二日間のことですから」

「あなたね、あの人たちは一週間あっちに滞在します」

「それならパパが田舎を案内してあげなければ。それだけよ。こんな馬鹿げた話は聞いたことがありません。あの人たちが田舎に来ることで、パパにどんないいことがあるんです？」

「途方もないお金持ちですよ」とレディー・ポモーナ。

「でも、その人がパパにお金をくれるとは思えません」と、ジョージアナが続けた。「わかったような振りはもちろんしませんが、こういうことは割に合わない面倒のように思います。もし自国で暮らすお金がないなら、どうしてパパは海外で一年暮らさないんでしょう？　シドニー・ビーチャム家はそうしました。娘たちはフィレンツェでとても楽しいときをすごしました。クレアラ・ビーチャムが若いリフィー卿に会ったのはそこでした。そんなことって悪くないと思います。それなのに、カヴァーシャムでこんな人たちを押しつけられるなんて、ひどいと思います。あの人たちが何者なのか、どこから来たのか、何をやり始めるのか誰も知りません」ロングスタッフ家のなかでいちばん賢い頭と、もっとも辛辣な舌を持つと思われるジョージアナはそう言った。

この会話は、ブルートン・ストリート(3)にあるロングスタッフ家のロンドン屋敷の応接間でなされた。ここは決して魅力的な屋敷ではなかった。ロンドンの新築邸宅に最近つけ加えられた贅沢と優美さをほとんど備えていなかったからだ。この屋敷は陰鬱で、不便だった。大きすぎる応接間と、設備不良の寝室と、不足する使用人部屋という問題を抱えていた。それでも、これは三、四代に及ぶロングスタッフ一族の古いロンドン屋敷であり、今普及している――ロングスタッフ氏が特に不快に感じる――あの過剰な新奇さとは無縁なところだった。クイーンズ・ゲート(4)と周辺地域は、ロングスタッフによると裕福な商人の居住区だった。ベルグレーヴ・スクエア(5)は貴族的な雰囲気を有するものの、そこさえもまだモルタルの匂いがした。そこの多くの住民は、ほんもののロンドン屋敷を一族で所有したことがなかった。ピカデリー(6)とオックスフォード・ストリート(7)のあいだの古い通りが、――この範囲の南北に一、二よく知られた場所がある――、こういうロンドン屋敷にふさわしい通りだ。レディー・ポモーナが、地位は高いけれど判断力に疑いのある友人にそそのかされて、イートン・スクエア(8)への引っ越しを一度提案したとき、ロングスタッフはすぐ妻を鼻であしらった。もし妻と娘たちがブルートン・ストリートを嫌うなら、カヴァーシャムにとどまっていたほうがいいかもしれない。ロングスタッフはカヴァーシャムにとどまっていろとしばしば脅迫した。というのは、彼はロンドン屋敷を誇りとしながらも、恒例のロンドン往復の費用を節約したいと、年を重ねるごとに切望するようになっていたからだ。娘たちのドレスや馬、妻の馬車、郷士自身の箱馬車、ロンドンの退屈なディナー・パーティー、レディー・ポモーナが開催する年一回の舞踏会のせいで、ロングスタッフはどの月末より恐怖を感じつつ七月末を待った。その年の社交シーズンの費用が、どれだけかかったかわかり始めるのがそのころだった。しかし、郷士は家族をまる一年田舎にとどめておくことがこれまで一度もできなかった。娘たちはパリ以外に大陸について何も知らなかったから、ドイツとイタリアに一年間連れて行ってくれと言った。ロンドンの社交シーズン中カヴァーシャムに家族を留め置こうとする父の企てに対して、娘たちは持てるあらゆる手段を用いて反乱をほのめかした。

ジョージアナがメルモット家に対する強い非難をちょうど話し終えたとき、兄がぶらりと部屋に入って来た。ドリーはブルートン・ストリートにめったに現れることがなかった。彼は部屋をよそに持っており、家族とさえ食事をともにしようとしなかった。母は彼に短い手紙をとめどなく書き続けた。――毎日手紙を送って、あらゆる種類の勧誘をした。ディナーに来ないか、劇場に連れて行ってくれないか、この舞踏会に行かないか、あの夜会に行かないか？　ドリーはこういう手紙をめったに読まなかった。返事はまったく出さなかった。たとえ開封しても、ポケットに突っ込んで、そのまま忘れてしまった。それゆえ、母は彼を崇拝した。妹たちも少なくとも知力においては兄より優れていたが、一定の敬意を払って兄を扱った。彼は好きなように振る舞うことができた。一方、母娘は退屈なロングスタッフ体制に縛られる奴隷のように感じた。母娘はドリーがその自由を用いて、恵まれたなかですでに貧乏になっていることに気づいたけれど、それでも彼の自由を崇高な、とてもうらやましいものに思った。

「愛するアドルファス」と、母は言った。「こんなふうに来てくれてほんとうにいい人ね」

「たまにはね」と、ドリーは口づけを受けながら言った。

「まあ、ドリー、あなたに会えるとは思ってもいませんでした」とソフィア。

「紅茶を出してあげて」と母。レディー・ポモーナはディナー用に着替えるため呼び出されるまで、四時からずっと紅茶を飲んでいた。

「ぼくは炭酸割のブランデーがいいな」とドリー。

「まあ、あなた!」

「炭酸割を出してくれとは言わないさ。ここでそれを期待してもいないよ。ただ紅茶よりそっちのほうがいいと言っただけさ。父さんはどこだい?」母娘はみな不思議そうに彼を見た。ドリーが父に会いたいと言い出すなんて、想像もできない何かが起こりつつあるに違いなかった。

「パパは昼食のあとすぐ箱馬車で出かけました」と、ソフィアは重々しく言った。

「父さんを少し待っていよう」と、ドリーは時計を取り出して言った。

「ここにいなさい。そして、ディナーを一緒にいただいてはどう?」とレディー・ポモーナ。

「それはできないな。連れと食事をしなければならないから」

「連れですって! 自分でもどこへ行くかわかっていないと思いますよ」とジョージアナ。

「どこへ行くかは連れが知っていればいい。知らなかったら、そいつが馬鹿ということさ」

「アドルファス」レディー・ポモーナはとても真剣に話し始めた。「ある計画があって、あなたに助けてほしいんです」

「面倒な話でなけりゃいいけどね、母さん」

「私たちは精霊降臨節にカヴァーシャムに帰ります。あなたには特に一緒に来てほしいです」

「とんでもない！　駄目だね。とてもできないな」

「話の半分も聞いていませんよ。マダム・メルモットと娘さんがいらっしゃいます」

「くそっ、あの連中がまさか！」ドリーは思わず声を出した。

「ドリー！」と、ソフィアが言った。「場所をわきまえて発言してね」

「うん、そうする。——どこへ行かないかもわきまえている。メルモット婆さんに会うためにカヴァーシャムへは行かないね」

「いいかしら、あなた」と、母は続けた。「ミス・メルモットは結婚のその日に年——二万——ポンドを手にして、夫は十中八九いずれヨーロッパ随一の富豪になることを知っていますか？」

「ロンドンの男の半分はあの娘を追っかけている」とドリー。

「どうして、あなた、その一人にならないんです？」

「ロンドンの男の半分がその娘と同じ屋根の下ですごすことはありませんよ」と、ジョージアナはそれとなく言った。「もしあなたにやってみる気があるなら、今のところほかの誰にも与えられていない好機があります」

「けれど、やってみる気はないね。弱ったなあ——まいったよ！　これはぼくのやることじゃないね、母さん！」

「兄にやる気がないのはわかっていました」とジョージアナ。

「うまくいったら、こじれた状態をきっちり正すことができます」とレディー・ポモーナ。

「こじれた状態を正す方法がほかになかったら、こじれたままでいなければならない。親父が帰って来た。声が聞こえたね。さあ喧嘩だ」そのとき、ロングスタッフ氏が部屋に入って来た。

「あなた」と、レディー・ポモーナは言った。「アドルファスが会いに来ました」父は息子に向ってうなずいたが、何も言わなかった。「この子にここにとどまってもらい、ディナーを一緒にしてほしいんですけど、約束があるんですって」

「兄はどこへ食べに行くかも知りません」とソフィア。

「連れはどこへ行くかわかっている。——そいつは帳面をつけているからね。ぼくはリンカンズ・インの弁護士から非常に長い手紙を受け取ったよ、父さん。弁護士は何かの売却について父さんに会うようぼくに求めている。それで、来たのさ。ひどく面倒だね。だって、ぼくにはこういうことが何もわからないからね。おそらく売れるものなんか何もないよ。そうならぼくはおいとましてもいいだろ、ねえ」

「おまえはわしと一緒に書斎に来たほうがいい」と、父は言った。「仕事のことで母さんや妹たちに迷惑をかける必要はないじゃろう」それで、郷士が先に部屋を出ると、ドリーは妹たちに悲しげなしかめ面を作ってみせてそれに続いた。母娘三人は紅茶を飲みながら半時間その場に座っていた。相談の結果が知らされることはないとわかっていたので、結果を待つのではなく、——郷士が戻って来たとき、その表情や態度から——いい話か悪い話か推測するために待っていた。三人は再度ドリーに会うことは期待しなかった。おそらくこれから一か月は会えないだろう。郷士と若者は会えば必ず喧嘩をした。若者はほかのあらゆる点で不注意だったのに、父と交わす交渉ではこれまであくまでも彼の権利に執着した。ロングスタッフは半時間後に応接間に戻って来て、ただちに家族の命運を宣告した。「おまえたち」と、郷士は言った。「今年はカヴァーシャムからロンドンへは戻らない」父はそう言うとき威厳のある尊大な冷静さを保とうとしたが、動揺で声を震わせた。

「パパ！」と、ソフィアが叫んだ。

「あなた、本気じゃありませんよね」とレディー・ポモーナ。

「もちろんパパは本気じゃありません」と、ジョージアナが立ちあがって言った。

「間違いなく本気で言っている」と、ロングスタッフは言った。「わしらは十日もするとカヴァーシャムに帰る。今年はカヴァーシャムからロンドンへは戻らない」

「舞踏会が決まっています」とレディー・ポモーナ。

「じゃあ取りやめにしなきゃ」家長はそう言うと、応接間を出て、書斎へ降りて行った。

母娘三人はその場に取り残されて運命を嘆くとき、言い渡された父の宣告について、意見を寄せ合った。しかし、娘たちのほうが母より怒りが激しかった。

「パパが本気で言っているはずがありません」とソフィア。

「本気のようです」レディー・ポモーナは目に涙をためていた。

「次には本気じゃなかったと言うに決まっています。――それだけよ」とジョージアナ。

「パパはドリーからとても乱暴なことを言われて、それで八つ当たりしています。社交シーズンが始まる前に私たちを田舎に連れて帰るつもりなら、もともとどうしてロンドンに連れて来たんでしょう？」

「アドルファスはパパに何を言ったのかしら。いつもパパからきつく当たられているから」

「ドリーは自分のことしか考えていません」と、ジョージアナは言った。「いつもそうです。私たちなんかどうでもいいんです」

「私たちのことなんか少しも考えてくれません」とソフィア。

「ママがしなくちゃならないことを言いますよ、ママ。ここから動いちゃいけません。パパが私たちをまたロンドンに連れ戻すと約束してくれない限り、カヴァーシャムに帰ることはやめなければなりません。私は動きません。――パパがこの屋敷から力ずくで私を運び出さない限りはね」

「私はパパにそんなことを言えません」

「じゃあ、私が言います。錆びついた老主教と、いっそう時代遅れのカーベリーさん以外に、まわりに誰もいない田舎にまるまる一年も埋もれるなんて。私には耐えられません。人には耐えてはいけないことがあります。もしあなたたちが田舎へ行くなら、私はプリメアロー家へ行ってロンドンにとどまります。プリメアロー夫人は受け入れてくれるでしょう。もちろん居心地はよくありません。プリメアロー家は好きじゃありません、嫌いです。ええ、嫌いです。――ほんとうのことです。彼らが俗悪であることは、ソフィア、あなただけじゃなく私だって知っています。でも、彼らは、ママ、あなたの友人のマダム・メルモットの半分ほども俗悪じゃありません」

「それは意地悪ね、ジョージアナ。マダム・メルモットは私の友人じゃありません」

「でも、ママはカヴァーシャムにあの奥方を受け入れようとしています。パパがいかにちまちま家計をやりくりしているか知っているとき、どうしてママが社交シーズンの前の今ごろ、カヴァーシャムに帰ろうと考えているか私にはわかりません」

「みんな聖霊降臨節にはロンドンから出ようとしていますからね、あなた」

「いえ、ママ。みんながみんな出ようとしているわけじゃありません。そういう理由で帰省したり、上京したりするのがいかに面倒か、みんなとてもよく理解しています。プリメアロー家は田舎に帰ろうとしません。みんながロンドンを出て行くなんて、聞いたことがありません。パパは私たちにどうしてほしいのかしら？　お金を節約したければ、なぜパパはカヴァーシャムを閉じて外国へ行かないんでしょう？　カヴァーシャムではロンドンでよりはるかにたくさんお金がかかります。そのうえ、思うに、そこはイギリスでいちばん退屈なところです」

ブルートン・ストリートの家族は、その夜かなりふさぎ込んでいた。彼らは何も手につかなくて、陰気に一緒に座っていた。一家の女性たちがどんな反抗的な決意をして、それを実行するつもりでいたにしろ、その場でそれを父に打ち明けることはしなかった。二人の娘は黙り込んで、父に話しかけようともしなかった。父から話しかけられても、そっけなく返事をするだけだった。レディー・ポモーナは体調を崩して、ソファーのすみに座り、目を拭った。ドリーと夫の会話の内容を上の階で聞いて来たからだ。ドリーは売却金の半分をただちに受け取ることができなければ、ピッカリングの売却に同意しようとしなかった。カヴァーシャムの資産――それは結局彼のものになる予定だった――を抵当からはずすには、ピッカリングの売却が望ましいと説明されたとき、ドリーは自分も少し抵当に入った土地を持っているので、その金が入ったら楽になると答えた。結局、ピッカリングは売却できないというのが結論であるように見えた。――その結果、ロングスタッフ氏は今年のロンドンの出費をこれ以上増やしてはならないと決意した。

娘たちは寝床に向かうため立ちあがったとき、習慣に従ってかがみこんで父の頭に口づけした。口づけにはほとんど愛情がこもっていなかった。「ロンドンでやっておかなくちゃならんことは、今週中にやり終えなければならないことを覚えておいたほうがいい」と、父は言った。娘たちはその言葉を聞いても、注意を向けるようすを見せることもなく、黙って堂々と部屋から出て行った。

註

（1）イアソンを助けて金羊毛を手に入れさせた魔女。老いた雄羊を大鍋で煮て若い雄羊を取り出したと言われる。
（2）Holborn にある法学院。
（3）Mayfair の Berkeley Square から東に延び New Bond Street に至る通り。
（4）Kensington Gardens の南、Royal Albert Hall の西を南北に走り、Kensington Road と Cromwell Road を結ぶ通り。
（5）Hyde Park Corner の南、Buckingham Palace の西にある高級住宅街。
（6）Green Park や St. James's の北を走る通り。
（7）Marble Arch と St. Giles Circus を結ぶ通り。
（8）Belgrave Square の南、Victoria Station の西に位置する。

第十四章　カーベリー・マナー

「あまりいいこととは思いません、ママ。それだけです。もちろんママが行くと決めたら、私も一緒に行かなければなりません」

「はとこのうちへ行くことくらい自然なことがあるかしら?」

「私の言いたいことはわかるでしょう、ママ」

「もう決まったことです。それに、あなたの言うことに道理があるとは思いません」

カーベリー令夫人が、聖霊降臨節の週にカーベリー・マナーのもてなしを請おうと、娘に打ち明けたことから、このささやかな会話が生じた。ヘンリエッタはたとえはとこのうちであっても、恋を告白された男のうちに連れて行かれることをとても心苦しく感じた。しかし、逃げ道はなかった。独りでロンドンにとどまることはできなかった。母以外の誰にも、この心苦しさを伝える相手がいなかった。カーベリー令夫人は娘の反対にあってもしのげるように、娘にこの件を伝える前に身内に次のような手紙を送っていた。——

一八——年四月二十四日、ウェルベック・ストリートにて

親愛なるロジャー
私たちはあなたがどんなに親切で、誠実であるか知っていますから、もし私の提案に支障があるなら、率

直にそう回答してくださるものと思っております。私は一生懸命働いてきました。――働きすぎだと言われるくらいにね。一日、二日田舎にこもることくらい、体にいいことはないと感じています。聖霊降臨節の一部でも、私たちを受け入れていただけませんか？　置いてもらえるなら、五月二十日にお伺いして、日曜までいたいです。フィーリックスも、私たちの滞在期間ほど長くご迷惑をかけるつもりはありませんが、お伺いしたいと言っています。あの子があのアメリカ大鉄道重役会の重役に就いたとお聞きになったら、あなたはきっとお喜びになるに違いないと思います。彼はこれで人生に新たな領域を切り開き、役に立つ人になれることを証明できるでしょう。あんな若者に大きな信頼が寄せられたものと思っております。

もしささやかな私の提案があなたの計画に差し支えるなら、もちろんすぐそうおっしゃってください。でも、あなたからこれまであまりにも親切にされましたから、こんな提案をするのに私は何のためらいも感じません。

ヘンリエッタも優しい愛情をあなたに向ける点で私と一緒です。

親愛なる

マチルダ・カーベリー

ロジャー・カーベリーは当惑し、悩む多くのことをこの手紙のなかに見出した。第一に、ヘンリエッタがこの屋敷に連れて来られることを望ましいと思わなかった。ヘンリエッタをとても愛しており、そばに置くことをいつも貴重なことと思っていたが、彼女がこの屋敷の未来の主婦になるという決意を固めて来るのでない限り、カーベリーに迎え入れる気になれなかった。ロジャーはある意味カーベリー令夫人を誤解していた。令夫人が彼の求婚を進めたがっていることには気づいていた。彼はヘンリエッタがそういう目的で屋敷に連れて来られるものと思い込んでしまった。大女相続人が近所に来ることを聞いていなかったので、彼はその方面におけるカーベリー令夫人の計画をぜんぜん知らなかった。また、息子の重役の地位について母が見せた根拠のない自尊心にも辟易した。ロジャー・カーベリーは鉄道事業のことを頭から信じていなかった。彼はフィスカーを信じなかったし、メルモットも、もちろん重役会も、信じなかった。ポール・モンタギューがフィスカーの誘いに屈服したとき、ポールはロジャーの助言にそむいて行動した。ロジャーはその事業全体を嘘で、詐欺で、破滅的なものと見ていた。アルフレッド・グレンドール卿やサー・フィーリックス・カーベリーのような連中が取り締まる会社とは、いったいどんな会社だろう？　それに、重役会の偉大な会長、メルモットは公爵夫人たちに取り巻かれているけれど、とんでもない詐欺師であることに誰も気づかないのだろうか？　ロジャーはポール・モンタギューとのあいだにいくつか苦痛の原因を抱えながらも、ポールをとても愛していたから、重役会の名簿に友人の名が載ることに我慢がならなかった。それなのに、サー・フィーリックス・カーベリーがその重役会の一員になったという理由で、彼は今温かい祝福を求められた！　そんな重役会に所属することでサー・フィーリックスか、そんな重役を抱えることで重役会か、どちらを軽蔑すればいいかわからなかった。「人生に新たな領域を切り開くなんて！」と、彼は独りつぶやいた。「こういう連中に唯一適切な場所があるとすれば、それはニューゲート監獄だろう！」

さらに一つ問題があった。彼はポール・モンタギューにこの特別な週にカーベリーに来るよう招待し、ポールから承諾の返事をもらっていた。彼は性格上の特徴となっている固い志操のゆえに、古くからのポールへの愛情を変えなかった。確かに、いちばんだいじにしている希望にポールが干渉してくるなら、喧嘩をしなければならないと思った。それでも、いつまでも喧嘩を続けるという考えには耐えられなかった。ヘンリエッタ・カーベリーの名にふれないように配慮して、彼はポールをカーベリーに招待した。——ところが、ポールの訪問のまさにそのとき、ヘンリエッタ・カーベリーがマナーハウスを訪れたいという提案を今受けた！　彼はポールに来るなと言わなければならないとすぐ決心した。

彼はただちに手紙を二通書いた。カーベリー令夫人にはとても短い手紙を書いた。指定されたときに令夫人とヘンリエッタに会えたらうれしい。――フィーリックスも都合がついて来られたらたいへんうれしいと。重役会のことや、若者が人生の新たな領域で役立つかどうかには、ふれなかった。モンタギューにはもっと長い手紙を書いた。「率直で正直であるのが、いつもいちばんいいでしょう」と、彼は書いた。「君が私のところに来ると親切にも言ってくれたあと、カーベリー令夫人からちょうど同じ時期に娘を連れてこちらを訪問したいと言って来ました。私たちのあいだに起こったことのあとで、君たち二人を一緒にここで歓待することができないことは言うまでもありません。君に訪問を延期するよう、請わなければならないのは心苦しいですが、もてなしに欠けがあると、君から責められるようなことをしたくないと思います」ポールはロジャーのもてなしに欠けるところはないと確信していると、彼はロンドンにとどまるつもりだと、返信してきた。

サフォークは特別画趣に富む州ではない。カーベリー周辺の景色が壮大だとか、格別美しいとか、そういうことも言えない。それでも、屋敷そのものや周辺のたたずまいにささやかな美しさがあり、独自の魅力を具えていた。活発な生徒ならどの場所でも飛び越せる川幅のカーベリー川という川が、ウェイヴニー川[1]に流れ込むか、こっそり入り込んでいる。川はカーベリー・マナーハウスを取り巻く堀により、流れの一部を奪われている。堀は館の歴代所有者にとって、特にロジャーにとって、かなり厄介な代物だった。衛生上の配慮が必要な今の時代には、とにかく流水を堀に引き込んで清潔に保つか、埋め立てて完全に破壊するか、どちらかをする必要があると思われた。堀を廃棄する計画は、およそ十年来考えられ、真剣に議論された。しかし、そんなことをしたら、屋敷の性格をまったく変貌させ、庭園を破壊し、地所の周辺に泥の廃棄物を造り出すから、それを美化するか、耐えられるようにするまで数年かかるという結論が出た。その後、長く土地の借地人だった賢い農夫が、重要な問いを発した。「埋め立てるって。――え。言うはやすし、行うは難しだろ、郷士。埋める土をどこから持って来るのかね」それゆえ、郷士は堀を廃棄する考えを捨てて、その代わりに堀を以前よりきれいに清掃した。バンゲイからベックレスへの本通りは、屋敷のすぐ近くを通っていた。――あまりに近くに通っていたので、建物の切妻が本通りから堀の幅だけで隔てられているほどだった。短い私道が百ヤード足らずの長さで、正面玄関の前の橋につながっていた。橋は古くて、高くて、さまざまな建築上の装飾を施されて、中央で――めったに閉じられることのない――鉄の門によって守られていた。橋と玄関のあいだには馬車を回せる前庭が広がっていた。前庭を挟むかたちで両側に家が張り出して堀の水の間際まで来ていた。それで、家の入口は前庭――あるいは不規則な四角の庭――の奥まったところにあり、橋と堀は前庭の前面となっていた。屋敷の裏側には十フィートの高さの壁によって道路から隠された大きな庭があり、そこには信じられないほど古いイチイやセイヨウスギの木々があった。庭の一部が堀の内側に、庭の大部分が堀の外側にあって、歩道用と馬車用の二つの橋で内庭と外庭はつながれていた。本通りからいちばん遠い屋敷の内庭からもう一つ堀を越える別の橋があって、それが家の裏口から馬屋や農場につながっていた。

家屋はチャールズ二世時代に建てられた。いわゆるチューダー様式建築がもっと安い、もっと非絵画的な、おそらくもっと実用的な形態に移行していた時代だ。それでも、カーベリー・マナーハウスはチューダー様式の建物だという評判が州全体に広まっていた。窓は長く、たいてい低い位置にあり、頑丈な縦仕切りによって支えられ、いまだに小さな旧式のガラスをはめていた。というのは、郷士はまだ板ガラスを使う気になれなかったからだ。図書室には弓形の高い張り出し窓が一つあった。その張り出し窓は砂利を敷いた前庭に面しており、家に入って玄関の左手にあった。ほかのおもな部屋はみな庭に面していた。家屋そのものは石造りで、その石は歳月のあいだに黄褐色あるいはほとんど黄色になって、とても美しかった。屋根はまだタイルで覆われており、付属の建物もみな同じ造りだった。ほんの二階建てだったが、台所と事務室が置かれる両端は、建物の他の部分より高くなっていた。どの部屋も天井が低く、たいてい長くて、狭かった。部屋には大きな広い暖炉があり、分厚い羽目板が張られていた。全体的に見れば、そこは快適というよりも、むしろ絵のように美しいところと言いたくなる。そんな家だったが、所有者はそれをとても誇りにしていた。彼は家を誇りにしていることをほかの誰にも言わないで、故意に隠そうとした。しかし、彼のことをよく知っている人たちにはそれがよくわかった。周辺のジェントリーの家は、実質的な快適さと収容能力の大きさで彼の家より優れていた。ただし、州の古い地位を表すあの完全に確立された姿は、カーベリーにあり、周辺の家にはなかった。プリメアロー家が住むバンドルシャムは、州のその地域ではいちばんりっぱな家だったけれど、ここ二十年内に建てられた新しい外観を帯びていた。その新しい家は新しい低木や新しい芝生、新しい壁や新しい付属の建物に取り囲まれて、商売の臭いがした。言葉に出して言わなかったが、少なくともロジャー・カーベリーはそう思った。カヴァーシャムは、ジョージ三世治世初期――周囲を快適にするようには配慮しても、絵のように美しくするようには配慮しなかった時代――に建てられたたいそう大きな邸宅だった。カヴァーシャムは大きさ以外に取り立てて推奨できるところはなかった。ヘップワース家の在所イアドリー・パークは、庭園にいくらか自慢していいところがあった。カーベリーには庭園と言えるようなものがなく、外庭の外側の囲い込み地には、ただたくさん家庭用小放牧場があるだけだった。もっとも、イアドリーの家屋は醜くてひどかった。主教公邸は紳士のすばらしい住居だったが、比較的現代に造られたもので、独自の特色を持たなかった。今カーベリー・マナーハウスは特別であり、所有者の目には抜群に美しく映った。

彼はこの世を去るとき、この屋敷がどうなるかを考えてしばしば苦しんだ。現在四十歳で、州に見出せるどの男よりおそらく健康だった。彼が大人になるのを見守っていたまわりの人々、特に近所の農民たちからは、まだ若者と見られていた。州の市場では、まだ若い郷士として噂された。彼はいちばん幸せな気分にひたるとき、ほとんど少年のようになることができた。年長者に対しては少年のころ見せたような敬意をまだ見せた。しかし、最近心に大きな心配事を抱えていた。——おそらく今の男たちの心には、昔ほど重くのしかかることのない心配事だ。彼はどの女よりはとこを愛していると確信して、ヘッタに結婚してくれるよう求めた。しかし、それを拒否された。一度ならずヘッタから拒否されて、愛することができないと言われたとき、ヘッタの言うことをそれとなく信じた。彼は人を信じたら損をするとわかっていても、特に人を信じるほうを選んだ。機会があれば女を強引に勝ち取ることができるなどという、男のあの自信を彼はいっさい持ち合わせなかった。それゆえ、もしヘンリエッタを勝ち取れないのが定めなら、——そう確信したが——、彼はもう誰とも結婚できないだろう。その場合、じつの息子が享受できるように資産について最善を尽くす贅沢をあきらめて、自分をたんにカーベリー家のいちじつなぎとして見て、跡取りの手配をしなければならなかった。

今はサー・フィーリックスが次の跡取りだった。ロジャーは限嗣相続(2)に縛られていなかったから、望み通りに土地を遺すことができた。もしサー・フィーリックスがこの資産をすんなり相続できたら、ある意味、一般には幸運と見られただろう。准男爵の爵位がたまたま一族の分家のほうで勝ち取られていた。この相続がなされれば、爵位と資産が一つになる。もしそんな相続がなされたら、サー・フィーリックスはきっとそれをもっとも妥当なものと思うだろう。カーベリー令夫人も、カーベリー・マナーを娘の将来の家として見るということさえなかったら、そう思っただろう。しかし、資産の現在の所有者は、そんな相続に強く反対した。彼は――この准男爵からいいことなど起こりようがないとことん信じるほど――当人をよく思っていなかった。それだけでなく、准男爵の地位そのものにも反感を抱いていた。彼の考えによると、サー・パトリックは世襲爵位を維持するほどの資産を後世に遺せないことを知りながら、爵位を受け取った点でまったく間違いを犯したという。准男爵たる者は、身につける地位を優雅にする充分な金を持っていなければならないと、ロジャー・カーベリーは思った。こういう問題に関するロジャーの考えによると、人は爵位をえても紳士になることはなく、もし爵位を不当に身につけるなら、それがなければ紳士になれていた人さえも格下げになってしまうという。生まれも育ちも間違いなく紳士と認められる人は、女王からどんな爵位を授けられようと、紳士以上のものにはなれないと彼は思った。ロジャーはこんな旧式の考えを持っていたので、分家に授けられた爵位を嫌った。サー・フィーリックスが不幸にもえた爵位を支えてやるため、彼が資産を遺してやるつもりなんかまったくなかった。ところが、放っておけばサー・フィーリックスが相続人になってしまう。それで、この男、ロジャー、はほとんど何か神聖な法にでも従うかのように、彼の血を受け継ぐ者に彼の土地が受け継がれるのを見たいと感じた。土地の処分についてはどんな拘束も受けなかったが、彼が生涯不動産権以上のものを持つとは思わなかった。受け継ぐカーベリーがいる限り、この土地がカーベリーからカーベリーへ受け継がれるよう取り計らうのが彼の義務だった。特に彼が死ぬとき、この土地が大きさも価値も損なわれることなく、彼の手から次の世代へ受け継がれるようにするのが義務だった。この二十年あるいは三十年で彼が死ぬという根拠はなかった。しかし、もし死んだら、サー・フィーリックスはきっと土地を散逸させ、カーベリーは終わりを迎えるだろう。終わりを迎えるとしても、彼、ロジャー・

カーベリー、は少なくとも義務をはたしたことになる。人が何か取り決めをするとき、どんなに深く思いを凝らしても、人のする取り決めが定めとはならないことを知っていた。彼の考えによると、土地はひとまとまりのまま見知らぬ人によって所有されるより、カーベリーによって散逸させられるほうがまだましだった。彼はこの名を名乗る人がいる限り、この古い名に執着し、この名を名乗る人が残る限り、この古い一族に執着するつもりでいた。彼はそう考えると、すでに遺言を作って、もし彼が子を遺さずに亡くなったら、誰よりもいちばん軽蔑するあの男に全資産を遺すと書いた。

カーベリー令夫人一行が訪れて来る日の午後、こういうことを考えながら、彼は屋敷内を歩き回った。血のつながる跡継ぎをえることができたら、どんなにいいだろう！　はとこが最終的に妻になることに同意してくれたら、世界はどんなにすばらしく、美しくなるだろう！　彼女から同意がえられなかったら、世界はどれほど味気なくなるだろう！　それから、彼女の幸せのこともたくさん考えた。じつのところ、彼はカーベリー令夫人が好きではなかった。令夫人という人をほとんど正確に判断し、その性格を見抜いていた。彼女は自分のためというより他人のためによいものをえようとする愛情深い人だった。しかし、彼女は善が悪からも生じうると、虚偽が条件によっては真実よりよいと、偽物と見せかけが真実に代わる仕事をすることもあると、強い建物を砂上に建てることもできると信じる本質的に世俗的な人だった。彼は愛するヘッタがこんな母の教えにさらされ、虚偽の雰囲気のなかで生活していることを嘆かわしいと思った。タールに触っていたら、娘はいつかその汚れに染まってしまうだろう！　ヘッタがポール・モンタギューを愛していると、彼は心の底で信じていたから、ポールが関与する悪を恐れ始めた。男がオーガスタス・メルモットのような人物に徹底的に支配され、アルフレッド・グレンドール卿やサー・フィーリックス・カーベリーのような仲間と一緒に、大事業を操る重役会の一員である振りをするとき、その男は偽者以外に何だったろうか？　この建物はまさしく砂上の楼閣ではなかったか？　資本もなく働きもしないで金持ちになろうとする男、いつか金持ちになり、次には乞食になるかもしれない男、——男のなかでもいちばん下劣で、不誠実だと彼が思うシティの投機家——、そんな男ともし結婚したら、ヘンリエッタ・カーベリーはどんな人生を送ることになるだろう？　彼はポール・モンタギューを善意に解釈しようと努めたものの、若者が用意している人生がそんなものであることを恐れた。

その後、彼は家に入ると、二人の女性が使うことになる部屋を歩き回った。主人役として、妻も母も妹もいない主人役として、客が快適にすごせるように気をつけるのが彼の義務だった。しかし、令夫人が独りで来るのだったら、これほど気を使ったかどうか疑わしかった。二つの部屋のうち小さいほうには白いカーテンがすべてさがり、五月の花の甘い香りがした。彼は温室から白いバラを一本採って来て、それを化粧台の上のガラスの器に入れた。きっと彼女は誰がそれを置いたか知るだろう。

彼は開いた窓のところに立つと、芝生を見おろし、三十分ほどぼんやり見つめていた。それから、玄関の前に馬車の車輪の音を聞いた。彼はその三十分のあいだにまるでまだ拒絶されたことなどなかったかのように、もう一度彼女に求婚してみようと決心した。

註

（1）サフォークとノーフォークの境界となる川で、湖沼地帯 the Broads を流れる。

（2）資産を男子の直系卑属に相続させるよう義務づけられた相続のこと。

第十五章　「私が彼の母であることを覚えておいてほしいです」

「ご親切にしていただいて」カーベリー令夫人は馬車を降りるとき、身内の手を握って言った。

「ご親切はあなたのほうです」とロジャー。

「受け入れてくださるように思い切ってお願いする前に、ご無理をお願いしているとずいぶん思いました。でも、とても田舎に来たかったのです。カーベリーがとても好きです。――それから――」

「カーベリーの者は古い屋敷に戻る以外に、ロンドンの煙からどこへ逃げ出したらいいでしょう？　ヘンリエッタがここを退屈と思うのではないかと心配です」

「いえ、いえ」と、ヘッタは笑顔で言った。「田舎で退屈したことなんかないとお思いになってください」

「明日ここに主教とイエルド夫人がディナーに来られます。――ヘップワース家の人々もね」

「主教にもう一度お会いできるのはとてもうれしいです」とカーベリー令夫人。

「主教に会えたらみんな喜ぶに違いありません。とてもりっぱな、いい人ですからね。奥さんもいい人です。会ったこともない別の紳士もやって来ます」

「ご近所の新しい方ですか？」

「はい、――新しい隣人です。――ジョン・バラム神父はベックレスに司祭としてやって来ました。この教区から一マイルのところに、小さな田舎家を手に入れて、ベックレスとバンゲイの両方で職務をはたしています。彼の家族のことを少し前に知っていました」

「じゃあ紳士ですか?」

「間違いなく紳士です。オックスフォードで学位を取って、私たちの言い方で言う転び国教徒、一般の言い方で言う転向者になりました。彼は司祭として受け取るもの以外に、一銭も受け取っていません。推測するところ、日雇い労働者の賃金と同じくらいの収入しかえていません。どうしても古着を買わずにいられなかったと、彼は先日言っていました」

「何とあきれたことでしょう!」と、カーベリー令夫人は両手をあげて言った。

「彼はそう言うとき、少しもあきれているようすに見えませんでした。いい友人にならなければなりません」

「主教はその方に会いたがっていますか?」

「もちろん会いたがっています。主教は彼についていろいろ私から聞いて、特別彼のことを知りたがっています。彼から感情を害されることなんかありません。しかし、あなたとヘッタはこういうことをとても退屈に思うでしょうね」

「退屈とは思いませんよ、カーベリーさん」とヘンリエッタ。

「ここに来たのは、終わりなく続くパーティーから逃れるためでした」とカーベリー令夫人。それなのに、彼女はマナーハウスにどんな来客が予定されているか知りたがった。サー・フィーリックスは月曜にロンドンに帰る予定で、土曜にこちらにやって来ると約束していた。令夫人はマリー・メルモットに接近できる有利な地歩を息子が占められるように、カヴァーシャムとマナーハウスで訪問が交わされることを望んでいた。

「ロングスタッフ家の人々を月曜にここに招待しました」とロジャー。

「ではあの一家はこちらに帰って来ていますね？」

「一家は昨日帰って来たと思います。あの一家が行ったり来たりするとき、いつも空気にざわめきがあり、州全体に空気の乱れがあります。私は午後四時ごろそれに気づきました。たぶん一家はここには来ないでしょう」

「どうしてです？」

「一家がここに来ることはありません。あちらはおそらくお客でいっぱいです。私のうちの収容能力に限りがあることを彼らは知っていますからね。火曜か水曜に彼らのほうからきっと招待があると思います。あなたがよろしければ、こちらから訪問することになります」

「一家がお客を招待していることは知っています」とカーベリー令夫人。

「どんなお客ですか？」

「メルモット家が来ることになっています」カーベリー令夫人はそう告げるとき、ふだんの声や顔つきや冷静さをなくしているように、無関係な話をするときのように話すことができないように感じた。

「メルモット家がカヴァーシャムに来る！」ロジャーはそう言うとヘンリエッタを見た。ヘッタは兄が田舎でマリー・メルモットに会う機会をえるだけのために、恋人の家に連れて来られたことを思い返して、恥ずかしさで顔を赤らめた。

「ええ、そうです。――マダム・メルモットからそう聞きました。両家はとても親密にしているようです」

「ロングスタッフ氏がカヴァーシャムにメルモット家を招待する！」

「いいじゃありません？」

「誇り高いロングスタッフ氏より、むしろ私があの一家をここに招待するほうがまだ信じられますね」

「ロングスタッフさんはね、ロジャー、想像するところ、ちょっとした金銭的援助をあそこに求めています」

「郷士がそんなふうに低頭して援助を求めるなんて！　どんな人とつき合うべきか、どんな人とのつき合いを避けるべきか、そんなことはまもなくどうでもいい問題になるのでしょうね。物事はもちろん昔通りにはいかないし、二度と昔と同じにはなりません。おそらくよい方向に向かっているのでしょう。――向かっていないとは言いません。しかし、ロングスタッフ氏のような人は、メルモット氏のようなよそ者が妻の応接間に近づかないようにしておくほうがよかったと思います」ヘンリエッタはいっそう顔を赤らめた。カーベリー令夫人さえ、マダム・メルモットの舞踏会に娘を連れて行ったことを、ロジャー・カーベリーが知っていることを思い出して顔を赤くした。彼は前言を口にしたとたん、彼自身も同じことを考えて、弁解にならない弁解をしようとした。「私は彼らがロンドンでなしている所業を肯定しませんが、おわかりでしょう、田舎ではそれはもっと悪く見られると思います」

それから動きがあった。母娘はそれぞれの部屋に案内され、ロジャーは再び庭に出た。事情はみな了解されたうえでこの訪問がなされたように感じられた。カーベリー令夫人はメルモット家に近づくために彼の家にやって来た！　憤慨せずにはいられない何かがこれにあった。令夫人がここに来たのは、彼を思いやってのことではなかった。ヘンリエッタは連れて来られるべきではなかったと、彼は感じた。とはいえ、彼女がそばにいることには心惹かれるところがあったので、それは許せたかもしれない。母が娘を嫁がせる目的でここに連れて来たと考えていたあいだも、それは許せたかもしれない。その場合、彼は母の目的と同じ目的を持つことになったから。是認することはできないとしても、そんな策略は許すことができた。彼の自己愛がある程度満たされたからだ。しかし、邪悪な二人を結婚させる邪悪な計画を推進するため、彼と彼の家がただ利用されただけであることを今知ったのだ！

彼がこういうことを考えていたとき、カーベリー令夫人が庭に出て来た。彼女は旅の衣装を着替えて、身ぎれいにするやり方をよく心得ていたので、美しく着飾っていた。今はもっとも甘い笑みで顔を飾った。彼女はメルモットのことで頭がいっぱいだった。女相続人との結婚によってもたらされる喜ばしい恵みを、厳格で強情な身内にすべて説明したかった。「私は理解できますよ、ロジャー」と令夫人は言うと、彼の腕を取った。「あなたがあの人たちを嫌っていることをね」

「どの人たちのことです？」

「メルモット家のことです」

「私はその人たちを嫌っていません。会ったこともない人たちをどうして嫌えます？　ただ金持ちだという評判だけで、その人たちと交際を求める人たちは嫌いです」

「私のことを言っていますね」

「いえ、そうではありません。よくご存知のように、私はあなたを嫌っていませんからね。こういう人たちの追っかけをしているのが嫌いです。ロングスタッフ家のことを考えていました」

「私が自分の満足のために、あなた、彼らの追っかけをしていると思います？　豪勢な暮らしが快くて、彼らのうちへ行くと思います？　いい施し物を求めて、ここに彼らを追って来ていると思います？」

「私なら追いかけません」

「あなたから命じられれば、帰ります。でも、まず考えを説明しなければなりません。あなたは私の息子の状態を――残念ながらあの子自身よりよく――ご存知です」ロジャーは同意してうなずいたが、何も言わなかった。「あの子はどうすればいいでしょう？　あの子のような立場の若者には、金持ちの娘と結婚する以外に、生きていく道がありません。あの子は美男子です。それは否定できませんね」

「充分なものを天から授かっています」

「あの子をあるがまま受け入れなくてはなりません。とても若くして陸軍に入れられ、ささやかな資産を所有したときも、まだとても若かったのです。もっとりっぱにやれたかもしれません。でも、どれほど多くの若者が誘惑にさらされて、うまくやれるでしょうか？　実際のところ、あの子は一文なしです」

「どうもそのようです」

「ですから、金持ちの娘との結婚は避けられないのではありませんか？」

「そういうのを私なら娘の金を盗むと言いますね、カーベリー令夫人」

「まあ、ロジャー、何て固い考えでしょう！」

「男は固いか、柔らかいか、どちらかです。――どちらがいいです？」

「女については少し柔らかいくらいが功を奏すと思います。メルモット家についてもこの点を理解してほしいです。フィーリックスを愛さなければ、相手の娘が結婚しないのは理の当然でしょう」

「しかし、彼は娘を愛していますか？」

「あの子はもちろん愛していますとも。お金を持っているからといって、その娘が愛されていけないわけがありません。娘は当然結婚を当てにしています。娘はもしフィーリックスがいちばん気に入ったら、当然あの子を受け入れます。家名と家族の面汚しにならない高みにあの子を置きたいと願う私の思いに、あなたは共感できませんか？」

「家族については話さないほうがいいでしょう、カーベリー令夫人」

「でも、家族のことはずいぶん考えます」

「メルモット氏の娘と結婚すれば、家族に利益がもたらされるというようなことを私に言わせようとしても無駄です。私は彼を側溝の汚物だと思っています。旧式の考え方を持つ私にとって、金のことはみな、たとえ彼がそれを持っていようといまいと、どうでもいいことです。結婚の問題が生じるとき、人はとにかく互いに相手をかなり知らなければなりません。誰がどれだけ彼のことを知っていますか？　娘が彼の娘だと誰が確信できますか？」

「結婚するとき、メルモットは資産を娘に与えます」

「そうですね。問題はみなそこに行きつきます。彼は山師で、詐欺師だと、人々は大っぴらに言っています。あえて紳士と考える人なんかいません。彼は誠実な取引によってではなく、カードゲームの詐欺師がやるような謎のごまかしによって、金をかき集めています。そんな思いが彼について話す人たちみなにあります。彼は美質という理由では私たちが台所へ入れようとしない人、ましてやテーブルに招こうなんてしない人です。しかし、金をもうける技術を身につけているという理由で、私たちは彼に我慢するだけでなく、多くの猛禽のように彼の死骸に留まっています」

「互いに愛し合っていても、フィーリックスはあの娘と結婚すべきじゃないとあなたは言うのですか？」

彼はうんざりしたように頭を横に振った。若いフィーリックスの愛は、本人の考えにおいてだけでなく彼の母の考えにおいても、まがい物であり、見せかけだと、彼は確信していた。はっきり口に出してそう言うことができなかったが、そう思っていることを、彼は令夫人に理解してもらいたかった。「もうこれ以上それについて言うことはありません」と、彼は続けた。「恋愛がロンドンで続いていたなら、何も言うことはありません。私には何の関係もありません。その娘が近所のカヴァーシャムにいると言われ、フィーリックスが獲物に近づくためにここに来ていると言われて、この件の一味に加わるように求められるとき、私は考えていることを言うことしかできません。あなたの息子を私の家に歓迎してもいいです。なぜなら、彼の生活態度は、ほとんど受け入れることができませんが、彼はあなたの息子であり、私のはとこだからです。しかし、彼が手掛けている仕事には、別の場所を選んでくれればよかったと思います」

「あなたがそう望んでいるなら、ロジャー、私たちはロンドンに帰ります。ヘッタに帰る理由を説明するのは難しいでしょうが、私たちは帰ります」

「いいえ、そんなことは望んでいません」

「でも、とても辛辣なことを言われました！　どうしてここにとどまることができます？　フィーリックスについて芯から悪い人のように言われました」令夫人はこれに対する何らかの反論、何らかの撤回、何らかの優しい言葉を期待して彼を見つめた。しかし、彼は実際にそう考えていたので、何も言うことができなかった。令夫人のほうも忍耐心を具えていた。ほのめかされた非難にしろ、あからさまな非難にしろ、非難に対しては図太かった。以前虐待に耐えたから、さらに耐える用意があった。彼女はたとえ自分あるいはヘンリエッタが身内から非難されたとしても、将来の利益のためにそれに耐えることができた。――おそらく非難に値しない非難であるがゆえに、彼女はいっそう容易にその非難を許すことができた。とはいえ、息子のためには闘う用意があった。もし彼女が息子を守らなかったら、誰が守るというのか？「私たちの訪問がご迷惑をおかけしたなら、ロジャー、私はとても悲しいです。私たちは帰ったほうがいいと思います。あなたはとても手厳しいので、私の心を押しつぶします」

「厳しくするつもりはありませんでした」

「フィーリックスが――獲物を探していると、――獲物に近づくためにここに来ているとあなたは言いました。これより辛辣な言葉があるでしょうか？　とにかく私が彼の母であることを覚えておいてほしいです」

令夫人は傷ついていることをとても上手に表現した。ロジャーは恥じて、不親切なことを言ったと思い始めた。しかし、取り消す方法を知らなかった。「もしあなたを傷つけたなら、とても後悔しています」

「もちろん傷つけました。なかに入ろうと思います。何とむごい浮世でしょう！　平安と陽光が見つかると思ってここに来ました。でも、すぐ嵐が来ました」

「メルモット家のことを尋ねられたので、仕方なく話しました。意図してあなたを怒らせようとしたのではありません」二人は黙ったまま歩いて、庭から家のなかに続くドアのところに来た。彼はここで令夫人を止めた。「もし私が熱くなりすぎていたら、許しを請わせてください」彼女はほほ笑んで、お辞儀をした。しかし、許してほほ笑んではいなかった。それから、家のなかに入ろうとした。「どうか帰るなどと言わないでください、カーベリー令夫人」

「部屋へ行こうと思います。とても頭が痛くて立っていられません」

午後遅く――六時ごろに――なっていた。毎日の習慣によると、彼は仕事から帰って来る小作人に会うため、事務所を回っていなければならなかった。彼は令夫人がいた場所にしばらくじっと立っていたあと、やがてゆっくり芝生を横切って橋まで歩き、欄干に腰かけた。令夫人が怒りに任せて娘を連れ、この家を出て行くというようなことは起こりうることだろうか？　この世で愛する唯一の女性とは、こんなふうに別れていくのだろうか？　彼はもてなしの義務を重視する人であり、よそのどこより優しく、穏やかに、愛想よく屋敷内で客に礼儀を尽くす義務があると感じていた。客のなかでも彼と同じ名を持つ客は、そんな礼儀をカーベリーで尽くされるにもっともふさわしい客だった。彼はほかの人に利用してもらうために、この家をあずかっていた。しかし、そのほかの人のなかでも、とりわけこの家が災難の棲み家ではなく、心配事のない家となっていなければならない人が一人いるとしたら、彼がその人のためにできれば雰囲気を和らげ、花をいつもより甘く香らせたいと思う人が一人いるとしたら、それはほとこのヘッタだった。彼女から愛してもらえようと、もらえまいと、彼女こそカーベリーの女主人だと、彼がそう断言できたら、断言したい人が一人いるとしたら、それはヘッタだった。それなのに彼がはなはだ乱暴なので、そのヘッタと一緒にロンドンに帰らなければならないと今客から言われたのだ！

彼は自分を許すことができなかった。乱暴だったと悟った。容赦ない言葉を使ってしまった。言いたいことを言おうとすれば、容赦ない言葉になったのはほんとうだった。言いたいことを抑えれば、自責の念を感じたのもほんとうだった。しかし、今の気分では自己を正当化して慰めをえることができなかった。令夫人はフィーリックスが彼女の息子であることを覚えておいてほしいと言った。そう言うとき、彼女は踏みつけにされた母の役割をみごとに演じた。彼はたいへん柔軟な心の持ち主だったので、彼女が間違っており、その息子が無価値であることをはっきり知っていても、徹底的に自分をとがめた。どちらを向いても、慰めはなかった。橋の上に半時間座っていたあと、ディナーに備えて着替えるため――弁解が受け入れられるものなら弁解の用意をするため――家へ向かった。待っていたかのように戸口に立っていたのはヘッタだった。ヘッタは彼が部屋に供えたバラを胸につけていた。近づいて行くとき、ヘッタの眼差しにこれまでに見たこともない優しさがこもっているように思った。

「カーベリーさん」と、ヘッタは言った。「ママがとても悲しんでいます！」

「お母さんの感情を害してしまったと心配しています」

「そのせいじゃなく、あなたがフィーリックスにとても――とても腹を立てているせいですの」

「言葉で言えないくらいお母さんを苦しめたことで、私自身が苦しんでいます」

「ママはあなたがどんなにいい人か知っていますよ」

「いいえ、そうじゃありません。たった今も非常に悪い振る舞いをしました。お母さんは私にたいそう腹を立てて、ロンドンに帰ると言い出しました」彼は間を置いてヘッタに話せるようにしたけれど、ヘッタにはそのとき何も言うことがなかった。「もしあなたがお母さんと一緒に怒って、私のうちを出て行くようなことにでもなったら、私はほんとうにみじめです」

「ママがそんなことをするとは思えませんね」

「出て行きませんか?」

「私は怒っていません。あなたに怒るなんてありえません。フィーリックスが立ち直ることを願うばかりです。若者は悪くなければならないと、年を取るにつれてだんだんよくなって行くと、噂に聞きます。兄は今シティでひとかどの人物、重役と言われています。ママは仕事が兄の役に立つと思っています」ロジャーはこの件でどんな希望も言い表すことができなかった。そうでなかったら、重役について是認しているような表情をすることもできただろう。「兄がどうして襟を正そうとしないかわかりません」

「ヘッタ、彼があなたに似ていたらと願うばかりですね」

「若い娘は男の方とはずいぶん違いますから」

ロジャーがカーベリー令夫人に正式に謝罪したのはディナーのずっとあと、夜遅くになってからだった。とはいえ、彼は謝罪して、最終的に受け入れられた。「フィーリックスのことを話すとき、あなたに無作法だったと思います。許してください」と彼。

「あなたは熱くなっていた。それだけです」

「紳士は淑女に決して無作法であってはなりません。お客さんに決して無作法であってはなりません。私を許してくださるといいです」令夫人は片手を差し出し、ほほ笑んで彼に応えた。それで、いさかいは終わった。

カーベリー令夫人はこの勝利によって何が手に入るかよく理解しており、性分からそれを徹底的に利用した。フィーリックスは今やカーベリーに来ていいし、ここからカヴァーシャムへ出かけて、求婚を続けてもよかった。カーベリーの主人はもうそれに反対することができなかった。フィーリックスは来ても、今や鼻であしらわれることはないだろう。ロジャーは前に厳しい言葉を使ったせいで、礼儀正しくしなければならないことを悟るだろう。カーベリー令夫人はこういう点を見逃さなかった。彼のほうもそれを納得した。彼は二人の客のためにできるだけ屋敷を居心地よくしようと努め、和やかに優しく振る舞った。しかし、彼はメルモット家とかかわってはならないと思う疑問の余地のない権利をだまし取られたように感じた。夕方にカヴァーシャムから伝言——というよりむしろ伝言の束——が届いた。ロジャーに宛てた伝言は、手紙のかたちになっていた。レディー・ポモーナは屋敷内にいっぱい客を抱えていたため、カーベリー・ホールでディナーをいただくことができなくなったことを謝った。レディー・ポモーナはカーベリー氏の親戚一行がホールに客として来ていることを耳にした。ついては、カーベリーの計画にいちばん都合のいい次の月曜か火曜に、カーベリー氏と親戚の一行にカヴァーシャムでロングスタッフ家のディナーを召しあがっていただけたらうれしいと言った。ロジャー・カーベリーに宛てたレディー・ポモーナの手紙の趣旨はそういうことだった。それに加えて、カーベリー令夫人と娘の招待状、さらにサー・フィーリックスのものもあった。

ロジャーは伝言を読むと、ほかの伝言をカーベリー令夫人に手渡して、どうしたいか尋ねた。彼がそう聞くとき、声の調子に前の辛辣さをうかがわせるところがあったので、令夫人はそれを耳に不快に聞いた。もっとも、彼女は勝利をどう利用するか心得ていた。「行きたいです」と、彼女は言った。

「私はもちろん行きません」と、彼は答えた。「しかし、あなた方をあちらへ送って行くのはお安い御用です。すぐ答えなければいけません。使用人が待っていますから」

「月曜がいちばんいいです」と、彼女は言った。「――つまり、誰もここにいらっしゃる予定がなければですが」

「ここには誰も来ません」

「私とヘッタと、――フィーリックスが招待を受けると答えるのがいいでしょう」

「私には何とも言えません」とロジャー。もしヘンリエッタが彼とここに残ることができたら、どんなに楽しいか、ヘンリエッタがメルモット家の人々に会うため、カヴァーシャムへ連れて行かれることが、どんなに好ましくないか考えた。哀れなヘッタは何も言うことができなかった。彼女はメルモット家の人々に会いたくなかったし、はとこのロジャーと二人だけでディナーをすることも望まなかった。

「それがいちばんいいでしょう」と、カーベリー令夫人は少し考えたあとで言った。「私たちを行かせてくださるだけでなく、送ってくださるなんてとてもご親切です」

「もちろんあなた方はここで好きなようになさっていいです」と、彼は答えた。しかし、彼の声にはカーベリー令夫人が恐れるあの調子がまだあった。十五分後、カヴァーシャムの使用人は二通の手紙を持って、帰路についた。ロジャーの一通は、レディー・ポモーナの招待を受け入れることができない残念の意を表したもので、カーベリー令夫人のもう一通は、月曜にカヴァーシャムでディナーをいただくことは、令夫人と息子と娘にとって、とても大きな喜びだと断言するものだった。

第十六章　主教と司祭

カーベリー令夫人が身内の家に到着した日の午後は大荒れだった。ロジャー・カーベリーが辛辣な態度を見せたから、令夫人はその厳しさに苦しんだという――あるいは残酷な目にあったという――印象をロジャーの心に強く残すように、とにかくうまく苦しむ振りをした。彼女はそのときすぐロンドンに帰ると言い、マナーにとどまることに同意したあとも、女性特有のひどい頭痛に悩まされた。彼女は主張を完全に通したけれど、大荒れのなかで通した。翌朝はとても穏やかになっていた。メルモット家の人たちに会う件には決着がついており、二度とそれについて話す必要がなかった。ロジャーは好きなときに軽四輪遊覧馬車を使ってよいと母娘に言ったあと、朝食後すぐ独りで農場に出かけた。「こちらの小道の馬車遊覧が、退屈ではないかと心配です」と、彼は言った。カーベリー令夫人は本があれば退屈しないと請け合った。彼は手初めに庭に入って、ヘンリエッタに持って行くバラを一輪摘み取った。彼はそれをヘッタに与えたあと、ただほほ笑んで立ち去った。月曜まで求婚のことは口にすまいと決意していた。もしヘッタを勝ち取ることができたら、母と兄がカヴァーシャムのディナーに出かけるとき、彼女に一緒にうちに残ってくれるよう頼むつもりでいた。ヘッタはバラを受け取るとき、彼の顔を見あげると、囁き声で礼を言った。ヘッタは彼の性格にある誠実さや道義心や正直を充分評価していたから、もし彼がはとことしての愛で満足してくれたら、はとことして心から彼を愛することができただろう！　彼女は胸中母や兄に逆らってロジャーの側につき始めており、ロジャーをもっとも安全な導き手として感じ始めていた。しかし、どうしたら愛していない恋人に導き手になってもらうことができるだろう?

「ここでね、あなた、いやな思いをするのではないかと心配です」とカーベリー令夫人。

「なぜそう思いますか、ママ?」

「とても退屈しそうです。あなたのはとこはほんとうに最良の友ですし、結婚すればイギリス紳士のなかでいちばんりっぱな夫になるでしょう。でも、今の彼の機嫌を見ていると、快い主人役にはなれそうもありません。メルモット家について彼は何と馬鹿げたことを言うのでしょう!」

「私はね、ママ、メルモット夫妻がいい人たちだとは思いません」

「夫妻はほかの人たちと同じようにいい人たちですとも。お願いですから、ヘンリエッタ、私はあなたの口からそんな馬鹿げた言葉を聞きたくありません。そんな言葉が哀れなロジャーの超人的な美徳から出て来るなら、我慢しなければいけません。でも、あなたは彼の真似なんかしないでください」

「ママ、それは彼に対して不親切だと思いますね」

「かわいそうなフィーリックスを独り立ちさせることができる人たち、独り立ちさせたいと願っている人たちの悪口をあなたが言うつもりなら、そっちのほうが不親切だと思いますね。あなたの一言が私たちのしていることをみな駄目にしてしまうかもしれません」

「どんな一言です?」

「どんな一言って?　どんな一言でもです!　もし何らかの影響力をあなたが兄に及ぼせるなら、この計画を急ぐよう兄を説得することにそれを使うべきです。相手の娘も充分乗り気なのは間違いありません。娘はあの子のことを父に伝えました」

「では、兄はなぜメルモットさんのところへ行かないのです?」

「あの子はお金のことでそのあたりに細心の注意を払っていると思います。フィーリックスがここの相続人であることや、やがてはカーベリーのサー・フィーリックス・カーベリーになることを、ロジャーが受け入れてくれたら、老メルモットにとっても難問がなくなると思います」

「どうしたら、はとこにそんなことが受け入れられます、ママ?」

「はとこが今のまま亡くなったら、そうなります。あなたの兄が相続人になります」

「まさかそんなことを本気で考えていないでしょう、ママ」

「私が考えることについて、どうしてあなたから指図されなきゃいけませんか? 息子のことを考えてはいけませんか? ほかの誰より私にとって身近な子じゃありませんか? 私が言うのはそういうことです。もしロジャーが明日亡くなったら、あの子がカーベリーのサー・フィーリックス・カーベリーになります」

「でも、ママ、彼は生き永らえてこれから子を作りますよ。作りますとも」

「彼がとても年を取っているので、あなたは会いたくないと言っていたじゃありませんか」

「そんなこと、言っていません。冗談で彼が年を取っているとは言いました。年を取りすぎているから結婚できないなんて、言ったことはありません。彼よりずっと年上の人が毎日結婚しています」

「彼はあなたから受け入れてもらえなければ、結婚しません。そういうタイプの人です。——何があっても変わらないほど堅苦しく、頑固で、古風です。彼は結婚のことでふさぎ込み続けて、年寄の人間嫌いになるでしょう。もしあなたが彼を受け入れてくれたら、私はとてもうれしいです。フィーリックスと同じようにあなたは私の子ですからね。でも、もしあなたが強情になるなら、資産も爵位も土地の名も、みな一つになることをメルモット家に理解してもらいたいです。そうなります。フィーリックスだって、そんな有利な条件を手に入れてもいいでしょう？」

「誰がそれをロジャーに切り出しますか？」

「ええ。――そこが肝心のところです。彼がとても激高するし、偏見に満ちているので、合理的に彼に話をさせることさえできません」

「ねえ、ママ。――まさかそれをもう彼にほのめかしていないでしょうね。――ここの土地が、彼が――亡く――なったら、フィーリックスのものになるなんて」

「そう言っても、一日でも早くロジャーを殺すわけじゃありません」

「たとえそうとしても、ママ、そんなことは切り出せないでしょう」

「子供のためなら、私は何でもやってのけますよ。でも、ヘンリエッタ、そんな顔をしなくてもいいです。そんなことを彼に言うつもりはありません。彼は身にまったく痛みを感じることなく、私たちにどれだけ限りない奉仕をすることができるか理解できないでいます」はとこはどんなこともすばやく察知することができるけれど、あまりにも誠実なので、提案されるような計画に加わることができないのだと、ヘンリエッタは喜んで母に答えただろう。しかし、彼女は答えないで黙っていた。こういう問題で母とのあいだに心のつながりを感じなくなっていた。彼女は母が駆使するようになったねじれた策略の迷宮を把握し、嫌い、ほとんど軽蔑し始めていた。とはいえ、非難を慎むことを義務と感じた。

その日［五月二十一日］の午後、カーベリー令夫人は息子に電報を打ったため、ベックレスにみずから馬車を御して出かけた。「月曜にカヴァーシャムでディナーの予定。できれば土曜に来られたし。彼女はいます」令夫人は電文の文言を練るとき、さまざまな思いにとらわれた。電報局の女事務員は「彼女」が誰か、カヴァーシャムにいると言われている人が誰かに気づくかもしれない。計画にも気づいて、大っぴらに話すかもしれない。とはいえ、与えられた好機がどれほど大きく、確かであるか、フィーリックスに理解させることは不可欠だった。彼は土曜に来て、月曜に戻ると約束していた。――それでも、確認しておかなければ、自身のことにかまけて、ロングスタッフ家の晩餐会を袖にしてしまうかもしれない。それに、月曜にだけ来るように言ったら、日曜に彼女に求婚する機会を逃してしまうかもしれない。できるだけ長く息子にこちらに滞在させておくのが令夫人の願いだった。女相続人がすでに近くにいるという情報くらい、彼を確実にこちらに近づけ、引き留めておくものはないだろう。令夫人は電報を打ったあと、帰って来て寝室に閉じこもり、『朝食のテーブル』のために一、二時間記事を書いた。誰からも彼女が怠惰のそしりを浴びることはないだろう。その後、彼女は庭を独りでぐるぐる歩き回り、新しい本の計画を内々で決めた。何が起ころうと耐えるつもりでいた。たとえカーベリー家が不運だとしても、それは彼女の過ちによるものではなかった。一方、ヘンリエッタは一日中独りですごした。はとこがディナーの前に応接間に現れるまで、朝食からずっと彼に会わなかった。しかし、彼女はその日一日はとこのこと――彼がどれほど優れており、どれほど誠実で、どれほど彼女の好意を求める完璧な資格を具えているか――を考えた。母は彼女、ヘッタ、に対する彼の愛のせいで彼のことをほとんど死んで埋葬された人のように話した。彼がはなはだ志操堅固だったので、もし彼女、ヘッタ、と結婚できなかったら、結婚しないまま埋もれるというのはほんとうだろうか？　彼女は以前より優しい気持ちでロジャーのことを考えるようになった。とはいえ、彼を愛しているとどうしても認めることができなかった。愛していなくても、身をささげることがたぶん彼女の義務であるかもしれない。――なぜなら、彼がとてもいい人だったから。しかし、彼女は彼を愛していないと確信していた。

夕方、主教とその妻イエルド夫人、それにイアドリーのヘップワース夫妻、さらにベックレスの司祭ジョン・バラム神父がやって来た。みんなで八人になった。ディナーのテーブルに男女が入り混じる集まりでは、

――特に主人の向かい側に座る特権と義務を有する女主人がいない場合――、この人数が最良だ。今回はヘップワース氏が宴会の主催者の向かい側に座った。主教と司祭は向かい合って座った。婦人たちが四つの角に座った。ロジャーは席順について誰とも相談しなかったが、いろいろ思い巡らして、客がくつろげるように処理するのが主人役の義務だと信じた。応接間では若い司祭を特に丁重に扱って、まず彼を主教と夫人に紹介し、次に身内に紹介した。ヘンリエッタはその夜ずっとロジャーに目を注いで、屋敷内では彼はまさに礼儀の鏡だと心でつぶやいた。彼女はなるほどこれまでこういうことをみな見てきた。ただし、彼女が妻になろうとせず、子の母になろうとしないから、ロジャーが妻もなく、子もなく死ぬのだと母が言って以来、彼女は今見るように彼を見たことがなかった。

主教は六十歳、とても健康で、灰色になってきた髪の、澄んだ目、親切そうな口、少し二重になった顎を持つ美男子だった。身長はほぼ六フィート。聖職者用の半ズボンと聖職者用の靴下をはくために創られたような脚、広い胸、大きい手の持ち主だった。彼は主教職以外にも資産を持っていて、ロンドンへ行かなかったし、金を使う子供もいなかったから、田舎で貴族的な生活を送ることができた。貴族のような生活をして、非常に人気があった。周囲の貧しい人々から偶像視され、教義上一方にも他方にも熱狂的になれない主教区内の聖職者から、模範的な主教と見られていた。もっとも、非常に高い高教会派や、非常に低い低教会派からは、――つまり、儀式中心主義を神々しいと見る人々や、それを極悪非道と見る人々からは――、彼は時勢に迎合する者として見られた。なぜなら、彼はどちらのボートに乗っても船出しようとしなかったからだ。けれども、彼は利他的な人であり、自己を愛するように隣人を愛し、あらゆる罪過を許し、日々のパンを心から神に感謝し、誘惑を免れるよう心から祈った。しかし、人が信条を持つ前にそれを理解し、明確にしなければならないとするなら、彼に信条を教える能力があるか、――信条を持つ能力すらあるか、私は疑う。彼が疑念から自由だったか、それとも疑念に脅かされていたか、誰にもわからない。たとえ疑念に脅かされていたとしても、彼は妻にさえそれを囁かなかった。彼の声の調子や目の表情から判断すると、こういう問題に関する疑念が、こういう立場に置かれた人に確かにもたらすあの苦悶の痛手を、彼の場合、とどめていなかったと言っていい。一方において、彼は信仰のことを話さないとか、信仰の根拠となる理由を他人と議論しないとか、そんなことが言われた。それでも、彼は短くて、要をえた、有益な道徳的説教を勤勉に説いた。また、聖職者の福祉を増進させることに倦むことがなかった。彼の館は聖職者とその妻のために開かれていた。彼の主教区内の教会建物は、みな彼の配慮のもとにあった。彼は学校経営に精を出し、貧者の状況を改善することに熱中した。とはいえ、人の魂がつねに信仰に従って生き、死なければならないことを、彼が男女に断言することはなかった。イギリスにはおそらくエルムハム主教ほど主教区で愛される、有益な主教はいなかった。

ベックレスに最近任命されたローマ・カトリックの司祭、ジョン・バラム神父くらい主教に敵対的な人物を考えることはできないだろう。――とはいえ、二人は二人ともきわめていい人たちだった。ジョン神父はせいぜい五フィート九インチの背丈だったが、外見上たいそうほっそり痩せて、衰弱していたので、身をかがめない限り、背の高い人と見られていた。髪は暗褐色で濃く、彼の教会の慣例に従って短く刈られていた。ところが、彼が絶えず両手で髪をくしゃくしゃにしたので、短かったけれど、ぼさぼさで櫛が通っていなかった。長い巻き毛が額にほつれていたもっと若いころ、彼は精力的に話すとき指でそれをかきあげる習慣をつけて、それ以来その習慣をやめていなかった。議論するとき、絶えず髪をかきあげて、それから片手を頭のてっぺんに置いて座っていた。高くて広い額、大きな青い目、細く長い鼻、非常に痩せてくぼんだ頬、かたちのいい大きな口、四角い頑丈な顎の持ち主だった。教会の職務上届く不充分な食料や衣類を除くと、世俗的な持ち物をまったく持たなかった。もっとも、ジョン・バラム神父くらいそういう世俗的な問題に無関心に暮らす人はいなかった。彼はちょっとした資産を持つイギリス田舎紳士の年下の息子で、一家のものである聖職禄に就くためオックスフォードへ送られた。それなのに、叙任の直前にローマ・カトリックであることを宣言した。家族はこれにひどく憤慨したものの、喧嘩別れをするまでには至らなかった。ただし、それも彼が妹を転向させるまでの話だった。家から追放されたとき、まだ手紙でほかの妹の転向を実現しようと画策していた。そして今は、父の心と配慮から完全に異邦人となっていた。それでも、彼はこれについて決して不満を漏らさなかった。信仰のゆえに苦しむのは彼の計画の一部だった。もし迫害や零落や貧困なしに信条を変えることができたとしたら、転向を快適なものとも、満足のいくものとも思わなかっただろう。父が新教徒として――新教徒と異教徒とは彼の心のなかでは一緒だった――、カトリックである彼と争うのは正しいと思った。とはいえ、彼は父を愛していたから、父が真実を見て彼と同じカトリックになるよう、はてしなく祈って、誓願で聖人たちをうんざりさせた。

人は信じて従うこと、ほかの一人あるいは多数の世話のために自己の言い訳を捨て、あらゆる問題で権威に導かれること、それがすべてだと彼は見ていた。信仰だけが充分なものであり、信仰それ自体が何よりもたいせつだったから、道徳的な行動は信仰のあかしとして以外に意味がなかった。彼の場合、信仰が従順さを生み出すほど確かなものだったから、道徳的な行動はやはり付加的なものだった。教会の教義がバラム神父にとってはほんとうの宗教だった。ときがよくても悪くても[1]教義を教え、いつも進んで教義の真実の証明に身をささげ、いかなる敵も恐れず、彼の忍耐が生み出す敵意さえも恐れなかった。信仰を世界に広めるために役割をはたすという、一つの義務しか彼の眼中にはなかった。全生涯の苦闘を通して、たった一人しか転向させられないこと、一人を半分しか転向させられないこと、未来の転向が可能となるように一人の思考をただ混乱させること、そういうことで終わるかもしれない。それでも、それがなされた仕事になるだろう。種をまくことが許されるなら、種をまこう。しかし、種をまくことができなくても、少なくとも土地は耕すつもりでいた。

彼は最近ベックレスに来た。彼が生まれも教育上も紳士であることを、ロジャー・カーベリーは見て取った。彼が非常に貧しいことも知ると、ロジャーはとうとう彼の世話を始めた。若い司祭は隣人のもてなしを受けることをためらわなかった。食事を欠く状態だったので、カーベリーでディナーができたらうれしいとあるとき笑って言った。彼は庭や養禽場から贈り物を受け取るとき、貧しすぎるので、断ることができないと断言した。ロジャーは神父が体現する外見上の率直さに魅了された。それで、バラム神父が冬のある夜にカーベリーの居間で、主人を転向させようと試みたときも、神父はその魅力を失っていなかった。「私はあなたの宗教を完全に尊敬しています」と、ロジャーは言った。「しかし、それは私に合いません」司祭は信念に固執した。種をまくことはできなくても、土地を耕すことはできる。こういうことが二度、三度と繰り返された。ロジャーはそれを不快に感じ始めた。しかし、この司祭は真剣で、その真剣さゆえに尊敬に値した。ロジャーは彼にうんざりしたけれど、そんな彼の教えで傷つくことはないと確信した。その後、彼はこの十二年間エルムハムの主教と懇意にしてきたことと、――説教壇からを除くと――、主教の口から一言も宗教的な教えを耳にしたことがないことにある日ふと思い当たった。それなのに、信条という点で隔てられているこのよそ者の司祭は、いつも信仰について彼に話しかけてきた。ロジャー・カーベリーはあまり深く考えるたちではなかったが、主教のやり方のほうがこの二つのうちでは好ましいと感じた。

カーベリー令夫人はディナーのとき、満面に笑みを浮かべて、愛想よかった。彼女に目を向けたり、耳を傾けたりした人たちは、彼女が多くの問題を抱えて悲嘆に暮れているなどとは、一人として思わなかった。

彼女は主教とロジャーのあいだに座って、一方を放置することなくそれぞれに巧みに話しかけた。彼女は以前から主教を知っており、あるとき魂について相談したことがあった。主教の回答の最初の口調を聞いて、過ちを犯したことを悟り、二度とそれを繰り返さなかった。彼女はふつう精神についてはアルフ氏と、心についてはブラウン氏と、体――と体の欲求――についてはブッカー氏と話した。魂についても適切なときに話す用意ができていたが、とても賢かったので、主教にさえそれを押しつけることはしなかった。今彼女はカーベリーとその周辺の魅力で頭がいっぱいだった。「ええ、その通り」と、主教は言った。「サフォークはとてもいい州だと思います。ここはノーフォークからたった一、二マイルしか離れていないから、ノーフォークも同じことが言えるでしょう。『自分の巣を汚すのは悪鳥』ですね」

「雰囲気が残っている州が好きです」と、カーベリー令夫人は言った。「スタッフォードシャーやウォリックシャー、チェシャーやランカシャーでは大きな町が増えて、地域の特徴を失いました」

「私たちの州はまだ名も評判も保っています」と、主教は言った。「ぼうっとしたサフォーク！[2]」

「でも、その形容辞はふさわしくありませんね」

「ほかの一般的な形容辞と同じく役に立ちます。私たちは眠そうな、活気のない民草だと思います。ご存知の通り、石炭も、鉄もありません。湖水地方のように美しい景観もありません。スコットランドのように釣りにいい川も、シャーのつく中部諸州のように狩りができる土地もありません」

「ヤマウズラがありますね！」と、カーベリー令夫人はかなり力を込めて訴えた。

「そう。ヤマウズラや、きれいな教会や、ニシン産業[3]があります。あまり多くのことを期待しなければ、私たちはとてもうまくやれるでしょう。大都会のように人口が増え、倍増するようなことはありません」

「まさしくその理由で私はイギリスのこの地方がいちばん好きです。密集した人口が何の役に立ちますか？」

「地は人で満ちなければいけませんよ、カーベリー令夫人」

「ええ、そうね」令夫人は主教が神の計らいにふれているのだと感じて、少し尊敬の念を声に込めた。「この世は人で満ちなければなりません。でも、私としてはロンドンより田舎のほうが好きです」

「私もです」と、ロジャーは言った。「それにサフォークが好きです。人々の心は温かくて、過激主義はほかのところほどひどくはびこっていません。貧しい人は手で帽子にふれて挨拶し、裕福な人は貧しい人のことを考えます。古いイギリスの習慣のかなりの部分が私たちのなかに残っています」

「とてもすばらしいです」とカーベリー令夫人。

「古いイギリスの無知もかなり残っています」と、主教は言った。「それでもやはり、世界のよその人々と同じように私たちもたぶんよくなっています。ここでは何と美しい花が育つのでしょう、カーベリーさん！少なくともサフォークでは美しい花を育てることができます」

主教の妻イエルド夫人は、隣に座っている司祭をじつのところ少し恐れていた。夫人は新教主義に対して夫よりおそらく少し強い忠誠心を保っていた。夫人はバラム氏がローマ・カトリックの司祭になったとき、紳士もやめたわけではないことを喜んで認める一方、彼女あるいは夫が彼と親しくなることが当をえたことかどうか判然としなかった。カーベリー氏は司祭の来訪を知らせたうえで主教夫妻を屋敷に招待していた。司祭が一緒に招かれているという通知が届けられたとき、主教は司祭に会えたらとてもうれしいと明言した。しかし、イエルド夫人は懸念を抱いたから、主教が意見を表明したあと、あえて彼女の意見を主張しようとはしなかった。とはいえ、彼女は正しいものは正しいし、悪いものは悪いと、――ローマ・カトリックは悪いから、それゆえ掣肘されなければならないと――思った。司祭がいなくなれば、ローマ・カトリック教徒もいなくなるとも思った。バラムが疑いなく良家の出であり、そこに少し問題があった。バラム氏はいつも少しずつ接近した。にじり寄り作戦を始めるときの彼の無口な謙虚さは、親しさが深まったときの熱心な流暢さと正確に比例した。イエルド夫人は少し丁寧な言葉で彼に話しかけるのがふさわしいと思った。彼は内気に控えめに答えて、夫人が抱いている司祭という職業への嫌悪をほとんど払拭した。夫人は物質的に恵まれない状況にだけふれるようにとても注意して、ベックレスの貧しい人々のことを話した。なるほどビールはおびただしく飲まれ、若い娘たちは華美な服装をしていた。毎日曜に見られるあのすばらしいボンネットの代金を、彼らはどこで手に入れているのか？　バラムはじつに柔和で、言われたことにみな賛同した。疑いなく彼はイエルド夫人を説得して、夫の公邸で定期的にミサをあげさせようと即座に計画を立てた。しかし、今回はまだその話を持ち出そうとしなかった。司祭が予期せぬかたちで「私たちの信者」の優れた教会出席率にふれたとき、イエルド夫人は初めて居住まいを正して、近ごろ大雨が降りましたねと言って話題を変えた。

女性たちが退席すると、主教はすぐ司祭と会話を始めて、ベックレスの風紀について質問した。司祭の「信者」はほかの人たちよりずいぶん貧しいが、道徳的であると、バラムははっきり言った。「しかし、アイルランド人はいつも酒を飲んでいますよ」とヘップワース氏。

「イギリス人ほどたくさん飲んでいないと思いますね」と、司祭は言った。「私たちがみなアイルランド人だと思うのは間違っています。私の会衆の大部分はイギリス人ですから」

「私たちが隣人についてこれほど無知だとは驚きです」と、主教は言った。「私たちのまわりにあなたの宗派の人たちが一定数いることはもちろん知っています。実際、この主教区にいる正確な人数をあげることもできます。しかし、ローマ・カトリックとわかっている家族の所在を私のすぐ近くに見つけることはできません」

「いないからではありませんよ、閣下」

「もちろんそうでしょう。言った通り、私が隣人を知らないからです」

「ここサフォークではおもに貧しい人たちだと思いますよ」とヘップワース。

「最初に救い主を信仰したのはおもに貧しい人たちでした」と司祭。

「類同関係が正しく言えるとは思いませんね」と、主教は奇妙な笑みを浮かべて言った。「ここの人たちは古い信仰にまだ縛られている貧しい人たちです。救い主は新しい宗教の師でした。心の素朴な貧しい人たちが、新しい宗教の真理を認める最初の人たちでなければならないというのは、人間性についての私たちの考えと一致しています。しかし、古い信仰が金持ちによって捨てられたあとも、貧しい人たちのところにまだ残っているというのは、容易に理解できないことです」

「貴族が神をたんに役立つお化けとして見るようになったとき」と、カーベリーが言った。「ローマの庶民はまだ神を信じていましたね」

「貴族は表面上信仰を捨てていませんでした。主人や支配者も信仰にすがりついていると思って、庶民も信仰にすがりつきました」と主教。

「貧しい人たちはいつも地の塩(4)でした、閣下」と司祭。

「それは論点を巧みに避けていますね」と、主教は言い、主人役のほうを向くと、主教公邸の豚小屋に最近入った豚の繁殖について話し始めた。バラム神父はヘップワース氏のほうを向くと、議論を続けた——というか、別の議論を始めた。州内のカトリック教徒がみな貧乏だと思うのは間違いで、A家やB家やC家やD家がある。司祭はその名をみな知っており、彼らの誠実さを誇りに思っている。これらの忠実な人たちは司祭にとってまさしく地の塩だ。彼らはいつの日かその忠誠心で、イギリスを俗人たちの汚れのないもとの状態に戻すことができるだろう。主教は多くの隣人がどの教会に属しているか知らないと正直に言った。しかし、バラム神父はこの州に来てまだ十二か月しかたっていなかったが、この地域内のほとんどすべてのローマ・カトリック教徒の名を知っていた。

「あの司祭はとても熱心な人ですね」と、主教はのちにロジャー・カーベリーに言った。「すばらしい紳士に違いありません。しかし、たぶん少し軽率ですね」

「彼は個人の世俗的な幸せを無視して、導きの光に従ってできる限りのことをしているから私は好きです」

「それは非常にりっぱなことです。進んで彼を尊敬します。しかし、彼がいるところでは自由に話したくなくなると思います」

「彼が他言をしないのは確かですよ」

「他言はしないでしょう。しかし、いつも私を出し抜こうと考えているようです」

「あれが報われるとは思いませんね」と、帰宅したとき、イエルド夫人は夫に言った。「もちろん偏見は持ちたくありませんが、新教徒は新教徒、ローマ・カトリック教徒はローマ・カトリック教徒です」

「自由党員と保守党員についても同じように言えそうですね。しかし、政党間なら会うのを避けるところまでは行かないでしょう」

「その点は同じじゃありませんね、あなた。結局、宗教は宗教です」

「当然そうです」と主教。

「あなたと言い争うつもりはもちろんありません、あなた。でも、私はバラムさんとまた会いたいと思いません」

「私も思いませんね」と、主教は言った。「しかし、もしまた会うようなことになったら、彼を丁重に扱いたいです」

註

（1）「テモテへの第二の手紙」第四章第二節。

（2）原文は Silly Suffolk。長く使われていることわざ的あだ名で、silly には holy（古英語の *selig*）から pathetic and weak まで幅広い歴史的意味があるという。

（3）Lowestoft は十九世紀にニシン産業の中心だった。

（4）「マタイによる福音書」第五章第十三節。

第十七章　マリー・メルモットが愛の話を聞く

翌朝［五月二十二日］(1)、フィーリックスから電報が来た。彼はその日の午後ベックレスに列車で到着する予定で、カーベリー令夫人の依頼でロジャーは迎えの馬車を駅に出すことを引き受けた。ロジャーは依頼された通りにしたのに、フィーリックスは到着しなかった。ディナーを三十分遅らせれば、それに間に合うように到着する汽車がもう一本あった。令夫人は優しい表情を浮かべ、ほとんど言葉を発することなく、息子のために身内に訴えた。ロジャーはいつも不快なときに無意識にするように眉を寄せつつも、それを受け入れた。それから、馬車をもう一度出さなければならなかった。馬車や馬車馬は今カーベリーの屋敷内に多くなかった。郷士は遊覧馬車と一対の馬を所有していたが、家の用事で使わないときは、それを農場で使っていた。彼自身は汽車で駅に着いたとき、家まで徒歩で帰り、手荷物は安い運搬手段で運んでもらった。この日すでに馬車を一度出していたにもかかわらず、カーベリー令夫人から出してほしいと一言言われたあと、今またそれを出した。とはいえ、彼はこれに強い不満を感じた。母にとって、息子は准男爵という身分と階級のためだけでなく、――当代一の大女相続人との結婚をめざす意図のためにも、特別な配慮に値した。ロジャー・カーベリーにとって、フィーリックスはどんな尊敬にも値しない特別虫の好かぬ邪悪な若者だった。それなのに、ディナーが遅らされ、遊覧馬車が送られた。しかし、馬車はまた空で帰って来た。ロジャーとカーベリー令夫人とヘンリエッタはその夜をじつに陰気にすごした。

午前四時ごろ、准男爵の到着で家中の者が起こされた。彼は午後のどの汽車でもロンドンを発つことができず、どうにか夜の郵便列車に乗って、どこか遠い町で降ろされた。そこからカーベリーまで馬車で旅をして来たのだ。ロジャーは彼を迎えるため化粧着で降りて来た。令夫人も部屋を出て来た。サー・フィーリックスはこれほどの難儀を切り抜けて来たことで、明らかに大物の気分でいた。ロジャーはぜんぜん違った意見を持っていたから、ほとんど何も言わなかった。「まあ、フィーリックス」と、母は言った。「こんなに私たちを怖がらせるなんて!」

「トロット(2)がほとんどできない一対の老いた痩せ馬で、十五マイルも旅しなければならないとわかったときは、ぼくのほうが怖かったです」

「でも、なぜ自分で指定した汽車で来なかったの?」

「シティから出られませんでした」と、准男爵は用意しておいた嘘をついた。

「重役会があったのじゃありません?」フィーリックスはこの問いかけに直接答えなかった。ロジャーは重役会などなかったことを知っていた。メルモット氏がこちらの田舎にいたから、重役会なんかありえなかったし、サー・フィーリックスにシティで仕事なんかなかった。まったくずうずうしい、白々しい言葉で、正真正銘の嘘だった。若者自身がぜんぜん歓迎されない客であり、ロジャーがまったく是認しない計画の遂行のためにここにやって来て、今彼と一家を朝の四時に叩き起こし、謝罪の言葉すら口にしなかったのだ。

「無作法なやつ!」と、ロジャーは歯をぐっとかみ締めてつぶやいた。それから、「お母さんをそんなところに立たせておかないほうがいいね。私が部屋に案内します」と大きな声で言った。

「了解しました」と、サー・フィーリックスは言った。「こんなふうにご迷惑をおかけしてほんとうに申し訳ありません。ですが、寝床に向かう前に、炭酸割のブランデーをほんの少しいただけたらと思います」ロジャーはこれでさらに一撃を受けた。

「炭酸水があるかどうかわかりません。あってもどこにあるかわかりません。一緒について来れば、ブランデーは差しあげられます」ロジャーは不快な、みだらな飲み物でもあるかのような口調で「ブランデー」という語を発音した。彼はみじめな仕事をしなければならなかった。この無作法者——このやくざ！——に給仕するため、階段を登り、鍵を取って来ることを強いられた。それでも、彼はそれをした。この無作法者は少なくとも主人の不機嫌に妨げられることなく、水割のブランデーを飲んだ。若者は寝床へ向かう前に、その日は昼食まで姿を見せないかもしれないとほのめかして、朝食はベッドまで持って来てほしいと言った。「絞首刑になるために生まれてきたようなやつ」と、ロジャーは自室に向かうとき独りつぶやいた。——「絞首刑に値するやつですよ」


翌朝は日曜で、——フィーリックスを除いて——みな教会へ行った。カーベリー令夫人はロンドンの自宅にいるときは教会へ行かなかったが、田舎にいるときはいつも教会へ行った。それは早めのディナーや長い散歩と同じように、田舎の生活にぴったり合った道徳的習慣だった。もし教会へ行かなかったら、主教がきっとそれを知って、不快に思うだろうと令夫人は想像した。彼女は主教が好きだった。一般的に主教という職が好きで、主教とのつき合いのために犠牲を払うのは女の義務だと承知していた。教会へ行く目的については、生涯に一度も考えてみたことがなかった。教会から帰って来る途中、応接間の開いた窓のすぐ前の砂利道で、一同はサー・フィーリックスが葉巻を吸っているのを見つけた。

「フィーリックス」と、はとこが声をかけた。「もう少し離れたところで葉巻を吸ってください。うちのなかが煙草の煙でいっぱいになります」

「おやまあ、——何という偏見！」と准男爵。

「それならそれでいいですから、私が言うようにしてください」サー・フィーリックスは葉巻を口から離すと、砂利道に投げ捨てた。ロジャーはそこまで歩み寄ると、忌々しい葉巻を蹴飛ばした。これがこの日の二人の最初の挨拶だった。

昼食のあと、カーベリー令夫人は息子と一緒に散歩に出て、すぐカヴァーシャムへ行くように彼を促した。

「どうやって行けばいいですか?」

「はとこが馬を貸してくれます」

「彼は頭痛持ちの熊のように不機嫌ですね。ぼくよりずいぶん年上で、はとこでもあり、そのほかいろいろ遠慮すべき点はあります。ですが、彼の横柄な振る舞いに我慢したくありません。あんな態度じゃなかったら、前庭に行って、当然馬と鞍を貸してくれるように頼みます」

「ロジャーは家財や使用人をあまり抱えていませんから」

「馬と鞍と馬丁くらいは持っていると思いますね。たいそうな支度はいりません」

「彼は昨日二度も駅に迎えを出したので、いらいらしています」

「小さな不満をいつまでもくすぶらせているようなやつは嫌いです。ああいうやつは他人に時計仕掛けのように動くことを求めます。自分のように張りつめるまでゼンマイが巻けないからといって、他人を侮辱します。馬を貸してくれと、他人に頼むように頼んでみます。あいつはたとえ気に食わなくても、それに我慢するしかありませんね」この三十分後、彼ははとこを見つけた。「今日の午後、カヴァーシャムへ行くのに馬を貸してもらいたいんですが?」と彼。

「日曜に馬は出しません」と、ロジャーは言うと、間を置いてから続けた。「馬は使っていいです。そう指示しておきます」サー・フィーリックスは火曜にはいなくなる。このいやなはとこがカーベリー・ハウスに再び入って来るようなことがあったら、それは彼、ロジャー、の側に非があるということだろう！　フィーリックスが前庭から馬で出て行くとき、彼は心でそう断言した。しかし、フィーリックスがカーベリーの所有者になることもありうることにすぐ思い当たった。それに、もしヘンリッタがカーベリーの女主人になるなら、――まだその可能性はある――、兄をうちに招き入れないように妻に命じることはできないだろう。彼はしばらく橋の上に立って、馬の足音を聞きながら、はとこが路上をキャンターで駆け去るのを見た。この若者はどの点からも胸をむかつかせた。友人の馬を路上においてキャンターで駆けさせることができるのは、淑女に限られることは誰でも知っている。紳士は自分の馬であろうと友人の馬であろうと、路上ではトロットで駆けさせるのがふつうだ。ロジャー・カーベリーは鞍を載せる馬を一頭しか、――友として愛するお気に入りの老ハンター種を一頭しか――、持っていなかった。今この愛する老友は、おそらく昔ほど足がよくないのに、あの忌まわしい若造によって険しい道をギャロップで駆けさせられていた！「炭酸割のブランデー！」と、ロジャーは今朝の当惑を思い出して、独り大声で叫んだ。「やつはいつか病院で振顫譫妄で死ぬだろう！」

ロングスタッフ家が、新しい友人であるメルモット家をカヴァーシャムで歓迎するため、ロンドンを発つ前、父のロングスタッフ氏と勝ち気な娘のジョージアナは協定を取り決めた。娘はしとやかに丁重に客をもてなすことを約束した。これは国に例えるなら最友好国待遇条項と呼ばれていいだろう。老メルモットが紳士であり、マダム・メルモットが淑女でもあるかのように、メルモット一家は扱われることになった。このお返しとして、ロングスタッフ家は再びロンドンに上京することが許された。ただし、父はここでもう一つ条項を通した。再開されるロンドンの滞在は、ほんの六週間ということになった。ロングスタッフ家は七月十日には年の残りをすごすため、田舎にまた移動することになった。外国旅行の話が持ち出されたとき、父は激しく拒否した。「いったいどこから金が出て来ると思うんじゃ！」ほかの人たちは外国へ行く金を持っていると、ジョージアナが主張したとき、父はもし頭の上に家があれば、幸運と思うときが来ると娘に言った。父が前にも一度ならず同じ脅迫をしたことがあったから、娘はこれを言葉の効果をあげるためのただの文法違反だと解釈した。協定は非常に明瞭であり、これにかかわる当事者は公明正大にこれを実行する用意があった。メルモット家はじつに丁重にもてなされ、ロングスタッフ家はロンドン屋敷から家具を撤去しなかった。

ドリーがマリー・メルモットと結婚すればいいという考えは、家族の女性たちのあいだでときどきほのめかされていたが、本気で考えられたことはなく、打ち捨てられた。ドリーはつまらぬ愚行を繰り返していたものの、はっきりした意志を持っていたから、家族のなかで敵なしだった。父や母から説得を受けて何かをすることは一度もなかった。ドリーにはマリー・メルモットと結婚する気などまったくなかった。それゆえ、ロングスタッフ家はサー・フィーリックスが田舎にやって来ると聞いたとき、カヴァーシャムで准男爵をもてなすことに特段異議を唱えなかった。彼はマリー・メルモットのお気に入りとして、最近ロンドンで噂になっていた。ジョージアナ・ロングスタッフはニダーデイル卿に恨みを抱いていたので、どちらかというとサー・フィーリックスの上首尾に好意的だった。メルモット家が到着してすぐ、彼女はサー・フィーリックスの動向をマリーに一言うまく伝えた。「あなたのご友人が月曜にこちらにディナーにいらっしゃいますよ、ミス・メルモット」マリーは新しい知人の豪華さと、規模の大きさと、行き渡る階級的な高慢さにそのときまだ当惑していたから、これにほとんど答えることができなかった。「サー・フィーリックス・カーベリーをご存知でしょう」と、ジョージアナは続けた。

「ええ、サー・フィーリックス・カーベリーは知っています」

「彼はとこの家に来ています。カーベリー・マナーは、彼が気に入るような場所じゃありませんから、あなたの輝く瞳のためにそこに来たんでしょう」

「私のために来ているとは思いません」と、マリーは赤面して言った。マリーは父のところへ行ってほしいと一度だけ准男爵に言った。それが彼女の言える限度であり、恋人の求婚を受け入れることと同じだと思っていた。それ以後、彼女は准男爵に会うこともあったが、恋人の口から求婚を進める言葉を聞かなかった。彼女の知る限り、恋人が父と話をすることもなかった。とはいえ、彼女はほかの求婚者たちの慇懃な振る舞いを断然断ってきた。フィーリックス・カーベリーに恋していると彼女は心を定めて、志操を固める決心をした。しかし、この男の不実を恐れて、不安になり始めていた。

「彼があなたの特別な友人だと噂に聞きました」とジョージアナ。すると、マリーはマダム・メルモットでさえ顔を青ざめる下品な大笑いをした。

サー・フィーリックスは日曜の午後に淑女たちがみな芝生に出ているのを見た。メルモット氏がそこにいるのも見た。アルフレッド・グレンドール卿が――ロングスタッフ家の誰かに好かれているからというのではなく、大重役の扱いに役立つからというので――、ぎりぎりの最後に招待された。アルフレッド卿は大重役と親しくしており、彼に話しかけることができ、飲食の好みに精通していた。それゆえ、卿はカヴァーシャムに招待され、すべての出費を大重役持ちでやって来た。サー・フィーリックスが到着したとき、卿は東屋でメルモットと会話を交わしていた。卿は冷たい飲み物と葉巻の箱を前に置いて、この世は何と苛酷なところだろうとそのとき考えていた。レディー・ポモーナは生気に欠けていたとはいえ、もてなしの点で礼を欠くことはなかった。女主人はマダム・メルモットを相手にして、夫と交わした協定上の役割をはたすことに最善を尽くした。ソフィアは近所の若い郷士ホイットステーブル氏と少し距離を置いて歩いていた。ソフィアが今二十八歳になると噂されるとき、――年齢を確認した人は三十一と正直に言っただろう――、ホイットステーブル氏が彼女のお相手として充分りっぱであるか、少なくともこの程度ならいいと見なされたので、この郷士もカヴァーシャムに招待されていた。ソフィアは美しかったが、大仰な、冷たい、野暮ったい美しさを特徴としたから、ロンドンでは必ずしも成功しなかった。一方、ジョージアナは幾多の求婚者を拒絶してきたせいで、友人たちから姉より賞賛され、誇りに思われていた。他方、犯してきた数多くの失敗についても友人たちからよく噂された。それでも、彼女は頭を高く掲げて、田舎のホイットステーブルたちを相手にするところまで、まだ気位を落としていなかった。現時点ではお相手を見つけられなかったので、彼女は父との協定をしっかりはたすことに身をささげた。父が協定上の役割をはたさずにいられなくなるほど献身的だった。

サー・フィーリックスは庭の椅子に腰かけると、数分間レディー・ポモーナやマダム・メルモットと会話を交わした。「美しい庭ですね」と、彼は言った。「あまり庭に関心はありませんが、もし田舎に住むとしたら、こういう庭が好きです」

「気持ちがいいですね」とマダム・メルモット。彼女は欠伸を押し殺し、喉のまわりにショールを持ちあげた。五月末の気候はそのころとしてはとても暖かかった。ただ、マダム・メルモットはじつのところ庭に出て座っているのが好きではなかった。

「ここはいいところじゃありません。でも、うちのなかは快適です。うちで我慢しましょう」とレディー・ポモーナ。

「なるほどたくさんガラスがあって温室状態になっていますからね」と、サー・フィーリックスは言った。「田舎で生活するなら、こんな生活が好きです。カーベリーはじつにみすぼらしいです」

カーベリーの資産と地位が、まるでロングスタッフのそれと比較できるかのように彼が言ったから、女主人はこの言葉に気を悪くした。ロングスタッフはひどく金に困っていたとはいえ、大きな一族だった。「小さなところとしては」と、レディー・ポモーナが言った。「カーベリーは州でいちばんいいところです。もちろん広くありませんがね」

「ええ、ほんとうに」と、サー・フィーリックスは言った。「そう言っていいです、レディー・ポモーナ。まわりにあの堀があって、ぼくには牢獄のようです」それから、彼は急に立ちあがると、マリー・メルモットとジョージアナに合流した。ジョージアナはしばらくでも協定の遂行から解放されるのがうれしくて、すぐ二人だけにして立ち去った。彼女の理解によると、今勝算がある馬はニダーデイル卿とサー・フィーリックスだった。彼女はサー・フィーリックスをあまり助けることができなかったが、とにかくニダーデイル卿を排除したかった。

サー・フィーリックスは求婚という仕事を抱えており、――意欲が続く限り――、それを進んでやりたかった。褒美がたいそう大きく、富による満足がとても確実だったから、この男ですら努力をしようという気になった。古い辻馬車で汚い道を一晩中旅して、サフォークにやって来たのもこの思いのためだった。彼はマリー・メルモットが少しも好きではなかった。人を好きになることは彼の手に負えぬことだった。この娘が嫌いというのではなかった。彼は感情を害されたとき以外に、人を強く嫌う気になれなかった。メルモットの資産の一部を我がものとする手段としてのみ、この娘を見ていた。女性の美しさについては、彼なりに意見と好みがあった。そんな魅力について決して無関心というわけではなかった。マリー・メルモットは、そういう見方からすると、彼にとって何の魅力もない娘だった。とは言うものの、この娘は輝く若さを具えて、かわいかった。この世のすばらしいものを享受したいという初期の熱望と、それと結びついた慎ましい内気な振る舞いのゆえに、かわいかった。彼女はこの世でひとかどの人物になろうと心であがいており、怖がらなくてもいい友人を近くに持つことができたら、彼女なりの考えを持ち、りっぱなことを言うことができると思っていた。いまだに内気だったけれど、その内気さを捨てようといつも心に決めていた。恋人とのあいだに必要と思われる完全に開放された信頼について、すでに彼女なりの考えを持っていた。マリーは独りでいたとき——たいてい独りだった——、宝石や金で輝く空中楼閣よりむしろ、芸術や愛で輝く空中楼閣を思い描いた。ふつうあまり読書をしなかったが、読んだ本からは何か輝くものを想像力にえた。実生活では子供のころからほとんど誰とも会話を交わしたことがなかったのに、空想のなかでは彼女が輝かしい役割を演じる才気あふれる会話を思い描いた。彼女はサー・フィーリックス・カーベリーから結婚の申し込みを受けたと理解していた。この男を愛していると認めていたか、認めていると思っていた。今彼女はこの男と二人きりでいた！　今確かに空中楼閣のなかの人物が、現実の物質で作られていることを知るときが来た。

「なぜぼくがここに来たかわかりますか？」と彼。

「はとこに会うためでしょう」

「いや、じつは違います。はとこが特別好きなわけじゃありません。あの人は几帳面で、頑固で、年を食った独身者で、——ひどく不機嫌です」

「何て不快な人でしょう！」

「そう、不快な人です。ですから、はとこに会いに来たわけじゃありません。あなたがここロングスタッフ家に来ると聞いて、すぐ来ようと決めました。ぼくに会えてうれしいか知りたいですね？」

「わかりません」とマリー。孤独のなかでなら想像力が進んで提供してくれる、きらめくような言葉を、彼女は現実世界ではすぐ見つけ出すことができなかった。

「母のうちであなたがあの夜言ったことを覚えていますか？」

「私、何か言いましたか？　特に覚えていません」

「覚えていらっしゃらないって？　じゃあ、ぼくのことをあまり重く見てもらえていないようで心配です」

マリーがサクランボのように口のなかに落ちて来ると思っているかのように、彼は間を置いた。「ぼくを愛していると言ったと思いました」

「私が？」

「そうじゃなかったですか？」

「何と言ったか覚えていません。私がそう言ったなら、たぶん本気じゃありませんでした」

「そんなことを信じろと言うんですか？」

「あなたもたぶん本気じゃありませんでした」

「いやいや、本気でした。きわめて真剣でした。ぼくくらい真剣な人はいませんよ。もう一度それを確認するためここに来ました」

「何を確認するためですって？」

「ぼくを受け入れてくれるかどうか？」

「あなたが充分愛してくれているかわかりません」彼女はこの男から愛していると言われたかった。男はそう言うことに何の異存もなかったが、たいして長く考えもしないうちに、それを退屈だと感じた。こんなことはみな屑で、無駄口だった。彼はマリーから受け入れられることを望んだ。できれば、マリーが父のところへ同意をえるために行ってくれることを願った。彼はメルモットの大きな目と頑丈な顎にどこか恐れを感じていたからだ。「あなたはほんとうに充分私を愛してくれていますか？」と、彼女は囁いた。

「もちろん愛していますとも。うまく話すことやら何やらは苦手です。ですが、あなたを愛していることはわかるでしょう」

「ほんとうに?」

「もちろん愛しています。初めて会ったときからずっとあなたが好きでした。ほんとうに」

これはつたない愛の宣言だったが、それで充分だった。「それなら私はあなたを愛します」と、彼女は言った。「一心に愛します」

「ああ、いとしい人!」

「いとしい人ということになるかしら? ええ、なります。もう、あなたをフィーリックスと呼んでもいいですか?」

「いいですとも」

「ああ、フィーリックス、あなたから愛されたい。私もあなたを溺愛します。私が多くの男性から愛してくれと求められてきたのはご存知でしょう」

「そのようですね」

「でも、そんな男性を一人も愛したことがありません。——まったくね」

「ぼくを愛してくれますか?」

「ええ、もちろん」彼女はそう言うと、美しい男の顔を見あげた。男は彼女の目が涙に潤んでいるのを見た。彼はその瞬間女がじつに不器量だと思った。見てくれだけなら、ソフィア・ロングスタッフのほうがまだましだった。笑みと涙の入り混じったマリーの顔には、誠実さの輝きがあったから、別の男ならそれを読み取れたかもしれない。しかし、この男の場合、それは見向きもされなかった。二人は家からかなり離れた人目につかない低木林を歩いていた。それで、彼は義務に駆られて、腕を女の腰に回し、口づけした。「ああ、フィーリックス」と、彼女は男の顔を見あげて言った。「これまで誰にもキスを許したことがありません」彼は女の言葉を少しも信じなかったし、それに何の重みも見出さなかった。「私に優しくすると言ってください、フィーリックス。私もあなたに優しくします」

「もちろん優しくします」

「夫は必ずしも妻に優しくありません。パパはしょっちゅうママに不機嫌です」

「お父さんは不機嫌になることがあるようですね？」

「ええ、不機嫌になります。パパは私をあまり叱りません。今度のことを言ったら、パパが何て言うかわかりませんけど」

「ですが、お父さんはあなたを結婚させるつもりだと思いますが？」

「パパは私をニダーデイル卿か、グラスラウ卿と結婚させたいんです。でも、私は二人とも嫌いです。パパは今回もう一度ニダーデイル卿と結婚させようとしています。パパはそうはっきり言っていませんが、ママが教えてくれました。でも、私は卿とは絶対結婚しません――絶対にね！」

「しないでください、マリー」

「あなたは心配しなくていいです。たとえ殺されても、私はしません。卿は嫌いです。――あなたをとても愛しています」彼女は男の腕に体重を預けると、再び美しい男の顔を見あげた。「パパに話してくれますね？」

「それがいちばんいい方法ですか？」

「そう思います。ほかにありますか？」

「マダム・メルモットを介して申し込むほうがいいかもしれません――」

「いえ、それは駄目ですね。ママに言っても動いてくれません。ママは誰よりパパを恐れています――私が恐れるよりもね。紳士はふつう父から結婚の許しをえるものと思っていました」

「もちろんぼくがやります」と、サー・フィーリックスは言った。「お父さんを恐れていません。どうして恐れる必要があるでしょう？　お父さんとぼくは友人同士ですからね」

「それを聞いてうれしいです」

「お父さんは先日ぼくを会社の重役にしてくれました」

「パパが？　パパは婿としておそらくあなたが気に入っています」

「それはわかりません――ね？」

「気に入ってくれているといいです。私はパパの婿としてあなたが気に入っています。そう言って間違いでなければいいですが。ああ、フィーリックス、愛していると言ってください」それから、彼女はまた男の顔に向けて顔をあげた。

「もちろん愛しています」彼はそう言ったものの、その口づけに価値があるとは思わなかった。

「田舎でお父さんに話しても無駄ですね。シティで会いに行ったほうがよさそうです」

「今パパは上機嫌です」とマリー。

「ですが、お父さんと二人だけになれそうもありません。こんな田舎でやることじゃないでしょう」

「そうですか？」

「田舎では駄目です。――ほかの人のうちでは駄目です。あなたからマダム・メルモットに伝えてもらえませんか？」

「ええ、ママには伝えます。でも、ママはパパに何も言いません。ママは私のことを気にかけていません。でも、そういうことはみな別の機会にお話しします。もちろんあなたにはもう何でもお話しします。これまで何でも話せる相手を持ったことがありません。でも、あなたとお話しして飽きることはありません」それから、彼はできるだけ早くマリーのそばを離れると、ほかの女性のところに逃れた。メルモットはまだ東屋に座っていた。アルフレッド卿はまだ大人物と一緒にいて、葉巻を吸ったり、炭酸割のブランデーを飲んだりしていた。サー・フィーリックスは大人物の前を通りすぎるとき、みながロンドンに戻るまで、話し合いを延期するのはたいへんいいことだと独り言を言った。メルモットが上機嫌であるようには見えなかった。サー・フィーリックスはレディー・ポモーナやマダム・メルモットに数語話しかけた。そう、彼は明日母や妹とともにこの女性たちに会いたいと思った。はとこが来ないことは知っていた。はとこのロジャーがほかの人たちのようにどこにでも出かけることはないと信じていた。そう、まだロングスタッフ氏に挨拶していなかった。館の主人には明日お目通りを請おうと思った。それから、彼はそこを逃げ出して、馬で去った。

「幸運な人になりますね」と、ジョージアナはその夜母に言った。

「幸運な人？」

「彼は女相続人と金を全部手に入れます。ドリーは何て馬鹿なんでしょう！」

「あんな娘と結婚しても、ドリーには合わないと思いますね」と、レディー・ポモーナは言った。「でも、どうしてドリーが淑女と結婚しちゃいけませんの？」

註

（1）この日は土曜ということになっている。一八八二年の五月二十二日は実際には木曜。

（2）馬は walk、amble（側対歩）、trot（速歩）、canter（普通駆け足）、gallop（疾駆）の順に速くなる。

第十八章　ルビー・ラッグルズが愛の話を聞く

ミス・ルビー・ラッグルズはバンゲイに近いシープストーン教区シープス・エーカーの老ダニエル・ラッグルズの孫娘だ。彼女は日曜［五月二十三日］の朝田舎の郵便配達夫から次のような手紙を受け取った。「日曜の午後四時から五時のあいだに、シープストーン・バーチーズの近くに友人が来ています」手紙にはそれ以外に何も書かれていなかった。しかし、ミス・ルビー・ラッグルズにはそれが誰からの手紙かよくわかった。

ダニエル・ラッグルズは農夫で、かなり裕福だという評判をえる一方、近隣の人々からはちょっと気難しい吝嗇漢としてあまりよく思われていなかった。妻を亡くし、一人息子――その妻も亡くなっていた――をいさかいのすえ家から追い出していた。娘たちは結婚して家を出ていた。ダニエルと一緒に住んでいるのは孫娘のルビーだけだった。そして、この孫娘が老人にとって大きな厄介者になっていた。ルビーは二十三歳。粗挽き粉とふすまをバンゲイで扱う若い成功者と婚約して、ラッグルズ老人から結婚のときに五百ポンドを与えられることになっていた。ところが、ルビーは粗挽き粉とふすまなんか虫唾が走るという考えで、愚かな若い頭をいっぱいにして、今は上記のような危険な手紙を受け取った。差出人はあえて匿名を選んでいるが、これまでに会ったもっとも美しい紳士、サー・フィーリックス・カーベリーであることを彼女はよく知っていた。哀れなルビー・ラッグルズ！　彼女はウェイヴニー川沿いのシープス・エーカーに住んで、生活圏を越えた広い世界のことをたくさん耳にしながらも、その世界をほとんど知らなかった。粗挽き粉とふすまをバンゲイで扱うジョン・クラムの妻にこんなに若くしてなったら、多くの輝かしいものを決して見ることができないと考えた。それゆえ、ルビーは手紙を受け取ったとき、荒々しい喜びに満たされた。いや、半分は喜び、半分は恐れに満たされた。それで、彼女はその日曜の四時きっかりに、人から見られる危険を冒すことなく会えるように、シープストーン・バーチーズに身を隠した。哀れなルビー・ラッグルズ。彼女は優しい指導の手をいちばん必要とする人生の局面で放置され、勝手気ままに振る舞うことができた。

ラッグルズ老人はいわゆる主教との借地契約で土地の大部分を持っていた。シープス・エーカー農場は、エルムハムの主教職に属しており、主教職の維持のために取っておかれる資産の一部だった。――一方、老人はカーベリーの資産である小さな牧草地も、少し離れたところに持っていた。それで、老人はロジャー・カーベリーの借地人の一人でもあった。フィーリックスが逢引きの場所に指名したシープストーン・バーチーズは、ロジャーの土地だった。はとこ同士が今のように険悪でなかったころ、フィーリックスは郷士と一緒に馬で老人を訪ねたことがあって、そのとき初めてルビーに会い、――ロジャーからルビーの経歴を聞いた。彼女がジョン・クラムと結婚する予定であることも正しく伝えられた。そのときから、はとこ同士はこの娘について言葉を交わしたことがなかった。ロジャー・カーベリーは娘の結婚が延期か、取りやめになったことを聞いて悲しんだ。――しかし、彼は准男爵に対する嫌悪をつのらせていったため、この件についてはとこと話をすることはしなかった。一方、サー・フィーリックスは地主である郷士よりルビー・ラッグルズの噂をたくさん聞いていていた。

ちゃんとした教育を受けたふつうの都会人が、ルビー・ラッグルズのような娘の心理状態を理解することはきわめて難しい。田舎の日雇い労働者やその妻は、都会人には比較的見てわかりやすい生活を送っている。

彼らがいい欲求を持とうと、悪い欲求を持とうと、――すなわち彼らと子供のために飲食物を正直に手に入れようと思おうと、まず酒を正しくか、不正に手に入れようと思おうと――、彼らがどんな欲求を持つかはちゃんと見ればわかる。ラッグルズの階級の男が何をしようとしているか、どんな方向に心を働かせているかは、ふつう見て取れる。しかし、ラッグルズの階級の女――特に若い娘――は、よりよい教育を受け、より高い欲求を持ち、より冴えた想像力を具えて、男よりはるかにずる賢い。もしその娘が美人で、金や食べ物のために働く義務から解放されていたら、我々が未知の天国に思いを馳せるように、その娘は未知の世界に思いを馳せ、我々が天国にあこがれるよりはるかに強く未知の世界にあこがれる。彼女は男よりずっと優れた教育を受けている。彼女は本を読むことができるが、男は本から単語を拾い読みできる程度だ。彼女はそれなりに手紙を書くことができるが、男はかろうじて単語を紙に綴る程度だ。彼女は男より口が達者で、より鋭い知性を持っている。ところが、彼女は現実に関する限り男より著しく無知だ。男は市場で、出かける町の通りで、畑のなかでさえ、ほかの男と接触して、同郷人相互の状況を無意識に学ぶ。――学ばないことについては鈍い想像力しか持ち合わせないとしてもだ。一方、女は空中楼閣を築き、知りたがり、あこがれる。若い農夫にとって、郷士の娘は高根の花だ。農夫の娘にとって、若い郷士はアポロンであり、彼を目にするのは喜びであり、彼から目に留められるのは歓喜だ。そんな危険はたいていすぐ終わる。娘は同階級の男と結婚して、夫と子供によってこの問題を永久に葬られる。

サフォークとノーフォークを越えた世界について、ルビー・ラッグルズくらい無知な娘を見つけ出すのは難しい。彼女は広いけれど漠然とした視野に妨げられ、活動的だけれど過ちに陥りやすい考えにとらわれて、思うに任せなかった。美しさも、賢さも、――役立つ資産も――、具えているというのに、しかも本で読んだ美しいものを少しも見ないうちに、なぜあらゆる男のなかでいちばん不細工なジョン・クラムと結婚しなければならないのか？　ジョン・クラムは見た目には悪くなかった。逞しくて、誠実で、——訥弁だが、ちゃんと理解しているときは要領をえた受け答えをした。ビールを好むが、頻繁に飲むわけではなく、仕事では勤勉そのものだった。彼女は生まれてこのかたジョンを知っていたけれど、粉をかぶっていないこの男を見たことがなかった。粗挽き粉が髪や皮膚や衣類に食い込んで、日曜にさえ完全に取れなかった。ふだんは健康な白い顔をしており、隠れた血色のよさが確かにそこに透けて見えることもあった。とはいえ、顔色が帽子や上着やチョッキとあまりにもみごとに同化していたので、健康な若者というより逞しい幽霊のように見えた。彼はバンゲイのどの男をも叩きのめすことができ、二百ポンドの小麦粉を背負って運べると噂された。ルビーもこういう噂を聞いており、——彼女が踏んだ地面すら彼が崇拝していることを知っていた。

しかし、残念なことに、ルビーはそんな崇拝よりいいものがあると思っていた。それゆえ、フィーリックス・カーベリーが美しい卵形の顔と、豊かな茶色の肌と、輝く髪と、すてきな口髭を具えて目の前に現れたとき、彼女は愛と見間違える感情に自分を忘れた。彼が二度三度と近づいて来たとき、ルビーはジョン・クラムの誠実な約束より、准男爵の気のない賛美のほうを重く見た。彼女はまったく愚か者だったが、原理原則を持たないわけではなかった。彼女はみじめなほど無知だったが、避けなければならない零落があることをわきまえていた。しかし、炎に飛び込んでも羽をこがすことはないことを、蛾が信じるように信じていた。彼女はそれなりにかわいい娘だった。つやつやした長い巻き毛——平日に農家に行けば、髪巻き紙に包まれているそれを見ることができる——と、大きく丸い黒目と、淡い茶色の肌からはっきり血色が透けて見える浅黒い澄んだ肌を特徴としていた。健康的で、逞しく、背も高くて、はっきりした意思を持っていたから、祖父の老ダニエル・ラッグルズに無数の悩みをもたらした。

フィーリックス・カーベリーは、シープストーン・バーチーズ——シープス・エーカー農場から半マイルも離れていない小さな低木林──経由でカーベリーに帰るため、二マイルほど寄り道をした。小さな低木林の狭まった一角が、通りのすぐ近くまで届いていた。サー・フィーリックスが逢い引きの約束をするとき想起した木戸が通りに面してあり、木戸は牧草地に続いていた。通りはただの田舎の細道にすぎず、いつも人通りなどなく、日曜には確かに人っ子一人いなかった。准男爵は馬でゆっくり木戸に近づいて、しばらく林を見つめていた。彼はそう長く待たないうちに林から離れた牧草地のなか、水路の土手に立つ一本の木の下に娘のボンネットを見つけた。馬をどうしようかと少し考えたあと、原っぱに乗り入れると、それを降りて、低木林に沿って走る手すりにくくりつけた。そのあと、彼はぶらぶら歩いて、木の下に座っているルビー・ラッグルズを見おろして立った。「自分のことを友人って呼ぶ」と、彼女は言った。「あなたの図々しさが好きよ」

「友人じゃありませんか、ルビー？」

「かなりりっぱな友人じゃない！　姿を消したら、二週間もカーベリーに戻って来ないなんてね。つまり、──そう、ずいぶんお見限りね」

「ですが、手紙を書きましたよ、ルビー」

「手紙って、──どうなっているのよ？　郵便配達夫はなぜかよくわからないけど、内容をみな知っているし、じいちゃんはほとんど確実に見るし。手紙なんてまったく役に立たないって言っているでしょ。もう書かないでちょうだい」

「おじいさんは手紙を見ましたか？」

「見なかったのはあなたの手柄じゃないのよ。あなたがどうしてここに来たかわかりません、サー・フィーリックス。──それにどうしてあたしがここに会いに来たかもわからないの。まったく愚かなことよね」

「あなたを愛しているからです。——それが、ぼくがここに来た理由です、でしょ、ルビー？　あなたもぼくを愛しているから、来ました。ね、ルビー？　そうじゃありません？」それから、彼は女のそばの地面に座り込むと、女の腰に片腕を回した。

　それから二人が口にしたことをみなここで話してもあまり役に立たない。ルビー・ラッグルズはロンドンの恋人をそばに迎えて、その半時間確かに申し分なく幸せだった。彼女は男が口にした一言、一言に軽侮の口調を感じ取ったものの、それでも男から愛の言葉を語られ、約束を与えられ、かわいいと言われた。男はおそらくたいしてそれを楽しんでおらず、たいして娘のことを気にかけてもいなかった。たんに若い男の行動としてふさわしいことだからと、密通を続けていた。彼は半時間がすぎる前にパチョリ[1]の臭いが不快だと、ハエがうるさいと、地面が固いと感じ始めた。彼女はこのままずっとここに座って、男の言葉に耳を傾けていられたら、幸せだと感じた。これこそ古い小説——バンゲイの小さな巡回図書館で手に入れた小説——で、三度めくって読んだ人生の喜びの実現だった。

　しかし、この次には何が待っているのか？　彼女は思い切って男に結婚を求める——その二言三言を切り出す——ことができなかった。彼も娘に情婦になるように言うことができなかった。娘には動物的な勇気があり、かなり地力があり、目のなかに炎があることを彼は知るようになった。彼は半時間が終わる前に逃げ出したくなったと、私は思う。——とはいえ、彼は帰る前に、火曜の朝また会う約束を娘にした。娘によると、祖父がハーリストーン市場に行くから、農場の家庭菜園のすみで正午ごろ彼に会えるという。彼はそれを約束するとき、守る気などまったくなかった。娘にまた手紙を書いて、ロンドンに会いに来るように言い、旅費を送るつもりでいた。

ルビーは——万一誰かがたまたま若者に道で出会っても、その若者と帰る途中の彼女とが結びつけられないように——、道からそれ、自宅の方向からも離れてゆっくり歩きながら、「あたしは彼の妻になろうと思う」と独り言を言った。「彼の妻になれなければ、何にもなれないのよ」と、彼女はつぶやいた。それから、ジョン・クラムとサー・フィーリックス・カーベリーの違いを考えることに長々と没頭した。

註

（1）インド・ビルマ原産のシソ科植物から作られる香料で、十八世紀には虫よけとして使われた。

第十九章　ヘッタ・カーベリーが愛の話を聞く

「明朝帰ろうかなと思います」と、フィーリックスは日曜の夜のディナーのあと母に言った。そのとき、ロジャーは独り庭を散歩しており、ヘンリエッタは自室にいた。

「明朝はね、フィーリックス！　ロングスタッフ家でディナーをいただく約束をしています！」

「それについては母さんがどうとも好きなように言い訳ができるでしょう」

「そんなことをしたら、このうえもない無作法です。ロングスタッフ家は、おわかりのように、この地方では主導的な立場に立つうちです。どういうことになるか誰にもわかりません。あなたがいつかカーベリーで生活するとき、あそこの人々といさかいをしているのはとても悲しいことです」

「母さん、ドリー・ロングスタッフがいちばん親しいぼくの友人であることを忘れていますね」

「それでも、ご両親に無作法に振る舞っていいということにはなりません。何のためにここに来たか思い出してください」

「何のためでしたかね？」

「ロンドンのお屋敷よりくつろいでマリー・メルモットに会うためでしょう」

「それなら決着しました」と、サー・フィーリックスはじつに無関心な口調を装って言った。

「決着した！」

「あの娘に関する限りはね。親父の同意は、こちらではうまくもらえそうもありません」

「マリー・メルモットが、フィーリックス、あなたを受け入れたって言うのですか？」

「前にもそう言いました」

「まあフィーリックス、まあ、私の子！」母は喜びのあまりいやがる息子を腕に抱き締めて愛撫した。ここに成功への第一歩があるだけでなく、息子をあらゆる若者の羨望のまとにし、母をイギリス中の母の羨望のまとにする壮麗な輝きへの第一歩があった！「いえ、言っていません。でも、とても幸せです。彼女からほんとうに好かれていますか？　あなたならどの娘から好かれても不思議ではありませんけれど」

「それについてぼくは何とも言えませんが、彼女はどこまでも執着すると思います」

「彼女がぐらつかなければ、お父さんは当然最後に折れるでしょう。娘がぐらつかなければ、父はいつだって折れるものです。お父さんはどうして反対していますか？」

「親父は反対しないと思います」

「あなたは爵位を有する位の高い人です。父が娘に望むのは紳士だと思いますね。お父さんが充分満足できない理由がわかりません。お父さんは莫大な資産をお持ちなので、年に千ポンドくらい何とも思いません。それに、あなたを重役会の一員にしてくれました。ああ、フィーリックス、――とてもすばらしすぎて、ほんとうのこととは思えません」

「結婚をぼくがあまり望んでいないことも確かです、でしょ」

「まあ、フィーリックス、どうかそんなことは言わないでください。どうして結婚がいやなのです？　とてもいい娘です。私たちみんな、彼女が好きになります！　どうかお願いですから、あなたはそんなたぶらかしに負けないようにしてください。いったん彼女のお金の問題が決着したら、思い通りにできます。もちろん好きなだけ頻繁に狩りができるし、ロンドンの好きなところに家を持つことができます。安定した収入なしに生活しなければならないことが、いかに不快なことか、そろそろわからなければなりません」

「よくわかっています」

「いったんこの件をうまく片づけたら、そんな難儀にあうことはもうありません。一生、何をするにしてもお金に余裕があります。完全な成功です。言いたいことをあなたにどう言ったらいいか、とても愛していることをどう言い表したらいいか、こういうことをみなあなたがとても上手にやり遂げたと思っていることを、どう伝えたらいいかわかりません」それから、母はまた息子を愛撫すると、不安と喜びの入り交じった苦痛にほとんど我を忘れた。貧しいがゆえにこれまで母の恥であり、大きな重荷だった美しい息子が、結局年収二万ポンドの准男爵として世間に壮麗に輝き出るとしたら、何とすばらしいことだろう！　母は息子がどんなに利己的な、どんなに劣った若者か知っていたに違いない。——確かに知っていた。ところが、母は壮麗に輝く彼の見込みに満足して、彼の邪悪さに悩まされた過去の悲しみを忘れてしまった。たとえ息子が義父の金をすべてえて、この娘を手に入れても、彼の生活を維持する重荷が、母の肩から降ろされるという点を除けば、母も妹もそれで楽になるわけではなかった。それでも、彼は豪勢な生活を確かなものにできるだろう。腹を痛めた息子だった。財産と豪勢な生活を確保できそうな彼の見込みのせいで、母はまさしく美しい夢の天国に誘い込まれた。「でもね、フィーリックス」と、母は続けた。「ほんとうに、あなた、ここにとどまって、明日はロングスタッフ屋敷へ行かなければいけません。一日だけのことです。——もし今あなたが逃げ出したら——」

「逃げ出すって！　何て馬鹿なことを言うんです」

「もし今すぐロンドンに帰ったら、と言っているのです。娘には無礼を働くことになります。メルモットには反感を抱かせることになります。父を喜ばせるよう心がけなければなりません。――ほんとうにそうしなければ」

「ちぇっ、面倒ですね！」とサー・フィーリックス。とはいえ、彼はとどまれという説得を受け入れた。彼自身、問題を重要ととらえたからだ。それで、領主の館でもう一日すごすというほとんど耐えがたい不快に耐えることにした。カーベリー令夫人は歓びにほとんど我を忘れて、どこに共感を求めたらいいかわからなかった。身内のロジャーは、もしあんなに堅苦しくなく、あんなに頑固でなく、あんなに世事にうとくなかったら、とにかく彼女とともに喜んでくれただろう。ロジャーはフィーリックスを嫌っていても、――フィーリックスの側の不作法が原因であることを母は認めた――、一族のためということなら喜んでくれただろう。しかし、実際には令夫人はこのうれしい知らせをはとこに伝える勇気を持ち合わせなかった。ロジャーなら、軽蔑して無言のままこの知らせを聞くだろう。ヘンリエッタさえも喜ぶことはないだろう。令夫人はこの大勝利のことを長々と話したかったが、今は沈黙していなければならないと感じた。今はカヴァーシャムの夕食会でメルモット氏に気に入られるよう、できる限り努力をしなければならなかった。

その夜のあいだ、ロジャー・カーベリーははとこのヘッタにほとんど話しかけなかった。かなり遅くなってバラム神父が夜食を食べに入って来るまで、二人のあいだに会話はなかった。神父はバンゲイの人々を訪問したあと、歩いて帰る途中カーベリーに立ち寄った。「私たちの主教をどう思います？」と、ロジャーはかなり軽率に神父に尋ねた。

「主教としてはあまり評価しません。たいへんりっぱな貴族院議員であり、平均的な議員より隣人のあいだで役に立っているのは確かです。けれど、主教になる権威か、責任かは、人の手に負えるものではありません」

「主教区の聖職者の九割が、行動の問題を指摘されたら、主教の指導を受けることになります」

「聖職者は主教が強い意見を持たないことを知っています。そのうえ、彼らは主教から彼らの意見を支配されたくありません。強い意見を持っている主教をあげてご覧なさい、――一人でもいるならね。それから、聖職者が主教の教えにどの程度まで賛同するか見てご覧なさい！」ロジャーは体の向きを変えると、本を取りあげた。お気に入りの神父にもううんざりしていた。ロジャーは新しい友人の信仰を傷つけないように人前でいつも発言を控えた。しかし、この新しい友人はお返しとして少しも同じ配慮を見せてくれなかった。それに、ロジャーはたとえ友人との論争でこん棒を取りあげても、そんな争いでは真実によってより実践的技術によって勝ちが決まるから、友人に負けるに違いないと感じた。ヘンリエッタも本を読んでいた。フィーリックスは離れたところで煙草を吸いながら、カードも見当たらないし、食事の時間以外に酒も出て来ないこの退屈な城では、時間がつねにすり減っていくと考えていた。ところが、カーベリー令夫人はカトリック教会の外に信仰をまき散らそうとする司祭のあらゆる試みが、無に帰すしかないことを進んで彼に実証させようとした。

「私たちの主教は信仰の点で誠実だと思います」と令夫人は言うと、飛び切り甘い笑顔を作った。

「私もそうであればいいと願います。会ったことがある二、三の主教の場合、誠実さを疑う理由がありません。会ったことがない残りの主教についても、同じです」

「主教は善良な、敬虔な人々として、いたるところでたいへん尊敬されています！」

「確かにそうです。たっぷりある収入くらい尊敬をえるために役立つものはありません。けれど、彼らは優れた主教というより優れた人物であるのかもしれません。主教にはけちをつけませんが、主教を管理する制度には大いにけちをつけます。首相が際限なく働いて庶民院の多数派の指導者になることができたからといって、彼がほかの人の魂の案内人――つまり主教――を選任する仕事に適していると言えるでしょうか？」

「確かにそうですね」カーベリー令夫人はそう答えるとき、聞かれた質問の内容をほとんど理解していなかった。

「主教を選ぶとき、首相は配下の聖職者が主教の職務にふさわしいか、ふさわしくないか見定める権能をもともと持ち合わせていません。首相がそんな状態で、選ぶ義務をはたすことができるでしょうか？」

「なるほどできませんね」

「イギリスの人々、というかその一部の人々――今いちばん金を持ち、いちばん権力を握っている人々――は、教会の支配に従うほど信仰を持っていないのに、教会を持つ振りをしたがります」

「人々は聖職者に支配される必要があるとお思いになりますか、バラムさん？」

「信仰の問題では、そう思います。あなたもそうだと思いますよ。少なくともあなたはあの信仰告白をなさっていますから。精神的な牧者である師に従うことを、義務とすることを宣言していますね」

「あれは子供のためのものと思っておりました」とカーベリー令夫人。「祈祷書の教理問答では、牧師は『私のよき子』と言いますから」

「おとなになったときに義務をわきまえているよう、子供のころに教えられたことですね。主教に信仰告白をする前の話です。けれど、あなたの教会側から見ると、問題はほんとうに子供っぽいので、子供のためにのみ意図されているという考えに私はまったく同感です。概してあなたのようなおとなは宗教など求めていません」

「多くの人々の場合、残念ながらその通りですね」

「人が真剣に考えるとき、まさしく恐怖によってもっと安全な信仰の慰めに駆り立てられないのが不思議です。――徹底的な不信心という安全を手に入れていなければの話ですがね」

「不信心は何より悪いです」と、カーベリー令夫人はため息と身震いを交えて言った。

「不信心は、信仰心のない信仰ほど悪くないと思います」と、神父は力を込めて言った。「人はとても簡単に信条に取り憑かれるので、信条を口で繰り返しながら、それが何を意味するかさえ知らないし、それが信じられるものか信じられないものか、自問することさえしません。不信心は、そんな信条ほど悪くないと思います」

「それはほんとうにひどいですね」とカーベリー令夫人。

「深みに入り込んでいると思いますよ」と、ロジャーは読もうとして読めずにいた本を下に降ろして言った。

「日曜の夜に少し真剣な会話を交わすのは、とても心地よいことです」とカーベリー令夫人。神父は椅子に深く座わり直して、ほほ笑んだ。彼は非常に賢かったから、カーベリー令夫人がわけのわからないことを言っていることを承知していたし、ロジャーの落ち着きのなさの原因にも気づいていた。一方、カーベリー令夫人のほうは何もわからないうえ、大げさな話が好きだったから、簡単に神父から改宗させられそうだった。ロジャー・カーベリーは今議論を聞く気になれない心境だったので、逆に信念を固められそうだった。

「私の教会の悪口を聞きたくありません」とロジャー。

「私がその教会を心でけなしているのに、口先でいいことを言ったら、あなたから嫌われるでしょう」と司祭。

「それゆえ、口数が少なければその分修復が早いです」とロジャーは言うと、椅子から立ちあがった。バラム神父はこれを聞いて、退去を請い、ベックレスへと歩いて帰った。神父は種をまいて、とにかく土地を耕したと言えるだろう。土地を耕そうとする試みは、りっぱな仕事であり、忘れられてはならないものだ。

翌朝［五月二十四日］はロジャーがヘンリエッタにもう一度求婚してみようと定めた朝だった。彼はそうしなければならないと決めていた。日曜の午後は言葉を舌の先まで出しかけていたが、決めたようにしたいのでそれを抑えた。ヘッタが優しい態度を見せるようになっていることを――ほとんど痛いほど――意識していた。彼女はロンドンにいるときほとんど荒々しいまでに見せていたあの自立に伴う誇りを、今は失っているように見えた。朝夕挨拶するとき、はとこは優しく彼の顔を覗き込んだ。彼からもらった花をだいじにしてくれた。家事のことでちょっと願いを耳にしたら、すぐそれをしてくれた。時間厳守について言われたとき、時計の針のように時間を守るようになった。彼はどんなヘッタの視線も、手の動きもじっと見つめて、それが彼の心に及ぼす効果を測定した。しかし、彼女から優しくしてもらえて、従順に従ってもらえるからといって、彼女が彼を愛してくれるようになったと信じる気になれなかった。彼女の心の動きは読んでいると思った。彼女は兄の行動にどれほど彼がうんざりしているか、母の行動にどれほど彼がいらだっているか、見て取ることができた。彼女は優雅さと優しさと分別を具えていたため、母と兄に背いて彼に味方していた。つまり、共感から――彼に優しくしてくれた。彼はそう読んでいた。ほとんど正確に読んでいた。

「ヘッタ」と、彼は朝食後に言った。「ちょっと庭に出ましょう」

「小作たちのところへ行くのではありませんか？」

「それはまだいいです。小作たちのところへはいつも行くわけではありません」彼女は帽子をかぶると、郷士と一緒に歩き出したが、あの話をまた聞くよう呼び出されたことをちゃんと心得ていた。部屋に白バラを見つけたとき、カーベリーを去る前にあの同じ話が繰り返されることをすぐ確信した。それにどう答えるか、このときまでほとんど決めていなかった。ロジャーの申し出に応じることができないことは、はっきりしていると思った。もう一人の若者からは一度も愛してくれと求められなかった。しかし、その若者がそれを望んでいることはわかっていた。こういうことがあるにもかかわらず、彼女ははとこに対する優しい思いを深めていたので、たんに望まれているという理由からだけでも、望みのものをロジャーに与えると言いたい気になっていた。はとこがとても善良で、高貴で、寛大で、献身的なので、そんな人を拒絶するのは正しくないように思えた。彼女はメルモット家にかかわる考え方で、はとこの側に全面的に味方するようになっていた。母からはメルモット氏の金の魅力について気分が悪くなるほど聞かされた。そんな話に高貴なところはまったくなかった。それと対比するとき、ロジャーは恐れも、恥も、一蹴して見せるりっぱな紳士の行動と振る舞いをした。高貴さと優しさと誠実さを具えていることがすばらしいことなら、そういう美徳を具えて愛されるように生まれて来た人が、一人の娘から愛されないからといって、いつまでも恋い焦がれる運命に置かれていていいものだろうか！

「ヘッタ」と、彼は言った。「腕をここに載せてください」彼女ははとこに腕を差し出した。「昨夜はあの司祭にちょっと面食らってしまいました。司祭には礼儀正しくしたかったですが、ずっと食ってかかられました」

「司祭は害にならないと思いますが？」

「私たちが崇敬するように教育されてきた対象を、司祭が軽視するようにあなたや私に教えるなら、それは害になります」それで、ヘンリエッタは今回の話が恋愛のことではなく、ただ教会の話なのだと思った。「司祭は私たちの信心の仕方について、客の前で話をすべきじゃありません。信心の仕方について、私なら決して話しませんね。あなたにそんなことを聞かせたくありません」

「司祭は私の害にならないと思います。私はそんなふうにできていません。司祭はみんなあんなものだと思います。あれが仕事です」

「かわいそうな人です！　紳士として生まれ育った人なのに、心地よい家の雰囲気を味わうことができないのは気の毒と思ったから、彼をここに連れて来ました」

「あの司祭はいい人だと思いました。――ただし、主教について馬鹿げたことを言うのはよくなかったと思います」

「私は彼が好きです」ロジャーはそう言うと間を置いた。「あなたのお兄さんは抱えている問題について、あなたにあまり話さないようですね」

「兄の問題ですか、ロジャー？　お金のことですか？　兄はお金のことについて私には何も話しません」

「メルモット家のことです」

「いえ、私には何も。フィーリックスはいつも何も話してくれません」

「お兄さんがマリーから受け入れられたかどうか知りたいです」

「ロンドンでほぼ受け入れられたと思いますよ」

「あなたのお母さんのこの結婚への思い入れに、私はぜんぜん共感することができません。私なら金が必要なことについてお母さんのようにあんなふうに考えないと思うからです」

「フィーリックスが贅沢な性分ですから」

「うん、そうですね。でも、この女相続人については、お母さんを勇気づけるようなことを言う気になれません。しかし、息子の利害にかかわる無私の献身については、お母さんを評価してあげたいです」

「母は何より兄のことを考えています」ヘッタはそう言うとき、彼女への母の無関心を少しも責めるようすを見せなかった。

「わかります。ふと思ったのですが、もう一人の子のほうからなら、お母さんはそんな献身に対してもっとちゃんとした報いをえられると思いますね」——彼はヘッタの顔を見て、笑みを浮かべながらそう言った。「お母さんはフィーリックスにはとてもいい親だと感じます。先日お母さんが初めてここに来られたとき、じつはね、私たちは喧嘩しそうになりました」

「何か不都合なことがあったと感じていました」

「それから、フィーリックスが約束の時間に遅れて来て、私を怒らせました。年を取って怒りっぽくなっています。そうでなければ、そんなこと、気にしなかったでしょうから」

「あなたはとても善良で——とてもご親切です」ヘッタはそう言うと、あたかも愛しているとでも言わんばかりに彼の腕に寄りかかった。

「自分に腹が立ったので」と、彼は言った。「あなたを聴罪司祭にしています。ときとして懺悔が魂にはいい薬ですから。あなたなら、お母さんより私をよく理解してくださると思います」

「あなたを理解しています。でも、懺悔するような罪はあなたにはないと思います」

「何の悔い改めも私に求めませんか?」ヘッタはただ彼を見てほほ笑んだ。「しかし、私は自分に悔い改めの罰を科すつもりです。カヴァーシャムでの求婚について、私は何も知りませんから、あなたのお兄さんにお祝いを言うことができません。しかし、一般的なさまざまなことでお兄さんにいいことがあるようにお祈りします」

「それが悔い改めですか?」

「私の心を覗き見ることができるなら、それが悔い改めであることがわかります。半ダースくらいのささいな出来事のせいで、私はお兄さんへの怒りでかっかと燃えていました。彼は道に葉巻を投げ捨てました。日曜に教会に行かずに寝床で寝ていました」

「でも、土曜の夜に兄は徹夜で旅しましたから」

「それは彼の自業自得じゃありませんか？　しかし、こういうことは悔い改めを必要とする小さな罪だとは思いませんか？　もしお兄さんが私の頭をつるはしで殴ったり、私の家を燃やしたりしたら、私は当然怒っていいでしょう。しかし、日曜に馬を貸してくれと彼から頼まれたからといって、私は怒ってしまいました。ですから、悔い改めなければなりません」

こういう会話に愛が入り込む余地はなかった。ヘッタはとこが愛を語ることを望まなかった。ロジャーは今彼女を友人――いちばん親しい友人――として扱った。もしロジャーが求婚に取りかかることなく、ただこういう扱いを続けていてくれたら、彼女はどれほど幸せだっただろう！　しかし、彼はいまだに固く意を決していた。「ところで」と彼は言うと、声の調子を完全に変えた。「私のことを話さなければなりません」彼の腕にかかっていたヘッタの手の重みがとたんに軽くなった。それで、彼は左手を回して、ヘッタの腕を押さえた。「いけません」と、彼は言った。「私が話しているあいだ、姿勢を変えないでください。どういうことになろうと、とにかく私たちはこれからもはとこであり、友人です」

「いつまでも友人です！」とヘッタ。

「そうです。――いつまでも友人です。今は話すことがたくさんあるので、聞いてください。あなたを愛していると、再度言うつもりはありません。あなたはもうそれを知っています。それでも繰り返したら、私をこのうえなく不誠実なうぬぼれ屋と思うに違いありません。私はあなたを愛しているだけでなく、この一つの愛にかかわることにあまりにも慣れてしまい、生活の習慣と手続きによってあまりにも縛られて、一つの関心におのれをせばめているので、言わばこの愛から逃れることができなくなっています。私はいつもこの一つことを考えており、あまりにも考えているので、しばしば自分を軽蔑したくなるほどです。というのは、結局女性はいくらでもすばらしくなれます。——あなたは私にとってすべてがすばらしいのです。そして、——男は愛情に知性を支配させてはいけません」

「いえ、そんな!」

「私はそうしています。天国に行ける確率を計算するように、私は心であなたをえる確率を計算しています。あなたにはありのままの私を——脆さも強さも含めて——知ってほしいです。できれば嘘なんかつかないであなたをえたいです。私は埒を越えてあなたのことを考えています。私がこの屋敷を所有しているあいだは、この屋敷に考えられる唯一の女主人が、あなたであることは確かです。——そう確信しています。もし私がほかの男と同じように生活し、ほかの男と同じようにいろいろなことに心を砕くとするなら、あなたの夫としてそうしなければなりません」

「どうか、——どうかそういうことはおっしゃらないでください」

「いえ、私にはそれを言う権利が——私の言葉を信じてほしいと期待する権利が——あると思います。あなたから愛されなければ、あなたに妻になれとは言いません。私のほうには何も心配はありませんが、私がはとこであり、友人であるからといって、身を犠牲にするような圧力をあなたに感じてほしくありません。しかし、あなたの心が完全によそへ行ってしまわない限り、——私を愛するようになることもあろうかと思います」

「どう言えばいいでしょう?」

「私たちは互いにどう考えているか知っています。もしポール・モンタギューが私の愛を奪ったら——?」

「モンタギューさんは何も言っていません」

「もし彼が何か言っていたら、彼は私に不正を働いたことになります。彼は私の家であなたに会いました。あなたに対する私の思いがどんなものか知っていたはずですから」

「でも、彼は何も言っていません」

「私と彼はずっと兄弟のようなものでした。――なるほど兄は弟よりかなり年を取っていますがね。あるいは父と息子のようなものでした。彼が意中の人を別の人にしてくれたらと思います」

「どう言えばいいでしょう？　たとえ彼にそんな希望があるとしても、私にそれを話したことはありません。若い娘がこんなふうに追及されるのは残酷だと思います」

「ヘッタ、あなたに残酷に当たりたいなんてまったく思っていません。もちろんこういう問題を扱う世間のやり方はわきまえています。私にはポール・モンタギューについてあなたに尋ねる権利も、答えを期待する権利もありません。しかし、私にとってこの点がいちばんだいじなことです。あなたがほかの男を愛していなければ、いつか私でも愛してくれるようになるかもしれませんからね。そう思うことは理解してくださるでしょう」ロジャーは男らしい、同時に懇願する声の調子で話した。ヘッタを見つめるとき、愛情と熱情で目を輝かせた。ヘッタは今彼から話された話だけでなく、彼という人を全面的に信じた。彼こそ女が安全に寄りかかれる杖、人生における安楽と保護を信頼して託せる杖であることを知った。この瞬間ヘッタはほとんど彼に身をゆだねた。もしこのとき彼から腕に抱かれて、口づけされていたら、身をゆだねていたと思われる。ヘッタは彼を九分九厘愛していた。とても彼を尊敬していたので、もし彼が恋い焦がれる女が彼女とは別の女だったら、彼の求婚を後押しするため、既知のあらゆる手管を駆使して、彼を拒絶する女は馬鹿だと進んで断言しただろう。ヘッタはどこまでも親切にすべき相手に不親切にしたから、ほとんど自分に愛想を尽かした。実際には、ヘッタは彼に何も答えないまま、震えながらそばを歩き続けた。「あなたにはすべてを打ち明けようと思いました。私の心のうちを正確に知っておいてほしいからです。できれば、あなたにかかわる私の心と思いの丈を、ガラスケースに入れてみな見せたいです。もし私に愛を感じることができたら、あなたはそれを軽視しないでください。私の心があなたに定められているように、男の心が女に定められていることを知ったら、ねえ、彼の人生を輝かせることも暗くすることも、この世の彼の楽園のとびらを開くことも閉じることも、あなた次第になっていることを知ったら、娘っぽいためらいのせいで、男を闇のなかにとどめておくようなことはできないと思います」

「ああ、ロジャー！」

「あなたは愛情を偽りなく告白するときが来たら、私の誠実さを思い出して、それを勇敢に口に出してください。とにかく私の気持ちは変わりません。もちろんあなたがもし別の男を愛して、その男に身をささげるなら、この話は完全に終わりです。それについてもまた勇敢に言ってください。言いたいことはみな言ってしまいました。神の祝福がありますように、最愛のあなた。私は私の幸せよりむしろあなたの幸せを考えながら、当面のあいだ切り抜けられるくらい自分が強くありたいと願っています」それから、彼は不意にヘッタから離れると、橋を越える道を進んで行き、ヘッタにはうちへ向かう道を独りたどらせた。

第二十章　レディー・ポモーナのディナー・パーティー

カーベリー令夫人とサー・フィーリックスがカヴァーシャムにディナーに行っているあいだ、ヘンリエッタをうちにとどめておこうと中途半端に画策したものの、ロジャー・カーベリーは失敗してしまった。ヘッタが彼の願いを受け入れてくれなければ、これは成功しそうもなかった。実際には、彼は何の願いも切り出さなかったし、ヘッタは確かに何も承諾しなかった。夕方になると、カーベリー令夫人は息子と娘を連れて出発し、ロジャーは独りうちに取り残された。彼はこれまで孤独に慣れた暮らしをしてきた。一年の大部分を同伴者なしに食べ、飲み、生活した。それゆえ、こんなふうに独りにされても特段悲しくはなかった。しかし、今回の場合彼の人生の定めである孤独に沈淪せずにはいられなかった。これら身内の客からも何も気遣ってもらえなかった。カーベリー令夫人はたんに利用できるということで彼の屋敷を訪れて来た。サー・フィーリックスは彼にふつうに礼儀正しく振る舞う振りさえしなかった。ヘッタは彼に優しく、親切だったが、愛からというよりむしろ同情から優しく親切だった。この日も、彼は実際にはヘッタに何も求めなかった。求められなくても、ヘッタが彼の望むものをみな与えてくれたらいいと思いたくなった。しかし、彼の愛の大きさと辛抱強さを訴えても、ヘッタはただ黙っていた。身内の者をディナーに連れて行く馬車が通りを去ったとき、彼はひづめの響きを聞きながら、家の前の橋の欄干に座って、この先彼に残されているものは何もないと心でつぶやいた。

彼は他者に親切にする典型例のように、ポール・モンタギューに親切にしてきた。それなのに今、彼がこの世でいちばんだいじにしているものをみな、そのポール・モンタギューから奪われようとしていた。彼は今論理的に考えをたどることも、心のうちを正確に精査することもできなかった。考えれば考えるほど、モンタギューを断罪したくなった。モンタギューのために尽くした奉仕については、誰にも話していなかった。友人のことをヘッタに話すとき、彼は友人とのあいだにあった愛情にしかふれなかった。友人はそういう奉仕を受けてきたがゆえに、彼が愛している娘には恋を控える義務があると彼は感じた。もし不幸なことにこの恋が知らず知らずのうちに生まれてきたものなら、モンタギューは気づいたときにすぐ身を引くべきだった。たとえモンタギューが愛を告白したことなどないとヘッタから保証されても、彼は友人を許す気になれなかった。こんなふうに悲嘆に暮れているのは、ポール・モンタギューのせいだった。もしヘッタがカーベリーを以前訪問したとき、そこに友人がいなかったら、彼女は今ここの女主人になっていただろう。使用人がやって来てディナーの用意ができたことを知らせるまで、彼は欄干に座っていた。それから、悲しみを使用人に察知されないように、そっと食堂に入るとディナーを取った。そのあと、本を手にして座り、読もうとしたけれど、はとこのヘッタのこと以外に考えることができなくて、一語も読めなかった。「こんな感情を克服することも自由にできないなんて、人は何と哀れな生き物だろう」と、彼は独りつぶやいた。

カヴァーシャムでは［五月二十四日］、とても盛大な――田舎のディナー・パーティーとしてはこのうえもなく壮大な――パーティーが開かれていた。ロッドン・パークのロッドン伯爵夫妻とレディー・ジェーン・ピューエットや、主教夫妻や、ヘップワース家の人々が列席した。これらの人々に、カーベリー一家と教区牧師の家族と屋敷に滞在している人々が加わって、総勢二十四人がディナー・テーブルを囲んだ。淑女が十四人なのに紳士が十人しかいなかったので、上手に宴会が手配されたとは言えなかった。当然とはいえ、利便性に優れたロンドンでなら簡単に実現できる正確さで、田舎でこういうことがなされるはずはなかった。そのうえ、ロングスタッフ家は確かに社交界の人々だったけれど、こういう宴会の手配を不得手とすることで有名だった。それでも、正確さで欠けるところは壮大さで補われた。髪粉をつけた仕着せの従僕が三人いた。その田舎ではレディー・ポモーナだけがこんな従僕の奉仕を受けた。じつに威厳のある執事がいて、外見だけでも家族に名声をもたらすのに充分だった。生活の痕跡のない大広間が大きく開け放たれた。誰も座ったことがないソファーと椅子から覆いがはずされた。こんな宴会がカヴァーシャムで行われるのは年に一度あるかないかだ。しかし、いったん催されるとなると、祝宴の壮大さを盛りあげるために利用できるものは何でも利用された。レディー・ポモーナと背の高い二人の娘が、小さなロッドン伯爵夫人とレディー・ジェーン・ピューエット――後者は母の少し小規模な生き写し――を迎え入れるため立ちあがり、他方でマダム・メルモットとマリーが身を恥じるかのように後ろに控えているのを見るのは見物だった。それから、カーベリー一行が、次に主教とイエルド夫人が到着した。大広間はすぐいっぱいになった。しかし、誰も発言しようとしなかった。主教はふつう話し好きだった。ロッドン卿夫人は聞き手の顔ぶれに満足できたら、時間単位で息もつかせずお喋りすることができた。しかし、今は誰も口を利くことができなかった。ロッドン卿はぶらぶら歩いて、話しかけようとしたものの、誰からも助けてもらえなかった。アルフレッド卿は片手で口ひげをしごきながら、じっと立っていた。もっと大物であるオーガスタス・メルモットは、チョッキの両袖ぐりに両親指を引っかけて、意に介さぬふうだった。主教は場の状況を処置なしと見て取って、何もしようとしなかった。主人のロングスタッフは入って来ると、客の一人一人と握手したあと、新しく入って来る客を迎え入れるほうに関心を向けた。レディー・ポモーナと二人の娘は美しく堂々としていたが、退屈で無口だった。それでも、家族の協定に従ってマダム・メルモットをまるまる四日間丁重にもてなしてきた。

カヴァーシャムの淑女たちがそんな努力のあとで疲れを感じていなかったと思われてはならない。

ディナーのときが告げられると、フィーリックスはマリー・メルモットの案内役を務めることが許された。カヴァーシャムの淑女たちが協定で定められた役割を実行したのは当然だった。彼女たちはそういうふうに取り計らうことが、メルモット家にとって望ましいと思い込んでそうしたのだ。大オーガスタス自身はカーベリー令夫人の案内役を務めたから、彼女を大いに喜ばせた。彼女も応接間では黙りこくっていた。しかし、今何かすることがあるとしたら、その努力するのが義務だと思った。「サフォークがお気に召すといいですが」と令夫人。

「かなり気に入ったね。ありがとう。うん、そう。――ちょっと新鮮な空気を吸うには、とてもいいところだな」

「ええ、ほんとうにそうです、メルモットさん。夏になると花を見たくなります」

「うちのバルコニーにはこちらで見るよりきれいな花があるよ」とメルモット。

「そうでしょうね。――あなたは世界中の花の贈物を意のままにできますから。お金があれば何だってできますね。ロンドンの通りをバラの木陰にできるし、美しい岩屋をグローヴナー・スクエアに作れます」

「とてもすばらしいところだな、ロンドンは」

「たくさんお金があればね、メルモットさん」

「たとえなくても、思うに、金を手に入れるのにいちばん便利なところだね。あなたはロンドンにお住まいかな、マダム?」彼はロンドンの自宅でカーベリー令夫人に会っていたにもかかわらず、それを失念していた。ディナーで令夫人の案内役を務めるよう言われたとき、男が鈍感にもよく仕出かす聞き漏らしをして、相手の名を覚えていなかった。

「ええ、ロンドンに住んでいます。そこであなたからおもてなしを受けたこともございます」令夫人は満面に笑みを浮かべてそう言った。

「おや、そうかね。とてもたくさん人が来るから、覚え切れないな」

「そうでしょうね。——世界中の人々があなたのまわりに群がって来ますからね。私はカーベリー令夫人、サー・フィーリックス・カーベリーの母です。息子のほうは覚えておられると思いますが」

「もちろんサー・フィーリックスは知っている。彼は私の娘の隣に座っている」

「幸せ者です！」

「それはどうかな。今の若者はそんなふうに幸せを受け取らないよ。考えることがほかにあるからね」

「息子は仕事のことをずいぶん心にかけています」

「へえ。それは知らなかった」とメルモット。

「あなたと同じ重役会に出ていると思いますが、メルモットさん」

「うん、それが彼の仕事だからね」メルモットはいかめしい笑みを浮かべた。

カーベリー令夫人は何事につけても抜け目がなく、身のまわりで起こっている全体をよく把握していた。しかし、シティのことはあまり知らなかったし、ときどき名簿に名を見る役員の職務についてはまるきり無知だった。「息子はそこで勤勉に働いていると思います」と、令夫人は言った。「あなたの助言と指導という恵みを受けているとき、息子は大きな特権に気づいているはずです」

「彼から困らせられることはあまりないな、マダム、私も彼をあまり困らせない」このあと、カーベリー令夫人はシティにおける息子の地位についてそれ以上ふれなかった。彼女はそのほかにさまざまな話題を取りあげようとしたけれど、メルモットを相手にするとき、手に負えないことがわかった。しばらくして、彼女は無力を感じながら大人物の相手をあきらめると、もう片方の隣に座っているカヴァーシャムの教区牧師の話に乗り、牧師が熱狂的に語る新教主義に耳を傾けることにした。牧師はバラム神父の名が出たことで、宗教的熱意をかき立てられていた。

令夫人の向かいのすぐ近くにサー・フィーリックスと恋人が座っていた。マリーは彼に導かれてディナー会場に入るとき、「ママに言いました」と囁いた。彼女は今恋人にならば何でも話していいという、婚約中の娘に共通の思いで、――共通であるとともに当然の思いで――、頭がいっぱいだった。

「お母さんから何か言われましたか?」と、彼は尋ねた。マリーは恋人に答える前に席に着いて、ドレスを整えなければならなかった。「お母さんから何と言われようと、たいした問題じゃないと思いますね。そうでしょう?」

「ママはいろいろ言っていました。あなたが充分金を持っていないとパパは思うに違いないと、ママは言っています。しっ! 何かほかのことを話しましょう。そうしないと、誰かに聞かれてしまいます」彼女はざわめきのなかでそれだけ言うことができた。

フィーリックスは恋の話など少しもしたくなかったので、喜んで話題を変えた。「乗馬はしましたか?」

「いいえ。こちらに馬はないようです。――つまり、客用の馬はね。どのように帰宅しました? 何か冒険はありましたか?」

「何もありませんでした」フィーリックスはそう言うとき、ルビー・ラッグルズを想起した。「ただおとなしく馬で帰りました。明日ロンドンへ向かいます」

「私たちは水曜に帰ります。間を置かずに会いに来てくださいね」彼女は囁き声でこれを言った。

「もちろんです。シティにお父さんを訪問したほうがいいと思います。毎日お父さんはシティへ行きますか？」

「ええ、そう、毎日行きます。いつも七時ごろ帰って来ます。帰って来たとき、パパはときどき上機嫌ですが、ときどきとても不機嫌です。ディナーの直後に会うのがいちばんいいです。でも、そのときに会うのはとても難しいのよ。アルフレッド卿がほとんどいつも一緒にいますから。それにほかの客も来て、カードで遊びます。シティで会うのがいちばんいいと思います」

「誓いを固く守って投げ出しませんか？」と、彼は聞いた。

「ええ。もちろん。――投げ出しません。私はいったん誓ったら、何があろうと固く守ります。パパはそれを知っていると思います」フィーリックスはこう言う彼女の顔つきに、これまでに見たよりずっと強い意志を見たと思った。おそらく彼女は駆け落ちに応じてくれるだろう。応じてくれたら、一人っ子だから、きっと――ほぼ確実に――父の許しをえることができるだろう。しかし、もし駆け落ちして結婚し、それからマリーが父の許しをもらえないとわかったら、メルモットが一銭も出さずに娘を飢え死にさせるとわかったら、そのとき彼はどうなるだろう？　彼はあらゆる面から駆け落ちが含む意味を検討し、とりわけそんな策を取ったときの問題と費用を考慮したあと、マリーと駆け落ちすることはできないと思った。

ディナーのあと、彼はマリーとほとんど話を交わさなかった。実際、部屋そのものが――宴会の前に客が集まったあの同じ大部屋が――、やはり会話に適さない場所のように思えた。またもや誰も口を利かなくなり、毎分毎分がとても重苦しく流れたあと、ついに馬車がみなを家に送り届けた。「あなたが彼女の隣に座れるように配慮してくれていましたね」と、カーベリー令夫人は馬車に乗ったとき息子に言った。

「うん、それは当然のなり行きだと思いますね。――若い男が一人と若い女が一人しかいなければ、そうなるでしょう」

「そういうことっていつも配慮されます。メルモットさんが喜ぶと思わなければ、誰もそんな配慮なんかしなかったでしょう。ねえ、フィーリックス、もしあなたがこれをやり遂げることができたら」

「できればやります、母さん。あなたが騒ぎ立てる必要はありません」

「ええ、騒ぎ立てはしません。やきもきするのは当然です。あなたはディナーで彼女にりっぱに振る舞いました。あなた方が一緒にいるところが見られてよかったです。おやすみ、フィーリックス。あなたに神のご加護がありますように！」その夜別れるとき母は再び言った。「もし実現したら、私はイギリスでいちばん幸せな、誇らしい母になります」

第二十一章　みんなあの人たちのところへ行きますね

メルモット家がカヴァーシャムを去ったあと、屋敷はとてもわびしくなった。メルモット家をもてなす仕事は終わった。ロンドンに帰る日程が決まっていたら、一家の淑女たちもいくらか慰めをえられただろう。しかし、実情はあまりにも違っていた。日程が決まらないまま木曜と金曜がすぎたとき、レディー・ポモーナとソフィア・ロングスタッフは大きな恐れを感じ始めた。ジョージアナも落ち着かなくなったが、母や姉が言うような父の裏切りは考えられないことを大胆に主張した。父にそんなことを言い出す勇気などないと思った。近ごろは毎日、――日に三度、四度と――、上京について遠回しの言い方をし、問いかけをしたけれど、成果がなかった。ロングスタッフ氏はある特別な手紙が来るのを待っており、それが来るまでは日程を決めることはおろか、日程のほのめかしにさえ耳を貸そうとしなかった。「とにかく火曜には上京することができると思います」と、ジョージアナは金曜の夜に言った。「どうしておまえがそんなことを考えているかわからんよ」と、父は答えた。哀れなレディー・ポモーナは日程を父に決めさせるよう、娘たちからせっつかれた。とはいえ、レディー・ポモーナは末娘ほど向こう見ずに頼みごとをすることはできなかったし、それが聞き届けられるとも思わなかった。日曜［五月三十日］の朝にみなが教会へ行く前に、上の階で大きな討論があった。エルムハム主教がカヴァーシャムの教会で説教をする予定になっていた。三人の淑女はロンドンで作ったいちばんいいボンネットをかぶった。三人は教会へ行くため化粧を終えたところで母の部屋にいた。父が待ち望んでいた手紙が届いたようだった。ロングスタッフ氏は弁護士から速達を受け取ったまま、その内容をまだ明らかにしていなかった。彼は朝食のときふつう以上に黙りこくっていたから、――ソフィアの言によると――これまでになく見て不快だった。今は特にボンネットのことで問題が起こった。「あなた方はそれをかぶるほうがいいです」と、レディー・ポモーナが言った。「というのは、今年はもうロンドンへ行くことはないと確信していますから」

「本気で言っていないでしょう、ママ」とソフィア。

「本気ですよ、あなた。パパがポケットにあの手紙を突っ込むとき、そんな表情でした。パパの表情が何を意味するかよくわかります」

「そんなことって考えられません」と、ソフィアは言った。「パパは約束しました。約束したから、私たちはあんないやな人たちをもてなしました」

「でも、あなた、パパがロンドンに帰れないと言ったら、パパの発言を額面通りに受け取らなければなりません。もちろん決めなければならないのはパパです。パパは本音ではできることなら、私たちをロンドンに連れて帰りたかったと思います」

「ママ!」と、ジョージアナが叫んだ。裏切りはもとからの敵の側――敵であるが、協定の条項に縛られている敵の側――にだけでなく、味方の側にもあったのか!

「私たちにね、あなた、何ができるって言うんです?」とレディー・ポモーナ。

「できるって!」ジョージアナは今はっきり主張するつもりでいた。「こんなふうに私たちが踏みつけにされたままでいないことをパパにわからせます。この方針に沿うことなら、私は何でもします。パパがこんなふうに私を扱うなら、拾ってくれる最初の男と、それがどんな男だろうと、駆け落ちします」

「そんなふうに言わないでちょうだい、ジョージアナ、私を殺したくないならね」

「パパを悲嘆に暮れさせてやります。私たちが幸せだろうと、みじめだろうとパパは意に介しません――少しもね――。一族の名だけが並はずれてだいじなんです。私は奴隷になるつもりはないとパパに言ってやります。ここにとどまるくらいなら、ロンドンの商人と結婚します」妹のミス・ロングスタッフは激情に駆られて目標を見失っていた。

「ねえ、ジョージィ、そんな恐ろしいことを言わないでよ」と、姉が懇願した。

「あなたはこんな目にあってもあまり身に応えないのよね、ソフィー。ジョージ・ホイットステーブルを押さえていますから」

「ジョージ・ホイットステーブルを押さえてなんかいません」

「いいえ、押さえています。あなたが釣った魚はもう揚がっています。ドリーは好きなことばかりして、お金を湯水のように使っています。あなたはね、ママ、田舎にいようとどこにいようと別にかまわないんです」

「とても不当な言い分ね」レディー・ポモーナはそう言ってすすり泣いた。「ひどいことを言っています」

「不当な言い分じゃありません。どこにいようとママは別にかまいません。それに、ソフィーは相手が決まっているようなものです。でも、私は生贄にされそうです！　この恐ろしい穴でどうやって結婚相手を見つけたらいいんです？　パパは約束しましたから、それを守らなければいけません」

そのとき、彼女らを呼ぶ大きな声が玄関広間から響いて来た。「おまえたち、教会へ行くつもりなのか、それとも馬車を一日待たせておくつもりなのか？」もちろん彼女らは教会へ行くつもりでいた。カヴァーシャムにいるときは、いつも教会へ行った。主教の説教とボンネットのせいで、今日は特別行きたかった。

レディー・ポモーナが先導し、列を作って玄関広間に入り、馬車に乗り込んだ。ジョージアナはあとについて歩き、玄関ドアでは目をくれることもなく父のそばを通りすぎた。教会へ行く途中も、帰る途中も、父と言葉を交わさなかった。ロングスタッフ氏は礼拝のあいだ信者席の端に立って、大声で応答を繰り返した。彼は教会でお務めをするとき、生涯教区の模範となった。三人の淑女は膝布団の上にとても似合ったかたちでひざまずいた。説教のあいだ退屈する兆候も、注意を集中する兆候も見せることなく座っていた。彼女らは主教が言いたいことを、文と文を結びつけて把握しようとはしなかった。主教に言いたいことがあろうとなかろうとどうでもよかった。彼女らはその種の忍耐を長所とした。たとえ主教が三十分でなく四十五分説教したとしても、不平なんか言わなかった。ジョージアナがふさわしい夫を何年も待ち続けることができたのも、同じ忍耐力のおかげだった。彼女は最後に安堵に至る公平な機会を与えられさえしたら、どんなに長い退屈にも我慢することができた。しかし、夏のあいだずっとカヴァーシャムに留め置かれたら、主教の説教を永久に聞かされるのと同じくらいひどいことだった！　彼女らは礼拝のあと昼食に帰って来て、黙ったまま食事をした。家長は昼食が終わると、食堂の肘掛け椅子に陣取って、明らかに独りにしてほしいと言わんばかりだった。独りにしてもらえたら、抱えた問題をじっくり考えながら眠り込み、午後を快適にすごすことができるだろう。ただし、今回はそうすることができなかった。食器が片づけられるあいだ、二人の娘は断固その場にとどまっていた。レディー・ポモーナは一度食堂を出ようとしたけれど、娘たちがついて来ないことに気づいて引き返した。ジョージアナは父と「対決する」つもりだと姉に言った。ソフィアはもちろん妹の指示に従って食堂にとどまった。最後の盆が片づけられたとき、ジョージアナが切り出した。「パパ、ロンドンにいつ帰れるか、もう決められるんじゃありませんか？　もちろん予定やら何やら知りたいです。水曜にはモノグラム令夫人のパーティーがあります。ずっと前にそれに出る約束をしています」

「モノグラム令夫人に手紙を書いて、約束が守れないことを知らせたほうがいいね」

「でも、守れるんじゃありません、パパ？ 水曜の朝上京できますから」

「そういうことはできんな」

「でも、あなた、私たちはみな帰る日程を決めてほしいです」と、レディー・ポモーナ。それから、ちょっと間があった。今の心境なら、ジョージアナでさえいつか遠い、漠然とした日が父から提示されても、妥協してそれを受け入れただろう。

「それなら、日程が決まることはないね」とロングスタッフ。

「私たちはどのくらい長くここに留め置かれますか？」と、ソフィアが低く抑えた声で聞いた。

「ここに留め置かれるとはどういうことかわからんな。ここがおまえたちの家じゃないか。腹を決めて生活する場じゃないか」

「でも、ロンドンに帰ることになっていますね？」と、ソフィアが強く聞いた。ジョージアナは黙ったまま立って、耳を傾け、決意し、発言の番を待った。

「今度の社交シーズンにはロンドンに戻れん」ロングスタッフはそう言うと、ふいに手に持っていた新聞のほうに顔を向けた。

「それが決まったことだと言うんですか？」とレディー・ポモーナ。

「それが決まったことだと言っとるんじゃ」とロングスタッフ。

こんな裏切りがこれまでにあっただろうか！ ジョージアナは父の不誠実を思うとき、義侠心に近い怒りを感じた。父の約束がなかったら、ロンドンを離れなかっただろう。父の約束がなかったら、身を汚してまでメルモット家と交際などしなかっただろう。今やその約束が完全に破られることがわかった。父の屋敷をきっぱり逃げ出さない限り、ロンドンに――いやなプリメアロー家のロンドン屋敷にさえ――もはや帰ることができなかった！「じゃあ」と、彼女は冷静を装って言った。「パパは私たちとの約束を計画的に破ったんですね」

「どうしてわしにそんな言い方ができるんじゃ、邪悪な子じゃ！」

「私はよくおわかりのように、子供じゃありませんよ、パパ。私は――法律上――誰からも支配されない自由の身です」

「じゃあおまえは行って、好きなように生きなさい。不正を計画したなどと、わしに、この父に、よくも言えたもんじゃ！　もう一度言ったら、おまえの部屋で独り食べさせるか、このうちでは食べさせせんか、どっちかじゃ」

「私たちが田舎に来て、あの人たちをもてなしたら、ロンドンに連れて帰ると、あなたは約束したでしょ？」

「おまえのような生意気な、反抗的な子とは話をせん。この件について何か言うことがあれば、わしはおまえの母に言う。わしが、この父が、ここに住んでいいと言うだけで、おまえには充分な扱いじゃ。さあ行け。不機嫌にしていたければ、行って、わしの見えないところで不機嫌にしていろ」ジョージアナは母と姉を振り返ると、堂々と食堂から出て行った。彼女は復讐を企てたものの、いくらかおびえていたから、父の前で非難を続ける勇気を持たなかった。女性用居間に入ると、憤慨で鼻息を荒くし、怒りであえぎながらそこに立った。

「これに我慢するつもり、ママ？」と彼女。

「何ができますか、あなた？」

「どうにかするつもりです。だまされて、ペテンにかけられて、おまけに生活の場を奪われて、我慢するつもりはありません。私はいつもきちんとパパに対応してきました。何も言わずに請求書を貯めたことなんかありません」姉が一度こんな問題を起こしたことがあったから、彼女は姉への当てつけとしてこれを言った。「男性と噂になったこともありません。やらなければならないことがあったら、いつもちゃんとやってきました。気分が悪くなるほど、パパのために手紙を書きました。あなたが病気になったとき、遅くとも夜の二時か二時半までしか、外出先にとどまるようパパに求めたことがありません。それなのに、今パパは私に寝室で食事を取れって言います！　それも、私たちをロンドンに連れて帰るとはっきり約束したことを、パパに思い出させたからです。パパは約束しませんでしたか、ママ？」

「約束したと思いますよ、あなた」

「約束したのははっきりしていますね、ママ？　もし私が今何か仕出かしたら、パパがその責任を負わなければなりません。家族のために誠実に尽くしてきたあげく、こんな扱いを受けたくありません」

「あなたは自分のためにそれをやったと思いますよ」と姉。

「あなたが誰かさんのためにやった以上のことを、私は家族のためにやりました」ジョージアナはそう言うとき、とても古い恋愛沙汰——昔の恋愛遊戯、姉が個人資産をほとんど持たない竜騎兵将校と駆け落ちしようとした愚かで無益な試み——に言及していた。あれから十年たっていたから、ひどく辛辣な思いに駆られたとき以外に、それにふれることはなかった。

「私はあなたと同じくらい誠実にやってきました」と、ソフィアは言った。「人が一度も誰も愛さなくて、誰からも愛されないとき、誠実にやっていくのは簡単ですからね」

「あらあら、あなたたちが喧嘩したら、私はどうすればいいんです？」と母。

「苦しまなくてはならないのは私です」と、ジョージアナは続けた。「私が夫として受け入れるような男性が、この田舎で見つかると、パパは思っているんでしょうか？　哀れなジョージ・ホイットステーブルはたいした人じゃありません。でも、ほかにそれらしい人はいません」

「気に入ったら、あなたが取ってもいいです」と、ソフィアは頭をひょいと振って言った。

「ありがとう、あなた、でも気に入りません。まだそこまで落ちていません」

「誰かと駆け落ちする話をしていましたけど」

「ジョージ・ホイットステーブルとは駆け落ちしません。それは確かです。どうするか教えてあげます。──パパに手紙を書くんです。読んでくれると思います。パパはロンドンへ私をみずから連れて行ってくれないなら、プリメアロー家へ私を送り届けてくれなければいけません。全体でいちばん頭にくるのは、田舎でメルモット家の人たちに礼儀正しくしなければならなかったことです。ロンドンでならそんなことをしても、ここであんな人たちを受け入れるのは、とんでもないことでした！」

その日は午後のあいだそれ以上会話はなかった。彼女らは生活に必要なこと以外に言葉を交わさなかった。ジョージアナは父に対してと同じくらい姉に対して辛辣だった。ソフィアはその侮辱に彼女なりの穏やかな仕方で腹を立てた。彼女は今や田舎にとどまることをほとんど受け入れた。なぜなら、田舎にとどまることによって、ジョージアナにふさわしい罰を与えることができたからだ。せいぜい十マイルほどの距離にホイットステーブル氏を確保していることを、当然妹との違いとしてとらえた。レディー・ポモーナは頭痛がすると愚痴を言った。それは家族から話しかけられないようにするいつもの言い訳だった。──ロングスタッフ氏は居眠りを始めた。ジョージアナは午後のあいだずっと独りでいた。次の朝、家長は化粧テーブルの上に次のような手紙を見つけた。──

親愛なるパパ、――

ロンドンへ行くことを私たちがとてもたいせつに感じていると言っても、あなたは驚かないと思います。一年のこの時期にロンドンにいなかったら、誰にも会えません。それが私にとって何を意味しているか、もちろんあなたにはおわかりでしょう。ソフィアの場合、こういう事態が続いても、たいして身に応えません。ママの場合、ロンドンが好きといっても、どうしても行かなければならないというわけではありません。でも、私の場合、とてもとてもつらいです。私が行きたいのは遊びのためではありません。ロンドンにそれほど遊びはありません。でも、もし私がここカヴァーシャムに埋もれることになったら、すぐにも死んだほうがましです。もしあなたが一年か、二年、二つの家をあきらめて、私たちを海外に連れて行ってくれるなら、私は不平なんか言いません。海外には会うとおもしろい人たちがいて、おそらくロンドンより海外のほうが楽に物事が進むでしょう。そうなれば、馬はまったく不要になります。とても安い服を着て、古い品を携帯することができます。確かに請求書なんか貯めたくありませんからね。二十マイル以内にふさわしい結婚相手がいないカヴァーシャムが、私にとってどんなものか考えてくれたら、あなたはここにとどまるように私に求めたりしないでしょう。

あのメルモット家の人たちとともにこの田舎に戻って来たら、私たちをロンドンに連れて帰ると、あなたは確かに約束しました。そのあとでここにとどめ置くと言われて、私たちが失望したとしても、それは驚くに当たりません。生活があまりにもつらいので、私はそれに耐えることができないと感じます。私には何のチャンスもないのに、ほかの娘たちにはとても大きなチャンスが与えられているのを見ると、自分が何を仕出かすかわからないとときどき感じます。(この部分は彼女が誰かと駆け落ちすると母に言った脅迫にもっとも近い、手紙で書ける精いっぱいの脅迫だった。）この夏私たちをロンドンに連れて帰るようにあなたに求めても、——そういう約束でしたが——、今は無駄だと思います。でも、プリメアロー家へ行くお金をいただけたらと思います。それなら必要なのは私と女中のお金だけになります。あなたが最初に上京しないと言い出したとき、ジュリア・プリメアローからロンドン屋敷に来て泊まるように招待を受けました。許してもらえれば、喜んで彼女に確認しますが、すぐ確認しなければなりません。クイーンズ・ゲートにある彼らの家はとても大きくて、部屋があるのはわかっています。彼らはみな馬に乗ります。その場合、私には馬がありません。でも、たくさん馬車があるので、ほかの装備を必要としません。ジュリアと乗る馬車を御してくれる馬丁がいれば、私たちの役に立つでしょう。どうかすぐ返事をください、パパ。

愛するあなたの娘、
ジョージアナ・ロングスタッフ

ロングスタッフ氏は娘の手紙を読んでやった。彼は反抗的な娘を難詰しながらも、この娘をいくらか恐れていた。衝動的に権威を頼みにして、親の威厳を振りかざす立場に立つことができたが、長引く家庭内の不和による苦労の消耗戦も恐れた。この娘が総じて家庭内の騒ぎを好んでいると思った。そうでなければ、こんなにたくさん騒ぎは起こさなかっただろう。郷士はこんな騒ぎを徹底的に嫌った。彼はこの世にあまり旺盛な関心を持たなかった。あまり本も読まなかった。あまり話もしなかった。飲食にも特段好みを持たなかった。賭け事もしなかったし、農場の世話もしなかった。彼は所属する社交クラブのドアやホールや共用部屋に立って、ほかの男が政治問題や醜聞を話しているのを聞くのが何より好きだった。しかし、彼は家族のためなら、喜んでこの楽しみを放棄するつもりでいた。娘が許してくれるなら、満足しつつ資産をたいせつに管理し、カヴァーシャムでものうい長い日々をすごしただろう。ところがじつのところ、この郷士は借金に陥っていた。当人にも家族にも何の役にも立たない華やかな生活を装い、従僕の頭に髪粉を塗りたくり、御者にかつらをつけ、一度もうまくいかなかったのに貴族のりっぱなやり方をまねたからだ。彼は貴族になる野心を持った。こうすることが貴族になる方法だと思った。妻の母から別の資産——ときの流れで倍になった年二千から三千ポンドの金——が息子に入って来た。彼はこれを知ると、伝来の土地を担保にしてしばらくさらに借金を増やした。息子のアドルファスが成人に達したとき、サフォークの資産を救うため、サセックスの資産の売却に同意してくれるものと父は確信していた。しかし、今ドリーは彼自身借金に陥っていたうえ、ほかの問題ではこのうえなく不注意なのに、父との取引に関する限りいつも油断なく身構えた。息子は売却金の半分をただちに受け取れなければ、サセックスの資産の売却に同意しようとしなかった。父は納得できなかったので、それを拒んだが、この世の苦しみがとても身に応えると感じた。郷士はメルモットからずいぶん世話を受けた。ただし、メルモットは世話をするとき、とても苛酷に、暴君のように振る舞った。メルモットはカヴァーシャムにいるあいだにこの家の資産状況を調査し、田舎にこれだけの家を持っていたら、ロンドンに屋敷を構えている資格なんかないと、じつにはっきり言った。ロングスタッフはそのとき娘たちについて、とりわけジョージアナについてだいじなことを口にした。——それでメルモットからある提案を受けた。

ロングスタッフ氏は娘の訴えを読み終えたとき、腹を立てながらも娘に同情した。しかるに、彼が誰よりも憎む男がいるとしたら、それは隣のプリメアロー氏だった。彼が誰よりも憎む女がいるとしたら、それはプリメアロー夫人だった。プリメアローはロングスタッフから見ると、根っからの成りあがりで、ぜんぜん紳士なんかではなかったのに、誰にも借金をしていなかった。プリメアローは出入りの商人に几帳面に金を払って、カヴァーシャムの郷士に会うときは、その金離れのよさを決まってひけらかすように思えた。プリメアローは州や自治区の選挙で党に何千ポンドも寄付して、今や主都選挙区選出の国会議員だった。彼はもちろん急進派であり、――彼の政治行動に関するロングスタッフの見解によると――、保守党側で投票したり、行動したりしても何もえるものがないので、急進派側で行動し、投票していた。そして今、プリメアローが爵位をえそうだとの噂がサフォークにあった。ほかの人たちはその噂を信じなかったが、ロングスタッフは信じた。ロングスタッフはそう信じながらも苦痛を覚えた。バンドルシャム男爵――にせ札束男爵――がまさしく彼の玄関先にいた。ロングスタッフはバンドルシャム男爵のようなやつには耐えられなかった。娘がロンドンでプリメアロー家にもてなされることなんか論外だった。

とはいえ、もう一つ提案があった。ジョージアナの手紙は月曜の朝に父のテーブルの上に置かれていた。ロンドンと手紙のやり取りをする時間なんかあるはずがない翌朝［六月一日］、レディー・ポモーナは末娘を呼んで、一通の手紙を読むように手渡した。「パパがさっきこれを渡してくれました。もちろんあなたが自分で判断しなければなりません」これがその手紙だ。――

親愛なるロングスタッフさま

あなたはこの社交シーズンにロンドンに戻らないと決めているようだが、ひょっとするとあなたの若い娘の一人は、私たちのところに来たがるかもしれない。メルモット夫人は六月と七月に喜んでジョージアナを受け入れてくれるだろう。もしそうなら、彼女はメルモット夫人に一日前に知らせてくれるといい。

真にあなたのものである

オーガスタス・メルモット

　ジョージアナはこの招待状に目を通すとすぐ日付を見た。日付はなかった。必要と思われるときに使われるよう、父の手にゆだねられていたものと確信した。彼女は息を荒げた。父も母もこのメルモット家について彼女がどう話しているか聞いており、どう思っているか知っていた。招待の仕方自体にも傲慢さがあった。しかし、彼女は最初それについて何も言わなかった。「私がプリメアロー家へ行くのはどうしていけませんか？」と、彼女は聞いた。

「父さんが聞く耳を持ちません。あの人たちには虫唾が走るんです」

「私はメルモット家のほうが嫌いです。もちろんプリメアロー家も嫌いです。でも、彼らはメルモット家よりましです。メルモット家へ身を寄せたりしたら、悲惨でしょう」

「自分で判断しなければなりません、ジョージアナ」

「行くか、――それともここにとどまるか、ですか？」

「そう思いますよ、あなた」

「パパが望むなら、私が反対する理由がありません。あそこへ行くのはひどく不快で、――何ともぞっとします！」

「マダム・メルモットは無口のようでしたが」

「ふん、ママ！　無口ですって！　あの女は私たちを恐れていたから、ここでは無口でした。私たちのような人種とのつき合いにまだ慣れていません。もし私が同じうちのなかにいたら、あの女はそういう不慣れを克服できます。でも、まあ！　何て下卑た人たちでしょう！　まさしくどぶからさらってきた屑に違いありません。見ませんでした、ママ？　あまりにも自分を恥じて、口を利くことさえできませんでした。メルモット家の人たちが何ともぞっとする人たちだとしても不思議じゃありません。あの人たちには身震いします。メルモット氏くらい見て恐ろしい人がいるでしょうか？」

「みんなあの人たちのところへ行きますね」と、レディー・ポモーナは言った。「スティーヴェネッジ公爵夫人は何度も行きました。オールド・リーキー卿夫人もそうです。みんなあの人たちのうちへ行きます」

「でも、みんなあそこへ行って、一緒に住むわけじゃありません。ねえ、ママ、――あの男やあの女と一緒に十週間、毎日朝食の席に着かなければいけないんですよ！」

「おそらく上の階で朝食を食べさせてくれます」

「でも、あの人たちと一緒に外出しなければいけません。――あの女のあとについて部屋に入るんです！想像してみてください！」

「でも、あなた、ロンドンにたまらなく行きたいんでしょう」

「もちろん行きたいです。何かほかにいい手づるはないかしら、ママ？ ねえ、ママ、出口がなくてまったくうんざりです！ 遊びごとだなんてほんとに！ パパは遊びごとだって言います。もしパパが私の半分も働かなければならないとしたら、こんな目にあうことをどう思うか知りたいです。行かなければならないと思います。行ったら病気になって死にそうになるのはわかっています。ぞっとする恐ろしい人たちですから！ それなのに、パパは行けって言います。いつも誇り高いパパ――ちゃんとした仲間とつき合うことを、とてもだいじにしているパパ――がです」

「事情が変わったんですよ、ジョージアナ」と心配な母。

「あんな人たちのところへ行ってとどまるようパパが望むなんて、ほんとうに事情が変わったんですね。ねえ、ママ、メルモット氏と比べれば、バンゲイの薬剤師のほうがまだ紳士です。マダム・メルモットと比べれば、薬剤師の奥さんのほうがまだ淑女です。でも、私は行きます。あんな人たちと一緒にいるところをパパが見たいというなら、それは私の責任じゃありません。これ以上自分を辱める行為はないでしょう。あんな家に住む娘にちゃんとしたりっぱな男が求婚するとは考えられません。もし私が証券取引所からぞっとするような男を連れて来ても、あなたも、パパも、驚いてはいけません。パパが考えを変えました。それなら、私も考えを変えたほうがいいです」

その夜、ジョージアナは父と言葉を交わさなかった。とはいえ、レディー・ポモーナがロングスタッフに、娘がメルモットの招待を受けいれたことを知らせた。母がメルモット夫人に手紙を書いたので、ジョージアナは次の金曜［六月四日］に上京することになった。「これがあの娘に気に入るといいが」とロングスタッフ。哀れな父は皮肉を意図して言ったわけではなかった。気質上皮肉を言うような辛辣さを持ち合わせていなかった。それでも、哀れなレディー・ポモーナはそれをとても残酷な言葉として聞いた。誰がどうしたらメルモット夫妻と一つ家に住みたいと思うだろうか！　金曜の朝、ジョージアナが鉄道駅へ向かう直前、姉とのあいだでちょっとした感動的な会話があった。妹はいつものように頭を高く掲げていようと努めたが、できなかった。姉の前でもこれからやろうとしていることに気後れした。「ソフィー、ここに残るあなたがとてもうらやましいです」

「でも、ロンドンへ行くと決めたのはあなたでしょう」

「ええ、私が決めました。今もそう決めています。何とか身を固めなければいけません。ここではそれができません。でも、あなたは身を辱めては駄目です」

「あそこへ行くことに辱めなんかありませんよ、ジョージィ」

「いえ、あります。あの男はペテン師で、泥棒だと私は思っています。あの女は考えられるもっとも下卑た匹婦だと思っています。良家の人たちに見せる彼らの見せかけは、奇怪です。従僕や女中のほうが彼らよりはるかにましです」

「じゃあ行かないで、ジョージィ」

「行かなければなりません。残された唯一のチャンスです。私がここに残れば、婚期を逸したとみんなから言われます。あなたはホイットステーブルと結婚して、きっとうまくやれます。あそこは大きいうちとは言えないけれど、借金なんかありません。ホイットステーブル本人も悪い人じゃありません」

「さあ、どうかしら?」

「もちろん彼は無口です。いつもうちにいますからね、でも、紳士です」

「確かにそうね」

「私はもう相手が紳士かどうか気にするのをやめます。年に四、五千ポンド持って来る最初の男を、たとえその男がニューゲート監獄出か、ベドラム精神病院(1)出であっても、受け入れます。そして、これはパパのやったことだといつも言います」

それから、ジョージアナ・ロングスタッフはロンドンにのぼり、メルモット家にとどまった。

註

(1) 一八七二年にはSouthwarkのSt. George's Fieldsにあったイギリス最古の精神病院で、St. Mary Bethlehemのこと。現在はBethlem Royal Hospitalと呼ばれる。

第二十二章　ニダーデイル卿の道徳心

　南中央太平洋沿岸及びメキシコ大鉄道が抜群の有望株だという噂が、このころシティでふつうに流れていた。メルモットがこの鉄道に全身全霊をささげていることが知られていた。メルモットがこの鉄道の実父であると、この鉄道を起業し、広告し、煽り、浮上させたと、――大フィスカーにははなはだ不当にも――、断言する多くの人々がいた。鉄道はそのせいでみなに知られた。ソールトレーク・シティからメキシコへの鉄道には、もともとかなり空中楼閣的な雰囲気があった。アメリカ極西部に住む私たちの同胞は、想像力に満ちていたと思われる。メキシコは事業の安全性や、時計仕掛けのごとく四、五、六％の利益を生む安定性に欠ける点で、私たちのあいだでは評判がよくない。しかし、二十五％を着実に払うパナマ鉄道という小さな事業があった。また、大陸を横断してサンフランシスコに至る、莫大な資産を生む大鉄道もあった。如才ない人たちは、前のほかの投機より南中央大鉄道のほうがましだと信じるようになった。こう信じるようになった根底には、疑いなくこの事業に対するメルモットの偏愛があった。フィスカーは相棒のモンタギューを説得して、大人物に手紙を出したとき、「石油を掘り当てた」わけだ。

　ポール・モンタギューは如才ない人とはとても言えなかったので、シティの言い方によると、事態の進行を捕捉することができなかった。定例重役会――いつも半時間もかからなかった――では、マイルズ・グレンドールが二、三枚の文書を読んだ。メルモットは数語をゆっくり話し、上機嫌に振る舞おうとし、つねに勝ち誇ったような態度を取った。それから、全員が懸案のすべてに同意し、誰かが何かに署名し、その日の「重役会」が終わる。ポール・モンタギューはこういうやり方に強い不満を抱いた。彼は不賛成だからというのではなく、「ただ理解したい」から、一、二度ならず会の手続きを止めようとした。しかし、会長は侮蔑のこもった沈黙で彼をうろたえさせた。同僚たちも彼に反対して、乗り越えがたい障壁となった。アルフレッド・グレンドール卿は「それはまったく不必要なことだと思う」と断言した。モンタギューがベアガーデンで今親しくつき合っているニダーデイル卿は、彼の肋骨を肘でそっとつついて、口をつぐむよう命じた。コーエンループは流暢ではあるがめちゃくちゃな英語で短いスピーチをして、シティの所定のやり方ですべてがなされているとみなに保証した。サー・フィーリックスは最初の二回の会議に出たあと姿を二度と現さなかった。ポール・モンタギューは傷む良心を抱えつつ、南中央太平洋沿岸とメキシコ大鉄道の重役の一人としてこんなふうに仕事を続けた。

直接の金銭的な報酬がしっかり恵まれていたという事情のせいで、ポールが良心の重荷を重く感じたか、軽く感じたか、私にはわからない。会社は創業開始からまだほんの六か月とたっていなかった。――とにかくメルモットはそれより前には事業にかかわっていなかった。ポールは百十二ポンド十シリングで五十株を売るようにすでに二度提案された。何株所有しているかぜんぜん知らなかったが、二度とも売却に同意して、翌日六百二十五ポンドの小切手を受け取った。――その金額は一株百ポンドの利ざやだった。彼はマイルズ・グレンドールからそれを提案された。彼が株の割り当ての仕方についてマイルズに質問したとき、それは投資された資本に応じて取り決められ、カリフォルニアでの資産の最終処理に左右されるという答えを受け取った。「でも、ぼくらの見方によると、君」と、マイルズは言った。「君が心配する必要は何もないと思いますね。みなのなかで君がいちばん恵まれているように思います。メルモットは君の投資を確かな収入と思わなかったら、株を徐々に売るように助言したりしないでしょう」

ポール・モンタギューはこういう説明を聞いても納得できなかったから、今にも足もとをすくわれそうな地面の上に立っているように感じた。事業全体についての不確実性と、危惧される不誠実性のせいで、しばしばひどくみじめになった。こういうみじめな瞬間に良心が強く働いた。しかし、彼にもほとんど勝利に酔うとき、富の喜びを感じるときがあった。重役会では説明を要求して鼻であしらわれたにもかかわらず、会の外では事業にかかわる人々からさまざまな配慮を示された。メルモットは二度三度とディナーに彼を誘った。コーエンループはリックマンズワース(1)の小さな在所に彼に来るように招待した。――モンタギューはまだこれに応じていなかった。アルフレッド卿はいつも彼に優しくした。ニダーデイル卿とカーベリーは社交クラブでしきりに彼を仲間にしようとした。ほかの多くの門戸も同じように彼に開かれた。メルモットがこの鉄道の発案者と見られていたが、フィスカー・モンタギューが商会名にあるモンタギュー&モンタギュー商会が事業に大いに関与していることが知られており、ポール・モンタギューがその一人であることが知られていた。シティとウエスト・エンドの人々は、彼が事業を全面的に掌握している人だと思い込んで、天から降って来るマナの一部が彼の意のままになるかのように彼を扱った。こういうことから、若者はうれしくなくはない果実をえた。それゆえ、彼は金の誘惑に部分的にしか抵抗することができなかった。徹底的に問題をえぐろうとときどき決意したものの、ときどきにしかそんな決意をしなかった。彼は金の所有をすこぶる快適に感じた。ヘンリエッタ・カーベリーに求婚しないよう誓わされている――と了解している――期間が、もうすぐ終わろうとしていた。その期間が終わったとき、妻に快適な家を用意できるだけ充分な資産があると思っていられるのはうれしかった。彼は熱望と恐れの入り混じるなか、ヘンリエッタ・カーベリーに誠実であろうとし、彼女を中核に希望を膨らませていた。しかし、ヘッタが事情をみな知ったら、心のなかから彼を消し去ろうとするのではないかと恐れた。

ほかの重役たちの胸中には、会長に対する困惑、不満がかなりあった。それはモンタギューを悩ました疑念とはまったく異なる不平から生じていた。サー・フィーリックス・カーベリーもニダーデイル卿も、株を売るように勧められなかったので、名を利用されたことによる報酬を少しも受け取っていなかった。二人はモンタギューが株を売ったことをよく知っていた。彼が売却について隠し立てをしなかったからだ。彼はいつか義兄にしたいフィーリックスに、どの株をどれくらいで売ったか詳細に話した。――それゆえ、二人は二人なりにこの問題を理解する努力をした。一株の元値が百ポンドで、一株当たり十二ポンド十シリングがもうけとしてモンタギューに支払われ、元金はほかの株に再投資されたように思われた。しかし、処理はとても複雑に見えることを二人は互いに認めた。モンタギューはサンフランシスコにいるハミルトン・K・フィスカーに説明を求める手紙を書くことしかできなかった。けれど、まだその返事を受け取っていなかった。じつのところ、ニダーデイル卿とカーベリーが苦々しい思いをしたのは、モンタギューが手に入れた金のせいではなかった。モンタギューが実際に金を株に注ぎ込んだから、そこから金を引き出す資格を有していることを二人は理解していた。二人はもっと莫大な利益のことで、メルモットに不平を言うことは思いつかなかった。メルモットがどんなに偉大な男か知っていたからだ。コーエンループのもうけについては何も聞いていなかった。コーエンループはシティで正規に働いており、おそらく調達できる資金を持っていたのだろう。二人はコーエンループに直接当たってみた結果、とんでもなく謎めいた相手で、心のうちを理解することなどできなかった。一方、二人はアルフレッド卿が株を売って、利益をえたことを知った。アルフレッド卿が資金を出せるはずがないことを二人は知っていた。もしアルフレッド・グレンドール卿に利益をえる資格があるなら、どうして二人にはその資格がないのか？　もし利益をえる日が二人に来ていないのなら、どうしてアルフレッド卿にはその日が来たのか？　アルフレッド卿がご機嫌を取られなければならないほど会社側を恐れさせることができるなら、どうして二人はそんなことができないのか？　アルフレッド卿はメルモットとつねに行動をともにしていたので、――この若い二人が言う通り、メルモットの従者頭になっていたので――、それで支払がなされたのだろう。しかし、二人はこの理由づけにも納得しなかった。

「君は株を売っていませんか？」サー・フィーリックスは社交クラブでニダーデイル卿に聞いてみた。ニダーデイルは重役会にいつも出席していた。フィーリックスはニダーデイル卿からも肩すかしを食らうことをずいぶん恐れた。

「一株もね」

「利益はえていませんか？」

「まったく一シリングもね。金銭のやり取りについて、唯一の取引がフィスカーのディナーの一部を私が持ったくらいです」

「じゃあ、シティへ行って何の得をしました？」とサー・フィーリックス。

「それがわかれば苦労しません。いつか何か出て来ると思います」

「一方で、ご承知でしょうが、ぼくらの名義のことがあります。グレンドールはそれで一財産をえました」

「哀れなじいさんです」と、卿は言った。「景気がいいのなら、借金の一部でもマイルズに支払わせるべきだと思いますね。ヴォスナーの請求書が回って来たとき、みんなマイルズに金を用意してくれと言うべきだと思います」

「その通りです、ほんとうに。言いましょう。言ってくれますか？」

「言っても役に立ちませんね。支払をすること自体が、彼にはとても無理です」

「昔、人は博打で作った借金を払いました」とサー・フィーリックス。准男爵はまだ金回りがよくて、かなり借用証書をためていた。

「今、人は借金を払いません——気に入らなければね。債務者は金がないとき、昔はどうしていたでしょうね?」

「破産して」と、サー・フィーリックスは言った。「逐電して、二度と噂に聞かなくなりましたね。イカサマがばれたときも同じでした。今はイカサマをしても、誰からも何も言われません!」

「私なら何も言いません」と、ニダーデイル卿は言った。「人に意地悪をして何になります? お説教はあまり得意じゃありませんが、人を許すことについての聖書のあの部分は、だいじなことを言っていると思います。もちろんイカサマはよくありません。支払ができないとわかっている人が博打をするのもよくありません。しかし、ドリー・ロングスタッフのように酔っぱらったり、グラスラウのようにみんなと喧嘩をしたり、——誰かさんのように持参金を持っているという理由だけで、哀れな娘と結婚しようとしたりすることほど、それは悪くないと思います。弱みのある人は他人に文句を言ってはいけません。聖書を読んだことがありますか、カーベリーさん?」

「聖書ですか! ええと。——はい。——いいえ。——つまり、昔は読んだと思います」

「石を拾ってあの女に投げつける最初(2)の人になってはならないと、私はしばしば思います。自分も生き、他人も生かす。許し合って生きよう。——それが私の座右の銘です」

「ですが、株についてどうにかしなければならないことには賛成してくれますね」サー・フィーリックスはそう言いながら、人を許すという卿の教義が度を超すこともあるかもしれないと恐れた。

「ええ、もちろん賛成です。老グレンドールを心から生かします。しかし、私も彼から生かしてもらわなければいけません。ただし、猫に鈴をつけるのは誰です?」

「どの猫につけるんです?」

「私たちは老グレンドールに頼っても無駄です」とニダーデイル卿。卿はこの問題をちゃんと理解していた。「若いグレンドールに頼っても無駄です。老人のほうはぶつぶつうなるだけで何も言いません。若者のほうは思い浮かぶありとあらゆる嘘を口にします。今ここで言っている猫とは、私たちの大会長オーガスタス・メルモットです」

フィーリックス・カーベリーはサフォークから帰って来た翌日〔五月二十六日〕、このささやかな話し合いをした。このとき、知っての通り、准男爵はマリー・メルモットとの結婚許可を老メルモットからもらうことを人生の大きな課題としていた。許可をもらうには、猫に鈴をつけなければならない。今のところ彼は現状で充分と判断していた。心の底でメルモットを恐れていたから。けれども、彼がよく知っているように、ニダーデイルも同じ目的に専念していた。ニダーデイルはとても奇妙なやつだなと彼は思った。あの聖書の話も、罪を許す話も、じつに奇妙だった。女相続人との結婚についてあんなふうに話すのも非常に奇妙だった。ニダーデイルがあの女相続人と結婚したがっていることを彼は知っていた。彼があの女相続人と結婚したがっていることはニダーデイルも知っていたに違いない。それなのに、ニダーデイルはこの話にふれるほど無神経だった!　今この男は誰が猫に鈴をつけたらいいか聞いた!「ぼくより頻繁にあそこへ行きますから、君がいちばんうまく鈴をつけることができます」とサー・フィーリックス。

「どこへ行くっていうんです?」

「重役会へです」

「しかし、君のほうがいつも会長のうちにいます。会長は私に礼儀正しくしてくれますが、おそらく私が貴族だからです。しかし、貴族だという同じ理由で、会長は二人のうちで私のほうが馬鹿だと思っています」

「それは違うと思いますね」とサー・フィーリックス。

「鈴のことを本気で言っているなら、私は会長を恐れませんよ」と、ニダーデイル卿は続けた。「会長は神に見放されたみじめな老人です。私たちの死体が金になるなら、彼はきっと君や私の皮を剥ぎます。しかし、彼は生きた私の皮を剥ぐことができませんから、私が彼の皮を剥ぐ試みをしてみましょう。全体から見ると、彼はむしろ私に好意を寄せてくれていると思います。なぜなら、私はいつも彼に公正にしてきたからです。すべてを彼が決めることができるなら、わかるでしょう、明日にもあの娘は私のものです」

「そうですか?」サー・フィーリックスは友人の主張に疑念を差し挟むつもりはなかったが、こんな奇妙な発言に答えるのは難しいと感じた。

「しかし、あの娘は私をえたいと望んでいません。私が彼女を望んでいるかどうかもはっきりしません。金が必ずしも全部ついて来ないとすると、いったいどうしたらいいでしょう?」それから、ニダーデイル卿はぶらぶらと歩いて去って行った。残された准男爵は卿がほのめかした事態について深く思いをめぐらした。もし彼、サー・フィーリックス・カーベリー、があの娘と結婚して、金が必ずしも全部ついて来ないとわかったら、いったいどうしたらいいだろう。

次の金曜[五月二十八日]、つまり重役会が開催される日、ニダーデイルはアブチャーチ・レーンにある大人物の事務所に出かけて、どうにかうまく会長と一緒に歩いて重役会に向かった。メルモットはニダーデイル卿に対するとき、いつも非常に丁重な態度を取った。それにしても、会長はこのときまで婿候補と仕事について話し合ったことがなかった。

「あなたにちょっとお伺いしたいことがあります」ニダーデイル卿はそう言って会長の腕を取った。

「何なりとどうぞ、閣下」

「カーベリーと私が株を売って、金を手に入れてもいいとはお思いになりませんか?」

「いや、そうは思わんな——私の考えを言わせてもらえればね」

「へえ、——そうですか。しかし、なぜ私たちはほかの者と同じじゃないのですか?」

「君とサー・フィーリックスは金を投資したかね?」

「ええと、そう言われると、私たちは投資していないと思います。アルフレッド卿はどれくらい投資しましたか?」

「アルフレッド卿に代わって、私が株を買ったんだ」メルモットは私という代名詞を特に強調して言った。

「アルフレッド・グレンドール卿に金を融通することが妥当だと、私が判断したら、君の同意も、サー・フィーリックス・カーベリーの同意も、求めることなくそうしていいだろ」

「ええ、それはそうです。あなたが自分の金ですることを詮索したくありません」

「それははっきりしていると思う。だから、この件についてもうこれ以上ふれずにおこう。しばらく待ってくれ。ニダーデイル卿。そうしたら、事業がうまく行っていることがわかるだろう。もし遊んでいる数千ポンドの金を君が株に投資したら、そりゃあもちろん株を売ることができる。株があがれば、売ってもうけることもできる。いつか近い日にそうすることで、重役の資格づけをすることができるよ。資格ができるまで、株は君に割り当てられているが、譲渡されることはない。そんなふうに現時点では考えられている」

「なるほどそういうことですか?」と、ニダーデイル卿は事情を理解した振りをして言った。

「君とマリーのあいだで私たちの希望通りにことが進むなら、君はほぼ好きなだけ株を手に入れることができる。——つまり、君のお父さんが適切な取り決めに同意してくれればね」
「きっと取り決めは順調に進むと思います」と、ニダーデイル卿は言った。「ありがとうございます。あなたに深く感謝します。カーベリーに全部説明しようと思います」

註

（1）Greater London の北西郊外（London 中心部から二十七キロ北西）、Hertfordshire 南西部（Grand Union Canal と River Colne の北）に位置する。
（2）「ヨハネによる福音書」第八章第三節から第十一節。

第二十三章　「そうです。——ぼくは准男爵です」

息子がマリーの父に会って、正式に結婚の申し込みをすることをカーベリー令夫人がいかに切実に望んでいたか、読者はたやすく理解できるだろう。「愛する私のフィーリックス」令夫人は正午少し前に息子の寝台のそばに立って言った。「どうか結婚の申し込みを延期しないでくださいね。コップを唇に運ぶあいだに、どれほど多くの予期せぬ出来事が起こるかあなたは知りません」

「会長が上機嫌のときに会うのが肝心です」と、サー・フィーリックスは弁解した。

「でも、娘は冷たくされていると感じるでしょう」

「その恐れはありません。彼女なら大丈夫です。お金のことをどう会長に切り出すか？　それが問題です」

「私に何か忠告が与えられればいいですがね、フィーリックス」

「ニダーデイルは前に結婚話があったとき、約定の条件として現金を要求しました。それとも卿の父が卿に代わって要求しました。たくさんの現金が式の前に支払われることになりました。ただただニダーデイルがしたいことをするお金を必要としたから、そういうなり行きになったんです」

「お金の設定なんていやな話じゃありませんか？」

「そうでもありません。お金が即金で支払われるという条件でなら、——たとえば年七千ポンドか八千ポンドの——収入が保証されるという条件でなら、ぼくは同意しますね。それ以下なら同意しません、母さん。

それ以下なら、お話になりません」

「でも、あなたにお金は一銭も残っていません」

「ぼくにはかき切る喉もあるし、吹き飛ばす脳味噌もあります」息子は母に対して効果的と思う主張をした。しかし、もし母が息子を知っていたら、彼のような男が生きて喉をかき切ったり、脳味噌を吹き飛ばしたりしそうもないことは確信できただろう。

「まあ、フィーリックス！　そんな無慈悲な言い方を私にするなんて」

「無慈悲かもしれません。ですが、ご存知のように、母さん、取引は取引です。あなたはお金のためにぼくをこの娘と結婚させたいわけでしょう」

「あなた自身が彼女と結婚したがっていると思いました」

「この件についてはじつに冷静に考えています。彼女のお金がほしい。お金がほしいとき、どれくらいたくさん手に入れられるか、どれくらいなら我慢できるか、確かに手に入るか、そういうことをはっきりさせておかなければなりません」

「もっともなことだと思います」

「もし彼女と結婚することになって、しかもお金が手に入らなかったら、そのときは喉をかき切るしかありません、母さん。男が賭けをして負けたら、また賭けて勝つこともできます。ですが、男が女相続人をえようとして、お金のない妻を手に入れたとき、お荷物を背負ったと感じるしかありません」

「お父さんは当然先にお金を払ってくれます」

「言うのは簡単です。もちろん会長はそうしなければいけません。ですが、すべてが取り決められたあと、お金が支払われないからといって教会へ行かなかったら、かなりまずいことになります。会長はとても賢いから、お金が支払われたかどうかわからないように仕組むでしょう。一年分の一万ポンドをポケットに入れて持ち歩くことなんかできませんからね。母さんが出て行ってくれたら、寝床を出ることを考えてもいいです」

カーベリー令夫人は危険が待ち受けていることを知って、あらゆる面からこの問題を検討した。一方に、令夫人はグローヴナー・スクエアの屋敷や、際限のない支出や、集まっている公爵夫人たちや、大人物に示される人々の人気や、金融業者としての名声を見ることができた。それから、そういうものと息子――准男爵――の無一文の状態とを比較検討した。息子は実際そんな状態にあって、絶望的だった。そんな男は確かに危険を冒さなければならない。ニダーデイル卿のような人は金銭面で一時的にしか困難に陥らない。卿には一族の資産や、侯爵位や、金色の未来があった。けれど、フィーリックスには未来に待ち受けるものは何一つなかった。彼のものになるよきものはもう揃っていた――職と、爵位と、ハンサムな顔とだ。確かに何か危険を冒してみる必要があった！　グローヴナー・スクエアで披露されるような富の荒廃や残骸でさえ、准男爵の現在の状態よりはまだましだろう。それに、老メルモットはいつか破産するようなことがあるとしても、今のところは確かに資産を持っていた。大人物が娘を片づけたあとも、日の当たるあいだにたっぷりもうけることもあるのではないか？　令夫人は翌朝――日曜［六月六日］だった――息子を訪ねると、もう一度結婚するよう説得した。「少しくらい危険は覚悟しなければならないと思います」と令夫人。

サー・フィーリックスは土曜の夜のカード賭博で悪運に泣いたうえ、おそらく少しワインを飲みすぎていた。とにかく不機嫌で、干渉されるとかっとなった。「放っておいてほしいなあ」と、彼は言った。「ぼくのことはぼくのしたいようにしたいから」

「あなたのことは私のことではありませんか？」

「いえ、母さんは彼女と結婚する必要がありませんし、あんな連中に我慢する必要もありません。やらなければならないことは自分で決めます。おせっかい屋は不要です」

「恩知らずな子！」

「よくわかっています。あなたの望み通りにしないと、ぼくは恩知らずなんです。あなたはぼくの助けになっていません。裏目に出ることをしているだけです」

「じゃあ、どうやって、あなた、生きて行くつもりです？　ずっと私と妹の重荷になっていくつもりですか？　それで、何の恥も感じませんか。ロジャーはやはり正しいです。私はロンドンをきっぱり捨てて、あなたを独り悲惨な生活に残すことにします」

「それがロジャーの言うことですね？　そんなやつだとずっと思っていました」

「彼は私のいちばんの友人です」もしこの主張をカーベリー令夫人から直接聞いたら、ロジャーはどう思っただろうか？

「あいつは怒りっぽい、けちな、おせっかいな、ごろつきにすぎません。もしあいつからまた干渉を受けたら、ぼくがどう思っているかはっきりあいつに言ってやります。いいですか、母さん、ぼくの寝室でこんなつまらない議論に煩わされるのは非常に不愉快です。もちろんあなたのうちですが、ぼくに部屋を使わせてくれるんなら、自由に使わせてくれればいいと思います」カーベリー令夫人はこれ以外のやり方で、これ以外の時間に息子に会うことができないことを、今のような彼女と息子の精神状態では説明することができなかった。彼が朝食に降りて来るまで待っていたら、五分で逃げられてしまい、翌朝のとんでもない時間まで二度と会うことはできないだろう。母は子の貪欲を満たすため、胸から血を分け与えるペリカンも同然だった。とはいうものの、母は血に対する報酬、犠牲に対する見返りをもらってもいいと思った。このひよこは残っている母の血の最後の一滴までも飲み尽くして、それから母鳥の甘やかしを干渉だと言って腹を立てた。母はロジャー・カーベリーの発言が正しいと思う瞬間を何度も味わった。それでも、そのときになったら、やはり息子に厳しくすることができないことを知った。母は愛情という弱みのせいで自分に愛想を尽かしつつも、そのことを自覚していた。息子が完全に没落するなら、母も一緒に没落しなければならない。息子が持つ残酷さ、冷たい無慈悲さ、横柄さ、邪悪さ、未来に対する破滅的な無関心にもかかわらず、母は最後までこの子にしがみついて行かなければならない。母がこれまでにやってきたすべて、耐えてきたすべて――やっていることや耐えているすべては――息子のためではないか？

サー・フィーリックスはカーベリーから帰ったあとグローヴナー・スクエアへ行って、マダム・メルモットとマリーに会った。しかし、この二人に一緒に会ったから、婚約について一言も口に出すことができなかった。彼は年配の女性をあまりうまく利用することができなかった。奥方はふつう愛想よかったが、そのときはそうでもなかった。奥方はミス・ロングスタッフをうちに迎え入れることになったと言って、この娘が「退屈な人」なので、この滞在はとてもうんざりだと彼に言った。これに対して、マリーはこの娘を好きになりたいと言った。「馬鹿ね！」と、マダム・メルモットは言った。「あなたが人を好きになることなどありません」これに対して、マリーは恋人のほうを見てほほ笑んだ。「ええ、そう。たいへん結構な言い方ね、――そんな言い方ができるうちはね。でも、あなたこそ友人なんかいらないんです」このことから、サー・フィーリックスはマダム・メルモットが少なくとも彼の求婚のことを知っており、それを頭から否定してはいないと判断した。彼は土曜に社交クラブでマリーの手紙を受け取った。「日曜の二時半にうちに来てください。昼食のあとパパに会えます」彼は母が寝室に入って来たとき、この手紙を持っており、マリーの指示に従うことに決めていた。しかし、ワインを飲みすぎて気分がよくなかったので、どうするつもりか母に伝えなかった。

准男爵は日曜［六月六日］の三時ごろグローヴナー・スクエアのドアを叩いて、淑女たちへの取り次ぎを請うた。ドアを叩く瞬間まで、――叩いたあと大きな玄関番がドアを開けているときも、――メルモット氏への取り次ぎを求めるつもりでいた。ところが、ぎりぎりの最後に勇気を失って、応接間に案内された。そこに彼はマダム・メルモットと、マリーと、ジョージアナ・ロングスタッフと、――ニダーデイル卿を見つけた。マリーは彼がすでに父と会ったと思ったから、不安げに彼の顔を見た。彼はマダム・メルモットのかたわらの椅子にするりと座ると、くつろいでいるようすを装った。ニダーデイル卿はミス・ロングスタッフといちゃつき続けた。ミス・ロングスタッフはこの家の女主人や娘にまったく頓着することなく、半分囁き声で卿といちゃついた。「どうしてあなたがここに来られたか存じあげています」と彼女。

「わざわざあなたに会いに来ました」と卿。

「ここに私を見つけることなんか、ニダーデイル卿、予想していなかったのは明らかです」

「やれやれ、すべて知ったうえで、わざわざやって来たのです。ここはなじみのうちですからね」

「ここはあなたがいるべきうちです――ずっとね」

「いえ、違います。陸軍に入るとか、法廷弁護士になるとか、そんなときに人が悩むように、私はここに入り込むことをいろいろ考えました。しかし、合格しませんでした。そこにいるフィーリックスは幸せ者です。私はここに来続けます。あなたが客としてここにいますからね。あなたはお気に召さないとは思いますが」

「気に入りませんね、ニダーデイル卿」

その後、マリーはうまく工夫して窓辺でしばらく恋人と二人だけになった。「パパは下の書斎に独りでいます」と、彼女は言った。「アルフレッド卿が入って来たとき、卿に書斎から出るようにパパは言いました」サー・フィーリックスはすべてが彼のためにお膳立てされていることをはっきり知った。「あなたは下に降りて」と、彼女は続けた。「下男に書斎に案内するよう求めてください」

「またあがって来ましょうか?」

「いいえ。でも、私宛の手紙をマダム・ディドンにこっそり残してください」サー・フィーリックスはこのうちになじんでいたから、マダム・ディドンがマダム・メルモットの侍女であり、家中の女性たちからふつうディドンと呼び捨てにされていることを知っていた。「あるいは、ディドンにこっそり郵送してください。そっちのほうがよさそうです。今すぐ行ってください」サー・フィーリックスは娘の本性が変貌したようにひしひしと感じた。とはいえ、彼はマダム・メルモットとちょっと握手を交わしたあと、ミス・ロングスタッフに会釈して、書斎へ向かった。

まもなく彼は書斎と称される威厳のある部屋にメルモット氏と二人だけになった。大金融業者は日曜の午後をたいていここでアルフレッド・グレンドール卿とともにすごした。彼はここで数百万ポンドのことを考え、ニューヨークやパリやロンドンの証券取引所で、ポンドの値や資金を動かしていると思われた。しかし、このときは口に葉巻を突っ込んだまま、まどろんでいた眠りから目を覚ました。「ごきげんよう、サー・フィーリックス」と、彼は言った。「女性たちに会いに来たんだろ」

「たった今まで応接間にいました。ですが、こちらに来るとき、あなたにお会いしたいと思いました」准男爵が鉄道のもうけの取り分の話で来たと、メルモットはすぐ思った。それなら、厳しい態度を取ろう、おそらく無礼でもかまわないと、ただちに心構えを決めた。金融業者としての力量に干渉されたと雷でも落としたら、いちばんうまく対処できると信じた。彼はそういう振る舞いにふさわしい地位にもう登り詰めたと思った。野蛮かつ高飛車な態度を取ることで、半分羽根を抜かれた臆病な連中を簡単に脅せるのを経験から知っていた。彼の同僚たちが勝負の仕方を半分も心得ていないのに、彼はその仕方を充分すぎるほど知っていた。それで、彼らの臆病あるいは無知につけ込むことができた。疑問の余地のない支配力をそのどちらかでえられないときは、同僚たちの強欲につけ込んだ。彼は若い仲間が好きだった。なぜなら、彼らは年寄り臆病で、強欲でなかったからだ。彼はニダーデイル卿をすぐ丸め込んだ。サー・フィーリックスが相手なら、あまり難しくないとメルモットは予想した。アルフレッド卿の場合は、買収せざるをえなかった。

「君に会えてとてもうれしいよ」と、メルモットは眉をあげて言った。彼と商取引をしている人々が、しばしばじつに不快に思う表情だった。「だが、今日は商談にふさわしい日とはとても言えないな、サー・フィーリックス、――商談にふさわしい場所でもないね」

サー・フィーリックスはベアガーデンにいればよかったと思った。なるほど商談――特殊な商談――で来た。とはいえ、どの日より日曜がいちばんいいと、ほかのどの日より日曜のほうが父は上機嫌だと、マリーから言われた。サー・フィーリックスはその父から上機嫌で迎えられているとは思えなかった。「邪魔をするつもりはありませんでした、メルモットさん」と彼。

「そうだろうね。君に言おうと思っていたところだ。あの鉄道のことを話したいんだろ」

「ええ、いいえ、違います」

「お母さんは田舎で私に、君に仕事に身を入れてほしいと話しかけて来た。身を入れるような仕事はないと言ってやったがね」

「母は仕事について何も知りません」とサー・フィーリックス。

「女にはわからないことだな。まあいい。――せっかく来たんだから、君のためにできることは何だね?」

「メルモットさん、ぼくは——来たんです、——来ました。——要するに、メルモットさん、ぼくは娘さんの求婚者としてあなたに認めていただきたいんです」

「えっ、くそっ——君が！」

「ええと、はい。あなたの同意がもらえることをぼくらは願っています」

「じゃあ、娘は君が来ることを知っているわけだね？」

「はい、——知っています」

「私の妻は——知っているかね？」

「ぼくはまだ奥さんにこの話をしていません。ミス・メルモットがおそらく話しています」

「君と娘が了解し合ってどれくらいたつんだね？」

「彼女に会ったときから、ぼくは惹かれていました」と、サー・フィーリックスは言った。「実際にそうなんです。ときどき彼女に話しかけました。こういうことがどういうふうに進行するか、あなたもご存知でしょう」

「そんなこと、知るもんか。だが、どうあらねばならないかは知っている。多額の金がかかわるように見えるとき、男は娘に話すより、まず父に先に話したほうがいいことくらい私は知っている。父の金がほしかったら、そうしなければ、そいつは馬鹿だ。それで、娘は君と約束したかね？」

「約束についてはよくわかりません」

「君は娘と婚約していると思っているかね？」

「彼女が約束から抜け出したいと思うなら、婚約しているとは思いません」とサー・フィーリックス。こう言えば、この父に迎合できるかもしれないと思った。「彼女がそう思うなら、もちろんひどくがっかりです」

「娘は君が私のところに来ることに同意したかね?」

「ええと、はい。――一応ですね。もちろんあなたにすべてがかかっていることを彼女は承知しています」

「そりゃあ違うな。娘は成人に達している。娘が君との結婚を望むなら、結婚できる。君の望みがそれだけなら、娘の同意で充分だ。君は確か准男爵だね?」

「はい、そうです。――ぼくは准男爵です」

「つまり、自己資産を持っているね。君は父の死を待つ必要がないわけだ。たぶん金には無関心だろ」

これはこの父を怒らせる危険を冒しても、排除しなければならない考えだと、サー・フィーリックスは感じた。「ちょっと違います」と、彼は言った。「あなたは当然娘に資産を用意してくださると思っています」

「それなら、君が娘のところへ行く前に、私のところに来なかったのが不思議だな。娘が私を喜ばせるために結婚するんなら、私は間違いなく娘に金を与えよう。どれだけ与えるかは問題じゃない。娘が私を無視して、自分を喜ばせるために結婚するんなら、ファージング銅貨さえ与えないね」

「あなたが同意してくださることを願っていました、メルモットさん」

「同意するとは一言も言っていない。結婚はできる。君は上流社会の人で、爵位も持ち、――きっと資産もあるからね。娘を養えるくらい君に収入があることを示してくれたら、とにかく考えてみよう。君の資産はどれくらいかね、サー・フィーリックス?」

年に三千か、四千ポンドの収入――たとえ五千か、六千ポンドでも――、そんな収入がメルモットのような男にとってどれほど意味があるだろうか? サー・フィーリックスはそう思った。何百万ポンドという無際限の金を稼いでいるとき、ささいな金のことを聞いてはいけない。しかし、大人物はそれを聞いて来た。結婚を申し込まれた義父の特権の一つとして、そんな質問をした。とにかく回答しなければならなかった。サー・フィーリックスはいい機会だからほんとうのことを言おうと一瞬思った。そのときはいやな思いをするだろうが、あとからとやかく言われることはないだろう。事実を言っておいたら、厳しい追及でますます深い泥沼に引きずり込まれることはないはずだ。希望をすっかり失うかもしれないが、同時にみじめさもみな終わりにすることができる。しかし、彼は必要な勇気を欠いていた。「たいした資産じゃありません」と彼。

「ウエストミンスター侯爵[1]ほどじゃないということかね」と、油断できない悪党の、金持ちの、巨漢は言った。

「いいえ。——とてもそんなものじゃありません」サー・フィーリックスは弱々しく笑った。

「だが、准男爵の爵位を維持するくらいは持っているだろ?」

「どう維持するかによりますね」サー・フィーリックスはいやなことを先延ばしにした。

「一族の在所はどこかね?」

「サフォークのカーベリー・マナーが昔から一族の在所です。ロングスタッフ家の近くです」

「あそこは君のものではないだろ」と、メルモットは鋭く言った。

「はい、まだです。でも、私がそこの相続人です」

他国で生まれ育った人々が、理解に苦しむことがイギリスに一つあるとするなら、それは爵位と資産が一緒にか、あるいはさまざまな家系によってか、受け継がれて行く制度だろう。裁判所の司法制度は複雑で、国会の手続きも複雑だ。それらを規制する規則はかなり変則的だが、それでも貴族制度と長子相続の入り組んだ変則性に比べれば簡単に覚えられる。こういう制度のもとで育った人々は、子供が言葉を学ぶようにそれを学ぶ。しかし、年を取ってからそれを学ぶ他国の人々が、その完全な理解に至ることはほとんどない。メルモットはみずから選んだ国のやり方をたいせつに思い、理解しようとした。理解できないときは、無知を隠すことを得意とした。ところが、彼は今当惑していた。サー・フィーリックスが准男爵だと知っていたから、それゆえ一族の長だと思っていた。郷士ロジャー・カーベリーがカーベリー・マナーを所有することを知っていたから、名からそれが一族の古い資産に違いないと判断した。そして今、准男爵は郷士のただの相続人だと確かに言った。「ああ、君は相続人なのかね？　だが、郷士はどうやって君より先に在所をえたんだね？　君が家長なんだろ？」

「はい、もちろんぼくが家長です」と、サー・フィーリックスは真っ赤な嘘をついた。「ですが、郷士が死ぬまで土地はぼくのものになりません。すべてを説明したら、時間はいくらあっても足りません」

「その郷士は若くないかね？」

「いえ、――若いとは言えません。とても年だとも言えません」

「もし郷士が結婚して、子供ができたら、そのときはどうなるかね？」

サー・フィーリックスは真実をちゃんと話しておけばよかったと思い始めた。「どうなるかはよくわかりません。相続人はぼくだと理解しています。郷士の結婚はなさそうです」

「その間、君の資産はどうなるかね？」

「父が公債と鉄道株券でお金を遺してくれました。――それからぼくは母の相続人です」

「君は私の娘と結婚したいと言ってくれた」

「その通りです」

「それなら、君がこれから既婚者として一家を支えていく収入額と、何による収入か、教えてもらってもいいかね？　君がえようとする立場を考えれば、当然こういうことを君に問い質しても差し支えなかろう」風船のように膨れあがったペテン師、都会の下劣な悪漢が、富を熱望する若者にじつにけち臭くつけ込んだ。サー・フィーリックスが地位を意識したのはそのときだった。彼は准男爵ではないか？　紳士で、とても男前で、一流の連隊にいた上流社会人ではないか？　投機の思惑を吸収したこの膨張男、商売の金を詰め込んだこの大食漢は、准男爵以上の者を娘に望むなら、へどが出そうなこんな質問——紳士ならまるきり答えることができない質問——なんかしないで、なぜはっきり言えないのか？　紳士がメルモットのような男の娘に結婚を申し込むとき、金銭上の重圧を抱えてそうしていることは、わかりきったことではないか？　紳士が地位や階級を提供するので、娘は金を提供する、それが了解された取引ではないか？　それなのに、この低俗な卑劣漢は偽りの権威を振りかざして、こんなぞっとする質問をしたのだ！　サー・フィーリックスは黙って立って、相手の顔を見ようとしたが、できなかった。——この家から出たい、ベアガーデンへ行きたい——と思った。「君は置かれた状況がよくわかっていないようだね、サー・フィーリックス。おそらく君の弁護士に私宛の手紙を書かせるといいよ」

「たぶんそれがいちばんいいでしょう」と恋人。

「それか、あきらめるかのどちらかだな。娘は間違いなく金持ちになる。だが、金は金を呼ぶからね」このとき、アルフレッド卿が部屋に入って来た。「今日はとても遅いねえ、アルフレッド。来ると言っていた通りにどうして来なかったのかね？」

「ここには一時間以上前から来ていました。あなたが外出していると聞かされました」

「昼食どきを除けば——私は一日この部屋を出ることはないよ。さようなら、サー・フィーリックス。ベルを鳴らしてくれ、アルフレッド。ちょっと炭酸割のブランデーでも飲もう」サー・フィーリックスは同僚の重役であるアルフレッド卿とちょっと挨拶を交わすと、出て行く前に最後にメルモットに握手させることに成功した。「あの若者について何か知っているかね?」と、メルモットはドアが閉じられるとすぐ聞いた。

「あいつは一文なしの准男爵ですよ。――陸軍にいましたが、除隊しなければならなくなりました」アルフレッド卿は大きなタンブラーに顔を埋めて言った。

「一文なし! そうじゃないかと思ったよ。だが、サフォークの地所の相続人だろ?」

「ぜんぜん違いますね。同名ですが、それだけのことです。カーベリー氏がそこに小さな土地を持っています。明日にでも私にくれそうな土地です。まあそんな話はありませんが、そうしてくれたらいいですね。あの若者はその地所とはまったく無関係です」

「へえ、何の関係もないのか!」メルモットはじっくり考えてみるとき、若者の図々しさにほとんど感嘆した。

註

(1) Hugh Lupus Grosvenor (1825-99) のこと。当時六百万ポンドの資産を持つイギリスでもっとも裕福な人と言われた。

第二十四章　マイルズ・グレンドールの勝利

サー・フィーリックスは社交クラブへ歩いて向かうとき、王手詰みにされたと感じた。それと同時に、いとも簡単に彼を場外へ叩き出した会長の傲慢さに満腔の怒りを感じた。理解する限り、勝負は終わっていた。なるほど彼はマリー・メルモットと結婚してもよかった。この父もそんなことを言った。彼はマリーのあの誓いが嘘ではないことを全面的に信じた。マリーがどこまでも彼に執着することを疑わなかった。マリーは――ごく自然に――彼に恋着しており、――おそらく生来の――馬鹿だった。しかし、彼は恋愛で勝負をしているわけではなかった。娘が両親の同意をえずに結婚に成功したとき、父はつねに最後には娘を許さざるをえないと人から聞いた。ふつうの父なら、そうだろう。ところが、メルモットは断固ふつうの父ではなかった。メルモットはおそらくこれまでに生を受けた人のなかで最低の人非人だと、サー・フィーリックスは心で断言した。サー・フィーリックスは会長の眉をあげるようすや、真鍮のような額や、こわばった口もとを思い出さずにいられなかった。メルモットにまったく対抗することができないことを知った。今辻馬車でベアーガーデンへ運ばれるとき、彼は会長を呪い、ののしった。

しかし、どうしたらいいだろう？　彼はマリー・メルモットをすっかりあきらめ、グローヴナー・スクエアに近づくことを避け、メキシコ大鉄道を含めて、この家族との関係をすべて絶つべきだろうか？　ある考えがひらめいた。ニダーデイルは株がほしいと会長に訴えた結果を彼に説明してくれた。「私たちは何も買っていないから、何も売ることができないわけです。わかるでしょう。そこが味噌のようです。私は親父に事情を説明して千ポンドか二千ポンド出してもらいます。親父が金を回収できると思ったら、出してもらって、私は差額をもらいます」その日曜［六月六日］の午後、サー・フィーリックスはこのことについて考えた。「ぼくも千ポンド出して、差額を手に入れるというのはどうだろうか？」暗算してみた。百ポンドで十二ポンド十シリングのもうけ！　千ポンドで百二十五ポンドのもうけ！　全部現金払い。サー・フィーリックスの理解では、一回の操作が終わったらすぐ、その千ポンドを次の操作に利用する。知力を絞ってこれを吟味したとき、それがこの世のメルモットたちが金をもうける方法なのだとわかり始めた。ただ一つ難点があった。元手の千ポンドがないのだ。しかし、彼は総じて運を味方につけていた。必要な金の半分以上をシティの銀行口座に貯めていた。残りの半分以上の金も、ドリー・ロングスタッフとマイルズ・グレンドールの借用証書のかたちで持っていた。実際二人がちゃんと金を持っていたら、――金を回収できない事態に思いを致すとき、彼は怒りで胸が熱くなった――、明日にもシティへ行って、千ポンド分の株を買うことができるだろう。それでもまだ自由になる金を手もとに残していた。もしこれをすることができたら、この行為が、彼に資産がないというメルモットの告発のいちばんの反論になるのではないか？　ドリー・ロングスタッフからは、お金を回収する努力をしよう。マイルズ・グレンドールからは、現金を回収できないとしても、この負債を利用して、シティで仕事をする彼に働きかけることができると思いついた。マイルズは重役会の秘書だから、株購入に必要な金を全額現金にしなくてもいいように、ひょっとすると取り計らってくれるかもしれない。サー・フィーリックスはこれには確信が持てなかった。しかし、こうすればマイルズ・グレンドールの負債を利用できると思った。社交クラブで友人が入って来るのを待って座っていると き、「借金を返さないやつなんか大嫌いだな」と、彼はつぶやきながら、博打で負けても金を払わない連中に、喜んで執行したい無慈悲な法律を心のなかで練った。「どうしてやつらが臆面もなく他人に顔向けができるか、ぼくには理解できないね」と独り言で言った。

彼はメルモットの前に資本家として立ち現れるというこの大仕事を念頭に置いて、求婚を続けることに決めた。それで、指示に従ってマリー・メルモットに手紙を書いた。

親愛なるM

お父さんは――お金のことで――ひどく怒っています。おそらくあなたがお父さんに会うほうがいいでしょう。あるいは、お母さんに会ってもらうのはどうでしょう？

いつもあなたのものであるF

彼はこれを指示されたようにグローヴナー・スクエアのマダム・ディドン宛ての手紙に同封し、社交クラブで投函した。少なくとも手紙のなかでは、のっぴきならない事態に置かれそうなことにはふれなかった。社交クラブでは、いわゆるハウス・ディナーがふつう日曜は八時に出た。五、六人の男が席について、いつも食事後に博打をした。この日は七時ごろ、ドリー・ロングスタッフがシェリー酒とビターを求めて入って来た。フィーリックスは金の話をするいい機会だと思った。「ぼくのために明日借用書を現金化してもらえませんかね？」

「明日！　えっ、どうして！」

「理由はこうです。君をほんとうの友人と思っているので、何でも率直に言えます。ぼくはメルモットのあの娘をねらっています」

「君が彼女をつかまえそうだという話は聞いているよ」

「どうなるかわかりません。ですが、とにかくやってみるつもりです。ぼくはシティのあの重役会にかかわっています」

「重役会のことなんかぜんぜん知らないね、君」

「うん、でしょうね、ドリー。ここに一晩だけ来て、ぼくらの金をごっそり巻きあげて行った米国人、モンタギューの友人を覚えているでしょう」

「朝カリフォルニアへ帰って行った絹チョッキのあの男かい。一晩中博打をしたあげくカリフォルニアへ旅立つなんてさ。生きて向こうに着いたかどうかずっと気になっていた」

「ええと。――事情を残らず君に説明しても役に立ちません。君はこの種のことが嫌いでしょうから」

「ぼくはとても抜け作だからね」

「君が抜け作だとは少しも思いませんが、ちゃんと説明すると一週間かかるでしょう。ですが、ぼくにはどうしてもシティで明日――水曜でもいいです――、たくさん株を買うことが必要です。その支払をしなければなりません。もし支払わなければ、老メルモットはぼくが根っからお金に困っていると思うでしょう。彼は確かにそんな言い方をしました。彼の娘とぼくの唯一の問題がお金のことです。ねえ、わかりますか、株を手に入れることがどんなにだいじなことか?」

「たくさん金を持つことはいつもだいじなことさ。それはわかる」

「確実にやれると思わなかったら、ぼくは株なんかに手を出しません。君はどれくらいぼくに借金しているか知っていますか?」

「ぜんぜん」

「およそ千百ポンドです！」

「たぶんね」

「マイルズ・グレンドールはぼくに二千ポンド借りています。グラスラウとニダーデイルは負けるとき、いつもマイルズの借用書でぼくに支払うからです」

「借用書を持っていたら、ぼくもそうするね」

「借用書以外に使えるものがなくなって、それが実際に無価値になるときがまもなくやって来ます。この屑をテーブルでつかまされるとき、勝負に何の意味があるかわからなくなります。グレンドール本人はそれについて何も感じていません」

「まあそうだろうね」

「ぼくに金を返してくれますね、ドリー？」

「メルモットがぼくのところに二回やって来た。あるものの売却をぼくに同意させたいのさ。やつは老練な泥棒でね、ぼくから盗むつもりでいる。もしやつがぼくの提案通りに金を払ってくれるなら、そこから千ポンドが君の手もとに入ることをやつに伝えてやってもいい。それ以外に君に金を返す方法を思いつかないね」

「それを文書にしてくれるとありがたいです――事務的に」

「そういうことがぼくにはできないな、カーベリー。時間の無駄だね。ぼくは手紙をいっさい書かない。書けないんだ。君がやつに言ってくれ。売却がうまくいったら、ぼくが清算すると」

マイルズ・グレンドールもそこでディナーを取った。ディナーのあと喫煙室で、サー・フィーリックスは秘書とささやかな取引をしようとした。秘書が株の分配者である会長に何らかの影響力を持つと信じていたからだ。彼はつねならぬ礼儀正しさで仕事に取りかかった。「ぼくは会社の株を買いたいです」とサー・フィーリックス。

「へえ。――そうですか」マイルズは頭から足もとまで煙草の煙で身を包んでいた。

「やり方がわかっているわけではありません。ニダーデイルがメルモットと話して、その結果を説明してくれました。水曜に二千ポンド分株を手に入れたいです」

「うう、――ええ」

「そうしてもいいでしょう、――ね?」

「もちろん――いいことです!」提案がなされるたびに、マイルズ・グレンドールはますます煙草をふかした。

「いつも現金ですか?」

「いつも現金です」マイルズは現金払いという忌まわしい制度を非難するかのように頭を横に振った。

「株の代金としてかりに五十%の頭金を入れたら、重役に対しては会社がいくらか時間的猶予を与えてくれませんか?」

「会社は半分の株数をくれます。同じことですからね」

サー・フィーリックスはこれを考えてみたが、彼の見方からすると、相手の発言の真意を理解することができなかった。「株があがるのを見越して――また売りたいですから」

「うん、また売りたいですね」

「ですから、株を全部もらう必要があります」

「半分でやることができるでしょう」とマイルズ。

「十株――つまり千ポンドからぼくは始めることにしました。ええと。――金はあるけれど、たくさん銀行からおろしたくありません。五十％を即金で払うということで、十株手に入れるよう君からどうにか取り計らってもらえませんか？」

「そういうことはメルモットが独りでやっています」

「君はぼくへの支払を焦げつかせていることを、ねえ、会長に説明できるんじゃありませんか？」サー・フィーリックスはこれが借金の支払を秘書に切り出す微妙な方法だと考えた。

「それは個人的な問題です」と、マイルズは眉をひそめて言った。

「もちろん個人的な問題です。ですが、もし君が借金を払ってくれさえすれば、それで十株買うことができるから、それは公的な問題になるでしょう」

「二つの問題をごちゃまぜにはできないと思いますよ、カーベリー」

「ぼくを助けてくれませんか？」

「そんなふうにはできませんね」

「じゃあ、いったい君はいつぼくに借金を返してくれるんです？」サー・フィーリックスは債務者の平然たる態度をまのあたりに見て、この露骨な表現で請求するように追い込まれた。賭博の借金を返さない男、借金を返す算段をしようとしない男、それなのに仕事と私的な問題をまぜこぜにしないと言う生意気な男がここにいた！　若い准男爵は胸くそを悪くした。マイルズ・グレンドールは黙って煙草をふかし続けた。この問いには答えることができなかった。それで、彼は何も答えなかった。「君はぼくからいくら借りているか知っていますか？」と、准男爵は続けた。攻撃を始めたからには続けようと決めた。部屋には男たちの小さな集団がほかにあったから、株についての会話は小声で始まった。サー・フィーリックスは囁き声で最後の二つの問いを発したが、腹を立てていることを顔つきで表した。

「もちろんわかっています」とマイルズ。

「それで?」

「ここで話すつもりはありません」

「つもりはないって?」

「うん、ここは共用部屋ですからね」

「ぼくは話すつもりです」と、サー・フィーリックスは声を高めた。

「誰か上にあがってビリヤードをしないかな?」マイルズ・グレンドールはそう言うと、椅子から立ちあがった。それから、サー・フィーリックスに好きなだけ腹いせの言葉を言わせておいて、ゆっくり部屋から出て行った。一瞬、サー・フィーリックスは部屋中に今のやり取りをばらしてやろうと思った。しかし、マイルズ・グレンドールのほうが彼より評判がいいのではないかと思い不安になった。

日曜の夜も十一時ごろになると、娯楽室に博打打ちが集まった。ドリー・ロングスタッフがこの部屋にいた。ドリーと一緒に二人の貴族もいて、もちろんサー・フィーリックスとマイルズ・グレンドールもいた。それに、これを言うのは残念だが、こういう人たちと交わるようなたちではないポール・モンタギューもいた。サー・フィーリックスはこの面々に加わるのが妥当とは思わなかった。みなの合意によって支払の義務を免れているように見えるグレンドールと勝負をして、いったい何の意味があるのか? とはいえ、もし彼と勝負しなかったら、ほかのどこにトランプ台を見つけることができるだろう? 一同はホイストから始めて、すぐそれをやめ、ルーに熱中した。仲間のなかでいちばん軽蔑されていたのがグレンドールだ。しかし、一同が上質のゲームであるホイストをやめたのは、グレンドールのしつこい提案に従ったからだ。「ホイストを続けよう。相手ペアを出し抜くのが好きだから」とグラスラウ。「ときどき何もしないでいるのはひどく楽しいね。それに、いつも賭けていられる」と、ドリーがすぐ言った。「ルーは嫌いです」と、サー・フィーリックスが三番目の発言に応えた。「ホイストがいちばん好きです」と、ニダーデイルが言った。「しかし、君たちがしたいものなら何でもいいです。望むならコイン投げゲームでもね」結局、マイルズ・グレンドールが意見を通して、ルーが選ばれた。

　二時ごろになるとグレンドールが独り勝ちしていた。それほど高額な賭け金ではなかったが、それでも彼が大きく勝った。たくさんチップがプールに溜まるたびに、彼がさらった。彼の場合、この幸運の訪れにもかかわらず、対抗する男たちからほとんどねたまれなかった。彼がこれまで不運だったから。男たちは彼の借用書で払うことができた。彼らが苦痛を感じることなく手放せるほどじつに無価値な借用書だった。ドリー・ロングスタッフでさえそういう借用書の蓄えを持っていた。そういう蓄えを持たなかったただ一人がモンタギューだった。負けた額が小さいあいだ、モンタギューは現金で支払うことができた。しかし、――現金をマイルズ・グレンドールから回収することがまったくできないのに――、現金がマイルズに渡るのを見て、サー・フィーリックスは我慢がならなかった。「モンタギュー」と、彼は言った。「これをしばらく現金の代わりに使ってください。終わったとき、まだ持っていたら、ぼくが引き取ります」彼はそう言って、テーブル越しにマイルズの借用書をたくさん手渡した。当然のなり行きとして、フィーリックスが現金を多く受け取り、マイルズが自分の無価値な借用書をたくさん回収することになるだろう。モンタギューは言われた通りにしてもたいした違いになると思わなかったから、その通りにしたか――しようとした。そのとき、マイルズが介入した。彼と第三者のあいだに割り込むどんな正当性が、サー・フィーリックスにあるのか？「こういうことは理解できません」と、マイルズは言った。「ぼくは君に勝つとき、カーベリー、ぼくの借用書を受け取ります。君がそれを所持している限りはね」

「そりゃあまったくご親切ですね」

「でも、ぼくの借用書をテーブルで両替のためにやり取りされたくありません」

「それなら、君がこれを現金にすればいいです」サー・フィーリックスはそう言って、テーブルの上に一つかみの借用書を置いた。

「喧嘩はよしましょう」とニダーデイル卿。

「カーベリーはいつも喧嘩のもとだね」とグラスラウ。

「確かにそうですね」とマイルズ・グレンドール。

「ぼくくらい喧嘩をしない人はいません。ですが、こんな借用書をたくさん持っていても、望むときに現金に換えられないことを知っているとき、グレンドールが現金を受け取って、持ち逃げしてはいけないとぼくは言いたいです」

「誰が持ち逃げするって?」とマイルズ。

「誰でもなくなぜ君にモンタギューの金の差配ができるのかね?」とグラスラウ。

問題が議論されて、こういう結論が出た。サー・フィーリックスがやろうとしたように、テーブル上でマイルズの借用書をやり取りすることは禁止された。一方、グレンドール氏はみなが解散するとき、勝った金を借用書の買い戻しに充てること、借用書の持ち主に定まった利子を払うことを名誉にかけて誓った。サー・フィーリックスはその決定をえて、とても不機嫌になった。朝の六時か七時になると、みながそんな取引を正確に履行する状態にないことを知っていた。――実際にそういうことをするには会計士が必要だろう。マイルズがまだ勝者なら、現金の持ち逃げは必定だと彼は思った。

准男爵はかなり長いあいだ口を利かないまま、じつに穏健な勝負をした。カードを投げ、ほとんどいつも負け、それでも最小の負けに抑えて、記録板をじっと見た。彼はマイルズ・グレンドールの右隣に座っていた。そのマイルズが椅子を徐々に動かすと、彼から離れて、ドリー・ロングスタッフに近づいているのを見たと思った。ドリーはマイルズの左隣にいた。これが一時間続いて、そのあいだグレンドールは勝ち続け、――ポール・モンタギューからボロ勝ちした。「これまでにこんなに長く幸運が続く人を見たことがないなあ」と、グラスラウは言った。「始めてから毎回二枚の切り札が君の持ち札として配られたね！」

「こんなにずっといい手札が続いたことはありません」とマイルズ。

「ぼくが勝負に出たとき、君はいつも勝ったろ」と、ドリーは言った。「毎回罰金をプールさせられたよ」

「ぼくはずいぶん負けていましたから、ちょっと幸運が続いたからといってねたんじゃいけません」とマイルズ。彼は勝負を始めてから作った得点計算用の紙の数取り――千ポンドをかなり超えていたと思われる――を破棄して、思いがけない天の賜物――彼にとってとても大きな関心事――である現金も受け取った。

「そんなことを言い合っても何の役にも立ちません」と、ニダーデイルは言った。「勝ち負けに関するこういう騒ぎはほんとうに嫌いです。勝負を続けるか、寝るか、どっちかにしましょう」寝るのは馬鹿げていた。それで、彼らは勝負を続けた。しかし、サー・フィーリックスはほとんど口を利くことなく、勝負にもほとんど加わらないで、マイルズ・グレンドールをそれとなく監視した。ついに一枚のカードが男の袖に入っていくのを見たと確信した。勝負の行方がエースのカードを持つか、持たないかにかかっていることをそのとき思った。すぐさまこのいかさま師に突進して、身につけているカードを取りあげたいという誘惑に駆られた。しかし、怖気づいた。グレンドールは大男で、もしカードが出なかったら、どうなるだろう？　それに、奪い合いになったら、きっとごったになってわけがわからなくなるだろう。まわりの連中がそんな告発を信じたがらないことを彼は知っていた。グラスラウはグレンドールの友人だった。ニダーデイルとドリー・ロングスタッフときたら、仲間の一人のイカサマを疑うくらいなら、いつまでもだまされるほうを選ぶだろう。彼は被疑者の暴力も、被害者の鈍感な人のよさも恐れた。彼は好機を見送って、また監視し、またカードが抜き取られるのを見た。三度イカサマを見たから、とうとうほかの連中がそれに気づかないのを不思議に思った。マイルズは札が配られるたびにイカサマをした。フィーリックスはもっと詳細に監視し、勝負のたびにその男が最低一枚のエースを持っていることを確信した。これくらい簡単な勝ち方はないと思った。ついに彼は頭痛を訴えると、立ちあがって、ほかの連中が勝負をしているのをそのままにして立ち去った。千ポンド近くすっていたが、みな紙の上でのことだった。「あの人はどこか変だな」とグラスラウ。

「彼はいつもどこか変だと思います」と、マイルズは言った。「金についてひどく貪欲です」マイルズは勝ちを占めて少し増長していた。

「そういうことはね、グレンドール、口に出さなければ出さないだけいいです」と、ニダーデイルは言った。「私たちはずいぶん我慢しています、わかるでしょう。彼は誰よりたくさん耐えましたから」マイルズはすぐ委縮して、その勝負では工作することなくカードを配った。

第二十五章　グローヴナー・スクエアにて

マリー・メルモットはディドンから月曜［六月七日］早朝に受け取った手紙に物足りなさを感じた。ディドンは今やっていることを主人か奥方に知られたら、家から追い出されると流暢なフランス語で言った。奥方が侍女を解雇することはまずないと、マリーは言った。「ええ、奥方はそうかもしれません」とディドン。侍女は奥方について知りすぎるほど知っていたから、首になるはずがなかった。「でも、ご主人はどうでしょう！」家の主人がこの件について何か知る可能性はまったくないと、マリーははっきり答えた。家庭内では誰も何も主人に言わなかった。みなが主人を敵と見なして、つねに待ち伏せし、いつも岩や木に隠れて銃撃した。メルモットは今家のなかで主人としては不快なそんな状況に置かれていた。だから、彼は他人を信用する気になれなかった。娘はなるほど駆け落ちするかもしれない。しかし、誰が金のない娘と駆け落ちするだろうか？　父から以外にどこから金が出るだろうか？　彼は自分も自分の力も知っていた。娘を許して、害をもたらした女たらしに富を与えるような父ではなかった。侯爵か伯爵の義父にしてくれるから、娘には価値があった。しかし、彼はそんな姻戚による支援なしに社会的地位をあげればあげるほど、娘の助けをますます必要としなくなった。アルフレッド卿は疑いなくとても彼の役に立った。上手に金を使い、上手に振る舞うことによってメルモット自身が准男爵になれると、アルフレッド卿は囁いた。「だが、イギリス人じゃないと言われたら？」と、メルモットはほのめかした。イギリスで生まれている必要も、イギリス人の名を持っている必要もなく、そんなことを問われることもないことを、アルフレッド卿は説明した。まず国会に入って、適当な側に――アルフレッド卿はもちろん保守党側のことを言っていた――少しばかり金を使い、宴会で物惜しみしなければ、准男爵の地位につけるだろう。気前よく金をばらまけば、今は達成できない栄誉などないことが実際にわかるだろう。この会話のなかで、メルモットは持っている金と、金を生み出す力をあたかも無尽蔵であるかのように言い、――アルフレッド卿はその言葉を信じた。

マリーは手紙に物足りなさを感じた。父が「ひどく怒っています」と書かれていたからではなかった。生まれてこの方父を知っており、腹を立てているのが父の常態だった。ただ、この手紙には愛情を表す言葉がぜんぜんなかったからだ。彼女は情が深く、相手の若者を心底愛していたから、ディドンを介して彼と情熱的な文通を続けられれば、うれしかった。彼女は愛していない男たちの求愛を受け入れることにかつて同意した。――それは今暮らしている驚くべき世界に入った直後のことだった。ときがたつにつれて、子供から脱却し、勇気を心にはぐくんだ。自己という主体性を意識するようになったが、その自意識は威厳のある人や威厳のある名や威厳のあるものになじむことへの侮蔑からおもに生じていた。彼女は世のニダーデイルたちに否と言うことをもはや恐れなかった。――個人として彼らを怖れていたら否とは言えないけれどだ。父に従う義務を感じることはあったかもしれない。しかし、その義務からさえ徐々に解放されつつあった。もし彼女の心が初めてニダーデイル卿が現れたときのままだったら、彼女は実際に卿を愛していたかもしれない。卿は一人の男としてサー・フィーリックスよりはるかに優れており、必要とあれば、求愛に優雅さを添えることもできたからだ。ところが、彼女は当時子供だった。卿からまだ子供と思われていたので、ほとんど話しかけられることもなかった。彼女は子供ではあったが、そんな卿の扱いに腹を立てた。しかし、ロンドンで暮らした数か月がこういう状況をすっかり変えてしまった。今やもう子供ではなかった。サー・

フィーリックスに恋しており、その恋を打ち明けていた。どんな困難にあおうと、恋に誠実でありたかった。必要なら、駆け落ちしよう。彼女はサー・フィーリックスを偶像視し、その崇拝に身をささげた。それでも、その偶像が木でできたものではなく、血と肉を具えたものであってほしかった。彼女は初め腹を立てそうになった。しかし、手紙を手に持って座っているとき、彼女のように彼がディドンを知っていたわけではないこと、彼が歓喜の思いを他人に託すことを恐れたかもしれないことに気づいた。彼女は社交クラブ宛てに恋人に手紙を書くことができたから、そんな恐れなしに温かい思いを込めることができた。

月曜早朝、グローヴナー・スクエアにて

最愛の、最愛のフィーリックス

あなたの手紙をたった今受け取りました。――何という寸楮でしょう！　パパは当然金のことを言います。金以外のことは考えていませんからね。私は金について何も知りません。あなたがどれだけ金を持っているか少しも気にしません。パパがたくさん持っています。私たちがいったん結婚したら、パパからいくらかもらえると思います。ママに結婚のことを話しました。ママはあらゆることにおびえています。パパは――私によりむしろ――ママに対してときどきひどく不機嫌になるからです。私はいつもパパと話ができるわけではありません。しばしば一日中パパに会わないこともあります。でも、パパに話してみます。パパを恐れません。約束と名誉にかけて、あなた以外の誰とも結婚しないとパパに言います。パパから叩かれるとは思いませんが、叩かれても――あなたのために――耐えます。パパがときどきママを叩いているのを知っています。

ディドンを介してあなたは安全に私に手紙を書くことができます。ディドンは金がとても好きですから、あなたがいつか訪ねて来るとき、いくらかあげたら喜ぶと思います。手紙では私を愛していると書いてください。私はあなたを誰よりも愛しています。そして、決して、決してあなたをあきらめません。パパが玄関ホールの番人にあなたを入れないように指示を出さない限り、あなたはまだうちに入ることができます。ディドンからそんな指示が出たか聞いてみます。でも、この手紙を送るまでそれはできません。パパは昨日どこかであのアルフレッド卿と食事をしました。それで、あなたがここに来てから私はパパに会っていません。朝シティへ出かける前にパパに会ったことはありません。私はこれから下の階に降りて、あのミス・ロングスタッフとママと一緒に朝食をいただきます。彼女はお高くとまった人ですね。カヴァーシャムでそう思いませんでしたか?

さようなら。あなたは私だけのもの、私だけの、私だけのかわいいフィーリックス。
そして私はあなただけのもの、あなただけの情の深い恋人
マリー

サー・フィーリックスは月曜の午後に社交クラブでこの手紙を読んで、鼻先で笑い、首を横に振った。こんなことをたくさんやらなければならないとするなら、たとえ結婚が間違いなくて、お金が確実だとしても、続けることはできないと思った。「何と我慢のならないちびの馬鹿!」彼はそうつぶやきながら手紙をくしゃくしゃにした。

マリーはささやかな贈り物——手袋と靴——と一緒に、手紙をディドンに託したあと、朝食に降りて行った。母が最初にそこにいて、まもなくミス・ロングスタッフがやって来た。この娘は家の主人と朝食を一緒に取らなくてもよいと知ると、朝食を自室に運ばせるという考えを捨てていた。彼女はマダム・メルモット

には我慢しなければならなかった。毎日一緒にマダム・メルモットと馬車で出かけなければならないから。マダム・メルモットと同伴でしかパーティーへ行くことができないから。ロンドンの社交シーズンを有益にするためには、マダム・メルモットとのつき合いに慣れなければならなかった。客の娘は家の主人から遠く距離を置かれて、ディナーでしか、しかもたまにしか彼に会わなかった。マダム・メルモットとのつき合いはとても不快だった。しかし、奥方は沈黙を守って、客を仕事上の客と割り切っているように見えた。

一方、ミス・ロングスタッフは自分に対する古い知人たちの態度が変わったことにすでに気づいていた。彼女は親しい友人であるモノグラム令夫人に手紙を書いた。この友人はミス・トリプレックスと呼ばれていたころからの腐れ縁で、すばらしい玉の輿に乗ってサー・ダマスク・モノグラムと結婚していた。ミス・ロングスタッフは友人のこの前のパーティーのとき、彼女がどのようにサフォークに閉じ込められていたか、どのようにマダム・メルモットの客としてロンドンに来ることを受け入れざるをえなかったか伝えて、こういうことのせいで友人から見捨てられないようにと請うた。このとき、とても情のこもった言葉を用い、へたにおどけようとし、むしろ低姿勢を示した。ジョージアナ・ロングスタッフがこれほどへりくだってみせたことはなかった。モノグラム家はとても重んじられた人々で、すばらしい仲間を作っていた！　彼女はモノグラム家を失うくらいなら何だってしたいと思った。謙虚な言葉を用いたが、無駄だった。というのは、モノグラム令夫人から返信すら来なかったから。「彼女はほんとうのところ自分以外の人を愛したことがないのよ」と、ジョージアナはみじめな孤独を味わいつつつぶやいた。さらに、ニダーデイル卿が彼女に対する態度をまったく変えたことにも気づいた。彼女は馬鹿ではなかったから、かなり正確にこれらの兆候を読み取ることができた。ニダーデイルとは昔少し恋愛遊戯をしたことがあった。ニダーデイルが金と結婚することをみんなが知っていたから、たわむれの恋にたいした意味はなかった。彼女はマダム・メルモットの応接間で卿に会ったとき、かつていちゃついていたときのような仕方では卿から話しかけられなかった。公園で人々と挨拶を交わすとき、彼女は人々の顔に——特に男性の顔に——そういう変化を読み取ることができた。彼女はつねに優雅な物腰で振る舞い、それを保つことができた。しかし、今はもうそんな優雅な物腰を失っていることに自分でも気づいた。メルモットの屋敷に入ってまだ数日しかたっていなかったのに、彼女が品位を落としたことがほかの人々からも了解されているのがわかった。「いったいどうしたんです？」と、グラスラウ卿は彼女に言った。彼女がマダム・メルモットのあとについて部屋に入って来るのを見たからだ。彼女はにたにたして、それから笑おうとしたあと、顔をそむけた。「厚かましいやくざ者ね！」と、彼女は心でつぶやいた。二週間前なら、そんな口調で話しかける勇気が卿になかったことを知っていたからだ。

一日か、二日後［六月九日］、記憶に残る出来事が起こった。ドリー・ロングスタッフが妹を訪ねて来たのだ！　めったにないそんな行動を取る気になったとき、兄はかなり狼狽していたに違いない。しかもとても早い時間、正午すぎ——いつもなら彼が寝床で朝食を取っている時間——にだ。彼はマダム・メルモットにも、家のなかの誰にも会いたくない、妹に会うために訪問して来たと、すぐはっきり使用人に言った。それで、個室に案内され、そこにジョージアナが入って来た。

「これはいったいどういうことなんだい？」

妹は頭をつんとそらせて、笑おうとした。「どうしてここに来たんです？　まったく予想外の挨拶ね」

「ぼくがここに足を運んで来たのはたいしたことじゃないさ。あまり人に害を及ぼすことなく好きなところへ動けるからね。どうしておまえはここの人たちと一緒にいるんだい？」

「パパに聞いてちょうだい」

「父さんがここに送り込んだとは思えないな？」

「パパがしたことです」

「おまえがいやなら、上京する必要はなかったと思うね。家族の誰も上京しようとしなかったからかい？」

「その通りよ、ドリー。当て推量に関する限り、兄さんって何てすばらしい能力の持ち主でしょう！」

「恥とは思わないのかい？」

「いいえ、――ちっとも」

「じゃあ、ぼくのほうが恥ずかしい思いをするよ」

「みんながここに来ます」

「いいや、――みんながここに来て、おまえみたいにここに泊まるわけじゃない。みんながここの家族の一員になるわけじゃない。おまえ以外にこんなことをしている人を耳にしたことがないね。おまえは昔自分をたいせつにしていたと思うがね」

「これまでと同じように自分をたいせつにしています」ジョージアナはそう言うと、涙を抑えることができなかった。

「これだけは言える。もしここにとどまっていたら、誰もおまえをたいせつには思わなくなるとね。ニダーデイルから聞かされたとき、ぼくは信じることができなかった」

「卿は何て言いました、ドリー？」

「あまりたくさん言わなかったけど、卿が何を考えているか理解できた。もちろんみんなが同じように考えている。どうしておまえがここの人たちを好きになれるか、そこがぼくには理解できない！」

「ここの人たちは好きじゃありません、――嫌いです」

「それならどうしてここに来て、あんな連中と一緒に暮らしているんだい？」

「ああ、ドリー、あなたにはわかりません。男の人はぜんぜん違います。兄さんは好きなところへ行けるし、好きなことができます。お金がなくなったら、誰かから信用貸してもらえます。独りで生きていくこともできるし、そういうことがみなできます。いったいどうしてあなたが社交シーズンのあいだずっとカヴァーシャムに閉じ込められていたいと思うでしょう?」

「親父さえいなければ、——それでもかまわないね」

「あなたは自分の土地を持っています。資産も手に入れています。私はどうなります?」

「結婚のことを言っているのかい?」

「全部ひっくるめて言っているんです」と哀れな娘。彼女は父母や姉に対しては腹蔵なく言えたけれど、兄には心のうちをはっきり言うことができなかった。「当然私は自分のことを考えなければなりません」

「メルモットたちがおまえのどんな助けになるかぼくにはわからない。要するに、ここにいてはいけないということさ。干渉なんてめったにすることじゃないが、噂を耳にしたとき、ぼくは来て言わなきゃならんと思った。手紙を書いて親父にも言うつもりさ。親父にもっと分別があってもよかったのに」

「パパに手紙を書くのはやめてください、ドリー!」

「いや、書くよ。何も言わずにすべてが台なしになるのを見るつもりはないね。さよなら」

彼はそこを出るとすぐ、開いている社交クラブ——ベアガーデン・クラブの開業時間よりずっと早かったので、ベアガーデンではなかった——に急いだ。そして、父に実際に手紙を書いた。

親愛なる父さん

メルモット氏の家でジョージアナに会って来た。妹はあんなところにいてはいけない。あなたは知らないとは思うけど、みんながあの男を詐欺師だと言っている。家族の名誉のため、父さんが妹をもう一度うちに連れ戻してくれるといいと思う。一年のこの時期にはブルートン・ストリートのほうが妹たちにふさわしい場所だと思う。

愛するあなたの息子
アドルファス・ロングスタッフ

カヴァーシャムの老ロングスタッフ氏は、この手紙を読んで雷電に打たれた。息子が手紙を書く気になったこと自体に呆然とした。メルモット家はきっと――彼が考えているよりずっと――悪い連中に違いなかった。そうでなければ、彼らの邪悪さがこんなに力強く伝えられはしなかっただろう。しかし、彼はロンドンに家族を連れて行くように告げる部分にいちばん腹を立てた。これは父が難儀に陥っているときに、何の支援もしてくれなかった息子の手紙だった。

第二十六章　ハートル夫人

　ポール・モンタギューはこのころサフォーク・ストリート(1)の快適な下宿に住み、表向き順調な暮らしを続けていた。とはいえ、多くの困難を抱えていた。フィスカー・モンタギュー&モンタギュー商会に関連する問題と、商会にとって喜ばしい事柄についてはすでに読者に伝えている。ポールは恋愛の方面でも悩んでいた。大鉄道の成功について詳細に考えてみる気になったとき、恋愛の方面でも恵まれていればいいのにと、思い切って願わずにいられなかった。ヘンリエッタははとこの求婚を受け入れる意向をとにかくまだ見せていなかった。ポールは賭け事についても悩みを抱えていた。あっという間に破産することも、この先ありうると承知していたので、賭け事を嫌った。それなのに、良心のうずきにもかかわらず、日ごと賭け事を繰り返していた。しかし、ちょうどこのころ頂点に至るもう一つの困難に直面していた。ベアガーデンでみじめな負け方をした日曜の夜からさほどたっていない朝［六月十日］、彼はピカデリーで辻馬車に乗り、イズリントン(2)のとある住所へ向かった。慎ましい上品なドアをノックして、――そこは年に二、三百ポンドで住める家だった――、ハートル夫人に会いたいと声をかけた。そう、ハートル夫人がそこに下宿していた。彼は応接間に招き入れられたあと、下宿に備えつけの本をめくりながら、丸テーブルのそばで十五分立っていた。それから、彼女が部屋に入って来た。ハートル夫人はポールがかつて結婚を約束した未亡人だ。彼女はすばやく鋭い声で「ポール」と呼びかけた。その気になればすこぶる快活にもなりうる声だった。それから、彼の手を取ってこう言った。「ポール、あの手紙を取り消すと言ってください。白紙に戻すと言ってください。そうしたらすべて許します」

「それは言えません」と、彼は答えると、もう一方の手を彼女の手の上に置いた。

「それは言えない？　どういう意味です？　婚約の破棄を強引に押し通すつもりですか？」

「事情が変わりました」と、ポールはしわがれ声で言った。彼女の呼び出しを無視するのは卑怯だと感じたから、それに応じてここに来たものの、彼はこの出会いを言い表せないほど苦痛に感じていた。彼女との婚約を反故にしたことには、充分な理由があると思っていた。しかし、それを正当化しようとしても、根拠をあげて彼女を説得することができないから、お手あげだと思っていた。耳にした彼女の過去の噂を別れる根拠としていたからだ。もし前もってその噂を聞いていたら、現在の難儀から救われていただろう。とはいえ、彼はかつて彼女を愛し、ある種今も愛しており、――彼女に非があるといっても、それは噂に基づいたもので――、彼女への共感を失っていなかった。

「事情がどう変わったんです？　そういうことが言いたいなら、私は二つ年を取りました」彼女はこう言うと、この若者の妻にふさわしくないほど年齢でやつれたか確認するかのように、鏡のほうへ振り向いた。彼女は私たちのあいだに今はほとんど見られない種の美しさを具えて、とてもかわいかった。女性の顔や姿について、今の男性は色とか表情よりむしろ形や輪郭を見る。女性は男性の目に自分を合わせる。詰め物や付け毛を制限なく用いることによって、姿はほとんどどんな規模にでも組み立てられる。そんなものを組み立てる彫刻家や美容師や婦人帽製造業者は、男性にしろ、女性にしろ、とても熟練している。姿はみごとな規模に組み立てられ、ときには官能的に詰め物をされ、ときには古典的に控え目に抑えられ、ときにはわざとだらしなく放置される。最後の例では、彫刻家の手から長く放置されると、ほんとうにだらしなくなる。色も加えられるが、私たちが昔愛した色ではない。肉体と血色に関する趣味は、今日では馬の毛や真珠粉への欲求に場所を譲ってしまった。ハートル夫人に今ふうの美しさはなかった。とても浅黒い肌、黒い髪をしているのに、目は大きな丸い青い目だった。その目はほんとうに優しくも見えれば、とても厳格にも見えた。ほとんど黒い——絹のような——髪は、無数の巻き毛となって頭や首を飾っていた。頬や唇や首はふくよかだった。口を利くたびに、行き来する血流のせいで、顔はさまざまな表情を浮かべた。鼻はずんぐりして、ブルドッグのそれに似ていた。とはいえ、彼女を愛した男がみな完璧だと断言したのはその鼻だった。口は大きかったが、めったに歯を覗かせなかった。豊かな肉づきの顎は大きく割れて、首に降りると二重になり始めていた。胸は豊かで、美しいかたちを保っていた。それでも、彼女は決まって自分の魅力に気づいていないか、少なくともそれに無関心であるかのように服を身につけた。モンタギューが見るとき、彼女はいつも黒いドレスを着ていた。それは嘆き悲しむ未亡人の服ではなく、いつも新しい、いつもすてきな、いつもぴったり合った、とりわけいつも飾り気のない——ときによって絹か、羊毛か、綿の——服だった。疑いなくたいへん美しい女性であり、本人もそれを知っていた。ただ女性なら当然知っているといったやり方で、それを知っているように見えた。彼女はモンタギューに年齢を伝えたことがなかった。実際には三十を超えていて、おそらく三十と三十五の中間くらいだった。それでも、年齢が容姿に変化を与えないたぐいの女性だった。

「あなたは相変わらず美しいです」と彼。

「ふん！　お世辞は言わないでちょうだい。あなたの愛をつなぎ止めることができないなら、美しさに何の意味がありますか？　そこに座って、どういうことか教えてください」それから、彼女は彼の手を離すと、差し出した椅子の向かい側に座った。

「手紙で言った通りです」

「あなたは手紙では何も言っていません。別れることにしたという以外にね。どうして別れることにしたんです？　私を愛していないんですか？」それから、夫人は身を投げ出し、ひざまずくと、彼のひざに寄りかかり、顔を見あげた。「ポール」と彼女は言った。「私はあなたに会うために大西洋を横断して来ました。――数か月ぶりに会います。私にキスしてくれません？　たとえあなたがこれで永久に私のもとを去るとしても、一度キスしてください」彼はもちろん彼女にキスをした。一度だけでなく、温かい長い抱擁とともにだ。いったいほかにどうすることができただろうか？　彼はできれば彼女に離れていてほしいと心から願ったが、彼女が足もとにひざまずいているとき、抱きしめる以外にどうすることができただろう？　彼女は彼の足もとの足乗せ台に座って言った。「さあ、すべて教えてください」

彼女は男から虐待されたり、軽蔑されたりすれば、必ず報復を加えるような女性に見えた。ポールは彼女から惜しみない愛撫を受けているあいだも、離れる前に襲われて体を引き裂かれてしまうように感じた。彼女の愛情の誠実さや温かさを知りながらも、前々からそういう山猫的気性をある程度とらえていた。彼はサンフランシスコからイギリスへと彼女とともに旅をした。彼女は病気のとき、悩みのあるとき、金のないとき、とてもよく尽くしてくれた。というのは、彼はニューヨークでほとんど無一文だったからだ。リバプールに上陸したとき、二人は夫婦になる約束をした。彼は彼女に自分のことをすべて語り、経歴をみなさらけ出した。これは彼が二度目のアメリカ旅行をする前のことであり、ハミルトン・K・フィスカーとまだ知り合いになる前のことだった。ところが、彼女のほうは未亡人であることと、仕事でパリに旅していることを除いて、経歴についてほとんどあるいはまったく話さなかった。ロンドンの鉄道駅で彼女と別れたとき、――彼女はそこからドーバーへ向かった――、彼は恋の熱意であふれんばかりだった。一緒にパリへ行こうと彼女に申し出て、断られた。ところが、彼は友人のロジャーに婚約のことを話さなければならないのに、婚約した女性について知っていることがあまりに少ないことに気づいて、当惑せずにいられなかった。彼女の生活手段が何か知らなかった。彼女がいくつか年上であることは聞いていたが、その家族についてはほとんど何も聞いていなかった。彼女は夫がこれまでに会った最大の悪党だったとはっきり言い、夫からの解放がポール・モンタギューに会う前にえた唯一の恵みだったと話した。しかし、彼が当惑したのは、彼女から置いて行かれたあと、こういうことをみな思い返したときであり、ロジャー・カーベリーに伝えなければならない話がいかに薄っぺらいものか反省したときだった。彼女が賢くて、魅力的で、優れた適応力を具えていたので、彼は毎日つき合い、数週間をすごし、ますます親しさと愛情を深めて、その間欠けたものなど何もないと感じていた。

ポールがこの婚約の話をしたとき、ロジャーは相手を充分に知らないまま、鉄道列車で知り合った女と結婚することなど問題外だとはっきり言った。ロジャーは恋を忘れるように、恋する友人を全力で説得して、部分的に成功した。若者が長旅で賢い美女とのつき合いを楽しむのはごく楽しくて、自然なことだ。美女が旅の途中の瞬間にたいせつな存在であるように、全生涯においてもたいせつな存在であるに違いないと、男がうっかり思い込んでしまうのも自然なことだ。それに、美女と別れたあと、男がその間違いに気づくのも自然なことだ！　しかし、モンタギューは未亡人に対して半分不誠実だったが、半分本気だった。彼は婚約を誓ったから、それに縛られていると思った。その後、彼はカリフォルニアに戻ったとき、ハミルトン・K・フィスカーを介して、ハートル夫人がサンフランシスコでは謎と見られていることを知った。ある人々は、ハートル氏という人は存在しないと信じていた。ほかの人々は、ハートル氏という人は確かにいると言い、信じる限り、その人は今も生きていると言った。一方、ハートル夫人についていちばんよく知られている事実は、彼女がオレゴンのどこかで男の頭を銃撃したということだった(3)。オレゴンの人々は状況から見てその行動が正当化されると考えたので、彼女を裁判にかけなかった。人々は彼女がいたって賢く、たいそう美しいことを知っていたが、危険であるとも思っていた。「夫人はここにいるとき、いつも金を持ち歩いていました」と、ハミルトン・フィスカーは言った。「が、その金がどこから来たか誰も知りませんでした」

そのとき、彼はなぜポールがそれを聞くか知りたがった。「もしあなたがそういう方面のことを考えているなら、ええ、私なら夫人を、生涯をともにする連れにはしたくないと思います」と、ハミルトン・K・フィスカーは言った。

モンタギューはサンフランシスコへ向かう二度目の旅のとき、途中ニューヨークで夫人に会った。そのとき、彼は身内の郷士から警告されていたにもかかわらず、婚約を再確認した。彼は傾いた星回りから何がえられるか見てみようと彼女に言った。というのは、読者が覚えておられるように、このとき大鉄道の話は影もかたちもなかったからだ。夫人は彼についていくと約束した。それ以来、二人は今日まで会っていなかった。彼女は約束したサンフランシスコへの旅を――少なくとも彼がそこを離れる前までに――はたさなかった。そして、イギリスにいる彼に手紙を送って来た。彼は婚約が終わったことを説明するため、あるいは説明しようと試みるため、彼女に返事を出した。彼女は今ロンドンまで彼を追って来た！「すべて教えてください」と、彼女は彼に寄りかかると、顔を見あげて言った。

「ですが、――いつこちらに着きましたか？」

「ここ、この家には一昨日の夜入りました。火曜にリバプールに着きました。そこであなたがおそらくロンドンにいるとわかったので、こちらに来ました。あなたに会うためだけに来ました。私と疎遠になったのは理解できます。イギリスへやって来たあの旅はもうかなり前のことですから！　ニューヨークでお会いしたときも、とてもみじめな短い出会いでした。できれば言いたくありませんが、あのときあなたは貧しかったし、私も無一文でした。今は泥棒たちの牙を免れた私の金を所持しています」夫人はこう言うとき、私のもの――あるいは私のものと思うもの――を請求するとき、じつに執念深くなれる表情をした。「私は約束した通りサンフランシスコへ行くことができませんでした。私がそこに到着したとき、あなたは叔父さんと口論したあとで、もう帰国していました。それで、今ここに来ました。私はとにかく誠実にしてきました」彼女がこう言うとき、彼はもう一度腕を回すと、彼女の頭を彼の膝に押しつけた。「では」と彼女は言った。「あなたのことを教えてください」

彼は厄介な、不愉快な立場に置かれていた。義務を適切にはたすなら、彼女を優しく突き放して、両足ですっくと立ちあがり、以前は間違った行動を取っていたが、今は夫になるつもりがないことを理解してもらいたいとはっきり言っただろう。しかし、彼はそんな振る舞いをするには男らしすぎたか、男らしくなさすぎた。彼女がそこに座っているあいだも、彼は事態がどのように進展しようと、彼女を妻にするつもりはないと、ヘッタ・カーベリー以外の誰とも結婚しないと、心のなかで断言していた。しかし、適切に強調を置いて、しかも謝罪の礼を適切に尽くしてこれを実際に言う方法をぜんぜん心得ていなかった。「ぼくはここで鉄道事業に従事しています」と、彼は言った。「ぼくらの企画をお聞きになったことがありますか?」

「聞いたことがあるかって! サンフランシスコはその話題で持ち切りです。ハミルトン・フィスカーはそこでは今をときめく大物です。そこを発つとき、あなたの叔父さんは七万四千ドルで屋敷を買うところでした。でも、事業のいちばんの旨味は、ロンドンのあなた方のほうへ移ってしまったという噂です。フィスカーはこちらでやっていることのせいで、あちらの多くの人々から白い目で見られています」

「事業はうまくいっていると思います」と言うとき、ポールは事業についていかに知らないかを思って、少し恥じ入った。

「あなたはここイギリス側の経営者ですか？」

「いえ、――サンフランシスコで事業を経営する会社の一員です。ここのほんとうの経営者は会長のメルモットさんです」

「まあ、――その人のことは聞いたことがあります。大物ですね。――フランス人ではありませんか？彼をカリフォルニアに招待するという話がありました。当然あなたも彼を知っているでしょう？」

「ええ、――知っています。週に一度会います」

「私は女王とか、公爵とか、貴族よりむしろその人に会いたいです。彼が右手に財界を握っているという噂です。何という権力――何という威厳でしょう！」

「正直に働いて手に入れた力なら」と、ポールは言った。「充分威厳があります」

「そんな人は正直かどうかを超越しています」と、ハートル夫人は言った。「大将軍が軍を犠牲にして一国を征服するとき、人間性なんか超越しているようにです。そんな壮大さは、小心な良心とは相容れません。ピグミーは小さな溝で立ち止まるけれど、巨人はいくつもの川を大股で歩きます」

「溝で立ち止まるほうがいいです」とモンタギュー。

「ねえ、ポール、あなたって商売に向いていませんね。それに、認めていいでしょうが、商売はとんでもない高みに登らなければ、高貴なものになりません。朝九時から夜九時まで帳場にへばりついた状態で、豊かな生活をしても、すばらしい生活にはなりません。でも、この大物はペンの一筆で数百万ドルを送り出し、回収することができます。その人が不正直だと、こちらでは言われているんですか？」

「会長はこの事業でぼくの同僚に当たるので、不利なことは言わないほうが適切でしょう」

「そんな人は当然悪く言われます。ナポレオンが臆病者だとか、ワシントンが裏切り者だとか、よく噂されます。メルモットに会えるところに私を連れて行ってくれなければいけません。私はできればその人の手にキスしたいです。でも、どの皇帝に向かっても崇敬の言葉を口にするほどへりくだる気にはなれません」

「残念ながら、あなたなら崇敬する偶像にも隠れた欠点を見つけてしまいます」

「あら、――じゃあ、その人はこの世の富をほしがるあまり、盗むなというあの教えを大胆に破っていますね。でも、男も女もみなその掟を破ります。そんな男女はつかむ手を恐る恐る引っ込め、誘惑を逃れたいと祈りながら、ほんの少しくすね、この世でたいせつな唯一のものを蔑むふりをしながら、こそこそと掟を破ります。でも、かたやここにそんな掟は認めないと強弁し、富は力であり、力は善だと主張し、富をたくさん集めれば集めるほど、男はより大きく、強く、気高くなれると大胆に言う人がいます。内側に棲む小鬼を外に叩き出して、見つけた木のお化けを燃やすことができる人が私は好きです」

モンタギューはメルモットについてそれなりの意見を持っていた。会長とは仕事でつながりを持っていたとはいえ、この男が誰よりも下劣なやつだと信じていた。ハートトル夫人の情熱にはとてもかわいいところがあり、その言葉には女性的な雄弁があった。それでも、その言葉がこんな話題に浪費されるのを聞くと不快になった。「個人的にはぼくはあの男が嫌いです」とポール。

「あなたは彼と非常に親しい間柄だと思っていました」

「ああ、いえ」

「でも、事業は羽振りがいいでしょう?」

「そう、――羽振りよくやっていると思います。事業は独り立ちするまで、ほんとうに成功しているかどうかわからない危険なものです。ぼくはまったく意思に反してこの事業に入りました。選択の余地はありませんでした」

「千載一遇の機会だったように見えますね」

「直近の結果に関する限り、千載一遇の機会でした」

「とにかく事業はうまくいっているようですね、ポール。さて、――以前のようにお話しできるようになったところで、どういうことか私に教えてください。あなたとお別れしてから、私は誰ともこんなふうに話をしていません。どうして私たちは婚約をおしまいにしなければならないんです？　あなたは私を愛していました、そうでしょう？」

彼はできれば夫人の問いに答えないでおきたかった。しかし、答えが待たれていた。「ぼくがあなたを愛していたのはご承知の通りです」と彼。

「知っていました。あなたが私の愛を昔も今も確信していることも知っています。そうじゃありません？　ほら、男らしく素直に話してください。私の言うことを疑っていますか？」

彼は彼女の言葉を疑っていなかったから、「いえ、疑っていません」と言わずにいられなかった。

「あら、何てぼそぼそとか細い話し方かしら、――保育園の女児がする話し方よ！　私に何か言いたいことがあるなら、はっきり言ってください！　いずれにしても、あなたは私に大きな借りがあります。私はあなたをひどい目にあわせたことも、あなたに嘘をついたこともありません。あなたの心を奪っていないなら――、あなたから何も奪っていません。私は与えることができるものをすべてあなたに与えました」それから、彼女はさっと立ちあがると、彼から少し離れて立った。「もし私を嫌っているなら、そう言ってください」

「ウィニフレッド」と、彼は夫人を名で呼んだ。

「ウィニフレッド！　そうね、今初めてそう呼ばれました。あなたが部屋に入って来た瞬間から、私はあなたをポールと呼んでいました。さあ、はっきり言ってください。好きな女がほかにできたんでしょう？」

ポール・モンタギューはこの瞬間少なくとも腰抜けではないことを証明した。彼はこの女の強い気性――いかに熱くなれるか、いかに激しくなれるか、いかに怒りに燃えられるか――を知ったうえで呼び出しに応じ、ほんとうのことを話そうとして、今それを話したからだ。「ほかに愛する人がいます」

夫人は彼の顔を覗き込むと、どう攻撃を始めようかと考えながら、無言で立っていた。直立したまま、左手で右手をぎゅっと握りしめて、彼をじっと見つめた。「まあ」と彼女は囁いた。――「私が――お払い箱だ――と言われる理由がそれですね」

「それが理由じゃありません」

「何ですって。ほかの女を愛するようになったから、私を嫌うようにおなりになったんじゃないとすると、――それ以外の理由が――それよりちゃんとした理由がおありになるとおっしゃるのかしら？」

「ぼくの話を聞いてください、ウィニフレッド」

「いやよ、あなた、いやです。もうウィニフレッドと呼ばないでください！　私を捨てる言葉を口にするとわかっていながら、どうして私にキスすることがおできになりましたの？　やはりあなたは――ほかの女を――愛しておられますね！　どうしてか申しあげましょうか。あなたを喜ばせるには私が年を取りすぎ、がさつすぎ、――お国のお人形のようなところがなさすぎるからだ、ってね！　それ以外の理由って――何でございます？　そんな理由は嘘だとあなたに反論できるように、それを聞かせていただきたいです」

ポールはロジャー・カーベリーからうながされて話したとき、その理由を簡単に言えたのに、夫人を直接目の前にするとき、簡単に言えなかった。彼はウィニフレッド・ハートルについて少ししか知らず、亡きハートル氏については何も知らなかった。そっけなくそれを口に出したら、言えるかもしれない。「ぼくらはお互いを知らなすぎます」と彼。

「これ以上何をお知りになりたいですか？　聞いてくだされば、私はみな教えて差しあげます。答えないと言ったことがありますか？　あなたのことについて、私が知識を充分えたと思ったら、あなたが不充分だと不平を言う必要がありますか？　あなたが知りたいのは何です？　何でも聞いてください。教えてあげます。私のお金のことかしら？　あなたは結婚を約束してくれたとき、私がほとんどお金を持っていないことを知っていました。今私は充分な資産を持っています。未亡人であることはご存知でしょう。それ以上何がお知りになりたいですか？　夫だった卑劣漢についてお聞きになりたければ、どっさり教えて差しあげます。昔の――私から一度は愛された――男について、私を愛してくれる今の男は、できればあまり知りたくないだろうとてっきり思っておりました」

彼はまったく防御のしようがない立場に置かれていることを知った。別の理由なんか持ち出さないで、ほかの女を愛しているという初めの主張だけに執着していたら、事情はまだましだっただろう。裏切りを働き、嘘の誓いを口にし、不実で、ひどく下劣だったと認めれば、それで終わっていた。悩んでいない人には軽微な過失が、悩んでいる人にはいまいましい、永遠の責め苦となる。彼は彼女から鬼と言われたとしても、甘んじてそれを受け入れただろう。激怒した彼女から科されるどんな罰にも耐えなければならなかったが、それ以上の負担を負うことはなかっただろう。立場は今よりはっきりしていただろう。しかし、今彼は途方に暮れた。「あなたの夫については何も聞きたくありません」と彼。

「じゃあ、なぜお互いを知らなすぎるなんておっしゃったのかしら？　女を裏切ったあとで――女におっしゃるには、確かに情けない言い訳ですね。私たちがニューヨークにいたとき、なぜそうおっしゃらなかったの？　考えてもごらんなさい、ポール。それは卑怯じゃございません？」

「ぼくが卑怯とは思いません」

「いいえ、卑怯です。男は女に嘘をついておいて、いつもそれを正当化します。誰です――その女は？」

彼はヘッタ・カーベリーの名を出すことに正当性がないことくらいわきまえていた。これまでヘッタに愛を求めたことさえなかったし、もちろんヘッタから愛されているとの確信をえたこともなかった。「彼女の名を言うことはできません」

「カリフォルニアからここまであなたに会いに来て、愛情の対象が変わったとあなたから言われて、私は納得して帰ればよろしいんですか？　それで終わり。それが公平だとお思いになりますか？　そう考えればすんなりすむということで、あなたの心に何の痛みも残しませんか？　苦悶も、良心のとがもなく、あなたはそう言うことができ、私と握手を交わして、立ち去ることがおできになりますか？」

「そうは言っていません」

「かたやあなたはオーガスタス・メルモットを私が称賛することに我慢がなりません。彼を不正直者と思っているからです。あなたって嘘つきですか？」

「そうでなければいいです」

「あなたは私の夫になると言ったじゃありませんか？　答えてください」

「そう言いました」

「今は約束を破るつもりですか？　答えてください」

「あなたと結婚することはできません」

「じゃあ、あなたは嘘つきでしょう？」約束は破っても、嘘はついていないと彼女に説明することは、たとえ可能としても、長い時間がかかるだろう。彼はヘッタ・カーベリーに会う前にこの婚約を破棄しようと決心した。したがって、ヘッタとの関連で自分を不実の罪で責めることはできなかった。夫人の過去にまつわる噂と、夫の生死の不確かさの噂によって彼女と別れようと決意した。もしハートル氏が生きていたら、ハートル夫人と結婚しないからといって、彼が嘘つきということにはならないだろう。自分を嘘つきとは思わなかったが、弁護する用意もできていなかった。「ねえ、ポール」と彼女は言うと、一転懇願に転じた。――「私は命がけであなたにお願いしています。ねえ、命がけでお願いしていることをあなたに感じさせることができたらいいですが。あなたはこの女とも約束しましたか？」

「いえ」と彼は言った。「約束していません」

「でも、その人はあなたを愛しているでしょう？」

「彼女がそう言ったことはありません」

「あなたはその人に愛を告白しましたか？」

「していません」

「じゃあ、あなた方には何もありませんね？　それなのに、あなたはその人を私と競わせています。苦しむことなんか何もなく、不平を言う理由なんか何もない女、あなたの知る限り、あなたのことを気にもかけていない女とね。そうでしょう？」

「そうだと思います」とポール。

「じゃあ、あなたはまだ私のものかもしれません。ねえ、ポール、私のところに戻って来てください。誰が私のようにあなたを愛し、――誰が私のようにあなたのために生きるでしょう？　こちらに来ることで私がしたことを考えてみてください。もしあなたが友人になってくれなければ、こちらに友人はいません――

一人もいません。それだけのことを私はしました。いいですか。あなたと婚約していることをここの下宿の女将にも話しました」

「話しましたか?」

「もちろん話しました。いけなかったかしら? 私たち、婚約しているじゃありませんか? 私はここにあなたの訪問を受けても、婉曲な答え方しかできないなら、つまりここにいる本当の理由を言うことができないなら、女将から侮辱を浴びせられ、おそらくよそへ行くよう言われ、どこかに宿を見つけ直さなければなりません。妻にすると約束されたから、私はここにいます。ロンドンのどの新聞で婚約のことを宣伝されても恥ずかしくありません。私は女将にポール・モンタギューという人の婚約者だと、その人は新しいアメリカ大鉄道を経営するメルモット氏と組んでいると、そのポール・モンタギューさんがおそらく今朝私のところに来ると言いました。女将は見識のある人なので、私を疑いませんでした。たとえ疑われても、私はあなたの手紙を見せることができます。さあ、そうしたいなら——行って、私の言ったことが嘘だと女将に言ってください」女将はその場にいなかった。彼は夫人を踏みつけにしたうえにその言葉を否定するため、わざわざ部屋を出て行くことが差し迫った義務とは思わなかった。彼は熟慮を必要とする立場に置かれていた。しばらくして立ち去るため帽子を手に取った。「私の言ったことが嘘だと女将に言うつもりですか?」

「いいえ」——と彼は言った。「今日は言いません」

「また来てくれますか?」

「ええ、——来ます」

「ここにはあなた以外に友人はいません、ポール。それを覚えておいてください。あなたの約束をみな覚えておいてね。私たちの愛をみな覚えておいて——、私に優しくしてください」それから夫人はそれ以上何も言わないで彼を立ち去らせた。

註

（1）Haymarket の東を南北に平行して走り、南端で Pall Mall East に至る通り。原文は Sackville Street（Piccadilly Circus の西を南北に走り、Piccadilly に至る通り）となっているが、第三十九章で Pall Mall の近くの Suffolk Street がポールの下宿と明示されている。

（2）ロンドン北部、Highbury の南、Finsbury の北、Camden Town の東に位置する。

（3）この物語が設定された一八七二年の米国西部は、開拓時代の真っ只中だった。大陸横断鉄道の完成が一八六九年、フロンティアの消滅が一八九〇年。スー族やシャイアン族やモードック族が絶望的な戦いを繰り広げていたころ。ビリー・ザ・キッドやジェシー・ジェイムズのようなガンマンが活躍した時代で、ＯＫ牧場の決闘があったのが一八八一年。銃の使用は日常茶飯事だった。

第二十七章　ハートル夫人が芝居に行く

この訪問が記録された翌日［六月十一日］、ポール・モンタギューはハートル夫人から次のような手紙を受け取った。

親愛なる私のポール――

私たちはひょっとすると昨日お互いをほとんど理解することができなかったと思います。それに、私の生活が今どれほど全面的な危機に瀕しているか、あなたはきっと理解していません。私があなたをほんとうに愛していることに気づいてもらうには、ただサンフランシスコからロンドンへの旅にふれるだけでいいです。そういう愛は女にとってきわめて重要です。男が俗事のなかで愛を放り出すように、女は愛を放り出すことができません。また、愛を捨てるように強いられるとき、男がそれに耐えるように、女は耐えることができません。女は男よりずっと固い志操をもって愛のことをくよくよ思案します。――それに、女はひたむきな献身のせいで、いろいろなことから切り離されます。私はあなたに対する献身のせいで、あらゆるものから切り離されました。

でも、私は懇願者としてあなたに近づくことを潔しとしません。私の話を聞いたあとも、私よりきれいな女に会ったから、私を捨てることにしたとあなたが言いたいなら、私は怒りのあまりどんな手段を採ろうとも、間違いを認めた懇願者として、あなたの足もとに身を投げ出すつもりはありません。そのときも、あなたが私の話を聞いてくだされぱいいと思います。私より愛している女がいるけれど、あなたはまだその女に言質を与えていないと言います。悲しいことに、私は世間を熟知しているので、恋人が目の前にいないとき、男の志操が二年も持たないと聞いても驚きません。男は女のように不在の恋人を思って殻にこもり、愛を温め続けることができません。でも、あなたが今再び私を目にしたからには、過去の記憶をよみがえらせるに違いないと思います。あなたは私を愛していたこと、再び愛することができることを、認めるに違いないと思います。もし私を捨てたら、あなたは私を愛することができることを、あなたを追いかけるために、私は友人をみな捨てましたから。もう一人の――名なしの――女に対して、あなたは何の過ちも犯すことはありません。というのは、あなたが私に話してくれたように、その人はあなたの恋情について何も知らないからです。

あなたはほかにも理由があると、――私たちがお互いのことを知らなすぎると――言いました。私のことをほとんど知らないときっと言いたかったんでしょう。甘くて親密だった当時、あなたは私について知れるだけのことを知って満足していましたから、知らないというのではなくて、サンフランシスコの共同経営者から聞いた噂話に不満を抱いたから、私のことを知らないと思うようになったというのが実情ではありませんか？　もしそうなら、私を扱うように女を扱う前に、少なくとも労を惜しまず事実を見つけ出してください。あなたはとても善良なので、私のことを知らない人――たぶん女――から、意地の悪い言葉を投げかけられたからといって、愛した女を――汚れた手袋でも捨てるように――捨てることはできないと思います。私の前夫カラドック・ハートルは結婚したとき、カンザス州の司法長官でした。私は当時母から遺されたかなりの資産を持っていました。そこでの前夫の生活は悪名高いものでした。彼は私から手に入れた金をみな使ったあと、私と州を捨てて、テキサスへ行き、――そこで酒を飲みすぎて死にました。私は彼の跡を追うことなく、不在中にカンザス州の法律に従って彼と離婚しました。それから、私は前夫が今はパリ在住の同郷人に――私の名を偽造して――不正に売った母の資産の件で、サンフランシスコへ行きました。そこであなたに会いました。この短い話で、話す必要のあることはみなあなたに話しました。今は私の話が信じられないということがあるかもしれません。もしそうなら、あなたの疑念や私の言葉を確認できるところへ出かけるのが、あなたの義務ではありませんか?

私は冷静に書こうとしていますが、ほんとうのところは悔しい思いで胸を押しつぶされそうです。私もカリフォルニアで広まっている私の噂を聞いており、それからかなり遅れてあなたの手紙を受け取りました。事情が許せばすぐあなたを追ってイギリスへ行こうと決心しました。私は資産について法廷で争わなければならなくなって、それに勝ちました。あなたに会う前に私が努力してこの争いをやり遂げたのには、二つの理由があります。争いを始めたあと詐欺には負けまいと腹を固めたことと、あなたに乞食として懇願はすまいと決意したこと、の二つです。私たちは昔互いの金銭問題をとても大っぴらに話していたので、そういう問題にふれることに優雅さを感じることができませんでした。男と女が夫婦になろうと合意するとき、逆に優雅さが入り込む余地はありません。私たちが一緒にこちらに来たとき、二人とも金銭的に困っていました。どちらも資産を持っていましたが、それを享受することができませんでした。その後、私は金銭的困難を切り抜けました。サンフランシスコで耳にしたことから判断すると、あなたも同じことをしたと思います。もし今の時点から私たちの資産を一つにすることができたら、私はすっかり満足できます。

さて、私の話を――すぐ――終えてしまいましょう。私はこちらにまったく独りで来ました。あなたにニューヨークで最後に会って以来、ぜんぜんいいことがありませんでした。もがきにもがいて、何とか切り抜けるほかなくて、まったく独りでした。私についてじつに残酷な風評が広まりました。あなたも残酷な言葉を聞いたことと思います。でも、そういう言葉は、前夫との関連であなたに対して使われたものと推測します。それ以来、残酷な言葉は、あなたとの関連でほかの人たちに対して使われました。同郷の米国人は紹介状をいっぱい詰めたトランクと、喜んで受け入れてくれる多数の友人とに支えられて、ふつうこちらに来ます。でも、私はそんなふうにこちらに来ていません。あなたに会って、運命の行方を聞く必要がありました。――それでここにいます。孤独のみじめさから、少しでも私を解放してくれるようあなたに訴えます。あなたは私が社交的な気質の持ち主であり、憂鬱に沈まないことを――誰よりもよく――ご存知です。たとえほんの一日でも、昔の私たちのように、ともに快活になりましょう。かつてのようにあなたに目を向け、かつてのようにあなたから目を向けられたいです。

私のところに来てデートに誘い、一緒に食事をし、劇場に連れて行ってください。あなたがお望みなら、たった今あなたが明らかにしたことには、――もちろんそれがほかの何より心にかかることではありますが――、いっさいふれないことをお約束します。おそらく女の虚栄心のせいで、もしあなたがまた私に会ってくれ、かつてのように話しかけてくれたら、かつてのように私のことを考えてくださるだろうと思っています。

私がうちにいないのではないかと、心配する必要はありません。私にはどこへも行くところがありません。あなたが会いに来てくださるまで、ここを動くつもりはありません。でも、私が求めたようにしてくださる気がおありなら、私に帽子をかぶってもいいと一言知らせてください。

心からあなたのものである
ウィニフレッド・ハートル

ハートル夫人はペンからたやすく流れ出たように見えるように、じつに注意深くこの手紙を書いたので、書くために多くの時間を費やした。初めに下書きして書き直した。急いで書かれたように見えるように、一、二計算された消し跡を残してとても速く写した。多くの技巧をそこに施していた。とにかく怒りを抑えてそれが文面に表れないようにした。彼女は恋人をおびき寄せるとき、たとえ恋人が怒りに燃える雌ライオンに近づいても、その爪を恐れる必要がないと感じるように書いた。じつのところ、彼女は子を失った雌ライオンのように怒っていた。名も知らぬもう一人の女のほうは、ほとんど無視した。もう一人の女と恋人とのかかわりは、脇に置ける軽いこととして扱った。彼女自身の汚点についてはたくさん書いたが、悪を働く男の邪悪さについてはあまりふれなかった。彼女から招待されるように招待されれば、恋人は疑いなく招待に応じずにはいられないだろう！　それに、彼女は金についてドルやセントといった細部にまで言及しなかったが、彼女との結婚が分別あることだと恋人に感じさせる方法を研究していた。彼女はもう一度黙読してみて、女性らしい無警戒な、自然な熱望という点で一貫した調子があると思った。手紙を封筒に入れ、切手を貼り、住所を書いた。それから、自分の立ち位置を考えるため椅子に深く身を投げかけた。

恋人は彼女と結婚すべきなのだ！　結婚しないなら、ウィニフレッド・ハートルの汚名を世間に向けて晴らす努力をしなければならない！　彼に復讐する計画はまだ立てていなかった。復讐のことは言いたくなかった。――復讐が必要だとはっきりするまで、彼女はそれについて考えたくなかった。それでも、そのことを考えた。復讐を考えずにいることが一瞬もできなかった。彼女は外見の見栄えのよさに加えて充分知性も具えていたから、愛していた――心の底から愛していた――とはいえ、彼女よりひどく劣ると思う男から捨てられることに耐えられなかった！　彼は結婚すると約束した。結婚すべきだ。結婚しないなら、世間は彼の偽誓の話を聞かなければならない！

ポール・モンタギューは手紙を読むやいなや、難儀に巻き込まれてしまったと感じた。心がまったく別の方を向いていたのは確かだ。しかし、新たな難儀から逃れる道はないように見えた。女の手紙にある言葉に一言も反論できなかった。彼女を愛したことがあり、結婚すると約束したからだ。ヘッタ・カーベリーに会う前から、今約束を破ろうと決意していた。彼女が危険な謎に包まれているとわかったからだ。――そして、今約束を破ろうと決意していた。彼女が危険な謎に包まれているとわかったからだ。――そして、ヘッタ・カーベリーに会う前から、別れる腹を固めていた。未知の――美しくて賢いとしか知らない――米国女との結婚は、破滅の第一歩になると、ロジャー・カーベリーから説得された。ロジャーによると、この女は手段を選ばずに富をねらう女であり、夫などいないかもしれないし、今このとき二、三人の夫がいるかもしれないし、借金で首が回らないのかもしれないし、忌まわしい危険な悪女なのかもしれないという。サンフランシスコで彼が聞いた噂のすべてが、ロジャーの考えを裏づけていた。「どんな難儀にあってもあれよりましです」と、ロジャーは彼に言った。ポールはよき師の言葉を信じた。ヘッタ・カーベリーに会うとすぐロジャーの言葉を二倍信じた。

しかし、今はどうしたらいいだろう。二人のあいだにいろいろあったあとで、何も通知せずにハートル夫人をイズリントンの下宿に放置しておくことはできなかった。彼女がそんなふうに放置されて、納得しないのははっきりしていた。それゆえ、彼女のほうから出された今回の提案によって、――現在の二人の悲劇的な状況ではこの提案を不条理で、滑稽にも感じたが――、彼はむしろ慰められた。彼女を連れ出してディナーを食べ、一緒に劇場に行くのはたやすいことで、おそらく楽しいだろう。彼女が不平を言わないと誓っていたから、いっそう容易で楽しいだろう。それから、彼はニューヨークで彼女と最初に会ったころの、一緒にすごした幸せな夕べと甘美な時間を思い出した。そんなお祭り騒ぎをともにするのに、彼女くらいふさわしい連れはいなかった。彼女は話が上手で――人の話を聞くのも――上手だった。女の魅力を近くの人々に振りまきながら、黙って座っていることもできた。そんなふうに彼女の近くにいるとき、彼はとても幸せだった。できれば、今はその危険から遠く離れていたかった。しかし、過去の楽しかった記憶のせいで、この危険な義務の遂行をある程度受け入れずにいられなかった。

とはいえ、一緒にすごす夕べが終わったとき、どうやって彼女と別れたらいいだろう？　楽しい時間が終わって、彼女を玄関まで連れて帰ったとき、どう言ったらいいだろう？　彼はまた会う約束をするに違いない。大きな危険に直面していることを知りながら、どうしたら上手に危険から逃れられるかわからなかった。彼は今助言をロジャー・カーベリーに求めることができなかった。ロジャー・カーベリーは恋敵だった。彼が未亡人と結婚したら、この友人は利益をえることになる。ロジャー・カーベリーなら——彼はよく理解していたが——、すこぶる正直だったから、利己的な助言をすることはないだろう。しかし、彼はもうこの問題でロジャー・カーベリーにすべてを話すことができなかった。ヘッタのことにふれずに、話をすることができなかった。——ヘッタを愛していることを恋敵に言うこともできなかった。

彼には秘密を打ち明けられる友人がロジャーのほかにいなかった。信頼できる相手もヘッタのほかにいなかった。彼は真実を告げる容赦ない手紙をハートル夫人に書くことをいちじ考えた。将来的に結婚がありえないわけだから、彼女との交際を控えなければならないと思うと伝える手紙だ。それから、彼は彼女の孤独、ロンドンで彼以外に知人を持たぬ彼女の状況を想像した。彼女に会わないまま放置することはできないと確信した。それで、彼は次のような手紙を書いた。——

親愛なるウィニフレッド

明日［六月十二日］五時半にあなたのところへ行きます。セスピアンで食事をしましょう。——それから、ヘイマーケット(1)にボックス席を取っています。セスピアンはたくさんの淑女が食事をするいいところです。ボンネットをかぶったまま食事ができます。

愛をこめてあなたのものである
P・M

彼はポール・モンタギューよりP・Mのほうが、無難な署名だとの漠然とした考えを脳裏によぎらせた。それから、やり方全体が危険だという考えにしばらくとらわれた。彼女が婚約のことを下宿の女将に知らせたと聞いた。それは違うとすぐさま否定しなかったことで、彼はその発言を結果的に認めた。そういう発言のあと、デートをして一緒に楽しもうという、彼女の申し出に今回同意した。これまでのところ、彼女はいつも隠し立てなく、素直で、陰謀など企んでいないように見えた。彼女は衝動的で、気まぐれで、ときとして狂暴ではあったが、決してだまさない人だと彼は思っていた。おそらく彼よりずいぶん広い世界を経験した女の内面を、彼が正しく読み取ることができなかったからだ。読み取れないところがあるかもしれないと感じても、彼女が裏切ることはないと思っていた。しかし、彼女の現在の行動を見ると、彼に対して策略をめぐらしていると考えてもよかったのではないか？　それなのに、彼は手紙を送って、その場の危険についてなり行きに任せ、劇場へ行く夕べの準備をした。ディナーの注文をし、ボックス席を取り、再び彼女の下宿を訪れた。

下宿の女将は笑顔で彼をハートル夫人の居間に案内した。その笑顔が、彼を公認の恋人として歓迎する意図を持つことを彼はすぐ悟った。その笑顔の半分は、恋人である彼への祝いであり、半分は男がまた一人女から引っかけられ、絡め取られることにかかわる女としての祝いだった。この笑顔を知らない男がいるだろうか？　この笑顔が、彼を捕虜にしたことを伝えようとしていることを知りつつも、引っかけられ、絡め取られ、こんなふうに扱われて、不満を感じない男がいるだろうか？　とはいえ、こういうことは一般には重要だが、私たち男にはほとんど意味をなさない。たとえ私たちが蹴爪を切られた雄鳥と見られることで、何か嘲りを浴びせられていると感じるとしても、一方で全体として失われたものよりたくさんのものをえていると心で断言できれば、そのときは誇りも感じることができる。しかし、ポール・モンタギューの場合、今満足も誇りも感じられず、毎時間毎時間逃げ出す機会を失い、危険の感覚を深めるしかなかった。彼はこのとき女将を引き留めて、ほんとうのことを伝え、――それから起こる結果に耐えたいという誘惑に駆られた。けれども、そんなふうにしたら、夫人を裏切ることになりかねなかった。そんなことをするつもりはなかったし、できなかった。

彼にはこういうことを考える余裕がほとんどなかった。女将がドアを閉める前に、ハートル夫人が頭に帽子を載せ、寝室を出て彼のところに現れた。彼女のドレスくらい、飾り気のないかわいいものはなかった。今は六月で、気候は暖かかったから、彼女は喉のまわりまで包む薄く透き通るふんわりした黒のドレス――婦人服業者がグレナディンと呼ぶ生地のもの――を身につけていた。ドレスはとてもかわいかったが、彼女はドレスよりかわいかった。かぶっていた帽子も黒くて、小さくて、飾りはなかったけれど、とてもかわいかった。男は劇場へ同伴する淑女が、明るい――ほとんどきらびやかな――衣装を身につけることを望むときがある。淑女の外套が緋色で、ドレスが白で、手袋が明るい色合いでなければ、――髪にバラか宝石をつけていなければ――、満足できないときがある。娘たちが今劇場に出かけるのはそんなふうにしてだ。世間の人々に娘たちが何者であるかわかるように出かけるわけだ。しかし、男が連れの淑女にとても落ち着いた美しいドレスを着てほしいと望むときもある。彼だけのために淑女にドレスを着てほしいと思うときもある。

ハートル夫人はこういうことを正確に心得ていた。ポール・モンタギューはこういうことを何も理解しないまま満足していた。「帽子をかぶって来るよう私に言ったでしょう。どうかしら――帽子とか、ドレスとか」彼女は片手を差し出して笑うと、二人のあいだに不幸の火種など何もなかったかのように快活に男を見た。下宿の女将は二人が辻馬車に乗るのを見て、馬車が出るとき、何かつぶやいた。ポールはその言葉を聞かなかったが、きっと予想される結婚に関する言葉だと思った。

馬車に乗っているときも、ディナーのときも、舞台の公演のあいだも、彼女は婚約について一言もふれなかった。二人は昔ニューヨークにいたころのままだった。彼女は心地よい言葉を彼に囁きかけて、話すより聞くほうに向くように絶えず見せかけながら、囁きかけるとき、ときどき指で彼の腕にふれた。彼女はときどき二人のあいだに起こった些事、冗談、退屈な時間、愉悦の瞬間にごくさりげなくふれた。誰でも心地よくこれができるわけではなかったが、彼女にはそれができた。彼がかつて好きだと言った香水があった。彼女は今ハンカチにそれをつけていた。彼がかつて与えた指輪があった。彼女は今それをつけた指で彼の袖にふれた。彼はかつて彼女のカールを手で整えたことがあった。彼女は今彼がそのときしたようにカールを整えていた。彼女には頭を振る癖があって、それをするととてもかわいかった。彼女の歳になるとその癖は、若さの末期に悩みの種になる最初の白髪をうっかり見せそうになったから、危なっかしいと思われたかもしれない。彼はかつてふざけてその癖に注意するよう彼女に言ったことがあった。彼女は今また頭を振った。彼がほほ笑んだとき、彼女はまだ不注意に振る舞えると答えた。恋人同士のあいだには愛情のこもった無数のささやかな、愚かな優しさの交換がある。女はそれなしにすませたくないし、男も恋していればしばしば喜んでそれを受け入れる。しかし、異なる状況でそんなふれあいを見せたら、下品だろうし、――女にはいやなことだろう。親密さと、甘いちょっかいと、ほほ笑みと、うなずきと、愛想のいいウインクと、囁きと、当てこすりと、ほのめかしと、互いのささやかな賛美と、約束がある。それで、その幸せな二人だけにわかること、二人以外に世間が知らないことがある。こういう親密さの多くが自然に生じる一方、そのうちのあるものはときどき技巧によって生じる。そんな技巧の完璧な名人がハートル夫人だった。彼女は二人の婚約について一言もふれなかった。――不快な言葉を一言も口にしなかった。とはいえ、彼女は随伴するあらゆる心地よい手管で技巧を凝らした。ポールは埒を超えそうなところまで持ちあげられた。剣は頭の上にぶらさがり、落ちてくるかもしれないと、――まさしくその夜、剣は落ちるに違いないとわかっていたが、それでも彼はそれを楽しんだ。

たとえ妻やたくさん娘がいて、生活の万事で女性的なものに取り囲まれていても、気質上女性を嫌う男がいる。また逆に、親近感と共感を女性に強く感じているので、女性の影響力から切り離されると、まったく幸せになれない男がいる。ポール・モンタギューは後者の型だった。彼はこのときヘッタ・カーベリーに心底恋しており、ハートル夫人に恋してはいなかった。もしハートル夫人をサンフランシスコへすぐにも送り返すことができたら、アメリカ鉄道に賭けた金色の期待をほとんど捨ててもいいくらいだった。それなのに、彼は夫人と一緒にいて楽しかった。「演技はあまりよくありませんね」と、彼は舞台が終わるころ言った。

「それはどういう意味です? 私たちが味わう喜びも、苦しみも、そのときの気分にかかっています。演技は一流ではありません。でも、私は幸せでしたから、聞いて、笑って、泣きました」

彼は偽善的に話を合わせるのではなく、夕べを楽しんだことを彼女に言わずにいられなかった。「とても愉快でした」と彼。

「あなたが言うような愉快なものはあまり見受けられませんでした。恋人がほかの女に話しかけたといって、娘があんなふうに泣くものか知りたいです。私がけちをつけるとするなら、私たちが日常見る男と女を作家と俳優があまりにも知らなすぎるということです。娘が泣くのはいいですが、あそこで泣くはずがありません」彼女が描き出す状況が彼女の状況に酷似していたので、彼はこれに答えることができなかった。彼女は彼女なりのやり方で闘いを遂行しており、発する言葉が相手を混乱させることをよく知って、故意にそんな話をした。「女はそういう涙を隠します。女が泣いているところを見つけ出せるかもしれませんが、それは涙を隠すことができないからです。でも、女はほかの女に進んで涙を見せることなんかしません。そうでしょう？」

「そうだと思います」

「メーデイア[2]はクレウーサに紹介されたとき、涙なんか流しませんでした」

「女のみんながみなメーデイアというわけじゃないでしょう」と、彼は答えた。

「たいていの女には少し野蛮な王女のようなところがあります。あなたがよろしかったら、退席の用意ができました。カーテンがさがるのを見たくありません。舞台に投げ込む花束を手押し車で持ち込んで来ていません。うちまで私を送るつもりですか？」

「もちろんです」

「その必要はありません。ロンドンの辻馬車に独りで乗ることなど少しも怖くありません」しかし、彼はもちろんイズリントンまで彼女に同行した。少なくともそれをするくらい彼女には借りがあった。彼女は馬車に乗っているあいだも話し続けた。ロンドンは何とすばらしいところだろう――たいへん大きいけれど、ひどく汚い！　ニューヨークはもちろんそれほど大きくはなかったが、彼女が思うに、もっと心地よかった。ただし、パリはあらゆる街のなかでも宝石中の宝石だった。彼女はフランス人が好きではなく、イギリス人が好きで、米国人よりずっと好きだった。とはいえ、イギリス女性を好きになることはないと思った。「私はどんな堅苦しさも嫌いです。よい行いも、法律も、宗教も、強制されたものでないなら好きです。でも、イギリス女性が口にする礼儀は嫌いです。私たちが今夜したこともとても不適切なことだと思います。でも、少なくとも邪悪ではなかったと信じます」

「ぼくもそう思います」と、ポール・モンタギューはじつにおとなしく言った。

ヘイマーケットからイズリントンまで長い道のりだったが、ついに辻馬車は下宿の玄関に着いた。「さあここです」と、彼女は言った。「家並みにさえ、私を脅かす融通の利かない礼儀正しい雰囲気が漂っています」彼女がそう言って馬車から降りるとき、彼はすでにドアをノックしていた。彼が御者に支払をしているとき、「ちょっとお入りになって」と彼女。彼女はそう言うとき、手をドアにかけて立っていた。すでに真夜中になっていた。何かに熱中しているとき、時間は問題ではなかった。下宿の女将、お上品そのものの夫人——五人の子を持つピップキンというすてきな優しい未亡人——は、それを承知しており、彼がハートル夫人について居間に入るとき、また笑顔を向けた。彼が居間に入ったとき、彼女は帽子を取って、ソファーの上に投げた。「ちょっとのあいだドアを閉めて」と彼女は言い、彼はドアを閉めた。それから、彼女は男の腕のなかに飛び込んで、キスをしないで彼の顔を見あげた。「ああ、ポール」と、彼女は叫んだ。「いとしい人！　ああ、ポール、私の恋人！　あなたから離れたままでいるのには耐えられません。いやよ、いや——決してね。絶対に。あなたは信じてくださるかしら。あなたへの愛のためにできないことは何もありません。あなたを失うことを除いてね」それから、彼女は彼を突き放すと、顔をそむけ、両手の指を組み合わせた。「でも、ポール、今夜はあなたとの誓いを守ります。今日のことは私たちの難儀の海のなかの孤島であり、私たちの厳しい修練時代のちょっとした休日のようなものです。お別れのときにこれを壊したくありません。あなたはまたすぐ会ってくださるでしょう。——そうでしょう？」彼は同意してうなずくと、それから彼女を腕に抱いて口づけし、何も言わずに去って行った。

註

（1）ロンドンの劇場街。Coventry Street と Pall Mall East を結ぶ通り。

（2）金羊毛の獲得に成功したイアーソーンはコリントス王の娘クレウーサと結婚しようとするが、メーデイアは毒を塗った衣装をクレウーサに贈り、彼女も王も宮殿も焼き払う。

第二十八章　ドリー・ロングスタッフがシティに入る

ある日曜の夜、ベアーガーデンの博打がどのような経過をたどったかすでに話した。次の月曜に、サー・フィーリックスはクラブへ行かなかった。彼はマイルズ・グレンドールが博打をするのを見て、この男が一、二度ならずイカサマをしたと確信した。サー・フィーリックスはこういう場合にどうしたらいいかぜんぜんわからなかった。彼自身が無頼漢だったとはいえ、この種の悪行にまみえるのは初めてで、非常に恐ろしく思えた。どう対処したらいいだろう？　イカサマの事実を確信したけれど、彼の言葉がニダーデイルやグラスラウやロングスタッフから信じてもらえないことを恐れた。モンタギューに話してもよかったが、モンタギューには社交クラブで力を貸してくれるほど権威がないと思った。彼は火曜にも社交クラブへ行かなかった。慣れ親しんだ博打の興奮を味わうことができない空白を痛切に感じた。しかし、イカサマをはなはだ重要な問題ととらえたので、見逃すことができなかった。この件について何も言わずに、イカサマ男と一緒に座って賭をする気になれなかった。それでも、水曜［六月九日］の午後には我慢ができなくなり、五時ごろクラブにふらふらと入って行った。当然のことながら、ドリー・ロングスタッフがそこでシェリーとビターを飲んでいた。「いったいどこへ行っていたんだね？」とドリー。ドリーはそのとき義務の遂行に目覚めていた。彼はちょうど妹を訪問して、容赦ない手紙を父に書いてきたところで、自分をほとんど実務家のように感じていた。

「たいせつな仕事がありました」とフィーリックス。彼はこの二日間耐え難い無為のなかですごしていた。しばらくして、彼はドリーの借金の件に再びふれて、不平も、即座の返済も口にすることなく、もし現時点で商的な取り決めができたら、彼にとっては好都合だと、もったいぶって説明した。「ぼくはどうしても株券を買いたいと思っています」とフィーリックス。

「もちろん君は金を取り戻さなきゃならないね」

「そんなことは言っていません。君がちゃんとした人であることはよくわかっています。君はあいつ、マイルズ・グレンドール、のようなやつじゃありませんからね」

「うん、違う。哀れなマイルズは恵まれていないからね。金は手に入るとぼくは思う。当然払わなくちゃね」

「そういう言い訳がグレンドールにはできません」と、フィーリックスはかぶりを振って言った。

「金がなければ、払えんからね、カーベリー。もちろん借金は払わなければいけない。ほんの三十分前にぼくは弁護士から手紙を受け取ったところさ。ほら、これだ」ドリーは少し前に実際に開封して読んだ一通の手紙をポケットから取り出した。その手紙は彼の住まいに時間通り早朝に届けられていた。「親父がピッカリングを売りたがっていて、メルモットがその土地を買いたがっている。親父はぼくの同意なしにはそれを売れない。ぼくは取り分の半分を要求したさ。事情はよくわかっている。その資産にかかわる利害は、親父よりぼくのほうが大きくてね。たいした土地じゃないが、負っている借金をそれから差し引いても五万ポンド残ると言われている。二万五千ポンドあれば、ぼくの資産は借金を精算して、貸借のない状態になる。弁護士が言うことから判断すると、みんながぼくの条件に従ってくれそうだよ」

「何とまあ、すばらしいじゃありませんか、ドリー」

「うん、そうだね。もちろん金はほしい。けれど、土地がなくなるのはいやだね。ぼくがたいした人間じゃないことはわかっている。ひどく怠惰で、やらなくちゃならないことをやるように自分を仕向けることができない。けれど、家の資産がバラバラになるのはいやだという気持ちはあるね。家の資産をバラバラにしちゃいけない」

「ピッカリングで暮らしたことはないでしょう」

「うん。――あの土地が役に立たないことはわかっている。土地自体の値打ちで三%の利子が生まれる。けれど、借金に対して親父は六%の利子を払って、ぼくは二十五%の利子を払っている。君の想像以上にぼくはあの土地について多くのことを知っているさ。売らなければならないし、売ることになると思うね。老メルモットはあの土地についていろいろ知っている。もしよければ明日君とシティへ一緒に行って、ぼくの借金を清算したい。大人物はぼくに千ポンドを用立ててくれる。そうしたら、君は株券が買えるだろ。ここで夕食を取るつもりかい？」

サー・フィーリックスは社交クラブで夕食を取ると答えたあと、かなり謎めいた態度を取って、夕食後ホイストをすることはできないと言った。アブチャーチ・レーンを翌日訪問するというドリーの計画には快く応じたものの、シティへ行くのに適切な早い時間の待ち合わせをドリーに同意させるのに苦労した。ドリーは四時に社交クラブで会おうと提案した。サー・フィーリックスは正午にと言い、ドリーの住まいを訪問すると言った。二人は結局妥協し合って、二時に出発することで合意した。それから、一緒に夕食を取った。マイルズ・グレンドールが隣のテーブルで独り食べていた。ドリーとグレンドールはしばしば会話を交わしたが、若い准男爵はその会話に加わろうとしなかった。グレンドールも一度もサー・フィーリックスに話しかけようとしなかった。「君とマイルズのあいだに何かあったのかい？」と、ドリーは喫煙室に移ったとき聞いた。

「あいつには我慢できません」

「君たちの反りが合わないことはわかっている。けれど、前は話をしていたし、ずっと一緒にカード勝負をしてきたじゃないか」

「あいつと勝負をしてきた！　そうでしょう。あいつはこの前の日曜に大勝ちしました。ですが、今も君以上にぼくに借金をしています」

「それがこの二晩君がカード賭博をしていない理由かい？」

サー・フィーリックスはちょっと間を置いた。「いいえ、――それが理由じゃありません。明日馬車のなかで理由をみな話します」その後、彼はグローヴナー・スクエアへ行き、マリー・メルモットに会う予定だと言って、社交クラブを出た。実際にスクエアへ行った。しかし、彼は屋敷の前まで来たのに、なかへ入ろうとしなかった。なかに入って何の役に立つだろう？　老メルモットの同意をえるまでこれ以上何もできなかった。鉄道の株券を買う金を持っていることを大人物に示す以外に、前進する方法を知らなかった。彼が夜の残りをどうすごしたか、読者の関知するところではないだろうが、比較的早く帰宅してマリーの次の手紙を見つけた。

水曜午後

最愛のフィーリックス

どうしてあなたに会えないんでしょう？　あなたが来ても、ママは何も言いません。パパが応接間に来ることはありません。ミス・ロングスタッフがもちろんここにいますし、お客が夕べになるといつもやって来ます。私たちはスティーヴェネッジ公爵夫人に招かれて、ディナーへ出かけるところです。パパとママと私はね。ニダーデイル卿がそこにいると、ママから言われました。でも、あなたが心配する必要はありません。私はニダーデイル卿が嫌いです。恋人以外に誰も受け入れるつもりはありません。それが誰かあなたはご存知でしょう。ミス・ロングスタッフは私たちと一緒に行けないと言ってすごく怒っています。独り取り残されることが納得できないと彼女から言われました。あなた、どう思います？　そのあと、レディー・ガマットの音楽パーティーへ行くつもりです。ミス・ロングスタッフも私たちと一緒に行きますが、彼女は音楽が嫌いだと言います。そんな高飛車な人です！　パパが彼女をここに置いておく理由がわかりません。明日の夜私たちはどこにも行きません。ですからどうか来てください。

どうして何か私に書いて、ディドンに送ってくださらないんです？　ディドンは裏切りません。たとえ裏切っても、びくともしません。私は志操を固く保ちます。たとえパパから叩かれてミイラになっても、あなたから離れません。パパはニダーデイル卿を受け入れるよう私に一度言ったあと、卿を断るように言いました。今パパはまた卿を受け入れるよう私に望んでいます。でも、私は受け入れません。最愛の人以外に受け入れません。

永遠にあなたのものである

マリー

若い令嬢は自分の人生に関心を持ち始めた今、それをもっとも重視しようと決意していた。マリーはこういうことをみな楽しんでいたが、サー・フィーリックスはただ「面倒」に思うだけだった。サー・フィーリックスは――もちろん持参金を適切に取り決めてもらうという条件で――、明日にもこの娘と喜んで結婚するつもりでいた。しかし、マリー・メルモットとの恋愛沙汰で苦労するつもりはさらさらなかった。恋愛沙汰なら、相手としてはルビー・ラッグルズのほうがまだましだった。

フィーリックスは翌日〔六月十日〕約束の時間に友人と会った。ただし、ドリーが朝食を取り、上着と長靴でもがくあいだ一時間待たされた。シティへ向かう途中、フィーリックスはマイルズ・グレンドールを中傷した。「何とまあ！」と、ドリーは言った。「イカサマをするのを見たと思うのかい！」

「思う、思わない、の話じゃありません。あいつが三回それをするのをはっきり見ました。あいつは体のどこかにいつもエースのカードを持っていると思いますね」ドリーは黙って座ると、そのことを考えた。

「どうしたらいいでしょうね？」とサー・フィーリックス。

「困ったなあ、――わからないな」

「君ならどうします？」

「何もしないね。ぼくなら目を信じない。もし信じたら、彼に会わないように気をつける」

「君なら彼とのカード勝負をやめますか？」

「いや、続けるね。絶交なんか厄介だろ」

「ですが、ドリー、――よく考えてみれば！」

「考えるのは結構だがね、君、ぼくならそんなことは考えないよ」

「助言してくれませんか」

「うん、そう。助言なんかしないほうがいいと思うね。こんな話はぼくにしないほうがよかった。どうしてぼくに言う気になったんだい？　どうしてニダーデイルに言わなかったんだい？」

「彼ならどうしてロングスタッフに言わなかったかと聞いたでしょうね」

「いや、彼ならそんなことは言わないさ。ぼくを選んでこんなことを言うなんて誰も思いつかないよ。君がこんな話をすると知っていたら、一緒に来なかったな」

「そりゃおかしいですよ、ドリー」

「そんなことはないよ。ぼくはこういうことに耐えられない。もうまったく落ち着かない状態さ」

「変わりなくカード勝負を続けていきますか?」

「もちろん続けるさ。もし彼がめちゃくちゃに勝ったら、考えると思うね。ねえ、アブチャーチ・レーンじゃないかい。さあ、資産家との面会だ」

資産家はフィーリックスが予想したよりずっと愛想よく二人を迎えた。もちろんマリーの件はまったく話題に取りあげなかった。准男爵の「資産」という痛ましい話題にももはやふれなかった。大金融業者が二人の考えを理解するすばやさと、二人の意向に従おうとする進取の気性に、ドリーもサー・フィーリックスも驚いた。資産家は二人の若者のあいだにある負債の経緯について不快な質問をしなかった。ドリーは二枚の書類に、サー・フィーリックスは一枚の書類に署名を求められた。それで、二人はしっかり仕事を終えた。アドルファス・ロングスタッフ氏はサー・フィーリックス・カーベリーに千ポンドを支払った。サー・フィーリックス・カーベリーは千ポンド分の鉄道株式の購入をメルモット氏に委任した。サー・フィーリックスは一言説明しようとした。この商取引の目的が株券を再び売ってすぐもうけを出す、――つまり安値で買って高値で売り、絶えずもうけを生み出す――ためだと。彼は重役だから、このゲームのやり方をいったん確立できたら、無期限にそれ――売り買い、売り買い――を続け、それでほとんど定期的な収入をえられると固く信じた。彼が理解する限り、これはポール・モンタギューに許されていることだった。なぜなら、ポールがわずかばかりの金を出資して重役になっていたからだ。メルモットは誠心誠意応対していたが、細部にまでかかわることはしなかった。それはそれでよかった。「君はまた売却したいんだね。——当然だな。私は君のために市場を注視している」二人の若者がその部屋を出たとき、ドリー・ロングスタッフはサー・フィーリックスに対して千ポンドの支払を代行する権限をメルモットに与えたこと、サー・フィーリックスは同額の株券を買うよう同じ人物に指示したことを納得していた、あるいは納得していると思っていた。

「けれど、大人物はなぜ君に株券をくれなかったんだい?」と、ドリーは西へ向かう途中で言った。

「彼の場合、それでいいんだと思うね」とサー・フィーリックス。

「そうだね、それでいいんだろう。彼の千ポンドはぼくらの半クラウンみたいなものさ。たぶんそれでいいんだ。けれど、知っての通り彼はいちばん大物の悪党だよ」サー・フィーリックスは千ポンドについてすでに不安を感じ始めた。

第二十九章　ミス・メルモットの勇気

カーベリー令夫人は求婚の進行状況を頻繁に息子に聞いた。サー・フィーリックスはうるさいと思い始めた。「ぼくは彼女の親父と話しました」と、彼は不機嫌に言った。

「メルモットさんは何と言いました？」

「ねえ、――何と言ったと思います？　彼はぼくにどれくらい収入があるか知りたいと言いました。結局、年寄の守銭奴です」

「二度と来るなと言いました？」

「ねえ、母さん、ぼくに詰問しても無駄ですよ。放っておいてくれたら、最善を尽くします」

「彼女はあなたを受け入れてくれていますね？」

「もちろん受け入れてくれています。カーベリーで言った通りです」

「それなら、フィーリックス、私があなたなら、彼女と駆け落ちします。きっとそうしますね。駆け落ちなんか日常茶飯事です。あなたが娘と結婚しても、誰も悪いことをしたとは思いません。あなたが今お金を持っていることを知っています。今ならそれができます。いろいろ耳にしたところから判断すると、彼女ならあなたと駆け落ちしてくれます」息子は黙ったまま座って、母の助言を聞いた。もし彼が駆け落ちを持ちかけたら、マリーなら一緒に逃げてくれると信じた。彼女の父はすでにそんなやり口にふれて、――そういうことも起こりうるとちゃんとほのめかすとともに――、その場合、熱烈な恋人は娘だけで我慢しなければならないとはっきり言った。こうなると、財産は手に入らない。しかし、これはたんに脅迫だけとは言えないのではないか？　金持ちの父はふつう娘を許す。一人っ子を持つ金持ちの父は、今回の彼女の場合のように爵位に恵まれて帰って来れば、きっと娘を許すだろう。サー・フィーリックスは黙って座って、こういうことをみな考えた。母は彼の胸中を読んで、「もちろん、フィーリックス、危険は伴うに違いありません」と言った。

「結局親父に見捨てられたときどうなるか想像してみてください！」と、彼は叫んだ。「ぼくはそれに耐えられません。ぼくは彼女を殺してしまうと思います」

「いえいえ、そんな、フィーリックス。あなたにそんなことはできません。でも、危険を伴うと私が言うとき、ほとんどそんなものはないと言いたいです。父をほんとうに怒らせるものがそこにはありません。父にはお金を残す人が娘のほかにいません。娘をカーベリー令夫人として受け入れるほうが、娘を失ってこの世にまったく独りで取り残されるより、父にとって格段にましでしょう」

「あの親父と一緒に生活することなどできません、わかるでしょう。それはできません」

「一緒に生活する必要などありませんよ、フィーリックス。もちろん娘が両親を訪問します。お金のことがいったん定まったら、好きなだけ両親に会わなくてすみます。どうかつまらないことにこだわって、方向を見失わないようにしてください。この件をやり遂げることができなかったら、あなたはどうなります？　何か手を打たなかったら、私たちはみな飢え死にしてしまいます。私があなたなら、フィーリックス、すぐ彼女と駆け落ちします。彼女はもう成人に達していると聞いています」

「どこに彼女を連れて行ったらいいかわかりません」とサー・フィーリックス。彼は母の提案の重みに呆気に取られて考え込んだ。「スコットランドで行われていたことは(1)もうおしまいになっていますね」

「もちろんすぐにも彼女と結婚すればいいです」

「結婚しようと思います。――お金の件が決着するまで、現状維持でいくのがいけないというならね」

「現状維持は駄目、駄目！　ぐずぐずしていたら、みんながあなたに反対します。血気にはやって彼女を連れ去って、結婚したら、みんながあなたに賛成します。あなたに必要なのはそれです。両親はきっと折れて機嫌を直してくれます。もしみんながあなたを――」

「彼女の母のほうはどうにかなると思います」

「もしみんながあなたを擁護すれば、父のほうも折れてきます。私はアルフ氏やブラウン氏の協力をえることができます。やってみますよ、フィーリックス。ほんとうにやってみます。年一万ポンドはいつでも手に入るようなものではありません」

サー・フィーリックスは母の考えに同調しなかった。母から言われた通りにすると保証して、母の不安を取り除きたいとも思わなかった。しかし、とても大きな展望が開かれていたので、彼さえも興奮した。計画を実現する充分な金を持っていた。今行動を先延ばしにしたら、おそらく二度とこんな立場に立つことはないだろう。マリーをどこへ連れて行ったらいいか、どう扱ったらいいか、誰かに聞いて、それから駆け落ちの申し出をしようと思った。マイルズ・グレンドールが相談相手として思い浮かんだ。なぜなら、マイルズは欠点があるにもかかわらず世間を知っていたからだ。けれど、マイルズに相談することはできなかった。マイルズとニダーデイルは仲がよくて、ニダーデイルは彼女との結婚を望んでいたからだ。グラスラウもきっとニダーデイルにばらしてしまうだろう。ドリーは話し相手として用をなさなかった。おそらくヴォスナーが助けになると思った。金さえ出せば、ヴォスナーが救い出せないような男はいないだろう。

彼はマリーの望み通り木曜［六月十日］の晩にグローヴナー・スクエアへ行ったとき、不運にもメルモットが応接間にいるのを見つけた。ニダーデイル卿とその老父オールド・リーキー侯爵もそこにいた。応接間に入ったとき、フィーリックスは後者を知らなかった。侯爵は灰色の――ほとんど真っ白の――固い髪をした、涙目の、獰猛な顔つきの、痛風持ちの老人だった。サー・フィーリックスがそこに入ったとき、侯爵は二本のステッキで体を支えて立っていた。マダム・メルモットとミス・ロングスタッフとマリーもそこにいた。フィーリックスが玄関広間に足を踏み入れたとき、一人の大きな従僕からご婦人方は不在ですと告げられた。そのとき、――マダム・ディドンがそれにかかわっていたとのちに知ったが――、ドアの背後で一瞬囁き声があった。すると、二番目ののっぽの従僕が最初の従僕の言葉を否定して、彼を応接間に案内した。彼は少なからず当惑したとはいえ、淑女たちと握手し、無視しているように見えるメルモットにお辞儀をし、ニダーデイル卿に会釈した。彼が席に着くとまもなく、侯爵が場を取り仕切った。「階下に降りよう」と侯爵。

「もちろん、閣下」と、メルモットが言った。「ご案内する」侯爵は息子に声をかけることもなく、ドアの外へ追い出すように彼をステッキでつついた。そう促されて、ニダーデイルは金融業者のあとについて行き、痛風持ちの老侯爵もよろよろあとに続いた。

マダム・メルモットは戦慄で我を忘れた。「あなたは客の員数に入っていません」と、奥方は言い、「退出シナケレバナリマセン」とフランス語で続けた。

「ほんとうに申し訳ありません」と、サー・フィーリックスはおびえた表情で言った。

「少なくとも私は退出したほうがよさそうですね」と、ミス・ロングスタッフはすっと立ちあがって、部屋から大股で出て行った。

「彼女ッテ何テ意地悪ナ人デショウ」と、マダム・メルモットは言った。「ええ、とても不快な人です。サー・フィーリックス、あなたもお帰りになったほうがいいです。ええ——ほんとうに」

「いいえ」とマリーは言うと、彼に駆け寄って、腕を取った。「どうして彼が出て行かなければいけないのよ？　パパに知ってもらいたいです」

「パパカラ、アナタ、殺サレマス」と、マダム・メルモットはフランス語で言った。「ええ、ほんとうに殺されます」

「じゃあ殺させます」とマリーは言うと、恋人にしがみついた。「ニダーデイル卿とは絶対結婚しません。たとえパパが私を切り刻んでも、卿とは結婚しません。フィーリックス、あなたは私を愛していますね？」

「もちろんです」と、フィーリックスは彼女の腰に腕を滑らせて言った。

「ママ」と、マリーは言った。「私はこの人以外の人と結婚しません。絶対、絶対、絶対結婚しません。ねえ、フィーリックス、私を愛しているとママに言って」

「それはご承知でしょう、マダム」と、フィーリックスは言ったものの、次に何と言ったらいいか、どう振る舞ったらいいかちょっととまどった。

「まあ、愛なんて！　愚かなこと」と、マダム・メルモットは言った。「サー・フィーリックス、あなたは帰ったほうがいいです。ええ、ほんとうに。私の願いに応えてくれません？」

「帰ってはいけません」と、マリーは言った。「駄目よ、ママ、帰しません。彼は何も恐れる必要なんかありません。私、パパの部屋にいるあの人たちのところに降りて行って、卿とは決して結婚しないと、これが私の恋人だと言います。フィーリックス、一緒に来てくれる？」

サー・フィーリックスはこの提案を嫌った。侯爵の目には野蛮な獰猛さがあり、メルモットにはいつもの重々しい不寛容さがあった。彼はそういうもののせいでマリーの提案をすんなり受け入れることができなかった。「そんなことをする権利はぼくにはないと思います」と、彼は言った。「メルモットさんのうちですからね」

「そんなこと気にしません」と、マリーは言った。「パパにニダーデイル卿とは結婚しないと今日言ったばかりです」

「お父さんは怒っていましたか?」

「パパは笑ったの。パパは指図通りになっていると思うまで、みなを統制します。パパから殺されるかもしれません。でも、私は言われるままにはなりません。もう決めました。フィーリックス、あなたが私に誠実でいてくれるなら、何が起ころうと私たちが別れ別れになることはありません。あなたを愛していることをみんなに公言しても恥ずかしくありません」

マダム・メルモットは今椅子に身を投じて、ため息をついた。サー・フィーリックスはマリーの腰に腕を回して敷物の上に立ち、彼女の主張に耳を傾けていたが、それにほとんど何も答えなかった。――そのとき、突然階段を登って来る重い足音が聞こえた。「パパヨ」と、マダム・メルモットはフランス語で叫ぶと、椅子からせわしなく立ちあがり、脇のドアから急いで部屋を出た。二人の恋人は一瞬二人だけになって、その間にマリーが顔をあげ、サー・フィーリックスは彼女の唇にキスをした。「さあ、勇気を出して」とマリーは言うと、彼の腕から抜け出した。「私も勇気を出します」メルモットは入ってくるなり部屋を見回した。

「ほかの人たちはどこに行った?」と、彼は聞いた。

「ママは出て行きました。ミス・ロングスタッフはママより前に出て行きました」

「サー・フィーリックス、娘がニダーデイル卿と婚約していることを君に知らせる今がいい機会だね」

「サー・フィーリックス、私はニダーデイル卿と——結婚の——約束なんかしていません」と、マリーは言った。「無駄ですよ、パパ。私は結婚しません。ばらばらに切り刻まれても、卿とは結婚しません」

「娘はニダーデイル卿と結婚することになっている」と、メルモットはサー・フィーリックスに言った。「結婚の段取りが整ったので、身を引くのが適切だとおそらく君は思うだろう。事実関係を君に了解してもらって、君との関係を新たにすることができたら、——それともいつかシティで君に会えたらうれしいね」

「パパ、この人は私の恋人です」とマリー。

「ふん！」

「ふんじゃありません。恋人です。ほかの人なんか絶対にいやよ。ニダーデイル卿は嫌いです。あのこわい老人なんか見るに堪えません。サー・フィーリックスは卿と同じくらいりっぱな紳士です。パパ、あなたが私を愛してくれているなら、私を一生不幸にしたくないはずです」

父は片手をあげて娘のもとにすばやく歩み寄った。娘はただ恋人の腕にいっそうしがみついただけだった。この瞬間、サー・フィーリックスはどうしたらいいか読めなくて、外の広場に逃げ出したいと心から願った。

「あばずれ」と、メルモットは言った。「部屋に戻れ」

「あなたが命じるなら、パパ、もちろん私は寝室に戻ります」

「命じているぞ。よくもまあ私の前でそんなふうに男にしがみつけるものだな！　恥ずかしいとは思わんか？」

「恥ずかしくなんかありません。この人よりもう一人のほうを愛するほうが恥ずかしいです。ああ、やめて、パパ。痛い。行くところよ」父は腕をつかむと、娘をドアに引きずって行き、外に押し出した。

「こんな混乱を引き起こしてしまって」と、サー・フィーリックスは言った。「申し訳ありません、メルモットさん」

「出て行け。二度とここに来るな。——それだけだ。君は娘とは結婚できん。理解しなければならんのはそれだけだ。私の同意なしに結婚しても、一シリングも出すような私じゃない。私の願いを聞き届けてくれる神に誓って、サー・フィーリックス、一シリングも娘には出してやらんぞ。だが、いいかね、——もし君がこの結婚をあきらめるなら、シティで君がやりたいと思うどんなことにも協力を惜しまんよ」

このあと、サー・フィーリックスは部屋を出て、階段を降り、ドアを開けてもらい、広場まで案内された。しかし、彼が玄関ホールを歩いているとき、女から手のなかに巧みにメモを押し込まれた。——彼はガス灯の下に入ってすぐ、そのメモを読んだ。メモはその日の朝書かれたもので、それゆえたった今起こった争いにはふれていなかった。次のような内容だった。——

「今夜あなたに来てもらいたいです。そのときには言えませんが、あなたに知っておいてほしいことがあります。私たちがフランスにいたとき、パパは金をたくさん私に設定しておくのが賢いと思いました。それがいくらになるか知りませんけど、たとえほかの事業が傾いても、生活していくのに充分な金だったと思います。パパはその話を私にしていません。でも、私は設定がなされたことを知っています。設定は解かれていませんし、私の許可なしに解くことはできません。パパは今朝私があなたをあきらめないと言ったのでひどく怒っています。もし私が許可なく結婚したら、私には何もやらないとパパは言っています。でも、私に設定された金をパパが取りあげることができないのは確かです。私はあなたに何でも言わなければならないと思っていますので、これを言います。

M

サー・フィーリックスはこれを読んだとき、とても進取の気性に富む若い令嬢にかかわることになったと思わずにいられなかった。この娘が恋人のためなら、どれほど父をないがしろにしようと、ものともしないのは明らかだった。今、娘は冷静に父から金を奪うことを提案していた。それで、サー・フィーリックスはこの娘に名義変更された金を手に入れることができるなら、それを手に入れない法はないと思った。彼はそんな金の処理のことをあまり知らなかったが、マリー・メルモットよりは知っていた。メルモットのような立場の男が、事故に備えて資産の一部を娘に設定し、確保しておきたいと思うのは理解できた。そのように資産を設定したあと、父が娘の同意なしに再びそれを取りあげることができるかどうか、サー・フィーリックスはよく知らなかった。名義変更がなされたとき、まったく道具として扱われたマリーが、今やそこから引き出せる利益に気づいていた。娘はやさしい英語で言い直すと、次のような提案をしていることになる。「父の同意がなくても私を奪って結婚してください。――そうしたら、父が目的をもって私に設定した金を私たちは一緒に奪うことができます」彼は選んだ令嬢を、ただの金持ち娘、特別個性のない、哀れな、弱い女と考えていたのに、今やこの令嬢はそれ以上の存在として目の前に現れ始めた。娘は母が持たない意思を持っていた。サー・フィーリックスが野蛮な父の前で震えあがっているとき、娘は父を少しも恐れなかった。彼女は恋人のためなら打たれ、殺され、切り刻まれてもいいと申し出た。求められれば、疑いなく一緒に駆け落ちしてくれそうだった。

彼はこの一か月でたくさん経験を積んできた結果、これまでやっかいな、難しい、おそらく不可能だったものが今は容易に手の届くものになっているように思った。これまでやってきた小さな勝負が結果的に損失一辺倒だったのに対して、今カード賭博で二千か三千ポンド勝っていた。山の高さと希望のなさのせいで、初めはあまり乗り気ではなかったのに、彼は今この女相続人と結婚しようと決意していた。娘はすでにみずから望んで、喜んで彼の腕に飛び込もうとしていた。そういうとき、彼は男がカード賭博でイカサマ――それを見るまでは非常に恐ろしい不正――をするのを見つけた。しかし、そんな不平など結局たいしたことではないと思い始めた。もしそれがたいしたことでないとするなら、もしマイルズ・グレンドールがカード賭博でイカサマをして、懲罰を加えられないとするなら、どうして彼がイカサマをしてはいけないだろう？これは疑いなく勝利への早道だった。彼はイカサマがあると見て取ったので、ホイストで一、二度マイルズにもう一度カードを切るよう求めたことがあるのを思い出した。正直とか不正直とかという道徳心がそこに入り込んでくる余地はなかった。そのささやかなイカサマは、あらかじめ計画されたものでなく、見つからずにうまくなされるなら、良心にふれることはなかった。むしろそんなイカサマよりもっと多くのことが見つからずにやれると思った。とはいえ、父から金を奪うというミス・メルモットの恋人らしい甘い提案くらい、この世のやり方に彼の目を大きく見開かせるものはなかった。彼女こそ彼には打ってつけの娘だった。娘は人生の早い段階においてごく狭い生活環境に置かれながら、人の心のなかで途方もない企てを妨害するあの罪悪感――この世のお化け――をかなぐり捨てることができたのだ。

彼は次に何をしたらいいだろう？　マリーが気軽に書いてきたこの金の総額はおそらく大きかった。メルモットのような男がこの種のささやかな備えをするのは世の常だ。少なくとも五万ポンド、――それ以上かもしれない。しかし、これだけは確かだった。――もし彼とマリーが夫婦としてこの金を要求したら――、それ以上の寛大な扱いを父からえる希望はなくなるだろう。メルモットのような男がいくら一人っ子でもそれほどの罪を許すことはありえなかった。たとえ手に入っても、五万ポンドは多くなかった。たとえ泥棒がうまくできても、メルモットはそんな金の所有を不快にする手段をおそらく備えているだろう。

サー・フィーリックスが飛び込もうとしている深みはこれだった。深みは好きだったが、必ずしもそこが心地いいとは思わなかった。

註

（1）一八五七年の元旦に新しい結婚に関する法律が施行されて、グレトナ・グリーンで行われていた駆け落ちによる即座の結婚が難しくなった。

第三十章　メルモット氏の約束

次の土曜［六月十二日］にアルフ氏の新聞『夕べの説教壇』に、南中央太平洋沿岸及びメキシコ鉄道についてとても注目すべき記事が現れた。記事は多くの耳目を集めた点で際立っていたが、この鉄道について読者の心にどっちつかずの考えを刻印した点にしか特筆すべきところはなかった。鉄道が大きな国際的事実に発展しても、その事業がペテン師たちの汚らわしい乱闘のなかで崩壊しても、編集者は等しく誇りをもって将来いつでもこの記事にふれることができた。記事はドチラニ転ンデモイイヨウニ不可解で、暗示的で、おもしろくて、——『夕べの説教壇』では当然のことながら——物知りで、とりわけ皮肉たっぷりだった。無限の知識の次に、皮肉が『夕べの説教壇』の最強の武器だった。編集者はメルモット氏に仕える公爵夫人たちをはっきり皮肉る一方、多少賛美もしていた。イギリスの重役会にもちろん皮肉を投げかける一方、少し称賛もささげていた。カリフォルニアとメキシコを結ぶことによって、そこを文明化しようという考えを——やはり皮肉を交えて——絶賛していた。イギリスが始めたものではない事業に、完全な信頼を寄せられないことに皮肉の筆致を加えつつも、この事業を取りあげたことでイギリスを喝采していた。そして、メルモット氏の事業の才能が幅広いことにふれながらも、それが最終的に彼の失敗と恥辱を予言するのか、天与の成功と事業上の比類ない壮挙を予言するのか、どちらを意図して述べているか誰にもわからないように書いていた。

アルフ氏自身がこの記事を書いたと、いろいろな社交クラブで噂された。老スプリンターは、すばらしいワインの貯蔵室を所有する、みずからを「英知ノ子タチ」(2)と呼ぶ団体の一員で、この四十年機会あるごとに季刊誌に退屈な記事を書いてきた。その彼がこのアルフの記事の意図するところは見え見えだと明言した。彼の説明によると、『夕べの説教壇』は誹謗中傷の罪で訴訟に持ち込まれないように配慮しながら、メルモットをできるだけこきおろしたかったのだという。スプリンター氏はこの記事を利口ではあるけれど、卑劣なものと見なした。こういう新しい刊行物は、一般的に卑劣なものだ。スプリンターはそんな意見を持っていた。とはいえ、卑劣さをわきへ置くと、記事はよく書かれていると彼は思った。彼の見方によると、記事はメルモットと鉄道の正体を暴くことを意図していたという。ところが、「英知ノ子タチ」は概して彼の意見に賛同しなかった。そんな解釈をするなら、大洋と別の大洋を結びつける仕事は、人間に許された神性への最接近に等しいと、記事の筆者が断言しているあの一節の意味はどうなるのか？　老スプリンターはこれを聞いて、くすくす笑い、今は「英知ノ子タチ」のなかにさえ、皮肉の矢を理解する知力がないのだと早口で言い切った。しかし、当時世間が老スプリンターを支持しなかったことと、記事が大鉄道事業の株価をあげるのに役立ったことに間違いがなかった。

カーベリー令夫人はこの記事が大鉄道を褒めたたえていると確信してたいへん喜んだ。そして、いくぶん混乱した考えにとらわれた。もし令夫人が正しい方向に奮起して、優位な立場に息子が立っていることを彼に自覚させることができたら、じつに大きなことが達成され、富が彼の侍女となり、贅沢が彼の人生の習慣と正道となるだろう。息子はマリー・メルモットに愛されて、求婚者として受け入れられた。彼は大会社の重役であり、英雄的な大実業家と同じ重役会に列席していた。そのうえ、ロンドンでいちばんハンサムな若者であり、准男爵だった。令夫人の心にじつにとっぴな考えが浮かんだ。もしアルフ氏をまるまる彼女の相談相手にすることができたら、どうなるだろう？　もしメルモットとアルフを一体にすることができたら、何でもできるのではないか？　アルフはメルモットを紙上で書き立てることができる。メルモットはアルフに雨のごとく株券を注ぐことができる。もし彼女がメルモットにほほ笑みかけ、――駆使できると思う――お世辞を駆使し、大人物を神とたたえ、二つの大洋を結びつける神性に関する一節を、彼女が解釈するように、大人物に解釈させることができたら、彼女の思うように大人物を操れるのではないか？　こういうことが行われているさなかなら、たとえフィーリックスがマリーと駆け落ちしても、大人物の許しをえやすいのではないか？　想像力豊かな彼女の心はさらに遠くさまよった。ブラウン氏もブッカー氏も助けてくれるかもしれない。メルモットのような男、世間一般からゆだねられた信用の力を通して大事業を展開している男にとって、報道の自由な言論の支持は肝心かなめだろう。ブラウンとアルフが一緒になって「神性」によって鉄道が運営されていると薦める、そんな鉄道の株を誰が買わずにいられるだろうか？　彼女はかなり曖昧にこういうことを考えたが、日を追うごとにそれをはっきりさせようと励んだ。

ブッカー氏が日曜［六月十三日］の午後に令夫人を訪問して、例の記事について話した。令夫人は今のような危急の場合には分別がだいじだと、心でつぶやいて、メルモットとの個人的なかかわりをブッカーに明かさなかった。それでも、耳をそばだてて彼の話を聞いた。その金融業者は成功するか、失敗するかどちらかだというのがブッカーの考えだった。「その人は正直だと思いますか？」と、カーベリー令夫人は聞いた。ブッカーはほほ笑んで、答えをためらった。「とても大きな取引においても、人が保っていられるような正直のことを聞いていています」

「おそらくそれがいちばんいい表現の仕方でしょうね」とブッカー。

「事業への信用を作り出すことで、もし事業を大きく有益なもの、人類にとっての恩恵としたら、その人はその信用を作り出したことで、民族の恩恵者になるのではありませんか?」

「正直を犠牲にしても、ですか?」と、ブッカーはほのめかした。

「何も犠牲にしないで、ですか?」と、カーベリー令夫人は力を込めて答えた。「ああいう人を普通の尺度で計ることはできません」

「悪いことをして、いいことが生み出せますか?」と、ブッカーは聞いた。

「それを悪いこととは言いません。あなたはグラス一杯の水を飲むたびに、何千もの生き物を殺さなければなりません。でも、のどが渇いているとき、そんなことを考えません。人の命を危険にさらすことなく、船を海に送り出すことはできません。毎年人が死んでも、船を海に送り出します。メルモットというこの人は、何百人も破滅させるとあなたは言います。でも、逆にこの人は新世界を創り出して、何百万人を裕福に、幸せにするかもしれません」

「あなたは優れた詭弁家ですね、カーベリー令夫人」

「大胆な慈悲心を熱烈に愛しています」と、カーベリー令夫人は言葉をゆっくり選んで言った。言葉を選ぶとき、とても満足しているようすだった。「我が国の文壇でね、ブッカーさん、もし私があなたの地位に就いていたら、——」

「私は何の地位にも就いていませんよ、カーベリー令夫人」

「いいえ、就いています。とても際立った地位にね。もし私があなたの地位にあったら、こんな偉大な人とこんな偉大な目的を私の刊行物で支援するためなら、ためらうことなく全力を注ぎます」

「そんなことをしたら、私は明日にも首になります」と、ブッカーは言い、立ちあがると、笑いながら去って行った。ブッカーに対して、カーベリー令夫人はたまたま口から出た悪意のない言葉を用いたにすぎないと思おうとした。ブッカーの影響力を利用するやり方に、あまり結果を期待しなかった。火曜［六月十五日］の夕刻、――定例の火曜会と令夫人が呼んでいる集まりで――、三人の編集者全員が彼女の応接間にやって来た。しかし、そこにはその三人より重要な人物が現れた。彼女は恐れずに難局に当たった。誰にも何も言わずにメルモット本人に手紙を書いて、あばら家にご来駕をたまわるようにと請うた。彼女はとても愛らしい短い手紙を大人物に送った。カヴァーシャムで会ったことを彼に思い出させて、先日はマダム・メルモットと娘さんがとてもご親切にも彼女の家を訪問してくださったと伝え、あらゆる有力者のなかでも彼こそは、彼女がきわめて純粋に満足して膝を屈することができる重鎮だと理解させた。大人物は――マイルズ・グレンドールに代筆させて――カーベリー令夫人の招待を受け入れると、じつに短い手紙を送り返してきた。

大人物が現れると、カーベリー令夫人は独自の優雅さで即座に翼の下に彼をとらえた。彼女はカヴァーシャムの親しい友人たちについて一言述べたあと、息子が用事のためにこの場に居合わせないことを悔やんでから、じつに大胆にも急いで『説教壇』の記事にふれた。友人の編集長のアルフ氏が、メルモット氏の人物の大きさと、事業の壮大さを申し分なく評価していたからだ。メルモットはお辞儀をして、何か聞きとれないことをつぶやいた。「さて、私はあなたをアルフさんに紹介しなければなりません」と令夫人。紹介がなされたけれど、アルフはメルモットの客の一人としてすでにもてなされたことがあるから、紹介は不要だと説明した。

「あのときは私が会ったことがなく、おそらく二度と会わない人たちがたくさんいたからね」とメルモット。

「不運な客の一人でした」とアルフ。

「あなたが不運だったのは残念だね。もしホイスト用の部屋に入って来ていたら、私を見つけることができたと思うね」

「ええ、――それさえわかっていたら――、お目にかかることができたでしょう！」とアルフ。編集長は彼の新聞がじつに効果的に用いる皮肉を、適切にも常時見本的に駆使できた。しかし、メルモットにそれを用いてもまったく馬耳東風だった。

カーベリー令夫人はこの紹介からいい結果が直接期待できないとわかると、別の紹介を試みた。「メルモットさん」と、令夫人は囁きかけた。「あなたにブラウンさんを紹介したいです。ブラウンさんには前にお会いになったことがないと思います。朝刊は午後に出る新聞よりずっと編集長にとって重荷になります。もちろんご承知のように、ブラウンさんは『朝食のテーブル』を経営なさっています。ロンドンにはブラウンさんほど影響力のある人はいません。事業にかかわるブラウンさんの記事は」と、令夫人はさらに囁き声をひそめて言った。「福音だと――完全な福音だと――みんなが断言しています」それから、二人の男が互いに名乗り合った。カーベリー令夫人は退いたが、――声の聞こえる地点にとどまっていた。

「とても暑くなってきたね」とメルモット。

「ほんとうに暑いですね」とブラウン。

「今日はシティで二十一度を超えていた。六月にしてはとても暑いと言っていい」

「ほんとうに暑いです」と、ブラウンはもう一度言った。それで会話は終わった。ブラウンはそっと離れて、メルモットは部屋の中央に取り残された。ローマは一日にしてならずと、カーベリー令夫人は独りつぶやいた。この日はもう少しレンガを積むことができたら、それできっと満足できただろう。しかし、忍耐こそ必要とされた。

ところが、メルモットのほうに言いたいことがあって、この家を立ち去る前にそれを言った。「招待してもらってじつによかったよ、カーベリー令夫人、——ほんとうによかった」カーベリー令夫人は大人物のほうこそご親切にしてくださったというような趣旨のことを言った。「私が来たのはね」と、メルモットは続けた。「特に言いたいことがあったからだ。そういうことでもなければ、私は夜会にあまり出ない。あなたの息子が私の娘に求婚したんだよ」カーベリー令夫人は瞠目して相手の顔を見あげると、両手の指を組み合わせ、それからほどいて、片手を彼の袖に置いた。「私の娘はね、マダム、あいにく別の男と婚約したところだ」

「でも、娘の愛情を道具にするわけにはいきませんね、メルモットさん」

「娘があなたの息子と結婚したら、娘には一銭もやらんよ。カヴァーシャムで、あなたの息子がうちの重役会の重役だと注意をうながしたことがあるね」

「はい、——あります」

「私はあなたの息子をとても尊敬しているから、マダム。決して彼を傷つけたくない。私が反対しているので、この求婚を取りさげると、もし彼が私の娘に伝えてくれたら、私は彼がシティで並はずれた厚遇を受けられるよう取り計らおう。私が彼の成功の礎石となろう。さようなら、マダム」それから、メルモットは一言も言わずにその場を立ち去った。

メルモットは、もしフィーリックスが娘と結婚したら、婿には一銭も与えないという、じつに明瞭な言質を与え、そんな前置きをしながらも、少なくともここで——意向に従ってもらえれば、フィーリックスの「成功の礎石となる」という——保証をした！　この発言には考慮すべきことがたくさんあった。シティにおけるメルモット氏の影響力によって、フィーリックスが「成功」させてもらえることを母は疑わなかった。

しかし、そのような成功が永続きするかどうかは、息子の資質にかかっているに違いない。——母は彼にそれがないことを恐れた。とはいえ、お金のない妻なんかお話にならない！　そんな結婚はまさしく破滅だろう！　出口も、希望もないだろう。母が提供するもの以外に夫婦の生活を支える婚資を持たない——と母が想像する——マリー・メルモットと結婚したあとの、サー・フィーリックスの立場を考えると、母は真の悲劇を正確に予感した。そんなことになったら、母は死んでしまうだろう。若い夫婦には、乞食生活と救貧院しか目前にないだろう。そう考えるとき、母は真の母性本能で身震いした。美しい息子は燦然たる天与の外見を持ち、華やかな社交界の恩恵を——母が思うに——みな受けてもおかしくなかった！　母の野心は薄汚く下品だったが、母の愛は高貴で私心のないものだった。

一方、マリーは一人っ子だった。メルモット家の将来の栄誉は、余人にゆだねられなかった。父は貴族であることを婿の条件として希望した。そういう希望があるから、当然このように振る舞うしかなかった。希望に反する結婚をされたら、娘を廃嫡すると父が脅すことは予想できた。しかし、いったん実際に結婚されてしまったら、父がその結婚を何とか我慢する必要があることも、また同じように自然ななり行きではないだろうか？　野心が求めるより低い爵位ではあっても、爵位を持って娘は父のもとに帰って来るわけだから。令夫人は個人的には、偉大な金融業者が非常に無礼だったと感じた。大人物はうちに来て脅すために彼女の招待を利用した。しかし、それを許すつもりでいた。それを大目に見ることで、もし何かがえられるとするなら、彼女はそれを文句なしに大目に見ることができた。

令夫人は女として心からすがりついて相談できる友人を捜して部屋を見回した。ふつう頼れる友人はロジャー・カーベリーだった。しかし、たとえ彼がここにいたとしても、彼女はメルモットにかかわるどんな問題も彼に相談することができなかった。与えられる助言は明瞭だっただろう。そんな山師とはかかわらないようにしろと言われただけだろう。ただし、愛するロジャーは古風な人であり、今の人をまったく知らなかった。ロジャーはゆっくりしたそれなりに健全な世界、健全であろうと悪質であろうと、今やもう失われた世界に住んでいた。そのとき、令夫人はブラウン氏に目を留めた。彼女はアルフ氏を恐れた。アルフ氏はあまりにも扱いが難しすぎて、役に立たないと思い始めた。一方、ブラウン氏は穏やかだった。ブッカー氏は記事を書いてくれるときには役に立つけれど、友人としては共感に欠けていた。ブラウンは最近とても親切で、一度など「感じやすい老ガチョウ」が再びガチョウになるのではないかと危惧されるほど、彼女に親切にしてくれた。そんなふうになったら、うんざりだろう。それでも、そんな感じやすさが生み出す好意的な心情を利用できるかもしれない。客が帰り始めたとき、令夫人は彼にそっと話しかけた。助言がほしいので、客が帰ったあと数分残ってもらえないだろうか？　彼は残ってくれた。ほかの客がいなくなったとき、令夫人は彼と二人だけにしてくれるよう娘に求めた。「ヘッタ」と、彼女は言った。「ブラウンさんとお話したいことがあります」それで、二人だけが残された。

「あなたがメルモットさんをあまり評価されていないのは残念です」と、彼女はほほ笑んで言った。編集長は彼女の肘掛け椅子に近いソファーの端に座っていた。彼は令夫人に応えてただ頭を横に振り、笑った。「ご紹介してわかりました。あんなふうになって申し訳ありません。というのは、彼は確かにすばらしい人ですから」

「すばらしい人だと思います。でも、彼はおもに会話では力が発揮できない人だと言っていいでしょう。でも、ほんとうのところ、彼も私について同じことが言えると思っていいです。――というのは、彼の口数が少なかったとしたら、私はもっと口を利きませんでしたからね」とブラウン。

「会話はうまくいきませんでした」と、カーベリー令夫人はいちばん甘い笑みを浮かべて言った。「でも、話したいことが今あります。あなたを真の友人と見なしていいと思いますから」

「もちろんですとも」彼はそう言うと令夫人の手に片手を差し出した。

令夫人は一瞬彼に手を与えていたが、それから引っ込めた。彼が自発的にその手を放すことはないとわかったからだ。「馬鹿な老ガチョウ」と、彼女は心でつぶやいた。「それで、私の話ですが。息子のフィーリックスはご存知ですね?」編集長はうなずいた。「息子はあの人の娘と婚約しています」

「ミス・メルモットと婚約?」今度はカーベリー令夫人がうなずいた。「何とまあ、彼女はこの世が生み出した最大の女相続人と言われていますね。ニダーデイル卿と結婚すると思っていました」

「彼女はフィーリックスに後先見ずに恋して、婚約しています。——息子が彼女に後先見ずに恋しているようにね」令夫人はどんな助言も事実に基づかないものは価値がないことを知っていたから、話を正確に話そうとした。それでも、習慣的に嘘をつくようになっていた。「メルモットは当然のことながら娘に貴族との結婚を望んでいます。彼はもし娘がフィーリックスと結婚したら、娘には一銭もやらないと私に言うためにここにやって来ました」

「彼が——脅すため——みずから望んでやって来たというんですか?」

「その通りです。——ただそれだけを言うためにここに来たと言いました。丁寧というよりむしろ率直でした。言葉通りに受け取らなければなりません」

「確かにそんな脅迫をしそうですね」

「その通りです。それこそ私が感じていることです。最近若者はたんに父の変な思い込みのせいで、しばしば結婚を妨げられています。でも、もう一つあなたに言わなくてはなりません。もしフィーリックスが結婚を思いとどまるなら、彼にシティで一財産作らせると、あの人は私に約束しました」

「たわごとです」と、ブラウンはきっぱり言った。

「間違いなく――そう思いますか？」

「ええ、そう思います。メルモットがそんな約束をしたとすると、私がこれまでに抱いていたあの男についての印象をずっと悪くしますね」

「彼はそう言いました」

「じゃあ彼は不当なことをしました。だますためにそう言ったに違いありません」

「ご存知のように、息子はあのアメリカ大鉄道の重役の一人です。約束があの人とはまったく関係のない若者になされたのとはちょっと違います」

「サー・フィーリックスはたんに爵位を持っていることと、若い人なら干渉を受けることはないとメルモットに判断されたことから、急いで重役会に名を加えられたと思います。息子さんはいくらか株を売って利益をえることができるかもしれません。でも、私の理解が正しければ、彼はそんな事業に参入できるような資本を持っていません」

「はい、――あの子に資本はありません」

「愛するカーベリー令夫人、私ならそんな約束なんか信用しません」

「じゃああの子は父の反対を無視しても、あの娘と結婚すべきだと思いますか？」

ブラウンはこの問いに答えることに躊躇した。しかし、カーベリー令夫人が特に返事を望んだのが、この質問だった。駆け落ちというような事態が生じた場合、彼女は誰かの支持をえていたかった。彼女が椅子から立ちあがると、彼も同時に立ちあがった。「フィーリックスには娘を連れて逃げる用意があると、初めに言っておけばよかったです。娘にもすっかり逃げ出す用意ができています。娘はあの子に身をゆだねています。あの子が間違っていると思いますか?」

「答えるのはとても難しいです」

「駆け落ちは日常的になっています。ライオネル・ゴールドシェイナーは先日レディー・ジュリア・スタートと駆け落ちしました。今はみんなの訪問を受けています」

「ええ、そうです、人々は駆け落ちして、みなうまくいきます。紳士がその場合金を持っていたからです。レディー・ジュリアの母、老キャッチボイ卿夫人は金持ちの獲物を手に入れるもっとも安全な方法を娘に提供するため、卿夫人自身がその駆け落ちを取り決めたと言われています。若者にその気はありませんでした。それで、母がそんなふうにやらせました」

「それでも、不名誉な点はありません」

「不名誉な点があるとは言いません。——でも、これは思い切って助言できない問題の一つです。メルモットがその後娘を許して、大目に見ると思うかと聞かれたら、——私は大目に見ると思いますが」

「あなたからそう言っていただけてうれしいです」

「大人物の支援の約束に信頼が置けないことははっきりしています」

「まったくあなたと同意見です。たいへんあなたに感謝します」とカーベリー令夫人。フィーリックスは娘と駆け落ちすべきだと、彼女は今固く思った。「とてもご親切にしていただきました」それから、彼女はその夜の別れを告げるように、彼に片手を差し出した。

「さて」と、彼は言った。「私にもあなたに言いたいことがあります」

註

（1）*in utrumque paratus*

（2）*Paides Pallados*

第三十一章　ブラウン氏は決意した

「さて、私にもあなたに言いたいことがあります」ブラウン氏はそんなふうにカーベリー令夫人に言うと、すっと立ちあがり、それからまた座った。彼は心の動揺を見せていた。令夫人はそれをはっきりとらえて、原因と結果を見抜いていると思った。「感じやすい老ガチョウがひどく馬鹿げた、とても恥ずかしいことをしようとしています」彼女はそんなふうに次に用意されていると思う場面について独り言を言った。しかし、「老ガチョウ」の感じやすさが現れる仕方を正確に予見していなかった。「カーベリー令夫人」と、ブラウンは再び立ちあがって言った。「私たちは二人とも昔ほど若くありません」

「そうですね、ほんとうに。――友人になるという贅沢をしても、差し支えないのはそのせいです。男と女を親しく理解させるものは、年齢以外にありません」

ブラウンはこの発言で話の前進を邪魔された。恋愛にふれることが滑稽になる人生の時期に、彼が少なくとも到達していることを令夫人は指摘した。しかし、彼は事実として六十より五十に近くて、年の割に若かった。四、五マイルを楽しく歩くことができ、四十男と同じくらい自由に公園でコッブ種の馬を乗りまわすことができた。その後夜中にやすやすと着実に四、五時間仕事をすることができた。そういうことは、健康な体にだけ許されることだった。ブラウンは自分の体と状況を考えるとき、恋をしていけない理由を納得することができなかった。「とにかく親しく理解し合うことを私は望んでいます」と、彼はいくぶん頼りなげに言った。

「そうです。私があなたに助言を求めたのはそういう理由からです。もし私が若い娘だったら、あなたにお聞きする勇気なんかありませんでした」

「それはわかりませんね。でも、それは私の現在の目的とは関係がありません。私たちは二人とも昔のように若くないと言ったとき、私は月並みの——自明の——ことを言ったにすぎません」

「私はそうは思いませんが」と、カーベリー令夫人はほほ笑んで言った。

「もっと含むところがあるということさえなければ、月並みと思われるようなことを言ってしまいました」

ブラウンはどつぼにはまって、どうやってそこから抜け出していいかわからなかった。「私たちは——恋ができないほど——、年を取っていないと思いたいと言うつもりでした」

かわいい老いた愚か者！　彼は自分を愚か者にして、何をしたいのだろう？　これはキスよりもっと悪く、もっと厄介で、簡単にわきに置いて忘れられる発言ではなかった。カーベリー令夫人は『朝食のテーブル』の編集長が、彼女に結婚の申し込みをしようとしているとは、このとき思ってもいなかった。そういうふうに言えば、このときの彼女の心境を説明するのに役立つだろう。中年男は恋愛についてペラペラ喋ったり、大騒ぎをしたりするのが好きなのだと、彼女は知っていたか、知っていると思っていた。そんなお喋りの嘘や、そこから生じる害にショックを受けることなどなかった。もしこの編集長が近所の女に恋しているとわかったら、ブラウンへの影響力を強めるため、彼女は近所の女をたぶん友人のなかに喜んで加えていただろう。彼女自身はそんな不適切な情熱のまねごとを不都合なもの、避けなければならないものと見ていた。しかし、権力に恵まれ、収入も多く、影響力を持つブラウンのような地位の人は、機嫌を取られ、尊敬され、恐れられ、ほとんど崇拝されていた。そんな編集長が資産、不幸、苦闘、貧乏、無名の闇を彼女と分かち合いたいと望むことなど、彼女は想像することができなかった。そんな望みには騎士の忠誠の誓いに似たところがあるから、男ならだれでもそんな誓いをささげることができるとは思えなかった。——もしそれが彼女にささげられたら、じつにすばらしいことだと感じられただろう。彼女は男女のことを一般に手厳しく扱い、ブラウンと自分を個々の男女として容赦なく見ていたから、そんな犠牲が彼女にささげられることなど考えることができなかった。「ブラウンさん」と、彼女は言った。「私の信頼につけ込んで、あなたからこんなふうに悩まされるとは思いませんでした」

「あなたを悩ませるって、カーベリー令夫人！　少なくともその表現は奇妙です。充分考えた末に、私はあなたに妻になってほしいとお願いすることに決めました。なり行きとしてはむしろ私のほうがあなたの拒絶によって——悩まされ——苦しめられそうです。私がそんな苦しみを予想するのは自然なことです。でも、あなたはこの板挟みからしごく簡単に抜け出せます」

　令夫人には「妻」という言葉が雷鳴のように届いた。彼女はこの言葉を聞いてただちに彼に対する全感情を一変させた。彼を愛する夢など見てもいなかった。彼を愛することができないのは確かだと感じた。彼女が誰かを恋人として愛するとしたら、うすの下石[1]のように彼女の首からぶらさがるハンサムな浪費家だろう。今の相手は——世知にたけて——役に立ってくれる友人だった。そして今、その相手がほかのどの男より世間知らずだという明らかな証拠を見せた。『朝食のテーブル』のブラウンが、彼女に妻になるように求めるなんて！　しかし、彼女はほかの感情とともに、青春時代の遠い思い出をよみがえらせる優しい感情で胸を満たされて、すすり泣きしそうになった。一人の男——これほどの男——が彼女の重荷の半分を担おうと、男の天の恵みの半分を彼女に与えようと申し出るなんて！　何という愚か者！　とはいえ、何という救いの神！　彼女はこの男をまったくの知性の人と、青春時代の悪が冷めて残る知性の人と見ていた。今この男が胸に人間らしい心を持つだけでなく、彼女がふれることのできる心を持つことに気づいた。何とすばらしい甘美！　何というつつましさ！

令夫人はこの男に回答しなければならなかった。当然のことながら、どんな回答が男の意図にではなく、彼女の意図にいちばん役に立つか考えた。つまり、彼女がこの男を愛することができるかという問題ではなく、男が彼女を苦難から救い出してくれるかという問題を考えた。フィーリックスのために父を、こんな父を持つことができたら、何という僥倖だろう！『朝食のテーブル』の編集長の妻になれば、文学上の経歴が何と楽になることだろう！　この男が年に三千ポンドを仕事で稼ぐと、噂に聞いたことがあるのをこのとき思い出した。もし彼女がブラウンの妻になったら、望ましい世界あるいはその一部が応接間に訪れるのではないか？　結婚の申し込みがあったあと、思わず沈黙した一分間に、彼女はすばやくこういうことを考えた。とはいえ、ほかの考えや感情もあった。おそらくほんとうのところ、彼女は亡き夫の虐待のせいで、自由をいちばん望んでいた。彼女は一度その虐待を逃れて、非難にさらされ、押しつぶされそうになった。その後、夫の保護と虐待に戻った。それから、また自由を謳歌した。自由はまだ叶えられない多くの希望に伴われ、つねに現前する多くの悲しみによって苦味を帯びていた。それでも希望は生きており、虐待の記憶はじつに鮮明だった。ついにその一分が終わったとき、彼女は口を利かなければならなかった。「ブラウンさん」と彼女は言った。「あなたは私を唖然とさせました。こんなことは予想もしていませんでした」

今ブラウンは口を開いて、率直な声を出した。「カーベリー令夫人」と、彼は言った。「私は長いあいだ結婚しないまま暮らしてきて、最後まで同じように生活するほうがいいとときどき思いました。若いころは恋愛について考える時間もないほど、懸命に働いてきました。そんなふうにやってきて、あまりにも仕事に心を奪われていたので、欠乏――それでもどこかで感じていた欠乏――にほとんど気づきませんでした。私の場合、そういう状況にあったので、恋には年を取りすぎていると思うのではなく、ほかの人からそう見られるのではないかと思うようになりました。それから、あなたに出会いました。最初におそらく失礼にも言ったように、あなたも昔のように若くありません。でも、あなたは青春の美しさと、活力と、若い新鮮な心をとどめています。私はあなたを愛するようになりました。あなたを怒らせる危険を冒しながらも、ごく率直に話しています。この決心をする前はずいぶん疑念に苦しみました。ほかの人の性質を知るのは非常に難しいです。しかし、私はあなたの性質を理解できると思います。――もしあなたが幸せを私に託すことができたら――、私は幸せを進んであなたにゆだねたいと思います」哀れなブラウン！　彼は日刊紙を編集するとき、ふさわしい才能にとりわけ恵まれていたのに、カーベリー令夫人の若い新鮮な心について話すとき、女性の性格を読む能力にほとんど恵まれていなかった！　彼は幸せをこの女性にゆだねるよう自分を納得させる前に、恋のせいでずいぶん目が見えなくなっていたに違いない。

「あなたは大きな敬意を私に表してくださいました。大きな賛辞をいただきました」と、カーベリー令夫人はふいに言った。

「それで？」

「今はどういう返事をすればいいでしょう？　こんなことは予想もしていませんでした。誓って言いますが、この話は夢のように訪れてまいりました。私はあなたの地位をイギリスでほぼ最高の地位にあると思い、あなたの栄華を達成できる最高の栄華と見ています」

「私の栄華はこの程度のものですが、それをあなたと分かち合うことを切望しています」

「そう言われましても、まだ信じることができません。それに、どうしたら自分の気持ちがそんなに急にわかるでしょう？　知っていることを申しあげると、ブラウンさん、結婚は私に幸せをもたらしてくれませんでした。私は結婚にとても苦しみました。結婚という拷問にかけられて、——どの関節も、どの神経も傷つけられ、その罰にほとんど耐えられませんでした。やっと自由をえました。自由のなかに幸せを探してきました」

「自由はあなたを幸せにしてくれましたか?」

「自由はみじめさを減らしてくれました。さらに、考慮しなければならないことがたくさんあります！ ブラウンさん、私には息子と娘がいます」

「娘さんについては、私の娘として愛することができます。息子さんについては、彼の将来に待ち受ける問題に、あなたのため、進んで対処したいと言えば、あなたへの献身を証明することになると思います」

「ブラウンさん、私はこの世の誰より——これから先もずっと誰より——息子を愛しています」彼女は恋人の熱を冷ますように計算してこれを言った。しかし、彼のほうは、もしこの試みが成功するなら、今語られた息子に対する彼女の気持ちは時間が変えてくれるだろうと考えていた。「ブラウンさん」と、彼女は言った。「今私はとても動揺しているので、独りにしてくださるとうれしいです。もうとても遅い時間です。使用人が起きて待っていますから、あなたがここにとどまっているかどうか知りたがるでしょう。ほぼ二時になります」

「いつ回答をいただけますか?」

「お待たせしません。すぐあなたに返事を書きます。明日、いえ、明後日木曜に書きます。当然すぐ回答を差しあげなければならないと感じています。でも、とても驚いているので、すぐは差しあげられません」

彼は未亡人の手を取って口づけし、何も言わずに去って行った。

ブラウンが外へ出るため玄関ドアを開けようとしたとき、外側から鍵で掛け金があげられた。サー・

フィーリックスが社交クラブから帰って来て、母のうちに入って来たのだ。若者は生意気と驚きの入り混じった表情で、ブラウンの顔を見あげた。「おやおや、ご老人」と、彼は言った、「遅くまでがんばってぇいましたね？」彼は泥酔状態だった。ブラウンはそれに気づいたものの、何も言わずにそばを通りすぎた。カーベリー令夫人はたった今編集長とのあいだに起こったことで動転して、これからどうしたらいいかわからないまま、まだ応接間に立っていた。そのとき、息子が階段をころげるようによじ登って来る音を聞いた。彼女は部屋を出て彼のところに行かずにいられなかった。「フィーリックス」と、母は言った。「うちに入って来るだけでどうしてそんなに騒々しいのです？」

「騒々しいって！　音なんか出していませんよ。とても早く帰って来たと思うぃし、あなたのお連れもちょうど帰ったばかりです。褐色とは綴りが違うぃ(2)名のあの編集長を戸口で見ましたよ。馬鹿野郎ですね、あいつは。大丈夫ぃ、母さん。うん、ぼくは大丈夫ぃです」その後、彼は転がるようにあがって寝床に就いた。ろうそくがきちんとカーテンから離れたテーブル上に置かれているか、母は確認するため息子について行った。

　ブラウンは編集室に向かって歩くとき、この何日か、何週間か、やらないほうがいいと決心していたことをやってしまったとき、男が感じるあらゆる後悔の苦痛を味わった。愛する女性の玄関で最後に会った亡霊は、彼を少しも安心させてくれなかった。飲んだくれの堕落した息子から傷つけられることくらい、むごい呪詛があるだろうか？　ことのなり行きから出会う悪には耐えなければならない。しかし、なぜ中年男が不必要にそんな不幸を抱え込む必要があるだろうか？　彼女だって息子には手を焼いていた！　彼はそのほか無数のことを思案した。新しい生活にはどう適合したらいいだろうか？　新しい家と新しいやり方を手に入れ、新しい家政のもとで生活し、新しい喜びに適応しなければならない。それで何をえることができるだろうか？　カーベリー令夫人は美しい女だった。その美しさが好きだった。賢い女だとも思った。おだてられるから、彼女との会話が好きだった。彼はもっと分別を持っていてもいいくらいロンドンに長く住んでいた。夜道を歩くとき、もっと分別を持っていてもよかったのにと思った。彼女の美しさを思い出すとき、ときどき心が少しだけ温かくなるのを感じた。新しい家は古い家より、少し自由がなくなるかもしれない。が、より快適になるだろうと、独りつぶやいた。彼女とのことは何とかうまく乗り切ろうと思った。しかし、彼がそう思うとき、いつもあの飲んだくれの若い准男爵が脳裏に現れて思いを抑えつけた。

いいにしろ、悪いにしろ、彼は一歩を踏み出した。ことはなされた。未亡人から拒否されるということは考えなかった。この世のあらゆる経験に照らして、そんな拒否は考えられなかった。よく考える町は必ずいい町を作る。疑いを抱く女はいつも一定の方向に疑いを解く。もちろん令夫人は彼を受け入れるし、もちろん彼はあとに引くつもりがなかった。仕事に向かうとき、彼は自己満足にどっぷりつかろうとした。しかし、心には彼の見込みに影響を及ぼす憂鬱の底流を感じていた。

カーベリー夫人は息子の部屋から、自室に戻ると、そこで思いをめぐらしながら夜の大部分をすごした。この間、彼女は私心を忘れていられたから、ここ何年間の彼女よりおそらくまっとうな女になっていた。彼女と結婚してもブラウンのためにならなかった。彼女はいろいろな場面を想定しながら、この男、ブラウン、が置かれた状況を考えようとした。勝ち誇った瞬間に――そんな瞬間がたくさんあった――、フィーリックスが富と地位で輝く金持ちになり、多くの人々から交際を望まれる名士になり、母の栄誉になるとの確信で、彼女は心を奮い立たせた。しかし、その心の奥底ではいかに危険が大きいか承知していたし、訪れる破局の性質を想像し、予見することができた。息子は徹底的に落ちぶれるだろうし、母を道連れにするだろう。息子がどこに行こうと、どんな犬畜生の身に落ちていこうと、彼女は既婚、独身にかかわらず、息子とともに行くことを確信できた。理屈で考えれば、息子を捨てるようようながす論理はとても強力だったが、母心はそんな理屈より強いことを感じ取っていた。息子は母に打ち勝つこの世で唯一の存在だった。息子以外の問題でなら、彼女はたくらみ、策をめぐらし、偽ることができた。情熱や好みをたんに武器として使おうと心に言い聞かせながら、幻想を笑い飛ばし、感情に打ち勝ち、二心を持って世間と戦うことができた。しかし、そんな彼女は息子に対する愛情の奴隷だった。――それを知っていた。そういう事情があったから、彼女が別の男と結婚することがふさわしいことだろうか?

それから、自由の問題があった! 彼女はたとえフィーリックスによって完全に破滅させられても、自由な女としてとどまり続けたかった。たとえ事態がさらに悪化しても、ボヘミアンの放浪生活に耐えられると思った。たとえ財産をみな奪われても、彼女の稼ぎで生活することができるだろう。フィーリックスは父にならって暴君だが、あれをしろ、これをしろと命じる仮借ない暴君ではなかった。彼女は結婚の誓いをもう一度繰り返すことがいいとは思わなかった。男を愛すること、男の愛撫をうれしいと思うこと、男が近くにいるせいで特別幸せを感じること、――そんなロマンティックな状況を彼女は一度も想像したことがなかった。結婚を受け入れた場合、それは彼女とフィーリックスの母子にどんな影響を及ぼすだろうか? また、その結婚において彼女とフィーリックスの母子関係はブラウンにどんな影響を及ぼすだろうか? もしフィーリックスが破滅したら、そのときブラウンは彼女を妻には望まないだろう。もしフィーリックスが破滅しないで星になり、主都の金メッキ飾りの一つになったら、そのとき彼も母もブラウンを必要としないだろう。彼女がじっくり考えたのはこういうことだった。

彼女はこういうことを考えるとき、娘についてはほとんど考えなかった。ヘッタはもし受け入れる気になりさえすれば、何もかも快適な家を手に入れることができた。ヘッタははとこのロジャー・カーベリーと結婚して、どうしてその悩みに決着をつけてくれないのだろう？　もちろんヘッタは結婚するまで母の住むところで生活しなければならない。ヘッタは自由に生きていける。それで、母は大きな問題についてヘッタの意向に引きずられる必要はないと感じた。

しかし、もしブラウンとの結婚を最終的に決意したら、彼女はヘッタにそれを伝えなければならない。その場合、早ければ早いほどよかった。その夜は決心することができなかった。彼女はブラウンとは結婚しないと心に言い聞かせるたびに、安心できる快適な家の映像と、『朝食のテーブル』紙の編集長があらゆる点で強力だという確信によって新たな疑念にとらわれた。そういうことで、納得することができないまま、やっと寝床に就いたとき、まだ心を決めかねている状態だった。彼女は翌朝朝食のときヘッタに会った。夫になるかもしれない男性について、無頓着を装って娘に聞いてみた。「あなたは、ヘッタ、ブラウンさんは好きですか？」

「はい。――かなり。でも、並み外れて好きというわけではありません。どうして尋ねるのですか、ママ？」

「ロンドンにいる知り合いのなかで、あの人くらいほんとうに優しくしてくれる人はいないからです」

「彼はいつも自分流のやり方を好んでいるように見えます」

「自分流を好んではいけませんか？」

「彼にはロンドンの人々に共通するあの利己的な態度があるように見えます。――彼の発言はみな表面的な礼儀正しさからなされているようです」

「ロンドンの人々について言うとき、ヘッタ、あなたが何を求めているか知りたいです。どうしてロンドンの人々はよその人々と同じように親切じゃありませんの？　ブラウンさんはどの知り合いより親切な人だと私は思います。でも、もし私が誰かを好きになったら、いつもあなたはその人を軽んじます。あなたが尊敬するただ一人の人はモンタギューさんです」
「ママ、それは不公平で、不親切です。私は一度もモンタギューさんの名を出していません、出さずにいられるものならね。あなたから聞かれなかったら、ブラウンさんについても話しませんでした」

註

（1）「ヨブ記」第四十一章第二十四節に「その心臓は石のように硬く、うすの下石のように硬い」とある。
（2）ブラウンの名は Broune と綴る。

第三十二章　モノグラム令夫人

ジョージアナ・ロングスタッフはメルモット家にすでに二週間滞在していた。ロンドンの社交シーズンに期待していたが、思ったよりいいほうには向かっていないと感じた。兄から困らせられることはもうなかった。彼女が知る限り、カヴァーシャムの家族はドリーの干渉を無視した。彼女は週に二度母から冷淡な、退屈な手紙――うちから離れていると習慣的に送られて来る手紙――を受け取った。返信するとき、社交界の出来事の決まり切った描写や、――ロンドン滞在の現実に苦痛がなければ、母を楽しませ、それを語ることで自分も楽しめただろう――、ちょっとしたスキャンダルで、手紙を毎度満たそうとした。メルモット家のことはほとんど書かなかった。入りたくてたまらなかった家々に連れて行かれたことも話さなかった。話しても、あからさまに嘘をつくことになっただろう。しかし、失望は口にしなかった。カヴァーシャムにとどまるより、メルモット家に来ることをみずから選んだのだ。彼女の失敗をどうしても口に出せなかった。「そこのうちの人々があなたに親切にしてくれたらいいと思います」と、レディー・ポモーナはいつも言った。しかし、ジョージアナはメルモット家が親切か、不親切か母に言わなかった。

実際のところ、彼女はあまり心地よい社交シーズンをすごしていなかった。これまで知っている生活とはまったく違う暮らしをしていた。ロングスタッフ家のブルートン・ストリートの屋敷は、あまり快活になったことがなかった。それでも、そこの生活の付属物は、メルモット家のグローヴナー・スクエアの豪華な大邸宅にはないたぐいのものだった。そこには何年もかけて蓄積され、蓄積されるなかで所有者の趣味に合うように馴化された本や、小さな玩具や、何千ものつまらない家の神々でいっぱいだった。一方、グローヴナー・スクエアには家庭を守る守護神ラレース（1）はいなかった。本もなく、玩具もなく、金と威光とポマードと髪粉と驕慢以外に何もなかった。ロングスタッフの生活は安楽な生活でも、自然な生活でも、知的な生活でもなかった。それでも、メルモットの生活はロングスタッフの者にとってさえ耐えがたかった。しかし、彼女は苦労覚悟で来ており、目的を追求する忍耐力もかなり具えていた。カヴァーシャムにとどまるのでなく、メルモット家に来ることを自分で望んだのだから、苦労しても耐えられるように防御を固めていた。昼間は望ましい連れとハイドパークで馬車に乗れ、晩方はりっぱな屋敷に訪問できたら、あとはどんなにひどくても、何とかやっていけるだろう。彼女はプリメアローの娘の一人とよく馬車に乗った。老プリメアロー、あるいは兄のプリメアロー、あるいはときどき彼女自身の父が同乗した。いったん外に出ると、よく若者たちの一団に取り巻かれた。会話を交わすこともなく同じ連れと一緒に、同じ場所をぐるぐる歩き回ることに、ほとんど意味はなかった。とはいえ、彼女はそれを適切なことだと思い、それで満足した。今どき社会の法にかないそうな騎士を手に入れるのは容易ではなかった。彼女はペネロープ・プリメアローからさえ鼻であしらわれた。彼女、ジョージアナ・ロングスタッフ、がこれまで耐えてきて、鼻であしらってきた相手だった。老プリメアローが馬車を御すとき、彼女はただ同乗を許されるだけで、御してくれと頼むことさえ強いられた。

　しかし、夜はいっそう悪かった。彼女はマダム・メルモットが出向くところへしか行くことができなかった。そのうえ、マダム・メルモットは外出より家に客を呼ぶほうを好んだ。ミス・ロングスタッフはその家の招待客にどうしてもなじめなかった。彼女は客が誰か、どこから来たか、どんな性質の客かさえ知らなかった。カヴァーシャムの近くにある小さな町の商店主たちを身近に感じなかったのと同じように、客たちを身近に感じなかった。彼女は長い夜をほとんど一言も口を利かずに座って、つき合っている連中の俗悪さが、どれほど深いか測ろうとした。ときどき外に連れ出されたが、そういうときはたいてい堂々たる屋敷に連れて行かれた。マダム・メルモットは二人の公爵夫人やオールドリーキー侯爵夫人から受け入れられ、王族の園遊会への出入りも許された。社交シーズンのなかで、労を惜しまぬ祝宴が――旅をするあれやこれやの有力者のために、じつに労を惜しまぬ祝宴が――いくつか実現した。ミス・ロングスタッフはこういう祝宴で、招待状をめぐっていつも争い――しばしば失敗するが、たまには成功する争い――が起こることを知っていた。彼女はアルフレッド卿と有力者の姉によって行われる招待状の売買にも気づいていた。中国皇帝がロンドンを訪問する予定だった。誰か私人が、つまり肩書のない個人が、皇帝にディナーを振る舞って、イギリス商人の暮らしをご覧にいれるのが適切だと思われた。この祝宴に一万ポンドを拠出することを条件に、メルモット氏が主人役に選ばれた。彼はこの支出の代償として、皇帝のために催されるウィンザー・パーク(2)の大歓待に、家族とともに出席することを許された。ジョージアナ・ロングスタッフはこういううまい汁のおこぼれをいただくことになった。しかし、彼女はロングスタッフとしてではなく、メルモットとしてそういうところへ出かけた。お祭り騒ぎのなかで古い友人たちに会うことができたけれど、一緒にはいられなかった。マダム・メルモットの後ろにずっといたから、しまいには奥方の衣服の仕立ても、背中のかたちもいやになってしまった。

彼女は一年のこの時期には――夫を探すため――、ロンドンにいなければならないとかなりはっきり両親に伝えた。その目的を述べるのをためらわなかった。両親もこの目的をその手段とともにそれほど理不尽なこととは思わなかった。彼女は身を固めたいと願っていた。社交界に乗り出したとき、最初は貴族を手に入れるつもりでいた。ところが、貴族はいなかった。彼女自身があまり高貴な生まれでもなく、あまりりっぱな才能にも恵まれず、あまり美しくも、快活でもなく、財産も持たなかった。貴族でなくてもいいが、ちゃんとした平民を手に入れなければならないとかなり前に決心した。田舎に土地を持ち、ロンドンに年一度は上京できる充分な資産を持つ者、紳士で、おそらく国会議員でなくてはならない。とりわけ正しい心持ちの男でなければならない。姉が受け入れようとしているホイットステーブルのような田舎者を受け入れるくらいなら、ずっともがき続けるほうがまだましだった。しかし、条件を満たすような男に一度も近づくことができなかった。身をこの恥辱にさらしてきた唯一の目的が、遠くに消えてしまうように思えた。彼女はたまたまよく知っているニダーデイルや、グラスラウのような男と踊ったり、数語言葉を交わしたりするとき、男たちから尊敬に欠ける仕方で話しかけられた。それを感じて悔しい思いをしながらも、その理由を分析してみることができなかった。マイルズ・グレンドールも、これまで彼女から歯牙にも掛けられなかったのに、当惑させるような恩着せがましい態度を取ろうとした。彼女はこういうことのせいで悲嘆に暮れた。

それから、ちょっとした噂がときどき届いて来て、メルモット氏がその社会的な成功にもかかわらず、とんでもない詐欺師だという意見が、かなり広まっていることに気づくようになった。「あなたのうちの主人はまったくすごい人です！」と、ニダーデイル卿は言った。「最終的にどっちの姿を現すか、誰にもわからないようです」「たっぷり盗むことができれば、泥棒くらいいいものはないね」と、グラスラウ卿はメルモットを名指しはしなかったが、はっきり彼を指して言った。ウエストミンスター選出の国会議員に空きが出た。メルモットが候補者として立とうとしていた。「もし何とか議員になることができたら、彼は切り抜けられると思うよ」と、ある人が言うのを彼女は聞いた。「金でやれるものなら、やれるだろう」と、別の人が言った。これで、すべてを理解することができた。メルモットは握っていると思われる大きな力のゆえに社会に受け入れられていた。しかし、そのように受け入れた人々によってさえも、彼は泥棒で、やくざ者だと見られていた。庇護のもとで夫を捜すようにと彼女の父が選んだ人がこれだった！

彼女は苦悩のなかで旧友のジュリア・トリプレックス、今はサー・ダマスク・モノグラムの妻、に手紙を書いた。ジュリア・トリプレックスとは親しくしてきて、友人のめざましい結婚が実現したとき、深く共感した。ジュリアは財産を持たなかったが、とてもかわいかった。サー・ダマスクは金持ちで、父は工事請負人だった。サー・ダマスク自身はスポーツマンで、ほかの男たちが借りて乗る馬をたくさん飼い、ほかの男たちが借りて日焼けするヨットを持っていた。鹿猟場、雷鳥の狩猟場、キジを増殖する大きな施設を所有していた。彼はハーリンガム・クラブ[3]でクレー射撃をした。ハイドパークで四頭立て馬車を御し、どこの競馬場にもボックス席を持って、よく知られる気立てのいい人だった。ほんとうの成功者だった。モノグラム家は肉屋の孫であるという負い目を克服し、今では十字軍に参加していたかのように振る舞って羽振りがよかった。ジュリア・トリプレックスは置かれた立場に順応し、その地位を最重要視していた。彼女はシャンパンと笑顔を振りまき、夫を愛していることを自分も含めてみなに信じさせた。モノグラム令夫人は木のてっぺんに登ったから、その地位にあることで旧友にとってとても貴重な存在だった。私たちがモノグラム令夫人を正当に評価するとき、――ジョージアナが規範通りに振る舞っているあいだは――、令夫人は彼女との友情にかなり忠実だったと言わなければならない。ジョージアナがメルモットの家に入ったとき、令夫人は彼女が慎重に行動できなかったと判断した。それで、ジョージアナと手を切ることに決めた。「冷酷で、不誠実で、財産を鼻にかける人」と、ジョージアナは独り言を言い、屈辱的な苦悩のなかで令夫人に次のような手紙を書いた。

親愛なるモノグラム令夫人

あなたは私が置かれた立場を理解していないと思います。もちろんあなたは私を切り捨てました。そうでしょう？　私はひしひしとそれを感じます。昔あなたは意地悪ではありませんでした。あなたが身のまわりを快適にした今、意地悪になれるとは思いません。旧友からこんな扱いを受けるようなことを私は何もしていないと思います。それで、私に会ってくれるように求める手紙を書いています。もちろん私がメルモット家にとどっていることがこういう扱いの理由だと思います。それが私自身の選択ではありえないことを確信するくらい、あなたは私のことをよく知っています。パパがみな取り決めたことです。ここの人たちに問題があることを、パパは知らないと思います。もちろんここの人たちはよくありません。もちろんここの人たちは私が慣れ親しんだ人たちとは違います。でも、ブルートン・ストリートの屋敷を閉め切るので、私はここに来ることになるとパパから言われたとき、もちろん言われた通りにしました。いつも誰より好きだったあなたのような旧友が、そのせいで私を切り捨てるなんて思ってもいませんでした。私が心にかけているのはパーティーのことではなく、あなたのことです。あなたにここに来るように求めません。でも、あなたが私に会ってくれるなら、馬車を持っていますから、私が会いに行きます。

いつまでもあなたのものである
ジョージアナ・ロングスタッフ

この手紙を書くのは厄介な仕事だった。彼女はモノグラム令夫人より年上で、社会的地位もかつては上だった。二人の友情の初期では、彼女がときどきジュリア・トリプレックスに権勢を振るい、ここの舞踏会やあそこの道筋のことでジュリアから懇願された。モノグラムとの玉の輿婚が、突然なし遂げられ、ジュリアをとても高い地位にのしあげたが、それはジョージアナが夫への期待値をさげ始めたちょうどそのころだった。彼女が空中楼閣を上院から下院に移すまさにその時期に当たった。今彼女は無条件にジュリアの気を引こうとし、切り捨てられないように請うた！　彼女は手紙をポストに運び、翌日返事を従僕から渡された。

親愛なるジョージアナ

もちろん喜んであなたにお会いします。あなたが切り捨てると言っているのがわかりません。私は誰も切り捨てません。私たちはたまたま異なる仲間のなかに入ってしまいましたが、それは私のせいではありません。サー・ダマスクはメルモット家に訪問することを私に許してくれません。これはどうしようありません。夫が行くなと言うところへ行けるわけがありません。メルモット家の舞踏会へ一度行ったことを除くと、私自身彼らのことを何も知りません。でも、彼らが違うことはみんなが知っています。私は明日――つまり今日ということになりますが――三時までずっとうちにいます。というのは、レディー・キラーニーの舞踏会から帰って来たあと、この手紙を書いているからです。でも、もしあなたが私と二人だけで会いたいなら、昼食の前に来たほうがいいでしょう。

愛を込めてあなたのものである

J・モノグラム

ジョージアナは腰を低くして馬車を借り、正午を少しすぎたころ友人のうちに着いた。二人の女性は会って――もちろん――キスを交わした。ミス・ロングスタッフはすぐ話を始めた。「ジュリア、少なくとも二回目の舞踏会にはあなたから招待されると思っていました」

「あなたがブルートン・ストリートに住んでいれば、当然招待されたでしょうね。あなただってそれはおわかりでしょう。それがふつうです」

「住む家にどんな違いがありますの?」

「それぞれの家によって住む人に大きな違いが出ますよ、あなた。喧嘩なんかしたくありません。でも、メルモット家の人たちを私は知りません」

「一緒に住む人たちのことが問題なんですか?」

「あなたはあの人たちと一緒にいます」

「一緒に住む人たちみなを招待しなくては人を招待できないんですか? 日常的にそんなことはしないでやっています」

「そのうちの誰かがあなたを連れて来るに違いありません」

「それなら、ジュリア、私はプリメアロー家の人と一緒に来られます」

「招待できませんでした。ダマスクに頼みましたが、聞いてもらえませんでした。二月にあそこで大舞踏会があったとき、私はあの人たちのことをあまり知りませんでした。みんなが行くと聞いたから、それでサー・ダマスクに頼んで行かせてもらいました。今夫はあの人たちのことは教えられないと言います。あなたがあの人たちのうちに住むようになったあと、あの人たちみなを招待することなく、あなたをそこから招待することはできません」

「そういうことはわかりません、ジュリア」

「ごめんなさいね、あなた。でも、夫に背くことはできません」

「みんなあの人たちの家にやって来ます」と、ジョージアナは力の限り自分を擁護した。「スティーヴェネッジ公爵夫人は私がグローヴナー・スクエアに来たときから、そこで食事をしています」

「それがどういうことを意味するか、私たちはみな知っています」とモノグラム令夫人。

「彼が七月に皇帝のために開くディナー・パーティーに、またそのあとの歓迎会に、招待されるためなら人々は何でも差し出そうとしています」

「あなたの言うことを聞いていたら、ジョージアナ、あなたは何もわかっていないと、人から思われるでしょうね」と、モノグラム令夫人は言った。「人々は皇帝に会いに行くのであって、決してメルモット家の人たちに会いに行くのではありません。たぶん私たちはそこに出かけて行くかもしれません。――ただし、この騒動のせいで、もう行かないと思いますけれど」

「騒動と言われるのがね、ジュリア、わかりません」

「でもね。――騒動でしょう。私は騒動が嫌いです。中国の皇帝が来られるとき、そこへ行くのは、またその種のことをするのは、劇場に行くのと大差ありません。ある人はロンドン中の人々を自宅に招待したがります。ロンドン中の人々がまたそこへ行きたがります。でも、そうしたからといって、知り合いになるわけじゃありません。たぶんあとでマダム・メルモットに公園で会っても、会釈をしようとも思いません」

「それは失礼に当たると思いますね」

「よろしいです。つまり、私たちは意見が違うんです。あなたはこういったことを、ほかの人と同じように、理解する必要があると思います。あなたがメルモット家へ行くことにけちをつけるつもりはありません。――それを聞くと、とても残念ですけれどね。あなたがメルモットを呑み込んだからといって、ほかの人々が呑み込もうとしないことに、不平を言ってはいけないと思います」

「誰もそんなものを呑み込みたいと思いません」と、ジョージアナはすすり泣いて言った。そのときドアが開いて、サー・ダマスクが入って来た。「奥さんにメルモットのことを話していました」と、彼女は恐れずに難局に当たる決意で続けた。「私はあのうちに滞在しています。ジュリアが――あそこに私に会いに――来てくれないのは薄情だと思います。それだけです」

「初めまして、ミス・ロングスタッフ。家内はあの人たちのことを知りません」サー・ダマスクは両手の指を組み合わせ、眉をあげ、敷物の上に立って、問題をまるまる解決しているかのような表情をした。

「奥さんは私を知っていますよ、サー・ダマスク」

「ええ、そうですね。――家内はあなたを知っています。それは言うまでもないことです。あなたに会えてうれしいです、ミス・ロングスタッフ、――会えたらいつもうれしいです。アスコットであなたに会えたらよかったのにね。しかし、――」それから、彼はまた全部を説明し尽くしたかのような表情をした。

「私がメルモット家へ行くことを、あなたが望んでいないことを彼女に伝えました」とモノグラム令夫人。

「ええ、望んでいません。――家内にはあそこへ行ってほしくありません。うちで昼食を取ってください、ミス・ロングスタッフ」

「いえ、結構です」

「せっかく来られたんです。食べて行ってください」とモノグラム令夫人。

「いえ、ありがとう。私の考えをうまく伝えることができなくて残念です。一言も言わないまま、長く続いた友情をおしまいにすることはできませんでした」

「おしまいにするなんて――そんなことは言わないでください」と、准男爵は叫んだ。

「おしまいになりました、サー・ダマスク。私たち、あなたの奥さんと私、はお互いを理解し合っていると思っていました。でも、理解していませんでした。彼女がどこにいようと、会うのが私の勤めだと思っていました。でも、彼女は違ったふうに思っていました。さようなら」

「さようなら、あなた。あなたが喧嘩をしたがるとしても、私は望んではいません」それから、サー・ダマスクはミス・ロングスタッフを外へ案内すると、マダム・メルモットの馬車に乗せた。夫が戻って来るとすぐ、妻は「私の人生でこれまでに聞いたいちばん理屈に合わない話です」と言った。「彼女の父がロンドンに屋敷を持つ余裕のないことは、世間のみなが知っています。それなのに、彼女は社交シーズン一つのあいださえ、田舎にとどまることに耐えられませんでした。それで、あの不快な人たちのところに腰を低くして来て、滞在し、旧友たちが彼女を追いかけて来ないことに驚いた振りをしています。彼女って、もっとちゃんとした分別を具えていてもいい歳でしょう」

「いろいろなパーティーが好きなんだと思うね」とサー・ダマスク。

「パーティーが好きって！　受け入れてくれる男を手に入れたいんです。ジョージアナ・ロングスタッフが社交界にデビューしてもう十二年。私は初めてデビューしたときに言われたことを覚えています。ええ、あなた。あなたはみなご存知でしょう。彼女はまだそこにいます。彼女に同情できますし、同情します。でも、もし彼女がそんなふうに自身を辱めるなら、おしまいにされても仕方がありません。あの女を覚えているでしょう――あなた？」

「どの女です？」

「マダム・メルモットよ？」

「一度も会ったことがありません」

「いえ、会っています。W王子があの娘と踊ったあの夜、あなたはそこへ連れて行ってくれました。階段のてっぺんにいた赤ら顔の太った女を覚えていません？——ほんとうにぞっとします」

「その女は見ていません。ただ何と金をかけている舞踏会だろうと思いましたね」

「私は覚えています。マダム・メルモットと知り合いになるため、私があそこに出かけていると、もしジョージアナ・ロングスタッフが思っていたら、大間違いです。そういうことが結婚の近道だと、もし彼女が思っているとしたら、そこでも間違っていると思います」結婚しようともがく未婚女性の苦闘について話す既婚女性の口調くらい、男に効果的に結婚を思いとどまらせるものはないだろう。

註

（1）Lares という古代ローマ人が信じた家庭、道路、海路などの守護神。

（2）正式には Windsor Great Park と言い、Windsor の南に位置する二、〇二〇ヘクタールの王立公園。

（3）ロンドンの Fulham に一八六九年に開設されたクレー射撃場。

第三十三章　ジョン・クラム

サー・フィーリックス・カーベリーはシープス・エーカー農場の家庭菜園のすみでルビー・ラッグルズに二度目に会う約束をした。彼はその約束を破ったが、もともとそれを守るつもりはなかった。しかし、ルビーはそこに来て、祖父がハーリストーン市場から帰って来るまでキャベツのあいだでうろうろしていた。早い時間に会う約束だった。けれども、時間を間違えたのかもしれない。ロンドンで貴顕とつき合っている恋人のようなりっぱな紳士が、午後を午前と間違えるのも無理からぬことだとルビーは思った。彼が来れば、そんな間違いは簡単に許せた。しかし、彼は来なかった。そして、午後遅く祖父からうちに入るように呼ばれたとき、彼女はそれに従わなければならなかった。

その後三週間、彼女はロンドンの恋人から何の連絡ももらわなかった。それでも、いつも彼のことを考えていた。田舎の恋人のほうからはいつも逃げていられるわけではなかったが、彼女はできるだけこちらは避けるようにした。ある日の午後［六月十四日］、祖父はバンゲイから帰って来ると、田舎の恋人が会いに来ると彼女に言った。「ジョン・クラムがじきにここにやって来る」と老人。「ちょっとした夕食を用意して、面倒を見てやれ」

「ジョン・クラムが来るって、じいちゃん？　あの人は遠くにいてくれるほうがいいのに」

「忌々しい言い草じゃのぉ」老人は古い帽子に頭を突っ込んで、台所の火のそばの木製肘掛け椅子に座っていた。祖父は怒ったときいつも帽子をかぶった。ルビーはその習慣をよく知っていた。「何であいつが遠くにいるほうがええんか？　夫も同然の男じゃろ？　ええか、ルビー。わしはこういうことを終わりにしたい。ジョン・クラムは来月おまえと結婚する。結婚予告もしてもらう」

「牧師は好きなことを言っていいのよ、じいちゃん。それを止めることはできません。止めようとするのも変ね。けど、私が望まないのに、どんな牧師も勝手に私を結婚させることはできません」

「何で結婚を望まんのじゃ、意固地な若いあばずれめ？」

「飲んでいるのね、じいちゃん」祖父は彼女のほうを鋭く振り返ると、古い帽子を孫娘の頭に向けて投げつけた。――よくあることだったから、ルビーはまったく驚かなかった。彼女は帽子を拾うと、祖父を激高させようと涼しい顔でそれを返した。

「ええか、ルビー」と、彼は言った。「ここから出て行ってもらう。ジョン・クラムの妻として出て行くなら、五百ポンドと一緒に出て行ける。わしらはここでディナーとダンスじゃ。バンゲイ中のお祭りじゃ」

「バンゲイ中のお祭りなんて結構よ。――がぶ飲みと煙草以外に何も知らないビール臭い連中ばかり。――ジョン・クラムがその筆頭でしょ？　ジョン・クラムくらいビール好きはいません」

「生まれてこの方あれくらい酒癖の悪いやつぁ見たことがないのぉ」老農夫はこの強い確信を述べたとき、テーブルをこぶしで打って鳴らした。

「飲めば飲むほどますます馬鹿になる人よ。ジョン・クラムのことはね、じいちゃん、あたしに口出ししないでよ。彼のことはわかっています」

「あいつと結婚すると、おまえ、言っとったじゃないか？　あいつと約束しとったじゃないか？」

「約束していたとしても、あたしがそれを破る最初の女でも、――最後の女でもないでしょ」

「なら、あいつのことはもう意中にないんか？」

「そんなところよ、じいちゃん」

「なら、おまえは世話してくれる人をほかに見つけにゃいけん。しかも急いでじゃ。——ちうのは、もうわしを当てにできんからな」

「それはぜんぜん難しいことじゃないわね、じいちゃん」

「そりゃあええ。あいつが今夜ここに来ることになっている。あいつと取り決めたらええ。おまえにゃここから出て行ってもらう。おまえの行状は知っている」

「どんな行状よ！　どんな行状もじいちゃんは知りません。そんなものはないからね。私に不利なことは何も知らないくせに」

「あいつが今夜ここに来ることになっている。おまえがあいつと取り決めをすることができたら、うん、りっぱじゃ。五百ポンドが入る。ディナーもダンスもある。バンゲイ中のお祭りじゃ。あいつはもうこれ以上結婚を遅らされとうないから——待たされとうないからのぉ」

「あんな人なんか押しつけられて、誰がうれしいと思うのよ？　彼には彼の道を歩かせればいいんです」

「あいつと取り決めをすることができなかったら——」

「ねえ、じいちゃん、どうしてもできないわね！」

「わしの言うことを聞いてくれんか、おまえ、なあ？　五百ポンドじゃよ！　こんな大金をほかのことも含めて娘のために用意してやれる小作は、サフォークやノーフォークにゃおらん。——まして孫娘のためになんてな。おまえはそれを考えておらん。——まったくのぉ。金を受け取りとうないなら、——受け取らんでもええ。じゃが、シープス・エーカーも出ていかなくちゃなぁ」

「シープス・エーカーなんか忌々しい。誰がシープス・エーカーなんかにいたいと思うのよ？　イギリスでいちばん忌々しいところよ」

「それなら別のうちを探せ。別の居場所を探せ。それだけじゃ。ジョン・クラムが夕食に来るから、あいつにおまえの気持ちを伝えろ。わしが苦労するのはまっぴらじゃ。ただおまえはここを出て行け。シープス・エーカーが気に食わんならな。おまえは別のうちを見つけるのがいちばんじゃ。忌々しいのぉ。別のうちを見つけるまでは、シープス・エーカーより忌々しい場所で我慢せにゃいけん」

ミス・ラッグルズはクラム氏に約束したもてなしのため、かなりてきぱきと仕事に取りかかった。進んで若者に夕食を食べさせたいと思い、夕食の準備に関する限り、祖父に奉仕しなければならないと承知していた。それゆえ、仕事に取りかかって、祖父のうちの家政を助けてくれる下働きの娘に指示を出した。しかし、そうしながらも、彼女は妻にはならないことをジョン・クラムに理解させようと決意した。それについては今、断固決意していた。彼女は台所を動き回り、ハムを取って炙るため薄く切った。ゆでるため鳥の羽を縛るとき、ジョン・クラムとサー・フィーリックス・カーベリーを胸中で比較した。そのとき、長年にわたる小麦袋の埃で髪を固くした白い粉だらけのクラムの頭を眼前にありありと見ることができた。他方には、指を絡ませたいといつも思うほどとても輝く、魅力的な、櫛の通った、きれいなつやのある黒い巻き毛を見ることができた。粉屋については、動きの遅い口、大きな白い岬のような広い鼻、目じりからいつも粉と塵を取り除いているじっと見つめる大きな目、重苦しい平たい幅広の誠実な顔を思い出した。――一方、ロンドンの恋人について彼女は、白い歯、美しく柔らかい唇、完璧な眉、豊かな色艶の顔を思い出した。たとえほんの一年でも一方と楽園を共有できたら、クラムの一生分と比べても買い得だろう。「恋に背を向けても無駄よ」と、彼女は独りつぶやいた。「私はそんなことをしません。彼に夕食を食べさせて、こういうことをみな話し、それからうちに返しましょう。彼は私のことより夕食のほうが気になるのよ」それから、彼女はこの決意を最終的に固めると、鶏を鍋に放り込んだ。シープス・エーカーを去るように祖父から告げられた。いいでしょ。自分のお金を少し持っているから、ロンドンへ行ける。人々から何と噂されるか知っているけれど、老女の噂話なんか少しも気にしなかった。独りになっても、身の処し方はわかっているし、祖父にシープス・エーカーから追い出されたといつでも弁解ができるだろう。

約束の時間は七時だった。ジョン・クラムは時間通りにシープス・エーカー農場の裏口をノックした。独りではなかった。友人でバンゲイのパン屋ジョー・ミクセットを伴っていた。ミクセットはバンゲイ中の人々が知っているように、結婚式では新郎ジョンの付き添い役を務めることになっていた。ジョン・クラムはりっぱな性質を具えていないわけではなかった。彼は金を稼ぐことができたうえ、——稼いだ金の支出と蓄えの釣り合いをきれいに取ることができた。どんな仕事もいやがらなかったし、——偏りなく見て——どんな人も怖がらなかった。誠実に振る舞い、自分の行動を恥じることがなかった。女性については彼流の騎士道的な考えにとらわれていた。女性を虐待するようなやつは誰であろうとぶちのめすつもりでいたから、彼の庇護下にある女性を虐待する男には、すこぶる危険な敵対者となりそうだった。一方、彼が口達者ではないと、ものの言い方から判断すると、世間で言う馬鹿だと、ルビーが言うとき、彼について真実を語っていた。彼は誰よりも正確に良質の粗挽粉を見分けることができ、かなりの利益をえられるようにそれに買値をつけることができた。曇らぬ良心がだいじだと知っており、たいして検討を加えることもなく、正直がほんとうのところいちばんいいやり方だと体得していた。ジョー・ミクセットは口達者で、小柄で、きびきび動く男だった。彼はジョン・クラムを馬鹿と思うやつは銭失いだとしばしば断言した。ジョー・ミクセットはおそらく正しかった。とはいえ、クラムがルビー・ラッグルズへの結婚の申し込みを、バンゲイ中の噂のネタにしてしまったやり方には、分別と世知の欠如があった。クラムの恋は今ではもう古い話だった。彼はあまり口を利かなかったが、口を利くときはいつもその恋のことを話した。ルビーの美しさと財産を自慢し、恋人として受け入れられた彼の立場を誇りとして、――あえてそういう栄誉を隠そうとしなかった。おそらく婚約が世間に知れ渡ったせいで、ルビーは結婚を受け入れた男に偏見を抱くようになった。クラムはルビーのようすがおかしいと一、二度となく耳にして、日取りを決めようと今やって来た。友人のミクセットを勝利に立ち合わせるため連れて来た。「ジョー・ミクセットを除くと」と、ルビーは独り言を言った。「ジョン・クラムみたいな馬鹿がいるかしら？　馬鹿さ加減に際限がありません」

ルビーがご馳走の用意をしているあいだ、老人は一寝入りして怒りとビールを放散したあと、今客をもてなすため目を覚ました。「おや、ジョー・ミクセット、あんたかね？　ようこそ。入りなさい。さあ、ジョン、あんたは元気じゃったかい？　ルビーが何か食べるものをわしらに煮込んでおる。匂わないかな？」――ジョン・クラムは大きな鼻を持ちあげて匂いをかぎ、にやりと笑った。

「暗い夜道を帰るのがジョンは好きではありません」と、パン屋は軽い冗談を言った。「それで、お化けを蹴散らすため私がちょっとついて来ました」

「人が多ければ多いだけ楽しくなる。多いだけ楽しくなるなぁ。ルビーはあんたらに充分な分を作ってくれている。そりゃあ請け合うよ。で、ジョン・クラムはお化けが怖いんじゃ――ろ？　引っ掻いてお化けを追い出すため、ますます家のなかに誰かを入れる必要があるなぁ」

恋人は一言も口を利かずに座っていたが、一つ質問する気になった。「ラッグルズの旦那、彼女はどこにおるかの？」彼らは台所の外というか前の部屋――老人と孫娘がいつも生活している居間――に座っており、ルビーは奥の台所で仕事をしていた。ジョン・クラムがこの質問をしたとき、鍋と皿の音に混じって彼女の声も聞くことができた。彼女は今姿を現わすと、エプロンで手を拭き、二人の若者と握手した。料理にかかっているときの大きな家庭用エプロンをつけたままで、恋人との挨拶のためわざわざそれを取ろうとしなかった。「あなたが夕食に来るって、じいちゃんから聞いたので、ずっと準備をしていたの。エプロンは許してちょうだいね、ミクセットさん」

「どんな格好より、お嬢さん、今の姿ほど美しいものはありません。娘を若い男たちに推奨するのは家事だと母は言います。あんたはどう思いますか、ジョン」

「今のような姿が好きっちゃ」とジョンは言い、ズボンの後ろで手をこすると、目が恋人の目線に合うまで身をかがめた。

「家庭的に見えますね、ジョン?」とミクセット。

「いやあね!」とルビーは言い、すばやく振り向くと、奥の台所に戻った。ジョン・クラムも体の向きを変えると、友人ににやりと笑い、老人にもにやりと笑った。

「あんたは目の前にあるものをみな手に入れている」農夫はそう言うと、――謎めいたこの言葉から恋人がどんな教訓を引き出そうとそれに任せた。

「どれだけ早うそれを手に入れてもおりゃあかまわん。――かまわん」とジョン。

「よく言った」とジョー・ミクセット。「彼の家に欠けているものはありません――そうですね、ジョン? すべてが揃っています。――揺りかごも、両取っ手の蓋つきカップも、その他のものも。ジョンの家へ行く娘は、起きたとき何を食べたらいいか、寝床に就くときどこに横になったらいいかわかります」彼はこれを奥の台所にいるルビーに聞こえるように大声ではっきり言った。

「彼女はそれを知っちょる」と、ジョンはまたにたりと笑って言った。「おっ母さんが遺したものをのけても、家には百五十ポンドあるけえ」

ルビーがエプロンを脱ぎ、茹でた鶏を持って再び現れるまで、そのあと会話はまったく交わされなかった。巨大なピラミッドのように積みあげたキャベツの皿と炙ったハムを持った下働きの娘があとに続いた。老人はゆっくり立ちあがると、ズボンのポケットにいつも入れている鍵で小さな戸を開け、エールの瓶を取り出して、テーブルの上に置いた。同じように持っていた鍵で戸棚を開けて、ジンの瓶を取り出した。準備がすべて整うと、三人の男はテーブルに座った。ジョン・クラムは座る前に何度も椅子を見た。「あなたが座ったら、食べるものを取ってあげるわね」と、ルビーはとうとう言った。それで、彼はすぐ椅子に座った。ルビーはテーブルの椅子に着かないで、立ったまま鶏を切り分け、その他の食べ物を取り分けた。――誰からも座るように言われなかったから、彼女は椅子に着くことを期待しなかった。ほかの二人が自由に取って食べているとき、彼女は「蒸留酒にする、それともエールにする、クラムさん？」と聞いた。彼はルビーのほうを向くと、アマゾン族の心さえ和らげただろう愛情に満ちた表情を見せた。それから、何も言わないままタンブラーを持ちあげ、ピッチャーに向かってちょこんとお辞儀をした。ルビーはなみなみとビールを注ぎ、泡立たせるのが好きな彼の好みに合わせて泡立てた。彼はゆっくりそれを口に運んで、大桶に注ぐように飲んだ。それから、またお代わりを注いでもらった。彼は前にルビーの恋人だった。彼女は前に優しくする仕方を知っていたから――愛情はなくても――優しくしようと思えば優しくできた。

がつがつたくさん食べられた。追加のハムが運ばれ、もう一山のキャベツも来た。とはいえ、会話はほとんど、いやまったくなかった。ジョン・クラムはせっせと骨を抜き、与えられた鶏肉をほぼ呑み込むようにみな食べた。それから二皿目のハムを食べ終えると、そのあと二度目に運ばれたキャベツを食べた。ビールをくれと求めなくても、ルビーがグラスに注ぐたびに飲んだ。食事が終わったあと、ルビーは奥の台所に退くと、用心して残しておいた骨付の、あるいは叉骨付の鶏肉をもう一人の娘と分け合って味わった。彼女はこれを立ち食いし、それから仕事に戻って、皿を洗った。男たちはパイプ煙草に火をつけて、無言で吸った。その間、ルビーは家事をした。半時間そんな状態が続いた。その後、ルビーは裏口から出ると、家を回って玄関を通り抜け、自室に入った。そして、寝床に入るという大それた決意を固めた。祖父がその男を二階に連れてあがって来るかどうかはっきりしなかったので、恐怖に震えながら寝る準備を始めたが、それを考えるとき、手を休めてドアを見た。ドアにかんぬきがないのをよく知っていた。ビールを五、六杯飲んだジョン・クラムが部屋に侵入して来たらと思うと、怖かった。彼が来るとするなら、心のうちを代弁してもらうためジョー・ミクセットをきっと連れて来るだろうと、ルビーは独りつぶやいた。それで、手を止めて聞き耳を立てた。

男たちが半時間ほど煙草をくゆらせたころ、老人は孫娘を呼んだ。もちろん応えがなかった。「いったいあのやくざ馬はどこへ行ったかのぉ？」と、老人は言うと、奥の台所にゆっくり向かった。下働きの娘は主人の足音を聞くやいなや、中庭に逃げて返事をしなかった。老人は裏口に向かって叫んだ。「あいつらのなかに悪魔がおる。あいつら、ほんとにどうしたんじゃ」と、老人は大声で言った。「こんなふうに続けるんなら、ここはあいつにゃ居づらいところになるなぁ」それから、老人は二人の若者のところに戻った。「あいつはどこかで遊んでいるんじゃ」と、彼は言った。「蒸留酒の水割りはどうかね、クラムさん。わしゃあいつを捜そう」

「おりゃあエールをもらうけえ」とジョン・クラム。彼は恋人がいないのを少しも気にしなかった。

老人にとって捜索は悲しい仕事だった。彼は裏庭をくだって菜園に入った。孫娘がいなくなったと思いたくなかったので、大声で名を呼ばずに、キャベツのあいだをよたよた歩いた。しかし、示された忘恩に心を痛めていた。彼の娘ではなかったから、うちに住まわせる義務はなかった。それでも、五百ポンドを娘に婚資として与えた。家路につきながら「畜生」と独りごとを言った。かなりの捜索と相当な時間を費やしたあと、老人はルビーの手を引いて、二人の男が座っている台所に帰って来た。彼女はきちんと身繕いをしていなかった。というのは、服を脱いでいる途中で祖父から人前に出るよう強いられたからだ。彼女は下に降りてジョン・クラムに真実を告げるほうがいいと思った。ジョン・クラムの妻になるつもりがないことを今も決めていたからだ。「あたしじゃなくてじいちゃんが返事をすればいいのよ」と、彼女は言った。すると、農夫は彼女に平手打ちして、馬鹿と言った。「ああ、こんな目にあうなら」と、ルビーは言った。「ジョン・クラムも、ほかの誰も、怖くありません。ただ、じいちゃんがあたしを打つなんて考えてもいなかった」

「おまえがこういうやり方を続けるなら、おまえの命を体から叩き出してやる」と、老人はそのとき言った。それでも、彼女は下に降りることに同意して、祖父と一緒に台所に入った。

「とても遅くなったから、わしらは迷惑をかけていますね、お嬢さん」とミクセット。

「ぜんぜんそんなことはないのよ、ミクセットさん。じいちゃんが友人を迎えたいなら、ぜんぜん反対しません。今よりもっとしばしば友人たちを迎えられたらいいと思うの。そういう仕事をするくらい好きなことはありません。ただし、あたしが客のために仕事をして、客が飲んだり、パイプ煙草をくゆらせたりしているとき、あたしを巻き込んだりしないで、どうして客だけで好きなようにしていてくれないかわからないの」

「しかし、わしらはケ慶事でここに来ていますよ、ミス・ルビー」

「慶事についてあたしは何も知りません、ミクセットさん。あなたとクラムさんが夕食のためシープス・エーカー農場に来られたら――」

「そのために来たんやないけえ」と、ジョン・クラムがとても大きな声で言った。「ビールのためでも、――夕食ためでもないけえ」

「美人の笑顔を見に来ました」とジョー・ミクセット。

ルビーは頭を振った。「ミクセットさん、あなたがそんな言葉をお蔵にしまい込むくらいいい人だったらいいのにね！　私が知る限り、ここにそんな美人はいません。たとえいても、あなたには何の関係もありません」

「友情に基づく付き添いは別でしょう」とミクセット。

「つくづくいやになるのぉ」と老ラッグルズ氏。彼は背を曲げて椅子に低く座り、頭を前に突き出した。「こんなことにもう我慢する気はないなぁ」

「誰がじいちゃんにこんなことに我慢してくれって願ったのよ？」と、ルビーは聞いた。「誰がこの二人にこんなたわごとで来てくれって頼んだのよ？　誰が二人を今夜連れて来たのよ？　どんな理由でミクセットさんがあたしのことに口出ししてくるのよ？　あたしは彼のことに口出ししたことなんかありません」

「ジョン・クラムよう、何か言うことはないかのぉ？」と老人。

それで、ジョン・クラムはゆっくり椅子から立ちあがると、すっくと背筋を伸ばした。「あるっちゃ」と彼は言い、頭を片側へ振った。

「それなら、それを言ってくれ」

「言うっちゃ」彼は今も両腕を体側におろして、真っ直ぐ立っていた。それから、ビールが半分入ったグラスに左手を伸ばすと、力づけてくれる限り、酒の力を借りて自分を力づけた。こうしたあと、まだ右手に持っていたパイプをゆっくり置いた。

「さあ、男らしくあんたの気持ちを話せばいいです」とミクセット。

「そうするっちゃ」とジョン。それでも、彼は立ったまま黙って、老ラッグルズを見おろした。老人もしゃがみ込んだ姿勢からジョンを見あげた。ルビーは両手をテーブルの上に置き、暖炉の上の壁を一心に見つめて立っていた。

「ミス・ルビーに妻になってくれるよう、あんたは十二回も求めました——ね、ジョン?」とミクセット。

「それっちゃ」

「あんたは約束を守るつもりですね?」

「それっちゃ」

「彼女はあんたと結婚すると約束しましたね?」

「ほい」

「一度や二度ではなくね?」クラムはこの申し立てにただ頭をひょいと持ちあげる必要があるとだけ理解した。「あんたは結婚の用意ができていますか?——そのつもりですか?」

「できちょる」

「これ以上遅れることなく結婚の予告を出したいと思っていますか?」

「遅れちゃあいけん。——これ以上な」

「あんたの家はすべて準備ができていますね?」

「できちょる」

「ミス・ルビーに出発点に立ってほしいですか?」

「ほしいっちゃ」

「そういうことだと思います」ジョー・ミクセットはそう言うと、祖父のほうを向いた。「これ以上率直になされた発言はないと思いますね。ジョン・クラムが言いたいことは、ミス・ルビーにすべてはっきり伝えられたことがおわかりでしょう。今日のことがあるので、ジョン・クラムは昨日バンゲイに出かけませんでした。――一昨日もね。五百ポンドの話がありましたが、ラッグルズさん」ラッグルズはかすかに頭で同意の身振りをした。「五百ポンドなら充分です。ジョンが持っている金にそれを加えると、懐具合をこの上なく快適にします。ですが、ジョン・クラムは財産が目当てでミス・ルビーを求めているわけではありません」

「それっちゃ」恋人はそう言うと、頭を横に振り、両腕を体側につけたまま、まだまっすぐ立っていた。

「財産が目当てではありません。――そんなのは彼のやり方ではありません。彼を知る人は彼がそんな人ではないと言います。ジョンの胸には愛があります」

「あるっちゃ」ジョンは片手を腹の少し上まで持ちあげた。

「男らしい思いやりもあります。なれなれしく話すことをミス・ルビーに許してもらえるなら、今夜ジョン・クラムがシープス・エーカー農場に来たのは真の愛から、この若い娘への愛からです。彼はこの娘に結婚を申し込み、受け入れられました。今二人はそろそろ結婚してもいいころです。ジョン・クラムが言わなければならないのはそのことです」

「おれが言わにゃあいけんのはそれっちゃ」と、ジョンは繰り返した。「本気っちゃ」

「さて、お嬢さん」と、ミクセットは続けてルビーに話しかけた。「ジョンが言わなければならないことをお聞きになりましたね？」

「あなたの言うことは聞かせてもらったわ、ミクセットさん。充分すぎるくらいにね」

「異論はありませんね、お嬢さん？　おじいさんはその気になっているし、婚資も示されていると言っていいし、ジョン・クラムも乗り気だし、手を入れる必要がないほど家の準備もできています。私たちに必要なのはただあなたに日取りを決めていただくだけです」

「明日っちゅうてくれ、ルビー。異存はないけえ」ジョン・クラムはそう言って太腿を叩いた。

「明日なんて言わないわよ、クラムさん。明後日とも、どの日とも言いません。あなたを受け入れる気はないのよ。そのことは前にも言ったでしょ」

「ありゃあ遊び半分やったろ」

「じゃあ今まじめに言っています。何度も言わなくちゃわからない人がいるから」

「本気やなかろ――一度もかの？」

「一度もその気はなかったのよ、クラムさん」

「そいやけど、受け入れるっちゅうたやないか、ルビー？　おれの顔にある鼻と同じくらい、はっきりそう言うたやないか？」ジョンはそう聞いて、涙をこらえることができなかった。

「若い娘には心変わりが許されるのよ」とルビー。

「人非人！」と、老ラッグルズは叫んだ。「豚！　あばずれ！　ええか、ジョン。このあまを通りに叩き出してやる。――それが報いじゃ。わしゃあこれをもうここには置いておかん。――汚い忘恩の嘘つきあめ！」

「この人はそんな人やない。――そんな女やない」とジョン。「ぜんぜんそんな人やない。ふしだらな女やない。そねえなふうに呼んでもらいとうない。――じいさんからでもな。そいやけど、ああ、あんまりおれを混乱させる心を見せられたけえ、うちに帰って首をくくらにゃいけん」

「何とまあ、ミス・ルビー、こんなふうに若者をあしらってはいけません」とパン屋。「もしあなたが他人のことに口出ししないでいてくれたら、あなたに感謝するのにね、ミクセットさん」と、ルビーは言った。「あなたがここに来なかったら、事情は違っていたかもね」

「おい聞いたか」と、ジョンは言うと、友人をほとんど怒って見た。

ミクセット氏はまれに見る雄弁力と、何らかの取り決めをするときの雄弁の絶対的必要性をかなり意識していたけれど、このあと言葉に頼ることができなかった。ジョンがバンゲイに帰る気になったら、彼は豚小屋の壁のあたりにいると言い残すと、帽子をかぶり、奥の台所を抜けて、中庭に歩いて出た。ミクセットがいなくなるとすぐ、ジョンは恋人を目尻でとらえると、ゆっくり彼女に近づいて、右手を触角のように伸ばした。「あいつはもうおらんけえ、ルビー」とジョン。

「あなたも彼のあとを追っていなくなってくれるといいけど」と残酷な娘。

「いつ戻って来ようかの?」

「二度と来ないで。無駄なのよ。これ以上話しても何の役にも立ちません、クラムさん?」

「畜生。畜生」と、老ラッグルズは言った。「こいつに仕返しをしてやる。今夜うちから追い出して路頭に迷わせてやる」

「おれんちに来たら、いちばんええ寝台をあんたに使わせてやるけえ」と、ジョンは言った。「世話役の婆さんも用意する。呼ばれるまでおりゃああんたに近づかんけえ」

「寝るところくらい自分で見つけられるわよ。ありがとう、クラムさん」老ラッグルズは座ったまま歯ぎしりし、罰当たりなことを心でつぶやくと、帽子を脱いだりかぶったりしながら復讐を考えた。「さて、よろしかったら、クラムさん、私は上の自室にあがることにするね」

「おまえはこのうちのどの部屋にもあがっちゃいけん、このあばずれ」老人はこう言うと、まるで娘に飛びかかろうとするように椅子から立ちあがった。ジョン・クラムから止められなければ、ステッキで娘を打っていただろう。

「打つな、やめてくれ、ラッグルズさん」

「畜生、ジョン。こいつはわしを悲嘆に暮れさせる」恋人が祖父を止めているあいだに、ルビーは逃げ出して、寝台のそばに座ったが、祖父に邪魔されないかと、服を脱ぐのが怖かった。「こんなことにゃ耐えられんなぁ、クラムさん?」と、祖父は若者に訴えた。

「お返しの仕打ちがこれやあね、ラッグルズさん」

「仕打ち!　尻を鞭打ってやるんが、この娘への仕打ちじゃ。ふしだら女が若い男と一緒にいるところが目撃されているからのぉ」

ジョン・クラムはそれを聞いて小麦の白い粉にもかかわらず顔を真っ赤にし、目から怒りの火花を散らした。「本気で言うちょるんかね、ご主人?」

「郷士のはとこ——准男シャクと人から言われているやつ——が近くにいたとわしゃあ聞いた」

「ルビーと一緒にいた?」老人は若者にうなずいた。「誓って、おりゃあやつを准男シャクらしゅうしてやる。——してやるけえ」ジョンはそう言うと、帽子をつかみ、台所の奥を抜けて友人のあとを追った。

第三十四章　ルビー・ラッグルズが祖父に従う

翌日［六月十五日］、シープス・エーカー農場に大きな驚きがあった。それはバンゲイやベックレスに伝えられただけでなく、カーベリー・マナーの穏やかな日常生活にも影響を及ぼした。ルビー・ラッグルズが姿を消したのだ。老農夫はその日十二時ごろその事実に気づいた。孫娘は朝早く、七時には姿を消した。しかし、ラッグルズ自身はそれよりずっと早く家を出ており、朝食のために帰って来たとき、孫娘がどこにいるか聞いてみることもしなかった。ジョン・クラムが前夜農場を去ったあと、寝室でひどい騒ぎがあった。怒った老人が孫娘を家から追い出そうとしたら、彼女は寝台の柱にしがみついて離れようとしなかった。下働きの娘が悲鳴をあげて人殺しと叫んだとき、老人は恐怖に襲われた。「わしの名がダニエル・ラッグルズなのと同じくらい間違いなく、おまえは明日ここを出て行け」と、農夫は息を切らして言った。もし老人がジンを飲んでいなかったら、孫娘を叩くことはなかっただろう。――しかし、叩いて、髪をつかんで引きずり、こづき回した。――翌朝、孫娘は祖父の言葉を言葉通りに受け取って、出て行った。老人は十二時ごろ下働きの娘から孫娘が去ったことを聞いた。彼女は荷物を箱に詰め込んで、自分でそれを運んで道を歩き始めた。「じいちゃんが出て行けって言うから、行くのよ」と、孫娘は下働きの娘に言った。彼女は最初の田舎家で少年を見つけて、箱をベックレスまで運ばせた。彼女はベックレスまで歩いた。ラッグルズは一、二時間家のなかで静かに座って、孫娘は好きなようにしてよいと、彼女をうまく追い払ったと、これからはもう彼女のことで悩まされることはないと独り思った。ところが、老人は徐々に半分は憐憫の、半分は恐怖の――おそらく愛情も混じった――感情に襲われて、孫娘を捜す気になった。彼女は我が子も同然だった。こんなふうに孫娘が出て行くのを許したら、人々から何と言われるだろう。それから、老人は昨夜の暴力のこと、下働きの娘が現場を見ていなかったにしろ、聞いていたことを思い出した。たとえ回避したくても、ルビーについて責任を回避することができなかった。それで、老人はバンゲイのジョン・クラムに伝言を送り、ルビー・ラッグルズが箱を抱えてベックレスへ逃げたと告げた。ジョン・クラムは呆気に取られてその知らせをジョー・ミクセットに伝えた。それで、バンゲイ中の人々がすぐルビー・ラッグルズの逐電を知った。

老人はクラムに伝言を送ったあと、座って考えたあげく、とうとう地主のところへ行こうと決心した。老人は農場の一部をロジャー・カーベリーから借りていた。ロジャー・カーベリーならどうしたらいいか教えてくれるだろう。大問題に直面していた。できれば黙っていたかったが、良心と心情と恐怖が一緒になって働いて、――夕食も食べられないことがわかった。それで、老人は荷車と馬を出すと、みずから御してカーベリー・ホールへ向かった。

家を出たとき、四時をすぎていた。郷士が早いディナーのあとテラスに腰掛けているのを見つけた。司祭のバラム神父が、郷士と一緒にいた。老人はすぐ庭に案内され、じき話を始めた。老人は恋人のことで孫娘といさかいをした。恋人は受け入れられていたので、花嫁をえるため農場にやって来た。ルビーは行儀の悪い振る舞いをした。老人はルビーの振る舞いをできるだけ悪しざまに伝えて、彼の暴力をもちろんできるだけ軽く扱った。ジョン・クラムの妻になることをルビーが拒否したとき、彼女に脅迫を加えたことと、その日のうちに彼女が逃げ出したことを説明した。

「二人が夫婦になるのは決まっていたと思っていました」とロジャー。

「決まっていたとも、郷士。――婿は五百ポンドを現金で受け取ることになっていた。――わしが貯めた金じゃあね。忌々しいあばずれめ」

「あの人が気に入らなかったのですか、ダニエル？」

「ありゃあ別の男に会うまでは、彼がずいぶん気に入っていたんじゃ」それから、老ダニエルは間を置くと、頭を横に振った。明らかに何かを隠していた。郷士は立ちあがると、老人と一緒に庭を歩き回った。そして秘密を打ち明けられた。老農夫の意見によると、娘とサー・フィーリックスのあいだには何かあるという。サー・フィーリックスは数週間前に農場の近くで姿をとらえられ、同じときにルビーが最良の服を着て家から少し離れた場所で目撃されていた。

「准男爵はこのあたりにはほとんど姿を見せないでしょう、ダニエル」と郷士。

「ほくちと火花みたいなもんじゃ」と、農夫は言った。「ルビーのような娘はジョン・クラムのような男とは何年もぐずぐずしているが、そんなやつにゃあっという間に口説かれるんじゃ」

「彼女はロンドンへ行ったようですね」

「どこへ行ったかぜんぜんわからんのぉ、郷士。――ただどこかへ行ってしもうたっちゅうことしかなぁ。ひょっとするとローストフト(1)かもしれん。ローストフトなら海水浴もできるし、上流向きのもんもいっぱいあるのでなぁ」

それから、二人は神父のところに戻った。司祭はこの世の狡猾さをよく知っていたから、こんな場合にいい忠告をすることができそうに思えた。「もしその娘が私たちの宗派の一人だったら、すばやく支援がえられたでしょう」と、バラム神父は言った。

「それかね?」とラッグルズ。老人は自分と家族がローマ・カトリックならよかったと思った。

「私たちよりあなた方のほうが、すばやく彼女を見つけ出せる理由がわかりません」とカーベリー。

「彼女のほうから名乗り出て来ますからね。どこにいようと、司祭のところに来ます。司祭は身内のところに戻るまで彼女を放しません」

「彼女の耳にゃあ痛かろう」と、農夫はほのめかした。

「あなたの宗派の人々は困ったときに聖職者のところへ行きません。そういう発想がありません。どの友人でも牧師よりましだとおそらく思っています。しかし、私たちの宗派では、貧しい人々はどこに同情を求めたらいいか知っています」

「あの子はそれほど貧しゅうなかったなぁ」と祖父。

「金は所持していましたか?」

「どれだけ持っていたかわからんのぉ。じゃが、貧しい育ちじゃない。ルビーが自分から牧師のところへ行くとは思えんなぁ。そんなことをする子じゃない」

「プロテスタントならそうでしょう」と司祭。

「今その話はいいです」と、ロジャーは司祭に腹を立てて言った。人が自分の宗教に惚れ込むのはいい。しかし、ロジャー・カーベリーはバラム神父が自分の宗教に惚れ込みすぎていると思い始めた。「どうしたらいいでしょう? 鉄道駅に行けば彼女について何か情報がえられると思います。ベックレスを出る人は多くいません。彼女を覚えている者がいるでしょう」それで、馬車が手配されて、みなが一緒に駅へ出かける用意をした。

しかし、出発の前になって、ジョン・クラムが馬で玄関に乗りつけて来た。彼はルビーがいなくなったという噂を聞いて、すぐ農場へ行き、そこからカーベリーへ農夫を追って来たのだ。今彼は郷士と神父と老人が馬をつけている馬車のまわりにいるのを見た。「ラッグルズさん、彼女を見つけたかの？」と、彼は額の汗を拭いながら聞いた。

「うんにゃ、まだ見つけてない」

「彼女に何かあったら、カーベリーさん、おりゃあ絶対自分が許せんけえ」とクラム。

「私の理解するところ、あなたのせいじゃありませんよ、あなた」と郷士。

「ある意味、おれのせいやないが、別の意味、おれのせいやけえ。昨夜あそこで彼女を困らせてしもうた。ちょっかいを出さんにゃあ、機嫌を直しちょったかもしれん。おれたちがシープスト・エーカーへ行かんにゃあ、彼女は今逃げ出しちょらんやったろう。そいやけど、――それっちゃ」

「どうしましたクラムさん？」

「やつはあんたの身内やね、郷士。長くサフォークを知っちょるが、あんたやあんたの身内について悪い話を耳にしたことがないな。そいやけど、准男シャクが来てこれをしたっちゅうんなら！　ええかね、カーベリーさん！　たとえおれがやつの首をひねっても、あんたはおれが悪いことをしたたあ言わんやろ？」ロジャーはその問いに答えることができなかった。一般的な立場に立てば、サー・フィーリックスの首をひねって殺したら、その直接の原因が何だろうと、カーベリーはそれを善行と見なしただろう。彼の見るところ、この世はサー・フィーリックスがいるより、いないほうがよくなるに違いなかった。それでも、若者はとこであり、カーベリーの一員だった。ジョン・クラムのような外部の者に対して、彼は一族の者を守れる限り守る義務を負っていた。「やつはこの前こっちに来たとき、隠れたり、生け垣の陰でこそこそしたり、シープスト・エーカーを探ったりしちょったっちゅう噂やね。やつらはみなくそやけえ。やつらはそれぞれ女をちゃんと持っちょるのに――やつらはな。何でやつらは人を放っちょってくれんのやろ？　おりゃあやつを難儀な目にあわせちゃる、ロジャー旦那。――やつがこれに加担しちょったら、――おりゃあやっちゃる」哀れなジョン・クラム！　彼は娘を妻として勝ち取ろうとするとき、気持ちを伝える言葉を一言も見つけ出すことができなくて、代弁してくれる雄弁なパン屋を伴わなければならなかった。彼は今怒りに駆られて、自由に話すことができた。

「しかし、サー・フィーリックスがこの件にかかわっていることを、まず確認しなければいけませんよ、クラムさん」

「もちろん、もちろん。それっちゃ。その通りやけえ。何かする前にやつがしたことを確かめにゃあな。そいやけど、それがわかったら！」ジョン・クラムはちょっと気勢をあげるだけで、今回は満足するかのようにこぶしを固めた。

彼らはみなでベックレス駅へ赴き、そこからベックレス郵便局へ行った。――それで、ベックレスもすぐバンゲイと同じくらい事件について知るようになった。ルビーは鉄道駅ではっきり記憶されていた。ロンドン行きの朝の汽車に二等切符を買い、悪びれたようすもなく旅立っていた。帽子と外套を身に着け、きちんとした身なりだった。旅をするなら手に持つと――身内から――思われていた旅行カバンを持っていた。鉄道駅ではそれくらいが明らかになり、それ以上のことはわからなかった。それから、彼らはロンドンの駅に電報を打って、郵便局内をうろつきながら、返事を待った。ロンドンの赤帽の一人が手配された娘を見かけたことを覚えていた。しかし、娘のために荷物を辻馬車に運んだと思われる男は、その日はもう勤めを終えて引きあげていた。娘はロンドンの駅を四輪辻馬車で出たと考えられた。「おれがあとを追う。すぐあとを追うっちゃ」とジョン・クラム。ところが、便は夜の郵便列車までなかった。ロジャー・カーベリーはクラムの追跡が役に立つとは思わなかった。クラムはルビーを見つける第一段階として、明らかにサー・フィーリックス・カーベリーの体中の骨を折ろうと強く決意していた。郷士ははとこのフィーリックスとこの件との結びつきを、はっきりつかむことができなかった。ジョン・クラムとの結婚を拒んだから、老人が孫娘と喧嘩をして、彼女を家から追い出すと脅したことはわかった。それはその娘がサー・フィーリックスと不品行を働いたからではなかった。ジョン・クラムは結婚を取り決めたいと願って、農場に来たわけだから、そのときまでフィーリックス・カーベリーに災難が及ぶ可能性はなかった。農場で喧嘩があったあと、ルビーとフィーリックスが連絡を取り合ったとも考えられなかった。ルビーと准男爵が懇意だという老人の想像がたとえ正しいとしても、――そんなつき合いは娘にとって不利とならざるをえないが――、それだからといって准男爵に誘拐の責任があるということにはならなかった。ジョン・クラムは血に飢えており、今の精神状態なら、とても冷静に議論することなどできそうになかった。ロジャーははとこが好きではなかったが、サー・フィーリックス・カーベリーが、バンゲイのジョン・クラムによって命を失うほど打ちのめされたと、サフォーク中の人々に知られることを望まなかった。「私がこれからすることを教えましょう」と、郷士は老人の肩に優しく手を置いて言った。「明日いちばんの列車で私が上京します。クラムさんより私のほうが上手に彼女を追えます。あなた方は私を信じてください」

「二つの州[2]であんたほど信じられる人はほかにゃおらん」と老人。

「そいやけど、あんたはほんとうのことをおれらに教えてくれんにゃあ」とジョン・クラム。ロジャー・カーベリーは真実を教えると軽率な約束をした。それで、一件が落着した。祖父と恋人はバンゲイに一緒に帰った。

註

（1）ノーフォークの州都 Norwich の南東約三十五キロ、サフォーク州の北東端で Waveney 川河口に位置し、北海に面する漁港・保養地。一七六〇年代から海水浴地として発展した。

（2）サフォークとノーフォークを指す。

第三十五章　メルモットの栄華

オーガスタス・メルモットはあらゆる方面でどんどん大きく――毎日どんどん強く――なっていった。彼はただの貴族を軽蔑し、公爵にさえも横柄に振る舞えると感じるようになった。公爵に権勢を振るうか、破滅するか、どちらかに違いないことを事実として認めた。賭け金がこんなに高い勝負をするつもりはなかったのに、やろうとした勝負がひとりでに賭け金の高いものになっていた。人は必ずしもいつも行動を抑制して、あらかじめ計画した制限内にそれを収めることができない。行動は野心が思い描く大きさにしばしば届かないが、ときには想像以上に高く舞いあがる。その例が今のメルモットだった。彼は壮大なことを考えた。しかし、なし遂げたことは考えたことを超えていた。

読者はフィスカーのロンドン到来をあまり重視していないだろう。フィスカーはおそらく深い考慮に値しない男だった。本を読まず、読めるほどの文章も書いたことがなかった。祈りをささげたことも、人間性に頓着したこともなかった。彼はカリフォルニアのどぶの出身で、おそらく両親を知らなかった。大胆さを杖とも柱とも頼んで世間をよじ登って来た。とはいえ、彼はそんな男ではあっても、ほぼ前例のない商業的な壮大さへと突き進む刺激をオーガスタス・メルモットに与えた。メルモットはアブチャーチ・レーンに事務所を構えたとき、なるほどそれなりの人物だったが、南中央太平洋沿岸及びメキシコ鉄道を確かな事実としただけでなく、アブチャーチ・レーンでそれを確かな事実としたとき、真の大人物となった。大会社は実際に事務所を持ち、そこで役員会を開いた。しかし、実体的にはすべてがメルモットの商売上の聖所で処理された。フィスカーは鼻にかかった声で「扱う版図の大きさを考えると、大実業家たちの目にゃ今までに差し出されたおそらくもっとも壮大な事業」と、このころサンフランシスコの株主総会で独自の雄弁を振るった。壮大な事業は疑いなく商業上の不可解な法則に従って、磁石の針が極を指すように活動の主体を商業の中心地へと移し、カリフォルニアからロンドンへと大きく振れた。それで、フィスカーは始めた事業をほとんど後悔したくらいだった。メルモットは事業の頭であるだけでなく、体でも、足でも、すべてでもあった。メルモットは思い通りに株を分配するため、すべての株をポケットに入れているように見えた。株は分配され、売られ、また買い取られ、また売られて、結局メルモットのポケットに戻って来るように見えた。人々はただメルモットの指示に従って、株を買い、金を払い、満足した。サー・フィーリックスは若い浪費家にしてはりっぱな分別を見せて、カード賭博でもうけた蓄えを大人物のところに持って行った。大人物はベアガーデンの稼ぎを浚って現金箱に入れ、株は君のものだとサー・フィーリックスに言った。サー・フィーリックスは満足しただけでなく、すこぶる幸せだった。彼は今ポール・モンタギューやアルフレッド・グレンドール卿がしているように株を売買することができ、売買によって永続的な収入をえることができた。しかし、まだ売る株券を一枚も手に入れていないことに気づいたのは、一、二日考えたあとになってのことだった。こんなかたちの旨味にありついたのは、サー・フィーリックスだけではなかった。サー・フィーリックスは何百というそんな人たちの一人だった。その間、大人物はグローヴナー・スクエアの請求書を期限通りにきちんと支払った。請求書は途方もない額に達していたに違いない。使用人たちは王室の使用人たちと同じように背が高く、華やかで、大勢で、はるかに高い報酬をえた。際立ったかつらをつけた四人の御者と、ふくらはぎの周囲が十八インチ以上ある八人の仕着せの従僕がいた。

そして、今『朝食のテーブル』と『夕べの説教壇』に記事が出て、カヴァーシャムの郷士アドルファス・ロングスタッフ氏の所有となるサセックスの広大な土地、ピッカリング・パークをメルモット氏が購入したことを世間に知らせた。記事によるとそういうことだった。ロングスタッフ父子はこれまでに一度も売却について合意したことがなく、今も互いに相手のいる場では合意に至ったことがなかったが、この件がメルモットのような大人物の手になるなら安全だとそれぞれが考えて、承諾することになった。父子は莫大な売却金を分けることになった。この件はいとも簡単になされ、小者が仕事をするときのような遅れはいっさいなかった。ロングスタッフの弁護士たちさえメルモットの壮大な事業規模に影響を受けたという。もし私が、あるいはあなた方読者が、ささやかな土地、庭つきのしがない田舎家を買うとしたら、――もしあなたが大金持ちでなかったら――、新しい家に入る前に最後の一銭まで現金を必要とするか、あるいは余分と言えるほどの担保を必要とする。ところが、メルモットの場合、金は鼻を通して出る彼の言葉であり、彼の言葉が現金と見なされた。ピッカリングは彼のものとなり、一週間もたたないうちにロンドンの建築業者がチチェスター(1)で数十人の石工と大工を集め、家をマダム・メルモットの住まいにふさわしく改修するため、工事にかかっていた。工事は七月のグッドウッド競馬(2)に向けて準備され、その催しのときにメルモットの歓待が、リッチモンド公爵のそれと張り合うことになるという噂だった。

グッドウッドの競馬週間がめぐって来る前に、ロンドンでなされなければならないことがたくさんあった。メルモットは多くの出来事の中心にいて、それに深くかかわっていた。ウエストミンスター選出国会議員が貴族の後継ぎとなったため、庶民院に議席が一つ空くことになった。メルモットが国会議員になることは国にとって欠かせないことだと考えられた。ウエストミンスターは首都のあらゆる要素を併せ持つから、この選挙区くらいメルモットのような人が代表するにふさわしい選挙区があるだろうか？　この選挙区には庶民的な要素、上流階級的な要素、立法的な要素、法曹的な要素、商業的な要素があった。メルモットは疑う余地なくウエストミンスター選挙区にふさわしい人だった。どの州の候補者も、どの都市選挙区の候補者も、これまでに獲得したことがないような完璧な人気を、彼が博していることが確認された。ウエストミンスターは間違いなく選挙になる議席であり、どちらか一方の政党が戦うことなくあきらめるような議席ではなかった。しかし、両党が国中から最適の候補者を探し出さなければならない準備段階で、両党ともメルモットに白羽の矢を立てた。メルモットは議席と選挙戦が提案されたとき、初めて通常とどまっている精神的な高みから舞い降りて、保守党、自由党のどちらで議会に入るか決めなければならなかった。イギリス社会のなかの保守派集団が、――彼の得意分野である――財政支援をもっとも必要としていることを、彼が納得するのにそう時間はかからなかった。メルモットがウエストミンスターの保守党候補者となったことが、翌日ロンドン中の掲示板で伝えられた。無記名投票が導入されて以来、保守党は階級的な偏見をなくした選挙のやり方で有名だった。彼の選挙対策本部が貴族と銀行家とパブの主人によって構成されていたことは言うまでもない。ある不幸な自由党員が、党のために対立候補として立てられた。しかし、賭け率は十対一でメルモットに有利だった。

この件――この議席の問題――はなるほど大きな問題だった。しかし、中国皇帝のために開かれる大晩餐会は、もっと大きな問題だった。今は六月半ばで、晩餐会は三週間後の七月八日月曜に催されることになっていた。しかし、ロンドン中の人々がすでにそれについて噂していた。提案された趣旨によると、ロンドンのイギリス商人にしてかつ市民が、この晩餐会で何ができるかを皇帝にお見せすることになっているという。この件にはもちろん多くの叱責や大声の喧騒があった。ある人はメルモットがロンドン市民ではないと言い、ある人は彼が商人ではないと言い、別の人は彼がイギリス人ではないと言った。しかし、彼が必要な金を使う能力も意志も具えていることを、誰も否定することができなかった。この能力と意志の組み合わせこそおもに必要とされているものだったので、この取り決めに反対した人々はただ騒いで叱責することしかできなかった。職人たちは六月二十日に仕事に取りかかり、裏に建物を急造し、壁を取り壊し、一イギリス商人の食堂で二百人の客が晩餐の席に着けるようにグローヴナー・スクエアの屋敷を全面的に改修した。

とはいえ、二百人の出席者として誰を選ぶのか？　昔は紳士が晩餐会を開くとき、本人が客を招待するのがふつうだった。――とはいえ、問題が大きくなると、そんな単純なやり方は通用しなかった。イギリスの王族のいないところで、中国皇帝を食卓につかせることはできなかった。イギリスの王族は誰と会うか知らなければならないし、――そのときに会う連れを何人か選ばなければならなかった。現大臣は晩餐会への出席を希望する人々を抱えていた。しかし、名簿は閣僚とその妻に限定されていたので、出席者の取り決めに私的なえこひいきが入り込む余地はなかった。首相(3)は私的な友人のために一枚の招待券も要求しなかったことを手柄としてよかった。一方、野党(4)は組織として席の割り当てを求めた。メルモットは保守党からウエストミンスター選挙区に立候補することにしていたから、言わば保守党の影の内閣とその妻の出席を主張するよう助言された。彼は党に対して恩義があり、党が恩義のお返しを求めていると言われた。ところが、大きな問題はシティの商人たちだった。この催しはシティの商人の私的な宴会ということになっており、皇帝が商人の食卓で大商人の仲間たちに会うことが主眼だった。皇帝はできればギルドホール(5)ですべての商人たちに会いたかっただろう。しかし、そうしたら、商人団体つまりギルドの基金から金が支出される半公的な行事になってしまう。今回の晩餐会は私的なものとする予定だったから、ロンドン市長(6)は断固そのやり方に反対した。どうしたらいいか？　会合が開かれ、委員会が設置され、客として商人十五人が、妻十五人とともに選ばれた。その後、ロンドン市長は皇帝をシティに迎え入れるに当たり准男爵に叙せられた。皇帝と随行員は二十人だった。王族は妻と合わせて二十枚の招待券をえた。現在の内閣が十四人、影の内閣がおよそ十一人として数えられ、妻の分が与えられた。五人の大使と夫人が招待されることになった。シティ以外から十五人の商人が来ることになった。十人の大貴族と夫人が総管理委員会によって選ばれた。三人の賢人と、二人の詩人と、三人の庶民院無所属議員と、二人のロイヤルアカデミー会員と、三人の新聞編集長と、帰国したばかりの一人のアフリカ探検家と(7)、一人の小説家が出席することになった。これらの紳士たちはみな妻を同伴しないで来ることになった。もし間際になって入場を許可されなかったら、当たり散らす力を持つ厄介者に送るため三枚の招待券が保留されることになった。そして、宴会の主人やその家族や友人のため、十枚が割り当てられた。物事を円滑に進めることはしばしば難しい。――それでも、忍耐と配慮と金と引き立てによって、どんなでこぼこも最終的には滑らかになるだろう。

ところが、晩餐会で終わりというわけではなかった。マダム・メルモットの夕べの催しのため、八百枚の追加入場券が発行されることになった。この入場券の争奪は、晩餐会の席をめぐる争奪より血生臭いものになった。晩餐会の席ははなはだ政治的なやり方で処理されたので、目に見える争いがあまりなかった。王族はこの件を穏やかに取り扱った。閣僚は誰かはっきりしており、ロンドンの非政治的な社交クラブにさえ選出してもらえない大臣が二、三いたものの、彼らもメルモットの晩餐会に出る権利を有していた。保守党の出席候補者のあいだで、野心がどんな具合に砕かれたか公にはならなかった。そういう紳士は内輪の恥を人前にさらさなかった。大使たちはもちろん黙っていたが、選ばれた五人のなかに米国公使がいたことは確かだろう。シティの銀行家や大物たちは、すでに述べたように、初め出席をためらった。それゆえ、選ばれなかった人々はのちに不満を口にすることができなかった。貴族から不平を漏らす者は出なかった。有爵夫人から漏れ出て来る不平は、夕べの催しの入場券争奪の流れのなかに合流していった。桂冠詩人はもちろん招待され、第二位の詩人も同じ扱いを受けた。今年は二人のロイヤルアカデミー会員しか王族の肖像を描かなかったので、そこに嫉妬の入り込む余地はなかった。庶民院にはこのころ特別横柄で、特別不快な無所属議員が三人いたが、三人だけだったから、彼らを選ぶのに問題はなかった。賢人は年齢で選ばれた。新聞編集長の選抜には悪感情が残った。アルフ氏とブラウン氏が選ばれるのは、ほぼ妥当と言えた。二人はそれゆえ嫌われたが、それは予測されたことだった。しかし、なぜブッカー氏が選ばれたのか？　カトゥルス(8)に関する首相の翻訳を彼が賞賛したからなのか？　アフリカ旅行家は危険を切り抜けて帰国したことで自選だった。作家も一人選ばれた。王族がぎりぎりの最後にもう一枚招待券をほしがったので、その作家は晩餐会のあとに入るよう求められた。しかし、彼は誇り高かったので、この扱いに憤慨して、催しを公然と非難する文壇仲間に仲よく加わった。

　夕べの催しの日に至るまで入場券をめぐって吹きすさんだ確執に、今この時点で深くかかわったら、私たちは物語の先のことに急いで参入しすぎることになるだろう。しかし、入場券を手に入れたいという欲求が、最終的に燃えあがる情熱となり、ほとんど満たされない情熱となったことを指摘しておくのは正しいだろう。この特権にはとても大きな価値があったので、マダム・メルモットは客のミス・ロングスタッフに、不幸にも晩餐会のテーブルに彼女の席はないけれど、その償いとして夕べの催しの入場券を彼女用と紳士淑女二人用を与えると知らせたとき、ほとんど必要以上に友情を施していると感じた。ジョージアナは初め怒ったとはいえ、妥協した。彼女がその入場券をどう使ったか、あとで述べることにしよう。

　こういうことから判断すると、今のメルモットはこの物語の始めの章で読者に紹介したメルモットとは別人だと理解できると思う。王族が彼の家を密かに出入りするので、彼は今つねに王族に会うことを許された。ふだんの公爵夫人に会うのに今は何の策も必要としなかった。アルフレッド卿は大人物から洗礼名で呼び捨てにされても、貴族の自尊心に疼きを感じなくなった。卿は大人物にとってもっと必要な存在になろうと躍起になった。こういうことは、みな言わば飛躍によって起こったというのが正しい。それで、世間の一部は、大人物がこの世のどんな岩棚にそのとき腰かけているか知らなかった。屋敷にいたミス・ロングスタッフは、主人がどれほど大物であるかまったく知らなかった。モノグラム令夫人はグローヴナー・スクエアへ行くことを拒否したり、グローヴナー・スクエアの者が客として彼女のパーティーに来ることを許さなかったりしていたが、今はどうしていいかわからず手探り状態だった。マダム・メルモットは知らなかった。マリー・メルモットは知らなかった。大人物本人もときどき自分がどこにいるか知らなかった。しかし、世間一般は知っていた。世間はメルモット氏がウエストミンスター選出国会議員になろうとし、メルモット氏が中国皇帝をもてなそうとし、メルモット氏が南中央太平洋沿岸及びメキシコ鉄道をポケットに入れて持ち運んでいることを知って、――メルモット氏を崇拝していた。

その間、メルモットは私的な問題でかなり悩んでいた。娘をニダーデイル卿と婚約させていた。彼は世間から大人物と認められたとき、最終的に与える財産量というよりむしろ財産の与え方という点で、この結婚に対して当初提示していた値段を引きさげた。年一万五千ポンドがマリーと生まれて来る長男に設定され、二万ポンドが結婚六か月後にニダーデイルに支払われることになった。メルモットはこの金をすぐ支払わない理由をあげた。ニダーデイルならたとえ短期間待たされても、文句は言わないだろう。メルモットは若夫婦のためにロンドンに屋敷を買い、家具を入れることにした。若夫婦が七月の終わりの一週間程度を除いて、ピッカリング・パークを専用に所有することもほとんど認めた。ピッカリングが若夫婦のものになることは、文書ではっきり述べられた。ニダーデイルがとてもうまくやっているとあらゆる方面で言われた。金の絶対量は初めのころ要求されていたほど大きくなかった。その当時、メルモットは今みなから思われているような強力な岩、実業界の難攻不落の塔、世の商業的企画のまさしく中心ではなかった。ニダーデイル父子は、初めに引き出そうとしたものよりはるかに低い金額で現在のところ満足していた。

ところが、マリーは若い卿を受け入れるようにという父の勧めにいちじは満足し、――言葉には表さなかったけれど――いちじは卿を受け入れていたのに、こともあろうにこんなとき、気を変えたと率直に父と若い卿に告げた。父は娘をにらみつけて、この件でおまえの気持ちなんか知ったことじゃないと言った。父は娘をニダーデイル卿と結婚させるつもりで、自分で八月に式の日取りを決めた。「パパ、無駄ですよ。私は彼と結婚しませんから」

「あのやくざ者のせいなのか?」と、父は怒って言った。

「サー・フィーリックス・カーベリーのことをおっしゃっているなら、彼にかかわることです。彼はあなたのところに来て、はっきり結婚を申し出ました。ですから、黙っていなければならない理由がわかりません」

「二人とも飢え死にだよ、おまえ、おしまいだぞ」しかし、マリーはグローヴナー・スクエアの壮麗さにあまり執着していなかったので、サー・フィーリックス・カーベリーと結婚したときに苦しむと言われる飢えを恐れなかった。メルモットには長い議論をする時間がなかった。彼は別れ際に娘の体をつかんで揺すった。「畜生」と、彼は言った。「いろいろしてやったのに、言うことを聞かないなら、痛い目にあわせてやるぞ。馬鹿な娘だ。あいつは乞食さ。ペチコートさえ、長靴下さえ、買う金を持たないんだぞ。あいつは結婚しても、おまえが持たないもの、持つことはないものを手に入れようとしているだけさ。あいつがほしいのは金で、おまえじゃない、馬鹿な娘だ!」

とはいえ、マリーはこのあとニダーデイルから話しかけられたときも、照準をしっかり定めていた。二人は婚約していたが、それを解消していた。今若い貴族は娘の父とすべてを取り決めたあと、娘とすべてを再び取り決めることに何の障害も予想していなかった。卿の求婚の仕方はあまり上手ではなかった。――しかし、卿はどこまでも人がよくて、気質的に人を喜ばせることを好み、苦痛を与えることを嫌った。どんな害悪も許すことができ、どんな親切も施すことができた。だから、課題を乗り越えるのにあまり大きな労力を必要としなかった。「さて、ミス・メルモット」と、卿は言った。「親父はなかなか厳しいですね？」

「あなたのお父さんは厳しいですか、卿？」

「息子も娘も親父に従わなければならないということです。私の言いたいことはわかるでしょう。私は前回あなたにひどく愚かに振る舞いました。ほんとうにね」

「それであなたがあまり傷ついていなければいいです、ニダーデイル卿」

「ずいぶん男らしくありませんが、ずいぶんね。二人の親父の許可がなければ、あなたと結婚できないことはおわかりでしょう」

「許しがあってもできません」と、マリーは頭を高く掲げた。

「どうしてできないかわかりません。どこかに引っかかるところがありました。――どこにあるか不可解です」――卿が持参金を要求したのだから、引っかかりは卿のところにあった。「しかし、もう大丈夫です。親父たちが同意しました。私たち、夫婦になることはできませんか、ミス・メルモット？」

「いいえ、ニダーデイル卿、なれるとは思いません」

「本気でおっしゃっていますか？」

「本気です。前回話が進んでいるとき、そういうことを何も知りませんでした。そのときからもっといろいろなことを見てきましたから」

「私より好きな人に出会いましたか？」

「そんなことは言っていません、ニダーデイル卿。私を責めるべきじゃないと思いますね、卿」

「ええ、責めはしません」

「前回は何かがあって、先にやめたのはあなたでした。今回は違いますか？」

「前回は親父たちがやめたのだと思います」

「親たちにはやめる権利があると思います。でも、どんな親にも誰かと誰かを結婚させる権利はないと思いますね」

「そこはあなたと同じ意見です。——賛成します」とニダーデイル卿。

「私は親に結婚を強いられたくありません。前回からこの点をずいぶん考えました。それが私のたどり着いた結論です」

「しかし、私と結婚できない理由がわかりません。——あなたは——たんに私が好きということで——それで私と結婚できませんか」

「たんに——ただ結婚したくないからできません。ええ、私はあなたが好きです、ニダーデイル卿」

「ありがとう。——とてもありがとう！」

「私はとてもあなたが好きです、——ただ結婚は違います」

「きっとそこには何かあるのでしょうね」

「あなたは気立てがよくて、できれば私を面倒に巻き込もうとはなさいませんから」と、マリーは顔にほとんど厳かな表情を浮かべて言った。「ほかの方が好きになったと——ええ、とても好きになったと——、あなたに打ち明けてもかまいません」

「そういうことだと思いました」

「そうなんです」

「じつに残念です。親父たちはすべてを取り決めました。私たちが受け入れさえしたら、じつに愉快になれます。あなたが従事するあらゆることに私も従事できます。あなたの親父が私たちを少し締めあげていますが、やっていける金はたくさんあります。もう一度考え直せませんか?」

「私は――恋をしている――と、卿、言いました」

「ええ、ええ。――そうですね。そう言っていました。がっかりしました。それだけです。それでも、もし招待券を送ってくだされば、晩餐会に出席します」ニダーデイルはそう言うと、退出の許しを請い、出て行った。しかし、結婚がまだどうにかなると考えないわけではなかった。事態が収まる前に、こういう障害がいつもあると卿は思っていた。この場面はブラウン氏がカーベリー令夫人に求婚した数日後のことであり、マリーがサー・フィーリックスに会った一週間以上あとのことだった。ニダーデイル卿が去るとすぐ、マリーは便りがほしいと伝える手紙をサー・フィーリックスに再び書いて、ディドンにそれをゆだねた。

註

(1) ウエスト・サセックスの西端に位置する州都。Porsmouth の東二十五キロ。

(2) Chichester にあるグッドウッド競馬場はリッチモンド公爵の領地にあり、公爵は七月のおもな競馬期間に屋敷のグッドウッド・ハウスで歓待を行う。

(3) 首相は自由党のグラッドストンだった。

（4）保守党が野党でディズレーリが指導者だった。
（5）ロンドン市庁舎。
（6）当時のロンドン市長はサー・シドニー・ウォーターロー（1822-1906）。
（7）デーヴィッド・リヴィングストン（1813-73）を指す。
（8）ローマの叙情詩人 Gaius Valerius Catullus（c. 84-54 B.C.）のこと。

第三十六章　ブラウン氏の危機

カーベリー令夫人はブラウン氏の求婚に対する回答を二日かけることにした。求婚が火曜の夜のことで、木曜には返事をすると約束した。だが、水曜［六月十六日］の早朝には心を決めたから、正午には手紙を書いた。ヘンリエッタにブラウンのことを話したら、娘は彼が嫌いなようだった。カーベリー令夫人は娘の意見に左右されるつもりはなかった。娘については、いつも不必要に家族の負担になっていると漠然と考えていた。娘はただ受け入れさえすれば、すぐすばらしい結婚をすることができたから、家族の負担になり続ける理由など見出せなかった。令夫人は独り言にもそれを口に出すことはなかったが、そう感じていた。したがって、今回の件でヘッタの居心地を考慮する気になれなかった。それでも、娘が言ったことには影響を受けた。令夫人は結婚で難儀にあったことがあり、たいそうひどい経験をしてきた。とはいえ、その結婚を過ちとは見ていなかった。なぜなら、婚資のない女としては、苦悩や奴隷根性を受け入れても、生活費と地位をえるのが責務だという考えを今日まで持っていたからだ。その責務をこれまではたしてきた。生活費は息子の悪行のせいで再び怪しくなった。しかし、その生活費も――息子の美貌のおかげで――今回おそらく確保された！　ヘッタはブラウンがやりたいようにやっていると言った。あらゆる男がやりたいようにやることを、令夫人は知らなかっただろうか？　彼女もやりたいようにやるのが好きだった。自由にできる家庭の快適さが好きだった。個人的には夫という連れなど望まなかった。結婚したらフィーリックスと新しい夫のあいだにどんな騒ぎが起こるだろう？　それに加えて、フィーリックスのような息子にまつわりつく避けがたい面倒と責任を、ほかの人に負わせるのは正しくないという、ほとんど良心のようになった思いがあった。もし夫から息子と別れるように命じられたら、どうしたらいいだろう？　そうなったらきっと彼女は夫のほうと別れるだろう。これらのことを深く考えたあと、次のような手紙をブラウンに書いた。

最愛の友へ

あなたの情愛に満ちた寛大な申し出について、私がずいぶん考えをめぐらしたことは言うまでもありません。たくさん思いをめぐらすことなく、いったいどうして申し出られたような将来の見込みを拒否することができるでしょう？　私はあなたの経歴を野心が到達できる頂点と見ています。経歴において、あなたに勝る人はいません。そんな人から妻になるように申し出られたことを誇りに思わずにいられません。しかし、友よ、人の一生は癒しがたい傷を受けやすく、私の一生はとても傷ついています。私はあなたから受け入れてもらえるところまで、心を十全にする力を残していません。これまで耐えてきた苦悩によってあまりにも痛めつけられ、傷つけられ、不具にされているので、独り身でいることがいちばんいいのです。必ずしも全部が全部説明できるわけではありません。――でも、あなたには無口でいられません。つまらぬ話が我慢できないくらい長くなるということさえなければ、あなたに読んでもらうため、私の過去と現在のあらゆる難儀、私のあらゆる希望、私のあらゆる恐れを――過ぎ去ったあらゆる状況と残っている期待とともに――あなたの前にさらけ出します。そうしたら、あなたは私が新しい家庭に入るにはもうふさわしくない相手だと感じるでしょう。私は日光の代わりに大雨を降らせ、喜びの代わりに憂鬱をもたらすでしょう。

しかし、大胆に言っていいと言われれば、もし私が誰かの妻になるとしたら、今はあなたの妻になることを保証できます。でも、私は二度と結婚しません。
それでも、あなたのもっとも親しい友です。

マチルダ・カーベリー

午後六時ごろ、令夫人はこの手紙をペル・メル・イースト(1)にあるブラウンの自宅に送り、しばらく独りで座っていた。後悔の念でいっぱいだった。きっと全生涯にわたって役立っただろう確かな足場を投げ捨ててしまった。今この瞬間も彼女は借金を抱えていた。生命保険を担保に入れる以外に借金を返す方法を知らなかった。将来に不安を感じていたから、支えとなる杖がほしかった。机の前に紙を置いて座って、出版のため将来の作品の準備をし、あちこちから少しずつ写し取り、歴史的細部をでっちあげ、物語をうまくかみ合わせているとき、彼女は支払いをしていないパン屋、息子の馬、息子の無意味な浪費、自分の結婚に関するさまざまな思いを想起して、ときどき頭がぐるぐる回るようだった。自分のことだけを考えるなら、ブラウンなら安全にしてくれただろう。——しかし、それももう終わってしまった。哀れな女！　たとえブラウンを受け入れたとしても、彼女は少なくとも同じくらい深く後悔したに違いない。

ブラウンは令夫人より気持ちの点で定まっていた。彼は考えもしないで結婚を申し込むわけがなかったが、申し込んだ瞬間からそれを後悔した。ブラウンがカーベリー令夫人にキスしたとき、彼女が彼について描いてみせた優しくも皮肉な呼び方が、この件でみられる彼の性格の一面をもっともよく表していた。彼は感じやすい老ガチョウだった。もし彼女が拒むことなくキスを許していたら、彼はおそらくいつまでもキスを続けて、そこからどう転ぼうと、結婚の申し込みなんかしなかっただろう。拒むというささやかな策略が、彼女の愛を表すものと信じたから、彼もまた情熱のお返しをしなければならないと感じた。彼女は淑女の着こなしをして、彼の目に美しく輝いて見えた。もし女性が彼のテーブルの上座に座ることになると、運命の書に書かれているとしたら、――カーベリー令夫人こそほかの誰よりそこにぴったりであるように思えた。彼はキスを拒まれたから、彼女にキスする権利をえなければならないと感じた。

彼は結婚の申し込みをした直後、酔っ払って千鳥足で歩く彼女の息子に玄関で会った。逃げるように去るとき、若者から侮辱された。おそらくこれで目が開いた。彼は夜の仕事をした翌朝、いやその日かなり遅く目を覚ましたとき、すべてがうまくいっていると、もう心でつぶやくことができなかった。目覚めたとき突然訪れる深い思索や、これまで状況がどうであり、どうなるかという朝の最初の回想と展望のことは誰でも知っている。最近の愚かな行為とか、言われた悪口とか、無駄遣いした金とか、――吸いすぎた葉巻とか、飲まないほうがよかった炭酸割のブランデーとか、そういうことを朝最初に思い出したときの絶望、落胆のことは誰でも知っている。事態がうまくいっていて、自分がどこからどこまで健全で申し分ないと、滑ラカデ丸イ[2]と言えるとき、どんな危害も恐れる必要がなく、どんな過ちも赤面する必要がなく、物事を処理したと言えるとき、朝目覚める者は布団のなかでどれほど安心できることだろう！　ブラウンは編集長としての生活で多くの危険に身をさらし、仕事という多くの岩のあいだで小型帆船の舵を操らなければならなかった。そんな定めに置かれて、朝の四時、五時より前に寝床に就いたことがなかった。それで、真昼に眠気を払って起き出したとき、そんなふうに日々の会計検査をする習慣を身につけていた。しかし、今週の水曜には心地よく貸借対照をすることができないことに気づいた。彼はとても大きな一歩を踏み出したが、知恵があればそんなことをしなかったのではないかと危ぶんだ。まだ寝床のなかで使用人から差し出された紅茶を飲んでいるとき、事態が順調なときにいつも言うように、滑ラカデ丸イと独り言を言うことができなかった。生活様式をみな変える必要があった。紙巻煙草に火を点けるとき、カーベリー令夫人なら寝室でたばこを吸うことを嫌うだろうと思った。それから、ほかのことも思い出した。「あの息子がうちで暮らすなんてくそ食らえだな」と、彼は独りつぶやいた。

それを逃れる方法はなかった。彼は結婚の申し出が拒否されるとは思っていなかった。その日一日中友人たちのあいだを憂鬱に歩き回り、社交クラブでがみがみ無礼なことを言い、およそ十五紙の新聞をそばに置いて独りディナーを取った。ディナーのあと、誰とも話をしないで、トラファルガー・スクエア(3)の編集室に早々に向かい、夜の仕事をした。彼はここで安楽に包まれた。もし最上の椅子とソファーと執筆用テーブルと読書ランプが、毎夜三十の新聞記事を読まなければならず、どんなことがあってもその内容に責任を持たなければならない男を安楽にすることができるならの話だ。

彼は椅子に座って、男らしく仕事に就いたが、すぐ机上にあるカーベリー令夫人の手紙に目を留めた。留守中に自宅に届いた書類は、職場に持って来てもらうのが、自宅で食事を取らなかったときの習慣だった。――カーベリー令夫人の手紙がここに来ていた。彼は彼女の筆跡をよく知っていたから、運命がここで定められることを知った。返事にもう一日置くと彼女が言っていたので、今日届くとは予想していなかった。――しかし、それがここに、彼の手の下にあった。これは確かに淑女のやり方らしくない急ぎ方だった。彼は開封しないまま手紙を少し離れたところに打っちゃり、用意されていたゲラ刷りに注意を向けようと努めた。およそ十分目をすばやく文字列に沿って走らせていたが、心が読んでいる内容をたどっていないことに気づいた。再度もがいたけれど、思いは手紙にあった。それを読むまでは運命を逃れていられるという、何か漠とした考えにとらわれていたから、手紙を開封したくなかった。本来ならそれは明日まで読まれる予定ではなかった。今夜彼の思いを惑わすために今ここにあってはならなかった。しかし、手紙がここにあるあいだは何もできそうになかった。「あの息子に会わなくていいことを取引の一部としよう」と、彼は手紙を開封しながら独り言を言った。二行目を読んで危機が去ったことを知った。

彼はここまで読むと、手紙をテーブルに残し、暖炉に背を向けて立った。それなら結局、あの女は彼に恋してなんかいなかったのだ！　しかし、彼はこれをこの恋愛の正しい見方とは思わなかった。女は無数のかたちで愛情を示していたからだ。とはいえ、彼女が今勝利を味わっているのは間違いなかった。女は男を拒否するとき、とりわけ人生のある時期に男を拒否するとき、いつも勝利を味わう。彼女はこの勝利を公表するだろうか？　カーベリー令夫人に結婚を申し込んで拒否されたことを、ブラウンは仲間の編集長や世間一般に知られたくなかった。彼は危機を逃れたものの、これまでの恐怖の苦味に比べて、安全になった今の甘美さが大きくないのを感じた。

彼はなぜ令夫人から拒否されたか理解できなかった。それを考えるとき、あの息子のあらゆる記憶が一瞬消えた。たっぷり十分が経過した。彼はそのあいだずっと敷物の上に立っていた。それから、手紙を最後まで読んだ。「彼女は『痛めつけられ、傷つけられ、不具にされ！』たんだ」と、彼は独りつぶやいた。「私ならサー・パトリックのことは噂に聞いており、老将軍が柔和な人ではなかったことをよく知っていた。「私なら彼女を痛めつけたり、傷つけたり、不具にしたりしなかったのに」彼は手紙の全文を忍耐強く読んだあと、令夫人に対する賞賛の感情がこれまでに感じていたより徐々にずっと強まるのを感じた。それから、もう一度彼女に結婚を申し込もうとしばらく考えた。「日光の代わりに大雨を降らせ、喜びの代わりに憂鬱をもたらす」と、彼は心で繰り返した。「私なら必要とあれば大雨と憂鬱を引き受けて、彼女のために最善を尽くしてあげるのに」

彼は入り混じる気持ちで仕事に向かった。とはいえ、部屋に入ったとき押さえつけていたあの引きずるような重い気持ちを払拭していた。夜をすごしていくうち、危機を脱することができたという確信を徐々に深めて、再度結婚の申し込みをするという考えを完全に放棄した。そして、部屋を出る前に、彼女に一行をしたためた。

そういうことにしましょう。私たちの友情を壊す必要はありません。

N・B[4]

彼は特別な使者を用いてこれを送った。使者は翌日彼が起き出すより前に彼の住まいに短い手紙を持って帰って来た。

そうです。――そうです。確かにそうです。今回のことを二度と私が口にすることはありません。

M・C

ブラウンは危機を脱したと思い、カーベリー令夫人のため、友情によってできることで欠けるところがないようにしようと決意した。

註

（1）Pall Mall から東に続く通りで Haymarket の南に位置し、Trafalgar Square に至る。

（2）*teres atque rotundus* ホラティウスの『風刺詩』（*Satires* 二第七編、第八十六行）

（3）南は White Hall に続き、北は National Gallery に面する広場。ネルソン記念柱が中央にある。
（4）ニコラスの頭文字。

第三十七章　重役会室

南中央太平洋沿岸及びメキシコ鉄道の重役会が、毎週金曜に開催という慣わしにのっとり、六月二十一日の金曜に証券取引所の裏手にある重役会室で開かれた。会長が特別に所信を述べると見られていたので、今回は全員が出席した。当然のことながら会長はそこにいた。彼は大規模な関心事をたくさん抱えるなかでも、この鉄道を見捨てたり、実業界からゆだねられたこの経営を経験の浅い別の者に託したりすることはしなかった。アルフレッド卿も、ユダヤ紳士のコーエンループ氏も、ポール・モンタギューも、ニダーデイル卿も、——サー・フィーリックス・カーベリーさえも——そこにいた。サー・フィーリックスは千ポンドの現金をメルモット氏に払い込んだにもかかわらず、金色の希望を実現する機会をまだ手に入れていなかったので、売買がしたくてそこにいた。秘書のマイルズ・グレンドール氏ももちろん出席していた。重役会はいつも三時に開かれて、三時十五分にはだいたい解散した。アルフレッド卿とコーエンループが会長の右左に座った。ポール・モンタギューがふつうマイルズ・グレンドールと向き合ってすぐ下座の第二列に座った。——しかし、今回は若い貴族と若い准男爵が第二列に入った。それはすてきな小家族的な集まりで、会長の娘婿になりたがっている二人と、会長の特別な友人二人——社交界の友人であるアルフレッド卿と実業界の友人であるコーエンループ——と、それにアルフレッド卿の息子マイルズからなっていた。ポール・モンタギューがいなかったら、一同の親しさは完璧だっただろう。ポールは最近メルモットに対して、恩をあだで返すような不快な振る舞いをした。フィスカー・モンタギュー&モンタギュー商会の若い一員くらい、自由に株を扱うことはほかの誰にも許されていなかったのにだ。

メルモットは所信を表明すると見られた。ニダーデイル卿とサー・フィーリックスは、この所信表明が会社の状況の一端を重役に知らせるため、大人物の考えあるいは願いを伝えるものだと思った。しかし、これはおそらく間違っていた。ポール・モンタギューは二つ前の会議で会社の運営について疑念を強く表明し、非常に批判的に振る舞って、大会長にこの面倒を強いた。会長は直近の金曜にポールに対してとても不快に対応した。これは所信を述べるという約束をはたさなくてもいいように、反目する重役に脅しをかけて反対させないようにする、会長の側の努力であるように見えた。途方もなく忙しい人にとって、細部がわからないやつに細部を説明しなければならないこと、――あるいは説明を試みること――、くらい大きな厄介があるだろうか？　ところが、モンタギューはあとに引かなかった。会社の事業上の成功に異議を唱える意図はないと、ポールは言った。重役は会社の状況を今以上に知る必要があると、彼はたいへん強く感じた。仲間の重役も同じように感じていると思った。しかし、アルフレッド卿はこの同僚の意見にまったくみしないと断言した。「もし理解できない者がいるとすれば、それはそいつの問題です」と、コーエンループは言った。それでも、ポールは譲ろうとしなかった。メルモットは所信を述べると見られていた。

「重役会」はいつも前回の議事録を読んで始まった。マイルズ・グレンドールが毎度これをした。彼が議事録を書いていると思われていた。ところが、じつは一度も重役会に出席したことがないアブチャーチ・レーンのメルモットのカバン持ちが議事録を準備し、書いていることをモンタギューは発見した。反対派のポールは秘書と話をしたとき、――二人ともベアガーデンの会員であることを読者はご存知だろう――、マイルズはちょっとはぐらかすような返事をした。「いやどうも、あれはとんでもなく面倒な仕事です、わかるでしょう！　あいつはあれに慣れていて、あの仕事がお似合いです。ぼくはあんなことに振り回されるつもりはありません」モンタギューはこのあと同じ議事録の件で、ニダーデイルとフィーリックス・カーベリーの両方と話をした。「難しい仕事なら、マイルズにはできません」と、ニダーデイルは言った。「もし私があなたなら、彼をいじめませんね。彼は年に五百ポンドもらっています。もしあなたが彼の負っているもの、持っていないものをみな知ったら、彼からその五百ポンドを奪おうとはしないでしょう」フィーリックス・カーベリーと話をしたときも、モンタギューは同じくほとんど成果をえられなかった。サー・フィーリックスは秘書のマイルズを嫌っていた。彼は秘書がカード賭博でイカサマをするのを見つけて、その不正を暴くことを決意したが、――その後恐れてそれをするのをやめた。彼はドリー・ロングスタッフにこの話をしたので、読者はそれがどんな結果になったか覚えておられるだろう。彼は二度とイカサマの話をすることはなく、社交クラブで勝負をする習慣に徐々に戻っていた。その間、ルーがホイストに代わって主流になり、サー・フィーリックスはこの変化に満足した。彼はいまだにマイルズ・グレンドールに厳罰を加えようと画策していたが、今のところ重役会で秘書に盾突くことはできないと感じた。社交クラブでエースのカードが隠された日以来、彼はトランプ台にかかわる話以外、マイルズ・グレンドールとは話をしていなかった。「重役会」は今いつものように始まった。マイルズは議事録から短い記録を読んだ。一語置きに詰まって、へたくそな読み方をしたので、たとえ理解すべきことがあっても、誰も理解することができなかっただろう。「紳士方」と、メルモットはいつもの早口で言った。「議事録に署名することを許していただけるだろうか？」ポール・モンタギューは議事録への署名に異議があると言うため、立ちあがろうとした。しかし、メルモットはポールが立つ前に署名を殴り書きしたあと、コーエンループと話し込んだ。

とはいえ、メルモットはその小さな動きを見ていた。メルモットはどんな欠点をもっていようと、見る目、聞く耳は具えており、モンタギューが小さな動きをして、尻込みしたのをとらえた。会長は一人が五、六人を相手にして屈せずにいることがどれほど難しいか、若者が年配者に対して屈せずにいることがどれほど難しいか知っていた。ニダーデイルはテーブルの向かいにいるカーベリーに、紙つぶてを指ではじいて飛ばしていた。マイルズ・グレンドールは任された議事録を熟読していた。アルフレッド卿は椅子に深く座り、右手をチョッキに突っ込んで典型的な重役の姿勢を作っていた。卿は貴族的で、重みがあって、ほとんど実業家ふうに見えた。「メルモット氏が正しい」と言うように求められるとき以外、彼は重役会室で口を開かなかった。彼は実際報酬に値すると会長から見られていた。メルモットはモンタギューが一瞬尻込みするのを察知したあと、一、二分コーエンループと話を続けた。それで、ポールは両手をテーブルに突いて、立ちあがり、面倒な質問をしようとした。メルモットはこれを見て、モンタギューが椅子から立ちあがる前に立った。「紳士方」と、メルモットは言った。「この機会に会社の事情について、あなた方に数語話しておくのがいいだろう」それから、彼は所信の表明を続けないでまた座ると、ときどきコーエンループに一言二言囁きながら、さまざまな分厚い書類をじっにゆっくりめくり始めた。アルフレッド卿は片手を胸に置いたまま、姿勢をまったく変えなかった。ニダーデイルとカーベリーは指で紙つぶてをはじき返したり、またはじいて飛ばしたりした。モンタギューは座ってじっと耳を傾け、――何か言われたとき、それを聞き逃すまいと耳をそばだてた。会長が話を始めるため椅子から立ちあがったので、ポールは口を閉ざす義務があると感じた。話し手が発言権を有しているとき、たとえ多少ゆっくり書類に目を通しても、隣の人に囁きかけても、発言権を有していることに間違いない。その話し手が議長であるとき、当然もっと自由が許されていいだろう。モンタギューはそう理解していたから、静かに座っていた。メルモットはコーエンループに、コーエンループはメルモットにたくさん言うことがあるように見えた。コーエンループは重役会に出席して以来、これほど会話の能力を発揮したことはなかった。

ニダーデイルはぜんぜん状況を理解することができなかった。卿はそこに二十分いて、カーベリーの鼻っ柱に紙つぶてを当てることができなかったので、今の遊びに飽きて、ベアガーデンがもう開いていることをふと思い出した。卿はもともと表敬の念に欠ける人で、大きなテーブルと荘厳な重役会室を最初に見たときにかすかに感じた畏怖を克服していた。「ほぼ終わったと思いますが」と、卿はメルモットを見あげて言った。「ええと、――あなたはお急ぎのようだね。こちらの閣下もご用事がおありなので」――メルモットはそう言ってアルフレッド卿のほうを振り返った。アルフレッド卿は着席してから、一言も言葉を発していないし、手振り一つしていなかった。――「一週間この重役会を休会にするほうがいいね」

「ぼくはそれを認めることができません」とポール・モンタギュー。

「じゃあ重役会の意向を問わなければならない」と会長。

「ある事情について友人である会長と議論していました」と、コーエンループは言った。「今の時点で傍若無人に問題に立ち入って来られるのは不適切と言わなければなりません」

「閣下や紳士方」と、メルモットは言った。「私を信じてほしいね」

アルフレッド卿はテーブルでうなずき、何かつぶやいて、無条件の信頼を伝えたいと言うように見えた。「謹聴、謹聴」とコーエンループ。「よろしい」と、ニダーデイル卿は言った。「続けてください」それから、卿は紙つぶてをもう一つ、前よりうまく発射して、命中させた。

「若い友人であるサー・フィーリックスは」と、会長は言った。「私の分別と能力に信頼を寄せてくれていると確信している」

「はい、会長、その通りです。――疑っていません」と准男爵。彼はこんな親切な口調で話しかけられて、気をよくした。目的があってここに来たから、どんなことでも進んで会長を支持しようとした。

「閣下や紳士方」と、メルモットは続けた。「あなた方からこんなふうに信頼を寄せてもらえてうれしい。もし世間のことで私が何か知っていることがあるとしたら、実業界のいろいろなことだろう。私たちは成功を遂げているとあなた方に言うことができる。私たちくらいこんなに短期間で大きな成功を達成した営利会社はなかったと知っている。ここにいる私たちの友モンタギューさんも、ほかの紳士と同じようにそれにちゃんと気づいていることと思う」

「それはどういう意味です、メルモットさん?」とポール。

「どういう意味って? 君の評判を損なうようなことは何も言っていない。サンフランシスコにある君の会社はね、事業が海のこちら側でどんなふうに行われているかきわめてよく知っている。君がフィスカーさんと連絡を取っているのは確かだな。彼に聞くといい。電報はいつでも使えるからね。だが、閣下や紳士方、この種の事業では優れた分別が必要だと私はあなた方に言うことができる。私たちに利益をゆだねている一般株主のため、私は概略的な所信表明をいちじ延期するのが今のところ得策だと思う。こういう意見でこの重役会の大多数の賛成をえられたら誇らしく思う」メルモットはあまり流暢に発話することはできなかったが、会長という地位に慣れており、何とか一同に理解してもらえるように言葉を使うことができた。「来週の今日まで、この会議を休会にする動議を今提案する」と、彼はつけ加えた。

「その動議を支持する」と、アルフレッド卿は胸から手を動かさないまま言った。

「所信を聞くことができると思っていました」とモンタギュー。

「所信の表明はありましたよ」とコーエンループ。

「動議を投票にかけよう」と会長。

「修正動議を出します」ポールは黙殺されまいと決意していた。

「それを支持する者はいません」とコーエンループ。

「修正動議が出てもいないのに、どうしてそれがわかりますか?」と、反逆者は聞いた。「ぼくはニダーデイル卿に修正動議の支持を求めます。卿が修正動議を聞いたら、拒みはしないと思います」

「おや、びっくり! どうして私ですか。いえ、——私に聞かないで。行かなければなりません。ほんとうに」

「とにかくぼくは数語発言する権利を主張します。この会社の事業内容をすべて世間に公表すべきだというような、そんなことは言っていません」

「そんなことをしたら、全部バラバラになってしまいます」とコーエンループ。

「おそらく全部をバラバラにすべきなんでしょう。ですが、そんなことは言っていません。ぼくが言っているのはこういうことです。ぼくらはここに重役として参加していて、世間からは重役として責任があると見られているので、事業で何がなされているか知る必要があるということです。株式がほんとうにどこにあるか知らなければなりません。ぼく個人としてはどんな証書が発行されているかさえ知りません」

「君は売り買いをしてきたから、そういうことくらいわかるだろう」とメルモット。

ポール・モンタギューは顔をひどく赤らめて言った。「とにかくぼくにとって多額の金をこの事業につぎ込んで始めましたから」

「私の関知しないことだ」と、メルモットは言った。「君が持つ株はみなサンフランシスコで発行されている。ここではない」

「ぼくが受け取ったものは支払済みの金の一部です」と、モンタギューは言った。「ぼくの資本を表す株数のようなものはまだ割り当てられていません。ですが、私事を話すつもりはありませんでした」

「私事のように見えますね」とコーエンループ。

「まったく私事ではない証拠に、ぼくはすべてを失う危険を冒してもいいと思っています。株で何がなされているか知ろうと決めています。また、会社の重役の一人であるぼくが、実際には会社のことを何も知らないことを世間に公表しようと決めています。もっと重い責任を免れることはできないと思いますが、とにかく今後は正しいことをすることができます。——この方針を貫いていくつもりです」

「この紳士は重役を辞任したほうがいいな」と、メルモットは言った。「辞任については何も難しいことはない」

「ぼくはカリフォルニアのフィスカーとモンタギューに深くかかわっているので、残念ながら難しいと思います」

「ぜんぜんそんなことはないね」と、会長は続けた。「ロンドン・ガゼットに君の辞任告示を出しさえすればいい。それで辞任できる。紳士方、私は重役会に一人を追加することを提案するつもりでいる。あなた方の多くの者に個人的に知られており、実業家であり、廉直の士であり、資産家であり、社会のあらゆる方面から正当に高い地位に立つ人として、イギリス中で広く尊敬されている紳士を指名しよう。カヴァーシャムのロングスタッフ氏だ——」

「若いドリーですか、それとも年寄のほう?」とニダーデイル卿。

「カヴァーシャムの年寄のアドルファス・ロングスタッフ氏だよ。あなた方が快く彼を迎え入れてくれると確信している。私はこの加入によって重役会を補強しようと考えている。だが、もしモンタギュー君が私たちのもとを去ることを決意しているなら、——彼が職を失うことを私くらい残念に思う者はいないが——、彼の代役としてカヴァーシャムの年寄のアドルファス・ロングスタッフ郷士を招聘することを提案するのが私の喜ばしい責務となる。もしモンタギュー君が再考のうえ私たちのもとにとどまる決心をするなら、――私は個人的には彼が考え直してそう決心してくれることを心から望んでいるが――、そのときは重役が一人加わり、ロングスタッフ氏がその追加重役の椅子に着くことを提案しよう」メルモットは発言の後半部分をじつに流暢に話し終えると、その日の重役会が再開の可能性なしに終わったことを示すためすぐ席を離れた。

ポールは会長に近づくと、袖をつかみ、別れる前に話がしたいことを表した。「もちろん」と、大人物はうなずいて言った。「カーベリー」と、彼は若い准男爵のほうを優しい笑顔で振り返って言った。「もし君が急いでいなければ、少し待っていてくれないか。君が帰る前に話があるから。さて、モンタギュー君、何か用かね?」ポールは話を始めて、すでに会議でとてもわかりやすく説明した意見をもう一度述べた。しかし、メルモットはすぐ彼の発言を遮って、会長席からの発言よりかなり無礼にこう言った。「問題なのはこういうやり方だと思うね、モンタギュー君。――君はこの問題について私より事情を知っていると思っているようだね」

「いえ、そうは思っていません、メルモットさん」とモンタギュー。

「私はこの問題について君よりも知っていると思っている。どちらかが正しいんだろうね。だが、私は君に譲歩するつもりはない。おそらく私たちはこの件について、口を開かなければ開かないだけいいだろう。君がしている脅迫が真剣であるはずはないな。なぜなら、極秘扱いで知りえたことを君は公表することになるからだ。紳士なら、そんなことはできないだろう。だが、君から敵対的に対応されている限り、私は君を助けることができない。――だから、ごきげんよう」それから、会長はモンタギューに答える余地を与えないで、会長の私的な部屋とされ、ドアに「私室」と書かれた奥の部屋に逃げ込んだ。彼は後ろ手にドアを閉めると、それからしばらくしてドアから頭を突き出し、サー・フィーリックス・カーベリーを手招きした。ニダーデイルは姿を消していた。アルフレッド卿は息子と一緒にすでに階段にいた。コーエンループは議事録の件でメルモットの書記と話し込んでいた。ポール・モンタギューは孤立無援であることを知り、ゆっくり中庭へ出て行った。

サー・フィーリックスは千ポンドを払い込んだからには、さしあたり株券を手に入れたいと、会長に申し出るつもりでシティに出て来た。何かしら役に立つ借用証書はみな換金するか、カード賭博ですって、そのときちょうど一文なしだった。札入れはまだ持っていたが、それはマイルズ・グレンドールの借用書でいっぱいだった。マイルズ・グレンドール当人以外に、誰もその引き受けを求められないことが、今ベアガーデンでは了解事項——トランプ台から多くの喜びを奪ってしまった取り決め——となっていた。金欠なので、准男爵は最近ちょっとした額の手形を振り出すことを強いられた。それを振り出すとき、鉄道の株のことを大いに吹聴した。彼は今疑いなく厳しい状況に置かれていた。実際、千ポンドを現金で払い込んで、彼自身も途方もないと思われる商取引に入っていた。千ポンドを誰かに支払うなんて、ほとんど考えられなかった。しかし、持続的で失敗のない収入の機会をこうすればえられると信じて、——わざわざ年下のドリーをシティまで同行させ——、ずいぶん無理をして払い込んだ。彼は重役だから株をつねに額面で買う資格を有していると、いつも市場価格でそれを売ることができると理解していた。これが十％から十五％、二十％の利息になると見ていた。ただ毎日売買すればいいだけだった。彼はアルフレッド卿が小規模ながらそれをすることを許されていること、メルモットが大規模にそれを行っていることを知っていた。しかし、彼がそれを行うにはその前にメルモットの手から——何かよくわからないが——何かを手に入れなければなかった。メルモットからは避けられていないように思えた。それゆえ株券については何も問題がないはずだった。金を失う危険については、オーガスタス・メルモットの手にゆだねられた金について、誰がそんな危険を考えることができるだろう?

「ここで君に会えてうれしいよ」と、メルモットは心から握手して言った。「規則正しく重役会に出席しなさい。そうすれば、それに価値があることがわかるだろう。商売に精出すことに及ぶものはないからね。毎週金曜にここに来なきゃ」

「そうします」と准男爵。

「ときどきアブチャーチ・レーンの私の部屋でも会いたいね。そこでなら、ここよりもっと事情を理解する機会がえられるだろう。ここでやっているのはたんに形式だけのことだ。それはわかるだろ」

「はい、わかります」

「あのモンタギューのようなやつらのために、この種のことが必要なんだ。ついでだが、あいつは君の友人かね?」

「特にそうでもありません。ぼくのはとこの友人で、うちの母や妹は彼をよく知っています。あなたの言い方で言うなら、彼はぼくの友人じゃありません」

「不快な振る舞いをするなら、あいつは窮地に陥らざるをえないな。それだけだ。だが、今のところあいつのことは気にしないでくれ。お母さんは私が言ったことを君に話したかね?」

「いいえ、メルモットさん」サー・フィーリックスは目を丸くした。

「お母さんに君のことを話したよ。おそらくお母さんのほうから君に話してくれると思ってね。君とマリーのことは、わかるだろ、まったく馬鹿げたことだ」サー・フィーリックスは相手の顔を覗き込んだ。彼がこれまで見てきたような残忍な顔はそこになかった。しかし、この大人物を知るみなが見慣れている表情

──目的を定めたあの重苦しい表情──が突然眉間に現れて来た。サー・フィーリックスは数分前に重役会で、会長が反抗的な重役を押さえつけようとしているときにそれを見た。「君ならわかるだろ?」サー・フィーリックスは相手をじっと見つめていたが、返事をしなかった。「まったく話にならん愚行だよ。君ははした金さえ持っていない。収入がないからね。ただお母さんのスネをかじって生活しているだけだ。残念ながらお母さんの暮らし向きもよくない。どうして私が君に娘を託すことができるのかね?」フィーリックスは相手をじっと見つめていたが、思い切って口答えしようとは思わなかった。とはいえ、はした金さえ持ってないと言われたとき、今相手のポケットにある彼の千ポンドのことを考えた。「君は准男爵だが、それだけだろ」と、メルモットは続けた。「カーベリーの資産はとても小さくて、その気になれば君にでなく、私に遺してくれてもいいような遠いはとこのものじゃないか。──しかもそいつの年は君とたいして変わらないようだね」

「よしてくださいよ、メルモットさん、ぼくよりはるかに年上です」

「たとえそいつがアダムと同じくらい年寄で、罪深かったとしても、たいした違いはないよ。結婚は問題外だね。あきらめなければならないな」そのとき、眉間の表情がさらに重苦しくなった。「私の言うことを聞きなさい。娘はニダーデイル卿と結婚することになっている。娘は君に会う前から卿と婚約している。君は娘と結婚して何を手に入れようとしているのかね?」

サー・フィーリックスは愛するゆえに娘を手に入れたいと思っていることを、口に出して言う勇気を欠いていた。しかし、相手が回答を待っていたので、何か言わなければならなかった。「よくある話だと思いますが」と彼。

「まったくその通り、よくある話だね。君は私の金がほしい。娘はたんにほかの男を受け入れるよう強いられたので、君がほしい。君は生活の糧がほしい。——それが君の望みだろ。ほら、——喋ってしまえよ。そうじゃないかね。互いに理解し合ったら、私は金を作る機会を君に与えよう」

「もちろんぼくの暮らし向きはよくありません」とフィーリックス。

「君の暮らし向きは噂に聞くどんな若者よりひどい状態だな。マリーとの恋愛沙汰をやめるという誓約書を書きなさい。そうしたら、君が金で困らないようにしてやろう」

「誓約書？」

「そう、——誓約書だ。何もなしに私が何かを与えることはないよ。この株でとてもうまくやっていく機会を君に与えて、好みのどんな女とも結婚できるようにしてやろう。——あるいは未婚のまま生活できるようにしてやろう。後者のほうがいいことが君にもわかるだろう」

メルモットの提案には考慮に値するところがあった。サー・フィーリックス・カーベリーは、たんに家庭を作る制度としての結婚をそれほどいいと思わなかった。レイトン[1]の数頭の馬と、ルビー・ラッグルズかあるいは別の美女と、ベアガーデンの生活のほうがよほど性に合っていた。それに、金のない女をつかまされたとわかる可能性もあることに気づいていた。マリーは設定された金についてなるほど彼女なりに大きな計画を持っていた。とはいえ、マリーは間違っているかもしれないし、嘘をついているかもしれない。メルモットの今の提案に従って金を確実にもうけることができたら、彼はマリーを失っても、悲嘆することはないだろう。もっとも、メルモットもまた——嘘をついているかもしれない。「ついでながら、メルモットさん」と、彼は言った。「株をぼくに持たせてくれませんか？」

「どの株だね？」重苦しい額がいっそう重くなった。

「覚えていませんか？——ぼくはあなたに千ポンドを渡しました。ですから、十株持っているはずです」

「それについては適切な日に適切な場所に来てもらわなくちゃ」

「適切な日っていつです？」

「毎月二十日だろ」サー・フィーリックスはこれを聞いて落胆の表情をした。今日が二十一日とわかったからだ。「だが、それが重要なことかね？　多少金が入用なのかね？」

「ええ、入用です」と、サー・フィーリックスは言った。「たくさんの仲間に金を貸していますが、それを回収するのがたいへんです」

「博打の話だな」と、メルモットは言った。「私が娘を博打打ちにくれてやると思うかね？」

「ニダーデイルはぼくと同じくらい頻繁にやっていますよ」

「ニダーデイルは当人も、父も、使い切れないほど確固たる資産を所有している。だが、君は私と議論するような馬鹿じゃいけない。議論では何もえられないからな。君が今ここで誓約書を書いてくれれば――」

「ええっ。――マリーにですか？」

「いや。――マリーにじゃなく、私にだ。マリーに知らせる必要などまったくないね。もし書いてくれれば、私は君の面倒を見て、男にしてやろう。もし二百ポンドが入用なら、君がこの部屋を出る前に小切手を渡そう。いいかな、これだけは言っておこう。紳士としての名誉にかけて、もし娘が君と結婚したら、私は娘に一シリングもやらない。ただちに遺言を作って、資産をみな聖ジョージ病院[2]に遺すよ。これについてはきっぱり決めている」

「来月二十日より前にぼくが株を持てるように何とかできませんか？」

「それはどうにかしよう。おそらく私の株の一部を君に譲ることができるだろう。とにかく君を金欠にしてはおかないよ」

条件が魅力的だったから、誓約書はもちろん書かれた。メルモット本人が文言を口述した。文言は文書の性質上ロマンティックではなかった。読者に誓約書をお見せしよう。

拝啓

私はあなたの申し出を考慮して、あなたや娘の母にとってこんな結婚が不愉快であり、父の怒りという災難を娘にもたらすことになることをはっきり理解するとき、若い娘への求婚をこれ以上繰り返さないことをここに断言し、誓約します。求婚はここに完全に放棄いたします。敬具

私はあなたの忠実なしもべ
フィーリックス・カーベリー

グローヴナー・スクエア、——番地
オーガスタス・メルモット殿

誓約書の日付は六月二十一日で、南中央太平洋沿岸及びメキシコ鉄道の事務所の住所が印字されていた。

「二百ポンドの小切手をいただけますか、メルモットさん?」金融業者は一瞬ためらったが、准男爵に約束通り小切手を渡した。「そして、私に株を渡すよう手配してくれますね?」

「アブチャーチ・レーンの私の部屋に来てくれればいい。わかるだろ?」サー・フィーリックスはアブチャーチ・レーンにお伺いすると言った。

准男爵はベアガーデンへ向かって西へ歩くとき、みじめな思いを味わった。彼は紳士の義務を小馬鹿にし、他人の感情に無関心だったが、それでもみずからを恥じた。あの娘にひどい扱いをした。いくら彼でもひど

い扱いをしているのがわかった。彼はそれを強く意識したので、たとえあんな誓約書を書いたとしても、考え直して駆け落ちに価値があるとわかれば、あれが娘との駆け落ちを妨げはしないと考えて、自分を慰めようとした。

その夜、彼はベアガーデンでまた遊んで、メルモットからもらった金の大部分を失った。実際二百ポンド以上をすった。そして、手持ちの金がなくなったのに気づくと、借用証書を書いた。

註

（1）第三章で初出。ベッドフォードシャーの Leighton Buzzard のこと。

（2）ロンドンのテムズ川南岸 Wandsworth 区 Tooting の Blackshaw Road にある。

第三十八章　ポール・モンタギューの難儀

ポール・モンタギューはこのメキシコ鉄道の問題以外に別の問題を抱えていた。ハートル夫人を観劇に連れて行ってから二週間以上がたっていた。夫人はまだイズリントンの下宿に住んでいた。彼は二度彼女に会った。一度目は翌日で、そのときは特別婚約にふれなくても、行き来することができた。二度目はそれから三、四日後で、もう楽しく会えなくなっていた。彼女はすすり泣き、そのあと嵐のように荒れ狂った。彼女の権利と呼ぶものを主張し、不実だと言って彼に喧嘩を吹っかけてきた。結婚の約束を否定するつもりなのか？　今彼女がロンドンにやって来たからには、彼の行動はその約束の再確認ではないのか？　その後、彼女はまた軟化し、彼に結婚を懇願した。感情の嵐さえなかったら、彼は彼女に屈服していたかもしれない。嵐の瞬間、彼はどんな運命にあおうと、強制された結婚生活よりましだと感じた。それにもかかわらず、彼女の涙と懇願にはとても心を動かされた。彼は彼女にはっきり結婚を約束していた。彼女を愛し、その愛を勝ちえていた。彼女は愛らしかった。嵐の激しさが太陽の光をいっそう甘くするように思えた。彼女が彼の足もとの腰掛に座ろうとしたから、彼は追い払うことができなかった。彼女が彼の顔を見あげようとしたから、彼は抱き締めずにいられなかった。それで、情熱的な涙の洪水に襲われた彼女が彼の腕のなかにいるのがわかった。彼はどうやってその場を逃れたかわからなかった。しかし、二日も間を置かないうちに再び会う約束をしたのを覚えていた。

彼は言い訳の手紙を約束した日に彼女に書いた。手紙は少なくとも文面上は真実を告げていた。彼はリバプールへの出張を命じられたので、帰って来るまで会うのを延期しなければならないと書いた。アメリカ大鉄道にかかわる用向きであり、重要問題であるため傾注を必要とすると説明した。言葉の上ではそれは真実だった。彼は不本意にもフィスカー・モンタギュー＆モンタギュー商会の共同経営者になったあと、帰国の際に知り合ったリバプールの紳士と連絡を取り合っていた。彼が信頼して相談したこの紳士の名はラムズボトムと言った。その相談役がリバプールに会いに来るよう提案していた。彼は出かけた。受け取った助言の結果として重役会であのように振る舞うことになったわけだ。とはいえ、ポールがハートル夫人に会うことを怖れたため、ラムズボトム氏の招待に応じるようにうながされたことは否めなかった。

彼はリバプールでハートル夫人の噂を聞いた。ただし、信頼できる情報をえたとは言えなかった。彼女は米国の蒸気船で上陸したあと、ラムズボトムの事務所を訪れて、彼、ポールの消息を問い合わせた。ラムズボトムはそれが危険を予感させる問い合わせの仕方だと感じた。それで、ラムズボトムは同じ船で来た旅行者に、ハートル夫人のことを照会してみた。彼女は「変わった人」だというのがその旅行者の意見だった。「乗り合わせた私たちは、彼女についてこれまでに会った誰よりも美しい人だと噂し合いましたが、育ちに少し山猫のようなところがあると聞きましたね」それから、ラムズボトムは彼女が未亡人かどうか尋ねた。同じ船の旅行者は「妻と別れたけれどまだ息災なハートルという男が、レヴンワース[1]にいるのを知っているというカンザスの出身者が、船に乗っていました」と言った。「その人によると、この夫婦にはピストルで決闘したあと別れたという奇妙な噂があるそうです」ラムズボトムはポールとハートル夫人が一緒になるという話を、初期の段階で聞いていたから、このことを若者に伝えた。ラムズボトムは大鉄道の問題については、誠実な人なら間違いなく与える、とても明瞭な、しかも一般的な助言をした。もっとも、こういうものは手紙でも伝えることができただろう。しかし、ハートル夫人に関する情報は、口頭でしか与えられなかった。おそらくラムズボトムはこの事実を重視したから、ポールにリバプールへの出張を言い出したのだろう。「夫人はここであなたの消息を問い合わせたので、あなたに伝えておいたほうがいいと思いました」と、友人は彼に言った。ポールはただ友人に感謝しただけで、抱えている難儀をときの勢いで打ち明けてしまう勇気を持たなかった。

この話には前にも増して当惑させる意味合いがあったが、どこか慰めとなるところもあった。ポールが夫人宛の手紙で示した婚約破棄という方針から逸脱するのは、彼女の甘い影響を受けているあいだだけだった。彼女がささげた愛と受けた不当な扱い、約束と過去の彼の献身について訴えるとき、抱きついて彼の目を覗き込み、彼のために人生のすべてを放棄したと請け合うとき、彼はほとんど彼女に屈服しそうになった。しかし、旅行者が山猫の育ちと呼ぶ性癖が彼女から出て来るとき、――彼女から距離を置いてヘッタ・カーベリーとその育ちを思うとき――、彼はどんな運命が待ち受けていようと、ハートル夫人の夫という運命だけは避けなければならないと決意した。抜け出すのがとても難しい難儀に陥っていることにはっきり気づいていた。――それにしても、もしハートル氏が生きているという話がほんとうなら、その事実によって助けられるかもしれない。彼女は夫とは別居でも離婚でもなく、死別だと断言していた。それに、彼女が夫と決闘したという噂がほんとうなら、これも彼女の二番目の夫となることに、紳士なら反対してもおかしくない理由になるはずだった。彼はこういう事実があればそれによって、少なくとも自分を正当化できるし、自分を不誠実な裏切者と見ることなく婚約を破棄することができるに違いない。

とはいえ、彼は行動方針を揺るがぬものにしなければならなかった。彼女に真実を伝えなければならない。もし山猫であるという理由で最終的に彼女を拒否するつもりなら、そう彼女に知らせなければならない。山猫の爪にしり込みしてはならないと強く感じた。彼女から手ひどい目にあい、命にかかわる爪の攻撃を受ける違いないと思った。それだけのことをしてしまったので、そんな扱いを受けても彼にはひるむ権利などないだろう。彼女の過去に満足できないこと、それゆえ結婚するつもりがないことを面と向かって言わなければならない。もちろん手紙に書いてもいい。——しかし、実際には、彼女の前に呼び出されたとき、会いに来なかった言い訳を自分にさえも言うことができなかった。これは山猫に愛されることになった彼の悲運であり、——また落ち度でもあった。

それでも、夫人に会う前に、彼は証拠となりそうな情報をつかんでおくほうがいいだろう。重役会が開かれる金曜の朝、彼はリバプールからロンドンに帰って来た。メルモットに対して準備した攻撃のほうにより、ハートル夫人のこの件のほうにたくさん思いを凝らした。当該の旅行者に会うことができたら、何かつかめるかもしれない。彼女の夫はカラドック・カーソン・ハートルと言った。もしカラドック・カーソン・ハートルがこの二年間にカンザス州で目撃されていたら、それは充分な証拠になるだろう。決闘にかかわる証明をえるのは難しいと感じた。たとえ証明されたとしても、婚約を解消する権利をその事実のうえに無条件に立脚させるのは難しいかもしれなかった。さらに、今回のリバプールへの訪問では確証をえられなかったけれど、彼女がオレゴンで紳士をピストルで撃ったという噂もあった。その真相を究明することはできるだろうか？　それらがみなほんとうだとすれば、疑いなく自分を正当化することができるだろう。

しかし、彼はこの探偵の仕事を非常に不快に感じた。女を腕に抱いたあと、いったいどうしてこんな調査に取り組むことができるだろう？　彼女の了解をえていなければ、調査する一方でまた彼女を腕に抱くというなり行きにもなりかねない。彼女にすべてを告白して、次のように言うのが、男としての義務ではないか？「前夫とあなたの生活は控えめに見ても異常だったと言われ、あなたは夫と決闘までしたと耳にしました。決闘したことがある女性と――ましてや夫と決闘したことがある女性と――結婚することはできません。それに、あなたがオレゴンで別の紳士を銃撃したとも聞きました。その紳士は銃撃されて当然の人だったかもしれません。ですが、そういう行為にはじつに嫌悪を催させる面があり、――確かに不合理とは思われますが――、その点でもあなたとの結婚を断らざるをえません。また、ハートル氏がつい先日も生きているのを目撃されたと聞きました。私はあなたの話から夫は亡くなったと思っていました。きっとあなたはだまされていたのかもしれません。もしあなたがほんとうのことを知っていたら、私たちは婚約するはずがなかったわけですから、今誤解に基づいた婚約を破棄するのは正しいと思います」これらの細部をみな彼女に理解させるのはきっと難しいだろう。とはいえ、それは徐々になし遂げられるだろう。そうしない限り、彼はオレゴンの紳士と同じ運命をたどることになる。とにかく彼はできるだけ上手に自由の権利を求める根拠を主張し、結果に耐えよう。それがリバプールから上京する旅で彼がえた結論だった。重役会でメルモットを攻撃するため独り立ちあがったとき、彼はそっちの問題も気になっていた。

重役会が終わったとき、彼もベアガーデンへ行った。重役会がなかったら、クラブで金を使う必要などなかっただろう。重役会とのかかわりでこんな金を使っていると確信したから、彼はひどく傷ついた。重役会で金のことをなじられたとき、彼はフィスカー・モンタギュー&モンタギュー商会に投資された金、今は鉄道に移管されたと思われる金にふれて自分を正当化した。しかし、彼が今使っている金は、いいかげんなかたちでそこから還流して来た金だった。もし説明を求められたら、関係者に公正な、合理的な説明をすることができない金であることを知っていた。それなのに、彼はベアガーデンで多くの時間をすごし、ほかに行く約束がないときはそこでディナーを取った。この夜［六月二十一日］、彼は若い卿の誘いでニダーデイルと一緒に席に着いた。「君は今日老メルモットに対してどうしてあんなに粗野に振る舞ったのです?」と、若い卿が聞いた。

「粗野に振る舞うつもりはありませんでした。ですが、ぼくらが重役だと称するなら、事業について多少は知っていなければならないと思います」

「確かにそうですね。事業について何も知りません、ほんとうに。何を考えていたか言いましょう。どうして私が重役になったかわからないという点です」

「あなたが貴族だからですよ」と、ポールは無遠慮に言った。

「そこには何か隠された意図があると思いますね。私が重役会で何の役に立ちますか？　立ちません。事業のことを私が知っているなんて誰も思いません。もちろん私は国会議員ですが、投票を求められない限り、めったに議場にも出ません。私が金に困っていることは誰でも知っています。ですから、理解できません。やらなければならないと親父から言われました。それで、やっています」

「ええと、――あなたとメルモットの娘のあいだに、何かあるという噂がありますね」

「しかし、たとえ何かあるとしても、それがシティの鉄道と何の関係がありますか？　それに、なぜカーベリーが重役会にいるのです？　いったい全体なぜ老グレンドールが重役なのです？　私は一文なしですが、もし金についてロンドンでもっとも救いようのない二人を選ぶとしたら、老グレンドールと若いカーベリーの二人に決まっています。こういうことについてずいぶん考えてみましたが、やはり理解することができません」

「それについてはぼくも考えました」とポール。

「老メルモットは大丈夫だと思いますか？」と、ニダーデイルは聞いた。モンタギューはこの質問に答えるのは難しいと思った。少なくともマリー・メルモットの求婚者の一人として知られている卿に、メルモットへの疑念を囁くことに、正当性があると言えるだろうか？「遠慮なく言ってください、ほんとうに」と、ニダーデイルはうなずいて言った。

「話すことは何もありません。会長は現存する最大の金持ちだという噂です」

「あたかも最大の金持ちのように暮らしていますね」

「それがまったく嘘だと断言する根拠が見当たりません。思うに、誰も会長のことをよく知りません」連れが卿のそばを離れたとき、ニダーデイルは座り込んでそのことを考えた。もし金のためにメルモットの娘と結婚して、そのあとで娘に金がないとわかったら、「かなりの落馬になるなあ」と、卿はふと思った。

その夜少し遅くなって、卿は娯楽室へ行こうとモンタギューを誘った。「カーベリーとグラスラウとドリー・ロングスタッフがあそこで待っています」と、卿は言った。しかし、ポールは断った。彼はたくさん問題を抱えていたので遊ぶ気になれなかった。「哀れなマイルズはいません、もしそれが気にかかるのならね」とニダーデイル。

「マイルズ・グレンドールがいても、気にしません」とモンタギュー。

「私も気にしません。もちろん借金があるなんて恥ずかしいです。私は誰よりよくそれを知っています。つまり、あきれたことに、レスターシャーの男に借金があるからです。馬を飼うのにいくらかかるかなんて知りませんでした。ほんとうに恥ずかしいです」

「ですが、あなたはいつか支払うでしょう」

「死なかったら、――いつか支払うことになると思います。しかし、何も起こらなかったら、このまま馬を飼い続けていくことになります。――ただし、わかるでしょう、つけは利かせてもらえません。私については、こういう事情は変わらないでしょう。金を持つとか、持たないとか、そんなこととは無関係に生きたいですね。残念ながら、未払にしておくことにあまり負い目を感じません。それでも、それぞれの生き方があっていいと思いますね。カーベリーはかわいそうなマイルズのことでいつも悪口を言っています。彼は支えとなる一文も持たずにカードで遊んでいます。たとえ負けても、十ポンド紙幣さえヴォスナーから用立ててもらえません。しかし、勝ってきましたから、まるで自分が老メルモットでもあるかのように続けています。上にあがりましょう」

しかし、モンタギューはあがろうとしなかった。目的もなくクラブを出て、ゆっくり北へ通りを歩くと、ウェルベック・ストリートにいることを知った。なぜここに来たかわからなかった。ベアガーデンを出たとき、カーベリー令夫人を訪問することは決めていなかった。ハートル夫人のことで心はいっぱいだった。ハートル夫人がロンドンにいる限り、——夫人ときっぱり別れたと少なくとも心で言えない限り——、彼はヘンリエッタ・カーベリーにふさわしい伴侶とはなりえないことを承知していた。ヘッタとの交際を避けているわけではなかった。けれども、ロジャー・カーベリーと交わした——まだ期限切れになっていない一定期間、ヘッタには求婚しないという——約束に彼はまだ縛られていた。愚かな約束だった。文言にあまり注意を払わないまま約束し、そして後悔した。——とはいえ、約束は今も生きていた。約束が守られるものとロジャーが信じているのをポールはよく知っていた。それなのに、ポールはウェルベック・ストリートに来て、ほとんど無意識のうちにドアをノックしていた。いや。——カーベリー令夫人は不在だった。令夫人はロジャー・カーベリーとどこかへ外出していた。そのときまで、ロジャーがロンドンに来ていることをポールは知らなかった。しかし、読者はロジャーがルビー・ラッグルズを探して上京していることを覚えておられるだろう。ミス・カーベリーは在宅だと、小姓は続けて言った。モンタギューさんはおあがりになり、ミス・カーベリーにお会いになりますか？　モンタギューはあまり考えないまま、あがって、ミス・カーベリーに会うと言った。

「ママはロジャーと外出しています」と、ヘッタは困惑を抑えようと努めながら言った。「どこかで学者の夜会があって、ママは気の毒なロジャーに無理を言ってそこに連れて行ってもらいました。入場券がママと友人の分しかなかったので、私は一緒に行くことができませんでした」

「あなたに会えてとてもうれしいです。最後に会ってからずいぶんたっていますね」

「メルモットの舞踏会以来会っていません」とヘッタ。

「そうです。そのあと一度ここに来たことがあります。どうしてロジャーは上京して来たんです？」

「理由はわかりません。謎だと思います。謎があるときはいつも、フィーリックスに何かあったのかと心配です。フィーリックスのことではとてもみじめになります、モンタギューさん」

「シティの鉄道重役会で今日彼に会いました」

「でも、ロジャーは鉄道重役会なんてまったくのごまかしだと言って」――ポールはこれを聞いて、顔を赤らめずにいられなかった――「フィーリックスがそんなところに出席していてはいけないと言います。それに、兄とあの恐ろしい男の娘とのあいだに何か起こっています」

「あの娘はニダーデイル卿と結婚することになっていると思いますが」

「そうなのですか？　フィーリックスがあの娘と結婚するという噂を聞きました。もちろん娘のお金が目当てです。あの男は二人と争う決意をしていると思います」

「あの男って、ミス・カーベリー？」

「メルモットさんのことです。始めから終わりまでとても恐ろしいです」

「ですが、ぼくは今日シティで二人に会いました。とても仲がよさそうでした。メルモットさんと話をしたかったんですが、彼は奥の部屋に入ってかんぬきを掛けてしまいました。ですが、その部屋にはあなたのお兄さんと一緒に入ったんです。仲のいい者同士でなかったら、そんなことはしないでしょう。それを見たとき、メルモットさんが結婚で彼に同意したとほとんど思いました」

「ロジャーはメルモットさんをひどく嫌っています」

「知っています」とポール。

「ロジャーはいつも正しいです。彼を信頼していればいつも安全です。そう思いませんか、モンタギューさん?」ポールはそう思った。恋敵に正当に与えられた賞賛を否定するつもりはなかった。それでも、この話題はとても難しいと感じた。「私はもちろんママに逆らいませんが」と、ヘッタは続けた。「はとこのロジャーは力の岩だといつも感じます。ですから、彼の言う通りにしていたら、間違いを犯すことはありません。ほかの人がそんな岩だと思ったことはありません。でも、彼についてはそう思います」

「ロジャーをいちばん賞賛しなければいけないのは私です」

「かかわりのある人は、みな彼を賞賛したがると思います。なぜそう思うか言いましょうか。彼は何か考えているとき、いつもそれを口にします。――少なくとも考えていないことは口にしません。もし彼が千ポンドを使ったら、それを手に入れたから使うのだとみんなが知っています。でも、ほかの人の場合はそうではありません」

「メルモットのことを言っていますね」

「みんなのことを言っています、モンタギューさん。――ロジャーを除いてみんなのことをね」

「あなたが信頼する人は、彼一人だけですか?　ですが、あなたに反論するように見えるのさえ、ぼくにはいとわしいです。ぼくにとっても、ロジャー・カーベリーはほかの人が持たない最良の友です。あなたと同じくらいぼくも彼をだいじに思っています」

「彼一人だけとは言っていません。――そう言うつもりはありませんでした。でも、私の友人たちはみな――」

「私もそのなかに含まれますか、ミス・カーベリー？」

「はい。――そうです。もちろん含まれます。いいでしょう？　もちろんあなたは友人です。――なぜなら、あなたは彼の友人ですから」

「いいですか、ヘッタ」と、彼は言った。「こんなふうに話してみても役に立ちません。ぼくはロジャー・カーベリーを愛しています。男がどの男を愛するより彼を愛しています。彼はあなたが言う通りの人、それ以上の人です。彼がどう自己を否定するか、まわりの人みなをどう思っているか、あなたはほとんど知りません。彼は頭のてっぺんからつま先まで紳士です。決して嘘をつきません。自分のものではないものを決して取りません。彼は自分を愛するように隣人を愛すると信じます」

「ああ、モンタギューさん！　あなたが彼のことをそんなふうに言ってくださって、とてもうれしいです」

「ぼくは誰より彼を愛しています。男がどの男を愛するより彼を愛しています。女がどの男を愛するより彼を愛していると、もしあなたが言うなら、――ぼくはすぐイギリスを出て、二度と戻って来ません」

「ママが帰って来ました」とヘンリエッタ。――その瞬間ドアに二度ノックがあった。

註

（1）米国カンザス州北東部 Leavenworth 郡の郡都。

第三十九章　「私は彼を愛しています」

その通りだった。カーベリー令夫人はロジャー・カーベリーを連れて学者の夜会から帰って来た。二人は応接間にあがって来て、ポールとヘンリッタが一緒にいるのを見つけた。言わずもがな二人とも驚いた。ロジャーはモンタギューがまだリバプールにいると思っていたうえ、彼がウェルベック・ストリートをめったに訪問することはないと知っていたから、今回の二人の出会いが母の不在をねらって事前に計画されたものと考えずにいられなかった。読者はそうではないことをご存知だ。ロジャーは人を疑うような人ではなかったが、今回は疑わしいと思った。もしロジャーがポールと交わした約束がなかったら、この状況に疑わしいところはなかったし、――ポールがここにいてはいけない理由もなかった。ウェルベック・ストリートにポールがいたからといって、実際に約束違反がなされたと、証明されるわけではなかった。しかし、約束違反がなければ、二人が一緒に夕べをすごすはずがないと、ロジャーは思った、というよりそう感じた。ポールがすでに発言したことで、ロジャーとの約束を破ったかどうかは、読者に判断をゆだねなければならない。

カーベリー令夫人が最初に口を開いた。「これは思いがけないうれしい訪問です、モンタギューさん」ロジャーが疑おうと疑うまいと、令夫人は疑った。彼女はポールに会った瞬間、ヘッタと彼の出会いが前もって打ち合わせされていたと思った。

「ありがとうございます」とポール。彼はどんな言い訳もできないところで、下手な言い訳をした。「何もすることがなくて、独りでしたから、来てあなたに会おうと思いました」カーベリー令夫人は彼の言うことをまったく信じなかった。一方、ロジャーはポールが令夫人の不在時に訪問して来たのは偶然だと確信した。ポールはそう言っていたし、それで充分だった。

「君はリバプールにいると思っていました」とロジャー。

「今日帰京して、――シティで重役会に出ました。悩ましい問題がたくさんありました。今そのことを全部お話しします。どうしてロンドンに来られたんです？」

「ちょっとした用向きでね」とロジャー。

それから気まずい沈黙があった。カーベリー令夫人は怒っており、怒りを表していいかどうかわからなかった。ヘンリエッタもとてもきまり悪い状況だと思った。彼女ほど潔癖な人はいなかったから、現行犯で捕まったと感じずにいられなかった。彼女は母の心のなかと考え方を熟知しており、沈黙が怖かったから、話さずにいられなかった。「楽しい夜がすごせましたか、ママ？」

「あなたのほうこそ楽しい夜がすごせました？」カーベリー令夫人は娘を懲らしめたいという思いに駆られた。

「ほんとうのところ、楽しくありませんでした」と、ヘッタは作り笑いをして言った。「ダンテを懸命に勉強しようとしました。でも、勉強しなければならないときに限って、身に入りません。モンタギューさんが来られたとき、ちょうど寝ようとしていました。夜会の賢い学者たちをどう思いました、ロジャー？」

「もちろん私は場違いに感じました。しかし、あなたのお母さんは気に入ったと思います」

「パーモイル博士(1)に会えてうれしかったです。もしアフリカの奥地をもう少し開拓できたら、人類に食べ物を供給する目的で、化合的結合物を完成させるため必要な素材をみな手に入れることができるそうです。

壮大な構想ではありませんか、ロジャー？」

「私が当てにする結合物はね、もう少したくさん力仕事をすることです」

「なるほどそうですね、ロジャー、聖書が役に立つとすれば、労働が恩恵ではなく、呪いだと私たちに信じさせることです。アダムは労働するためには生まれませんでした」と令夫人。

「しかし、アダムは堕落しました。パーモイル博士がエデンに子孫を戻すことができるかどうか疑わしいです」

「あなたって、ロジャー、宗教的な人にしては奇妙なことを言いますね！　私は決心しました。——旅ができるくらいにこちらの状況が落ち着いたら、アフリカの奥地を訪問します。そこは世界の園です」と令夫人。

一同はこんな話題で盛りあがり、気まずい状況をうまく切り抜けたので、二人の男はいとま乞いをして、かなり快適に部屋から出ていくことができた。「どうして彼はここに来たのです？」

「勝手に来ました、ママ」

「そんなふうに答えないでちょうだい、ヘッタ。もちろん彼は勝手に来たのです。横柄な言い方ね」

「横柄ですって、ママ！　そんなきつい言葉がよく使えますね？　彼はただ自発的にやって来たと言っているだけです」

「どれくらい長くここにいました？」

「ママが入ってくる二分前です。どうしてこんなふうに問い詰めるのです？　彼の訪問を避けることはできませんでした。彼が現れることを望んでもいませんでした」

「彼が来ることを知らなかったの？」

「もし私が疑われているなら、ママ、私たちの関係はもう終わりです」

「どういう意味です?」

「もし私からだまされていると少しでも思うなら、ママはいつもそう思うようになります。もし信用されないなら、どうして私はママから信頼されているかのように一緒に暮らすことができるでしょう。私は彼の訪問を前もってまったく知りませんでした」

「これは教えてちょうだい、ヘッタ。あなたは彼と婚約していますか?」

「いいえ、――していません」

「彼から結婚を申し込まれたことがあります?」

ヘッタはこの質問に答える前に一瞬間を置いて、考え込んだ。

「申し込まれたことがあるとは思いません」

「思いませんか?」

「続けて説明するつもりでした。一度も求婚されたことはありません。でも、彼は妻になってほしいと私に気づかせるようなことを言いました」

「彼は何て言いました? いつそれを言いました?」

ヘッタは再び間を置いた。しかし、再び率直に、純真に答えた。

「ママが入ってくる直前に、彼が言いました――。何と言ったか覚えていませんが、確かにそういう趣旨のことを言いました」

「ほんの一分しかここにいなかったとあなたは言いましたよ」

「もう少し長かったです。そんなふうに言葉通りに受け取るなら、私が間違っていることをいくらでもほじくり返せます、ママ。ほとんど時間はありませんでしたが、彼はそう言いました」

「求婚の用意をして来たのです」

「どうして用意ができるでしょう？――ママに会うことが予想できたのに」

「ふん！　そんなことは予想していませんよ」

「彼を誤解していると思います、ママ。私のこともきっと誤解しています。彼が来たのは偶然ですし、彼が言ったことも――偶然だと思います」

「偶然ですって！」

「意図して言ったわけじゃありません、――あのときはね、ママ。私はずっと前から知っていました。――ママもね。私たちが二人だけになったとき、彼がそういうことを言い出したのは自然なことです」

「あなたは――何て答えました？」

「何も。ママが来ました」

「あいにく私が邪魔をしてすいませんね。でも、もう一つ聞かなければいけないことがあります、ヘッタ。彼にどう答えるつもりでした？」ヘッタはもう一度黙り込んで、今度は前より長く黙っていた。片手を額にあげて、髪を後ろにかきあげながら、この尋問を続ける権利が母にあるかどうか考えた。起こった通りにみな母に話した。今であろうといつであろうと、やったことや話したことを何一つ隠し立てなく話した。しかし、母からはほとんど同情されていないと実感したので、娘の思いを知る権利が母にあるかどうかはっきりしなかった。「彼にどう答えるつもりでした？」と、カーベリー令夫人は尋ねた。

「彼がもう一度聞いてくることはないと思います」

「はぐらかすのね」

「いいえ、ママ。――はぐらかしていません。私にそういうふうに言うのは不当です。私は彼を愛しています。いいですか。私が彼に求婚をうながすとき、必ずあなたに知らせることをあなたが知っていれば、それで充分だと思います。私は彼を愛しており、ほかの人を愛することはありません」

「彼は破産者です。彼がかかわるこの会社はバラバラになるとはとこは言っています」

ヘッタは賢かったから、こんな主張を看過することができなかった。ロジャーが鉄道のことを母にそんなふうに言ったことに疑いの余地はなかった。しかし、母がその話を真に受けたとはぜんぜん思わなかった。

「もしそうなら」と、彼女は言った。「メルモットさんも破産者です。でも、あなたはフィーリックスにマリー・メルモットと結婚してほしいと願っています」

「あなたがこういう問題を――まるで熟知しているかのように――話すのを聞くといらいらします。この若い男が鉄道で一財産作るので、あなたはこの男と結婚したいのです！」カーベリー令夫人は一人の子にはいい地位を押しつけようと全力を尽くすのに、もう一人の子にはいい地位の追求を極端に軽蔑して話すことができた。

「私は彼の資産について考えたことがありません。彼との結婚も考えたことがありません、ママ。あなたからとても容赦ない扱いを受けていると思います。とても辛辣なことをいろいろ言われるので、耐えられません」

「どうして郷士と結婚しないのです？」

「郷士に見合うほど私がりっぱじゃないからです」

「馬鹿げたこと！」

「いいのです。ママはそう言いますが、私はそう考えています。郷士は雲の上の人ですから、私は彼を愛していますが、結婚の相手として考えることはできません。それに、私はほかの人を愛していると言いました。もうママに隠し事はありません。おやすみなさい、ママ」彼女はそう言うと、母に近づいてキスをした。「私に優しくしてください。それに、お願いですから、私を信じてください」カーベリー令夫人は娘がキスして、部屋を出て行くに任せた。

ロジャー・カーベリーとポール・モンタギューは、その夜［六月二十一日］別れるまでいろいろ話を交わした。ホテルへ向かって並んで歩くとき、ロジャーはウェルベック・ストリートにポールがいたことに一言もふれなかった。ポールがカーベリー令夫人の不在時の訪問を偶然だと断言したから、彼はそれ以上何も聞かなかった。それで、モンタギューはカーベリーの上京の理由を聞いた。「人々の口の端にかかるのを望みませんから」と、ロジャーは間を置いたあと言った。――「もちろんヘッタの前で話すことができませんでした。娘が近所から失踪しました。老ラッグルズを覚えていますか？」

「ルビーが姿を消したと言うんですか？　ジョン・クラムと結婚することになっていた」

「その通り。――しかし、彼女は失踪して、ジョン・クラムを不幸に陥れました。ジョン・クラムは正直者で、彼女にはもったいない男です」

「ルビーはとてもかわいい娘です。誰かと一緒ですか？」

「いや。――独りでいなくなりました。しかし、恐ろしいのは次の点です。フィーリックスが――ええと、彼女に言い寄って、ロンドンに連れて行ったと田舎の人たちは考えています」

「ほんとうなら最悪ですね」

「彼は確かにルビーを知っていました。最初に彼に問い合わせたとき、嘘をつかれましたが、――彼はいつも嘘をつきます――、サフォークでルビーと友人だったことを彼は認めました。私たちはもちろんそんな友情がどんなものか知っています。しかし、ルビーが彼の誘いに乗ってロンドンに来たとは思えません。もちろん、彼はそれについても嘘をつくでしょう。どんなことでも嘘をつきますからね。もし馬に百ポンドかかったら、ある人には五十ポンドかかったと言い、別の人には二百ポンドかかったと言います。しかし、彼はまったく同じ目をして嘘と真実を語ることができるほど、まだ年を取っていません。私と同じ年齢になったら、彼は完璧にそれができるようになりますね」

「ルビーがロンドンに来ていることを彼は知っていますか？」

「最初に問い合わせたとき、彼は知りませんでした。よくわかりませんが、ルビーを追う私の動きが早すぎたようです。彼女はこの土曜の朝逃げ出しました。私は日曜に追いかけて来て、社交クラブで彼をうまく見つけました。そのとき、ルビーがロンドンにいることを彼は知らなかったと思います。知っていたら、とてもずる賢いやつです。それ以来、彼は私を避けています。一度ほんの少しのあいだ彼を捕まえましたが、そのとき彼は誓って彼女には会っていないと言いました」

「彼の言葉を信じましたか？」

「いいえ。――うまく作っていましたが、私に対して彼が構えていることがわかりました。実際にはどうだったかわかりません。さらに悪いことに、老ラッグルズが今クラムと喧嘩をして、もう孫娘を取り戻そうと思っていません。老人は当初ひどく心配していましたが、もうふつうに戻っています。今は孫娘がいなくなったことと、金を使わなくてよくなったことを受け入れています」

そのあと、ポールは自分の話、メルモットとハートル夫人にかかわる二つの話をした。大鉄道について、ロジャーはリバプールの友人の忠告に従うようポールに言うことしかできなかった。「私はあの鉄道を信じたことがありません」

「ぼくもです。ですが、ぼくに何ができるでしょう?」

「君を叱責するつもりはありません。実際、私は君をよく知っており、君が正直であろうとしているのを感じるので、たとえラムズボトム氏が私と同じように考えているとは思えなくても、一瞬も私の意見を押しつけるつもりはありません。進む道がはっきり見えないこんな問題では、世間から認められ、尊敬されているほかの人物の忠告に従っていることを示せなければなりません。君はその人物の性格に同化しなければなりません。その人物の性格がりっぱなら、うまく切り抜けられます。私が耳にしたことから判断すると、ラムズボトム氏の性格はりっぱです。――ですから、君は彼から言われるようにしなければなりません」

大鉄道の件はモンタギューが仕事上かかわるすべてだったが、抱える二つの問題のうち重いほうではなかった。ハートル夫人の件は、どう話したらいいだろうか? 夫人がロンドンに来ていることと、彼が三、四度会ったことを、彼は今初めて友人のロジャーに伝えなければならなかった。ヘンリエッタ・カーベリーへの愛に何とかふれることなく、ハートル夫人との婚約の話をすることはなかなか難しかった――そういう難しさもこの件にはあった。ロジャーは二つの愛を知っていた。ロジャーは未亡人を捨てるように友人に強く勧めた。もう一つの情熱のほうは、とにかくあきらめるように友人に等しく強く勧めた。もしポールが未亡人と結婚したら、ロジャーは危機が去ったと感じるだろう。それで、ハートル夫人の件を議論するとき、ポールはヘンリエッタ・カーベリーという女性がいないかのように、議論しなければならなかった。会話はその通りヘンリエッタ・カーベリーという女性がいないかのように進んだ。ポールはハートル夫人にかかわる決闘の噂と、殺人の噂と、夫が生きているという噂をみな話した。

「君はカンザスに――それからオレゴンに出かける必要があるかもしれませんね」とロジャー。

「ですが、たとえ噂が嘘でも、ぼくは夫人と結婚しません」とポール。ロジャーは肩をすくめた。ロジャーはまぎれもなくヘッタ・カーベリーのことを考えていたが、何も言わなかった。「夫人はここにとどまっていて、どうするつもりでしょう?」とポールは続けた。ロジャーは、とどまっているのはなるほどおかしいと認めた。「どんなことがあってもぼくは彼女と結婚しないことに決めました。ぼくが馬鹿だったと、間違っていたと承知しています。ですが、婚約を破棄するちゃんとした口実があるなら、できればもちろんそれを使いたいです」

「そういう口実を誠実に使えたら、君は苦境を抜け出せるでしょう。しかし、誠実に抜け出せるか、――それとも別のかたちになるか」

「今よりあなたをよく知る前、――あなたは婚約から抜け出すようぼくに助言しませんでしたか、ロジャー?」

「助言しました。――今でもそう助言します。悪魔と取引するとき、悪魔をだますのは不誠実かもしれません。――しかし、できるなら、君には悪魔をだましてほしいです。この夫人のほうが君をだましたと私は信じています。もし私が君なら、何があろうと彼女とは結婚しません。たとえ彼女の爪が私をばらばらに引き裂くほど強くても、結婚しません。私がどうするか君に教えましょう。君が望むなら、私は彼女に会いに行きますよ」

しかし、ポールはこれに従おうとは思わなかった。彼はその爪の制裁を身に受ける義務が彼自身にあり、誰にも代わってもらえないと感じた。二人は夜がふけるまで座って、ついに次のことを決めた。翌朝ポールはイズリントンへ行き、耳にした噂をみなハートル夫人に話して、どうあろうとも彼女とは結婚しないとの決意を最終的にはっきり伝えることにした。彼がこういうふうに話を最後まで言い終えることがいかにありえないか、――言い終える前に山猫の育ちがいかに確実に現れて来るか――、二人ともそれを実感していた。

それでも、これこそ状況が許す限り追求すべき方向だった。鋭い爪があろうとなかろうと、夫がいようといまいと、決闘あるいは殺人が肯定されようと否定されようと、ポールはハートル夫人を妻にしないことを、とにかく断言しなければならなかった。「解決するといいがね、君」とロジャー。

「私もそう願います」と、ポールはいとま乞いをするとき言った。

彼は処刑される囚人のように朝方寝床に就いて、同じ状態で目覚めた。よく寝たけれど、幸せな夢を追い散らしたとき、すぐみじめな現実に圧倒された。とはいえ、絞首刑になる男に選択肢はなかった。目覚めたとき、気を変えたと主張することも、処刑のときを延期することもできなかった。ポール・モンタギューがいちじの気休めに走ることはありえることだった。片手を額にあげて、頭痛があるとほとんど信じ込んだ。今日は土曜［六月二十二日］だった。この件を熟慮して、処刑を月曜まで延期してもいいのではないか？月曜までかなり時間があったから、月曜なら、じつに心地よくイズリントンへ行けると感じた。夫人に会う前に、友人のロジャーと話し合っておくべき失念した点があるのではないか？　リバプールへ急いで行って、ラムズボトムとさらにいくつか相談すべきではないか？　問題が手中にあるのを見るとき、なぜ処刑に向かう必要があるだろうか？

彼はついに寝床から飛び起きると、風呂に入り、できるだけ早く着替えた。苦心して差し当たり固い構えを作り、その構えが消える前にこの件をなし遂げようと決心した。九時ごろ朝食を取ると、すぐイズリントンへ向かったら、早すぎないかと心に問うた。しかし、彼女がいつも朝は早いことを思い出した。彼女はあらゆる点で活動的な女性で、寝床でぐずぐず寝ていないで、いいにしろ悪いにしろ、何かの目的のために時間を使った。囚人は定められた日に絞首刑を執行されるとしたら、起きたあとできるだけ早く執行されるほうがいいのではないか？　まともな死刑執行人なら朝早く来ることはないと、私は思う。囚人は定められた週に刑を執行されるとしたら、たとえこの世で最後の安息日を汚す危険を冒しても、週の最初の日に吊るしてほしいと願うのではないか？　耐えなければならないみじめさがどれほどのものであろうと、乗り越えろ。苦しみの恐怖は待つことにあるからだ。ポールはハンサム型辻馬車に乗り込んで、イズリントンへ行くよう御者に命じたとき、何かこういうことを悟った。

　その辻馬車は何と速く走ったのだろう！　ディナー・パーティーへの出発が早すぎたとき、ハンサム型辻馬車くらい速く走るものはない。――出発が遅すぎたとき、これくらいのろいものはない。全辻馬車のなかでこの馬車はきっといちばん速かった。ポールはペルメル(2)の近くのサフォーク・ストリートに下宿していた。――そこからオックスフォード・ストリートを横切り、トテナム・コート・ロード(3)を横切り、大英博物館の北東にあるたくさんのスクエアを横切り、イズリントンへの道は遠いように見えた。ゴスウェル・ロード(4)の端っこはその方面では世界の外とも見えるところで、イズリントンはゴスウェル・ロードの端っこを超えたところにある。それなのに、ポール・モンタギューが話し合いを始めるきっかけの言葉を用意する前に、ハンサム型辻馬車は目的地に着いていた。通りの名と番地は御者に告げていた。話し合いを始める前に言わば一息つけるように、通りに入る手前で降りて、家まで歩いたほうがよかったなと思い当たったのは、馬車が走り出したあとになってのことだった。ところが、御者は辻馬車が到着したことを事前に家の住人みなに気づかせるように、わざと工夫したかのように玄関まで突進した。家の前にちいさな庭があった。長さ二十四フィート、幅十二フィートの庭――そんな庭を誰でも知っている。女主人の名が真鍮板に書いてある鉄格子の門があった。ポールは御者に半クラウンを払い、苦悩するなか釣りをもらう余裕もなかった。そのあと、鉄格子の門を押し、玄関まですばやく歩くと、猛烈な勢いで鐘を鳴らして、ドアが開き切らないうちにハートル夫人に会いたいと言った。

「ハートル夫人は今日一日不在です」と、ドアを開けた娘が言った。「とにかく昨日外出して今日は夜まで帰って来ません」神の配剤によって執行猶予を与えられた！ しかし、彼は娘を見て、ルビー・ラッグルズと知ったとき、ほとんど執行猶予のことを忘れてしまった。「あら、何ということかしら、モンタギューさん、あなたなの？」ルビー・ラッグルズはサフォークでしばしばポールに会っていたから、彼と同じくらいすばやく相手が誰かに気づいた。彼女は相手が彼女を探してやって来たものだとすぐ思った。ロジャー・カーベリーが彼女を探して上京していることは知っていた。サー・フィーリックスからそれくらいは当然聞いていた。——というのは、こちらに到着してから一度ならず准男爵に会っていたからだ。モンタギューがロジャー・カーベリーの親友であることを彼女は知っていた。今彼女は捕まったと感じた。恐怖に駆られたので、客がハートル夫人に会いたいと言ったことを初め忘れてしまった。

「はい、私です。ミス・ラッグルズ、あなたがうちを出たという話を残念ながら聞きました」

「あたしはまったく大丈夫よ、モンタギューさん。——大丈夫。ピップキン夫人はじいちゃんから無視されているけど、あたしの伯母、とにかく母の兄の未亡人なのよ。伯母は尊敬できる人で、五人の子供がいて、下宿をしています。今ここに女性の下宿人がいて、サウスエンド[5]に一泊旅行で出かけているの。今夜帰って来ます。あたしは下働きの娘と一緒に子供の世話をしなければいけません。ここで重宝されているのよ、モンタギューさん。誰からも心配してもらう必要はありません」

「ハートル夫人はサウスエンドですか？」

「はい、モンタギューさん。彼女は体調を崩したので、転地が必要だと伯母に訴えたのよ。ハートル夫人はこの地が不案内ですから、伯母は独りで行かせたくなかったのね。夫人は二人分払ってもいいと言ったので、二人は赤ん坊を連れて行きました。ピップキン夫人は赤ん坊が邪魔にはならないと言ったの。ハートル夫人はその赤ん坊に伯母と同じくらいにぞっこんです。ハートル夫人をご存知、あなた？」

「はい。私の友人です」

「ぜんぜん知らなかったわ。夫人には会いたい人がいるけど、その人が来ないことは知っていました。ここに来られたことを、あなた、夫人に伝えていいでしょ？」

ポールはどんな伝言をハートル夫人に残すか決めるあいだ、話題を変えて、ルビー自身についていくつか質問したほうがいいと思った。「バンゲイではあなたのことをとても悲しんでいると思いますよ、ミス・ラッグルズ」

「それなら、あの人たちは充分悲しまなければいけません。まあそういうことね、モンタギューさん。じいちゃんはとても癪に障る老人なので、若い娘が一緒に住むことなんかできません。あたしは二度と一緒に住もうと思わないわね。じいちゃんはあたしの髪をつかんで部屋中を引きずり回したのよ、モンタギューさん。若い娘がそんなことにどうして我慢することができるでしょう？　あたしはじいちゃんのためにいろいろなことをしました。――誰も二度としようと思わないほど注意深くね。服を整えたり、食べ物を用意したり、よそ行きの靴をきれいに磨いたりしました。というのも、じいちゃんはとてもけちだったので、乳搾りの娘とあたししか近くに人を置こうとしなかったからなの。それなのに、じいちゃんはあたしの髪を引っ張って引きずり回したのよ。あなたは二度とあたしをシープス・エーカーで見ることはないわね、モンタギューさん。――郷士もね」

「ですが、あなたに家を提供する人はほかにいたと思いますが」

「ジョン・クラムでしょ！　そう、ジョン・クラムがいます。あたしに家を提供してくれる人はたくさんいるわよ、モンタギューさん」

「あなたはジョン・クラムと結婚すると思っていました」

「女性は好きなように心変わりしていいはずよ、モンタギューさん。きっとそういうことは前にも聞いたことがあるでしょ。クラムと結婚すると、じいちゃんはあたしに言わせました。――でも、あたしはそんなにクラムを愛していなかったの」

「ここロンドンにクラムよりいい男は見出せないと思いますよ、ラッグルズさん」

「あたしはここに男性を探しに来たわけじゃないのよ、モンタギューさん。ほんとうにね。あたしがほしかったら、あたしをよく見てくれなきゃあ。でも、あたしは必要とされています。しかも、ジョン・クラムなんかがふれることとさえかなわない人からね」これがすべてを物語っていた。ポールはこのささやかな自慢を聞いたとき、フィーリックスに関するロジャーの危惧が根拠のあるものだと確信した。サー・フィーリックスにふれることが、ジョン・クラムに可能かどうかについては、バンゲイの粉屋に独自の考えがあるだろうとポールは感じた。「でも、ベッツィが上で泣いています。一分も子供を放置しないとあたしは伯母に約束しました」

「あなたに会ったと郷士に伝えますね、ラッグルズさん」

「郷士はあたしに何を望んでいるんです？　あたしのほうは郷士を尊敬しているということのほか、郷士とは何のかかわりもありません。もちろんモンタギューさん、言いたければ、言っていいです。今行くわ、いい子ね」

ポールはハートル夫人の居間に入って、鉛筆で書き置きを書いた。リバプールから帰ってすぐ来ました。今日は外出されているのがわかって残念でした。いつ来たらいいでしょう？　日時を指定してもらえれば、お伺いします。彼はこれを書きながら、何の支障もなく明日会うことを約束できたかもしれないと感じた。

今彼がしている約束が、普通以上に愛想のいい丁寧なものだと自己欺瞞的に半ば信じた。いずれにせよ、間違いなく一日時間を稼ぐことができた。ハートル夫人は夜遅くまで帰ってこないだろうし、明日は日曜なので郵便の集配がない。彼は手紙を書き終えると、それをテーブルの上に置いて、帰るよとルビーに呼びかけた。彼女は軽快な足取りで階段を降りて来て、「モンタギューさん」と親しげな囁き声で言った。「なぜあたしのことを郷士に話す必要があるか、ねえ、わかりません」

「カーベリーさんが上京してあなたを探しています」

「カーベリーさんがあたしと何の関係があるかしら?」

「おじいさんがあなたをとても心配しておられます」

「そんなことはまったくないわね、モンタギューさん。じいちゃんはあたしの居場所をよく知っています。いいかしら! じいちゃんはあたしに帰って来てほしくないのよ。あたしも帰るつもりはありません。どうして郷士があたしに構う必要があるかしら?」

「とても信用できない若者をあなたが信用しているのを、ミス・ラッグルズ、郷士は心配しています」

「自分の面倒はちゃんと見られるけど、モンタギューさん」

「じゃあ教えてください。あなたはロンドンに来てから、サー・フィーリックス・カーベリーに会っていませんか?」ルビーはすぐ頬が赤くなるたちだったから、今額まで真っ赤になった。「あの男があなたにとって無益であることは、きっとわかっておられるでしょう。あなたとあんな男との親しい関係から何が生じると思います?」

「あなたと同じようにね、モンタギューさん、あたしが友人を持っていけない理由がわかりません。とにかく、もし郷士に言わないでいてくださるなら、あなたに深く恩義を感じてよ」

「ですが、カーベリーさんには言わなければいけません」

「じゃあ、あなたに少しも恩義はないわけね」とルビーは言うと、ドアを閉めてしまった。

ポールは歩いて帰りながら、ルビーの非難の正当性を考えずにいられなかった。何の筋合いがあって、恋愛問題で彼が他人の教師役を引き受けなければならないのか？　ハートル夫人と婚約していながら、昨夜初めてヘッタ・カーベリーに愛を打ち明けた彼がだ。

ハートル夫人に関する限り、彼は思った通り二日間の執行猶予をえた。――とはいえ、喜びも、快適さも与えられなかった。下宿へ歩いて戻るとき、夫人との話し合いを終わらせられたら、そっちのほうがよかったと思った。しかし、少なくとも今はヘッタ・カーベリーのことや、ヘッタに言った言葉について考えることができた。ヘッタが母にしたあの断言を彼が聞いたら、一時間はハートル夫人のことを忘れていられただろう。

註

（1）「パーム油博士」とはカリスマ的なバプティストの説教師C・H・スパージョン（1834-92）を指すと見られている。
（2）St. James's Square の南を東西に走る通り。
（3）Hampstead Road から南に延びて St. Giles Circus に至る南北に走る通り。
（4）St. John Street の東側を南北に平行して走り、Islington High Street と Aldersgate Street を結ぶ通り。
（5）イングランド南東部エセックス州、テムズ河口の保養地。正式には Southend-on-Sea。

第四十章　「満場一致がこういう事業では肝要だ」

モンタギューはその晩ベアガーデンで、シティの使者が運んで来たメルモットの手紙を受け取って驚いた。モンタギューがそのクラブに住んでいるかのように、メルモットは即座の返事を期待していた。

拝啓（と手紙は書かれていた。）
不都合でなかったら、明日日曜十一時半にグローヴナー・スクエアに私を訪ねていただけないだろうか。もし君が教会へ行くつもりなら、約束を午後に変更できる。行かないなら、午前のほうがいい。会社について私的に君に話しておきたいことがある。君がクラブにいるなら、私の使者は返事を待つ。

敬具
オーガスタス・メルモット

ポール・モンタギュー殿
ベアガーデン気付

ポールは日曜の朝礼拝に出ることをあきらめて、グローヴナー・スクエアに指定の時間にうかがいますとすぐ書いた。ところが、彼はこの晩もう一通手紙を受け取った。下宿に帰るとすぐ一行しかない手紙を発見した。ハートル夫人がサウスエンドから帰って来て、彼に送った手紙だった。「留守にしていて申し訳ありません。明日はいつでもあなたにお会いできます。W・H」執行猶予はこうして一日以下に切り詰められた。

彼は日曜［六月二十三日］の朝遅い朝食を取ると、大人物の言いたいことが何なのかじっくり考えながら、グローヴナー・スクエアへ歩いて向かった。会長は重役会室で――特に重役会が閉会したあと――じつにはっきり意見を述べた。ポールは宣戦布告がなされたと理解しており、敵が金融戦略の達人であるのに対して、こちらは必要な戦略について何も知らないまま、独力で戦わなければならないことも覚悟した。彼は金に関する限り負ける用意ができていたから、負けるときに評判が落ちないようにして、正直者として名を保つことだけを考えた。ラムズボトムの指導に徹底的に従おうと決意していたので、公表しても恥ずかしくない申し立てを代筆するようラムズボトムに頼むつもりでいた。しかし、メルモットが何らかの提案をしようとしていることが今明らかだった。ラムズボトムに脇から助けてもらうことはできなかった。

彼は舞踏会の夜メルモットの家に来たことがあり、そのときはお開きのあと名刺を残すだけで満足した。その家のすばらしさについてはたくさん聞いていたけれど、覚えておらず、ただヘッタ・カーベリーと複数回そこで踊ったことと、雑踏と群衆しか記憶になかった。今玄関広間に通されたとき、彼はそこのものが完全に剥ぎ取られているだけでなく、厚板やはしごや架台やモルタルでいっぱいになっているのを見て驚いた。大晩餐会の準備がすでに始まっていた。彼はこれらのものを通り抜けて階段に向かい、三階の小さな部屋に連れて行かれた。ここで使用人からメルモット氏を待てと言われた。ここで裏庭を見渡しながら十五分待っていた。その部屋には時間つぶしをする一冊の本も、一枚の絵もなかった。立ち去ったほうが威厳を保てるのではないかと思い始めたころ、メルモット当人がスリッパを履き、りっぱな部屋着をまとってせかせかと入って来た。「ああ、君、すまないね。君は時間に正確な人のようだな。私もそうだ。実業家は時間に正確でなければならない。だが、いつもそういうわけにはいかないね。ブレガートが――トッド・ブレガート&ゴールドシェイナー商会の者だがね――今まで私と一緒にいた。モルダヴィアの債権について決めなければならなかったからね。ブレガートは十五分遅れて入って来て、当然十五分遅れて出て行った。いったいどうやったら、十五分の遅れに追いつくことができるだろう？　私にはできそうもないな」モンタギューはたいした遅れではないと言って大人物を安心させた。「それに、君にこんな場所に来てもらってほんとうに申し訳なく思っている。下の私の部屋でブレガートに会ったんだ。家のなかはひっくり返したようになっている！　私たちは明日ここから少し離れたブルートン・ストリートの家具つきの家に入ることになっている。ロングスタッフがこの大晩餐会が終わるまで、家を一か月貸してくれるのさ。ついでだが、モンタギュー、晩餐会に来たければ、君にあげるチケットを持っている。チケットをえようと、人々が鵜の目鷹の目になっているのは知っているだろ」モンタギューは大晩餐会のことを耳にしていたが、ウエストエンドの社交クラブに出入りする誰よりおそらくそれに無関心だった。少しも晩餐会に出たいと思わなかったし、メルモットから特別親切を受けたいとも思わなかった。とはいえ、メルモットがチケットを提供したがる理由をとても知りたいと思った。彼は特別大晩餐会が好きというわけではないと言い、ほか人の邪魔をしたくないと弁解して断った。「うん、だがね」と、メルモットは言った。「入場券をえるためならいくら出してもいいと言う、爵位を持っている人たちがたくさんいるよ。頼んできた人たちの名を君が知ったら驚くだろう。私たちは一つの椅子の片側に鹿狩りの猟犬管理者を、もう片側にどこかの主教を押し込まなければならなかった。どこの主教だったか忘れてしまったがね。以前大主教を二人招待したなあ。そのどこかの主教は、チベットへの宣教師団の設立に関係しているから、呼ばなければならないということだった。だが、君がチケットを望むなら、手に入れるよ」これはモンタギューへの賄賂として役立つと思わなかったら、メルモット家の一員としてジョージアナ・ロングスタッフに用意したチケットだった。しかし、ポールは賄賂を受け取ろうとしなかった。「じゃあ、君はロンドンでただ一人の変人だね」と、メルモットは少しむっとして言った。「だが、とにかくその夜は来なさい。マダム・メルモットのチケットを一枚君に送らせる」ポールはどう逃れたらいいかわからなかったから、その夜は来ると答えた。「私たちの大鉄道と関係のある人々に特別親切にしたいんだ」と、メルモットは続けた。「もちろんこの国では私の名の次に、君の名が来ることになる」

それから、大人物は間を置いた。二週間後に同じうちである晩餐会に招待されるために、日曜の朝グローヴナー・スクエアに呼びつけられるようなことがあるだろうかと、ポールは思い始めた。ありえないことだった。「何か鉄道について特に言いたいことはありませんか?」と、ポールは聞いた。

「うん、そうだな。重役会でいろいろ言うのはとても難しくてね。もちろんあそこには問題を理解しない者がいるからね」

「問題を理解している人があそこにいるとは思えません」とポール。

メルモットは作り笑いをした。「うん、だが、そこまで歩み寄る気にはなれんな。私の友人のコーエンループはこういう事業に詳しくて、もちろん君も知っているように、国会議員でもある。それに、アルフレッド卿はおそらく君が思うより事業のことを深く洞察している」

「卿には簡単にそれができるでしょうね」

「うんうん、おそらく君は私ほど事情を知らないからね」メルモットはそう言うと、しかめ面をした。しかめ面を抑える仕方をよく心得ていたから、これまでそれを抑えていたのだ。「私が君に言いたかったのはね、この前の会議で私たちがまったく意見の食い違いを見せたという点だ」

「はい、一致しませんでした」

「それがとても残念だった。こういう事業を方向づけるとき、満場一致がとてもだいじだ。満場一致があって、私たちは——何でもできる」メルモットは熱意で恍惚として両手を頭上にあげた。「満場一致がなければ、私たちは——何もできない」彼は両手を下に降ろした。「重役会室の至るところに満場一致がだいじだと貼り出しておかなければならない。ほんとうにそうしなければね、モンタギュー君」

「しかし、もし重役たちが満場一致に至らなかったら」

「満場一致に至らなければ。一致に至るよう努めなければならない。どうだね！　君は事業がバラバラになるのは見たくないだろ！」

「事業が正直に進められるなら、バラバラにはなりません」

「正直にって！　誰が不正直に進めていると言うのかね？」彼はまた眉間にしわを寄せた。「いいかい、モンタギュー君。もし君と私が重役会室で口論したら、会社に投資している個人株主みなにどれほど悪影響を及ぼすか見当もつかない。私は大きな責任を双肩に負っているので、口論はやめなければならないとはっきり言う。畜生！　モンタギュー君、口論はやめなければならないぞ。未亡人や子供を破産させてはならない、モンタギュー君。ただの妄想で、株価を額面から二十ポンドも割り込ませてはいけない。すばらしい資産が台なしになったのを知っているよ、モンタギュー君、犬らに投げ与えられ——消えてしまったんだ、君——雲散霧消してしまった。無数の未亡人や子供が家を追い出されて通りで飢えた。——一人の重役がただ別の重役の椅子に座っただけの理由でね。神に誓って、知っている。こういうことをどう思うかね、モンタギュー君。信用というものが——空気のように——君を浮揚させるとき、どれほど強いか、信用というものが粗末に扱われるとき、——ただの蒸気のように——どれほどもろいか、そんな信用の性質を知らない紳士はね、どこまで及ぶか当人にもわからないとんでもない害悪をもたらすんだ！　君が望むものは何かね、モンタギュー君?」

「ぼくが望むものですか?」事業への大きな投機が抱える特有のもろさについてメルモットが語るとき、モンタギューはある程度感銘を受けた。しかし、彼はこの直接の問いかけによってその感銘をほとんど忘れてしまった。「ただ正義がなされることです」

「だが、君は正義を求めて他人を犠牲にする前に、正義が何かを知る必要があるな。いいかい、モンタギュー君。この件で君が望んでいるものはほかの連中のそれと同じだと思う。金もうけだろ」

「ぼくは投じた資本に対する利子がほしい。それだけです。ですが、ぼくのことだけを考えていません」

「君は非常に有利な利子を受け取っている。私が理解するところではね」――メルモットはここで手帳を取り出して、細部を熟知する点でいかに注意深いか実証して見せた――「フィスカーが商会に参加したとき、君はおよそ六千ポンドを事業に投資していた。それをまだ持っていると想像していい」

「どれだけ持っているか知りません」

「だが、私は知っている。フィスカーが味方について以来、君は何らかのかたちでほぼ千ポンドをそこから引き出している。君の資本に対する利子としては悪くないだろ」

「未払の利息が残っています」

「もしそうなら、それは当然支払われるべきだな。私はそれにかかわっていない。いいかい、モンタギュー君。君には私たちのもとにとどまっていてもらいたいと心から願っている。先日のあのちょっとした騒ぎがなければ、君に申し出ようと思っていたところだ。君は未婚で、時間を持て余しているだろ。カリフォルニアへ行って、おそらくメキシコへ渡って、会社に必要な情報を手に入れて来てくれたらいいとね。もし私が君の歳で、未婚で、束縛されていなければ、それこそやってみたい仕事だな。――もちろん君は会社の経費で行ける。留守のあいだ、私が君の個人的な利子の面倒を見るよ。――それとも委任状で誰かを指名することもできる。君の重役会の席はとっておくさ。たとえ具合の悪いことが起こっても、――それはありえないがね。というのは、この事業は私が知るどれより健全だから――、もちろん君は欠席しているから、責任を負うことはないだろう。それが私の考えていることだ。きっととても楽しい旅になるね。だが、もし気に入らなければ、君はもちろん重役会に残って、大いに私の役に立ってほしい。実際、しばらくしたら私は君にほぼ事業の管理全体を譲るかもしれない。事業に割く時間がほんとうにないから、私はそんなことをしなければならなくなる。だが、――そんなことをするなら、――満場一致だよ。満場一致がこういう事業では肝要だ。――肝要なんだ、モンタギュー君」

「ですが、もしぼくがみんなと意見を一致させることができなかったら?」

「うん。もし一致させることができなかったら、もし旅に出るといいと言う私の忠告を受け入れなかったら、――どうか考えてほしい、その旅が実現すれば大いに君の役に立つことなんだがね、その旅がまさに鉄道の成功の礎になるかもしれない――、そのときは、君は六千ポンドを受け取って、私たちのもとを去るよう提案することしか私にはできないな。そうなったら、私もずいぶん途方に暮れるだろう。だが、もし君がそんなふうに決断したら、君が金を手に入れるよう取り計らおう。その金の支払を――年末前にする――責任を私が個人的に負おう」

ポール・モンタギューは問題の全体を考慮して、次の重役会の前にアブチャーチ・レーンでもう一度大人物に会うと言った。「じゃあ、さようなら」と、メルモットは言って、急いで若い友人に別れを告げた。「気の毒なことに、銀行の頭取のサー・グレゴリー・グライブを階下で待たせているからね」

第四十一章　準備万端

この間、ミス・メルモットは恋人の誠実さを疑うことはなかったが、恋人の精悍さについては決して満足していなかった。マリーは父母を前にしても変わらぬ愛を恋人に保証し、彼のためなら身を切り刻まれてもいいと言っただけではない。彼女はいかに父の大金を自由にできるか、いかにその大金を彼女のものにし、父母を捨てて、その金と身柄を恋人のものにしたがっているか、手紙のなかでも伝えた。彼女は恋人に献身していると思い、ささげる好意に恋人が少し鈍感だと感じた。それでも、彼女は恋人に誠実であり、恋人も彼女に誠実だと信じていた。ディドンもこれまで忠実だった。マリーはサー・フィーリックスにたくさん手紙を送って、せいぜい一語か二語しか書いていない短い返事を二、三通もらっていた。ところが、今彼女はニダーデイル卿との結婚の日取りが決まったと、嫁入り道具が用意されることになったと告げられた。八月中旬に結婚が予定されていた。今は六月の末に近づこうとしていた。「あなたは好きなものを買っていいです、ママ」と、彼女は言った。「もしパパがフィーリックスでいいと言ってくれたら、そりゃあもちろん嫁入り道具は役に立ちます。でも、ニダーデイル卿となら、何の役にも立ちません。たとえあなたが嫁入り道具で精いっぱい丸め込もうとしても、私は卿を受け入れません」マダム・メルモットはうなり、英語とフランス語とドイツ語で叱り、死にたいと言った。マリーを豚、ロバ、蛙、犬と呼んだ。そして、いつも言うように「メルモット本人に問題を処理してもらう」と言って、話を締めくくった。「私は誰にもこの件を処理させません」と、マリーは言った。「今どういう状況に私が置かれているかわかっています。パパに都合がいいというだけの理由で、私は誰とも結婚しません」「フランクフルトカ、ニューヨークニイタラヨカッタノヨ」と、年上の女は慎ましくて問題の少なかった過去の時代を思い出してフランス語で言った。マリーはフランクフルトもニューヨークも、ましてやパリもロンドンも嫌いだった。――彼女はサー・フィーリックス・カーベリーが好きだった。

日曜［六月二十三日］の朝、父がポール・モンタギューやシティの大実業家と会っているころ、――サー・グレゴリー・グライブの名があがったとき、尊敬すべきその紳士がほんとうにグローヴナー・スクエアにいたかどうかは疑わしかった――、マリーは公園を散歩していた。ディドンもこの娘から少し離れたところにいた。サー・フィーリックス・カーベリーも娘のすぐそばにいた。マリーは公園の鍵を私的に持っており、スクエアの近所の人々が日曜朝の教会の時間にあまり公園に近づかないことを知っていた。彼女は当然恋人が父に書いた誓約書を見せられていたので、すぐそのことで恋人を非難した。サー・フィーリックスは逢引の約束を守るため、ウェルベック・ストリートからここにやって来るあいだ、誓約書の件を熟考して、もちろん嘘をつく用意をしていた。――ディドンは公園の門を開錠しておくこと、彼が入ったあと施錠のため立ち会うことを請け合っていた――「どうにもしようがなかったんです、マリー。――ほんとうです」

「でも、何かの申し出と引き換えにしたと聞きました」

「ぼくがあの誓約書を書いたと思っていませんか？」

「あなたの筆跡でしたよ、フィーリックス」

「そりゃあそうです。お父さんが書いたものをただ写しただけです。それを書かなかったら、お父さんはあなたをすっかり雲隠れさせて、ぼくがまったく近づけないところへ送ってしまったでしょう」

「あなたは何も引き換えに受け取っていないんですね?」

「まったくね。実際には、お父さんのほうがぼくにお金を借りています。奇妙じゃありませんか? ぼくは株を買うためにお父さんに千ポンドの小切手を渡しました。ですが、いまだに何も返してもらっていません」

サー・フィーリックスは二百ポンドの小切手のことをすっかり忘れていた。

「パパに金を渡す人はパパから何も受け取れません」と、観察力の鋭い娘は言った。

「そうですか? やれやれ! ですが、はっきり口論になるよりましだろうと思って、ぼくは誓約書を書きました」

「たとえ口論になっても、私なら書きませんでした」

「叱っても無駄ですよ、マリー。ぼくはよかれと思ってやりました。さて、ぼくらにとって今どうするのが最善だと思いますか?」マリーはほとんど軽蔑して彼を見た。彼が提案し、マリーが従う場面だったからだ。「あなたに設定されているというあのお金について、あなたの言うことがほんとうか知りたいです」

「ほんとうです。状況がおかしくなったとき、杖としてすがれるものがあるように、私に金を設定したと、ママから――こちらへ来る直前――パリで言われました。それに、何かに署名してほしいとパパからときどき言われました。当然私は署名すると言いました。でも、もし私が夫を持つことになったら、もちろん署名なんかしません」フィーリックスはズボンのポケットに両手を入れ、この件を考えながら娘のそばを歩いた。ニダーデイル卿が最近抱いた懸念を彼は共有していた。マリー・メルモットと結婚することに決めて、そのあと一シリングも手に入らないことがわかったら、男にとってそれくらいまずい落馬はないだろう! あの誓約書を書いたあと、今マリーと駆け落ちしたら、きっと父から許してはもらえないだろう。設定された金に関するマリーの保証は、じつに疑わしかった! これからする勝負にはあまりにも危険が大きすぎた!

落馬したら、八百ポンドはおろか株すら手に入らないだろう。メルモットに忠誠を尽くしたら、おそらく小遣い銭くらいは提供してもらえるかもしれない。それにしても、すぐそばを娘が歩いていた。婚約を固く守るつもりだとメルモットに言う勇気がなかったのと同じように、結婚をあきらめるつもりだと面と向かって娘に言う勇気も彼にはなかった。気乗りがしないけれど何か約束でも娘と交わしておくのが、当面見つけ出せる唯一の逃げ道だろう。「何を考えていますか、フィーリックス?」と、娘が聞いた。

「どうしたらいいかぜんぜんわかりません」

「でも、私を愛していますね?」

「もちろんです。あなたを愛していなかったら、こんな馬鹿げたところでどうして歩いていたりするでしょう? 八月の終わりごろ、あなたがニダーデイル卿と結婚するという噂を耳にしました」

「八月のどこかでね。でも、ご存知のようにまったく馬鹿げた企てです。昔の人たちが娘にしたように、私を押さえつけて結婚させることなんかできません。彼とは結婚しません。彼はぜんぜん私が好きじゃないし、一度も愛してくれたことがありません。フィーリックス、あなたも私をあまり愛してくれているとは思いません」

「いいえ、愛しています。でも、こんなひどいところで何度も、何度も愛していると言い続けることは無理ですね。もしどこか楽しいところにでも一緒に行けたら、ぼくは何度でも言うことができます」

「一緒に行きたいですね、フィーリックス。いつか一緒に楽しいところへ行けるかしら」

「まだぼくには、誓って、見通しがつきません」

「あきらめるつもりじゃないでしょ!」

「いえ、いえ、あきらめはしません。もちろんあきらめません。ですが、厄介なのはどうしたらいいかわからないことです」

「若いゴールドシェイナーさんの話を聞いたことがあります？」と、マリーはほのめかした。

「シティの仲間の一人でしょう」

「レディー・ジュリア・スタートについては？」

「老キャッチボイ卿夫人の娘ですね。うん、聞いたことがあります。二人はこの前の冬に結婚しました」

「そうです、――スイスのどこかで結婚したと思います。とにかく二人はスイスへ行って、今はアルバート・ゲート[1]の近くに家を持っています」

「何とすばらしい暮らしでしょう！　ご主人はずいぶんお金持ちでしょうね？」

「パパの半分ほども金持ちじゃないと思います。駆け落ちを食い止めるため、できるだけのことがなされましたが、彼女は満潮時出航の船が出る間際、フォークストン[2]で彼に落ち合いました。それくらい簡単なことはないとディドンは言います」

「へえ、そう。――ディドンはよく知っていますね」

「彼女はそういうことをよく知っています」

「ですが、そんなことをしたら、彼女は職を失ってしまいますね」

「職はいくらでもあります。もし彼女が私たちと一緒に来て、住むことができたら、私が彼女をメイドにします。もしあなたが五十ポンド出してやったら、彼女はすべてを取り計らってくれます」

「そうしたらあなたはフォークストンに来てくれますか？」

「レディー・ジュリアがそうしたからと言って、同じことをするのは愚かだと思います。私たちはちょっと違ったかたちにしなければいけません。あなたがよければ、私は行ってもいいです――ニューヨークへ。

そのとき、おそらく私たちは——船上で——結婚できます。それがディドンの考えていることです」

「ディドンも一緒に行きますか?」

「彼女はそう提案しています。私の叔母として同行させたらいいです。私は彼女の名を名乗ります。——つまりフランス人の名をね。できれば、フランス娘として行きたいです。あなたはスミスと名乗って、米国人になったらいいです。私たちは初め一緒に行けませんが、ぎりぎりの最後に乗船しましょう。たとえ船で結婚させてもらえなくても、ニューヨークですぐ結婚させてもらえます」

「それはディドンの計画ですか?」

「彼女はそれがいちばんいいと思っています。——もしあなたが五十ポンド出してやったら——、彼女はやってくれます。『エイドリアティック号』は——ホワイトスター・ライン社の船ですが——毎週木曜の正午に出航します。その朝に港まで私たちを連れて行ってくれる早い汽車もあります。あなたはリバプールへ行って一泊し、船上で会うまで私たちの姿を目にしないほうがいいです。私たちは一か月したら戻って来られます。——そのときパパは私たちのことを我慢せざるをえなくなっています」

サー・フィーリックスは恋愛を上手に進める方法について、ヴォスナー氏か誰か男の助言者に忠告を求める必要は、まったくないとすぐ感じた。若い娘はこういうことの全般に精通しており、——女の助言者に支払う手数料まで知っていた。しかし、次の木曜はすぐそこに迫っており、計画の全体が不快なほどくっきりとした大きさになっていた。この計画の実行を決意するとしたら、どこで資金を手に入れたらいいだろう?彼はメルモットに現金をゆだねるほど愚かだったうえ、メルモットが現金を手にしたら、それを手放すことはないと、先ほど言われたばかりだった。彼は金の所有を証明するものを何も持たなかったから、——ヴォスナーに提出できる担保を持たなかった。それに、娘をあきらめるとメルモットに一札入れたあとで、ニューヨークへ娘と出発するという、この考えにひどくおびえた。

人事には潮どきというものがある
うまく潮に乗りさえすれば幸運へつながる(3)

サー・フィーリックスはこの引用を知らなかったが、このときばかりはこの句が伝える教訓を胸に深く感じた。大成するか、すっかり身を持ち崩すか、今が問題の潮どきだった。「とてつもなくだいじな決断ですね」と、彼はとうとううめいて言った。

「私のほうがだいじな決断でしょ」とマリー。

「もしあなたがお金について間違っており、お父さんが機嫌を直さなかったら、そのとき私たちはどうなります?」

「冒険しなければ、何もえられません」と女相続人。

「そう言うのはいいですが、すべてを危険にさらして、結局何もえられないかもしれません」

「それでも、私を手に入れることができます」と、マリーは口をとがらして言った。

「そうですね、——私はあなたをとても愛しています。もちろん私はあなたを手に入れます! ですが、——」

「じゃあ結構よ。——それがあなたの愛ならね」マリーはそう言うと、彼から後ずさりした。

サー・フィーリックスは大きなため息をついて、それから決意を述べた。「危険を冒すことにします」

「まあ、フィーリックス、何とすばらしい決断でしょう!」

「やらなければならないことがたくさんあります。次の木曜にできるかどうかわかりません」彼は執行猶予をえるため臆病者の懇願を申し出た。

「手間取ったら、ディドンの裏切が心配です」

「手に入れなければならないお金やら、何やらありますから」

「いくらかなら手に入ります。ママが金を家に置いていますから」

「いくらです?」と、准男爵は熱心に聞いた。

「百ポンドか、ええと、――おそらく二百ポンドくらいかな」

「それがあればきっと役に立ちます。ぼくはお金を手に入れるため、お父さんのところへ行かなくてはなりません。ペテンになりませんかね? あなたを奪うためお父さんからお金を手に入れるなんてね!」

二人は木曜に――できれば来週木曜に――ニューヨークへ行こうと決めた。しかし、出発日については一、二日中に彼が知らせることになった。ディドンは衣類を荷造りして、家から送り出す手配をした。ディドンは乗船する前に五十ポンドを受け取ることになった。使用人の一人に事情を教えて、トランクを家から密かに運び出す手助けをさせなければならなかった。それで、男は十ポンドを受け取ることになった。事前にすべてが準備されていたので、サー・フィーリックスは実際には何も考える必要がなかった。「さて」と、マリーが言った。「ディドンが来ました。誰にも見られていません。彼女があなたのためにあの門を開けてくれます。私たちがいなくなったら、そっと抜け出してください。門は開けたままにしておいてください。私たちは反対側から出ます」マリー・メルモットは確かに賢い娘だった。

註

（1）ハイド・パークの南東近くの富裕層が住む地域。南に Lowndes Square がある。

（2）ケント州のドーヴァー海峡に望む港町。

（3）シェイクスピア『ジュリアス・シーザー』第四幕第三場。

第四十二章　用意は十分できますか？

ポール・モンタギューは日曜［六月二十三日］の朝メルモットの家を出たあと、ロジャー・カーベリーのホテルを訪れて、ちょうど教会から帰って来た友人を見つけた。ポールはその日イズリントンへ行かなければならなかった。この訪問を夕方まで遅らせようと決めていた。早めにディナーを取って、七時ごろハートル夫人に会うつもりでいた。それはそれとして、ロジャーにルビー・ラッグルズの消息を伝える必要があった。「ルビーは伯母と一緒に生活していますから」と、ポールは言った。「あなたが思っているほど悪い状況ではありません」

「そんな伯母のことは聞いたことがありません」

「祖父は彼女がその伯母のところにいることを知っていて、戻って来ることを望んでいないと彼女は言っていました」

「彼女はフィーリックス・カーベリーに会っていますか？」

「会っていると思います」とポール。

「じゃあ、伯母と一緒にいることが保護になっていませんね。会いに行って彼女をバンゲイに連れ戻すようやってみます」

「どうしてジョン・クラムを呼ばないんです？」

ロジャーは一瞬ためらったあと答えた。「もし呼んだら、フィーリックスはこれまで誰もぶちのめされたことがないくらいジョンからぶちのめされるでしょう。私のはとこは誰より先にぶちのめされて当然の男です。しかし、そういうやり方は嫌いです。ジョンはルビーを無理やり連れ戻すことはできません。それに、あの娘が根っから悪いとは思えません、――ほんとうのことを見抜くことができたらね」

「彼女はぜんぜん悪くないと思います」

「どのみち行って彼女に会います」と、ロジャーは言った。「そのときおそらく君の知り合いの未亡人にも会います」ポールはため息をついたが、未亡人についてそれ以上何も言わなかった。「これからウェルベック・ストリートへ行きます」とロジャーは言うと、帽子を手に取った。「たぶん明日君に会えるでしょう」ポールは友人と一緒にウェルベック・ストリートへ行くことはできないと思った。

彼はベアガーデンで孤独のうちにディナーを取り、再び辻馬車でイズリントンへ旅した。途中メルモットから提案された出張のことを考えた。良心に曇りなくそんな旅をすることができたら、また鉄道事業を心から信じることができたら、そんな出張も愉快だろう。ヘッタ・カーベリーには、言おうと思っていた以上のことをもう言ってしまった。自分を甘やかすつもりはなかったが、言ったことは彼女に好意的に受け入れられたと思っていた。あの瞬間、二人は邪魔された。しかし、ヘッタは母が近づいてくる音を聞いたとき、少なくとも怒りを表していなかった。彼は意に反してロジャーとの約束をほとんど破ってしまった。もし今この出張に出かけたら、約束の期間を越えて帰って来ることができるだろう。彼が職務で旅に出ていることをヘッタに了解させるためもちろん手を打っておく必要がある。そうすれば、ハートル夫人から逃れられる。メルモットから提案された調査もすることができる。ハートル夫人が旅に同行すると言い出すことは考えられた。――彼にとっては都合の悪い申し出と言っていいだろう。これは何としても避けなければならない。それにしても、鉄道事業全体を信じることができないのに、どうしてそんな旅をすることができるだろう？　どうして鉄道に対する信頼を保つことができるだろう？　ラムズボトムは鉄道を信じていなかった。ロジャー・カーベリーも信じていなかった。彼自身、フィスカーをまったく信じていなかった。そのフィスカーが鉄道を始めた。とはいえ、金については会長の申し出を受け入れるのが、いちばんいいのではないか？　もし六千ポンドを返してもらい、鉄道とのかかわりを絶つことができたら、きっと自分を幸運な男と思えるだろう。しかし、誠実さを保ったままどの程度まで責任を放棄できるかわからなかった。さらに、メルモットの個人的な金の保証に盲目的に信頼を置くこともできないと思った。彼を重役会に出席させないようメルモットが腐心しているのは、とにかくはっきりしていた。

彼はまたもピップキン夫人のうちに来て、またもルビー・ラッグルズからドアを開けてもらった。彼は言わなければならないことを考えるだけで、心臓が口に出そうだった。「ご婦人たちはサウスエンドからお帰りになりましたか、ミス・ラッグルズ？」

「ええ、お帰りよ、あなた。ハートル夫人は一日中あなたを待っていました」それからルビーは自分のことを囁き声で聞いた。「あなた、私に会ったことをカーベリーさんに言っていないでしょ、モンタギューさん？」

「もちろん言いましたよ、ミス・ラッグルズ」

「じゃあ私を放っておいて、意地悪をしないほうがよかったのに――それだけよ」と、ルビーは言いながら、ハートル夫人の部屋のドアを開けた。

ハートル夫人は立ちあがると、満面に笑みを浮かべて、彼を迎え入れた。彼女はとびきり甘い笑顔を作ることができた。彼女は魔女で、たいていの魔女のように人を恐れさせることもできれば、魅惑することもできた。「あなたが劇場に連れて行ってくださったあの夜を除いて」と、彼女は言った。「私がうちから二百ヤード離れた唯一の日に、あなたがいらっしゃるなんて考えられないことです。ほんとうにごめんなさい」

「謝る必要なんかありません。簡単にまた来られますから」

「一日でもあなたに会えないのはいやです。でも、体調を崩しました。家にいると息が詰まるように感じました。ピップキン夫人がすばらしい考えを思いついて、サウスエンドへ連れて行くと提案してくれました。夫人自身がそこへ行きたくてたまらなくて、サウスエンドは楽園だと断言しました」

「ロンドンっ子たちの楽園ですね」

「でも、何というところでしょう！　あなたの国の人たちはほんとうにサウスエンドへ行って、あそこを海とでも思っているんですか？」

「そう思っていますよ。ぼく自身はサウスエンドへ行ったことがありません。――ですから、あなたのほうがぼくよりサウスエンドをよく知っています」

「何とイギリス的な海でしょう。――ただの小さい黄色い川です――あれを海と言うなんて。ねえ、あなた、ニューポート(1)へ行かれたことはありますか！」

「ですが、サンフランシスコへ行ったことがあります」

「そうね、あなたはサンフランシスコへ行って、アシカが吠えるのをお聞きになったのね。ええ、あそこはサウスエンドよりましです」

「ここイギリスにも海はあると思いますよ。島国に住んでいると一般に見られていますからね」

「もちろんです。――でも、規模がとても小さいです。アイルランド西部へ行ったら、大西洋を見ることができますね。でも、殺されるのが怖くて誰もそこへ行きません」ポールはオレゴンの紳士のことをふと思い浮かべたが、何も言わなかった。彼は自分が置かれた状況を思案して、オレゴンやアイルランド西部へ行かなくても、人は殺されるかもしれないと考えた。「でも、私たちはサウスエンドへ行きました。私とピップキン夫人と赤ん坊とでね。とても楽しかったです。夫人は赤ん坊が私をいらだたせはしないかと、とても心配しました。その赤ん坊には長所しかないと私は思いました。エビを食べたのよ。夫人はとても謙虚でした。誰も私たち米国人に対してあんなに謙虚にはなれないと、あなたも思うに違いありません。もちろん私が払いました。夫人は子供をいっぱい抱えているうえ、下宿から入る収入以外に何もえていませんからね。ここの人たちは私たちと同じくらい貧しいです。──たまたま少しだけ暮らし向きのいい人が、貧しい人の支払をします。でも、ここの人たちほどほかの人に対して謙虚な人たちはいません。もちろん私たちもここの人たちと同じように金を手に入れたいから、両者のあいだにたいした違いはありませんがね」

「世界中で金をもらいたい人が、金を与えられる人にできるだけ愛想よくしています」

「でも、ピップキン夫人はとても謙虚です。私たちは昨夜無事に帰って来て、あなたが──とうとう──ここに来たことを知りました」

「ぼくがリバプールへ行かなければならなかったことはご存知でしょう」

「文句を言うつもりはありません。リバプールのお仕事はやり終えましたか？」

「はい。──たいてい何かをそれなりにやり終えますが、満足できることがやれたためしがありません。もちろんこの鉄道事業のことです」

「てっきり満足できるお仕事をされていると思っていました。みんながその鉄道のことを、これまでに生み出されたもっとも偉大な事業として話しています。私は男になって、そんな偉大な事業にかかわれたらいいと思います。つまらない小さなことは大嫌いです。この世でいちばん大きな銀行の頭取になるとか、いちばん大きな艦隊の司令官になるとか、いちばん大きな鉄道を作るとか、そんなことをしたいです。そのほうが共和国の大統領になるよりずっといいです。なぜなら、やりたいように仕事をやれるからです。あなたは鉄道でどういうことをなさっていますか、ポール？」

「今はメキシコに出張するよう求められています」と、彼はゆっくり答えた。

「行くつもりですか？」彼女は前に身を乗り出すと、一緒に行きたいとはっきり願って聞いた。

「行かないと思います」

「どうして？ 行きなさいよ。ねえ、ポール、あなたと一緒に行きたいです。どうして行かないんです？ こういうことこそあなたのような人がなすべき仕事です。鉄道がメキシコを新しい国にします。そうなれば、あなたはそれをなし遂げた人になります。どうしてそんな好機を投げ捨てられます？ こんなチャンスは二度と来ません。皇帝も王もメキシコに手を出そうとしましたが、何もすることができませんでした。皇帝も王も何もすることができません。メキシコの再生者になることがどういうことか考えてみてください！」

「何かをする手段もなくそこに送られていると知り、たんに邪魔になるからそこに送られていると感じることが、どういうことか考えてみてください」

「私なら何かをする手段を見つけます」

「手段は金です。どうしたらぼくに金が見つけられますか？」

「金は天下の回りものでしょう。株を売買するところには、金があるに違いありません。あなたの叔父さんはサンフランシスコで王侯のように暮らす金を、どこで手に入れましたか？ フィスカーはニューヨークで投機する金を、どこで手に入れましたか？ メルモットは世界一の金持ちになる金を、どこで手に入れましたか？ ほかの人たちと同じように、どうしてあなたも金を手に入れることができないんです？」

「ぼくも自分の口座から盗みたくなったら、そうするかもしれません」

「いったいどうして盗みの話になるのかしら？　宮殿に住んだり、何百万ドルも使ったり、そんなことはあなたにしてほしくありません。でも、野望を持ってほしいです。メキシコへ行って、運を試してごらんなさい。途中でサンフランシスコを訪ねて、国を縦断すればいいでしょう。私はあなたとどこにでも行きます。そこの人々にあなたが真剣であることを信じさせます。そうすれば、金についての問題はなくなります」

彼はハートル夫人のもとを離れる前に話しておかなければならない問題、あるいは話そうと決めた事柄を、切り出す方向に一歩も踏み出していないと感じた。メキシコへ行くこの計画について彼女に話させた一言一句のせいで、だいじな本筋からいっそう離れてしまった。彼はこの旅をしてはならない理由をあげた。しかし、もし旅をするとしたら、彼女が同行者となることを暗黙のうちに認めていた。彼女は先の彼の婚約破棄が取り消されたという前提のもとに、旅に同行しようと申し出ていた。それなのに、彼はそんな旅でも、どんな別の目的でも、彼女との交際を続けるつもりがないことを切り出すことができなかった。遠回しにもそれを言い出すことが、残酷に思えて気後れした。厳粛なかたちでそれを言わなければならなかったし、ちゃんとした根拠に基づいて切り出さなければならなかった。しかし、こんな前置きの会話がなされていたので、それを言い出すのは途方もなく難しいと感じた。

「急いでおられないでしょう？」

「はい、急いでいません」

「私と夕べを楽しくすごしてくれますか？　それなら、お茶を出してくれるように頼みます」

彼女はベルを鳴らすと、入って来たルビーにお茶を頼んだ。「あの若い娘はあなたが古い友人だと言っています」

「田舎で彼女を知っていました。昨日ここで見つけて驚きました」

「田舎には誰か恋人がいるようです。――彼女が嫌いな自称夫志願者がね？」

「残念ながら彼女がほれ込んでいる、夫になりたがらない恋人もいます」

「一方が誠実な男なら、一方がそうなるのは当然ね。ミス・ルビーはそれなりに好みを持って今の年齢に達しています。若い娘が自分より高い階級の男を好きになるのは世のつねです。――その男が彼女の階級の男よりもの柔らかな、清潔な、洗練された話し方をするからです。犬を飼うなら、かわいい犬を飼うのと同じです。そういうことは人間の不平等による悪ですね。相手の男がほかの男より望ましいからという理由で、娘は道理に合わない不実な愛で満足します。結局、望ましくない相手としか愛を正当化できないわけです。もし男がみな同じ生地の上着を着て、汚い仕事を等しく分かち合わなければならなくなったら、そんな悪は終わりを迎えるでしょう。それでも、女は白昼夢や病んだ情熱からあちこちで過ちを犯すかもしれません。でも、過ちを犯すよういつもいざなう誘惑はなくなります」

「もし明日男たちが平等になり、みんな同じ上着を着たとしても、明後日にはきっと違う上着を着ていますよ」

「少しだけ違う上着をね。でも、もう紫色の上等なリンネルも、青いインジゴもなくなります。もちろんそんなことは一日では実現しないし、一世紀たっても、十世紀たっても実現しません。でも、それを正直に検討する人たちはみな、その方向に努力がなされるべきだと思っています。覚えていますよ。あなたは砂糖を入れませんね。こちらに回してください」

彼は若い娘が出会う苦境とか、即座の平等あるいは漸進的平等とか、そんなおもしろい問題を議論するためにここに来たのではなかった。しかしながら、こんな岩礁の上に乗りあげてしまったので、――読者にはわかってもらえるだろうが、この女の力量によって意図的にこんな岩礁の上に導かれてしまったので——、彼は彼の小舟を再び公海に引き戻す方法を見つけ出せなかった。しかも、山猫の爪やオレゴンの紳士の運命といった危険な見通しがあったので、彼はこの女が始めた話題に乗って自由に話すこともできなかった。自由に話すのが昔の彼のやり方だったのにだ。「ありがとう」と、彼はお茶のお代わりをして言った。「よく覚えていましたね！」

「あなたの好き嫌いを私が忘れるとでも、あなた、思われます？　私のあの青いスカーフのことで、あなたが青は身につけないほうがいいと言ったのを覚えていますか？」

夫人が身を乗り出して答えを待っていたので、彼は答えずにいられなかった。「もちろん覚えています。黒があなたの色です。——黒と灰色と白です。それから、あなたが華やかになるのを望むときにはおそらく黄色です。深紅もいいかもしれません。ですが、青や緑は駄目ですね」

「これまでそんなことは考えたことがありません。でも、あなたの言葉を私は絶対正しいと思ってきました。あなたのように、ポール、そういうものに対する審美眼を持つのはとてもいいですね。でも、そんな趣味は疲弊した文明に属するか、少なくとも疲弊した文明の前兆になると思います」

「ぼくの趣味が疲弊しているとしたらすいません」と、彼はほほ笑んで言った。

「私が言いたいことは、ポール、わかるでしょう。個人の話ではなく、国の話をしています。大画家の時代には文明か、少なくとも人類かは疲弊しています。でも、サボナローラ(2)やガリレオ(3)は個人です。あなたは新しい人々と運命をともにすべきです。メキシコへのこの鉄道があなたに好機を与えてくれます」

「メキシコ人は新しい人々ですか？」

「メキシコ人を支配する人々はそうです。私たち米国女性は総じて、あえて言うと、衣類に対して悪趣味です。──それで、虚栄心の強い女性や金持ちの女性は、美しい衣装をパリに求めます。でも、私たちは男性に対する趣味の点では全体的にいいと思います。私たちの哲学者が好きで、私たちの詩人が好きで、私たちの真の労働者が好きです。──でも、私たちの英雄を愛します。私はあなたに英雄になってほしいです、ポール」彼は椅子から立ちあがると、絶望の苦しみを感じながら部屋を歩いた。彼はいつも以上に英雄的資質に欠け、徹底的に臆病になっていると感じるまさにこの瞬間に、英雄になってほしいと言われたことに耐えられなかった。しかし、彼は──彼自身について思い描いている最悪の運命にただちにはっきり身をささげるつもりなら──、どれくらい大きな勇気を具えていれば、こういう抽象的な思索──私的なうぬぼれの混入が避けられないこういう思索──をすぐ離れて、じつに不快な、じつに悲劇的な真の問題に飛び込むことができるだろうか！　彼は起こりうる悲劇によってではなく、不適格であるとの自意識によって行動を押しとどめられていた。すなわち、ほぼはっきり確信できたが、ハートトル夫人はこの間ずっと彼女のやり方で勝負しており、彼が勝負したいと思う──と彼女が知っている──やり方とは正反対のやり方で勝負していた。ここは逃げ出して、もう一つ手紙を書くほうが賢いのではないか？　少なくとも手紙でなら、言わなければならないことを言うことができた。──それを言ったあと、志操を固めてそれに固執すればいい。「どうしてそんなに落ち着きがないんです？」と、彼女は声の調子で彼を優しく愛撫するじつに愛嬌のある話し方をまだ続けて聞いた。「英雄になってほしいなんて言ってもらいたくありませんか？」

「ぼくはね、ウィニフレッド」と、彼は言った。「ある目的を持ってここに来ました。それをはたしたいです」

「どんな目的ですか？」彼女はまだ身を乗り出して、今は両肘を両膝につくと、両手で顔を支え、熱心に彼を見た。彼女の目には愛──失望の憂き目にあうかもしれないがそれでも愛──しかなかったと、第三者なら言っただろう。たとえ山猫が内側にいて、まだ隠れていてもだ。ポールは椅子の背に両手を載せて立つと、体をまっすぐ支えて、その場にふさわしい言葉を探そうとした。「やめて、あなた」と、彼女は言った。「その目的を今夜話さなければいけませんか?」

「今夜でいいでしょう?」

「私はね、ポール、気分が優れません。——今は弱って、臆病です。この寂しい数週間のあと、古い友人とやっと楽しい会話を交わせる喜びが、あなたにはわかっていません。ピップキン夫人はあまり魅力的な話し相手ではありません。夫人の赤ん坊でさえ私の社会的欲求を満たすことはできません。今夜はすべてを甘くすてきなものにしたいと願っています。ねえ、ポール、もしあなたが私に愛を伝えることが目的なら、あなたがまだいとしい、いとしい友であると私に確信させることが目的なら、未来の日々を希望に満ちて語り、すぎ去った日々を喜んで話すことが目的なら、——あなたの目的をはたしてください。でも、その目的が残酷で、無情で、苦痛に満ちたものなら、もしあなたが言葉の短剣を刺すために来たんなら、——今夜だけはあなたの目的を捨ててください。私の孤独がどんなものだったか考えて、一時間の安息を与えてください」(4)

彼はその夜もちろん彼女の言うことを聞くしかなくて、はなはだ有害な執行猶予がもたらすあの慰めしかえることができなかった。「あなたの体調がよくないのに、苦しめることなんかできません」と彼。

「体調が悪いです。サウスエンドへ行ったのはいっそう悪くなることを恐れたからです。ここの太陽はもちろん慣れ親しんだものではありません。暑くてね。でも、空気は重くて、ピップキン夫人が言うように蒸し暑いです。もし一週間どこかへ行くことができたら、体にいいと思います。どこへ行ったらいいでしょう?」ポールはブライトンはどうかと言った。「そこは人でいっぱいでしょうね?——流行りのところでしょう?」

「この時期はそう多くありません」

「でも、そこは大きな町です。私はどこかすてきな小さなところがいいです。私を連れて行ってくれませんか？　ほら、あまり遠くないところ。――どこにしても遠すぎるというわけではありませんが」ポールはジョン・ブル流の不機嫌からペンザンス[5]はどうかと提案し、二十四時間かかると嘘をついた。「じゃあペンザンスは駄目です。そこは世界のはてだと知っています。ペンザンスもオークニー[6]も駄目です。サウスエンドを除いて、――ほかにありませんか？」

「ノーフォークのクローマー[7]があります――おそらく十時間かかります」

「クローマーは海のそばですか？」

「はい。――いわゆる海です」

「ほんとうの海ですか、ポール？」

「クローマーから出発したら、百マイルでおそらくオランダに着きます。それくらいのくぼみなら海とは言えませんけれどね」

「まあ、――私を笑いものにしていることが今わかりました。クローマーはきれいですか？」

「ええと、はい。――きれいだと思います。ぼくは一度行ったことがありますが、あまり覚えていません。ラムズゲート[8]はどうです」

「ピップキン夫人がラムズゲートのことを教えてくれました。ラムズゲートは好きになれないと思います」

「ワイト島[9]があります。ワイト島はとてもきれいですよ」

「女王の在所[10]ですね。夫人や私が立ち入る余地はありません」

「あるいはローストフトはどうですか。ローストフトはクローマーほど遠くありません。鉄道が通っています」

「海はどうです?」

「何をするにもうってつけの海です。もし海が対岸を見通すことができないくらい広く、あなたを押し倒すほど波風を立て、一日置きに難破を起こすなら、百マイル広がろうと千マイル広がろうと同じだと思います」

「百マイルも千マイルも確かに同じです。でも、ポール、サウスエンドではテムズ川の対岸まで百マイル(11)もありません。それは認めてくれなければいけません。でも、あなたはピップキン夫人より優れた案内人になります。私が海を見たいと言ったとき、あなたなら私をサウスエンドへ連れて行かなかったでしょう。——そうでしょう? ローストフトへ行きましょう。ホテルはありますか?」

「小さな愛らしいホテルがあります」

「小さいですか? 心地よくないくらい小さいの? でも、私はどんなホテルでもいいです」

「およそ百はベッドを作れると思いますよ。ですが、米国の規模と比べれば、やはり小さいと言っていいです」

「ポール」と、彼女はこんな気分に彼を引き戻すことができたのがうれしくて言った。「もしお茶道具をあなたに投げつけることができたら、いい気味だなと思います。これもみな私がサウスエンドの海を見たせいで、病気の怖れから来る鬱状態にならなかったおかげです。ローストフトにします」それから、彼女は立ちあがると、彼のところに来て、腕を取った。「私を連れて行ってくださる? 女が独りぼっちでそんなところに行くのはわびしいです。あなたに泊まってほしいとは言いません。私は独りで帰れます」彼女は彼の一つ腕に両手を置くと、振り向いて、彼の顔を覗き込んだ。「昔のよしみで連れて行ってくださいますね?」

彼はすぐには答えないで、額を曇らせ、途方に暮れた顔つきをした。彼は考えようと努めた。——危険にだけは気づいていたものの、出口を見つけ出せなかった。「あなたがそんな願いを私に言わせるだけで、何もしてくれないとは思いません」と彼女。

「はい」と、彼は答えた。「連れて行きます。いつ行きますか？」彼は列車の車両のなかなら、あるいはローストフトの浜辺なら、問題をはっきり伝える望ましいところかもしれないと無益に自分を励ました。

「いつ行ったらいいかしら？ いつ行ってくれます？ あなたには出席しなければならない重役会があるし、留意すべき株があるし、再生させなければならないメキシコがあります。哀れな私にはピップキン夫人の赤ん坊以外に何も引き留めるものはありません。あなたは用意は十分でできますか？ ——なぜなら、私は用意ができるからです」ポールは頭を横に振って笑った。「私は今日程を言いましたが、うまくあなたと合いませんでした。さあ、今度はあなたが日程を言ってください。私はそれに合わせられると約束します」ポールは二十九日土曜を提案した。彼は次の重役会に出なければならず、重役会の日の前にメルモットに会う約束をしていた。もちろんハートル夫人には土曜で何の支障もなかった。鉄道駅で会えばいいですか？ もちろん彼は彼女を迎えに来ることを引き受けた。

それから、彼がいとま乞いをするとき、彼女は間近に立って、彼が口づけするように頬を出した。男が分別を保つことがぜんぜんできないと思う瞬間があり、——あとでその瞬間を考えるとき、どんな危険であろうと、分別を欠いていたとして自分を決して許すことができない瞬間がある。もちろん彼は彼女を腕に抱き、頬だけでなく唇にも口づけした。

註

（1）米国ロードアイランド州南東部 Narragansett 湾の港町。
（2）ジロラモ・サヴォナローラ（1452-98）はフィレンツェのドミニコ会修道士で宗教改革者。宗教裁判にかけられ火刑で殉教した。
（3）ガリレオ・ガリレイ（1564-1642）はイタリアルネサンス期の科学者。宗教裁判で地動説の放棄を命じられた。
（4）シェイクスピア『ハムレット』第三幕第二場。
（5）イングランド南西端コーンウォール半島先端近くの南岸に位置する海浜保養地。
（6）スコットランド北東端（本土から十から十五キロ離れた）沖にある島嶼。
（7）ノーフォークの州都 Norwich の北三十七キロにある北海に面する港町。
（8）ケント州 Thanet 島の北海に面した港町。
（9）イギリス海峡北部にある島。Portsmouth から Ryde へ、Southampton から Cowes へ連絡船でつながる。
（10）ヴィクトリア女王が愛したオズボーン宮がある。
（11）サウスエンドからテムズ河口南の対岸まで十マイルほどしかなく、ケント州がよく見える。

第四十三章　シティ・ロード

ルビーはピップキン夫人との関係を正しく説明していた。ルビーの父はピップキン家の娘と結婚した。その娘の兄はすでに亡くなって、イズリントンに未亡人を残した。シープス・エーカー農場の老人はこの結婚にひどく怒って、結婚後は息子にも――嫁にも――一言も口を利かず、ピップキン家全体に鋼鉄のような態度を取った。老人はルビーを引き取ったとき、この娘にピップキン家との関係を絶ってもらうことを合意事項とした。ルビーはこの合意を破って、イズリントンにいる伯父の未亡人と密かに連絡を取り合った。それゆえ、サフォークを逃げ出して、伯母の家に向かったとき、彼女は可能な最善の振る舞いをしたと言っていい。ピップキン夫人は貧しい生活をしていたから、ルビーに長く住まいを提供することができなかった。とはいえ、夫人は気立てがよくて、うまく折り合った。ルビーはとにかく一か月の滞在を許されて、パン代を稼ぐためこの家で働くことになった。それとともに、取り決めの一部としてときどき外出を許してもらった。ピップキン夫人は恋人のことをすぐ尋ねた。「あたしは大丈夫よ」とルビー。もし恋人が品行方正な人なら、ちゃんとこの家に会いに来たほうがいいのではないか？　こう提案したのはピップキン夫人だった。こうすれば、醜聞が避けられると夫人は考えた。「やがてそうなるかもね」とルビー。それから、彼女はジョン・クラムについて――彼をどんなに嫌っているか、彼とは結婚しないことをどれほど決意しているか――全部話した。そして、ジョン・クラムとパン屋のミクセットが農場で夕食を食べたあの夜のこと、ジョン・クラムを受け入れないと言ったことで、なされた祖父の仕打ちのことを彼女なりに説明した。ピップキン夫人はなかなか尊敬すべき女性で、できればいつも上品な下宿人を選びたかった。――しかし、生きていかなければならなかった。夫人はルビーにとてもいい助言を与えた。ルビーがジョン・クラムについて断固たる決意をしているなら、それはそれでもちろん一つの選択だ！　それでも、ちゃんとした家と食べ物くらい若い娘が注意を払わなければならないものはない。「男があなたのためにそういうものを用意できなければ、この世の男の愛に何の意味がありますか？」ルビーはそういうものを用意してくれる人、しかもりっぱに用意してくれる人を知っていると断言した。彼女は自分のしていることを承知しており、それを邪魔されたくなかった。ピップキン夫人は歳月に耐えるりっぱな道徳観を持っていたが、杓子定規ではなかった。もしルビーが恋人について自分流にやりたければ、そうすればいい。ピップキン夫人は夫人の若いころに許されていた自由より幅広い自由が、今の若い女性には与えられているし、与えられるだろうし、与えられなければならないと考えた。世界は急速に変化していた。ピップキン夫人はほかの人たちと同じようにそれを感得していた。それゆえ、ルビーが再三劇場に出かけて、――夫人の知る限り独りで出かけたのだが、おそらく恋人と一緒だろう――、真夜中すぎまで帰宅しなかったとき、夫人はそんな新しいやり方を国の状態の変化のせいにして、ほとんど何も言わなかった。夫人の娘時代には、若い男性と劇場に行くことは許されなかった。――とはいえ、それは十五年前のヴィクトリア女王治世初期の時代、新しいやり方が登場して来る前のことだった。ルビーはピップキン夫人のさまざまな質問に大丈夫と答えるだけで、恋人の名を明かさなかった。ポール・モンタギューがその名を出すまでは、サー・フィーリックスの名は、イズリントンで一度も口にされたことがなかった。ルビーは彼女なりのやり方で――必ずしも満足できるものではなかったが、邪魔されることなく――問題を処理してきた。しかし、今邪魔が入ることがわかった。モンタギューが彼女を見つけ出して、それを祖父の地主に話した。郷士が彼女を追って来るだろう。それから、ジョン・クラムがもちろんミクセットと連れだって現れるだろう。――ルビーが二人の小さなピップキンと分かち合う寝室に退くと き独り言で言ったように、「これはただではすまないようね」

「昨日あたしたちのところに誰が来たと思う？」と、ルビーはある夜恋人に言った。二人はミュージックホール――安酒場と舞台と舞踏室の魅力を心地よく組み合わせて、ほかのそういう場所を侵略している半分音楽堂、半分演芸場といったところ――に一緒にいた。サー・フィーリックスはトムとジェリー帽[1]と、青い絹のスカーフと、緑の上着といった「お忍び」と当人が言う身なりで煙草を吸っていた。ルビーはそれが魅力的だと思った。フィーリックスはこんな格好なら、たとえウエストエンドの友人たちから見られても、正体がばれないだろうと思っていた。彼は煙草をふかし、お湯割りブランデーのグラスを前に置いていた。彼とルビーはいつもこんなふうに遊んだ。彼は生活を楽しんでいた。かわいそうなルビー！　彼女は半分自分を恥じ、半分おびえながらも、束縛を逃れて若者と一緒にいられることをかけがえのない時間だと思った。いいではないか？　若者を手に入れるとき、ロングスタッフ家の娘たちはお相手と一緒に座り、踊り、歩き回ることを許された。なぜ彼女が世間を少しも見ることもなく、あきらめてジョン・クラムのような粉だらけの大きな塊に身を任せる必要があるだろうか？　ただ、彼女は十一時から十二時にシティ・ロード[2]のミュージックホールで、恋人のお湯割りブランデーをすすりながら座っているとき、必ずしも快適というわけではなかった。見たくないものを見て、聞きたくないものを聞いていた。恋人は美しかった――まあ、何と美しかったことか！――しかし、彼は必ずしもこうあってほしいと思う恋人ではなかった。彼女はまだ少し恋人を恐れており、心待ちにしている約束をまだ求める勇気を持てずにいた。結婚――については心に決めていた。しかし、二人のあいだでその言葉を交わすことはできなかった。腰に恋人から腕を回されていると、天国にいるように感じた！　彼とジョン・クラムが同種の人間だなんて考えられるだろうか？　とはいえ、この関係はこれからどうなっていくだろう？　ピップキン夫人からさえ不愉快な発言をされた。彼女はいつもピップキン夫人といることはできなかったから、夜外出して、サー・フィーリックス・カーベリーとお湯割りブランデーを飲み、音楽を聞いた。それゆえ、何かが起こりつつあることを恋人に言う最初の機会ができてうれしかった。「昨日あたしたちのところに誰が来たと思う？」

サー・フィーリックスはマリー・メルモットを想起し、マリー・メルモットの使者、おそらくディドンが訪問して来たと思って、顔色を変えた。彼はロンドンで最後になるこういう夜を楽しんでいた。この世のなり行きのせいでニューヨークへ連れて行かれようとしていた。その計画はまだ練られていた。すでにディドンと話し合って、もう金以外に欠けているものはなかった。メルモットに預けた資金の話をディドンにすると、それを取り戻すよう彼女からしきりに迫られた。それゆえ、彼の体はしばしば夜遅くシティ・ロードのミュージックホールにあったものの、心はずっとグローヴナー・スクエアにあった。「誰です、ルビー？」

「郷士の友人で、モンタギューという人よ。バンゲイやベックレスで昔よく会った」

「ポール・モンタギュー！」

「知っているの、フィーリックス？」

「うん。――かなりね。ぼくらのクラブの会員だし、シティで絶えず会っているし、田舎でも知っています」

「いい人かしら？」

「ええと。――それはいいをどう取るかによりますね。堅苦しいやつです」

「あたしの住んでいるところに、その人の女性の友人がいるのよ」

「そんな女がいる！」サー・フィーリックスはロジャー・カーベリーが妹に求婚していることや、ヘッタがこの求婚に抵抗していることをもちろん知っていた。ヘッタがポール・モンタギューを愛していることにこの抵抗の原因があるとされていた。「その女性って誰です、ルビー？」

「ええと。――ハートル夫人という、とてもきれいな女性よ！　米国人だと伯母は言っていました。たくさんお金を持っている方よ」

「モンタギューはその女性と結婚するつもりですか？」

「ええ、そうよ、あなた。そんな取り決めです。モンタギューさんは規則正しく彼女に会いに来ます。――こうあってほしいと思われるほど規則正しくはないけどね。紳士は結婚が決まると、そのあとは規則正しくなくなるようね。あなたも同じかどうか知りたいです」

「ジョン・クラムは規則正しくなくなりましたか、ルビー？」

「忌々しいジョン・クラム！　規則正しくなくなったのはあたしのせいじゃありません。うん、あたしがそうさせたら、彼は規則正しく来ていたでしょう。時計仕掛けのようにね。――ただし、ひどく狂って遅れた時計のね。さて、モンタギューさんが現れて、あたしに会ったことを郷士に話しました。彼があたしにそう言ったの。郷士はジョン・クラムのことでこちらに来るところです。それがわかるの。あたしは郷士にどう言えばいいかしら、フィーリックス？」

「余計なお世話だと言えばいいです。郷士はあなたに何もできません」

「ええ。――何もできません。あたしは何も悪いことをしていないから。彼は警察を呼んで、シープス・エーカーにあたしを連れ戻すことはできません。でも、彼は口を利くことができるし、――じっと見ることもできます。あたしはね、フィーリックス、評判を気にしていないわけじゃないのよ。――だから、あなたは変なことを考えないでね。あたしがあなたと一緒にいることを郷士に言ってもいいかしら?」

「そりゃあ、駄目ですよ! 何のためにそんなことを言う必要があります?」

「どうすればいいかわからないのよ。何か言わなければいけないでしょ」

「郷士とは何のかかわりもないと言えばいいです」

「でも、伯母はあたしが夜遊びをしていることを彼に漏らすかもしれません。漏らすと思うの。あたしはいったい誰と一緒にいるかって? 郷士はそれを聞くことになります」

「伯母さんは知らないでしょう?」

「ええ。――あなたのことはまだ誰にも言っていません。でも、ほら、こんなふうに続けていくのは――うまくいかないでしょ? ずっとこんなふうに続けていきたくなんかない――でしょ?」

「とても楽しいと思いますよ」

「あたしはそうでもないのよ。もちろん、フィーリックス、あたしはあなたと一緒にいたいです。楽しいから。でも、あたしは一日中チビたちの世話をしたり、寝室の掃除をしたりしていなければいけません。それが最悪というわけじゃないけど」

「最悪なのは何です?」

「あたしはずいぶん自分を恥じています。ええ、そうなのよ」今ルビーはわっと泣き出した。「ジョン・クラムを受け入れないからといって、あたしは悪い娘になるつもりはなかったんです。今もそんなつもりはないの。でも、みんなからそっぽを向かれたら、どうしたらいいでしょう? 伯母はいつまでもこんなことをさせておいてくれません。伯母は昨夜言ったの――」

「伯母さんの言うことなんかうるさいなあ!」フィーリックスはこういう場面で伯母のピップキンが言う

ことなんか聞きたくなかった。

「それでも伯母は正しいのよ。もちろん伯母は誰か男がいることを知っています。若い女性たちと讃美歌を歌うため、あたしがこんな時間に外出していると考えるほど伯母は馬鹿じゃないから。人は気持ちをはっきり言うべきだと伯母は言います。そうよ。――それが伯母の言うことなの。伯母は正しいのよ。若い娘は若い男がいくら好きでも、振る舞いに気をつけなければいけないってことね」

サー・フィーリックスは葉巻を吸い、それからお湯割りブランデーを息長く飲んだ。グラスを空にして前に置いたあと、こつんと叩いて給仕に合図し、お代わりを求めた。ルビーのしつこい要求に直接応えるのは避けたかった。まもなくニューヨークへ向かう予定で、あちらへの旅を未来の行き止まりと見ていた。それを超えてさらに遠く先を考える必要なんかなかった。彼が去ったあとルビーがどうなるか考えて悩むこともなかった。発つ前に出かけることをルビーに伝えるかどうかさえ怪しかった。ルビーがロンドンに来たのは彼の責任ではない。「じつに楽しい娘」だったが、彼はルビーが好きというより密通の感覚のほうが好きだった。だから、忌々しい「面倒」な目にだけはあうまいと決心していた。ジョン・クラムが激怒してロンドンに上京して来るというようなことは考えていなかった。――もし考えていたら今のように出発を遅らせないで、ニューヨークへの旅を急いでいただろう。「入って踊ろう」と彼。

ルビーは――この世のほかの何より――踊りが好きだった。彼女は恋人の腕に腰をしっかり支えられ、片手を彼の手に取られ、もう一方の手を彼の背にゆだねて、大きな部屋を旋回しながら踊るとき、天国にいるように感じた。彼女は音楽を愛し、体の動きを愛した。音を聞き分けるいい耳と体力を具えていた。息を切らすことはなかった。部屋全体を使って旋回し、踊るとき、世界はこれ以上に価値あるものを提供してくれないかのように感じた。――そんな瞬間は貴重だったので、失うことができなかった。彼女は踊るとき、その夜恋人と別れる前に、問いに対する回答をもらおうと決意していた。

「さて帰らなければいけないけど」と、彼女はとうとう言った。「エンジェルまで送ってくださるかしら？」もちろん彼はエンジェルまで喜んで送るつもりでいた。「あたしは郷士(3)にどう説明したらいいです？」

「何も言わなくていいです」

「伯母にはどう説明したらいいかしら？」

「伯母さん？　ただあなたがずっと言っていたことを言えばいいです」

「あたしは――ただあなたを喜ばせるために――伯母には何も言っていません、フィーリックス。伯母には今何か言う必要がありますす。娘は振る舞いに気をつけなければいけないもの。あなたはあたしに何か言わなければいけないでしょ、フィーリックス？」

彼はどう答えるか考えて、しばらく黙っていた。「もしあなたがぼくを困らせるなら、いいかい、もうおしまいにします」

「おしまいにするって！」

「そう。――おしまいにします。ぼくが何か言う用意ができるまで、待てませんか？」

「これ以上長く待ったら、あたしの身の破滅ね。もしピップキン夫人がもうあたしをうちに入れてくれなかったら、どこへ行けばいいでしょう？」

「ぼくが居場所を見つけます」

「あなたが居場所を見つけるって！　駄目よ。それは駄目ね。前にもこういうことはみなあなたに言っておきました。むしろ奉公に入るか、街角に立ったほうがましだわ」

「ジョン・クラムのところに戻りなさい」

「ジョン・クラムはあなたよりあたしに敬意を払ってくれます。彼なら明日にもあたしを妻にして、このうえなく喜んでくれそうね」

「彼から逃げ出せなんて言っていませんよ」とサー・フィーリックス。

「やだ、言ったわよ。シープストーン・バーチーズであなたに会ったとき、ロンドンに来たらいいとあたしに言ったじゃない？　それに、もしあたしが何かを望んだら、あなたはそれをしてくれると言ったでしょ？」

「そうしてあげるよ。何が望みです？　望みなら、ソヴリン金貨を二枚あげます」

「いえそんなもの。――お金をもらうつもりはありません。自分で猛烈に働いたほうがまだましよ。あたしと結婚するつもりがあるかどうか言ってほしいんです。ほら！」

サー・フィーリックスは今また嘘の上塗りをしても、それを苦とも思わなかった。しかし、ニューヨークへ行くつもりでいたから、そうなればどんな面倒からも逃れられるだろう。彼は若い娘にそんな嘘をついても無駄だと思った。若い娘は嘘をつかれたときそれを信じないで、あとでだまされたと信じたがるものだと思った。彼が気にかけたのは嘘ではなくて、准男爵という地位だった。彼の見方からすると、妻にしてくれと求めることなど、ルビー・ラッグルズの側の「途方もない厚かましさ」にほかならなかった。彼は嘘を嫌ったうえ、ルビーに強いられてそんな嘘をついて、身を安売りしているように見られたくなかった。「結婚なんて、ルビー！　駄目です。結婚する気はありません。退屈以外の何ものでもありませんね。ぼくはそんなものよりずっといい手を知っています」

ルビーは通りで立ち止まって彼を見た。これはルビーが夢想だにしていなかった事態だった。男が結婚を延期したがるというのは想像できたが、男が自分の女に向かってまったく結婚する気がないと厚かましく断言するなんて、彼女は納得することができなかった。若い娘を追いかけるどんな権利がそんな男にあっただろうか？「あたしはどうしたらいいかしら、サー・フィーリックス？」と、彼女は聞いた。

「ほどほどにして、ぼくに面倒をかけないでください」

「面倒をかけるなって！　ええい、それなら、かけてやる。かけてやります。あたしはあなたとこんな関係を続けているのに、そこからは何も生まれないわけね。あたしと結婚するつもりはないって。まったくないってね！　まったく？」

「年取った独身者はたくさん見ているでしょう、ルビー？」

「もちろん見ているけど。郷士がいますね。でも、郷士は娘につき合うよう求めたりしません」

「あなたが知らないだけですよ、ルビー」

「もし娘にそうするよう求めたら、郷士は即座に娘と結婚しますね。――なぜなら、彼は紳士だから。頭のてっぺんから足の先まで紳士だからよ。郷士は娘に言葉をかけるようなことはしません。――娘に害を及ぼすような言葉はね」ルビーは泣き始めた。「あなたはもう二度と来ちゃいけない。もう二度とあなたには会わない。――二度とね！　あなたはこれまでにあたしが会ったもっとも不実な、もっとも下劣な、もっとも下種な男だと思うわ。約束を守らない男がいることは知っててよ。いろいろなことが起こると、男は約束を守ることができないこともね。ほかの女が好きになったり、暮らしの支えをなくしたりしてね。でも、若い男が若い娘を追いかけたあげく、結婚する気はまったくないとあけすけに言うなんて、最低の男のやることよ。どの本でもそんな男のことは読んだことがありません。これからも読むことはないでしょう。あなたは好きな道を進みなさい。あたしはあたしの道を進むからね」ルビーは激情のなかでも言行を一致させると、彼を逃れて、ずっと伯母のうちまで走った。男がルビーのために危険を背負おうとしないので、彼女の心にも理解できない男への怒りが残った。今の時間を楽しくするため安易に与えられる約束さえ、恋人は与えてくれなかったのだ。ルビーは伯母の家に入ると、泣きながら二人の子の真ん中で眠りについた。

翌朝、ロジャーが訪ねて来た。ルビーはピップキン夫人にドアに注意していて、もし誰か紳士がルビー・ラッグルズに会いに来たら、外出していると言ってくれるよう頼んでおいた。ピップキン夫人はそれを拒まなかった。しかし、夫人は訪問して来る理由を充分推察するくらいロジャー・カーベリーのことを聞いていたし、また好きなように暮らしているルビーの今の状態が、下宿にとっても、当人にとっても好ましくないと思っていたので、もし郷士が来たら若い娘に会わせようと決めていた。だから、ルビーは小さな奥の居間に呼ばれて、そこにロジャー・カーベリーを見つけたとき、罠にはめられたと思った。彼女は朝のあいだずっと不機嫌だった。前夜怒りに駆られて爵位のある恋人を捨て、二度と会うつもりはないと言ってはみたものの、日常の仕事のなかで恋人をなくした記憶に襲われるとき、孤独を感じるとき、自分の軽率な行動をほとんど悔やんだ。単調な骨折り仕事をしながらも、将来に待ち受ける美しいことを考えたり、今は下宿屋の雑働き女中同然だが、准男爵の花嫁として花咲くときがやがて訪れるとうぬぼれたりして、心を慰めることはもうできなかった。彼にもう二度と会えない、あの金ぴかに輝く演芸場でもう踊れない、そんなことがあるだろうか？　彼をあまりに追い詰めすぎた、それは言えたかもしれない。ジョン・クラムのような男なら責めることは容易でも、准男爵ならもちろん難しかった。それにしても、――結婚する気がないことを彼が初めに言ってくれていたらよかったのに。――結婚する気がないと！　どの方面から見ても、彼女はきわめて不幸だった。郷士がこんなふうにやって来ても、彼女のみじめさを癒す役には立たなかった。

ロジャーは彼女にとても優しかった。片手を取ると、座るように指示して、伯母さんのところに心地よく収まっているのがわかって非常にうれしいと言った。「あなたが何も言わずに行方をくらましたとき、私たちはもちろん心配しました」

「じいちゃんはあたしにひどく残酷だったので、行き先を言うことができなかったのよ」

「おじいさんは古い友人である粉屋との約束をあなたに守ってほしかったのです」

「髪をつかんで引きずり回すのは、娘に約束を守らせるやり方じゃないです、——そうでしょ、カーベリーさん？　じいちゃんはそんなことをしたのよ。——サリー・ホケットが居合わせてそれを聞いててよ。あたしはジョン・クラムにはどうだったとしても、じいちゃんには優しくしてきたの。じいちゃんはあたしをそんなふうに扱ってはいけなかったんです。どんな娘だって髪をつかまれて部屋を引きずり回されたくないでしょ。寝床に入る前で衣類を脱いでいるところでね」

郷士はこれには何も答えなかった。老ラッグルズがジンの影響下で乱暴な獣になっていたとしても驚かなかった。娘はそんな扱いを受けて家を出たとしても、伯母のもとに身を寄せた点で過ちを犯していなかった。しかし、ロジャーはルビーの夜遊びのことをピップキン夫人からすでに聞き取り、恋人がいることも耳にして、恋人が誰かもよく知っていた。ロジャーはまたジョン・クラムの精神状態についても熟知していた。ジョン・クラムはルビーに帰って来てもらえさえしたら、すべてを許す情愛深い男、男らしい男だった。しかし、クラムはルビーに帰って来てもらえなかったら、きっと彼なりの緩慢な仕方で忍耐して、口癖で言っているように「終わりまで見届ける」だろう。「うちから逃げ出さなければならないと思ったとき」と、ロジャーは言った。「あなたがここに身を寄せてくれたのはうれしいです。しかし、ずっとここにいるつもりはないでしょう？」

「わからないけど」とルビー。

「将来の生活のことを考えなければなりません。ずっと伯母さんの女中をしていたくはないでしょう」

「ええ、それはいやよ」

「クラムさんのような男の妻になれるとき、女中をしていたらとてもおかしいです」

「ああ、クラムさんね！ みんながクラムさんのことを言い続けててよ。あたしはクラムさんが好きじゃありません。好きになることはないです」

「さて、いいですか、ルビー。あなたと真剣に話をするためここに来ました。ですから、私の言うことを聞いてほしいです。あなたが望まなければ、クラムさんと結婚させることは誰にもできません」

「もちろん誰にもできないことよ」

「しかし、あなたとまったく結婚するつもりがなくて、ただあなたを破滅させるだけの別の男のために、あなたがクラムさんを捨てたのじゃないかと心配しています」

「誰からも破滅させられはしないけど」と、ルビーは言った。「娘は振る舞いに気をつけなければなりません。あたしはあたしの振る舞い方に気をつけるつもりよ」

「あなたがそう言うのを聞くとうれしいです。しかし、サー・フィーリックス・カーベリーのような男と夜遊びに出かけることは、振る舞い方に気をつけているとは言えません。それは頭から破滅に突っ込むことを意味します」

「破滅するつもりなんかありません」と、ルビーは言うと、顔を赤くしてすすり泣いた。

「しかし、あの若者に身をゆだねるなら、破滅します。彼はどこまでも悪くなれます。私の身内ですが、そう言わざるをえません。私があなたと結婚しようと思わないのと同じように、彼はあなたと結婚しようと思っていません。それに、たとえ結婚しても、彼はあなたを扶養することができません。彼自身が破滅しており、彼を信頼するどんな若い娘をも破滅させます。私はあなたのお父さんと言っていいくらい歳を取っていますが、生涯彼くらい下劣な若者に会ったことがありません。彼はあなたを破滅させ、悔恨の痛みを感じることなくあなたを捨てます。彼の胸には心がありません。——まったくないのです」ルビーは今完全にくじけてしまい、部屋の片隅でエプロンを目に当ててすすり泣いた。「それがサー・フィーリックス・カーベリーです」と郷士は言うと、もっと力を込めて話すため立ちあがり、もっと徹底的に彼女を言い負かした。「もし私が事態を正しく把握しているなら」と、郷士は続けた。「太陽と地球くらい人格的にかけ離れた優れた男のもとをあなたが離れたのは、あんな下劣なやつのためでした。ジョン・クラムがりっぱな上着を着ていないからといって、あなたは彼を軽んじます」

「男性の上着なんか気にしないけど」と、ルビーは言った。「でも、ジョンは意見を言うことができないのよ、——どんなに言葉を使わなければならないときでもね」

「使う言葉！　言葉がそんなに重要ですか？　クラムはあなたを愛しています。あなたを物笑いにしたり、面汚しにしたりするのではなく、幸せにし、上品にしたいという強い思いであなたを愛しています」ルビーはこの発言に反論しようと激しくもがいたが、そのとき言葉が出て来ないことがわかった。「クラムは自分のことよりあなたのことを重く見ていますから、持っているものはみなあなたに与えるつもりでいます。もう一人の男はあなたに何を与えてくれますか？　もしあなたがジョン・クラムと結婚したら、そのとき誰があなたの髪をつかんで引きずり回します？　そのときどんな欠乏が、面汚しがあります？」

「面汚しなんてないけど、カーベリーさん」

「フィーリックス・カーベリーのようなやつと真夜中に出歩くことは、面汚しではありませんか？　あなたは馬鹿じゃありません。そういうことが面汚しであることはわかっているはずです。もしあなたが誠実な男の妻に向いていると思うなら、戻ってあの男の許しを請いなさい」

「ジョン・クラムの許しなんて！　いやよ！」

「ねえ、ルビー、私が彼をどれほど深く尊敬しているか、もう一方をどれほど低く軽蔑しているか、彼をどれほど高貴な人と見なしているか、もう一方を足もとの塵と見なしているか知ったら、あなたはおそらく考えを少し変えるでしょうね」

彼女は考えを変えつつあった。哀れな娘は郷士の言葉に影響を受けて、根づいた確信に逆らってもがいた。ジョン・クラムを高貴だと、誰かが言うのを聞くことなど予想もしていなかった。とはいえ、カーベリー郷士くらい彼女が尊敬している人はいなかった。その郷士がジョン・クラムを高貴だと言った。彼女はみじめさと難儀の真っ只中にあって、それが埃っぽい、粉だらけの――口の重い――高貴さだと心でまだつぶやいた。

「どういうことが起こるか教えてあげましょう」と、ロジャーは続けた。「クラムさんはご存知のようにこういうことには我慢できません」

「彼はあたしには何もすることができないからね、あなた」

「それはほんとうです。彼は腕にとらえて、胸に抱きしめる以外にあなたには何もしたくないでしょう。たとえ傷つけろと言われても、彼はあなたを傷つけることができません。男の愛が何を意味するかあなたは知りません、ルビー。しかし、彼はほかの男には驚くようなことができます。もし彼がフィーリックス・カーベリーと一緒に同じ部屋にいて、まわりに誰もいなかったら、事態はどうなると思います？」

「ジョンはすごく強いのよ、カーベリーさん」

「もし二人の男に勇気が等しくあるなら、強さはあまり問題ではないでしょう。一方は勇敢な人で、他方は――臆病者です。どっちがどっちだと思います？」

「彼はあなたの身内でしょ。なぜあなたが彼に不利なことばかり言うのかわかりません」

「私がほんとうのことを言っているのはおわかりでしょう。私自身が知っているのと同じくらいあなたもそれをよくご存知です。――あんなやつのために――あなたは自分の身を放り捨て、あなたを愛する男を放り捨てようとしています！　彼のもとに戻りなさい、ルビー、そして彼の許しを請いなさい」

「その気はないけど。――まったくね」

「私はピップキン夫人と話しました。あなたがここにいるあいだ、もう二度と夜遊びをしないように夫人が面倒を見てくれます。あなたは面汚しとはなっていないと私に言いますが、あんな若いごろつきと夜中に出歩いています！　私は言わなければならないことをすでに言いました。これで帰ります。しかし、おじいさんには知らせます」

「じいちゃんはもうあたしが帰ることを望んでいません」

「私はまた来ます。うちに帰る金がほしければ、私が出しましょう。少なくとも次の忠告だけは聞いてください。――二度とサー・フィーリックス・カーベリーに会わないでください」それから、彼はいとま乞いをした。たとえ彼がジョン・クラムに対する賛美をルビーに印象づけることができなかったとしても、サー・フィーリックスに対して抱いていた彼女の信頼を減らす点でこの訪問は確かに有効だった。

註

（1）アイルランドの作家ピアース・イーガン（Pierce Egan）がイーストエンドの底抜けに愉快な下層生活を描いた人気スケッチ集 *Life in London or, The Day and Night Scenes of Jerry Hawthorn, Esq., and his Elegant Friend, Corinthian*

Tom, accompanied by Bob Logic, the Oxonian, in their Rambles and Sprees through the Metropolis に由来する。

（2）Pentonville Road から東南に延びて Old Street と交差し、Liverpool Street 駅の西 Finsbury Square へと続く通り。

（3）Pentonville Road と Islington High Street の角にあったパブの名。

第四十四章　次の選挙

メルモットの人気の高まりのため、つまり彼の投機的企業活動と財務手腕に対する賞賛が、一般大衆のあいだに広がったため、ウエストミンスター選挙区で組織された彼の反対陣営は、特別苦々しい思いを彼に抱いた。高い山々が深い谷に刻まれるように、ある時代の清教主義が次の時代の不信心を生むように、冬の氷の厚さが多くの国々で夏の蚊の多さに比例するように、大人物に対する温かい支持が広がる一方、厳しい敵意がこの機会に示された。メルモットは称賛される一方、非難された。彼はある人々にとって神のような存在である一方、他の人々にとって悪鬼だった。実際、こうする以外に彼に対して戦いを続ける方法がなかった。ウエストミンスター選挙区に保守党から立候補する目的を明らかにした瞬間から、彼の選対はメルモットこそ前例のない大企業家だとの宣伝を繰り広げて、有権者の喉に彼を強引に押し込む試みをした。この世には企業活動という一つの美徳しかなく、メルモットがその活動の予言者であるように扱った。時代の雄弁家や著述家は、メルモットが一般商人の心に動くものとは違った精神で事業を経営していることを、ウエストミンスター中の人々に信じ込ませようとするように見えた。メルモットは個人的な利害を超越して公にかかわる心境に到達した。あまりにも巨大な富を持っていたので、金に関する欲はもはや持たなかった。十二もの家を興すのに充分な――そう噂されている――資産をすでに所有しているのに、娘が一人いるだけだった！　それゆえ、彼は両手に抱えるいくつもの事業を継続することによって、新世界を切り開き、人口過剰な旧世界の抑圧された諸国民に救いをもたらすことができる。彼はピーボディーやベアード[1]らによってなされた慈善がいかに小さいかを見てきたから、慈善と宗教には耳を傾けまいと決意しながら、若い諸国において適度に額に汗することで充分なパンをえられるようにする計画に専念した。彼はメキシコを再生させる鉄道の顔だった。英領北アメリカつまりカナダを横断して両大洋を結ぶ鉄道敷設計画[2]を彼の手で実現すると見られた。彼こそは広大な国土における茶栽培に感謝して、中国皇帝を親しくもてなそうとしていた。モスクワからヒヴァ[3]に至る鉄道の件で、彼はすでにロシアと協定を結んでいた。また、船隊――まもなくすると移民船隊となるもの――を所有しており、不満を抱えるアイルランド人を――政治的原理の実践のために彼らが行きたいと願う――地球上のどの地域にも喜んで運べた。彼は喜望峰を迂回してペンザンスからセイロン南西端のガルまで海底ケーブルを敷設[4]するため、ある会社をすでに立ちあげていることが知られた。その結果、たとえ全面戦争が起こっても、イギリスはインドとの通信で他国にまったく依存する必要がなかった。それから、彼はアフリカの大きな湖沿いにあって最近エジプトが併合した国[5]、イギリスよりおよそ四倍も大きい領地、の譲渡にかかわる賠償金――三千万ポンド――を支払って、エジプトの副王[6]からアラビアの農夫の自由を買うという人道主義的計画を立てていた。こういう話題のいくつかは、まだ会話に出る程度のもの――実際の彼の所持金あるいは信用貸しの問題というより、彼の精神と想像力が描く投機――にすぎなかったかもしれない。とはいえ、こういう話題がみな充分熟したあと、やがて刊行物のなかで公表され、メルモットがウエストミンスター選挙区選出議員とならなければならない強い主張として使われた。

　政治的立場のゆえにメルモットに対抗するよう召集された人々は、こういう称賛をみな胆汁のように感じた。神のような存在は、悪鬼のような人だと証明することによってのみこきおろすことができる。これらの人々、すなわちイギリスの主要選挙区におけるおもだった自薦自由党員は、もし保守党員のメルモットと戦うことが義務とならなければ、彼の素性についてほとんど気にすることはなかっただろう。イギリスにおける彼の政治的立場が本質的にリベラルだったと、もし大人物がぎりぎり最後に気づいていたら、まさしくこれらの敵こそ彼の選対本部に入っていただろう。議席を確保するのが彼らの仕事だった。メルモットの支持者は、候補者の美徳を圧倒的に主張して選挙区を総なめにする――自由党員が「殺到」と呼ぶ――やり方で戦いを始めた。それに対して、対抗側はその候補者の素性を問いただすことを迫られた。彼らはすばやく仕事に熱中して、保守党がメルモットこそ実業界のジュピターだと名乗るのに対して、勝るとも劣らぬ声高な声で彼こそ思惑投機のサタンだと暴き立てた。密使がパリとフランクフルトに送られ、電報がウイーンとニューヨークに打たれた。真偽はともかく話を集めるのは難しくなかった。なり行きを傍観していた物静かな人々は、メルモットが賢く控えて議会の栄光を求めなければよかったと意見を述べた。

しかし、自由党はメルモットに対抗する適当な候補者を見つけることに当初苦労した。ある貴族が父の死によって庶民院の議席を開け渡し、貴族院に移籍するという事情があり、その貴族はホイッグの大物だった。彼の家族は莫大な富を所有し、富に比肩する人気を誇った。その家族の一員なら、ほかの人よりはるかに少ない出費で選挙を戦うことができただろう。彼らにとっても、出費はたいして問題にならなかっただろう。ところが、その家族からそんな候補者が出て来なかった。何がし卿とくれがし卿、及び何がし令息とくれがし令息つまり同血族の貴族の息子たちは、すでに議席を持っており、現状ではそれを明け渡したくなかった。現在の議会には一つの会期しかもう残っていなかったし、賭け率はメルモット側に大幅に有利とされていた。多くの対抗馬が打診されたものの、彼らはメルモットの財布か、影響力かを恐れた。バンティンフォード卿が出馬の要請を受けた。この卿とその家族は古くからりっぱなホイッグだった。しかし、卿はアルフレッド・グレンドール卿の甥で、マイルズ・グレンドールのいとこであり、親戚との関係を配慮して出馬を控えた。サー・ダマスク・モノグラムが出馬の打診を受けた。彼は確かに出馬できそうだった。けれども、サー・ダマスク当人は出馬できるとは思わなかった。メルモットは働き蜂だったが、彼は働かない雄蜂だった。それで、メルモット支持者からその違いを指摘されたくなかった。そのうえ、彼はヨットと四頭立て馬車のほうが好きだった。

ついに候補者が選ばれた。彼が候補者として指名され、その地位を受け入れたことで、ロンドン中に大きな驚きが走った。新聞はもちろんこの話題を大きく取りあげた。『朝食のテーブル』は総力をあげてメルモットを支持した。ブラウン氏はカーベリー令夫人の影響を受けてこの支持を決め、カーベリー令夫人はこうすることで、大人物に娘とサー・フィーリックスの結婚を受け入れさせようとしていると、噂する人々がいた。とはいえ、ブラウンはどちらに風が吹いているか自分で判断したから、あるいは判断したと思ったから、投機取引の寵児を国全体が支持すると感じたから、その寵児を支持したと見るのが自然だろう。『朝食のテーブル』の編集長はたんに私的な関心しかない小さな問題――たとえば、本を称賛するときとか、公務上あるいは軍務上の賠償請求を正当と主張するときとか、慈善を褒め立てるときとか――で、愛する女性の言うことに耳を傾けることがあったかもしれない。しかし、編集長は仕事をよくわきまえていたので、購読者に関心のある問題で、そんな私的な影響によって新聞を危険にさらすようなまねはしなかった。メルモットへの強い崇拝が全体に見られた。彼がウエストミンスターから選出されるだろうと、いくつもの社交クラブが予想した。彼は公爵や公爵夫人たちから祝福された。シティ――シティさえも意見を変えて彼に同調しようとする気配を見せた。主教たちはお気に入りの計画推進者リストに彼の名を入れたいと請うた。王室は彼のテーブルで倹約することなくディナーをする予定だった。メルモット本人が太陽の弟、月の叔父、つまり中国皇帝の右手に座ることになり、イギリス王室はその反対側に居並ぶことになった。そうすると、ディナーの出席者みなが最大の栄誉にまみえることになるだろう。事態のなり行きを見るとき、『朝食のテーブル』の良心的な編集長は、メルモットを支持する以外にどうすることができただろうか？　公正正当に見て、カーベリー令夫人はこの件で何の影響力も発揮しなかったというのが妥当なところだろう。

ところが、『夕べの説教壇』は反対の立場を取った。『夕べの説教壇』はこれまで一度も自由党を支持したことがなかったから、これは今いっそう際立ち、いっそう注意を引くことになった。本書の第一章で述べたように、この新聞は完全な自主独立の原理による運営をその標語とした。もし『夕べの説教壇』が同時代のいくつかの新聞のように、あらゆるリベラルの要素が神的なものであり、それに敵対するあらゆる要素が悪魔的なものだと毎日宣言していたら、当然同じ趣旨の主張がウエストミンスターの選挙についても言われただろう。しかし、実際にはそうではなかったので、『夕べの説教壇』の今回の動きはそれだけ警戒心を抱かせ、耳目を引いた。――その結果、メルモットについてほぼ毎日この新聞に出る短記事をみなが読んだ。新聞の作成にかかわる人々は、今賛辞より非難のほうがはるかに魅力的だとよく知っている。ただし、非難がかなり危険であることも知っている。新聞のオーナーも、編集長も、哀れな誰かを神様扱いにしたからといって、これまで法廷に引き出されて何百ポンドか――状況が悪ければ、何千ポンドか――支払ったことなどない。哀れな誰かを崇高な動機の持ち主として持ちあげたからといって、オーナーも、編集長も、損害賠償のため出頭するよう求められたことなどない。それができたら、政治と文学と芸術、及び真実一般にとってむしろいいことかもしれない。もっとも、そんな健全な手続きを可能にするには、新しい名誉毀損罪法を施行しなければならない。他方、非難ははなはだ重大な危険をもたらす可能性がある。たとえ編集長が非常に良心的で、非常に情け深くて、非常に誠実であっても、――たとえ彼の書いたものが徳を増進させる目的で書かれ、事実を正しく伝え、誇張してもおらず、一瞬たりとも私的な動機に迷わされず、公的な目的に沿っていたとしても——、彼は破滅の危険にさらされる可能性がある。『夕べの説教壇』がメルモットの行動についてした暴露には、いとも大きな財布、あるいはいとも大きな勇気が必要だった。この新聞は突然この路線を取った。アルフ氏は二番目の記事を出したあと、メルモットの秘書マイルズ・グレンドールに大晩餐会の招待券を送り返した。アルフは同封の手紙で来るべきウエストミンスターの選挙との関連から、中国皇帝が臨席するメルモットのテーブルでディナーをいただく栄誉を受けるわけにはいかないと述べた。マイルズ・グレンドールは大晩餐会準備委にこの手紙を見せた。準備委はメルモットと協議することもなく、その招待券をとことん保守派の刊行物編集長に送ることに決めた。『夕べの説教壇』のこの行動は世間をかなり驚かせた。しかし、ファーディナンド・アルフ氏自身が、自由党からウエストミンスター選挙区に立候補することを明らかにしたとき、世間はもっと驚いた。

さまざまなことが噂された。ある人々によると、アルフはこの新聞の株をたくさん持っていて、——今や新聞の成功が確定したので——、仕事に明け暮れる地位から引退しようとしており、議員にはいつでもなれると思っているという。ほかの人々によると、これは文芸界における新時代の始まり、いろいろな分野における新秩序の始まりであり、選挙区を見つけ出せるくらい充分な影響力を持つ編集長が今回登用されるなら、これ以後そんな編集長がしばしば議会に見られるようになるという。アルフは自尊心に突き動かされていると、骨折り損のくたびれもうけになりそうだと、ブラウンはカーベリー令夫人に密かに囁いた。「彼はすごく賢くて、颯爽としていますが」と、ブラウンは言った。「堅実味を欠いています」カーベリー令夫人はかぶりを振った。彼女は避けられるなら、アルフを手放したくなかった。彼の新聞で温情のある言葉をかけられたことはなかったが、こんな大きな力を持つ人と良好な関係にあるのはいいことだと考えていた。彼女はアルフに対して不思議な畏怖——ブラウンに感じる同種の感情をはるかにしのぐ畏怖——を感じていた。彼女はラウンに対しては、彼から結婚の申し出を受けて以来、あまりそういう畏怖を感じなくなっていた。彼女は選挙では当然メルモット側に共感していた。徹底的にメルモットを信じていた。大人物がうなずいてくれれば、――うなずかなくても金さえ出してくれれば――、フィーリックスを一人前にする手立てとなるかもしれないと、彼女はまだ考えていた。

「アルフさんはとても金持ちだと思います」と、カーベリー令夫人はブラウンに言った。

「たぶんかなり貯めていますね。でも、この選挙に一万ポンドを使うでしょう。――しかも今のやり方を続けるなら、誹謗中傷に対応する訴訟用にさらに一万ポンドはかかると見ておいたほうがいいでしょう。あの新聞を告発すると保守側はすでに断言していますから」

「オーストリアの保険会社の件を、あなた、信じますか？」これはメルモットが汚い手でパリから撤退したとされる事件だった。

「『夕べの説教壇』がそれを証明できるとは思いませんね。――三、四千ポンドの出費を覚悟しなければ、証明を試みることができないのは確かです。でも、弁護士以外に誰ももうけにならないもくろみですね。アルフの動きが不思議でなりません。彼なら虎口に頭を突っ込む危険を冒すことなく、言いたいことを言う方法を知っているとてっきり思っていました。彼はこれまでいたって賢く振る舞ってきました！　なるほど辛辣な言葉を使っていましたが、いつも世論の風には逆らって来ませんでした」

アルフ氏は力強い選対本部に支えられていた。このころまでに両陣営には人々を駆り出し、熱狂を生み出す充分な選挙への活力が生み出されていた。こんなふうに対抗軸ができあがらなかったら、選挙にはただの生暖かさか、ひょっとすると冷え冷えとしたものさえあったかもしれない。ホイッグの侯爵や男爵が、ぞろぞろ前面に現れて来た。それとともに自由党の職業活動家や、この党がいちばん肌に合うと感じる商人や、民主派の機械工が出て来た。メルモットが金の力で下層階級の有権者を最終的にとことん腐敗させなければ、まだまだいい戦いになりそうだった。というのは、無記名投票なら、投票にあまり影響を及ぼすことなくメルモットの金を受け取れるという、強い期待感が彼ら下層階級の有権者にあったからだ。アルフは試してみると、かなりの演説家であることがわかった。彼は『夕べの説教壇』を今なお主宰しながら、ほぼ毎日選挙区の演説会に立ち会う都合をつけた。演説ではメルモットを容赦しなかった。商取引の壮大さに対して彼くらい尊崇の念を抱く者はいないと言った。しかし、その壮大さが正々堂々たるものとなるように、実業家は用心しなければならない。選挙民が投機の不法な精神によってだまされていることがわかったら、すなわち誠実な商取引に敬意を表していると思っていると、じつは博打に屈していることがわかったら、ウエストミンスターのような選挙区で恥辱は何と大きくなることだろう。こういう発言は当然のことながら新聞記事と相まって、あからさまなメルモット攻撃と見なされた。これには効果があった。メルモットが金持ちの信頼をえられるほど長く、彼らのあいだで暮らして来ていないことをある人々は口に出し始めた。何か言い訳を作って、大晩餐会を避けるほうが賢明かもしれないと、ロンドン市長はもう考え始めた。

メルモットの選対本部も堂々たるものだった。アルフが侯爵や男爵に支持されているとしたら、メルモットは公爵や伯爵に支持されていた。しかし、彼は演説で聞き手にあまり信頼感を生み出すことができなかった。政治原則——彼がそれに基づいて行動する原則——を説明しようにも、ほとんど何も言えなかった。まもなく彼は敵陣営から加えられる個人攻撃への反論にのみ発言を限定した。そのときも、散漫な話し方というより繰り返しの多い話し方で反論した。それを証明せよと、彼は敵方に挑戦した。イギリス人は偉大で、寛大で、正直で、高貴なので、——ウエストミンスター選挙区の人々は特にじつに高潔な精神の持ち主なので——、証明されるまでこんな個人攻撃にまともに注意を払うことはできないと。それから、彼はもう一度敵方にそれを証明せよと言い、こんな非難は証明されるまでただの嘘だと続けた。彼は誹謗中傷に対抗する訴訟について演説であまりふれなかった。アルフレッド・グレンドールと息子が、特にメルモットに代わって、適切な法的助言によって訴訟に値すると断定されたすべての演説家と執筆者が、選挙が終わるとすぐ中傷で告発されるだろうとの言質を有権者に与えた。『夕べの説教壇』とアルフが、当然最初の犠牲者になるだろう。

大晩餐会は七月八日月曜と定められた。自治区の選挙は七月九日火曜に予定されていた。二つの行事が接近しているのは、予想されるメルモットの勝利を確かなものとするため、そう設定されたと一般に受け止められていた。しかし、実際にはそうではなかった。それはたんに偶然であり、メルモット派の一部にとっては苦痛となる偶然だった。大晩餐会にはやらなければならない――手を抜けない――ことがたくさんあった。選挙にもたくさんやるべきことがあり、これも否応なしのものだった。グレンドール父子はめちゃくちゃに仕事に駆り立てられることがわかって、世界がひっくり返ったように感じられた。父のほうは往時一族の選挙運動で慣れていたから、メルモットの役に立ちたいとはっきり言った。ところが、ウエストミンスター選挙区はほとんど手に負えないことがわかった。卿はここに呼ばれ、あそこに送られて、謀反を起こしそうになった。「こういうことがもっと長く続くなら、私はやめますよ」と、卿は息子に言った。

「ぼくのことも考えてみてくださいよ、親父」と、息子は言った。「週に四、五回はシティに行かなければいけません」

「おまえはちゃんと給料をもらっていますから」

「おやおや、それについては親父のほうがうまくやっています。親父が持っている株券に比べたら、ぼくの給料なんか微々たるもんじゃありませんか?　問題なのは――このまま続くでしょうか?」

「続くって?」

「メルモットが破産すると言う人たちがずいぶんいます」

「私は信じませんね」と、アルフレッド卿は言った。「連中は言っていることがわかっていません。同じ船に度外れにたくさんの人々が乗っているので、彼を破産させることなんかできませんよ。破産させたら、ロンドンの半分を破産させてしまいます。ですが、これが終わったら、事情をもっと楽にしなければならないと彼に言います。彼は大晩餐会の切符一枚一枚を誰が持つか知りたがります。私以外に答えられる者はいません。私が席の配置を全部やりくりしたからです。紋章院のあの男しか私を助けてくれる者がいませんでした。人の序列についてはわかりません。銀行の頭取と本の作者では、どちらが上席になるかなんてね」マイルズは紋章院の男がそういうことはみなわきまえているから、親父は細かなことに悩む必要はないとほのめかした。

「大晩餐会が終わったあと――あなたを三日間私たちのところに招待します」と、モノグラム令夫人はミス・ロングスタッフに言った。ミス・ロングスタッフはこの提案を受け入れた。もちろん快く受け入れたが、決して好意を示してもらったからそうしたのではなかった。モノグラム令夫人は旧友を招待することについて心を入れ替えて、メルモット家に逗留して身を汚した哀れな若い娘をまるまる三日間もてなすことにした。その理由は次の通りだった。ミス・ロングスタッフはマダム・メルモット用に発行された大晩餐会の切符のうち二枚を自由にすることができた。メルモット家の評価が一般にずいぶんあがってきたので、モノグラム令夫人はその社会的地位から見て大晩餐会に出席するのが義務だと悟った。印刷された招待客リストに彼女の名がないのはまずいだろう。それで、旧友のミス・ロングスタッフと有益な取引をした。彼女は大晩餐会の切符を二枚都合してもらうことになり、ミス・ロングスタッフは三日間モノグラム令夫人の客となることになった。とにかくモノグラム令夫人がミス・ロングスタッフと一晩一緒に外出すること、もう一晩はミス・ロングスタッフの客を受け入れることも認められた。交渉の端緒にはいくらかつらい部分もあったけれど、そんな感情はすぐに消えた。モノグラム令夫人はじつに世慣れた女性だった。

註

(1) George Peabody(1795-1869)は米国の銀行家・慈善家。James Baird(1802-76)はスコットランドでたくさん教会を造ることに貢献した鉄鋼業者・慈善家。

(2)「カナダ太平洋鉄道会社」は一八七〇年初頭に設立されて、一八八六年六月にようやく営業を始めた。この会社も一八七一年にカナダ保守政権への贈収賄事件を起こして、サー・ジョン・マクドナルド首相の辞任をもたらした。

(3) 十六世紀から一九二〇年まであったヒヴァ(Khiva)汗国の中心地。現在はウズベキスタンに属する。

(4)「英印海底電信会社」がボンベイとスエズを結ぶため一八六九年に設けられた。残されたジブラルタル・コーンウォール間は一八七二年に完成した。

(5) エジプト副王のイスマイル・パシャ(Isma'il Pasha, 1830-95)は現在のエリトリアに対する領土的な野心を隠さなかった。

(6)『タイムズ』紙は一八六九年九月二十三日にイスマイル・パシャが領地の農民を重税で苦しめている実態を伝えている。

第四十五章　メルモット氏は時間に追われる

選挙の二週間前くらいのころ、ロングスタッフ氏はロンドンにのぼって、じつに頻繁にメルモット氏に会った。彼は大金融業者に一か月屋敷を貸していたため、彼の屋敷に入ることができなかった。ロンドンにほかに身を寄せるところもなかった。それで、ホテルに泊まり、カールトン・クラブ(1)で生活した。彼は新しい友人が忠実な保守党員であることがわかって心から喜んだ。メルモットをクラブの会員に即座に選出すべしという考えがあった。一方、クラブは規則を破ることはできないと言い、庶民院にメルモットが議席を獲得したらすぐ順番を繰りあげて、入会させることしかできないと決めた。噂によると、メルモットはいくぶん尊大になってきていたから、入れてほしいときに入れてくれないなら、クラブは彼がいなくてもやっていけるだろう、すぐ会員に選出されないなら、名を取りさげよう、とはっきり言ったという。このころ彼が保守党内で法外に大きな威信を誇っていたので、この件をクラブの管理委員会にねじ込む人たちがいた。ロングスタッフもその一人だった。メルモットはほかの人とは違う。メルモットを党内に抱えていることは大きい。メルモットの金融の手腕それ自体が、困ったときに頼りとなる力の塔だ。規則はこんな重要な問題でクラブを抑制するようには作られていない、うんぬん。ある高貴な貴族――次の会期で上院保守党の指導者として指名されることになっている七人のうちの一人――が、問題を取りあげるように求められた。もしこの貴族が応じてくれたら、メルモットの選出はなされるだろうと、ねじ込んだ人々は思った。しかし、この貴族は時代遅れで、おそらく頑迷だった。社交クラブは当座のあいだメルモットを受け入れる栄誉を失った。

読者は覚えておられるだろう。ロングスタッフ氏はメキシコ鉄道の重役になることを願ったが、メルモットにその願いを伝えたとき、励まされるのではなく鼻であしらわれた。メルモットはほかの大人物と同じで、都合のいいときを選んで好意を施すことを好んだ。重役にしてくれと依頼されてしばらくして、適切なときがやって来た。会長は今ロングスタッフに、いくぶん事情が変わってきたから重役会に席ができるかもしれないと言い、自分も仲間の重役たちも、彼の助けを借りられたらうれしいとほのめかした。メルモットとロングスタッフはとても親密な関係になっていた。ロングスタッフ家はメルモット家をカヴァーシャムに招待した。ジョージアナ・ロングスタッフはロンドンでマダム・メルモットと一緒に住んでいた。メルモット家は非常に高い賃借料を払い、ロングスタッフのロンドン屋敷を一か月借りて住んでいた。メルモットは今ロングスタッフを重役会の席に迎え入れた。そして、メルモットはロングスタッフ家にとってたいへん有利な条件で、ピッカリングの土地を購入した。メルモットはロングスタッフが会社の株を――おそらく二、三千ポンド分――取得することによって、重役会の席の資格をえるのがいいと提案し、ロングスタッフは当然それに同意した。すべて現金で取引する必要はないだろう。株券はロングスタッフが手に入れたピッカリング・パークの売却金の半分でもちろん支払えるし、しばらくメルモットの手もとに置いておくことができた。ロングスタッフは株券がすぐ引き渡されない理由を少しも理解しないままこれにも同意した。

何をするにしても現金がまったく不要に見えることも、この大人物との交際の魅力の一つだった。小切手に署名なんかしなくても大きな購入がなされ、大きな取引がどうやら終えられた。ロングスタッフは現金を支払うようメルモットに言い出すことさえ自分が恐れていることに気づいた。メルモットはこういう問題について終わったと言うとき、必要なすべてが完了していることをほのめかすように見えた。ピッカリングは購入され、権利証書はメルモットに渡された。しかし、八万ポンドは支払われなかった。もちろん条件に同意するむねのメルモットの覚書が、理屈のわかる人には充分な保証になったが、金はまったく支払われなかった。その土地は重い抵当にではないにしろ抵当に入っていた。メルモットは疑いなく抵当権者に支払を終えていた。それにしても、ロングスタッフ家にはまだ入って来る計五万ポンドがあった。ドリーがその半分を受け取ることになっており、残りの半分は商人と銀行に負った父ロングスタッフの借金を払うために使われる予定だった。これがただちにできたら、気がせいせいするだろう。――しかし、ロングスタッフはメルモットのような大人物から取り立てをする愚かさを感じており、金銭問題にかかわる新時代が、徐々に到来しつつあることを部分的に意識していた。「もし銀行員があなたに取り立てをしてきたら、私のところに来るようにその行員に言いなさい」と、メルモットは言った。私たちは過去何年ものあいだ商品の代価として現金の代わりに手形を交わしてきたが、今新しいメルモット体制のもとでは、言葉の交換で充分やっていけるように思われた。

とはいえ、ドリーは金を求めた。ドリーは怠け者で、愚か者で、道楽者で、たいてい借金には無頓着だったのに、金を手もとに置いておくのが好きだった。彼は金の使い道を全部決めていた。五千ポンドで商人たちに借金を皆済し、手もとに快適に金を残すことができるだろう。一方、二万ポンドあれば資産を抵当のない状態に戻すことができるだろう。ドリーさえもこの魅力に目覚めて、しばらく父とのつき合いを我慢して受け入れた。しかし、彼はせっかちな衝動につき動かされた。父との合意を取りつけるため、カヴァーシャムまで出かけて、――実際に話をまとめてしまった。父は息子の決心を変えることができず、その結果精神的にひどく苦しんだ。ドリーは――金が明日来るか、少なくとも来週中には来ると考えて――、ほとんど大得意だった。今彼は朝早く――およそ午前二時に――父のところに来て、どうなっているか聞いた。土地を売った結果としてまだ十ポンド紙幣一枚さえ手に入れていなかった。

「メルモットに会うだろ、父さん?」と、彼は少しぶっきらぼうに聞いた。

「うん。——明日合流して、彼が重役会でわしを紹介してくれることになっている」

「あれに加わるわけだね、父さん?　給料は払ってもらえるかい?」

「払ってもらえないと思うね」

「ニダーデイルと若いカーベリーがあそこの重役だよ。ある種ベアガーデンと言っていいね」

「ベアガーデンと言っていいって、アドルファス。どういうことかね?」

「社交クラブのことさ。ぼくらはある日クラブにみんなを迎えてディナーをした。愉快なディナーだったな。マイルズ・グレンドールと老アルフレッドもクラブの会員さ。彼らは金が手に入らなければ、あれには加わらないと思うね。ぼくが父さんみたいな苦労をしたら、いくらか支払ってもらうけどね」

「おまえは、アドルファス、こういうことをほとんど理解していない」

「そうだね。仕事のことはあまり理解していない。ぼくが理解していないと思うね。ぼくが理解したいのは、メルモットがいつ金を払ってくれるかだよ」

「銀行で金を手配してくれると思う」と父。

「彼が銀行でぼくの金をいじらないようにしてほしいね。父さんは彼にそうしないように言ったほうがいい。ぼくの口座にぼくが払い込む彼の銀行の小切手が、今いちばん手に入れたいものさ。父さんは明日シティへ行くだろ。彼にそう伝えてくれるといい。父さんが伝えたくないなら、いいかい、ぼくはスカーカムにそうさせるよ」スカーカム氏はドリーがここ数年雇っている、父にとってずいぶん悩ましい弁護士だった。スカーカムの名を出されてロングスタッフは不快になった。

「そんなことはしないでくれ。そんなことはとても愚かだし、――おそらく破滅的だな」

「それなら、メルモットはほかの人と同じように支払をしたほうがいいね」と、ドリーは部屋を去るとき言った。父は息子をよく知っていたから、金がすぐ支払われなければ、スカーカムが口出しして来ることを確信した。ドリーがいったん何かを思いついたら、どんな力も、――少なくとも父が利用できるどんな力も――、彼を心変わりさせることはできなかった。

同じ日［六月二十七日］、メルモットはシティで仲間の重役二人の訪問を受けた。彼はそのとき非常に忙しかった。選挙運動でする演説――結局短くて、要をえてもいない演説――を事前に考えておかなければならなかった。選対の役員からはつねに会いたいと言われた。晩餐会と屋敷の準備に関する指示を出すには、アルフレッド卿から必ずお伺いを立てられた。それから、前章で列挙した膨大な事業をたいへんな労力を払って調整しなければならなかった。彼はなすべきことを手に余るほど抱えていたにもかかわらず、数分間二人の若者にそれぞれ会った。「若い友よ、どうしてほしいのかね？」と、彼は立ったままサー・フィーリックスに話しかけた。それで、サー・フィーリックスも立ったままでいた。

「あのお金のことです、メルモットさん」

「何の金のことかね、君？　たくさん金の問題を扱っていることはご存知だろう」

「株の代金としてあなたに支払った千ポンドのお金です。もしよかったら、株が面倒のようですから、お金を返してほしいです」

「君に二百ポンドやったのはほんの数日前のことだろ」とメルモットは言って、望めば小さな取引にも記憶をたどることができることを示した。

「その通りです。――八百ポンドを返していただけたらと思います」

「株についてはもう指示を出した。――先日仲買人に出したばかりだ」

「それなら、株券をいただきたいです」とサー・フィーリックス。彼はたとえ株券をもらえても、それはおそらくニューヨークへ出発したあと、二週間先の今日になるだろうと感じた。「株券を手に入れることはできますか、メルモットさん？」

「君はねえ、そんなことで私のところに来るなんて、私の時間の価値をほとんど考えていないと思うね」

「私はお金か株券がほしいです」とサー・フィーリックス。彼は今や誓約書に完全に背いて、この紳士の娘をニューヨークへ連れて行く決心を固めていたので、メルモットとの喧嘩も特に意に介さなかった。もし駆け落ちが露見したら、二人の争いは徹底的な殺し合いになるだろうから、今父の怒りを買ったところで、それが憎悪を増やすことはほとんどないだろう。フィーリックスは今ただ金と、メルモットからそれを巻きあげるいちばんいい方法しか考えていなかった。

「君は浪費家だね」と、メルモットは明らかに態度を和らげて言った。「それに残念ながら博打打ちでもある。内金としてさらに二百ポンドを君に与えなければならないと思う」

サー・フィーリックスは現金の匂いを嗅いで抵抗することができず、申し出られた金額を受け取ることに同意した。彼はポケットに小切手をしまい込むとき、株を買うために使った仲買人の名を尋ねた。しかし、メルモットは答えを渋った。「いや、友よ」と、メルモットは言った。「君は今六百ポンド分の株の資格しか持ち合わせていない。ちゃんと処理するよう私が面倒を見るからね」それで、サー・フィーリックスは二百ポンドだけ受け取ると、その場を離れた。マリーも二百ポンドを手に入れることができると言った。もし彼が奮起してマイルズの親戚の大物に手紙を書いたら、あの紳士の負債の一部も支払ってもらえるだろう。

サー・フィーリックスはアブチャーチ・レーンの階段を降りて行くとき、登って来るポール・モンタギューに会った。カーベリーはその場の弾みでモンタギューを「おちょくって」やろうとふと思いついた。

「イズリントンの女についてぼくが聞いた話は何です？」と彼は聞いた。

「誰からイズリントンのことを聞きました？」

「小鳥さんからですよ。女の噂をする小鳥がいつもいますからね。近々の結婚でぼくは君にお祝いを言うことになると言われました」

「それなら、君は真っ赤な嘘をつかれましたね」と、モンタギューは通りすぎるとき言った。彼はちょっと間を置いてからつけ加えた。「誰から聞いたかわかりませんが、もしまたその噂を聞いたら、お手間をおかけしますが、それを否定してください」大人物が会ってくれるかどうか、公爵の甥マイルズが確認のため部屋に入っているあいだ、部屋のそとで待っているとき、ポールはカーベリーがハートル夫人の話をどこで聞いたか思い出した。もちろんその話はルビー・ラッグルズから聞いたのだ。

　マイルズ・グレンドールはモンタギュー氏に大人物がお会いになると伝えたとき、警告をつけ加えた。「会長は今とんでもなくたくさん仕事を抱えています。――あなたはそれを忘れてはいけません」モンタギューは簡潔に話をすると公爵の甥に保証したあと、なかに案内された。

「重役会の前にあなたにお目にかかる必要があると思わなかったら」と、ポールは言った。「あなたをこんなふうに煩わせはしませんでした」

「まさしくそう。――当然だね。会う必要があった。――ただし、おわかりのように私はちょっと忙しい。この忌々しい晩餐会が終わったら、気ぜわしさはなくなるだろうがね。確かに言えるのは、皇帝相手の晩餐会を開くより、条約を結ぶほうがずっと簡単ということだな。さて、――ええと。うん。――君には北京へ行くように提案していたかな？」

「メキシコへです」

「そうそう、――メキシコか。頭のなかでずいぶんたくさんのことが走り回っているからね！　さて。――いつ出発の用意ができるか言ってもらえれば、何か指示書のようなものを作成しよう。ただ、君はどうすべきか私たちよりよく知っている。もちろん君はフィスカーに会うことになる。君とフィスカーでうまくやってくれ。君の出費にかかわる小切手の件がおもな議題になるだろう。え？　次の重役会でそれを通さなければならない」

メルモットがとても性急だったので、モンタギューはこの発言に割って入ることができなかった。「ぼくは出張が適当でないと心を定めましたから、メルモットさん、それについてのご心配は無用です」

「え？　そうなのかね！」

モンタギューは重役会に疑念を抱いていたから、メルモットが出張について話す口調を耳に不快に聞いた。出費についてふれられても、うんざりする思いをした。「はい。――たとえぼくがアメリカで役に立てると思っても、こちらでのぼくの義務のせいで出張を引き受けられません」

「それがまったくわからんな。君はこちらでどんな義務を抱えているのかね？　会社でどんな役に立っているのかね？　もし君がここにとどまるなら、みんなの意見に同調してほしい。それだけだ。――それとも、おそらく出て行くつもりなんだろ。出て行くなら、君の金のことは面倒を見よう。前にもそれは言ったと思うがね」

「できれば、メルモットさん、出て行くほうを選びたいです」

「よろしい、――たいへんよろしい。その手配をしよう。君を失うのは残念だね、――それだけだ。ゴールドシェイナーさんが次に待っているのではないかな、マイルズ？」

「あなたは少し性急すぎますね、メルモットさん」とポール。

「事業を抱えている者は性急にならざるをえないんだよ、君」

「ですが、きちんとやらなければなりません。ぼくは相談相手の友人から忠告を受けるまで、重役会から手を引くことを、はっきりあなたに約束することができません。ぼくの義務が何であるかもまだほとんど把握していません」

「君、何が君の義務ではないかを言っておこう。君が重役会で知った会社の事業内容を重役会のそとに知らせることは、君の義務ではありえない。会社の状況や、重役のあいだに存在する意見の食い違いを会社とは無縁の人に漏らすことも、君の義務ではありえない。さらに君の義務ではありえないのは――」

「もう結構です、メルモットさん。そういう義務ならぼくにもはたせると思います。当然はたさなければならない義務が何であるかを理解しないまま、重役会に入ったことでぼくは過ちを犯しました――」

「大きな過ちを犯したと言わなければならないな」と、膨らんだ栄光の真っ只中で傲慢になったメルモットは答えた。

「ですが、ぼくが相談相手の友人に言ったり、言わなかったりすることや、その紳士の疑念によってどの程度までぼくの活動が抑止されるかについて、あなたから忠告を受ける必要はありません」

「よろしい、――たいへんよろしい。ここで君に話を続けさせておくことはできない。なぜなら、トッド・ブレガート&ゴールドシェイナー商会の共同経営者が、君のこの件より重要な問題で私に会いたいと待っているからだ」モンタギューは言わなければならないことを言ったので、出て行った。

翌日［六月二十八日］重役会の四十五分前に、老ロングスタッフがアブチャーチ・レーンを訪問した。彼はマイルズ・グレンドールによって丁重に迎え入れられ、座るよう求められた。メルモットは確かに彼を待ち受けていた。一緒に鉄道の事務所まで歩き、彼を重役会に紹介するつもりでいた。ロングスタッフは重役会の前に会長と数分話がしたいとの希望を少し恥ずかし気にほのめかした。彼は息子を恐れており、特にスカーカムを恐れていたから、ピッカリング・パークについてささやかな問題を決着させる必要があることを、会長に提案するつもりでいた。マイルズはそういう機会がえられるだろうと請け合う一方、今はロシア使節団の事務長が、メルモットと一緒にいるとロングスタッフに言った。その事務長がじつにのろのろと仕事をやっていたのか、それともほかの大物が入って来たのか、どちらかなのだろう。というのは、ロングスタッフは重役会が開かれる時刻の五分後に、重役会に向かうよう呼ばれて、やっと安堵したからだ。彼はたとえ廊下でも考えを説明できると思った。しかし、コーエンループ氏が階段で彼らに合流した。三分もすると、彼らは重役会室に入っていた。ロングスタッフはそれから紹介を受け、マイルズ・グレンドールの向かい側の椅子に座った。モンタギューはそこにいなかったが、会長が承知する理由でこの会議を欠席する届けを秘書に送っていた。「よろしい」と、メルモットは言った。「事情はみなわかっている。続けよう。モンタギューさんが私たちから抜けることで、確かに利点がないわけではない。このような事業では、満場一致が不可欠であることを、彼は理解することができなかった。今日君たちに喜んで紹介した新しい重役が、同じ方向で罪を犯すことがないことを私は確信している」それから、メルモットはお辞儀をすると、ロングスタッフにとても優しくほほ笑んだ。

ロングスタッフはいかに早く仕事が処理されるか、何かするよう求められることがいかに少ないか知って驚いた。マイルズ・グレンドールが議事録から何かを読んだものの、ロングスタッフは聞き取ることができなかった。それから、会長は数字を読みあげた。コーエンループは彼らの成功が前例のないものだと言った。――そして重役会は終わった。ロングスタッフはメルモットともっと話をしたいとマイルズ・グレンドールに求めたとき、会長はキャノン・ストリート・ホテルで今開かれているアフリカ奥地に関する紳士たちの会合に駆けつけなければならなかったと説明された。(2)

註

（1）一八三二年に設立された保守党の社交クラブ。

（2）セント・ポール大聖堂の東南端からテムズ川沿いに東に大火記念塔まで走る通り。

第四十六章　ロジャー・カーベリーと二人の友

ロジャー・カーベリーはルビー・ラッグルズを見つけ出し、この娘がとにかくちゃんとした家に伯母と一緒に住んでいることを確認して、カーベリーに戻った。郷士はある程度効果的な言い方で娘に助言を与えた。娘をおびえさせ、ピップキン夫人もおびえさせた。姪の行動に関する全責任を免れさせるほど、新時代のやり方がまだ完全に確立されていないことを、ピップキン夫人に信じ込ませた。それだけのことをして、もうこれ以上何もすることがないと思ったので、彼は家に戻った。ルビーを一緒に連れて帰ることは問題外だった。娘はそのように促されても、まず一緒に帰らないだろう。それに、――たとえ一緒に帰っても――、どこに預けたらいいかわからなかった。というのは、老農夫ラッグルズがシープス・エーカー農場には二度と孫娘を入れないと断言したことが、今バンゲイ中で知られ、噂はベックレスまで届いていたからだ。郷士はうちに帰るとすぐ家政婦からその話を聞いた。ジョン・クラムは農場を訪れて、老人と激しく口論した。老人は不快な貶める呼び方でルビーを罵った。クラムは荒れ狂って、年齢ということがなかったら、老人の頭に一発食らわしていたと誓って言った。彼はルビーが傷物になったというようなことを信じなかった。――たとえ信じたとしても――、そういうことは進んで許そうとした。しかし、准男シャクに関しては違った。准男シャクは体に気をつけたほうがいいだろう！　老ラッグルズはルビーに一銭も与えるつもりはないとはっきり言った。するとすぐ、クラムは老ラッグルズとその金を呪って、おまえは年寄のけちだと言い、残酷にも娘を追い出したと非難した。ロジャーはすぐ人をバンゲイに送って、粉屋を呼んだ。粉屋は翌朝〔六月二十九日〕早くロジャーのところに来た。

「見つけたかの、郷士?」

「ええ、はい、クラムさん、見つけました。彼女は伯母のピップキン夫人とイズリントンに住んでいます」

「え、そりゃあ、――どういうことかの」

「彼女にそんな名の伯母がロンドンにいることを知っていたでしょう」

「あぁあぁ。郷士、知っちょった。彼女がピップキン夫人のことを話すんを聞いちょった。そいやけど、一度も会うたことはないけえ」

「ルビーがそこへ行くと思いませんでしたか?」ジョン・クラムは知性の至らなさを認めるように頭を掻いた。「彼女がロンドンへ行くとしたら、それがもちろん彼女にとって適切な行動でした」

「彼女が正しいことをするんはわかっちょった。おりゃあそう言うちょった。そう言うちょらんやったらくそやね。ミクセットに聞いちょくれ、郷士――バージー・レーンのパン屋やけえ。彼女が正しいことをすると、おりゃあいつも言うちょった。そいやけど、彼女と准男爵シャクはどうなっちょるんかね?」

ロジャーは当面准男爵のことは話したくなかった。「こちらの老人が彼女を虐待したから逃げたと思いますね?」

「うん、ひどかったけえ。――それについちゃあ疑いようがないな。じいさんがひどう引きずり回したんや。そねえな騒ぎ一つでもじいさんをつかまえにゃあいけん。彼女はロンドンへ行って准男爵シャクに会うたと思うかの、カーベリー旦那?」

「そういうことが聞きたいなら、彼女はちゃんとした娘だと思いますよ」

「ちゃんとした娘っちゅうのは確かやね。そいやけど、誰にもそねえな噂を流してもらいとうないな、郷士。そいでも、郷士、あんたからそう言うてもらえたら、十ポンド紙幣をもらうよりおりゃあうれしいけえ。おりゃあいつもあんたが好きやったな、郷士。やけど、今は誰よりあんたが好きやけえ。おりゃあ彼女がちゃんとしているとずうっと言うちょった。バンゲイの誰かが彼女のことを街の——ちゅうようなことを言うたけど、おれがそこにおったら、そいつは覚悟せにゃあいけんな」

「誰もそんなことを言い出さないといいです」

「あんな女あ止められんけえ、郷士。叱りつけることもできん。そいやけど、ええかね、おりゃあ彼女に明日にゃあこちらに帰らせて、うちの主婦にするつもりやけえ。そうすりゃあ人が何と言おうと気にならんけえ。やけど、郷士、——准男シャクがあちらでうろついちょると聞いたかの？」

「イズリントンのあたりですかね」

「あいつあうろついちょるな。裏での。あいつあまっすぐ前に進み出て、教区民みなの前ではっきりあの娘を愛しちょるとは言わんちゃ。おれがルビー・ラッグルズを嫁に決めちょることを知らんやつあバンゲイにも、メッティンガムにも、イルケッツホールにも、エルムハム(1)にもおらん。いんちきゃあおれにゃあ毒っちゃ、郷士」

「あなたが決心したとき、ほんとうに決心したことをみんなが知っています」

「おりゃあ決心したけえ。ルビーについてなら心はいつも決まっちょる。伯母さんちゅう人はどんな人かの、郷士？」

「下宿屋をやっています。とても上品な女性と言えます」

「伯母さんはそこに准男シャクを近づけんかの？」

「もちろんそうです」と郷士。彼は粉屋のなかでももっとも誠実なこの男に、誠実に対応することができないと感じた。彼はフィーリックスについて粉屋から聞かれた質問に、これまでみな言い紛らわしてきた。しかし、彼はルビーが長い時間を当世風の恋人とすごしたことを知っていた。「ピップキン夫人は彼をそこに近づけません」

「ああいう下宿屋の女将あたいてい金に困っちょろうから、ガウンか、あるいは青い外套か、あるいはいちばんええ寝室用のタンスか、でも贈ったら、伯母さんをおれの味方につけられるんやないかの、郷士？」

「そんなことをしなくても、女将は義務をはたすと思いますよ」

「ああいう人あそんなもんが好きやないかの。とにかくおりゃあサックスマンダム市場(2)のあとで彼女のところへ行って、郷士、どういう状況か見て来るけえ」

「クラムさん、もし私があなただったら、行きませんね。彼女は農場の出来事をまだ忘れていません」

「おりゃあ優しいことしか彼女に言うちょらん」

「しかし、彼女は頭のなかでひねくれた思いをめぐらしているようです。もしあなたから不親切にされていたら、彼女はそれを許すことができたでしょう。しかし、気立てのいいあなたから優しくされたので、彼女は怒ってそれを許すことができません」ジョン・クラムはまた頭を掻いて、女性の心理をとらえるには、これまで測っていたよりもっと深い測定を必要とすると感じた。「ほんとうのことを言いますとね、友よ、彼女はピップキン夫人のところで少し苦労したほうが、彼女のためになると思います」

「腹いっぱい食べられんのかの？」と、ジョン・クラムはとても心配して聞いた。

「そういうことを言っているのじゃありません。おそらく食べるものは充分あります。しかし、もちろん彼女は伯母さんのところで食べるために働かなくてはなりません。面倒を見ている三、四人の子供がいます」

「そりゃあ将来役に立つかもしれんな――そうやろ、郷士?」と、ジョン・クラムはにたにた笑いながら言った。

「あなたの言う通り、彼女は別の場面で役に立つことを学んでいます。もちろん仕事がたくさんあります。ロンドンのピップキン夫人の台所よりバンゲイのあなたの家のほうが快適だと、しばらくたって彼女が思っても私は驚きません」

「おれんちの奥の小さな居間のこと――やろ、郷士! バンゲイのどこにあるより大きい四柱式寝台をおりゃあ持っちょる」

「彼女にとって快適なものをあなたはきっとみな揃えています。彼女にはそれがわかっています。そういうことをみな彼女に考えさせましょう。――そして、一か月くらいたったら彼女のところへ行って、もう一度話をつけたらいいです。そのとき彼女は今よりもっと進んで問題を解決したがるでしょう」

「やけど、――あの准男シャクっちゃ!」

「ピップキン夫人はそんなことを許しません」

「娘たちあひどく抜け目がないけえな。ルビーもとても抜け目がない。おりゃあ二百ポンドの小麦粉を胃袋に入れちょうように感じるっちゃ。夜目を覚ましてあいつが彼女をどう――たいがい乱暴に――扱うちょるか考えるとな! 彼女があいつにそんなことをさせると考えたら、――おりゃああいつを殺しちゃる。うん! そんなことをすりゃあ、おりゃあ縛り首になる、カーベリーの旦那。そうすりゃあ、やつらはおれをベリー(3)で処刑せにゃあいけん。やつらはそうするな」

ロジャーはルビーがちゃんとした娘だと信じていることを何度もクラムに請け合って、ピップキン夫人に姪をしっかり監視させる手立てをさらに講じることを約束した。ジョン・クラムはサックスマンダムの市のあとロンドンへの旅をやめるとは約束しなかったが、旅をする目的が揺らいだと言って郷士のもとを去った。もっとも、彼はピップキン夫人に新しい青い外套の代金を送ろうと決心して、ミクセットに手紙を書かせ、為替を同封するとはっきり言った。ジョン・クラムは文筆にかかわる欠点を公言してはばからなかった。小麦粉かふすまの請求書を書くことはできたけれど、それを超えて手紙を書く方面ではさっぱりだった。

これは土曜の朝のことだった。その日の午後、ロジャー・カーベリーは友人であるエルムハム主教主宰の教会の会合に出るため、ローストフトまで馬で出た。彼は会合が終わったあと、六人の聖職者や近所の二、三人の紳士とともに宿屋でディナーを取った。それから、ローストフトを今あるものにしている長い浜辺を独り散歩した。今はちょうど六月の終わりで、天気はすばらしかった。――しかし、人々はまだ海辺に集っていなかった。国中のどの小さな町のどの商店主も、今は国会で定められた施策に従って、九月まで休業日を取ることを禁じられていた。みなが働いている建前から、決して人出は多くなかった。数人の町の住人が、海辺だから概して海には無関心に散歩していた。国の施策に無関心な数人が、下宿やホテルから浜辺に出ていた。町の宿泊施設は小さくて取るに足りないと言われ、たった百のベッドしかなかった。ロジャー・カーベリーはローストフトから何マイルも離れていないところに屋敷を持ち、海辺が好きだったから、何かの理由でこの町に来たとき、いつも少し散歩に出た。彼は両手を後ろ手に組んで、顔を下の岸辺に向け、今――最後に巻いて打ち寄せる波が足に当たるくらい近く――波打ち際を歩いていた。そのとき、たまたま男女に出会った。二人は陸に背を向け、波を見渡して立っていた。彼が近づいて、二人を見、二人から見られた。そのとき、彼は男が友人のポール・モンタギューであることに気づいた。女がポールの腕に寄りかかって立っていた。とても簡素な黒のドレスをまとい、頭に黒い麦藁帽をかぶっていた。――服装はじつに地味だったが――、気づかずに通りすぎることなどできそうもない女だった。女はもちろんハートル夫人だった。

ポール・モンタギューは愚かにもローストフトへ行こうと提案した。しかし、その愚かさは自然ななり行きから生じていた。ここは彼が保養地としてあげた最初の場所ではなかった。ほかの場所にいろいろな欠点を見つけたとき、彼がよく知っている海辺の砂浜を拠り所にして選んだ。ローストフトはハートル夫人にうってつけの場所だった。彼女は部屋に案内され、ホテルから浜辺に連れ出されたとき、ここに魅了されたと明言した。彼女がどんな場所を必要としていたか、ピップキン夫人に理解してもらうことなど当然期待できなかったと、たくさん笑顔を浮かべて認めた。もっとも、ポールならそれを理解してくれるだろう。――確かに彼は理解してくれた。「ホテルは魅力的だと思います」と、彼女は言った。「米国のホテルについてあなたが言った冗談はわかりませんが、ここはとても豪華だし、従業員はとても礼儀正しいと思います！」ホテルの従業員は客がどっと押し寄せて来る前は、だいたい礼儀正しいものだ。ポールは到着後一時間ほどで出る郵便列車に乗り、ロンドンに帰ることはもちろんできなかった。それに乗れば朝の四時か五時にロンドンに着いて、とても不快な思いをするだろう。明日が日曜だったから、彼は月曜まで海辺にとどまると約束した。汽車のなかで言おうと決めていた厳しい言葉を、もちろん彼女に一言も切り出すことができなかった。ロジャー・カーベリーと出会ったとき、彼は厳しい言葉を彼女に切り出すどころか、詩的なたわごと、つまり大海原の広がりとか、岸と岸を結ぶ終わりのないさざ波とか、おそらくとても陳腐な歓びとかを語っていた。ハートル夫人も彼の腕に親しく寄りかかり、月光とロマンスに浸っていた。それぞれの心の奥には貪り食うような関心事があったにもかかわらず、二人はその時間を楽しんだ。縛り首になる男は、しっかり調理された朝食を望むことを私たちは知っている。同じようにポールもハートル夫人と共にいることを望んだ。なぜなら、とても地味な服装が彼女によく似合っており、生気が彼女の浅黒い顔に輝いていたからだ。瞳の輝きや、気の利いた巧妙な言葉や、唇に浮かぶ危険な笑みがあったからだ。彼は越えられぬ溝で彼女から引き離されるためなら、持てるものをみな与えてもよかった。それでも、――彼女の身近にいる温かさや腕の柔らかさや髪の香りが好きだった。彼は縛り首にならなければならなかった――この女のそばにずっといれば、死も同然と言ってよかった――から、しっかり調理された食事を望んだ。

彼はカーベリー・マナーのすぐ近く、ローストフトに彼女を連れて来るなんて、何と愚かだったのだろう。――今その愚かさを痛感した。ロジャー・カーベリーに会ったとたん、額まで真っ赤になった。それから、ハートル夫人の腕を振りほどくと、進み出て、友人と握手をした。「ハートル夫人です」と彼は言った。「あなたを紹介しなければなりません」紹介がなされた。ロジャーは帽子を脱いで、お辞儀をしたが、もっとも冷たい儀式的な態度を取った。ハートル夫人は表情から他人の胸中を推測できるくらい賢かったから、丁重な所作を受け取ったとき、相手と同じくらい冷たい態度を取った。彼女はロジャー・カーベリーについてすでにいろいろ聞いており、友人になる人ではないと推測していた。「君がローストフトに来ようと思っていたとは知りませんでした」と、ロジャーは不必要に厳しい声で言った。このとき、彼は不寛容な、容赦ない態度を示して、それを隠すことができなかった。

「ここに来ることをぼくは考えていませんでした。ハートル夫人が海に来たがっていて、ここイギリスにほかに誰も知人がいなかったから、ぼくが連れて来ました」

「モンタギューさんと私はこれまで何マイルも一緒に旅して来ましたから、少しくらい距離を追加してもたいして違いはないでしょう」と夫人。

「ここに長くとどまりますか?」と、ロジャーは同じく厳しい声で聞いた。

「おそらく月曜には帰ります」とモンタギュー。

「私が一週間ここにいるあいだ、彼から去られてしまうと、誰とも言葉を交わせなくなりますから、彼は二日間私とつき合うことに同意してくれました。カーベリーさん、今夜のディナーを私たちと一緒にいただきませんか?」

「ありがとうございます、マダム。――でももう終えてしまいました」

「それじゃ、モンタギューさん、あなたとご友人をここに残して私は行きます。身づくろいは私の場合たいしたものではありませんが、あなた方より時間がかかりますから。二十分したら、ディナーにしましょう。あなたがご友人を私たちに合流させることができたらいいですが」ハートル夫人はそう言うと、ホテルへ向かって砂浜を歩いて行った。

「これは賢いやり方ですか?」と、ロジャーは夫人が声の届かないところへ出ると、すぐ陰気な声で聞いた。

「そう言われるのも無理はありません、カーベリーさん。ぼくらいこういうことの愚かさをとことん知っている人はいませんから」

「じゃあ、どうしてこんなことをしているのです? 彼女と結婚するつもりですか?」

「いえ。もちろんしません」

「じゃあ、こんなふうに彼女と一緒にいるのは誠実なこと、紳士にふさわしいことですか? 彼女は君が結婚してくれると思っていませんか?」

「結婚するつもりはないとぼくは彼女に言っています。そう言っているんです――」それから、彼は話すのをやめた。ほかの女性を愛していると、彼女に伝えたことをはっきり言うつもりでいたが、ロジャー・カーベリーを相手にするとき、それにふれることはできないと感じた。

「じゃあ、彼女はどうするつもりでしょう? 世間の評判を気にしないのですか?」

「できたらみなあなたに説明します、カーベリーさん。でも、ぼくの話を聞く忍耐力があなたにあったらいいですが」

「私は生まれつき辛抱強いほうです」

「でも、それを聞いたら、あなたは怒り狂いますね。ぼくは彼女に二人の関係を終わりにしなければならないと説得する手紙を書きました。そうしたら、彼女はこちらまでやって来て、ぼくを呼び出しました。彼女に会う義務はあったんじゃありませんか?」

「そうですね。――彼女に会って、手紙に書いたことをもう一度言わなければなりません」

「ぼくはそうしました。まさしくその目的で彼女に会い、もう一度そう言いました」

「そのあと、彼女と手を切るべきでした」

「ええ。でも、あなたには事情がわかりません。彼女は孤独のなかに見捨てないようにぼくに請いました。あまりにも長く彼女と一緒にいたので、ぼくは彼女を見捨てることができなかったんです」

「そういうことはもちろん私にはわかりません、ポール。君はうっかり罠にはまって彼女と婚約してしまいました。それから、今は立ち入るつもりはありませんが、私たち二人にとって適切と思う理由で、君はその婚約を破棄しようと決意し、そうしても正当化できると考えました。しかし、古い婚約がまだ生きていると彼女に思わせるようなかたちで、その後も彼女とつき合うとき、何を言おうと君は自分を正当化することができません」

「彼女はそんなふうに思いません。思うはずがありません」

「それなら、君と一緒にここにいる彼女は、いったいどんな人でしょう? 彼女のような女性と大っぴらにここにいる君は、いったいどんな人でしょう? なぜ私がこんなことで悩み、君を悩ましているかわからなくなります。人々は私が理解できない仕方で今生きています。もしこれが君の生き方なら、文句を言う権利など私にはありません」

「お願いですから、カーベリー、そんな言い方をしないでください。まるでぼくを見捨てるように聞こえます」

「君のほうが私を見捨てたと言いたいです。君はこのホテルに——私たちが知っているこのホテルに——結婚するつもりのないこの夫人と一緒にやって来ました。そして、私は偶然君に会いました。知っていたら、私は当然よそへ行っていたはずです。しかし、実際には偶然君に会ってしまいましたから、どうして君に話しかけずにいられるでしょう？　話しかけるとすれば、いったい何を話したらいいでしょう？　もちろん私は彼女が君との結婚に成功すると思います」

「絶対成功しません」

「しかも、君はそんな結婚によって破滅するでしょう。確かに彼女は美しいです」

「ええ、そして頭がいいです。彼女の国のやり方とこの国のやり方が違うことを、覚えておかなければいけません」

「それなら、かりに私が結婚するとしても」と、ロジャーは偏見を強く声に表して言った。「彼女の国の女性とは結婚しませんね。君の言う通りだとすると、彼女は君と結婚できるとは思っていないのに、こちらに来て君と一緒にいることになります。ポール、私にはそういうことが信じられません。私は君を信じますが、彼女を信じません。彼女は君と結婚するために君と一緒にここにいると考えるのが自然です。彼女はずる賢くて強くて、君は愚かで弱いです。君が彼女と結婚したら破滅すると、私は実際信じているので、私なら胸中をはっきり打ち明けて、——彼女と別れます」ポールはそのときオレゴン州の紳士のことや、彼女と別れる難しさを考えた。「私なら、そうします。思うに、君はもうホテルに入って、ディナーを取らなければいけませんね」

「帰ったとき、カーベリー・マナーを訪ねてもいいですか?」

「もちろんどうぞ来てください」とロジャー。それから、彼はその言葉が歓迎を心から表していないと感じて、「つまりあなたに会えたら、うれしいです」と、つけ加えると、浜辺を進んで行った。ポールはホテルに入って、ディナーを取った。その間、ロジャー・カーベリーは浜辺に沿って遠く歩いた。彼はモンタギューと話したとき、真実を話したか、真実と思えることを話した。一瞬も彼の私的な事情を勘案して話すことはなかった。しかし、彼は愛するヘッタとの関係を進めるとき、この男がおもな障害となることをどこかで恐れていることに気づいていた。この男は奇妙な米国女と婚約したあげく、婚約を守れないと彼女に言ったあと、今この瞬間も彼女との親密な関係を続けていた。ジョン・クラムがルビー・ラッグルズについて話すのを聞いたとき、ロジャーは自分とジョンがよく似ていると思った。二人とも誠実な真の心の欲求に従って、それぞれが選んだ女性とのつき合いを熱望していた。偽りの外見――無価値な若さと間抜けな容貌のよさ――によって、二人ともその熱望をはばまれることになった! クラムなら、周囲への無関心と頑強な忍耐力によって、おそらく最後には勝利を収めるだろう。しかし、彼、ロジャー、にはどんな勝利のチャンスがあるだろうか? ルビーは欠乏か辛苦かを味わえば、豊かさと安楽を確実に提供してくれる強い腕にすぐ戻るだろう。しかし、ヘッタ・カーベリーの場合、いったん彼女が心を彼女の領地から他人の所有に移したら、決して愛情の向きを変えようとはしないだろう。ヘッタがまだ心を揺らしているということは、きっとありえることだった。――いや、どれくらいありえることだったろうか? 少なくとも彼女がまだ愛を男に告白していないことは、捕捉できているとロジャーは思った。もし今この男ポールの愛情がどんな性質のものかヘッタが知ったら、――もし今彼女がそれを知らされたら――、どうだろうか？　この男が前に婚約した夫人と二人だけでいることを、もしヘッタに知らせることができたら、――ハートル夫人のこの話の全体をもしヘッタに理解させることができたら――、それは彼女の目を開かせないだろうか？　そのとき、彼女はどこなら幸せを託すことができるか、どこなら幸せを託すことで確実に難破することになるか、知るのではないか！

「彼女にこのことは知らせないでおこう」と、ロジャーは心で言うと、ステッキで浜辺の石を打った。「決して知らせないでおこう」それから、彼は馬に乗るとカーベリー・マナーに戻った。

註

（1）Mettingham は Bungay の三キロ東に位置する。Ilketshall や Elmham の名がつくいくつかの村が Bungay の南や南東周辺に散在する。

（2）Saxmundham は Beccles の南二十八キロに位置するサフォーク州の市場町。

（3）Bury St. Edmunds のこと。Bungay の南西五十四キロに位置する。

第四十七章　ローストフトのハートル夫人

ポールがホテルの食堂に降りて行ったとき、ハートル夫人はすでにそこにいた。給仕がスープの蓋を取る用意をしてテーブルのそばに立っていた。夫人は輝くような笑みを浮かべて、ディナーのあいだ特別心地よく振る舞った。それでも、ポールはふだんの彼女とは違うとはっきり感じた。彼女はほほ笑み、喋り、笑うけれど、どこか無理に作ったところがあった。給仕が部屋を出て、違う口調で話せるようになるまで、彼女がただときを待っているだけだとわかった。その通りだった。最後に残った料理がさげられて、出て行く給仕がドアを閉めるやいなや、彼女は浜辺からホテルへ歩いて帰ったときから明らかに心にあった質問をした。

「ご友人はあまり礼儀正しくありませんでしたね、ポール？」

「彼が私たちと一緒に来なかったからですか？　彼がディナーをすませていたのはほんとうだと思いますよ」

「ディナーのことは気にしていません。――でも、断り方にも二通りあると思います。承諾の仕方にも二通りあるようにね。彼はあなたととても親しい間柄だと思いますが？」

「ええ、その通りです」

「それなら、彼は明らかに私に対して失礼な態度を取りました。事実上私に不適格の判断をくだしたからです。そうじゃありません？」モンタギューはこの質問に即答するようには求められていないと感じた。

「たぶんそう受け取っていいと思います。私たちは親しい間柄では友人の友人を好きになってもいいし、嫌いになってもいいです。それで感情を害することはありません。でも、強い根拠がない限り、偶然一緒になった友人の友人には礼儀正しくすべきでしょう。カーベリーさんがイギリス紳士の理想の極みだとあなたは言ったことがありますね」

「理想の極みです」

「じゃあ、どうして彼は紳士らしく振る舞わなかったんです?」ハートル夫人は再びほほ笑んだ。「彼がこの小旅行に驚きを表したとき、私と一緒にあなたがここに来たことを彼が非難したんだと、あなた、感じませんでした? あなたは権威ある力を持つあの人の言いなりなんですか?」

「もちろんそんなことはありません。いったい彼にどんな力があるというんです?」

「それはわかりません。あの人はあなたの後見人的な存在なのかもしれません。この無難な国では、若者は三十歳をすぎるまで、おそらく独り立ちできないようです。私なら、彼があなたの後見人であり、悪い交際の罪であなたを非難しようとしていると言ったでしょう。私が立ち去ったあと、彼はたぶんあなたを非難しました」

これがほんとうのことだったので、モンタギューはどう否定していいかわからなかった。否定していいことかどうかも定かではなかった。彼が夫人と運命をともにすることができないことをいずれはっきりさせるときが来るのは避けられなかった。それが未来でも、今でも同じだった。彼はそれを彼女に理解させなければならなかった。――たんに彼が別の女性に心を移したというおもな理由からだけ、つまり彼の心には先に手をつけたと夫人から言われるので、彼が正面切って主張することができない理由からだけではなかった。夫人が前につき合った男たちを見ると、彼らが友人たちみなからそんな結婚をしないようにと警告されるような男たちばかりだったという理由からも——、彼は彼女と運命をともにすることができなかった。それで、彼は闘う勇気を振り絞ると、「ほぼそれに近い状況がありました」と言った。

ポール・モンタギューがハートル夫人と誠実に対峙することをかなり嫌がっているのを見て、哀れなやつだと胸中断言する読者がたくさんいるだろう。——おそらく読者の大多数が、そのなかに入ると思う。彼が当初愚かにも幾度も夫人の魅力に屈服したことは許されるだろう。彼が彼女と——賢い選択ではなかったが——婚約したことと、その後婚約の解消を決意したことも大目に見られるだろう。女性たちとおそらく男性の一部は、彼が彼女に魅惑されたのは自然なり行きだったと感じるだろう。彼が彼女に気持ちを言い表したとき、未婚の男性に未婚の女性が期待するような賛美の気持ちを表したことを、彼らは自然なり行きだったと感じるだろう。約束した結婚に種々の危険を見つけ出したとき、彼が板挟みから逃れようとしたことも、彼らはやはり自然なり行きだったと感じるだろう。彼がハートル夫人の信頼を裏切ったことについても、女性たちは誰も彼に厳しく当たらないだろう。ところが、女性たちは彼の卑屈さについては——私は不当だと思うけれど——彼にとても厳しく当たるだろう。社会生活のなかで支配力を持つあの大胆な精神は、高邁な目的や真の勇気よりむしろ、どれほど心の頑なさから来ているか、私たちは立ち止まって考えてみることはない。妻の言いなりになる夫、娘の言いなりになる母、使用人の言いなりになる主人は、横柄な人の断固たる態度を前にする実際の恐怖によってと同じくらいしばしば、苦痛をつねに回避することによって、あるいは他人をいらだたせ本人を苦しめる優柔不断によって、卑屈になる。この種の卑屈さは、精神の軟弱さや、心の表面の薄さや、他人の難儀を冷静に見たり、考えたりできないことによる。これらの原因による頑なな卑屈さは、恐怖に近い感情を本人の胸中に生み出すとはいえ、勇気とも両立しうるだけでなく、決意の固さが求められる状況では断固たる目的意識とも両立しうる。モンタギューがハートル夫人を恐れていたというのはほんとうではない。——彼は少なくともそんな恐れで沈黙することなどなかった。彼は完全に見捨てられた空っぽのみじめさに彼女を投げ込むことを躊躇した。二人のあいだで起こったことのあとで、彼はもう彼女を必要としていないと言い、彼女に去るように命じる気になれなかった。ただし、それこそ彼がやらなければならないことだった。彼は彼女の最後の質問に応えるかたちで、やらなければならないことの準備を整えた。「ほぼそれに近い状況がありました」と、彼は言った。

「あなたが私のような者とローストフトの浜辺に現れたから、カーベリーさんはあなたを非難しようとなさったわけですね？」

「彼は私があなたに書いた手紙のことを知っていました」

「あなた方は私のことを念入りに検討なさったんでしょう？」

「もちろん検討しました。おかしなことですか？　私のもっとも古きよき友人に、あなたのことを隠しておいてほしかったですか？」

「いえ、もっとも古きよき友人には、私のことを自由に喋っていただきたいです。あなたはご自分の意図をはっきり言える人だと思っていました。でも、まさかあなたが後見人から行動の許可を求める人だとは思いませんでした。あなたと一緒に旅しているとき、あなたがご自分の行動はご自分で決められる人だと思っていました。でも、あなたの国の娘は、ときどき身内の人たちの言いなりになるとお聞きしました。——まさか世に乗り出して資産を作ろうとする男性の場合にも、身内の人たちの言いなりになる男性がいるなんて夢にも存じあげませんでした」

ポール・モンタギューはいやな思いをした。耐えなければならない罰が始まっていた。「もちろんあなたは辛辣なことを言うことができます」と、彼は答えた。

「辛辣なことを申しあげるのは、私の気質によるのではありません。ふだんあなたに辛辣な言い方をしていますか？　私があなたの首からぶらさがって、あなたを私の地上の神にすると誓言させていただくとき、辛辣な言い方をしていましたか？　私は独りで私の闘いを闘わなければなりません。女の武器は舌です。ポール、あなたはその言葉をご存知ですから、ただ一言、それを私におっしゃってください。そうしたら、この辛辣な言い方をすぐやめます。その一言をあなたがおっしゃったら、私はカーベリーさんを無邪気な軽口屋と見なすだけです。彼なんか少しも気にしません。私の求めているものが何か考えてください。あなたの私への願いの言葉が、かつてどれほど切羽詰まったものだったか、――あなたの幸せが私の一言によってのみ担保されると、あなたがどんなふうに誓ったか、――覚えていらっしゃいますか？　私はあなたを愛していましたが、懸念がありました。金についての懸念です。それは今解消されました。でも、私はその一言を言いました。――なぜなら、あなたを愛しており、信じていたからです。私があなたに贈り物をする前に、あなたが私にすると誓った贈り物をください」

「ぼくはその言葉を言うことができません」

「私は結局古手袋のように捨てられるんですか？　私は男たちとたくさんかかわりを持って、彼らが不誠実で、残酷で、尊敬に値せず、利己的だと知りました。でも、私は古手袋のように捨てられたことはありません。あえてそんなふうに私を扱った男は一人もいません。どの男にもそんなことはさせません」

「ぼくはあなたに手紙を書きました」

「手紙を書いたって。――そう！　私なんか手紙一本で充分、そんなふうに受け取らざるをえませんね！　違うだろ、って。私は生きることについてほとんど考えていません。生きる目的をほとんど失っています。でも、生きているあいだ、私は世界の表を旅して不正に対峙し、暴きます。不正に耐えられるようになるまでね。私に手紙を書いたって！　何よ。――そんな図々しい言葉を聞くと、自分を抑えることができないぞ、ってね」夫人は彼を見ながらテーブルの上に置かれたナイフを握ると、取りあげて、もっと遠くへ落とした。「ただ手紙を書いただけで、私たちが結ばれた絆を断ち切れるというんですか？　私たちのあいだに距離があるから、安全だと思えなかったら、あなたにあの手紙を書く勇気があったでしょうか？　手紙は白紙に戻さなければなりません。手紙はこの国に来てからの私に対するあなたの振る舞いとすでに矛盾しています」

「あなたがそんなふうに言うのを聞くと残念です」

「こんなふうに言うのは間違っているかしら？」

「そんなふうに言わないでほしいです。再会したとき、ぼくはあなたにすべて話しました。それ以来あなたの願いに傾注してきたことで、ぼくが間違いを犯していたとしたら、悔やまれます」

「こういったことは浜辺で二分間あなたがあのよき師に会ってから起こっています。あなたは今あの師の指示に基づいて行動しています。間違いなくあの師は目的を持ってやって来ました。彼にここに来ることを教えていましたか？」

「彼が来たのは偶然です」

「とにかくぴったり息を合わせてあの師は現れましたね。それで。――あなたは師から私に何を言うように指示されましたか？　それとも、あなたは師の指示通りにやっていると、私は理解したらいいですか？　できれば――友人でもあり師でもある――カーベリーさんと私が、問題を議論したほうが早いと、あなたは思っているでしょうね」

「ぼくは言わなければならないことを自分で言うことができると思います」

「じゃあ、それを言ってください。それとも、それを言うことをとても恥じているので、言葉が出て来ませんか?」

「それにはある程度真実が含まれています。ぼくはそれを言うのを恥じています。聞いて苦痛になること、――かなり注意を払って言えば――、聞いても苦痛にならないかもしれないことを言わなければなりません」

それから彼は間を置いた。「遠慮しないで言ってください」と、彼女は言った。「それがすでに口にされているかのように何のことか、私にはよくわかります。あなたがサンフランシスコで詰め込まれた嘘っぱちを知っています。オレゴンで私が男を銃で撃ったという――噂を聞いたんです。それは嘘じゃありません。撃ちました。私の足もとに彼を死んで横たえました」それから、彼女は間を置くと、椅子から立ちあがって彼を見た。「女なら話すのをためらうような話だとお思いになります? でも、恥で話すのをためらうんじゃありません。あの死んでいく男の光景が、私の心にまつわりついていないとお思いになります? 男が酔っ払った金切り声をあげるのを聞き、地面から跳ね返るのを見つめ、そして私の手の下で一塊にうずくまるのを日々見ていないとお思いになります? でも、私が生き延びられたのはやっとこれによってであることや、もし彼の命を助けたら、あとで私が殺されたに違いないことも、あなたはお聞きになりましたか? もし私が悪かったなら、なぜ殺人で裁判にかけられなかったんです? なぜ女たちが私のまわりに群がって、私の服のふちにさえ口づけしたんです? あなたの国のこの軟弱な文明においては、こういうことの必要が理解できません。この国の女性は守られています。――嘘から守られていないとしてもね」

「それだけではありませんでした」と、彼は囁いた。

「そう。それ以外の話もあなたのお耳に入りましたね」と、彼女はまだ彼の前に立って続けた。「あなたは夫と私の喧嘩についてもお聞きになったんです。私はその嘘のことも、誰がその嘘を言い、なぜその嘘をついたかも知っています。私は夫の性格をあなたに隠したかしら？　夫が大酒飲みのやくざだと言いませんでした？　そんな男とどうして喧嘩しちゃいけないんでしょう？　ねえ、ポール。私の人生がどんなだったか、あなたにわかるはずがありません」

「あなたが夫と闘ったと――聞きました」

「ふん。――あいつと闘ったって！　闘いましたとも。――私はいつもあいつと闘ってきました。男から襲われて、もし闘わなかったら圧倒されるとき、――残酷さと戦い、不正と戦い、詐欺や裏切と闘う以外に、何ができるっていうんです？　決闘についてのあの作り話を信じるほど、あなたは馬鹿じゃなかったでしょうね？　私は一度武装して立ちあがり、寝室のドアを守って、私を殺してからでないとそこには入れないとあいつに言いました。あいつは居酒屋に出て行って、そのあと一週間姿を見せませんでした。それが決闘と言われているものです。あいつが生きているとあなたは聞かされましたね」

「はい。――ぼくはそう聞きました」

「あいつが生きているのを誰が見ました？　あいつが死んだのを見たとは、私は一度もあなたに言っていません。どうしてそれが言えるでしょう？」

「死んだら死亡診断書が出るはずです」

「死亡診断書ですって。――テキサスの奥地で――。ガルヴェストン(1)から五百マイルも内陸ですよ！　それに、夫の生死にどれほど大きな問題があるんです？　私はカンザス州の法律にのっとって彼と離婚しました。こちらでは女の再婚が法律によって自由になっているんではありませんか？――私たちにはどうしてそれが許されないんでしょう？　残酷な扱いと大酒飲みという理由で、離婚訴訟を起こしました。夫が出頭しなかったので、裁判所は私の離婚を認めました。私はそれで汚名を受けるわけですか?」

「離婚のことは聞いていませんでした」

「私はよく覚えていません。前に昔のことを話したとき、私の身の上についてどれくらい舌足らずか気にしませんでした。あなたは当時カラドック・ハートルについて、ほとんどか、何も聞きたがりませんでした。あなたは当時より今気難しくなっています。夫は死んだと、私はあなたに言いました。自分でもそう信じていましたし、今もそう信じています。生きているという話をあなたに言ったかどうかわかりません」

「そんな話は聞いていません」

「それはあなたの落ち度でした。——なぜなら、あなたが聞こうとなさらなかったからです。それに、資産を取り戻すことにも私が失敗したと、きっとあなたは信じておられるでしょうね?」

「あなたから自発的に話されたこと以外に、あなたの資産のことを耳にしたことはありません。ことさらあなたの資産について聞いたことはありません」

「聞いてくださったらよかったのに。私はやっと私の資産を取り戻しました。さあ、あなた、ほかにどんな問題が残っていますか? あなたに全部話したと思います。私があなたから拒絶されるのは、大酒飲みの暴力から私が身を守ったからですか? 邪悪な夫の手に囚われているとき、私が私の命を守ったから、あるいは法に訴える手段で夫から逃れたから、——あるいは自力で私の資産を確保したから、私はあなたから捨てられるわけですか? これらの理由で非難されているのでないなら、なぜ私が非難されているか言ってください」

ハートル夫人は少なくとも彼が話す手間を省いてくれたが、そうするとき、彼が話さなければならない話をさせてくれなかった。夫人は男を銃で撃ったことについて——はっきり認めた。そう、女は——特にオレゴンでは――きっと男を銃で撃つ必要があったのだろう。彼女は夫との決闘について――半分否定し、半分自白した。夫婦の寝室にハートトル氏が入るのを拒否するとき、彼女が拳銃で武装していたのだと彼は思った。ハートトルの生死については――おそらく死んではいないことを認めた。とはいえ、――彼女が問いかけたように――、当面の目的に照らすとき、離婚が夫の死と同然であるとどうして見なしてはいけないのか？　彼女が身をきれいに洗っていると言うことはできた。――しかし、彼女の話から判断するとき、いったいどんな男が彼女と結婚したがるというのだろう？　彼女は男の泥酔をいやというほど見てきて、拳銃の扱いにも慣れており、男の仕事をたくさんしてきたから、普通の男なら彼女の主人となることをためらっても驚くに当たらない。「あなたを非難しません」と、彼は答えた。

「とにかく、ポール、嘘はつかないでください」と、彼女は言った。「私の夫になるつもりがないとあなたが言うとき、それは私を非難するのと同じです。違いますか？」

「できる限り嘘はつきません。ぼくは妻になるようあなたに求めました――」

「ええ。――それどころか。私が受け入れるまで何度もそれを求めましたね？」

「それはたいした問題じゃありません。とにかくあなたは受け入れてくれました。その後、もしこんな結婚をしたら、二人ともみじめになるとぼくは確信しました」

「そうでしたの」

「確信しました。もちろんあなたはぼくのことを好きなように言い、好きなように思ってくれていいです。言い訳を言うつもりはありません」

「言えないと思います」

「どんな結果になるかわかりません。ですが、――あなたの夫になるつもりはないとはっきり言うとき、ぼくは今最善の行動をしていると思います」

「夫になるつもりはないと?」彼女はじっと立ったまま、まるで何かをつかもうとしているかのように右手を伸ばした。

彼もまた今椅子から立ちあがった。「ぶっきらぼうな話し方をしているように見えるでしょうが、それはただぼくがためらいを見せないように努めているからです。夫になるつもりはありません」

「まあ、何て仕打ちかしら! 不実で残酷な男にこんなふうに次々に出会うのが私の運命なんて、いったい私が何をしたっていうんでしょう! 申しあげておきたいです。これに耐えろとあなたは面と向かって私に言えるのか、って! 後ろで操っているのはどこのあばずれなんだ、って? その女は金持ち?――それとも貴族? それとも、私のような女をそばに置いておくのがあなたは怖いんだろ、って? とりわけ自分のためずけずけものを言い、行動の必要があったら、身勝手にすら振る舞える女があなたは怖いんだろ、ってね。それとも、ひょっとすると私を――年取っている――とお思いになっているのかしら」彼はそういうふうに話す夫人をひたすら見つめていた。彼女の顔に長い歳月の刻印が加わったように見えた。口のまわりにたくさん皺ができ、おどけた軽い仕草がすっかりなくなり、顔にくすみが沈着し、奥目がもっと深くなったように見えた。「さあ、おっしゃって、あなたはもっと若い妻がほしくなったのかしら?」

「そうじゃないことはわかっているはずです」

「わかっているはずっておっしゃるの! あなたのような嘘つきのお言葉からいったい何がわかるっておっしゃるの? あなたのお言葉はまったく理解できません。あなたのご性格から推測できることを寄せ集めて考えていかなければなりません。あなたが卑怯者であることは承知いたしております。申しあげておきたいです。あなたに近づいて、こうするよう要求したのは、あなたの師であるあの男だろ、って。あなたは私とその師との板挟みでおののく、憐れむべき存在だ、って。あなたのお言葉から、あなたが実際にしていることを推し量るのは――不可能だ、ってね！　私はまたもや卑劣な相手に出くわしてしまいました。男たちがこれほど邪悪なのに、世界の支配者だと思っているなんて、――ああ、何という馬鹿者たち！　あなたは――嘘つきだ――と言うのが、あなたに言う私の最後の言葉です。さあ、さしあたりあなたは出て行ったほうがよさそうです。もし十分前に私が銃を持っていたら、また男を撃っていたところです」

ポール・モンタギューは帽子を探して部屋を見回すとき、ハートル氏にはおそらく何か言い分があったのだと思わずにいられなかった。夫人は銃の携帯を習慣にしているように見えたが、今は幸運にも、安心にも銃を寝室に置いていた。彼は帽子を見つけると、「さようならを言います」と言った。

「それは言わないでください。私を排除して、勝利を収めたと言ってください。気概があるなら、それを奮い起こして、歓びを表してください。イギリス男が米国女を厚かましくも虐待したと言ってください。思いのまま恐れずにできるなら、――私を虐待なさるおつもりでしょう」彼は今戸口に立った。彼女は彼が逃げ出す前に、命令的に指示を与えた。「私はもうこのホテルにはとどまりません。月曜に帰ります。あなたが言ったことを考えて、私はどうするか決めなければなりません。裏切りの罪であなたを罰する方法を探さないまま、これに耐えるつもりはありません。あなたは月曜に私のところに来てくださると思います」

「来ても役に立つと思えませんね」と、彼は答えてドアに手をかけた。

「それを判断するのは私です。私のところに来るのが怖いほど、あなたが臆病だとは思いません。もし怖くて来られないなら、私があなたのところへ行きます。あなたの前に姿を現しても、話ができないほど私が臆病ではないことをあなたは得心なさるでしょう」彼は彼女から望まれるなら、訪問するけれど、今は日時を決められないと言って話を終えた。ロンドンに帰る途中、彼女に手紙を書くつもりでいた。

彼が去って行くと、彼女はドアへ行ってしばらく耳をそばだてていた。それから、ドアを閉め、鍵をかけ、ドアに背をもたせかけ、指を固く組み合わせて立っていた。しばらくして前方に走ると、膝から崩れ落ち、テーブルの上で顔を手に埋めた。それからたくさん涙を流し、とうとう床に転がった。

これで二人のことは終わるのか？　安寧をえることはないのか？　唇に冷たい水を一口含むことはできないのか？　人生の嵐と混迷とみじめさに終わりはないのか？　彼女は必ずしもみなではなかったが、ほとんど真実を語った。そういうことは過去の話をするとき、私たちもよくやることではないか？　彼女は暴力に耐えてきて、当人も暴力的だった。策謀の対象となってきて、当人も策謀を駆使した。身に降りかかってきためぐり合わせに適応したからだ。とはいえ、金については正直で、金を心から愛した。彼女は心の底からこの若いイギリス人を愛した。――そして今、あらゆる策謀、勇気、魅力を駆使したにもかかわらず、これで彼との関係は終わりを迎えそうだった！　ああ、たった独り今故国に帰らなければならない旅はどんなものになるだろう！

しかし、彼女が胸中もっとも激しく荒れ狂うのを感じたのは、挫折した愛の感情だった。彼女がモンタギューに浴びせかけた怒りの量はおびただしく、責め立てた悪口の嵐は激烈だったが、結局その怒りにはどこか作りものといった感じがあった。もっとも、愛情は偽物ではなかった。彼が戻って来て腕に抱いてくれたら、いつでも彼を許すだけでなく、その優しさのゆえに彼を祝福しただろう。彼女は暴力や粗野な生き方や女性らしくない言葉に心底辟易していた。残酷な目にあわされて、昔の悪い習慣に立ち返っていた。けれども、もしそんな虐待を免れることができたら、耐えられる適所――残酷な扱いから解き放されて、女性の性質にある真の優しさをみな注ぐことができる場所――をどこかに見出せたら、そのとき彼女は暴力をしまい込み、若い娘のように優しくなれるだろう。彼女はこのイギリス人に出会い、身近にいることを彼がうれしがってくれているとわかったとき、ついに安息の地を発見したとあえて思おうとした。ところが、あのピストルの最初の発砲の硝煙にいまだにつきまとわれていた。銃口を自分の胸に向けたほうがまだましだったと、前にもしばしば心に言い聞かせたように、今もまた言い聞かせた。

夫人は彼から別れの手紙を受け取ったあと、急いで渡英してみたものの、本心では無駄なことだと思っていた。その手紙が届いたとき、彼女はかなり怒った。それでも、彼女の特徴である性格上のあの強さを表して、この彼の決定がうなずけるものだと胸中納得していた。彼女と結婚したら、彼は昔の仲間や昔のたまり場をみなあきらめなければならない。まわりの状況全体が変わってしまうだろう。彼女は自分についても、イギリス女性についてもよく知っていたから、彼女の過去がイギリスの人々に知られるとき、――そういうことはよくあることだが――、イギリスで排斥されることを確信していた。彼女はこの古い国について話すとき、よく嘲りを交えて話したけれど、米国の男女にしばしば見られるように、イギリスの優越性に対するほとんど羨望に似た賞賛をそこに混ぜ合わせていた。彼女は過去を忘れて、イギリス女性として生活することができたら、それを天国とも思ったことだろう。しかし、彼女は自国の東部の町でときには嘲られ、ときには恐れられ、はるか遠い西部で彼女の名はほとんどその暴力で語りぐさとなっていたから、――運命がそんなふうに一変することをどうして期待することができるだろうか？

彼女は妻になるよう幾度もポールから求められて、やっとそれに同意したことを彼に思い出させた。けれども、そのためらいが妻として不適当だという彼女の確信から生じていたことは、口に出さなかった。事実はそうだった。今ある彼女はさまざまな状況の所産であり、残酷な状況の所産だった。しかし、彼女はその状況を変えられなかった。その後、徐々にポールの愛を信じるようになり、ポールへの愛におのれを失うにつれ、生まれ変われると心に言い聞かせた。それでも、生まれ変われるはずがないこともほとんど承知していた。ただ、ポールは彼女の故国に親戚や仕事や資産を持っていた。イギリスでは幸せが彼女に訪れないとしても、はるか遠い西部では裕福な生活が彼に開けるということもあるかもしれない。それに、メキシコ出張の申し出もあった。並みの仕事ではなかったから、出張は何年も彼を足止めにする可能性があった。もしそれが実現するなら、どんなに喜んで妻として同行できるだろう！　それにならなくとも彼女は適応できるだろう。

ハートル夫人は美人であることを意識しており、おそらく過剰に意識していた。少なくとも美しさは失われていないと感じていた。時が悪さをすることにほとんど気づいていなかった。彼女は自分が利口であり、幸せと歓びと慰めをまわりの人々にもたらすことができると思っていた。同志的な交わりをする資質――女性が不得意とする資質――にも優れていると思っていた。自分についてこういうことをよく知っていた。だから、過去のことを問題にしない国に彼と一緒に行くことができたら、彼を幸せにすることができるのではないか？　しかし、男がすべてをあきらめ、半野蛮の国に逃げて、女一人のために日々をすごすとするなら、その女はいったい何者だろう？　彼女はこういうことをみなわきまえていたから、彼が別れる決心をしたからといって、ほとんど腹を立てていなかった。けれども、こんなふうに扱われたら、持ち合わせの武器を取って、彼女なりの勝負をしなければならなかった。彼女の場合、とにかく怒っているように見せることが、本来の性格に合致していたし、現在の計画にも合致していた。

彼女は夜遅くまでその場に独りで座って、たくさん計画を練った。しかし、彼女の今の気持ちにぴったりの計画は、ポールに別れの手紙を書くことであり、深い愛を言葉にして、彼の判断が正しいと告げることだった。彼女は手紙を書いたが、送る気力はないと思いつつ書いた。どんな気持ちで次のような言葉を書いたか読者には推測できるだろう。――

愛するポール

あなたが正しくて、私が間違っていました。私たちはたとえ結婚してもうまくいかなかったでしょう。あなたを責めるようなことはいたしません。あなたとご一緒させていただいているとき、私はあなたを魅惑することができました。でも、そんな魅惑に陥っても、ご自分の人生を投げ出してはならないことを、あなたは学んでおられるし、正しく学んでおられます。私があなたに乱暴な振る舞いをしたとしたら、お許しください。私が苦しんできたことはおわかりでしょう。

ほかのどの女性がお慕いするよりも、あなたをお慕いしている一人の女が、ここにいることをいつも覚えておいてくださ い。たとえほかの女性があなたのそばにおられても、あなたから愛していただいていると私はやはり思っています。神があなたを祝福し、幸せにしてくださいますようお祈りいたします。私に短い言葉、いちばん短い別れの言葉を書いてください。書いてくださらないと、あなたはご自分を薄情と思わずにいられなくなります。でも、私のところにはいらっしゃらないでください。

いつもあなたのものである、W・H

彼女はこれを小さな紙切れに書いて、二回読み返すと、ハンドバッグのなかに入れた。手紙を送らなければならないと心に言い聞かせたが、同じくらいはっきりそうする気になれないとも思った。彼女は早朝になって寝床に就いた。モンタギューが出て行ったあと誰も部屋に入れなかった。

ポールは彼女の前から逃げ出したあと、浜辺をさまよい歩き、その後寝床に就いた。早朝にカーベリー・マナーへ連れて行ってくれるよう馬車を頼んでおいた。それで、彼は朝食の時間に郷士の前に立っていた。

「あなたの予想より早く来てしまいました」と、彼は言った。

「うん、ほんとうに、かなり早かったですね。君はローストフトに帰るつもりですか？」

そのあと、ポールはこの間のいきさつをみな話した。ロジャーは満足するとともに、ポールが帰国したときにした約束を思い出した。「夫人がつきまとうに任せて、君はそれに耐えなさい」と、ロジャーは言った。「もちろん君は自分の軽率な行動の結果に苦しまなければなりません」その夕方、ポール・モンタギューは夜行の郵便列車でロンドンに帰った。こうすれば列車でハートル夫人に会うのを避けることができると確信していた。

註

（1）テキサス州南東部ヒューストン南東の入江。

第四十八章　囚われの身となったルビー

ルビーはミュージック・ホールで踊ったあと、非常に腹を立てて、恋人から逃げ出した。もう二度と彼には会いたくないとはっきり言った。しかし、朝になって反省してみると、怒りよりみじめさを強く感じた。恋人がいなくなったら、今の生活はどうなってしまうだろう。祖父の家から逃げ出したとき、ロンドンの下宿屋で子守や下働きをするとはまったく思っていなかった。何か楽しいことがあるという見込みに支えられていてこそ、毎日の労苦やつらい生活に耐えることができた。たとえ三日先でも、ミュージック・ホールでフィーリックスと踊れると思えたら、不平を言うことなく子供たちを風呂に入れ、服を着せることができた。ピップキン夫人はルビーが彼女の分の食い扶持を稼いでいることを認めないわけにはいかなかった。しかし、ルビーがもう二度と会わないとほぼ思いを固めて恋人と別れたとき、事情は一変してしまった。おそらく彼女は間違いを犯してしまった。サー・フィーリックスのような紳士は、当然結婚を迫られたくなんかなかった。彼女がもう一度機会を与えたら、おそらく彼は口を利いてくれるだろう。いずれにせよ、彼女は再び踊れなかったら生きていけなかった。それで、手紙を書いた。

ルビーはペラペラ喋るようにペンを走らせて、ここでそれを繰り返すにはとても耐えられないような手紙を書いた。愛を告げる部分にはみな下線を引いた。彼を怒らせたとしたら後悔していることを告げる部分にも下線を引いた。彼女は紳士にせっつきたくなかった。ミュージック・ホールで再び踊りたかった。次の土曜に行きませんか？　サー・フィーリックスは短い返信を送って来て、次の火曜［七月二日］にミュージック・ホールへ行くと答えた。このとき、彼は水曜にロンドンを発ってニューヨークへ向かう約束をしていたので、最後の夜をルビー・ラッグルズとの交際にあてる提案をした。

　ピップキン夫人は姪の手紙に干渉したことがなかった。若い娘が検閲なしに手紙のやり取りをするのは、確かに新時代のやり方だ。しかし、ピップキン夫人はロジャー・カーベリーが訪問して来て以来、郵便配達員を監視し、姪も監視した。ルビーはほぼ一週間夜の外出を言い出さなかった。ルビーは模範的な気配りを見せながら、ほとんどホロウェイ[1]まで、壊れた乳母車で子供たちを散歩に連れて行った。余念などないかのようにコップや受け皿を洗った。一方、ピップキン夫人はカーベリー氏の指示にひたすら従った。夫人はある牽制をすでに行っていたが、ルビーから何の反応もえていなかった。夫人はルビーが夕べの六時以降に外出の準備をしているのを見つけたら、帰って来てもうちには入れないとじつに厳かに伝えた。そう決意していた。ルビーをうちにとどめておく努力が失敗したら、カーベリー氏との誓いを破ることになると思った。しかし、ルビーが火曜に着飾るため部屋にあがって行ったとき、ピップキン夫人はもっといい用心の方法を鮮やかに思いついた。ルビーは軽率だったから、――子供たちと出かけたとき――、恋人の手紙を古いポケットに入れたままにしていた。ピップキン夫人は事情を見抜いた。ルビーが上にあがったのは九時だった。それで、ピップキン夫人は玄関と地下勝手口の両方に鍵をかけた。ハートル夫人は前日に旅から帰っていた。「今晩は外出なさいませんよね、ハートル夫人？」と、ピップキン夫人は下宿人のドアをノックして聞いた。ハートル夫人はその夜は在宅だと答えた。「私と姪が交わす言葉をお聞きになっても、お気になさらないでくださいね、マダム」

「よくないことが起こらなければいいですね、ピップキン夫人」

「ルビーが外出したがっています。でも、私はそれに我慢できません。正しくないですよね、マダム？いい娘ですが、やりたいことをする今のやり方に染まっているので、どんなことが次に起こるかわかりません」ピップキン夫人は下宿人にこんなふうに打ち明けたとき、若い娘のあからさまな反乱を恐れていたに違いない。

ルビーは前回と同じように絹のワンピースを身につけて降りて来ると、いつものように外出の挨拶をした。

「今夜ちょっと、伯母さん、外出するつもりなの。鍵は持っててよ。音を立てずに入って来ますから」

「いいえ、ルビー、入って来てはいけません」とピップキン夫人。

「いけないって、伯母さん？」

「外出するなら、もううちに入って来てはいけません。今夜出かけるなら、よそで泊まりなさい。そういうことです。今夜出かけるなら、もうここには入れません。私はこういうことに我慢できません。我慢するのは間違いです。あなたはイギリス一のヤクザ者と噂されるあの若者を追っかけています」

「みんながあなたに嘘をついているのよ、ピップキン伯母さん」

「好きなように考えてちょうだい。もう私のうちから夜に娘を外出させません。そういうことです。あなたは外出すると先に言ってくれていたら、上にあがって飾り立てる必要なんかありませんでした。というのも、また脱がなきゃいけませんからね」

ルビーは言われたことを信じることができなかった。何か二言三言言われるだろうとは思っていたが、一晩中締め出すと、まさか伯母から脅されるとは想像もしていなかった。一生懸命働いたから楽しむ権利を手に入れていると思った。伯母がこんな脅しをする厳しい人だとも今信じられなかった。「行きたいと思ったら、そうする権利があたしにはあるのよ」と、ルビーは言った。

「それはその通りです。でも、帰って来る権利はありません」

「いえ、権利はあるわよ。あたしは下働きの娘よりずっと一生懸命あなたのために働いて、給料もほしがらなかったでしょ。あたしには外出の権利があるし、戻って来る権利もあるってことよ。――あたしは行きますよ」

「出かけたら、身持ちを疑われます」

「爪が剥がれるほど働いて、足で立てなくなるまで一日中あの乳母車を押して、――それで週に一度さえ外出できないっていうの？」

「もっと事情がわかるまで駄目ですね、ルビー。私のところにいるあいだは、外出して身をどぶに捨てるようなことをあなたにさせません」

「誰が身をどぶに捨てるっていうのよ？　あたしはどぶになんか身を捨てません。何をしているかちゃんとわかっているもの」

「それは私にも言えますね、ルビー。――私だって何をしているかわかっています」

「じゃあ行かせてもらうわね」ルビーはドアのほうへ歩き出した。

「どうせそこから出られません。そのドアも、地下勝手口も、鍵をかけました。言われた通りにしてください、ルビー、服を脱いだほうがいいです」

　哀れなルビーは屈辱でしばらく口も利けなくなった。ピップキン夫人は自分よりルビーのほうが法外な忍耐力を持っていると信じていたから、彼女が玄関ドアをがたがた揺らしたり、地下勝手口を乗り越えようとしたりするかもしれないと思った。夫人はルビーを少し恐れていた。使用人に対するように圧倒的な支配力を彼女に対して持つことが、正当とは思えなかった。夫人は今行動方針を定めて――ポケットにあるどちらの鍵も彼女に渡すまいと固く決意して――いたが、もし彼女が激昂したら、自分がくずおれて涙に暮れるかもしれないことを恐れた。ところが、ルビーのほうがくずおれた。恋人は彼女に会いに来るのに、彼女のほうから約束を破ってしまう！

「ピップキン伯母さん、この一度だけは見逃してちょうだい」とルビー。

「駄目よ、ルビー。――はしたないです」

「何をしているかわかっていないのよ、伯母さん。まったくわかっていないわ。あたしを破滅させているのよ――あなたがね。お願いよ、愛するピップキン伯母さん、お願い！　あなたがいやなことなら、二度とお願いしませんから」

ピップキン夫人はこういう懇願を予想していなかったから、ほとんど降参したくなった。しかし、カーベリー氏から明確に指示を受けていた！「そういうことじゃありません、ルビー、開けられません」

「あたしは――囚人なのね！　囚人になるなんて、――あたしが何をしたっていうの？　あたしを閉じ込めるどんな権利もあなたにはないと思うもの」

「私のうちのドアに鍵をかける権利はあります」

「それならあたしは明日出て行かなくちゃ」

「それを止めることはできません、あなた。出て行きたいなら、明日はドアが開きます」

「それならどうして今夜開けてくれないのよ？　どこに違いがあるっていうの？」けれども、ピップキン夫人は容赦しなかった。ルビーは涙をあふれさせながら、屋根裏へあがって行った。

ピップキン夫人はハートル夫人のドアを再びノックして、「彼女はベッドへ向かいました」と伝えた。

「それはよかったです。抵抗はありませんでした？」

「予想したほどありませんでした、ハートル夫人。少し怒っていました。哀れな娘です！　私もあんな娘でした。誰よりも外出が好き――踊りも――好きでした。ただし、私の場合いつも母の了解をえていました。彼女には母がいません、哀れな娘ね！　父もいないも同然です。それに彼女はとても美しいので、すばらしい紳士が結婚してくれると思い込んでいます」

「確かに美しいです！」

「でも、美しさって何ですかね、ハートル夫人？　聖書が教えるように、(2)そんなものは紙一重の厚みもありません。ルビーと結婚するすばらしい紳士は彼女に何を見るでしょう？　彼女は明日出て行くと言っていました」

「どこへ行くつもりでしょう？」

「どこにも行き場はありません。あの紳士のあとを追っかけますね。――それがどういうことかおわかりでしょう！　あなた自身が結婚なさるところですね、ハートル夫人」

「それについては今考えずにおきましょう、ピップキン夫人」

「これはあなたの二度目の結婚のチャンスになります。あなたならこういう問題をどう処理したらいいかおわかりでしょう。彼女から追っかけられるから、紳士は彼女と結婚しません。やり方を心得ている娘は紳士に追っかけさせます。それが私の見方です」

「その点では紳士も、娘も同じだと思いませんか？」

「とにかく娘は追っかけていることを紳士に悟られちゃいけません。紳士はここへ行き、あそこへ行って、当然遠慮なくその話をします。私の時代に娘はそんなことをしませんでした。でも、たぶん私の考えが古いんでしょう」ピップキン夫人は新時代のやり方を考えてそうつけ加えた。

「昔より娘は自分の考えを言っていると思います」

「むしろ喋りすぎですよ、ハートル夫人。昔とはまったく違います。娘がこの男といちゃついたと喋り、あの男といちゃついたと喋るのを耳にします。――しかも父や母の前でです！　若いころ私たちもそうしていたと思います――でも、あんなふうにあからさまには喋りませんでした」

「あなたたち、こそこそやっていたんです」

「とにかく今の娘より早く結婚したと思います。紳士は昔もっと手間をかけなければならなかったから、結婚についてじっくり考えました。でも、もしあなたが明日ルビーと話してくださったら、ハートル夫人、彼女は私から言われた言葉を気にしていなければ、あなたの話を聞くと思います。彼女には規範にかなった行き先が見つかるまで、ここを出て路頭に迷ってもらいたくありません。若い男のところへ行くのは、――客引きをするのと同じです」

ハートル夫人はルビーと話をすると約束した。約束するとき、この務めに彼女は力足らずだと思わずにいられなかった。この国のやりかたを何も知らなかったし、ポール・モンタギュー以外にこの国に一人の友人もいなかった。――それに、ルビーが恋人を追っかけるのと同じ無分別なやり方で、彼女はポールを追っかけていた。ほかの女性への助言を引き受けるなんて、彼女はいったい何さまというのだろう？

彼女はポールに手紙を出さないまま、まだハンドバッグのなかにそれをしまっていた。ときどきそれを送ろうかと思い、ときどき万策尽きるまでこの最後の希望を手放してはならないと心に言い聞かせた。ポールを恥じ入らせて結婚させることもまだ可能かもしれなかった。彼女は月曜にローストフトから帰って来て、ピップキン夫人にごく温和な声でささやかな言い訳をした。そこは風が強くて、彼女には冷たすぎた。――それにホテルが気に入らなかった。ピップキン夫人は彼女が帰って来たことをとても喜んだ。

註

（1）Islington の北北西、Hampstead の東。

（2）「詩篇」三十九の第十二節や、「コヘレトの言葉」第一章第二節にあるいっさい空の考えを指す。

第四十九章　サー・フィーリックスが準備を整える

サー・フィーリックスは火曜にルビーとミュージック・ホールで会う約束をしたとき、水曜にはリバプールへ向かい、木曜にはマリーとニューヨークへ発つ約束をしていた。最後まで楽しんでいけない理由はないと思った。哀れなかわいいルビーに別れの言葉を言おう。マリーと彼はこの日曜［六月三十日］の朝の礼拝の時間に、グローヴナー・スクエアの庭園で再会し、ディドンから多くの助言をえて、旅の詳細を詰めた。サー・フィーリックスはもう準備が整っていることに驚いた。「午後五時の汽車に乗るように気をつけてくださいね」と、マリーは言った。「それでリバプールには十時十五分に着きます。駅にホテルがあります。ディドンがマダムとマドモアゼル・ラシーンの名で、私たちの切符を手配しています。私たちは一つの船室に入ることになります。あなたは明日自分の船室を手に入れなければなりません。たくさん部屋が残っていることをディドンが確認しています」

「ぼくは大丈夫です」

「その午後の列車に乗り損ねないでくださいね。私たちが同じ列車にいるところを見られたら、きっと誰かから何か感づかれるでしょう。私たちは午前七時に出発します。確実に時間に間に合うように、夜寝床には就きません。ロバート――使用人です――は、重いカバンを持って少し早く辻馬車で出る予定です。何が入っていると思います？」

「服でしょう」とフィーリックス。

「そう。でも、何の服かしら？——私のウェディングドレスです。考えてみてください！　ドレスを密かに手に入れる仕事って、何て難しいんでしょう。マウント・ストリート[1]のお店のマダム・クレイクとディドン以外に誰もそれを知りません！　ドレスはまだ届いていないの。でも、それが届こうと届くまいと、私は出発します。宝石はみな持って行きます。宝石を残して行くつもりはありません。宝石は辻馬車で一緒に運ぶ予定よ。荷物は家の裏から馬屋へ出すことができます。ディドンと私はそれから別の辻馬車でついて行きます。誰も九時より前に起きて来ませんから、私たちが妨害されるとは思いません」

「使用人たちが計画を耳にしたらどうします」

「告げ口されることはないと思います。でも、連れ戻されることになっても、そんなことは無駄だとパパに言うだけです。パパが私の結婚を邪魔することはできません」

「お母さんに気づかれませんか？」

「ママは何にも気づきません。たとえ気づいても、言わないと思います。パパはママにそんな生活をさせています。あなたがそんなふうにならなければいいと思います」——それから、マリーは彼の顔を見あげて、彼がそんなふうになることはありえないと思った。

「ぼくは大丈夫です」フィーリックスはそう言うとき、とても居心地悪く感じた。人生における大きな努力のときが近づきつつあった。彼は時代の大女相続人と駆け落ちについて話し合うことに、快い興奮を感じた。もっとも、今は約束をはたさなければならなかったので、——しかもじつに新奇な、途方もないやり方ではたさなければならなかったので——、引き受けなければよかったとほとんど思った。ちょっとグレトナ・グリーン[2]まで女相続人と駆け落ちするというなら、そっちのほうがずっとよかった。彼がはたすよう期待されているこの駆け落ちに比べれば、レディー・ジュリアと駆け落ちしたゴールドシェイナーさえ、たいした仕事をしていなかった。そのうえ、もし娘の資産にかかわる推測が間違っていたら！　彼はほとんど後悔した。後悔したが、退く勇気はなかった。「ところでお金はどうなっていますか？」と、彼はかすれた声で聞いた。

「あなたはいくらか持っています？」

「あなたのお父さんからもらった二百ポンドだけで、それ以外一シリングも持っていません。お父さんがぼくのお金を持ったまま、返してくれない理由がわかりません」

「これを見て」とマリーは言うと、片手をポケットに入れた。「いくらか手に入ると思うと言っていたでしょ。二百五十ポンドの小切手です。私は切符を買うくらいの金を自分で持っています」

「これは誰のお金ですか？」フィーリックスは紙片を受け取るとき、ひどく震えて言った。

「パパの小切手です。ママは家計のやりくりや支払のため、これまでたくさんこんな小切手をもらっています。でも、ママはこういうことについてとても混乱しているので、何を支払い、何を支払っていないかわかりません」フィーリックスは小切手を見て、それがオーガスタス・メルモットの署名のある、店でも使え、持参者にも換金できるものだと知った。「それを銀行に持っていけば、金にしてもらえます」と、マリーは言った。「それとも、ディドンにそれを持たせて、船上であなたに金を渡しましょうか？」

フィーリックスはこの件についてとても気をもんだ。もし旅に出るとしたら、ポケットに金があるほうがいいに決まっている。彼はポケットに金を入れている感覚が好きだった。おそらく小切手を託されたら、ディドンもその感覚が好きだろう。しかし、もし彼が自分で小切手を換金しようとしたら、メルモットの金を盗んだ罪で逮捕されることもあるのではないか？「ディドンが換金して、明日の午後四時にクラブにいるぼくのところに持って来てもらうのがいいと思います」と、彼は言った。金が届かなかったら、リバプールへは行かないし、ニューヨーク行きの切符も買うつもりはなかった。「いいですか」と、彼は言った。「ぼくはシティにずいぶん長くいますから、銀行に行ったら正体を気づかれるかもしれません」マリーはこの取り決めに同意して、小切手を取り戻した。「ぼくはあなたを捜すことなく木曜の朝に乗船します」と彼。

「ええ、そう。――私たちを捜すことなくね。海に出るまで、あなたは私たちがいることに気づいてはいけません。デッキを歩き回っても、お互いに話しかけないなんて、おもしろいじゃありません！　ねえ、フィーリックス。――あなた、どう思います？　ディドンは米国人牧師が船に乗っているのを見つけました。その牧師が私たちを結婚させてくれるかしら？」

「もちろんさせてくれますよ」

「それってすてきじゃありません？　もう全部が終わっていたらいいのに。全部が終わったら、ニューヨークに着いたとき、パパに電報を打って、手紙を書きます。私たちはとても後悔していて、行儀よくするのよ。そうでしょ？　もちろんパパは何とか我慢してくれます」

「ですが、お父さんはひどく野蛮ですね？」

「身近に手に取るものがあるとか、――しばらくのあいだとかはね。でも、あとになればパパは気にしないと思います。パパは悲運とか、いろいろな問題とか、にいつも我慢しています。とてもしばしば事態が悪化するので、絶えずそういう事態について考え続けなければならないとき、誰にだってそれが手に負えなくなります。一か月もすると、よくなります。私たちが駆け落ちしたと聞いて、ニダーデイル卿がどう思うか知りたいです。できれば卿に会いたいです。私のほうに落ち度があったなんて、卿に言えるはずがありません。私たちは婚約していましたが、それを破棄したのは卿でした。私たちは婚約して、それをみなに知られていたのに、卿は一度も私にキスしなかったのを、フィーリックス、ご存知かしら！」フィーリックスはこのときこんなことをしていなかったらとほとんど願った。ほかの男がしたことについては、まったく気にならなかった。

それから、二人は船上で再会するまで二度と会うまいと了解して別れた。取り決めはすべてなされた。ただし、ディドンが二百五十ポンドの全額を持参しなければ、フィーリックスはこの件で一歩も動くまいと決意した。ディドンが金を持って来ることはないと、彼はほとんど思い、実際それを願った。ディドンは銀行で疑われて、逮捕されるか、金を手に入れたあと、持ち逃げするか、——もともと小切手に誤りがあって——、支払を受けられないか、そんなこともあるかもしれなかった。何か事故が起こることもあるだろう。そうしたら、彼は約束から手を引くことができる。月曜の午後以降まで何もするつもりはなかった。

旅に出ることを母に伝える必要があるだろうか？　母はあの娘と駆け落ちするようはっきり勧めていたから、こういうやり方を認めてくれるに違いない。言えば、母はこんな旅の費用がどれほどかさむかわかるから、おそらく今の蓄えにいくらかつけ加えてくれるだろう。彼は母に伝えようと決めた。——つまり、もしディドンが小切手分の金を持って来たらだ。

彼は月曜［七月一日］の四時きっかりにベアガーデンへ歩いて行き、ディドンがそこの玄関ホールに立っているのを見つけた。彼女を見たとき、意気消沈した。さあ、間違いなくニューヨークへ行かなければならない。ディドンは軽く膝を曲げてお辞儀をしたあと、何も言わずに、封入されたもので柔らかく、ずんぐりした封筒を手渡した。彼はディドンにちょっと待つように言うと、小さな待合室に入って紙幣を数えた。金は全部——二百五十ポンド——あった。確かにニューヨークへ行かなければならない。彼が玄関ホールに戻ったとき、ディドンはフランス語で「スベテ順調デスカ？」と囁いた。サー・フィーリックスがうなずくと、ディドンは立ち去った。

そうだ、もう行かなくてはならなくなった。メルモットの金をポケットに入れ、メルモットの娘と駆け落ちしなくてはならない。こうなると、彼がメルモットの金を持つ以上に、メルモットが彼の金を持っていることが最大の問題となった。さて、出発するまで時間をどうつぶしたらいいだろう？　カード賭博は危険すぎた。さすがの彼もそれを感じた。手持ちの金をなくしたら、行き場はなくなるだろう。夕方はクラブでディナーを取り、夜は母のところへ行こう。火曜にはシティでニューヨーク行きの切符を手に入れ、ミュージック・ホールでルビーと夜をすごそう。水曜にはみずからの意志でリバプールへ向けて出発しよう。こんなに全面的に指示を受けるのはうんざりだった。しかし、ことがうまく運べば、誰からもそれが知られることはないだろう。女相続人を米国へ連れ去る大胆さをみなが彼に認めるだろう。

彼は十時にウェルベック・ストリートの家に帰り、母とヘッタに会った。――「まあ、フィーリックス」と、カーベリー令夫人は叫んだ。

「驚かせましたか？」それから、彼は椅子に身を投じた。「母さん、よかったら別の部屋で話せませんか？」と彼。カーベリー令夫人はもちろん息子と一緒に歩いた。「伝えたいことがあります」と彼。

「いい知らせですか？」と母は聞くと、両手の指を組み合わせた。彼の態度から、母はいい知らせに違いないと思った。金が何らかのかたちで息子のものになったか、――少なくとも金を手に入れる見込みができたのだ。

「まだはっきりしませんがね」と、彼は言って間を置いた。

「気を持たせないでください、フィーリックス」

「簡単に言うとね、ぼくはマリーと駆け落ちします」

「そうするのが正しいと、あなたは言っていました。――それで、そうするつもりです。いちばん悪いのは、この種のことにたくさんお金が必要なことです」

「まあ、フィーリックス」

「でも、いつ？」

「すぐです。準備がすべて整うまで、あなたに教えないつもりでしたから。この二週間ずっと考えていました」

「それで、どういう予定です？　ああ、フィーリックス、成功を祈ります」

「あなたの発案ですよ。ぼくらは行きますが、――どこへ行くと思います？」

「どこかしら？――ブーローニュ？」

「ゴールドシェイナーがそこへ行ったから、あなたはそう言いますがね。そこへ行ってもぼくらには役に立ちません。ぼくらは――ニューヨークへ行きます」

「ニューヨークへ！　でも、いつ結婚するつもりです？」

「船に牧師がいます。すべて整っています。あなたに何も言わないまま行きはしません」

「まあ、教えてくれなければよかったのに」

「おや。――それって親切な言い方ですね。こうするように仕向けたのは、あなたじゃないって言うつもりですか。ぼくは荷物を準備しなければいけません」

「旅に出ると言うのなら、もちろんあなたの衣類を準備させます。いつ発ちますか？」

「水曜の午後です」

「ニューヨークへ！　既成品を手に入れなければね。ねえ、フィーリックス、父が娘を許さなかったら、どうなります？」彼は笑おうとした。「私がそういうこともありうると言ったとき、あの父は一シリングも娘に与えるつもりはないと断言しました」と母。

「親父はいつもそんなことを言いますよ」

「そういう危険を冒すつもりですか？」

「ぼくはあなたの助言を受け入れます」哀れな母はこれが恐ろしかった。「娘に設定されたお金がありますから」

「誰に設定された？」

「マリーにね。——親父が取り戻せないお金です」

「いくら？」

「彼女は知りません。——ですが、多額です。事情が悪化したとき、あの一家全員が充分生活していける額です」

「でも、それはかたちだけ娘に設定されたお金でしょう、フィーリックス。夫に与えるそのお金が娘のものであるはずがありません」

「メルモットはこの結婚話をまとめられなかったら、それが娘のお金であることを悟るでしょう。ぼくらが彼に対して有利な点はそこです。マリーは自分のしていることをよく知っています。彼女はほかの人から見られているよりはるかに賢いです。お金のことでは、母さんがぼくにできることがあるでしょう？」

「お金はまったくありませんよ、フィーリックス」

「母さんはぼくにこうするようにずいぶん望んでいましたから、きっと助けてくれると思っていました」

「それは違います、フィーリックス。本気でこういうことは望んでいませんでした。ねえ、そんな言葉が私の口を衝いて出たのはほんとうにごめんなさい！　お金は持っていません。銀行には全部で二十ポンドもありません」

「それで五十ポンドか六十ポンド借り越しさせてくれますよ」

「そういうことはしません。私もヘッタも飢え死にするつもりはありません。つい最近、あなた、とてもたくさんお金を持っていましたね。あなたのために旅の品物を手に入れましょう。もし結婚後あなたが身のまわりのものに支払をすることができなくなったら、できる限り私が支払をしましょう。でも、あなたにあげるお金はありません」

「見通しは暗いですね」と、彼は椅子のなかで向きを変えて言った。「六十か七十ポンドが人の一生を作るときですよ！　友人のブラウンから借りられるでしょう」

「そういうことはしません、フィーリックス。五十か六十ポンドなんて、こんな旅の出費のなかで大差ないでしょう。いくらかお金は持っていると思いますが？」

「いくらか。――ええ、いくらかね。ですが、とても足りないので、わずかなお金でも助けになります」

母は銀行にあまり金を持っていないと言ったとき、ほんとうのことを言っていたが、その夜の話し合いが終わる前に三十ポンドの小切手を無条件に息子に与えた。

このあと、彼は危険を承知していたにもかかわらず、社交クラブに戻った。十時半におとなしく寝床に入るという考えに耐えられなかった。彼は辻馬車に乗り込んで、すぐ娯楽室にのぼって行った。そこには誰もいなかった。喫煙室へ行くと、そこにドリー・ロングスタッフとマイルズ・グレンドールがパイプをくわえて静かに座っていた。「カーベリーが現れた」と、ドリーがふいに活気を取り戻して言った。「さあ、三人でルーができるぞ」

「残念ながらぼくはやめておきます」と、フィーリックスは言った。「三人ルーは嫌いです」

「とんま」とドリー。

「ねえ君、ぼくは今夜勝負をするつもりはありません。三人がくっついて離れないなんていやですね」マイルズはカード勝負を准男爵から避けられていることを意識して、パイプをふかしながら、黙って座っていた。「ついでに、グレンドール、――ちょっといいかい」それから、サー・フィーリックスは借用書の何枚かを現金に換えてくれという懇願を、しごく親しげな声で敵の耳に囁いた。

「来週まで待ってくれるよう、誓って、お願いしなければなりません」とマイルズ。

「君の場合、いつだって来週まで待たなくてはいけませんね」と、サー・フィーリックスは言って立ちあがると、背中を暖炉に向けて立った。部屋にほかの人たちがいたから、これはみなに聞こえるように言ったのだ。「誰か一ポンド当たり五シリングでこれを買ってくれませんかね?」彼はそう言うと紙片の束を片手に掲げた。ウェルベック・ストリートに帰る前、かなり酒を飲んでいた。そのうえ、社交クラブに再び入ったとき、すぐブランデーを一杯引っかけていた。

「そんな話はここではしないでおこうよ」と、ドリーは言った。「カード勝負についての喧嘩は、娯楽室のなかだけにしよう」

「もちろんです」と、マイルズは言った。「この件についてここでは、一言も口を利くつもりはありません。作法にそむきますからね」

「じゃあ娯楽室にあがりましょう」と、サー・フィーリックスは言うと椅子から立ちあがった。「どの部屋でも君には違いがないように思えますがね。じゃあ、あがりましょう。ドリー・ロングスタッフにも来てもらって、君の言い分を聞かせてもらいましょう」しかし、マイルズ・グレンドールはこの提案に反対した。

誰もカード勝負をしようとしなかったから、その夜娯楽室にあがるつもりはなかった。明日は娯楽室にいるから、そのときもしサー・フィーリックス・カーベリーに何か言いたいことがあるなら、それを言えばよかった。

「喧嘩は嫌いだね！」と、ドリーは言った。「家族と喧嘩をしなければならないから、クラブでは喧嘩をしないようにしよう」

「喧嘩が好きですね――カーベリーは」とマイルズ。

「できるものなら、ぼくのお金を手に入れたいです」と、サー・フィーリックスは部屋から歩いて出るとき言った。

彼は翌日［七月二日］シティへ行き、母の小切手を換金した。少し躊躇したあとこれをした。窓口の紳士から金を受け取ることはできたものの、口座から金を引き出しすぎていることをカーベリー令夫人に注意するよう言われた。「おやおや」と、フィーリックスはポケットに紙幣を突っ込みながら言った。「母はきっと気づいていませんね」それから、彼はウォルター・ジョーンズと名乗って、リバプールからニューヨークまでの船賃を払った。切符を買ったとき、陰謀が深まって来たのを感じた。それは火曜だった。彼はクラブで独りまたディナーを取ると、晩方ミュージック・ホールへ出かけた。そこに十時からほぼ十二時近くまでとどまっていた。ルビー・ラッグルズが現れないので、ひどく腹を立てた。独り煙草を吸い、酒を飲みながら、ニューヨークへ発つことをルビーに打ち明けるつもりでいたと、ほとんど心に言い聞かせた。もちろんどんなことがあろうと、そんなことは漏らさなかっただろう。しかし今は、もし彼女からこの件で不平を言われたら、どう回答したらいいかわかった。打ち明けるためイギリス最後の夜をささげたが、彼女から約束を反故にされてしまったと言える。今やすべてが彼女の過ちになるだろう。彼女がどうなろうと、彼が責められることはなかった。

彼はミュージック・ホールで嫌気がさすほど待ったあと、――というのは、女連れでなければ、そこはやはり退屈だったから――、社交クラブに戻った。彼はつねになく不機嫌だった。ブランデーで気を大きくして、機会があれば、マイルズ・グレンドールの正体を暴く気になった。娯楽室にあがると、――マイルズ・グレンドールを除いて――、なじみの連中をみな見つけた。ニダーデイルに、グラスラウに、ドリーに、ポール・モンタギューに、さらに一人か二人そこにいた。とにかくマイルズ・グレンドールの重苦しい存在を目にする必要もなく、勝負ができると思うと慰められた。ベアガーデンを特徴づけている飛び交う借用書は一枚もなく、――現金が机の上にあった。実際、ベアガーデンの男たちは借用書に辟易しており、賭け金は少し低めに、支払は几帳面にという暗黙の取り決めをしていた。借用証書は――マイルズ・グレンドールのものを除いて――、ヴォスナーの支援でほぼ換金されていた。今述べた取り決めでは、グレンドールの以前の借金にはふれていなかったが、将来は彼が現金で支払わなければならないとの項目があった。ニダーデイルは管理委員会のこの決定を彼に伝えた。「終わったことは終わったことです、ねえ君。しかし、おわかりでしょうが、今後君はちゃんと支払わなければいけません」マイルズは「支払います」と断言した。しかし、今夜マイルズはいなかった。

午前三時、サー・フィーリックスは百ポンド以上の現金をすっていた。次の夜［七月三日］一時ごろさらに総計二百ポンドをすっていた。彼はそのときリバプールのホテルにいなければならないことを読者は覚えているはずだ。

しかし、サー・フィーリックスは必要とする金を取り戻そうと、ほぼ絶望的に念じながら勝負を続けていた。そのとき、フィスカーが一晩中どう勝負して、リバプール行きの早朝の汽車に乗るためどうクラブを去ったか、そして遅刻しないでどうニューヨークに旅だったか思い出していた。

註

（1）Hyde Park の東、Grosvenor Square の南で、Park Lane と Davies Street を東西に結ぶ通り。

（2）スコットランド南部 Dumfries and Galloway 州のイングランド国境近くにある村。一八五七年に規制されたものの、一七五四年から一九四〇年までイングランドで結婚を認められない男女がここへ駆け落ちして鍛冶屋の立ち合いで結婚できた。

第五十章　リバプールへの旅

マリー・メルモットは約束したように一晩中起きていた。忠実なディドンもそうした。マリーにとって、その夜は喜びに――とにかく喜びの興奮に――あふれていたと、私は思う。彼女はドアに鍵をかけて、だいじなものを梱包したり、解いたり、また梱包したりした。――結婚するとき着るドレスを一度ならずベッドの上で広げた。噂に聞いたあの米国人牧師が船上で結婚させてくれるか、そのときそのドレスがふさわしいか、彼女はディドンに意見を求めた。牧師は充分な報酬をもらえれば結婚させてくれると、ドレスはあまり問題にならないと、ディドンは思った。ディドンは馬鹿げていると思ったことで、その夜しばしば若い女主人を叱責した。それでも、女主人に対し誠実で、一生懸命働いた。二人はコップや皿を使って疑いを持たれないように、朝は何も食べずに行くことに決めた。鉄道駅で何か食べられるだろう。

二人は六時に出発した。ロバートがまず大きな箱を持って出た。ポケットにすでに十ポンドをもらっていた。――それから、マリーとディドンが小さな荷物を持って、次の辻馬車で続いた。誰からも邪魔されず、すべてが上々に運んだ。ユーストン・スクエア駅のとても親切な駅員から切符を受け取り、フランス語で話しかけられた。船が出航するまで、マリーは英語をいっさい話さないように固く決めていた。二人は駅でとてもまずい紅茶と、喉を通らない食べ物を口にした。――しかし、マリーは抑えきれないほど興奮していたから、ほとんど食べ物を必要としなかった。二人はなんの障害もなく座席に座ると、――出発した。

旅の大部分は二人だけですごした。マリーは希望と、将来の方向と、やってみたいことをみなディドンに話した。威圧されて結婚を受け入れたのち、特にニダーデイル卿から愛のしるしをまったく示されなかったとき、——キス一ツナカッタノヨ！——、どれだけ卿を嫌ったか話した。それがイギリス貴族のやり方だと、ディドンはほのめかした。ディドンはニダーデイル卿のほうが好きだった。しかし、みずから言うように、マリーへの献身的な愛情からこの計画に進んで参加した。ニダーデイルは醜いけれど、サー・フィーリックスは朝のように美しいと、マリーは続けて言った。「ふん！」と、ディドンは鼻であしらった。女主人がこんな考えにとらわれていることに、侍女はほんとうにうんざりした。ディドンはニダーデイル卿が侯爵になり、城持ちになる一方、サー・フィーリックスがサー・フィーリックス以上には決してなれず、資産をまったく持たないことを、何かよくわからない仕方で知っていた。女主人を説得したにもかかわらず、女主人は自分の意志を持つことを好んだ。ディドンは五十ポンドと他の手当をもらえさえすれば、ニューヨークが新しい職を与えてくれると考えた。それゆえ、彼女は女主人に従ったものの、今でもほとんど女主人の愚かさに二の足を踏まずにいられなかった。マリーは落ち着いた上機嫌でそれに耐えた。彼女は駆け落ちするところ、——遠い大陸に向かって——駆け落ちするところだった。恋人が一緒に来てくれる！ 侯爵なんか好きじゃないと、ディドンに言った。

リバプールに近づくころ、ディドンはまだまだ注意深くしていなければならないと説明した。二人がプラットホームで目的地をすぐ明らかにして、——その結果ニューヨーク行きの定期船に乗ることを駅にいるみなに知らせるのはまずいだろう。たっぷり時間はあった。二人はゆっくり時間をかけて大きい箱やほかの物を捜せばよかった。辻馬車に乗るまでは、定期船について何も言う必要はない。マリーの大きな箱には、たんに「マダム・ラシーン、リバプール行きの乗客」とだけ、宛名書きされていた。二番目の箱——

ディドンの荷物だった――にもほぼ同じ大きさで、同じように宛名書きがされていた。ディドンは船が足下で動き出すのがわかるまで、不安は消えないと断言した。マリーは――サー・フィーリックスが無事乗船さえできれば――、危険はみな消えると確信していた。哀れなマリー！　サー・フィーリックスはこのころウェルベック・ストリートで、悲惨な状況と金をすったことを一時的にも忘れようと、布団にくるまって、こめかみの痛みをやわらげようとしていた。

汽車がリバプール駅に走り込んだとき、二人の女性はしばらくじっと座っていた。急いだり、音を立てたりして注目を浴びたくなかった。ドアが開いて、行儀のいいポーターが荷物を運び出そうと申し出た。ディドンは荷物をいろいろ手渡したが、宝石箱は手もとに残した。彼女がまず車両を降り、そのあとマリーが続いた。ところが、マリーはプラットホームに片足を降ろすやいなや、帽子にふれて会釈する一人の紳士から、「ミス・メルモットとお見受けします」と話しかけられた。マリーは唖然として、何も言えなかった。ディドンはすぐフランス語で多弁になった。「イイエ、コノ方ハミス・メルモットデハアリマセン。コノ若イ方ハ私ノ姪ノマドモワゼル・ラシーンデス。私ハマダム・ラシーンデス。メルモット！　メルモットッテ誰デス？　私タチハメルモットサンニツイテ何モ知リマセン。ドウゾ辻馬車マデ通シテクダサイ」

しかし、その紳士は二人を親切に辻馬車まで通してくれなかった。その紳士と一緒に、もう一人紳士がいた。――そちらのほうはさほど紳士らしく見えなかった。それからすぐ、ディドンはあまり遠くないところに警察官を見つけた。警察官はさしあたり事件にかかわろうとしていなかったが、自由に動けるようで、必要とあればすぐにも介入してくるように見えた。ディドンは――女主人にかかわる――この勝負をすぐあきらめた。

「残念ながら、あなたはミス・メルモット」と、紳士は言った。「こちらは――あなたの使用人――エリース・ディドンだと、私はあくまでも主張しなければなりません。あなたは英語を話しますね、ミス・メルモット」マリーはフランス語を話すと断言した。「そして英語もですね」と、紳士は言った。「あなたはロンドンに帰る決心をなさるほうがいいと思いますよ。私が付き添います」

「アア、ディドン、私タチハ負ケマシタ！」と、マリーは叫んだ。ディドンはそのとき勇気を振り絞って、彼女の立場と女主人の法的正当性を主張した。二人ともリバプールに来る権利がある。二人とも荷物を持って辻馬車に乗る権利がある。止める権利は誰にもない。二人とも法に違反することは何もしていない。なぜこんなふうに止められなければならないのか？　メルモットと呼ぼうと、ラシーンと呼ぼうと、それが誰かにとって何だと言うのか？

紳士は雄弁なフランス語を理解したけれど、同じ言語で回答しようとしなかった。「私を信頼したほうがいいです。ほんとうにそうしたほうがいいです」と紳士。

「でも、どうして？」と、マリーが聞いた。

それから、紳士はとても小さな声で話した。「あなたがお父さんの家から持ち出した小切手が換金されました。あなたがお父さんのところにお戻りになれば、疑いなくそれについて許してもらえます。しかし、私たちはあなたを安全に連れ戻すため、――致し方のない場合――、小切手の件であなたを逮捕することができます。あなたを乗船させるつもりはもちろんありません。あなたが一緒にロンドンに帰ってくれるなら、あなたに余計な不便をかけません」

確かにどこにも助けは見出せそうになかった。電報が人々の生活のなかで快適さより、総じて不快さをふやした、というのは間違いないだろう。電報を普及させるため、権限もないのに公金を注ぎ込んだ紳士たち――その代表がスカダモア氏[1]――は、施した善のゆえに許されるのではなく、社会に害を及ぼしたことで厳しく断罪されなければならない。それは間違いないだろう。誰が電報によって利益をえているのか？　電報によって、新聞は昔ながらの関心をみな奪われてしまった。電報によって、陰謀の核心が骨抜きにされてしまった。哀れなマリーは事情を聞いたとき、きっと喜んでスカダモア氏を首吊りにしただろう。

紳士が話を終えたとき、マリーはもはや抵抗しなかった。彼女はディドンの顔を見て、わっと泣き出し、荷物の箱の一つに座り込んだ。しかし、ディドンは自分のことで騒ぎ立て――そして、騒ぎ立てて成功した。「私を止めることが誰にできるんです？　私が何をしました？　どうして私が好きなところへ行けませんの？　人の金を盗んだ罪で誰か、私を捕まえるつもりかしら？　もしそうするつもりなら、その人は気をつけたほうがいいです。法律は知っています。私は好きなところへ行けるはずです」彼女はそう言うと、駅から自力で引いて行こうとするように、箱のロープを強く引き始めた。紳士は電報を見たあと、――必要な場合に用意して――、片手に持っていたもう一つの文書を見た。エリース・ディドンは法に抵触する罪で告発されていなかった。紳士はディドンも女主人と一緒に戻ったほうがいいと、不完全なフランス語でほのめかした。しかし、ディドンは前にも増して騒ぎ立てた。いいえ、私はニューヨークへ行きます。好きなところへ――世界中どこでも――行けるはずです。誰にも止めさせません。それから、彼女は周囲を取り巻いて騒ぎを楽しんでいた五、六人の御者に、駆使できるわずかな英語で訴えかけた。御者たちはすぐにもトランクを受け取る用意ができていた。彼女は金を持っていたので、支払うことができた。それで、いちばん近い辻馬車に向かい始めたが、誰からもそれを止められなかった。「でも、あなたが手にしているその箱は私のものです」と、マリーはみじめななかでも宝石類を忘れずに言った。ディドンは宝石箱を渡すと、別れの言葉を言うこともなく、辻馬車のなかに身を落ち着かせた。トランクが屋根に放りあげられた。それから、彼女は鉄道駅から運び去られ、私たちの物語から姿を消した。ニューヨークまで一等船室を独り占めにしたが、このあと彼女がどんな運命をたどったか問うてもたいして意味はない。

哀れなマリー！　私たちはサー・フィーリックスがいかに卑怯な騎士であるか、その正体を表したことを知っている。たとえミス・メルモットが乗船に成功したとしても、至るところで恋人を捜しまわり、みじめな、不安な時間をすごして、それから彼を見つけ出せないまま、とうとうニューヨークまで運ばれたに違いないことを知っている。だから、そういう運命を免れたことで、むしろ彼女を祝福してもいいだろう。実際、私たちは彼女より恋人の性格をよく知っているわけだから、彼女がそんなみじめな結婚を最終的に避けられるよう、やはり彼女のために祈りたい。とはいえ、彼女にとって今の状況はじつにみじめだった。怒った父に会わなければならない。いつ、――いつ恋人に会えるだろう？　かわいそうな、かわいそうなフィーリックス！　恋人を見つけ出せないままニューヨークへ向かっているとわかったら、彼はどう思うだろう！そのとき、彼女は一つのことを心にしっかり定めた。あくまでも彼に誠実でいよう！　ずたずたに切り裂かれてもいい！　そうよ。――前にも確認したけれど、もう一度確認しよう。しかし、一つの道を取るほうが、忠義立てするよりずっといいのではないか、そんな思いがマリーの心にときどき浮かんでは消えた。もし車両から身を投げて死ぬことができたら、今の失望をいちばんうまく終わらせることができるのではないか？　父をいちばんうまく罰することができるのではないか？　それにしても、そんな行為がかわいそうなフィーリックスにどうとらえられるだろう？「結局、彼が私を愛してくれているかわかりません」と、彼女はいろいろ考えたあと独りつぶやいた。

紳士は彼女にとても優しくて、汚名を受けた人のような扱いをしなかった。ロンドンが近づいてくると、紳士は思い切って彼女に少し助言をした。「何食わぬ顔でいてください。気落ちしてはいけません」

「いえ、気落ちなんかしていません」と、彼女は答えた。「ふさぎ込むつもりもありません」

「お母さんはあなたを取り戻せてうれしいでしょう」

「ママが喜ぶとは思いません。喜ぶのはパパです。チャンスがあったら、明日私はもう一度やります」紳士はこれほどの決意を予想していなかったので、娘を見つめた。「もう一度やります。どうして娘はほかの人を喜ばせるために結婚しなければいけないんです？　そんな結婚などしたくありません。私が金を盗んだと言い出すなんて、とても卑劣です。ほしいだけの金を私はいつも受け取っています。パパはそれについて何も言いません」

「二百五十ポンドは大きな額ですよ、ミス・メルモット」

「私のうちでは取るに足らない額です。金のことじゃありません。こういうことになったのはパパが私に別の人と結婚してほしいから、――私がその人と結婚するつもりがないからです。人を送って、多くの人の前で私を捕らえるなんてとても卑劣です」

「お父さんがこうしなかったら、あなたは帰って来なかったでしょう」

「もちろん帰って来ませんでした」とマリー。

紳士は帰路グローヴナー・スクエアに電報を打ったから、ユーストン・スクエア駅でメルモット家の馬車に出迎えられた。マリーはその馬車でうちに連れ戻され、荷物の箱は辻馬車で――グローヴナー・スクエアで何が起こっているか、外部に悟られないように、いくらか間を置いて――あとに続くことになった。もちろんグローヴナー・スクエアは事情をすぐすべて知った。「それであなたは私と一緒に来ますか？」と、マリーは紳士に聞いた。ミス・メルモットをうちまで送って行くよう要請されたと紳士は答えた。「あなたが何者かみなが不思議に思うでしょう」と、マリーは笑って言った。そのとき、紳士はミス・メルモットがそれほど苦しむこともなく、この難儀を乗り越えることができると思った。

マリーはうちに着いたとき、母の部屋に一目散に向かって行き、――そこに父が独りでいるのを見つけた。

「これはおまえが仕出かしたことだな?」と、父はマリーを見おろして言った。

「ええ、パパ。そうです。あなたがそうさせたのよ」

「何て馬鹿なやつだ! ニューヨークへ行こうとした――な?」娘はこれにだんまりを決め込んだ。「まるで私が何も探り出せないかのようだな。おまえと一緒に誰が行くことになっていたのかね?」

「みな探り出しているなら、それくらいご存知でしょう、パパ」

「もちろん知っているさ。――だが、おまえはすべてを知っていない、このまぬけめ」

「確かに私は馬鹿で、まぬけね。いつもあなたからそう言われています」

「今、サー・フィーリックス・カーベリーがどこにいると思うかね?」そのとき、娘は刮目して父を見た。

「一時間前やつはウェルベック・ストリートの母のうちで寝ていたよ」

「そんなこと、信じません、パパ」

「おまえは信じないだろうな。いずれ事実であることがわかる。おまえがニューヨークへ行っていたら、独りで行っていただろう。やつがこちらに残ることを最初から知っていたら、私はおまえを行かせていたよ」

「彼が船に乗ったのは確かです」

「口答えするなら、おまえの耳を殴ってやるぞ、このあばずれめ。今この瞬間やつはロンドンにいる。おまえと一緒に出かけた女はどうなったね?」

「船に乗って行きました」

「母さんから奪った金はどこだね?」マリーは黙っていた。「誰が小切手を換金したのかね?」

「ディドンよ」

「彼女が金を取ったのか？」

「いいえ、パパ」

「おまえが持っているのか？」

「いいえ、パパ」

「サー・フィーリックス・カーベリーに渡したのか？」

「はい、パパ」

「じゃあ、やつを窃盗で告訴しなかったら、首を吊ってもいいぞ」

「ねえ、パパ、そんなことはしないでください。――お願いですから。彼は盗んでなんかいません。世話をしてもらうために私があげただけです。彼はあの金を返してくれます」

「やつがリバプールへ行かなかったことに、何の不思議もないね。カード賭博であの金をみなすってしまったからな。おまえが二度とやつと結婚しようとはしないと約束してくれれば、私はやつを告訴しない」

マリーは考えた。「約束しなければ、私はすぐ治安判事のところへ行くぞ」

「パパは彼に何もできないと思います。彼は盗んでいません。私からもらいました」

「私に約束してくれないのか？」

「いいえ、パパ、約束しません。約束してもただ破るだけなら、それに何の意味がありますか？　なぜパパは愛する人と私を一緒にさせることができないんです？　好きなものを手に入れることができないなら、金なんてみなっても何の役に立ちます？」

「金なんてみなって！　――おまえが金の何を知っているから、そんなことを言うのかね。いいかね」父は娘の腕をつかんだ。「私はおまえにとても優しくしてきた。おまえは私の事業からおまえの分け前を手に入れてきた。――馬車や、馬や、ブレスレットや、ブローチや、絹や、手袋や、その他すべてのものをだ」彼は娘を強く抱え、話しながらその体を揺すった。

「離して、パパ。痛い。私はそんなものがほしいと言ったことはありません。ブレスレットやブローチなんかどうでもいいです」

「おまえは何がほしいのかね?」

「私を愛してくれる人がほしいです」と、マリーは見おろして言った。

「こんなことをやり続けていたら、おまえを愛してくれる人はじきに誰もいなくなるだろう。私が与えたものをみな受け取っているのに、おまえが何のお返しも私にしようとしないなら、いいか、神に誓って、私はおまえをひどい目にあわせてやる。おまえより私のほうがよくわかっていると言うとき、おまえが馬鹿でなければ、それを信じてくれるだろう」

「何が私を幸せにしてくれるか、パパが私よりわかっているはずがありません」

「自分のことしか、おまえは考えないのか? もしおまえがニダーデイル卿と結婚したら、何が起ころうと奪われることのない地位をこの世で手に入れるんだぞ」

「卿とは結婚しません」と、マリーはきっぱり言った。父はこれを聞くと、娘が泣き出すまで体を揺すった。それから、マダム・メルモットを呼んで、娘から一分も目を離さないように妻に求めた。

サー・フィーリックスは、私が思うに、一緒に逃げる予定の娘より劣悪な状態だった。彼は朝の四時までベアガーデンで博打をして、トランプ台が引けるとともに、ほとんど無一文で酔ってクラブを出た。社交クラブの最後の三十分間、彼はすこぶる不快に振る舞った。マイルズ・グレンドールにありとあらゆる罵詈雑言を浴びせた。実際、グレンドールについては適切なときに適切なかたちで言うなら、いくら厳しい言葉を使っても厳しすぎることはなかった。彼はグレンドールが借金を返そうとしないと言い、ルーのときにイカサマをしたと——ドリー・ロングスタッフに——訴えた。グレンドールをクラブから追放すべしと主張して話を終えた。それで、すさまじい喧嘩になった。ドリーはもちろんイカサマについては何も知らないと言った。グラスラウ卿はおそらく複数の人間が追放されなければならないと意見を述べた。四時に一同は解散した。サー・フィーリックスは十ポンド紙幣を崩した釣銭しかポケットに入れないまま、通りにさまよい出た。旅行カバンはクラブの玄関ホールに置かれていた。彼がそこに置きっぱなしにしたからだ。

その朝、ロンドンの通りをさまよい歩くサー・フィーリックスくらいみじめな人は、どこを捜してもいなかった。かなり酔っていたとはいえ、置かれた状況を忘れるほど酔っていなかった。苦悩のなかにあって楽しくしてくれる酔いがある。忘却をもたらして苦悩を追放してくれる酔いがある。ところが、足をもつれさせ、声をだみ声にし、頭を呆けさせ、楽しみも、忘却ももたらさないのに、酔いそのものを意識させる酔いがある。サー・フィーリックスはウェルベック・ストリートへ向かおうとして、曲がり角ごとに道に迷った。彼は歩行者みなのあざけりのまとになり、警察官みなから不審の目を向けられていると感じたから、酔いによって何の利益もえられなかった。どう身を処せばいいのか？　ポケットのなかを手探りして、何とかニューヨーク行きの切符を取り出した。今からでも旅をすべきだろうか？　それから、旅行カバンのことを考えたけれど、どこに置いたか思い出せなかった。とうとう郵便ポスト[2]に寄りかかって体を安定させ、それがクラブにあることをやっと思い出した。このころメリルボン・レーン[3]にさまよい込んでいたが、どこにいるか当人にはわからなかった。クラブに戻ろうとして、ボンド・ストリートを半分ほどよろめきながら歩いた。そのあと、彼は警察官から何をしているかと職質された。ウェルベック・ストリートに住んでいると答えると、その警察官の付き添いでオックスフォード・ストリートまで連れ戻された。いったん住所を言ったあとは、旅行カバンを取り戻してリバプールへ向かおうという目的に立ち返る意志を残していなかった。

彼は六時と七時のあいだにウェルベック・ストリートのドアをノックした。ドアの鍵を開けようとしたものの、開かないことがわかった。リバプールにいることになっていたから、ドアに実際に鍵がかかっていた。とうとうカーベリー令夫人本人がドアを開けた。彼は一度ならず転倒していたので、溝の汚水で汚れていた。朝の六時に酔ってうちに帰って来たとき、人がどんなようすになっているか、たいていの読者はおそらく見たことがないだろう。しかし、実際に見たことがある読者は、そんな状態にある息子くらい母の目に嘆かわしいと映る姿はないことを認めるだろう。「まあ、フィーリックス！」と、母は叫んだ。

「万事終わり！」と彼は言うと、転がり込んだ。

「何があったのです、フィーリックス？」

「見つかってスまって。畜ショ！　親父がぼくらを止めたんでシュ」彼は酔っ払っていたのに、嘘をつくことができた。この瞬間、「親父」は駆け落ちの計画など何も知らず、グローヴナー・スクエアでぐっすり眠り込んでいた。マリーは喜びに興奮して、馬屋で辻馬車に乗り込んでいた。「ベッドに入りたいでシュ」彼は朝の光のなかで哀れな母に介抱され、よろめきながら階段を登った。母は息子の服とブーツを脱がせ、すでに寝込んでいる彼を残して、自室に降りて行った。みじめな母だ。

註

（1）逓信省次官のフランク・スカダモア（Scudamore）は大蔵省や議会の許可なく八十万ポンドを電信網の拡充に費

やして、結局一八七五年に辞任に追い込まれた。スカダモアの名は『自伝』第十五章にも出る。

（2）Welbeck Street の西側をそれに平行して走り、Oxford Street に至る通り。

（3）Hanover Square の西側、Berkeley Square の東側を走り、Oxford Street と Piccadilly を南北に結ぶ通り。

訳者紹介

木下善貞（きのした・よしさだ）

1949年生まれ。1973年、九州大学文学部修士課程修了。1999年、博士（文学）（九州大学）。著書に『英国小説の「語り」の構造』（開文社出版）。訳書にアンソニー・トロロープ作『慈善院長』『バーチェスターの塔』『ソーン医師』『フラムリー牧師館』『バーセット最後の年代記（上下）』『アリントンの「小さな家」』『自伝』（開文社出版）。北九州市立大学名誉教授。

今の生き方（上巻）　（検印廃止）

2023年月7月10日　初版発行

著　者	アンソニー・トロロープ
訳　者	木　下　善　貞
発行者	丸　小　雅　臣
組版所	アトリエ大角
カバー・デザイン	アトリエ大角
印刷・製本	創栄図書印刷

〒162-0065　東京都新宿区住吉町8-9
発行所　**開文社出版株式会社**
電話 03-3358-6288　FAX 03-3358-6287
https: www.kaibunsha.co.jp

ISBN 978-4-87571-891-8　C0097